BABEL

# BABEL

## OU A NECESSIDADE DE VIOLÊNCIA

*Uma história arcana da revolução dos tradutores de Oxford*

R.F. KUANG

Tradução de Marina Vargas

intrínseca

TÍTULO ORIGINAL
Babel: Or the Necessity of Violence: An Arcane History of the Oxford Translators' Revolution

PREPARAÇÃO
Carlos César da Silva

REVISÃO
Juliana Souza
Pedro Faria

LEITURA SENSÍVEL
Yonghui Qio

DIAGRAMAÇÃO
Ilustrarte Design e Produção Editorial

IMAGEM DE MIOLO (BRASÃO)
© 2022 by HarperCollins*Publishers*

ARTE DE CAPA
© Nicolas Delort

DESIGN DE CAPA
Richard L. Aquan

ADAPTAÇÃO DE CAPA
Lázaro Mendes

ADAPTAÇÃO DOS MAPAS E DO BRASÃO
Henrique Diniz

CIP-BRASIL. CATALOGAÇÃO NA PUBLICAÇÃO
SINDICATO NACIONAL DOS EDITORES DE LIVROS, RJ

K96b

Kuang, R. F. (Rebecca F.), 1996-
Babel ou a necessidade de violência : uma história arcana da revolução dos tradutores de Oxford / R. F. Kuang ; tradução Marina Vargas. - 1. ed. - Rio de Janeiro : Intrínseca, 2024.
592 p. ; 23 cm.

Tradução de: Babel : or the necessity of violence : an arcane history of the oxford translators' revolution
ISBN 978-85-510-0899-7

1. Ficção chinesa. I. Vargas, Marina. II. Título.

23-87246 CDD: 895.13
CDU: 82-3(510)

Meri Gleice Rodrigues de Souza - Bibliotecária - CRB-7/6439

[2024]

Editora Intrínseca Ltda.
Av. das Américas, 500, bloco 12, sala 303
22640-904 – Barra da Tijuca
Rio de Janeiro – RJ
Tel./Fax: (21) 3206-7400
www.intrinseca.com.br

*Para Bennett,*
*que é toda a luz e todo o riso do mundo.*

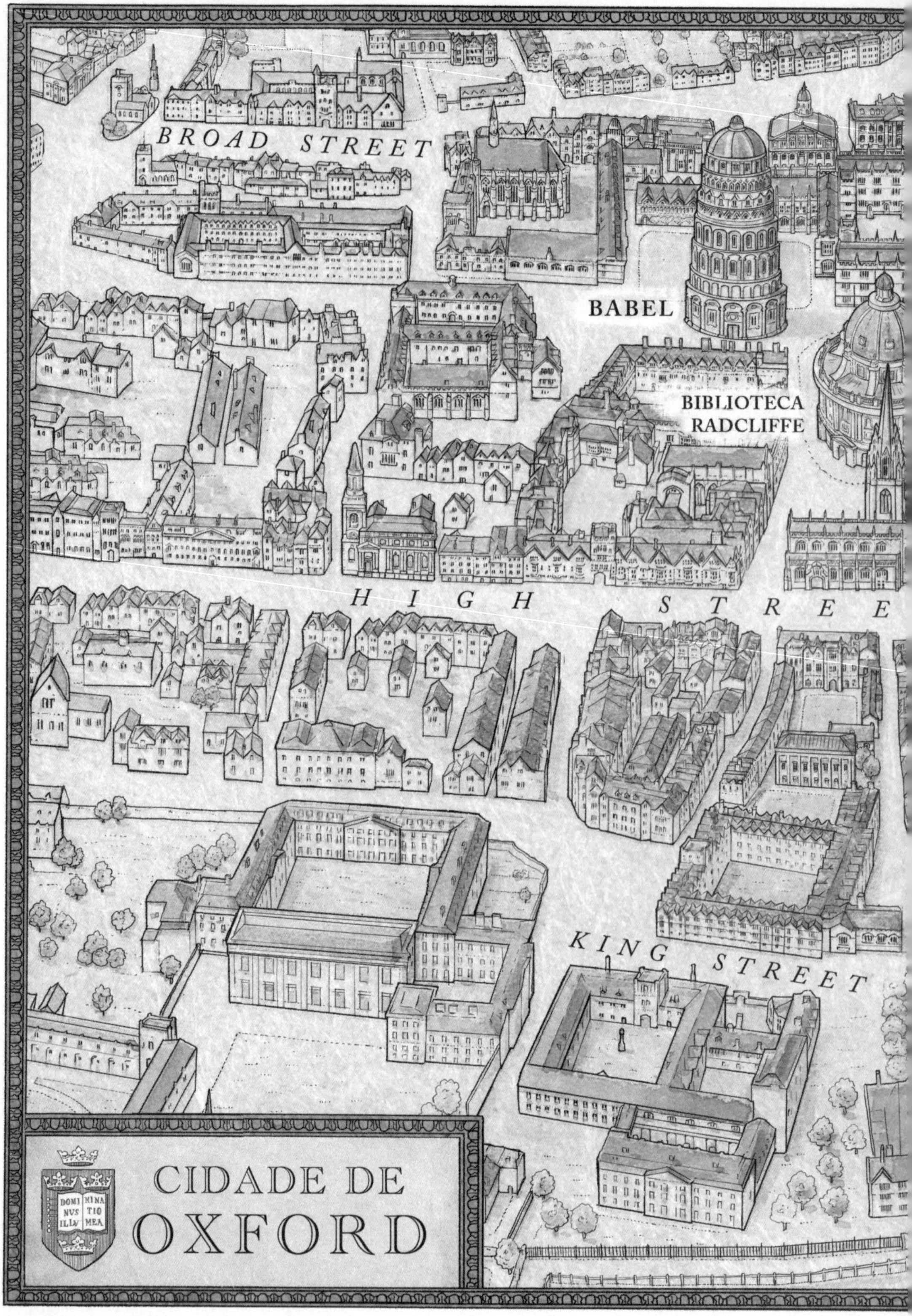
BROAD STREET
BABEL
BIBLIOTECA RADCLIFFE
HIGH STREET
KING STREET
CIDADE DE OXFORD
DOMINUS ILLUMINATIO MEA

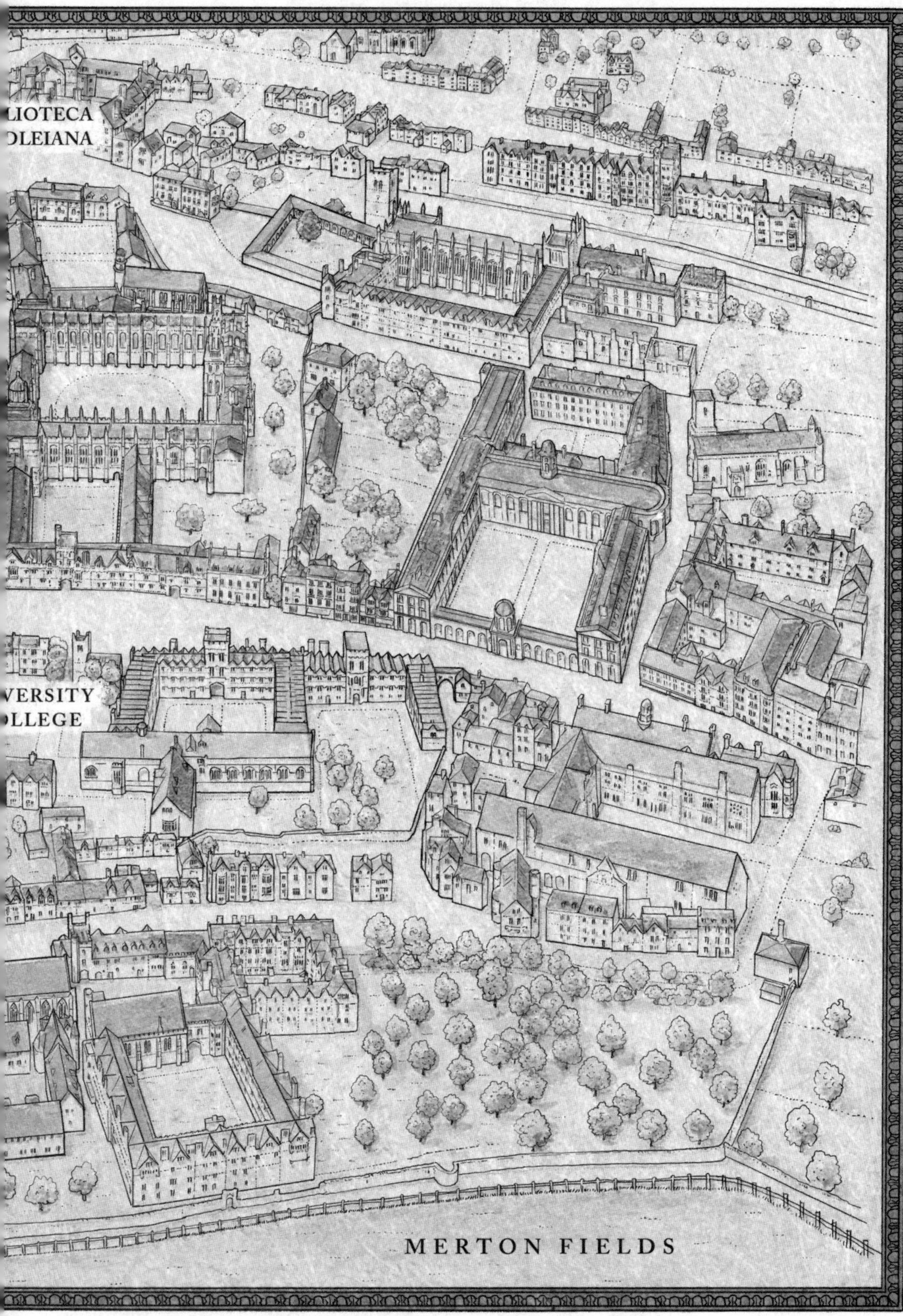
LIOTECA
DLEIANA
VERSITY
LLEGE
MERTON FIELDS

# *Babel*

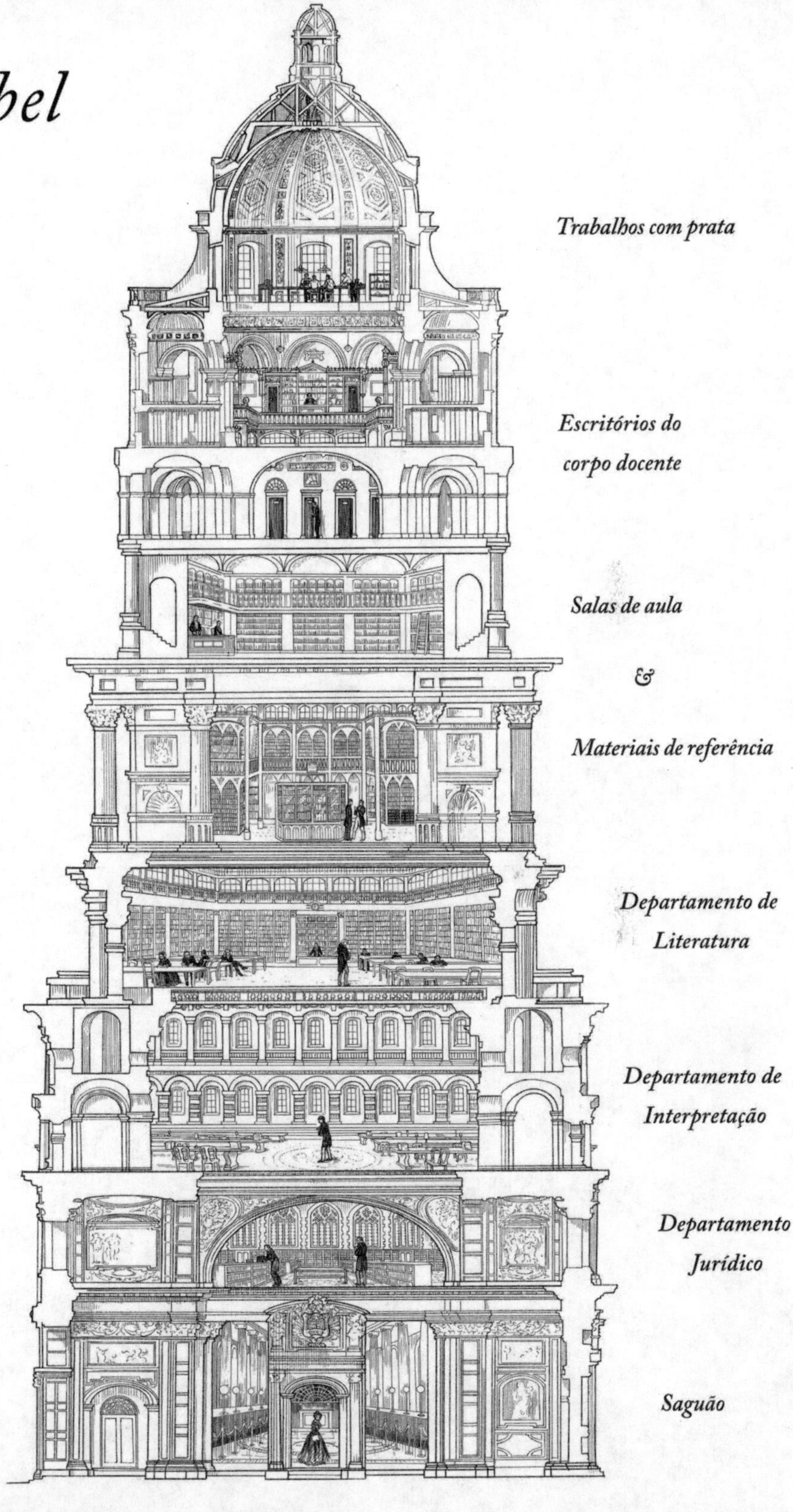
Trabalhos com prata
Escritórios do corpo docente
Salas de aula
&
Materiais de referência
Departamento de Literatura
Departamento de Interpretação
Departamento Jurídico
Saguão

## *Nota da autora sobre suas representações da Inglaterra histórica e da Universidade de Oxford em particular*

O problema de escrever um romance ambientado em Oxford é que qualquer pessoa que tenha passado algum tempo lá vai examinar minuciosamente seu texto a fim de determinar se a representação de Oxford que você produziu está de acordo com as lembranças que ela mesma tem do lugar. É ainda pior se você for uma norte-americana escrevendo sobre Oxford, afinal, o que os norte-americanos sabem? Apresento aqui minha defesa.

*Babel ou a necessidade de violência* é uma obra de ficção especulativa e, portanto, se passa em uma versão fantástica de Oxford na década de 1830, cidade cuja história foi completamente alterada pelo uso da prata (mais sobre isso em breve). Ainda assim, tentei me manter, sempre que possível, fiel aos registros históricos da vida em Oxford no início da Era Vitoriana e introduzi inconsistências factuais apenas quando a narrativa exigiu. Para referências sobre a Oxford do início do século XIX, recorri ao interessantíssimo *The Historical Handbook and Guide to Oxford* (1878), de James J. Moore, bem como aos volumes VI e VII de *The History of the University of Oxford*, organizados por M.G. Brock e M.C. Curthoys (1997 e 2000, respectivamente), entre outros.

No que diz respeito à retórica e à tessitura geral da vida (como as gírias da Oxford do início do século XIX, que diferem bastante das gírias da Oxford contemporânea),* lancei mão de fontes primárias como *A History of the Colleges, Halls, and Public Buildings Attached to the University of Oxford: Including the Lives of the Founders* (1810), de Alex Chalmers; *Recollections of Oxford* (1868), de G.V. Cox; *Reminiscences: Chiefly of Oriel College and the Oxford Movement* (1882), de Thomas Mozley; e *Reminiscences of Oxford* (1908), de W. Tuckwell. Uma vez que a ficção também pode nos dizer muito sobre como a vida era vivida, ou pelo menos sobre como era percebida, também utilizei detalhes de romances como *The Adventures of Mr. Verdant Green* (1857), de Cuthbert Bede; *Tom Brown at Oxford* (1861), de Thomas Hughes; e *The History of Pendennis* (1850), de William Makepeace Thackeray. Para todo o restante, contei com minha memória e minha imaginação.

---

* Por exemplo, quando eu estava em Oxford, nunca ouvi alguém se referir à High Street como “The High” [A High], mas G.V. Cox não teve a mesma percepção.

Para aqueles que conhecem Oxford e, portanto, vão ficar ansiosos para exclamar "Não, não é assim que as coisas são!", vou explicar algumas peculiaridades. A Oxford Union* foi estabelecida apenas em 1856, então, neste romance, refiro-me a ela pelo nome Sociedade de Debates, em referência à sua antecessora, a United Debating Society (fundada em 1823). Meu amado café Vaults & Garden só foi aberto em 2003, mas passei tanto tempo (e comi tantos *scones*) lá que não poderia negar esses mesmos prazeres a Robin e companhia. O Twisted Root, como é descrito, não existe e, pelo que sei, não há nenhum pub em Oxford com esse nome. Tampouco há uma padaria de nome Taylor's na Winchester Road, embora eu goste muito das Taylors da High Street. O Memorial dos Mártires de Oxford existe, mas só foi finalizado em 1843, três anos após a conclusão da linha temporal deste livro. Antecipei um pouco a data de sua construção apenas para fazer uma referência espirituosa. A coroação da rainha Vitória aconteceu em junho de 1838, não em 1839. A estrada de ferro que liga Oxford a Paddington só foi inaugurada em 1844, mas na obra foi construída vários anos antes por dois motivos: primeiro, porque faz sentido, considerando as alterações históricas; e segundo, porque eu precisava fazer com que meus personagens chegassem a Londres um pouco mais rápido.

Tomei muitas liberdades artísticas em relação ao baile de encerramento, que se parece muito mais com um baile contemporâneo de encerramento letivo em Oxford ou Cambridge do que com qualquer tipo de evento social do início da Era Vitoriana. Por exemplo, sei que ostras eram um alimento comum entre as pessoas mais pobres no início da Era Vitoriana, mas escolhi tratá-las como uma iguaria porque essa foi minha primeira impressão do baile de encerramento de 2019 na Magdalene College, em Cambridge: montes e montes de ostras no gelo (eu não tinha levado bolsa e precisei equilibrar meu celular, minha taça de champanhe e uma ostra em apenas uma das mãos; como resultado, derramei champanhe nos elegantes sapatos sociais de um senhor).

Alguns leitores talvez fiquem intrigados com a localização exata do Real Instituto de Tradução, também conhecido como Babel. Isso porque distorci a geografia para abrir espaço para ele. Imagine um gramado entre a Biblioteca Bodleiana, o Teatro Sheldonian e a Câmara Radcliffe. Agora imagine-o muito maior e coloque Babel bem no centro.

Se encontrar outras inconsistências na história, tente se lembrar de que esta é uma obra de ficção.

---

* A Oxford Union Society, comumente designada como Oxford Union, é uma sociedade de debates na cidade de Oxford, na Inglaterra, cujos membros, em geral, pertencem à Universidade de Oxford. (N. E.)

# LIVRO I

REAL INSTITUTO DE TRADUÇÃO
UNIVERSIDADE DE OXFORD

# Capítulo Um

*Que siempre la lengua fue compañera del imperio; y de tal manera lo siguió, que juntamente comenzaron, crecieron y florecieron, y después junta fue la caída de entrambos.*

*A língua sempre foi companheira do império; e de tal maneira o acompanhou que juntos se constituíram, cresceram e floresceram, e, posteriormente, ao mesmo tempo se deu o declínio de ambos.*

Antonio de Nebrija, *Gramática de la lengua castellana*

Quando o professor Richard Lovell finalmente encontrou o caminho por entre as vielas estreitas de Cantão até o endereço desbotado em sua agenda, o menino era o único na casa ainda vivo.

O ar era fétido, o chão, escorregadio. Havia uma jarra de água cheia, intocada, ao lado da cama. No início, o menino não tinha bebido nada por medo de vomitar; agora estava fraco demais para levantar a jarra. Ele ainda estava consciente, embora envolto em uma névoa entorpecida, permeada de sonhos. Sabia que, em pouco tempo, cairia em um sono profundo e não conseguiria mais acordar. Havia sido isso que acontecera com seus avós uma semana antes, com as tias, no dia seguinte, e então com a srta. Betty, a inglesa, um dia depois.

A mãe dele havia falecido naquela manhã. O garoto estava deitado ao lado do corpo dela, observando os azuis e roxos em sua pele ficarem mais fortes. A última coisa que ela dissera ao filho tinha sido o nome dele, duas sílabas balbuciadas sem fôlego. Em seguida, seu rosto ficou flácido e disforme. A língua pendeu para fora da boca. O menino tentou fechar os olhos embaçados, mas as pálpebras teimavam em voltar a se abrir.

Ninguém respondeu quando o professor Lovell bateu à porta. Ninguém exclamou de surpresa quando ele a arrombou com um chute — a porta da frente estava trancada porque ladrões andavam saqueando as residências do bairro e, embora tivessem poucos objetos de valor em casa, o menino e a mãe queriam algumas horas de paz antes que a doença os levasse também. Do andar de cima, ele ouviu toda a comoção, mas não teve forças para se preocupar.

Àquela altura, a única coisa que queria era morrer.

O professor Lovell subiu as escadas, atravessou o quarto e ficou parado ao lado do menino por um longo momento. Não notou, ou preferiu não notar, a mulher morta na cama. O menino permaneceu imóvel em sua sombra, se perguntando se aquela figura alta e pálida, vestida de preto, tinha ido até lá ceifar sua alma.

— Como você está se sentindo? — perguntou o professor Lovell.

O menino estava ofegante demais para que conseguisse responder.

O professor Lovell se ajoelhou ao lado da cama. Tirou uma fina barra de prata do bolso da frente do paletó e a encostou no peito nu do menino. Ele se encolheu; o metal queimava como gelo.

— *Triacle* — disse o professor Lovell, primeiro em francês. Depois, acrescentou: — *Treacle*.*

A barra emitiu um brilho branco pálido. E então um som estranho surgiu do nada; um zumbido, um sibilo. O menino gemeu e se curvou para o lado, a língua explorando confusamente o interior da boca.

— Aguente firme — murmurou o professor Lovell. — Você vai sentir o gosto de algo. Engula.

Segundos se passaram. A respiração do menino se acalmou. Ele abriu os olhos. Via o professor Lovell com mais clareza, conseguia distinguir os olhos verde-acinzentados e o nariz aquilino — *yīnggōubí*, era como chamavam, um nariz de bico de águia — que só poderia pertencer ao rosto de um estrangeiro.

— Como está se sentindo agora? — perguntou o professor Lovell.

O menino respirou fundo outra vez. Então disse, em um inglês surpreendentemente correto:

— É doce. É muito doce…

— Ótimo. Isso significa que funcionou. — O professor Lovell guardou a barra de volta no bolso. — Tem mais alguém vivo aqui?

— Não — sussurrou o menino. — Só eu.

— Tem alguma coisa que você não pode deixar para trás?

---

* Em português, teriaga. Composto medicinal preparado com muitos ingredientes, antigamente usado como um antídoto para mordidas venenosas, venenos em geral e enfermidades em que se considerava haver alguma forma de envenenamento, como era o caso das doenças infecciosas e síndromes febris, sendo enorme a procura nos períodos das grandes epidemias. Quando o açúcar de cana ainda era uma mercadoria asiática pouco comum, os ingleses recomendavam o *treacle* à base de açúcar como antídoto. (N. T.)

O menino ficou em silêncio. Uma mosca pousou na bochecha de sua mãe e andou pelo nariz dela. Ele queria espantá-la, mas não tinha forças para erguer a mão.

— Não posso levar um corpo — disse o professor Lovell. — Não para onde vamos.

O menino olhou para a mãe por um longo momento.

— Meus livros — falou ele por fim. — Embaixo da cama.

O professor Lovell curvou-se para checar o espaço sob a cama e tirou de lá quatro volumes grossos. Livros em inglês, a lombada desgastada pelo uso, algumas páginas tão finas que estavam quase ilegíveis. O professor folheou--os, sem conseguir conter um sorriso, e os colocou na mala. Em seguida, passou os braços sob o corpo magro do menino e o carregou para fora da casa.

Em 1829, a epidemia que mais tarde ficou conhecida como Cólera Asiática se disseminou de Calcutá, atravessando a Baía de Bengala até o Extremo Oriente — primeiro para o Sião, em seguida para Manila e por fim para o litoral da China, em navios mercantes cujos marinheiros desidratados e de olhos encovados despejavam seus excrementos no Rio das Pérolas, contaminando as águas que milhares bebiam e onde lavavam as roupas, nadavam e se banhavam. A epidemia atingiu Cantão como um maremoto, avançando rapidamente das docas para as áreas residenciais. O bairro do menino havia sucumbido em questão de semanas, famílias inteiras perecendo, desamparadas, em suas casas. Quando o professor Lovell carregou o menino para fora dos becos de Cantão, todos os outros moradores de sua rua já estavam mortos.

O menino ficou sabendo de tudo isso quando acordou em um quarto limpo e bem iluminado na Feitoria Inglesa,* envolto em cobertas mais macias e mais brancas do que qualquer coisa que já houvesse tocado na vida. No entanto, elas não contribuíam muito para reduzir seu desconforto. Sentia um calor terrível, e sua língua parecia uma pedra densa e arenosa dentro da boca. Tinha a sensação de estar flutuando muito acima do próprio corpo. Toda vez que o professor falava, ele sentia pontadas dolorosas nas têmporas, acompanhadas de lampejos de vermelho.

— Você teve muita sorte — disse o professor Lovell. — Essa doença mata praticamente tudo que toca.

---

* O Distrito das Treze Feitorias, também conhecidas como Feitorias de Cantão, era um bairro ao longo do Rio das Pérolas, no sudoeste de Cantão, fundado em 1684, durante a dinastia Qing. Entre 1757 e 1842, todo o comércio entre a China e o Ocidente se desenvolveu nesse distrito. (N.T.)

O menino o encarou, fascinado pelo rosto comprido e pelos olhos claros e acinzentados do estrangeiro. Se deixasse a visão perder o foco, o estrangeiro se transformava em um pássaro gigante. Um corvo. Não, uma ave de rapina. Algo feroz e forte.

— Entende o que estou dizendo?

O menino umedeceu os lábios ressecados e balbuciou uma resposta.

O professor Lovell balançou a cabeça.

— Não. Em inglês. Use seu inglês.

A garganta do menino ardia. Ele tossiu.

— Eu sei que você fala inglês. — A voz do professor Lovell tinha um tom de reprimenda. — Use-o.

— Minha mãe… — sussurrou o menino. — O senhor se esqueceu da minha mãe.

O professor Lovell não respondeu. Levantou-se abruptamente e espanou os joelhos antes de sair, embora o menino custasse a acreditar que alguma poeira pudesse ter se acumulado ali nos poucos minutos que ele havia permanecido sentado.

Na manhã seguinte, o menino conseguiu tomar uma tigela inteira de caldo sem vomitar. No outro dia, conseguiu ficar de pé sem sentir muita vertigem, embora seus joelhos tremessem tanto por causa da falta de uso que ele teve que se apoiar na cama para não cair. A febre cedeu; o apetite melhorou. Quando voltou a acordar, na tarde daquele mesmo dia, viu que a tigela tinha sido substituída por um prato com duas fatias grossas de pão e um pedaço de rosbife, que devorou, pegando a comida com as mãos, faminto.

Passou a maior parte do dia imerso em um sono sem sonhos, interrompido de tempos em tempos pela chegada de uma certa sra. Piper — uma mulher roliça e alegre que afofava seus travesseiros, passava panos úmidos deliciosamente refrescantes em sua testa e falava inglês com um sotaque tão peculiar que o menino sempre tinha que pedir que ela repetisse várias vezes o que dissera.

— Minha nossa — comentou ela, rindo, na primeira vez que ele fez isso. — Bem se vê que você nunca conheceu um escocês.

— Um… escocês? O que é um escocês?

— Não se preocupe com isso. — Ela deu um tapinha na bochecha dele. — Logo você vai aprender sobre todas as divisões da Grã-Bretanha.

Naquela noite, a sra. Piper chegou com o jantar — pão e carne outra vez — e com a notícia de que o professor queria vê-lo em seu escritório.

— É no andar de cima. Segunda porta à direita. Termine de comer primeiro; ele não vai a lugar nenhum.

O menino não demorou a comer e, com a ajuda da sra. Piper, se vestiu. Ele não sabia de onde as roupas tinham surgido — o estilo era ocidental e elas se ajustavam surpreendentemente bem a seu corpo baixo e magro —, mas estava cansado demais para perguntar.

Enquanto subia as escadas, ele tremia, não sabia ao certo se de fadiga ou ansiedade. A porta do escritório do professor estava fechada. Parou um momento para recuperar o fôlego, em seguida bateu.

— Pode entrar — disse o professor.

A porta era muito pesada. O menino teve que apoiar todo o peso do corpo contra a madeira para abri-la. Lá dentro, foi envolvido pelo cheiro de almíscar e tinta dos livros. Havia pilhas e mais pilhas deles; alguns estavam dispostos de maneira ordenada em prateleiras, outros, empilhados em pirâmides bagunçadas por todo o escritório; havia volumes espalhados pelo chão, enquanto outros se equilibravam nas mesas que pareciam dispostas ao acaso no labirinto mal iluminado.

— Aqui.

O professor estava quase escondido pelas estantes. O menino caminhou até ele, hesitante, com medo de que mesmo o menor movimento errado fizesse as pirâmides desmoronarem.

— Não seja tímido. — O professor estava sentado atrás de uma grande mesa coberta de livros, papéis e envelopes. Gesticulou para que o menino se sentasse diante dele. — Eles deixavam você ler bastante aqui? O inglês não era um problema?

— Eu lia um pouco. — O menino sentou-se com cautela, tomando cuidado para não pisar nos volumes (os registros de viagem de Richard Hakluyt, ele notou) reunidos a seus pés. — Nós não tínhamos muitos livros. Eu acabava relendo o que tínhamos.

Para alguém que nunca havia saído de Cantão, o inglês do menino era surpreendentemente bom. Ele falava apenas com um resquício de sotaque. Isso graças a uma inglesa, uma certa srta. Elizabeth Slate, que ele chamava de srta. Betty e que tinha vivido com sua família desde que ele se entendia por gente. O menino nunca havia entendido muito bem o que ela fazia lá — sua família definitivamente não era rica o bastante para ter empregados, muito menos uma estrangeira —, mas alguém devia estar pagando o salário dela, porque a srta. Betty permaneceu com eles mesmo depois de a pandemia chegar à cidade. Seu cantonês era razoável, o suficiente para que ela circulasse pela cidade sem problemas, mas, com o menino, falava apenas em inglês. Parecia que sua única tarefa era cuidar dele, e tinha sido por intermédio das conversas com ela, e mais tarde com marinheiros britânicos nas docas, que o menino se tornara fluente.

Ele lia na língua melhor do que falava. Desde os quatro anos, recebia um grande pacote de livros em inglês duas vezes por ano. O endereço do remetente era uma residência em Hampstead, nos arredores de Londres — um lugar que a srta. Betty não parecia conhecer e sobre o qual o menino, é claro, nada sabia. Apesar disso, ele e a srta. Betty costumavam sentar-se juntos à luz de velas, passando laboriosamente os dedos sobre cada palavra enquanto liam em voz alta. Já mais velho, ele passava tardes inteiras debruçado sobre as páginas gastas, sozinho. Mas uma dúzia de livros mal dava para seis meses; lia cada um deles tantas vezes que os havia praticamente memorizado quando a remessa seguinte chegava.

Deu-se conta, naquele momento, sem compreender muito bem a situação como um todo, de que aqueles pacotes deviam ter sido enviados pelo professor.

— Eu gosto bastante de ler — acrescentou ele, debilmente. Então, achando que deveria dizer um pouco mais, prosseguiu: — E não, o inglês não era um problema.

— Ótimo. — O professor Lovell pegou um exemplar da prateleira atrás dele e o deslizou sobre a mesa. — Imagino que não conheça este.

O menino olhou para o título. *A riqueza das nações*, de Adam Smith. Balançou a cabeça.

— Sinto muito, não conheço.

— Tudo bem. — O professor abriu o livro em uma página bem no meio e apontou. — Leia em voz alta para mim. Começando aqui.

O menino engoliu em seco, pigarreou e começou a ler. A grossura do livro intimidava, a fonte era muito pequena e a prosa se mostrou consideravelmente mais difícil do que a dos romances de aventura tão vivazes que ele costumava ler com a srta. Betty. A língua tropeçava nas palavras que ele não conhecia, palavras que lhe restava apenas pronunciar conjecturando o significado.

— *As van... vantagens par-particulares que cada país co-lo-colonizador obtém das co... colônias que lhe per... pertencem são de dois tipos diferentes; primeiro, aquelas vantagens comuns que todo império o... obtém?* — Ele pigarreou outra vez. — *Obtém... das pro... víncias su-submetidas ao seu domí...**

* No Livro IV, Capítulo VII, de *A riqueza das nações*, Adam Smith argumenta contra o colonialismo, alegando que a defesa das colônias demandava muitos recursos e que os ganhos econômicos obtidos com o comércio colonial monopolista eram uma ilusão. Em suas palavras: "A Grã-Bretanha não obtém nada do domínio que exerce sobre suas colônias além de prejuízo." Essa visão não era amplamente compartilhada na época.

— Já chega.

Ele não fazia ideia do que tinha acabado de ler.

— Senhor, o que...

— Está tudo bem — respondeu o professor. — Eu não esperava que entendesse de economia internacional. Você se saiu muito bem. — Ele colocou o livro de lado, enfiou a mão na gaveta da mesa e tirou de lá uma barra de prata. — Lembra-se disto?

O menino o encarou, os olhos arregalados, receoso demais para tocá-la.

Tinha visto barras como aquela antes. Eram raras em Cantão, mas todos sabiam sobre elas. *Yínfúlù*, talismãs de prata. Ele as vira incrustadas nas proas dos navios, engastadas nas laterais de palanquins e instaladas acima das portas de entrepostos no bairro estrangeiro. Nunca havia entendido exatamente o que eram, e ninguém em sua casa sabia explicar. A avó as chamava de feitiços de homens ricos, amuletos de metal que carregavam bênçãos dos deuses. A mãe achava que as barras aprisionavam demônios, que podiam ser invocados para cumprir as ordens de seus senhores. Até mesmo a srta. Betty, que não escondia seu desdém pelas superstições dos chineses e criticava constantemente a atenção que a mãe dele dedicava a espíritos famintos,* achava-as perturbadoras.

— É feitiçaria — dizia ela quando ele perguntava. — Obra do diabo, é isso que essas barras são.

Então o menino não sabia nada sobre aqueles *yínfúlù*, tirando o fato de que havia sido uma barra exatamente como aquelas que dias antes salvara sua vida.

— Vá em frente. — O professor Lovell estendeu a barra para ele. — Dê uma olhada. Ela não morde.

O menino hesitou, em seguida a recebeu com ambas as mãos. A barra era muito lisa e fria ao toque, mas, fora isso, parecia um objeto como outro qualquer. Se havia mesmo um demônio preso ali dentro, ele se escondia muito bem.

— Consegue ler o que está escrito?

O menino olhou mais de perto e reparou que de fato havia uma inscrição, pequenas palavras habilmente gravadas de cada lado da barra: letras de um lado, caracteres chineses do outro.

— Consigo.

* O "espírito faminto" (ou "fantasma faminto") é um conceito presente no budismo chinês e no taoísmo, bem como na religião popular chinesa, que representa seres movidos por intensas necessidades emocionais, insaciáveis. (N. T.)

— Diga as palavras em voz alta. Primeiro em chinês, depois em inglês. Pronuncie-as com clareza.

O menino reconheceu os caracteres chineses, embora a caligrafia fosse um pouco estranha, como se os símbolos tivessem sido desenhados por alguém que os tivesse visto e copiado, radical por radical, sem saber o que significavam. Estava escrito: 囫圇吞棗.

— *Húlún tūn zǎo* — leu ele devagar, tomando o cuidado de enunciar cada sílaba. Em seguida mudou para o inglês. — Aceitar sem pensar.

A barra começou a zumbir.

Sua língua inchou de imediato, obstruindo as vias aéreas. O menino levou as mãos ao pescoço, sufocando. A barra caiu em seu colo, onde continuou a vibrar loucamente, dançando como se estivesse possuída. Um gosto doce e enjoativo encheu sua boca. *Tâmaras*, pensou o menino debilmente, as bordas de seu campo de visão já escurecendo. Tâmaras rijas e muito doces, tão maduras que eram enjoativas. Estava se afogando nelas. A garganta totalmente bloqueada, não conseguia respirar...

— Pronto. — O professor Lovell se inclinou para a frente e tirou a barra do colo dele.

A sensação de asfixia desapareceu. O menino desabou sobre a mesa, respirando com sofreguidão.

— Interessante — disse o professor Lovell. — Nunca vi a barra ter um efeito tão forte. Que gosto tem na boca?

— *Hóngzǎo*. — Lágrimas escorriam pelo rosto do menino. Ele prontamente se corrigiu, repetindo em inglês: — Tâmaras.

— Isso é bom. Muito bom. — O professor Lovell observou-o por um longo momento, depois colocou a barra de volta na gaveta. — Excelente, na verdade.

O menino enxugou as lágrimas, fungando. O professor Lovell se recostou na cadeira, esperando que o menino se recuperasse um pouco antes de continuar.

— Daqui a dois dias, a sra. Piper e eu vamos deixar este país rumo a uma cidade chamada Londres, em um país chamado Inglaterra. Tenho certeza de que já ouviu falar de ambos.

O menino fez que sim com a cabeça, hesitante. Londres existia para ele como Liliput: um lugar distante, imaginário, fantástico, onde ninguém nem de longe se parecia com ele, tampouco se vestia ou falava como ele.

— Minha proposta é levá-lo conosco. Você vai morar na minha casa, e eu lhe darei comida e um lugar para ficar até ter idade suficiente para ganhar seu próprio dinheiro. Em troca, você vai se dedicar a estudos que são parte de um currículo concebido por mim. Vai estudar línguas: latim, grego e, é claro, mandarim. Vai desfrutar de uma vida tranquila e confortável e da melhor educação que o dinheiro pode proporcionar. A única coisa que espero é que você se dedique com afinco aos estudos.

O professor Lovell uniu as mãos como se fosse rezar. O tom dele deixou o menino confuso. Era absolutamente indiferente e frio. Ele não sabia dizer se o professor Lovell *queria* que ele fosse para Londres ou não; na verdade, aquilo parecia mais uma proposta de negócios do que uma adoção.

— Eu o aconselho a considerar bem minha proposta — continuou o professor Lovell. — Sua mãe e seus avós estão mortos, nada se sabe do seu pai e você não tem parentes. Se ficar aqui, não vai ter um centavo em seu nome. As únicas coisas que vai conhecer serão a pobreza, a doença e a fome. Se tiver sorte, vai conseguir trabalho nas docas, mas ainda é pequeno, então vai passar alguns anos mendigando ou roubando. Supondo que chegue à idade adulta, o melhor que pode esperar é um trabalho extenuante em algum navio.

O menino se viu olhando, fascinado, para o rosto do professor Lovell enquanto ele falava. Não que nunca tivesse estado diante de um inglês antes. Havia conhecido muitos marinheiros nas docas e já vira muitos rostos de homens brancos, desde os largos e corados, passando pelos enfermos e com manchas na pele, até os longos, pálidos e severos. O rosto do professor, no entanto, apresentava um enigma totalmente diferente. Tinha todos os componentes de um rosto humano padrão — olhos, lábios, nariz, dentes, todos saudáveis e normais. Sua voz era baixa e um tanto monocórdia, mas ainda assim uma voz humana. Quando falava, no entanto, o tom e a fisionomia eram desprovidos de emoção. Ele era uma página em branco. O menino não fazia a menor ideia do que ele estava sentindo. Enquanto descrevia a morte precoce e inevitável do rapaz, era como se o professor estivesse ditando os ingredientes de um ensopado.

— Por quê? — perguntou o menino.

— Por que o quê?

— Por que o senhor quer que eu vá?

O professor inclinou a cabeça, indicando a gaveta na qual estava a barra de prata.

— Porque você é capaz de fazer *aquilo*.

Só então o menino se deu conta de que tinha passado por um teste.

— Estes são os termos da minha tutela. — O professor Lovell deslizou um documento de duas páginas sobre a mesa.

O menino olhou para baixo, mas logo desistiu de tentar decifrá-lo; a caligrafia apertada e cheia de curvas parecia quase ilegível.

— São termos muito simples — prosseguiu o professor —, mas é melhor que você leia tudo antes de assinar. Pode fazer isso hoje à noite, antes de dormir?

O menino estava perturbado demais para fazer qualquer coisa além de concordar com a cabeça.

— Ótimo — disse o professor Lovell. — Mais uma coisa. Me ocorreu que você precisa de um nome.

— Eu tenho nome — respondeu o menino. — É...

— Não, esse nome não serve. Nenhum inglês vai conseguir pronunciá-lo. A srta. Slate não lhe deu um nome?

A mulher lhe dera um nome, na verdade. Quando o menino completou quatro anos, a srta. Slate insistira para que ele adotasse um nome que fizesse os ingleses o levarem a sério, embora nunca tivesse explicado quem seriam esses tais ingleses. Escolheram um nome ao acaso, de um livro de rimas infantil, e o menino gostou de como as sílabas soavam firmes e sonoras em sua língua, de modo que não fez nenhuma objeção. No entanto, ninguém mais na casa o adotou, e logo a srta. Betty também o deixou de lado. O menino teve que pensar por um momento até se lembrar.

— Robin.*

O professor Lovell ficou em silêncio. Sua expressão deixou o menino confuso: as sobrancelhas estavam franzidas, como se ele estivesse com raiva, mas um dos cantos da boca se curvara para cima, como se estivesse satisfeito.

— E o sobrenome?

— Eu tenho sobrenome.

— Um que sirva em Londres. Escolha o que quiser.

O menino piscou.

— Escolher... um sobrenome?

Nomes de família não eram algo que apenas se descartava e se substituía por capricho, pensou ele. Eram a marca de uma linhagem; a marca de um pertencimento.

— Os ingleses reinventam seus sobrenomes o tempo todo — disse o professor Lovell. — As únicas famílias que os mantêm fazem isso porque possuem títulos que desejam preservar, e você definitivamente não tem nenhum. Só precisa de um sobrenome com o qual se apresentar. Qualquer um serve.

— Então posso usar o seu? Lovell?

---

* *I killed Cock Robin. / Who saw him die?* Em tradução livre, "Eu matei o Pisco / Quem o viu morrer?". Trecho de uma antiga canção de ninar inglesa, em que um pássaro pisco-de-peito-ruivo é morto. (N. T.)

— Ah, não — objetou o professor Lovell. — As pessoas vão pensar que eu sou seu pai.

— Ah... claro.

Os olhos do menino percorreram desesperadamente a sala, procurando alguma palavra ou um som ao qual se agarrar. Pousaram em um volume familiar na prateleira acima da cabeça do professor Lovell: *Viagens de Gulliver*. Um estranho em uma terra estranha, que teria de aprender os idiomas locais se não quisesse morrer. Achava que agora entendia como Gulliver se sentira.

— Swift?* — arriscou. — A não ser que...

Para sua surpresa, o professor Lovell riu. Foi estranho ouvir uma risada saindo daquela boca severa; soou abrupta demais, quase cruel, e o menino não pôde evitar estremecer.

— Ótimo. De agora em diante você é Robin Swift. Prazer em conhecê-lo, sr. Swift.

Ele se levantou e estendeu a mão por cima da mesa. O menino já tinha visto marinheiros estrangeiros se cumprimentando nas docas, então sabia o que fazer. Tocou aquela palma grande, seca e desconfortavelmente fria. Eles deram um aperto de mão.

Dois dias depois, o professor Lovell, a sra. Piper e o recém-batizado Robin Swift partiram para Londres. Àquela altura, graças a muitas horas de repouso na cama e a uma dieta constante, à base de leite quente e da farta comida da sra. Piper, Robin estava bem o suficiente para caminhar sem ajuda. Ele arrastava um pesado baú cheio de livros pela prancha de embarque, se esforçando para acompanhar o ritmo do professor.

O porto de Cantão, a entrada por onde a China tinha contato com o mundo, era um universo de línguas. Palavras em português, francês, neerlandês, sueco, dinamarquês, inglês e chinês, ditas rápido e em voz alta, flutuavam no ar salgado, misturando-se em um *pidgin* de improvável inteligibilidade, mas que quase todos compreendiam, embora poucos fossem capazes de falá-lo com facilidade. Robin o conhecia bem. Obtivera seus primeiros conhecimentos de línguas estrangeiras correndo ao longo do cais, onde costumava atuar como intérprete para marinheiros em troca de uma moeda e um sorriso. Nunca havia imaginado que seguiria os fragmentos linguísticos daquele *pidgin* até sua fonte.

---

* O autor de *Viagens de Gulliver* é Jonathan *Swift*. (N. T.)

Eles haviam caminhado pelo cais para se juntar à fila de embarque do *Condessa de Harcourt*, um dos navios da Companhia das Índias Orientais que levava um pequeno número de passageiros comerciais em cada viagem. O mar estava barulhento e agitado naquele dia. Robin estremeceu quando rajadas geladas penetraram violentamente seu casaco. Queria muito estar dentro do navio, em uma cabine ou em qualquer lugar com paredes, mas algo estava atrasando a fila de embarque. O professor Lovell deu um passo para o lado para dar uma olhada. Robin fez o mesmo. No topo da prancha de embarque, um tripulante repreendia um passageiro, vogais duras em inglês cortando o ar frio da manhã.

— Não consegue entender o que estou dizendo? *Nirrau*? *Leirrô*? Nada?

O alvo de sua ira era um trabalhador chinês, curvado com o peso da bolsa que levava pendurada no ombro. Se o trabalhador deu uma resposta, Robin não conseguiu ouvir.

— Não entende uma palavra do que estou dizendo! — reclamou o tripulante. E se virou para a multidão. — Alguém pode dizer a esse sujeito que ele não vai embarcar?

— Ah, coitado — disse a sra. Piper, cutucando o braço do professor Lovell. — O senhor não pode traduzir?

— Eu não falo o dialeto cantonês — respondeu o professor Lovell. — Robin, vá até lá.

Robin hesitou, subitamente temeroso.

— *Vá* — repetiu o professor Lovell, empurrando-o prancha acima.

Robin avançou a passos hesitantes em direção ao entrevero. Tanto o tripulante quanto o trabalhador se viraram para encará-lo. O tripulante demonstrou apenas irritação, mas o trabalhador deu a impressão de estar aliviado; parecia ter reconhecido de imediato no rosto de Robin um aliado, o único outro chinês à vista.

— O que houve? — perguntou Robin em cantonês.

— Ele não me deixa embarcar — disse o trabalhador, aflito. — Mas eu tenho um contrato com este navio até Londres, veja, está escrito aqui.

Ele entregou a Robin uma folha de papel dobrada.

O garoto a desdobrou. O documento estava escrito em inglês e de fato parecia um contrato de lascarim* — um certificado de pagamento com duração de uma viagem de Cantão a Londres, para ser mais específico. Robin já tinha visto contratos como aquele; haviam se tornado cada vez mais comuns nos últimos anos, conforme a demanda por empregados chineses contratados

* Marinheiro ou miliciano oriundo do subcontinente indiano, do Sudeste da Ásia ou do mundo árabe, empregado em navios europeus do século XVI até meados do século XX. (N. T.)

em caráter temporário crescia concomitantemente às dificuldades enfrentadas pelo comércio ultramarino de pessoas escravizadas. Não era o primeiro contrato que ele traduzia; já vira ordens de serviço para que trabalhadores chineses embarcassem rumo a destinos tão distantes quanto Portugal, Índia e Índias Ocidentais.

Tudo parecia em ordem para ele.

— Então, qual é o problema?

— O que ele está dizendo a você? — perguntou o tripulante. — Pode avisar que esse contrato não serve. Não vou aceitar chinas neste navio. O último navio em que eu trabalhei e que transportou um china ficou infestado de piolhos. Não vou correr riscos por causa de pessoas que não sabem se lavar. Esse daí não conseguiria entender a palavra *banho* nem se eu berrasse no ouvido dele. Ei! Garoto? Entende o que estou dizendo?

— Entendo, entendo. — Robin voltou apressadamente para o inglês. — Sim, estou só... Me dê um instante, estou só tentando...

Mas o que ele deveria dizer?

Sem entender nada, o trabalhador dirigiu a Robin um olhar suplicante. Seu rosto era marcado por rugas e queimado pelo sol, curtido de uma maneira que o fazia parecer ter sessenta anos, embora provavelmente ainda estivesse na casa dos trinta. Todos os lascarins envelheciam rápido; o trabalho castigava o corpo deles. Robin já tinha visto aquele rosto mil vezes nas docas. Alguns lhe davam doces; outros o conheciam bem o bastante para cumprimentá-lo pelo nome. Ele associava aquele rosto aos de seu próprio povo, mas nunca tinha visto um de seus conterrâneos de mais idade se voltar para ele com tal impotência.

A culpa lhe deu um nó no estômago. Palavras se acumulavam em sua língua, palavras cruéis e terríveis, mas ele não conseguia reuni-las em uma frase.

— Robin. — O professor Lovell surgiu ao seu lado, apertando seu ombro com tanta força que doeu. — Traduza, por favor.

Robin se deu conta de que a solução para tudo aquilo dependia dele. A escolha era sua. Apenas ele poderia determinar a verdade, porque só ele era capaz de comunicá-la a todos os envolvidos.

Mas o que poderia dizer? Via a fúria do tripulante. Ouvia os murmúrios impacientes dos outros passageiros na fila. Estavam cansados, com frio, não entendiam por que ainda não haviam embarcado. Sentiu o polegar do professor Lovell fazendo um sulco em sua clavícula, e um pensamento lhe ocorreu — um pensamento tão aterrador que fez seus joelhos tremerem: o *Condessa de Harcourt* poderia simplesmente partir e deixá-lo para trás também.

— Seu contrato não serve — murmurou ele para o trabalhador. — Tente o próximo navio.

O trabalhador ficou boquiaberto, incrédulo.

— Você leu? Diz Londres, diz Companhia das Índias Orientais, diz *este* navio, o *Condessa*...

Robin balançou a cabeça.

— Não serve — disse ele, em seguida repetiu a frase, como se isso tivesse o poder de torná-la verdadeira. — Não serve, você vai ter que tentar o próximo navio.

— Qual é o problema com o contrato? — perguntou o trabalhador.

Robin mal conseguiu pronunciar as palavras.

— Simplesmente não serve.

O trabalhador o encarou, sem acreditar. Mil emoções atravessaram seu rosto maltratado: indignação, frustração e, por fim, resignação. Robin teve medo de que ele discutisse, brigasse, mas logo ficou claro que, para aquele homem, aquele tipo de tratamento não era novidade. Aquilo já havia acontecido antes. O trabalhador se virou e desceu a prancha de embarque, empurrando os passageiros para o lado enquanto abria caminho. Logo desapareceu de vista.

Robin se sentiu tonto. Desceu a prancha, indo se juntar à sra. Piper.

— Estou com frio.

— Ah, você está tremendo, pobrezinho.

No mesmo instante, ela o envolveu como uma mãe superprotetora, cobrindo-o com seu xale, e dirigiu uma palavra ríspida ao professor Lovell. Ele suspirou e assentiu; então se apressaram até a frente da fila, de onde foram levados direto para suas cabines enquanto um carregador pegava a bagagem e seguia atrás deles.

Uma hora depois, o *Condessa de Harcourt* deixou o porto.

Robin estava acomodado em seu beliche com um cobertor grosso em torno dos ombros, e adoraria ter ficado lá o dia todo, mas a sra. Piper insistiu para que ele voltasse ao convés para assistir à costa ficando cada vez mais distante. Robin sentiu uma dor aguda no peito enquanto Cantão desaparecia no horizonte, em seguida um vazio lancinante, como se um arpéu tivesse arrancado seu coração do corpo. Até aquele momento, ainda não havia parado para pensar que não voltaria a pôr os pés em sua terra natal por muitos anos, talvez nunca mais. Não sabia ao certo como lidar com esse fato. A palavra *perda* era inadequada. Perda significava apenas uma falta, significava que algo estava ausente, mas não abarcava a totalidade daquela ruptura, daquela aterradora des-ancoragem de tudo que ele sempre conhecera.

Ficou observando o mar por um longo tempo, sem se importar com o vento, olhando fixamente até que mesmo sua visão imaginada da costa se desvanecesse.

Passou os primeiros dias da viagem dormindo. Ainda estava se recuperando; a sra. Piper insistia para que ele fizesse caminhadas diárias no convés por causa da saúde, mas no início Robin só conseguia andar alguns minutos por vez antes de ter que se deitar de novo. Teve a sorte de ser poupado dos enjoos; uma infância inteira ao longo de docas e rios havia habituado seus sentidos à incômoda instabilidade. Depois que já estava se sentindo forte o suficiente para passar tardes inteiras no convés, gostava de ficar sentado junto à amurada, observando as ondas infindáveis mudarem de cor com o céu, sentindo o mar borrifar seu rosto.

Ocasionalmente, o professor Lovell conversava com ele enquanto caminhavam juntos pelo convés. Robin aprendeu rápido que ele era um homem escrupuloso e reticente. Fornecia informações quando achava que o menino precisava delas, mas, caso contrário, ficava satisfeito em deixar as perguntas sem resposta.

Disse a Robin que, quando chegassem à Inglaterra, iam morar em sua propriedade em Hampstead. Não explicou se tinha família nessa propriedade. Confirmou que havia pagado a srta. Betty durante todos aqueles anos, mas não explicou por quê. Deu a entender que conhecera a mãe de Robin, e foi assim que soube o endereço deles, mas não entrou em detalhes sobre a natureza do relacionamento ou sobre como haviam se conhecido. O único momento em que fez menção ao fato de se conhecerem foi quando perguntou a Robin como sua família tinha ido parar naquele casebre à beira do rio.

— Eram uma família de comerciantes abastados quando os conheci — disse ele. — Tinham uma propriedade em Pequim antes de se mudarem para o sul. O que houve? Jogatina? Se for como imagino, foi o irmão, não foi?

Meses antes, Robin teria cuspido em qualquer um que se referisse à sua família de maneira tão cruel. Mas ali, sozinho no meio do oceano, sem parentes e sem nenhuma posse, não era capaz de invocar a ira necessária. Não lhe restava mais nenhum ímpeto. Estava apenas com medo, e muito cansado.

De qualquer forma, tudo aquilo estava de acordo com o que Robin tinha ouvido sobre a riqueza de sua família, que fora dissipada por completo nos anos após seu nascimento. A mãe se queixava disso com frequência, cheia de amargura. Robin não conhecia muito bem os detalhes, mas o enredo envolvia os mesmos elementos que muitas outras histórias de declínio durante a dinastia Qing na China: um patriarca já idoso, um filho perdulário, amigos maliciosos e manipuladores e uma filha indefesa com quem, por alguma razão misteriosa, ninguém queria se casar. No passado, lhe disseram, ele havia dormido em um berço laqueado. No passado, haviam desfrutado de uma dúzia de criados e de um chef que preparava pratos com iguarias raras importadas dos mercados do norte. No passado, tinham morado em uma propriedade grande o suficiente para abrigar cinco famílias, com pavões passeando pelo jardim. Mas a única coisa que Robin conhecera fora a casinha junto ao rio.

— Minha mãe dizia que meu tio tinha perdido todo o dinheiro da família em casas de ópio — contou Robin a ele. — Os credores tomaram a propriedade, e tivemos que nos mudar. Então, quando eu tinha três anos, meu tio desapareceu, e ficamos apenas nós, minhas tias e meus avós. E a srta. Betty.

O professor Lovell soltou um murmúrio evasivo de consternação.

— Eu sinto muito.

A não ser por essas conversas, o professor passava a maior parte do dia enfurnado em sua cabine. Eles o viam apenas com relativa regularidade, no refeitório à hora do jantar; na maior parte das vezes, a sra. Piper tinha que arrumar um prato com biscoitos e carne de porco seca e levá-lo até a cabine dele.

— Ele está trabalhando nas suas traduções — disse a sra. Piper a Robin. — Está sempre debruçado sobre pergaminhos e livros velhos nessas viagens, sabe, e gosta de ir adiantando o trabalho de traduzi-los para o inglês antes de chegar a Londres. Eles o mantêm muito ocupado por lá; ele é um homem muito importante, membro da Real Sociedade Asiática, sabe, e diz que essas viagens marítimas são o único momento em que tem um pouco de paz e sossego. Não é curioso? Ele comprou belos dicionários de rimas em Macau, lindos volumes, embora não me deixe tocá-los porque as páginas são muito delicadas.

Robin ficou surpreso ao saber que eles tinham estado em Macau. Não havia ficado sabendo de nenhuma viagem a Macau; ingenuamente, imaginara que ele era a única razão pela qual o professor Lovell tinha ido à China.

— Quanto tempo vocês passaram lá? Quer dizer, em Macau.

— Ah, pouco mais de duas semanas. A princípio ficaríamos só duas semanas, mas nós fomos retidos na alfândega. Eles não gostam de permitir a entrada de mulheres estrangeiras em território continental; eu tive que me disfarçar e fingir ser o tio do professor, acredita?

Duas semanas.

Duas semanas atrás, a mãe de Robin ainda estava viva.

— Está tudo bem, querido? — A sra. Piper afagou os cabelos dele. — Você parece pálido.

Robin fez que sim com a cabeça e engoliu as palavras que sabia que não podia dizer.

Não tinha o direito de ficar ressentido. O professor Lovell havia prometido tudo a ele, e não lhe devia nada. Robin ainda não entendia completamente as regras daquele mundo no qual estava prestes a entrar, mas compreendia a necessidade de gratidão. De respeito. Uma pessoa não deve ter rancor de alguém que a salvou.

— Quer que eu leve este prato para o professor? — perguntou ele.

— Obrigada, querido. É muito gentil da sua parte. Venha me encontrar no convés depois para assistirmos ao pôr do sol.

Robin perdeu a noção do tempo. O sol nascia e se punha, mas sem a regularidade da rotina — ele não tinha tarefas a realizar, não precisava buscar água nem sair para comprar ou resolver coisas —, todos os dias pareciam iguais, não importava a hora. Robin dormia, relia seus livros antigos e caminhava pelo convés. De vez em quando, puxava conversa com outros passageiros, que sempre pareciam encantados ao ouvir um sotaque londrino quase perfeito saindo da boca daquele menino asiático. Lembrando-se das palavras do professor Lovell, ele se esforçava para viver exclusivamente em inglês. Quando surgiam pensamentos em chinês, ele os reprimia.

Reprimia as lembranças também. A vida em Cantão — a mãe, os avós, uma década correndo pelas docas —, tudo se revelou surpreendentemente fácil de abandonar, talvez porque aquela travessia fosse tão impactante e a ruptura, tão completa. Tinha deixado para trás tudo que conhecia. Não havia nada a que se agarrar, nada para o que voltar. Seu mundo agora se resumia ao professor Lovell, à sra. Piper e à promessa de um país do outro lado do oceano. Enterrou sua vida anterior, não porque fosse tão terrível assim, mas porque deixá-la para trás era a única maneira de sobreviver. Passou a usar o sotaque inglês como se fosse um casaco novo, ajustou tudo o que pôde em si mesmo para se adequar a ele e, em poucas semanas, já se sentia confortável ao usá-lo. Algumas semanas depois, deixaram de lhe pedir que dissesse palavras em chinês por puro entretenimento. Mais algumas semanas, e ninguém parecia se lembrar de que ele era chinês.

Uma manhã, a sra. Piper o acordou muito cedo. Ele fez alguns ruídos de protesto, mas ela insistiu.

— Venha, querido, você não vai querer perder isso.

Bocejando, ele vestiu um casaco. Ainda estava esfregando os olhos quando chegaram ao convés e se depararam com uma manhã fria envolta em uma névoa tão espessa que Robin mal conseguia ver a proa do navio. Mas então a neblina se dissipou e uma silhueta cinza-escura surgiu no horizonte, e esse foi o primeiro vislumbre que Robin teve de Londres: a Cidade de Prata, o coração do Império Britânico e, naquela época, a maior e mais rica metrópole do mundo.

# Capítulo Dois

*That vast metropolis, The fountain of my country's destiny*
*And of the destiny of earth itself.*

*Essa vasta metrópole, A fonte do destino do meu país*
*E do destino da própria terra.*

William Wordsworth, *O Prelúdio*

Londres era maçante e cinzenta; uma explosão de cores; ruidosa e estridente, cheia de vida; estranhamente silenciosa, assombrada por fantasmas e cemitérios. Enquanto o *Condessa de Harcourt* navegava cidade adentro pelo rio Tâmisa até os estaleiros no coração pulsante da capital, Robin percebeu de imediato que Londres era, assim como Cantão, uma cidade de contradições e multidões, da mesma maneira que qualquer metrópole que funcionasse como uma porta para o mundo.

Mas, ao contrário de Cantão, Londres tinha um pulsar mecânico. A prata zumbia pela cidade. Reluzia nas rodas de coches e carruagens e nos cascos dos cavalos; brilhava nos prédios, abaixo de janelas e acima de portas; jazia enterrada sob as ruas e tiquetaqueava nos ponteiros dos relógios no alto das torres; era exibida em vitrines de estabelecimentos comerciais cujos letreiros ostentavam com orgulho as amplificações mágicas de seus pães, botas e bugigangas. A força vital de Londres tinha um timbre agudo e breve, totalmente diferente do ruído crepitante e seco do bambu que caracterizava Cantão. Era artificial, metálico — o som de uma faca chiando contra um amolador de aço; era o labirinto industrial monstruoso dos versos de William Blake: "Trabalhos cruéis/ De muitas Rodas vejo, roda sem roda, com engrenagens tirânicas, movendo compulsivamente umas às outras."*

Londres havia acumulado a maior parte tanto do minério de prata quanto das línguas do mundo, e o resultado era uma cidade maior, mais pesada, mais veloz e mais luminosa do que a natureza permitia. Londres era voraz, ganha-

* William Blake, "Jerusalém", 1804. Tradução livre.

va corpo à custa de seus espólios mas, de alguma forma, continuava faminta. Era ao mesmo tempo inimaginavelmente rica e miseravelmente pobre. Londres — a bela, feia, tentacular, saturada, descortês, arrogante, virtuosa, hipócrita Londres coberta de prata — estava se aproximando de um acerto de contas, pois não tardaria em chegar o dia em que ia devorar a si mesma ou se lançar para fora em busca de novas iguarias, mão de obra, capital e cultura dos quais se alimentar.

Mas os ventos ainda eram favoráveis, e o banquete, por enquanto, podia continuar. Quando Robin, o professor Lovell e a sra. Piper desembarcaram no porto de Londres, as docas fervilhavam com o comércio colonial no auge. Navios carregados de grandes caixas de chá, algodão e tabaco, os mastros e as vergas cravejados de prata, que os fazia navegar com mais rapidez e segurança, esperavam para ser esvaziados, preparando-se para a próxima viagem à Índia, às Índias Ocidentais, à África, ao Extremo Oriente. Transportavam mercadorias britânicas por todo o mundo. E traziam de volta baús cheios de prata.

Barras de prata vinham sendo usadas em Londres — na realidade, em todo o mundo — havia um milênio, mas desde o apogeu do Império Espanhol nenhum lugar era tão rico nesse metal ou tão dependente de seu poder. O revestimento de prata dos canais tornava a água mais fresca e mais limpa do que um rio como o Tâmisa tinha o direito de ser. A prata nas sarjetas disfarçava o fedor da chuva, do lodo e do esgoto com o perfume de rosas invisíveis. A prata nas torres de relógio fazia os sinos soarem por quilômetros e quilômetros além do que deveriam, até as notas colidirem de forma dissonante por toda a cidade e pelo campo.

Havia prata nos assentos dos carros de aluguel de duas rodas que o professor Lovell chamou depois de passarem pela alfândega: um para os três e outro para a bagagem. Enquanto eles se acomodavam, colados uns aos outros no pequeno veículo, o professor Lovell estendeu a mão por sobre os joelhos e apontou para uma barra de prata incrustada no chão da carruagem.

— Consegue ler o que diz? — perguntou ele.

Robin se inclinou para a frente, estreitando os olhos.

— Velocidade. E... *spes*?

— *Spēs* — corrigiu o professor Lovell. — É latim. É a raiz da palavra inglesa *speed*, velocidade, e significa uma associação de coisas que envolvem esperança, prosperidade, sucesso e realização de objetivos. Faz as carruagens se locomoverem com um pouco mais de segurança e rapidez.

Robin franziu a testa, passando o dedo ao longo da barra. Parecia tão pequena, inofensiva demais para produzir um efeito tão grande.

— Mas como? — E uma segunda pergunta, mais urgente: — *Eu* vou...

— Com o tempo. — O professor Lovell deu tapinhas no ombro dele. — Mas sim, Robin Swift. Você vai ser um dos poucos acadêmicos no mundo a conhecer os segredos da prata. Foi por isso que eu trouxe você para cá.

Duas horas depois, eles chegaram a um vilarejo chamado Hampstead, a vários quilômetros ao norte de Londres, onde o professor Lovell possuía uma casa de quatro andares, de tijolos vermelho-claros e estuque branco, cercada por uma generosa faixa de arbustos verdes bem-cuidados.

— Seu quarto fica no último andar — disse o professor Lovell a Robin, destrancando a porta. — Subindo as escadas, à direita.

O interior da casa estava escuro e gelado. A sra. Piper começou a abrir as cortinas, enquanto Robin carregava sua bagagem pela escada em espiral e depois pelo corredor, seguindo as instruções. No quarto havia pouca mobília — uma escrivaninha, uma cama e uma poltrona — e quase nenhuma decoração ou objeto pessoal, a não ser pela estante de canto, repleta de tantos títulos que fazia sua preciosa coleção parecer insignificante.

Curioso, Robin se aproximou. Será que aqueles livros tinham sido escolhidos especialmente para ele? Era improvável, embora muitos dos títulos parecessem ser coisas das quais ele gostaria — só na prateleira de cima havia várias obras de Swift e Defoe, romances de seus autores favoritos que ele nem sabia que existiam. Ah, *Viagens de Gulliver*. Ele tirou o livro da estante. Parecia gasto pelo uso, algumas páginas vincadas e com orelhas, outras manchadas de chá ou café.

Ele recolocou o livro no lugar, confuso. Alguém devia ter vivido naquele quarto antes dele. Algum outro garoto, talvez — alguém da sua idade, que amava Jonathan Swift tanto quanto ele e que tinha lido aquele exemplar de *Viagens de Gulliver* tantas vezes que a tinta no canto superior direito, onde o dedo virava a página, estava começando a desbotar.

Mas quem teria sido? Ele havia presumido que o professor Lovell não tinha filhos.

— Robin! — gritou a sra. Piper do andar de baixo. — O professor Lovell está esperando você lá fora.

Robin desceu as escadas correndo. O professor Lovell estava parado junto à porta, conferindo com impaciência o relógio de bolso.

— Gostou do quarto? — perguntou ele. — Tem tudo de que você precisa?

Robin assentiu efusivamente.

— Ah, sim.

— Ótimo. — O professor Lovell acenou com a cabeça para o coche que estava esperando. — Entre, temos que fazer de você um inglês.

Ele queria dizer literalmente. Durante o restante da tarde, o professor Lovell acompanhou Robin em uma série de compromissos cujo objetivo era ambientá-lo à sociedade civil britânica. Foram a um médico, que o pesou, o examinou e, com certa relutância, o declarou apto para viver na ilha.

— Sem doenças tropicais nem pulgas, graças aos céus. É um pouco pequeno para a idade, mas, se o alimentarem com carne de carneiro e purê de batatas, ele vai ficar bem. Agora vou aplicar a vacina da varíola. Arregace a manga, por favor, obrigado. Não vai doer nada. Conte até três.

Foram ao barbeiro, onde as mechas rebeldes de Robin, que já estavam na altura do queixo, foram aparadas em um corte curto e bem-acabado logo acima das orelhas. Foram a um chapeleiro, a um sapateiro e, por fim, a um alfaiate, que mediu cada centímetro do corpo de Robin e lhe mostrou diversos cortes de tecido, dentre os quais o menino, confuso, escolheu alguns ao acaso.

Ao cair da tarde, foram ao tribunal encontrar-se com um advogado encarregado de redigir uma série de documentos que, segundo Robin foi informado, o tornariam legalmente cidadão do Reino Unido, sob a tutela do professor Richard Linton Lovell.

O professor Lovell assinou seu nome com um floreio. Em seguida, Robin foi até a mesa do advogado. O tampo era alto demais para ele, então um funcionário providenciou um banco sobre o qual ele pudesse ficar de pé.

— Achei que já tivesse assinado esses documentos. — Robin olhou para baixo.

A linguagem era bem parecida com a do contrato de tutela que o professor Lovell lhe dera para assinar em Cantão.

— Aquele era um documento entre nós dois — explicou o professor. — *Estes* vão fazer de você um cidadão inglês.

Robin examinou o roteiro repetido: *guardião, órfão, menor, custódia.*

— Está declarando que agora sou seu filho?

— Estou declarando que você está sob a minha tutela. É diferente.

*Por quê?*, Robin quase perguntou. Essa pergunta encerrava algo importante, embora ele ainda fosse jovem demais para saber exatamente o que era. Um momento se estendeu entre eles, carregado de possibilidades. O advogado coçou o nariz. O professor Lovell pigarreou. Mas o momento passou sem nenhum comentário. O professor não era uma pessoa expansiva, e Robin já sabia que era melhor não insistir. Então assinou.

* * *

Já fazia tempo que o sol havia se posto quando voltaram para Hampstead. Robin perguntou se poderia ir para a cama, mas o professor Lovell insistiu para que ele fosse até a sala de jantar.

— Não vai querer desapontar a sra. Piper; ela passou a tarde toda na cozinha. Ao menos remexa a comida no prato por um tempo.

A sra. Piper e sua cozinha haviam desfrutado de um magnífico reencontro. A mesa de jantar, que parecia ridiculamente grande apenas para os dois, estava repleta de jarras de leite, pãezinhos, cenouras e batatas assadas, molho, algo ainda fervilhando em uma terrina de prata e o que parecia ser um frango inteiro assado e reluzente. Robin não havia comido nada desde aquela manhã; deveria estar faminto, mas estava tão exausto que a visão de toda aquela comida fez seu estômago se revirar.

Então, ele voltou os olhos para um quadro pendurado atrás da mesa. Era impossível ignorá-lo; ele dominava toda a sala. Retratava uma bela cidade ao entardecer, mas não era Londres, ou pelo menos ele achava que não. Parecia mais distinta. Mais antiga.

— Ah. — O professor Lovell seguiu o olhar dele. — É Oxford.

*Oxford*. Já tinha ouvido essa palavra antes, mas não sabia ao certo onde. Tentou analisar o nome, como fazia com todas as palavras em inglês que não lhe eram familiares.*

— Um... um centro de comércio de gado? É um mercado?

— Uma universidade — disse o professor Lovell. — Um lugar onde todas as grandes mentes da nação se reúnem para pesquisar, estudar, ministrar e assistir aulas. É um lugar incrível, Robin.

Ele apontou para um grande edifício abobadado no meio da pintura.

— Esta é a Biblioteca Radcliffe. E este — ele apontou para uma torre ao lado, a construção mais alta da paisagem — é o Real Instituto de Tradução. É aqui que dou aulas e onde passo a maior parte do ano quando não estou em Londres.

— É muito bonito — comentou Robin.

— Ah, sim. — O professor Lovell falou com um entusiasmo incomum. — É o lugar mais bonito do mundo.

Ele estendeu as mãos, como se visualizasse Oxford bem à sua frente.

---

* *Oxford*, em inglês antigo *Oxnaford* (também *Oxenaford*), quer dizer "vau dos bois". (N. T.)

— Imagine uma cidade de acadêmicos, todos pesquisando as coisas mais magníficas e fascinantes. Ciência. Matemática. Línguas. Literatura. Imagine prédios e mais prédios repletos de mais livros do que você já viu em toda a sua vida. Imagine silêncio, privacidade e um lugar tranquilo para pensar. — Ele suspirou. — Londres é uma balbúrdia caótica. É impossível fazer qualquer coisa aqui; a cidade é barulhenta demais e exige demais de você. É possível se refugiar em lugares como Hampstead, mas o núcleo ruidoso o atrai de volta, quer você queira ou não. Oxford, por outro lado, oferece todas as ferramentas de que você precisa para fazer o seu trabalho: comida, roupas, livros, chá... e depois o deixa em paz. É o centro de todo o conhecimento e de toda a inovação do mundo civilizado. E, caso se saia suficientemente bem nos seus estudos aqui, um dia você poderá ter a sorte de chamá-la de lar.

A única resposta apropriada naquele momento parecia ser um silêncio reverente. O professor Lovell admirou o quadro com um ar melancólico. Robin tentou demonstrar o mesmo entusiasmo, mas não pôde deixar de olhar de soslaio para ele. A brandura em seus olhos e a *nostalgia* o surpreenderam. No pouco tempo que o conhecia, Robin nunca tinha visto o professor Lovell expressar tanta afeição por nada.

As aulas de Robin começaram no dia seguinte.

Assim que terminaram o café da manhã, o professor Lovell instruiu o menino a se lavar e estar de volta no gabinete em dez minutos. Lá o aguardava um cavalheiro corpulento e sorridente chamado sr. Felton — nada menos que formado com louvor em Oxford, ex-aluno da Oriel College —, e, sim, ele ia se certificar de que o latim de Robin estivesse à altura de Oxford. O menino estava começando um pouco atrasado em comparação com seus colegas, mas, se estudasse com afinco, isso poderia ser facilmente remediado.

Assim teve início uma manhã de memorização de vocabulário básico — *agricola*, *terra*, *aqua* —, o que foi desafiador, mas pareceu fácil em comparação com as explicações atordoantes sobre declinações e conjugações que vieram em seguida. Robin nunca havia aprendido os fundamentos da gramática — ele sabia o que funcionava em inglês porque *soava* correto — e portanto, ao estudar latim, acabou aprendendo sobre as partes básicas da língua em si. Substantivo, verbo, sujeito, predicado, cópula; depois os casos nominativo, genitivo, acusativo... Absorveu uma quantidade desnorteante de material nas três horas seguintes e já havia esquecido metade quando a aula terminou, mas chegou ao fim dela com um profundo apreço pela língua e por todas as palavras que designavam o que era possível fazer com ela.

— Tudo bem, rapaz. — Por sorte, o sr. Felton era um sujeito paciente e parecia ter consciência da brutalidade mental a que submetera Robin. — Você vai se divertir muito mais depois que dermos conta do básico. Vai ver quando chegarmos a Cícero. — Ele deu uma olhada nas anotações de Robin. — Mas precisa ter mais cuidado com a ortografia.

Robin não conseguia identificar onde havia errado.

— Como assim?

— Você se esqueceu de quase todos os macros.*

— Ah. — Robin reprimiu um grunhido de impaciência; estava morrendo de fome e só queria acabar logo com aquilo para poder almoçar. — Isso.

O sr. Felton deu batidinhas na mesa com os nós dos dedos.

— Até mesmo a duração de uma única vogal importa, Robin Swift. Veja a Bíblia. O texto original em hebraico não especifica que tipo de fruto proibido a serpente convence Eva a comer. Mas em latim *malum* significa "ruim" e *mālum* — ele escreveu as palavras para Robin, enfatizando o macro — significa "maçã". Daí a culpar a maçã pelo pecado original foi um pulo. Mas, até onde sabemos, o verdadeiro culpado pode ter sido um caqui.

O sr. Felton foi embora na hora do almoço, depois de dar a ele uma lista de quase cem palavras para memorizar até a manhã seguinte. Robin comeu sozinho na sala de estar, enfiando mecanicamente pedaços de presunto e batata na boca enquanto olhava para a gramática sem entender nada.

— Mais batatas, querido? — ofereceu a sra. Piper.

— Não, obrigado.

A comida pesada, combinada com a fonte minúscula de suas leituras, estavam deixando o menino sonolento. Sua cabeça latejava; o que ele realmente desejava naquele momento era tirar um longo cochilo.

Mas não houve trégua. Às duas em ponto, um cavalheiro magro, de bigodes grisalhos, que se apresentou como sr. Chester, chegou à casa e, durante as três horas seguintes, introduziu Robin ao grego antigo.

Aprender grego era um exercício que consistia em tornar o familiar estranho. O alfabeto grego tinha uma relação direta com o alfabeto romano, mas apenas em parte, e muitas vezes as letras não soavam como pareciam: um rô (P) não era um *P*, e um eta (H) não era um *H*. Assim como o latim, o grego fazia uso de conjugações e declinações, mas havia muito mais vozes, tempos e modos verbais aos quais atentar. O inventário de sons parecia mais distante do inglês do que os do latim, e Robin tinha que se esforçar o tempo todo para

* Traço horizontal colocado sobre uma vogal para indicar que é longa. (N.E.)

que os tons do grego não soassem como os do chinês. O sr. Chester era mais duro que o sr. Felton, e ficava mal-humorado e irritado quando o menino se atrapalhava com as terminações verbais. No fim da tarde, Robin estava tão perdido que a única coisa que conseguia fazer era repetir os sons que o homem proferia irritado.

O sr. Chester foi embora às cinco, depois de também mandar que Robin lesse uma montanha de coisas que o faziam estremecer só de olhar para elas. Ele levou os textos para o quarto, depois desceu para o jantar aos tropeços, a cabeça ainda girando.

— Como foram as aulas? — perguntou o professor Lovell.

Robin hesitou.

— Bem.

A boca do professor Lovell se curvou em um sorriso.

— É um pouco demais, não é?

Robin suspirou.

— Só um pouco, senhor.

— Mas essa é a beleza de aprender um novo idioma. *É* para parecer uma empreitada de grandes proporções. É para intimidar. Isso faz com que você passe a apreciar a complexidade dos idiomas que já conhece.

— Mas não entendo por que eles precisam ser *tão* complicados — disse Robin com uma súbita veemência. Não conseguiu evitar; a frustração vinha se acumulando desde o meio-dia. — Quer dizer, por que tantas regras? Por que tantas *terminações*? No chinês não tem nada disso; não temos tempos, nem declinações, nem conjugações. O chinês é muito mais simples...

— Aí é que você se engana — respondeu o professor Lovell. — Cada língua é complexa à sua maneira. O latim apenas reflete sua complexidade na formação das palavras. Sua riqueza morfológica é um trunfo, não um obstáculo. Considere a frase *Ele vai aprender. Tā huì xué*. Três palavras em ambas as línguas. Em latim, basta uma. *Disce*. Muito mais elegante, concorda?

Robin não tinha certeza se concordava.

Essa rotina — latim pela manhã, grego à tarde — se tornou a vida de Robin. Ele ficou grato por isso, apesar do esforço que exigia. Finalmente, seus dias tinham alguma estrutura. Sentia-se menos desenraizado e confuso — tinha um propósito, um lugar e, embora ainda não conseguisse entender por que aquela vida coubera justamente a *ele*, dentre todos os garotos das docas de Cantão, dedicava-se a suas obrigações com determinação e sem se queixar.

Duas vezes por semana, praticava conversação com o professor Lovell em mandarim.* No início, não entendia o objetivo dessas aulas. Os diálogos pareciam artificiais, empolados e, sobretudo, desnecessários. Robin já era fluente; não hesitava no que dizia respeito ao vocabulário ou à pronúncia, como acontecia quando ele e o sr. Felton conversavam em latim. Por que tinha que dizer coisas tão básicas quanto o que havia achado do jantar ou sua opinião a respeito do clima?

Mas o professor Lovell permanecia irredutível.

— Línguas são mais fáceis de esquecer do que você imagina — afirmou ele. — Assim que deixa de viver no mundo dos falantes de chinês, você para de pensar em chinês.

— Mas achei que o senhor queria que eu começasse a pensar em inglês — disse Robin, confuso.

— Eu quero que você *viva* em inglês — explicou o professor Lovell. — Isso é verdade. Mas ainda preciso que pratique seu chinês. Palavras e frases que você acha que estão gravadas na sua alma podem desaparecer em um piscar de olhos.

Ele falava como se isso já tivesse acontecido antes.

— Você cresceu com bases sólidas em mandarim, cantonês e inglês. Tem muita sorte; há adultos que passam a vida inteira tentando conseguir o que você já tem. E mesmo quando conseguem, atingem apenas uma fluência aceitável, o suficiente para se virarem, pensando muito e se esforçando para se lembrarem do vocabulário antes de falar, mas nada que chegue perto da fluência de um nativo, para quem as palavras vêm espontaneamente, sem demora ou esforço. Você, por outro lado, já domina as partes mais difíceis de dois sistemas linguísticos: a pronúncia e o ritmo, essas sutilezas inconscientes que os adultos levam uma eternidade para aprender e, mesmo assim, não aprendem de todo. Mas precisa *mantê-los*. Não pode desperdiçar seus dons naturais.

---

* Como a família de Robin migrara para o sul havia pouco tempo, ele crescera falando tanto mandarim quanto cantonês. Mas o cantonês, informou-lhe o professor Lovell, agora podia ser esquecido. O mandarim era a língua da corte imperial Qing em Pequim, a língua das autoridades e dos eruditos e, portanto, o único dialeto que importava.

Essa maneira de encarar as coisas era um efeito colateral da dependência da Academia Britânica das escassas pesquisas ocidentais anteriores. O dicionário português-chinês de Matteo Ricci tinha como base o dialeto mandarim que ele havia aprendido na corte Ming; os dicionários de chinês de Francisco Varo, Joseph Prémare e Robert Morrison também eram do mandarim. Os sinólogos britânicos dessa época, portanto, estavam muito mais focados no mandarim do que em outros dialetos. E assim Robin foi instado a esquecer sua língua nativa preferida.

— Mas eu não entendo — disse Robin. — Se meus talentos estão no chinês, então para que preciso de latim e grego?

O professor Lovell riu.

— Para entender o inglês.

— Mas eu sei inglês.

— Não tão bem quanto pensa. Muitas pessoas falam inglês, mas poucas realmente *conhecem* a língua, suas raízes e estruturas. E você precisa conhecer a história, a forma e os meandros de um idioma, sobretudo se planeja manipulá-lo, como um dia vai aprender a fazer. E vai precisar ter esse domínio do chinês também. Isso começa com a prática do que você já sabe.

O professor Lovell estava certo. Robin descobriu que era surpreendentemente fácil esquecer uma língua que antes parecia tão familiar quanto sua própria pele. Em Londres, sem nenhum outro chinês à vista, pelo menos não nos círculos londrinos em que vivia, sua língua materna soava como um balbuciar sem sentido. Falada naquele gabinete, o mais genuinamente inglês dos espaços, parecia ainda mais estranha, algo inventado. E ele às vezes se assustava ao perceber com que frequência sua memória falhava, que as sílabas em meio às quais havia crescido podiam de repente soar tão pouco familiares.

Ele se dedicava duas vezes mais ao chinês do que ao grego e ao latim. Durante várias horas por dia, praticava a escrita dos caracteres, aperfeiçoando cada traço até produzir uma réplica perfeita dos caracteres impressos. Vasculhava a memória para recordar como eram as conversas em chinês, como o mandarim soava quando saía naturalmente de sua boca, quando não precisava parar para lembrar os tons das palavras que ia pronunciar em seguida.

Mas *estava* esquecendo. E isso o aterrorizava. Às vezes, durante as práticas de conversação, ele se via incapaz de lembrar palavras que costumava usar o tempo todo. E às vezes soava, aos próprios ouvidos, como um marinheiro europeu imitando um chinês sem saber o que dizia.

Podia corrigir isso, no entanto. E assim faria. Por meio da prática, da memorização e de redações diárias — não era o mesmo que viver e respirar mandarim, mas era o suficiente. Estava em uma idade em que a língua já havia deixado uma marca indelével em sua mente. Mas tinha que tentar, realmente tentar se certificar de que não parasse de sonhar em sua língua nativa.

Pelo menos três vezes por semana, o professor Lovell recebia uma variedade de convidados em sua sala de estar. Robin supunha que também deviam ser acadêmicos, pois muitas vezes chegavam trazendo pilhas de livros ou manuscritos encadernados, sobre os quais se debruçavam, discutindo-os até altas horas da noite. Vários desses homens, ao que parecia, falavam chinês, e o menino às vezes ficava escondido junto ao corrimão da escada, escutando o som deveras estranho de ingleses debatendo minúcias da gramática do chinês clássico durante o chá da tarde.

— É só uma partícula final — insistia um deles.

Os outros protestavam:

— Bem, não dá para *todas* serem partículas finais.

O professor Lovell parecia preferir que Robin se mantivesse fora de vista quando tinha companhia. Ele nunca proibiu explicitamente a presença do garoto, mas fazia questão de comentar que o sr. Woodbridge e o sr. Ratcliffe chegariam para uma visita às oito, o que Robin interpretava como um sinal de que não deveria ficar por perto.

Robin não via nenhum problema nesse arranjo. É verdade que achava as conversas fascinantes — com frequência, falavam de coisas longínquas, como expedições às Índias Ocidentais, negociação de algodão estampado na Índia e distúrbios violentos por todo o Oriente Próximo. Como grupo, no entanto, eram assustadores; uma procissão de homens solenes e eruditos, todos vestidos de preto como um bando de corvos, um mais intimidante que o outro.

A única vez que se intrometeu em uma dessas reuniões, foi por acidente. Estava no jardim, fazendo sua caminhada diária, recomendada pelo médico, quando ouviu o professor e seus convidados discutindo em voz alta sobre Cantão.

— Napier é um idiota — dizia o professor Lovell. — Ele está mostrando as cartas cedo demais, sem nenhuma sutileza. O Parlamento não está pronto e, além disso, ele está irritando os *compradores*.*

— Você acha que os membros do Partido Conservador vão querer intervir em algum momento? — perguntou um homem com uma voz muito grave.

— Talvez. Mas eles vão precisar de um controle maior sobre Cantão se quiserem entrar com navios.

Nesse momento, Robin não conseguiu mais se conter e entrou na sala de estar.

— O que está acontecendo em Cantão?

Todos os cavalheiros se voltaram para ele ao mesmo tempo. Havia quatro, todos muito altos, e todos usando óculos ou monóculo.

---

* No período colonial (no século XIX), o termo *comprador*, derivado do latim *comparāre*, designava um nativo, representante autorizado de uma empresa estrangeira, que servia de intermediário em transações financeiras e comerciais entre europeus e nativos do Sudeste Asiático, em particular em entrepostos comerciais portugueses como Macau e Cantão, na China. (N. T.)

— O que está acontecendo em Cantão? — perguntou Robin outra vez, subitamente nervoso.

— Cale-se — ordenou o professor Lovell. — Robin, seus sapatos estão imundos, está espalhando lama por toda parte. Tire-os e vá tomar um banho.

Robin insistiu.

— O rei Jorge vai declarar guerra a Cantão?

— Ele não pode declarar guerra a Cantão, Robin. Ninguém declara guerra a uma cidade.

— Então o rei Jorge vai invadir a China? — prosseguiu ele.

Por alguma razão, isso fez os cavalheiros rirem.

— Quem dera pudéssemos fazer isso — disse o homem com a voz grave. — Tornaria todo esse negócio muito mais fácil, não acha?

Um homem com uma grande barba grisalha olhou para Robin.

— E a quem você juraria lealdade? A nós ou a seu país?

— Minha nossa! — exclamou o quarto homem, cujos olhos azul-claros Robin achava enervantes. Ele se curvou para inspecionar o garoto, como se estivesse olhando através de uma enorme lupa invisível. — Esse é o novo? Ele é ainda mais parecido com você do que o anterior...

A voz do professor Lovell cortou a sala como vidro.

— Hayward.

— Realmente, é *extraordinário*, quer dizer, vejam só os olhos dele. Não a cor, mas a *forma*...

— *Hayward.*

Robin olhava de um para o outro, desnorteado.

— Já chega — disse o professor Lovell. — Robin, *saia*.

O menino murmurou um pedido de desculpas e subiu correndo as escadas, esquecendo-se das botas enlameadas. Por cima do ombro, ouviu fragmentos da resposta do professor Lovell.

— Ele não sabe, e não quero que comece a desconfiar... Não, Hayward, eu não vou...

Mas, quando chegou à segurança do patamar, onde poderia se debruçar sobre o corrimão e ouvir sem ser visto, eles já haviam mudado de assunto e falavam do Afeganistão.

Naquela noite, Robin ficou parado diante do espelho, olhando fixamente para o próprio rosto por tanto tempo que no fim das contas parecia estar encarando o semblante de um estranho.

Suas tias gostavam de dizer que ele tinha o tipo de rosto que passaria despercebido em qualquer lugar — o cabelo e os olhos, ambos de um tom castanho mais claro do que o preto do restante da família, poderiam caracterizá-lo de maneira plausível tanto como o filho de um marinheiro português quanto como o herdeiro do imperador da dinastia Qing. Mas Robin sempre tinha atribuído isso a algum arranjo acidental da natureza que lhe atribuíra características que poderiam pertencer ao espectro caucasiano ou oriental.

Nunca havia imaginado que poderia não ser apenas chinês.

Mas qual seria a alternativa? Seu pai era branco? Seu pai era...

*Vejam só os olhos dele.*

Isso era uma prova incontestável, não era?

Então por que o pai não reconhecia Robin como filho? Por que ele era apenas um pupilo sob tutela, e não um filho?

No entanto, mesmo naquela época, Robin já tinha idade suficiente para entender que havia algumas verdades que não podiam ser ditas, que prosseguir com a vida normalmente só seria possível se elas nunca fossem confessadas. Ele tinha um teto sobre a cabeça, três refeições garantidas por dia e acesso a mais livros do que poderia ler em toda a vida. Sabia que não tinha o direito de exigir mais nada.

O menino, então, tomou uma decisão. Nunca questionaria o professor Lovell, nunca sondaria o vazio onde jazia a verdade. Enquanto o professor não o aceitasse como filho, ele não ia tentar reivindicá-lo como pai. Uma mentira não era uma mentira se nunca tivesse sido proferida; perguntas que nunca tinham sido feitas não precisavam de resposta. Ambos continuariam perfeitamente satisfeitos em permanecer no espaço liminar e infinito entre a verdade e a negação.

Robin se secou, se vestiu e se sentou à escrivaninha para terminar o exercício de tradução da noite. Ele e o sr. Felton haviam passado para o *Agricola*, de Tácito.

*Auferre trucidare rapere falsis nominibus imperium atque ubi solitudinem faciunt pacem appellant.*

Robin analisou a frase, consultou o dicionário para verificar se *auferre* significava o que ele achava que significava, em seguida escreveu sua tradução.*

* * *

* "Pilhagem, carnificina e usurpação — eles chamam essas coisas de império, e onde criam desolação a chamam de paz."

Quando o trimestre de aulas do outono teve início,* no começo de outubro, o professor Lovell partiu para Oxford, onde passaria as oito semanas seguintes. Faria isso durante cada um dos três períodos acadêmicos de Oxford, voltando para casa apenas nos recessos. Robin apreciava esses períodos; mesmo que suas aulas não fossem interrompidas, era possível respirar e relaxar sem correr o risco de desapontar seu tutor a cada passo.

Isso também significava que, sem o professor Lovell monitorando de perto todos os seus movimentos, ele ficava livre para explorar a cidade.

O professor não lhe dava uma mesada, mas de tempos em tempos a sra. Piper deixava que Robin ficasse com alguns trocados para a passagem, que ele economizava até conseguir pagar uma carruagem que o levasse a Covent Garden. Quando ficou sabendo, por intermédio de um garoto que vendia jornais, sobre o serviço de ônibus puxados por cavalos, passou a tomá-los quase todo fim de semana, cruzando o coração de Londres de Paddington Green até Bank. Suas primeiras incursões sozinho o deixaram apavorado; várias vezes se convenceu de que nunca mais encontraria o caminho de volta para Hampstead e ficaria condenado a passar o resto da vida perambulando pelas ruas como uma criança abandonada. Mas persistiu. Recusava-se a se deixar intimidar pela complexidade de Londres; afinal de contas, Cantão também não era um labirinto? Estava determinado a tornar aquela cidade sua casa, percorrendo cada centímetro dela. Pouco a pouco, a cidade deixou de parecer tão opressiva, um intrincado e ruidoso covil de monstros que poderiam engoli-lo a cada esquina, e passou a se parecer mais com um labirinto navegável cujas armadilhas e curvas ele era capaz de prever.

Ele lia a cidade. A Londres da década de 1830 estava tomada por publicações. Jornais, revistas, diários, publicações trimestrais, semanais, mensais e livros de todos os gêneros saltavam das prateleiras, eram atirados nas soleiras das portas e vendidos nas esquinas de quase todas as ruas. Lia atentamente exemplares do *The Times*, do *Standard* e do *Morning Post*; lia, embora não compreendesse de todo, artigos em revistas acadêmicas como *Edinburgh Review* e *Quarterly Review*; lia jornais satíricos baratos como *Figaro in London*, pseudonotícias melodramáticas em reportagens vívidas sobre crimes e uma série com as derradeiras confissões de prisioneiros condenados. No âmbito das coisas mais populares, divertia-se com o *Bawbee Bagpipe*. Deparou-se com uma série chamada *The Pickwick Papers*, de um autor chamado Charles Dickens, que era muito engraçado, mas parecia detestar qualquer pessoa que

---

* No original, *Michaelmas Term*. Nome dado ao primeiro período letivo de Oxford, que começa em outubro e termina em dezembro. O ano letivo é composto por três períodos. (N. E.)

não fosse branca. Descobriu a Fleet Street, o coração da indústria editorial de Londres, onde os jornais saíam ainda quentes das máquinas de impressão. Voltou lá inúmeras vezes, levando para casa, de graça, pilhas de jornais do dia anterior que eram descartadas na esquina.

Não entendia metade do que lia, mesmo que conseguisse decifrar todas as palavras. Os textos eram repletos de alusões políticas, piadas internas, gírias e convenções que ele nunca havia aprendido. Em vez de uma infância absorvendo tudo aquilo em Londres, ele tentava devorar o corpus, tentava avançar a muito custo em meio a referências a coisas como tóris, *whigs*, cartistas e partidários da Reforma, e memorizar o que eram. Aprendeu o que eram as Corn Laws e como estavam relacionadas a um francês chamado Napoleão. Aprendeu quem eram os católicos e os protestantes, e como as pequenas (pelo menos era o que ele achava) diferenças doutrinárias entre ambos pareciam ser uma questão de grande e sangrenta importância. Aprendeu que ser inglês não era o mesmo que ser britânico, embora ainda tivesse dificuldade de articular a diferença entre um e outro.

Lia a cidade e aprendia sua língua. Novas palavras em inglês eram um jogo para ele, pois ao entender a palavra sempre acabava compreendendo algo sobre a história ou a própria cultura da Inglaterra. Deleitava-se quando palavras comuns eram, inesperadamente, formadas a partir de outras palavras que ele conhecia. *Hussy*, corruptela de *housewife* [dona de casa], era uma combinação de *house* [casa] e *wife* [esposa]. *Holiday* [feriado] era uma combinação de *holy* [sagrado] e *day* [dia]. *Bedlam* [manicômio] derivava, de maneira implausível, de *Bethlehem* [Belém].* *Goodbye* [adeus] era, incrivelmente, uma versão abreviada de *God be with you* [Deus esteja com você]. No East End londrino, descobriu as gírias rimadas do dialeto *cockney*, que de início constituíram um grande mistério, pois ele não fazia ideia de como *Hampstead* poderia significar *teeth* [dentes].** Mas quando aprendeu sobre o componente omitido da rima, passou a se divertir criando as suas próprias. (A sra. Piper não gostou muito quando ele começou a se referir ao jantar como a "refeição dos santos".)***

Muito depois de ter aprendido o significado correto de palavras e expressões que antes o deixavam confuso, sua mente ainda formava associações

---

* Trata-se do Bethlem Royal Hospital, também conhecido como St. Mary Bethlehem, Bethlehem Hospital e Bedlam, hospital psiquiátrico localizado em Londres. A palavra *bedlam* é derivada, assim, do nome do hospital. (N. T.)

** *Hampstead Heath* rima com *teeth*. Um exemplo: "*She's still got all her baby hampsteads*" [Ela ainda tem todos os dentes de leite].

*** *Dinner*, *sinner* [jantar, pecador].

curiosas em torno delas. Imaginava o gabinete ministerial [*cabinet*] como uma série de enormes prateleiras onde homens em trajes extravagantes ficavam dispostos como bonecos. Achava que os *whigs* tinham esse nome por causa das perucas [*wigs*], e os tóris por causa da jovem princesa Victoria. Imaginava que Marylebone fosse composto de mármore [*marble*] e osso [*bone*], que Belgravia fosse uma terra de sinos [*bells*] e túmulos [*graves*], e que Chelsea tinha esse nome por causa de conchas [*shells*] e do mar [*sea*]. O professor Lovell dispunha de uma prateleira repleta de obras de Alexander Pope em sua biblioteca e, durante um ano inteiro, Robin pensou que *The Rape of the Lock* [O roubo da madeixa] fosse sobre fornicação com uma fechadura em vez do furto de uma mecha de cabelo.*

Aprendeu que uma libra equivalia a vinte xelins, e um xelim equivalia a doze *pence* — a clareza em relação a florins, *groats* e *farthings* teria que vir com o tempo. Aprendeu que havia muitos tipos de britânicos, assim como havia muitos tipos de chineses, e que ser irlandês ou galês era diferente de ser inglês em aspectos fundamentais. Aprendeu que a sra. Piper era de um lugar chamado Escócia, o que fazia dela escocesa e também explicava por que seu sotaque, cadenciado e rótico, soava tão diferente das entonações duras e diretas do professor Lovell.

Aprendeu que a Londres de 1830 era uma cidade que não conseguia decidir o que queria ser. A Cidade de Prata era o maior centro financeiro do mundo, na vanguarda da indústria e da tecnologia. Mas seus lucros não eram divididos de maneira igualitária. Londres era ao mesmo tempo uma cidade de peças teatrais em Covent Garden e bailes em Mayfair e de áreas pobres apinhadas nos arredores de St Giles. Uma cidade de partidários da Reforma, um lugar onde homens como William Wilberforce e Robert Wedderburn haviam defendido a abolição da escravatura; onde os levantes de Spa Fields haviam terminado com os líderes acusados de alta traição; onde os owenistas tinham tentado fazer com que todos aderissem a suas comunidades socialistas utópicas (ele ainda não sabia muito bem o que era o socialismo); e onde *Reivindicação dos direitos da mulher*, de Mary Wollstonecraft, publicado apenas quarenta anos antes, inspirara ondas de feministas e sufragistas ruidosas e impetuosas. Descobriu que no Parlamento, nas câmaras municipais e nas ruas, partidários da Reforma de todos os matizes lutavam pela alma de Londres, enquanto uma classe dominante, conservadora e proprietária de terras combatia essas tentativas de mudança a todo momento.

* Um equívoco compreensível. Com *rape*, Pope quis dizer "pegar, tomar à força", que é um significado mais antigo, derivado do latim *rapere*.

Não entendia essas disputas políticas, não naquela época. Sentia apenas que Londres e a Inglaterra como um todo estavam muito divididas a respeito do que eram e do que desejavam ser. E compreendeu que a prata estava por trás de tudo. Pois quando os radicais escreviam sobre os perigos da industrialização, e os conservadores refutavam isso com provas da economia em expansão; quando algum dos partidos políticos falava sobre bairros pobres, moradia, estradas, transporte, agricultura e indústria; quando alguém falava sobre a Grã-Bretanha e o futuro do Império, a palavra estava sempre lá, em jornais, panfletos, revistas e até nos livros de orações: *prata, prata, prata.*

Com a sra. Piper, aprendeu mais do que imaginava ser possível sobre a culinária inglesa e a Inglaterra. A adaptação ao novo paladar levou algum tempo. Robin nunca havia pensado muito a respeito da comida quando morava em Cantão — a papa de arroz, os pãezinhos cozidos no vapor, as guiozas e os pratos de vegetais que compunham suas refeições diárias pareciam corriqueiros para ele. Eram a base da dieta de uma família pobre, algo muito distante da alta culinária chinesa. Agora, ficava surpreso com o quanto sentia falta dessas coisas. Os ingleses faziam uso regular de apenas dois sabores — salgado e não salgado — e não pareciam reconhecer nenhum dos outros. Para um país que lucrava tanto com o comércio de especiarias, seus cidadãos tinham verdadeira aversão a usá-las de fato; durante todo o tempo que passou em Hampstead, nunca provou um prato que pudesse ser adequadamente descrito como "temperado", muito menos "condimentado".

Tinha mais prazer em aprender sobre a comida do que em saboreá-la. E esse aprendizado se deu de maneira espontânea — a adorável sra. Piper era do tipo tagarela, e ficava feliz em lhe dar uma aula enquanto servia o almoço se o menino demonstrasse o menor interesse pelo que havia no prato. Ele aprendeu que batatas, que achava muito saborosas não importava a forma como fossem preparadas, não deviam ser servidas ao receber pessoas importantes, pois eram consideradas um alimento inferior. Descobriu que as travessas reforçadas com prata, recém-inventadas, eram usadas para manter a comida quente durante uma refeição, mas que era deselegante revelar esse artifício aos convidados, de forma que as barras eram sempre embutidas no fundo das travessas. Aprendeu que a prática de servir comida em uma sucessão de pratos fora adotada dos franceses, e que a razão para ainda não ser uma norma universal era o ressentimento persistente em relação ao homenzinho chamado Napoleão. Aprendeu, embora não tivesse compreendido muito bem, as sutis distinções entre *lunch*, *luncheon* e *noon dinner*.* Aprendeu que devia agradecer aos católicos romanos pelos *cheesecakes* de amêndoas de que tanto gostava, pois a proibição de consumir laticínios nos dias de jejum havia forçado os cozinheiros ingleses a inovar com leite de amêndoa.

Uma noite, a sra. Piper surgiu com um pão no formato de um disco grosso e achatado: uma espécie de massa assada que havia sido cortada em fatias triangulares. Robin pegou uma das fatias e deu uma mordida para experimentar. Era denso e farinhento, muito mais denso do que os pãezinhos brancos e fofos que sua mãe costumava cozinhar no vapor toda semana. Não era ruim, apenas surpreendentemente pesado. Robin tomou um longo gole de água para ajudar o bolo alimentar a descer, em seguida perguntou:

— O que é isso?

— Isso é um *bannock*, querido — respondeu a sra. Piper.

— Um *scone* — corrigiu-a o professor Lovell.

— Na verdade é um *bannock*...

— Os *scones* são os pedaços — explicou o professor Lovell. — *Bannock* é o bolo inteiro.

— Escute aqui, isso é um *bannock*, e todos os pedaços são *bannocks* também. *Scones* são aquelas coisas secas e farelentas que vocês ingleses adoram enfiar na boca...

— Imagino que esteja deixando de fora seus próprios *scones*, sra. Piper. Ninguém em sã consciência diria que eles são secos.

A sra. Piper não se deixou abalar pela adulação.

— É um *bannock*. Os pedaços são *bannocks*. Minha avó os chamava de *bannocks*, minha mãe os chamava de *bannocks*, então *bannocks* é o que eles são.

— Por que... Por que se chamam *bannocks*? — perguntou Robin.

O som da palavra o fazia imaginar um monstro das colinas, uma criatura cartilaginosa e com garras, que não ficava satisfeita a menos que recebesse um sacrifício na forma de pão.

— Por causa do latim — respondeu o professor Lovell. — *Bannock* vem de *panicium*, que significa "pão assado".

Parecia plausível, embora fosse decepcionantemente banal. Robin deu outra mordida no *bannock*, ou *scone*, e dessa vez apreciou a maneira compacta e satisfatória com que se acomodou em seu estômago.

---

* Todas palavras usadas para se referir à refeição que costuma ser feita no início da tarde, ou seja, o almoço. *Lunch* é uma refeição menos formal, ao passo que *luncheon* é um almoço mais formal. O *noon dinner* é a principal refeição do dia (*dinner*) feita por volta do meio-dia (*noon*). (N. T.)

Ele e a sra. Piper logo descobriram que compartilhavam um profundo amor por *scones*. Ela os preparava de diversas maneiras: simples, servidos com um pouco de *clotted cream* e geleia de framboesa; salgados e cravejados de queijo e cebolinha; ou com pedaços de frutas secas misturados à massa. Robin os preferia sem nada — por que arruinar o que lhe parecia perfeito em sua concepção? Tinha acabado de aprender sobre as formas platônicas e estava convencido de que os *scones* eram o ideal platônico de pão. E o *clotted cream* da sra. Piper era maravilhoso, leve, com sabor de nozes e refrescante ao mesmo tempo. Em algumas casas, o leite era fervido por quase um dia inteiro a fim de obter a camada de creme que se formava por cima, ela contou a Robin, mas no último Natal o professor Lovell havia levado para ela uma engenhoca de prata que separava o creme em segundos.

Os *scones* simples eram os de que o professor Lovell menos gostava, de forma que havia sempre *scones* com passas brancas no chá da tarde.

— Por que em inglês elas se chamam *sultanas*? — perguntou Robin. — São apenas passas, não são?

— Não tenho certeza, querido — disse a sra. Piper. — Talvez seja por causa do lugar de onde vêm. *Sultana* soa bastante oriental, não acha? Richard, onde elas são cultivadas? Na Índia?

— Na Ásia Menor — respondeu o professor Lovell. — E são *sultanas*, no feminino, porque não têm sementes.

A sra. Piper piscou para Robin.

— Bem, aí está. Tudo por causa das sementes.

Robin não entendeu a piada, mas sabia que não gostava de passas em seus *scones*; quando o professor Lovell não estava olhando, ele catava as passas, cobria o *scone* espoliado com *clotted cream* e o enfiava na boca.

Além dos *scones*, a outra grande fonte de prazer para Robin eram os romances. As duas dúzias de volumes que recebia todos os anos em Cantão haviam sido um gotejamento escasso. Agora tinha acesso a uma verdadeira torrente. Nunca ficava sem um livro, mas tinha que ser criativo para espremer as leituras de lazer em sua rotina — lia à mesa, enquanto engolia as refeições preparadas pela sra. Piper sem pensar duas vezes no que estava enfiando na boca; lia enquanto caminhava no jardim, embora isso o deixasse tonto; havia tentado até mesmo ler durante o banho, mas as impressões dos dedos molhados e enrugados que havia deixado em um exemplar novo de *Coronel Jack*, de Defoe, o envergonharam o suficiente para fazer com que desistisse dessa ideia.

Gostava de romances mais do que de qualquer outra coisa. Os folhetins de Dickens eram bons e divertidos, mas era muito prazeroso sentir o peso de uma história inteira e acabada nas mãos. Lia qualquer gênero ao qual tivesse acesso. Apreciava toda a obra de Jane Austen, embora fosse preciso consultar diversas vezes a sra. Piper para entender as convenções sociais descritas pela autora. (Onde ficava Antígua? E por que sir Thomas Bertram estava sempre viajando para lá?).* Devorou a literatura de viagem de Thomas Hope e James Morier, por intermédio dos quais conheceu gregos e persas, ou pelo menos uma versão fantasiosa deles. Gostou muito de *Frankenstein*, de Mary Shelley, embora não pudesse dizer o mesmo dos poemas de seu marido menos talentoso, que considerava excessivamente dramático.

Ao retornar de Oxford depois daquele primeiro período letivo, o professor Lovell levou Robin a uma livraria: a Hatchards, em Picadilly, bem em frente à Fortnum & Mason. Robin ficou parado diante da entrada pintada de verde, boquiaberto. Havia passado por livrarias muitas vezes durante seus passeios pela cidade, mas nunca imaginara que poderia entrar em uma. Havia de alguma forma concebido a ideia de que livrarias eram lugares frequentados apenas por adultos ricos e de que seria arrastado para fora pela orelha se ousasse entrar.

O professor Lovell sorriu ao ver Robin hesitando diante da porta.

— E este é apenas um estabelecimento comercial para o público comum — disse ele. — Espere até ver a biblioteca de uma faculdade.

Lá dentro, o aroma inebriante de serragem dos livros recém-impressos era avassalador. Se o tabaco tivesse um cheiro como aquele, pensou Robin, fumaria todos os dias. Ele deu um passo em direção à prateleira mais próxima, a mão timidamente levantada na direção dos livros expostos, temeroso demais para tocá-los — pareciam tão novos e revigorantes; as lombadas ainda não vincadas, as páginas lisas e sem marcas. Robin estava acostumado a tomos surrados e danificados pela umidade; até mesmo suas gramáticas de línguas clássicas tinham décadas de uso. Aqueles exemplares lustrosos e recém-encadernados pareciam uma classe diferente de objetos, coisas para serem admiradas a distância em vez de manuseadas e lidas.

— Escolha um — disse o professor Lovell. — Você precisa experimentar a sensação de adquirir seu primeiro livro.

Escolher *um*? Apenas um, dentre todos aqueles tesouros? Robin mal conseguia distinguir um título do outro e estava deslumbrado demais com a

---

* Porque ele era proprietário de escravizados.

enorme quantidade de textos para folheá-los e decidir. Seus olhos pousaram em um título: *The King's Own* [Propriedade do rei], de Frederick Marryat, um autor que ele ainda não conhecia. Mas o novo, pensou, era bom.

— Hum. Marryat. Nunca li nada dele, mas me disseram que é popular entre os garotos da sua idade. — O professor Lovell virou o livro nas mãos. — Este, então? Tem certeza?

Robin assentiu. Sabia que se não se decidisse naquele momento, nunca sairia dali. Era como um homem faminto em uma confeitaria, desnorteado com as opções, mas não queria testar a paciência do professor.

Do lado de fora, o professor entregou a ele o pacote em papel de embrulho. Robin o apertou contra o peito, controlando-se para não rasgá-lo antes de chegarem em casa. Agradeceu ao professor Lovell profusamente, parando apenas quando percebeu que isso o estava deixando um tanto desconfortável. Mas então o professor perguntou se era boa a sensação de segurar o novo livro nas mãos. Robin respondeu que sim com entusiasmo, e, pela primeira vez desde que conseguia se lembrar, sorriram um para o outro.

Robin tinha planejado deixar *The King's Own* para ler no fim de semana, quando teria uma tarde inteira sem aulas e poderia saborear lentamente as páginas. Mas quando a tarde de quinta-feira chegou, ele se deu conta de que não conseguia mais esperar. Depois que o sr. Felton foi embora, devorou o prato de pão e queijo que a sra. Piper havia servido e subiu correndo para a biblioteca, onde se aconchegou em sua poltrona favorita e começou a ler.

Ficou imediatamente encantado. *The King's Own* era uma narrativa de proezas navais; de vingança, ousadia e luta; de batalhas navais e viagens para lugares longínquos. Sua mente flutuou para a própria viagem que fizera de Cantão a Londres, e ele reenquadrou aquelas lembranças no contexto do romance, imaginou-se lutando contra piratas, construindo jangadas, ganhando medalhas por coragem e bravura...

A porta se abriu.

— O que você está fazendo? — perguntou o professor Lovell.

Robin olhou para cima. A imagem mental do navio da Marinha Real navegando em águas agitadas era tão vívida que ele levou um momento para lembrar onde estava.

— Robin — repetiu o professor Lovell —, *o que você está fazendo*?

De repente, a biblioteca pareceu muito fria; a tarde dourada escureceu. Robin seguiu o olhar do professor Lovell até o relógio acima da porta. Tinha perdido completamente a noção do tempo. Mas aqueles ponteiros não podiam estar certos, não podiam ter se passado *três horas* desde que havia se sentado para ler.

— Sinto muito — disse ele, ainda meio atordoado. Sentia-se como um viajante vindo de muito longe, arrancado do Oceano Índico e jogado naquela biblioteca escura e fria. — Eu não... Eu perdi a noção do tempo.

Não conseguiu decifrar a expressão do professor Lovell. Isso o assustou. Aquela muralha inescrutável, aquele vazio desumano, era infinitamente mais aterrorizante do que a fúria teria sido.

— O sr. Chester está lá embaixo há mais de uma hora — informou o professor Lovell. — Eu não o teria deixado esperando nem por dez minutos, mas acabei de chegar em casa.

As entranhas de Robin se contorceram de culpa.

— Sinto muito, senhor...

— O que você está lendo? — interrompeu o professor Lovell.

Robin hesitou por um momento, em seguida estendeu na direção dele o exemplar de *The King's Own*.*

— O livro que comprou para mim, senhor... Eu estava no meio de uma grande batalha, só queria saber o que...

— Você acha que o assunto desse maldito livro tem alguma importância?

Nos anos seguintes, sempre que revisitava aquela lembrança, Robin ficava admirado com a insolência com que tinha agido em seguida. Devia estar tomado pelo pânico, porque sem dúvida foi despropositada, em retrospecto, a maneira como fechou o livro de Marryat e se dirigiu para a porta, como se pudesse simplesmente descer correndo para a aula, como se um erro daquela magnitude pudesse ser esquecido com facilidade.

Enquanto ele se aproximava da porta, o professor Lovell recolheu o punho fechado e em seguida golpeou com força a face esquerda de Robin.

A intensidade do soco o derrubou no chão. O garoto não registrou a dor tanto quanto o choque; a reverberação em suas têmporas não *doía*, não ainda — a dor viria depois, assim que vários segundos se passassem e o sangue começasse a afluir para sua cabeça.

* Esse acabaria sendo o último título de Marryat que Robin leria. Melhor assim. Os romances de Frederick Marryat, embora repletos de aventuras e bravura em alto-mar, o que fazia com que fossem estimados pelos meninos ingleses, também retratavam os negros como escravizados felizes e satisfeitos, e os nativos americanos como nobres selvagens ou bêbados libertinos. Os chineses e indianos eram descritos como "raças inferiores e efeminados em pessoa".

O professor Lovell não havia terminado. Quando o menino se ajoelhou, atordoado, ele pegou o atiçador ao lado da lareira e golpeou em diagonal a lateral direita do torso de Robin. Em seguida, golpeou-o de novo. E de novo.

Robin teria ficado mais assustado se tivesse suspeitado da violência do professor Lovell, mas aquela surra foi tão inesperada, tão completamente fora do normal, que pareceu mais surreal do que qualquer outra coisa. Não lhe ocorreu implorar, chorar ou gritar. Nem mesmo quando o atiçador estalou contra suas costelas pela oitava, nona, décima vez — nem mesmo quando sentiu o gosto do sangue nos dentes; a única coisa que sentiu foi uma profunda perplexidade por aquilo estar acontecendo. Parecia absurdo. Era como se estivesse dentro de um pesadelo.

O professor Lovell tampouco parecia um homem no auge de uma fúria tempestuosa. Ele não gritava; seus olhos não estavam desvairados; as bochechas nem sequer haviam ficado vermelhas. Parecia apenas, a cada golpe contundente e deliberado, estar tentando infligir o máximo de dor com o mínimo risco de lesão permanente, pois não bateu na cabeça de Robin, nem o golpeou com tanta força a ponto de fraturar suas costelas. Não; só produziu hematomas que poderiam ser facilmente escondidos e que, com o tempo, iam se curar por completo.

Ele sabia muito bem o que estava fazendo. Parecia já ter feito aquilo antes.

Depois de doze golpes, tudo cessou. Com a mesma compostura e precisão, o professor Lovell colocou o atiçador de volta junto à lareira, deu um passo para trás e sentou-se à mesa, olhando para Robin em silêncio enquanto o menino se ajoelhava e se esforçava para limpar o sangue do rosto.

Depois de um longo silêncio, ele falou:

— Quando trouxe você de Cantão, deixei claras as minhas expectativas.

Um soluço finalmente se formara na garganta de Robin, uma reação emocional reprimida e protelada, mas ele o engoliu. Tinha pavor da reação do professor Lovell se fizesse algum ruído.

— Levante-se — ordenou o professor Lovell com frieza. — Sente-se.

Robin obedeceu de modo automático. Um de seus molares estava mole. Ele sondou o dente, estremecendo quando um fio de sangue fresco e salgado cobriu sua língua.

— Olhe para mim — disse o professor Lovell.

Robin obedeceu.

— Bem, eis uma coisa boa a seu respeito — prosseguiu o professor. — Quando apanha, você não chora.

Robin sentiu um formigamento no nariz. Lágrimas ameaçavam brotar, mas ele se esforçou para contê-las. Era como se um prego estivesse sendo enfiado em suas têmporas. Estava tão dominado pela dor que não conseguia respirar. Ainda assim, ao que parecia, o mais importante era não demonstrar nenhum sinal de sofrimento. Nunca tinha se sentido tão desolado na vida. Queria morrer.

— Não vou tolerar indolência sob o meu teto — disse o professor Lovell. — Traduzir não é uma tarefa fácil, Robin. Exige foco. Disciplina. Você já está em desvantagem por não ter estudado latim e grego desde cedo, e dispõe de apenas seis anos para compensar essa diferença antes de ir para Oxford. Não pode ser indolente. Não pode perder tempo com devaneios.

Ele suspirou.

— Eu esperava, com base nos relatos da srta. Slate, que você tivesse se tornado um garoto zeloso e aplicado. Vejo que me enganei — continuou. — Preguiça e dissimulação são traços comuns nos indivíduos do seu povo. É por isso que a China continua sendo um país indolente e atrasado enquanto seus vizinhos avançam em direção ao progresso. Por natureza, vocês são tolos, têm a mente fraca e são pouco inclinados ao trabalho árduo. Você tem que lutar contra essas características, Robin. Tem que aprender a superar a impureza de seu sangue. Eu apostei alto na sua capacidade de fazer isso. Prove-me que valeu a pena ou compre você mesmo sua passagem de volta para Cantão. — Ele inclinou a cabeça. — Quer voltar para Cantão?

Robin engoliu em seco.

— Não.

Estava sendo sincero. Mesmo depois daquilo, mesmo depois da tortura das aulas, não conseguia imaginar outro futuro para si mesmo. Cantão significava pobreza, insignificância e ignorância. Cantão significava a peste. Cantão significava não ter mais acesso a livros. Londres significava todos os confortos materiais que ele poderia desejar. Londres significava, um dia, ir para Oxford.

— Então decida-se agora, Robin. Dedique-se a alcançar a excelência nos seus estudos, faça os sacrifícios que isso exige e me prometa que nunca mais vai me envergonhar dessa maneira. Ou embarque no primeiro paquete de volta para casa. Vai voltar para as ruas, sem família, sem qualificação e sem dinheiro. Nunca mais vai ter o tipo de oportunidade que estou lhe oferecendo. Vai lhe restar apenas sonhar em ver Londres de novo, que dirá Oxford. Nunca, *jamais* vai tocar de novo uma barra de prata. — O professor Lovell se recostou na cadeira, observando Robin com olhos frios e perscrutadores. — Então. Escolha.

Robin sussurrou uma resposta.

— Mais alto. Em inglês.

— Perdão — disse Robin com a voz rouca. — Eu quero ficar.

— Ótimo. — O professor Lovell se levantou. — O sr. Chester está esperando lá embaixo. Recomponha-se e vá para sua aula.

De alguma forma, Robin conseguiu permanecer na aula até o fim, fungando, atordoado demais para se concentrar, um grande hematoma se formando no rosto enquanto o torso latejava por causa de uma dúzia de feridas invisíveis. Felizmente, o sr. Chester não disse uma palavra sobre o incidente. Robin recitou uma lista de conjugações e não acertou nenhuma. O sr. Chester o corrigiu pacientemente, em um tom agradável, embora forçado. O atraso não encurtou a aula — eles avançaram muito além da hora do jantar, e aquelas foram as três horas mais longas da vida de Robin.

Na manhã seguinte, o professor Lovell agiu como se nada tivesse acontecido. Quando Robin desceu para o café da manhã, o professor perguntou se ele havia terminado suas traduções. O menino respondeu que sim. A sra. Piper serviu ovos e presunto, e eles comeram em um silêncio um tanto inquieto. Doía mastigar e às vezes até engolir — o rosto de Robin inchara ainda mais durante a noite —, mas, quando ele engasgou, a sra. Piper se limitou a sugerir que o menino cortasse o presunto em pedaços menores. Os três beberam chá. A sra. Piper retirou os pratos, e Robin foi buscar os livros de latim antes que o sr. Felton chegasse.

Nunca ocorreu a Robin fugir, nem naquela ocasião, nem nenhuma vez sequer nas semanas que se seguiram. Outra criança talvez tivesse ficado amedrontada, talvez tivesse aproveitado a primeira oportunidade para escapar para as ruas de Londres. Outra criança, acostumada a um tratamento melhor e mais gentil, talvez tivesse compreendido que tamanha indiferença demonstrada por adultos como a sra. Piper, o sr. Felton e o sr. Chester diante de um menino de onze anos coberto de hematomas era algo terrivelmente errado. Mas Robin ficou tão grato por aquele retorno à estabilidade que não conseguia nem ao menos ficar magoado com o que havia acontecido.

Afinal de contas, aquilo nunca mais se repetiu. Robin fez de tudo para que não se repetisse. Passou os seis anos seguintes estudando até a exaustão. Com a ameaça da expatriação pairando constantemente sobre sua cabeça, dedicou a vida a se tornar o aluno que o professor Lovell desejava ver.

O grego e o latim foram ficando mais interessantes após o primeiro ano, depois que ele reuniu componentes essenciais de cada idioma suficientes para construir fragmentos de significado por conta própria. Daí em diante, toda vez que se deparava com um texto novo, a tarefa se parecia menos com um tatear no escuro e mais com uma questão de preencher lacunas. Descobrir a formulação gramatical exata de uma frase com a qual vinha se frustrando lhe proporcionava o mesmo tipo de satisfação que obtinha ao colocar um livro de volta na estante ou encontrar um pé de meia perdido — todas as peças se encaixavam, e tudo ficava inteiro e completo.

Em latim, leu Cícero, Lívio, Virgílio, Horácio, César e Juvenal; em grego, Xenofonte, Homero, Lísias e Platão. Com o tempo, descobriu que era muito bom com idiomas. Tinha boa memória e um talento especial para tons e ritmo. Logo alcançou um nível de fluência em grego e latim que deixaria qualquer estudante de Oxford com inveja. Com o tempo, o professor Lovell parou de fazer comentários sobre sua propensão inata à indolência e, em vez disso, fazia um aceno de aprovação com a cabeça a cada atualização sobre o rápido progresso de Robin pelo cânone.

A história, por sua vez, marchava adiante. Em 1830, o rei Jorge IV tinha morrido e fora sucedido por seu irmão mais novo, Guilherme IV, o eterno conciliador que não agradava a ninguém. Em 1831, outra epidemia de cólera varreu Londres, deixando um rastro de trinta mil mortos. O maior impacto recaiu sobre os pobres e desamparados, aqueles que viviam em espaços apertados e não podiam escapar dos miasmas contaminados uns dos outros.* A vizinhança de Hampstead, no entanto, permaneceu intocada — para o professor Lovell e seus amigos em suas propriedades remotas, protegidas por muros, a epidemia era algo que se mencionava de passagem, demonstrando consternação em solidariedade, e que se esquecia rapidamente.

Em 1833, houve um acontecimento importante: a escravidão foi abolida na Inglaterra e em suas colônias, substituída por um período de seis anos de transição para a liberdade. Entre os interlocutores do professor Lovell, essa notícia foi recebida com a ligeira decepção de uma partida de críquete perdida.

— Bem, isso arruinou as Índias Ocidentais para nós — reclamou o sr. Hallows. — Os abolicionistas com seu maldito moralismo. Ainda acredito que essa obsessão pela abolição seja resultado da necessidade dos britânicos de se sentirem ao menos culturalmente superiores agora que perderam a

---

* Conforme os jornais semanais passaram a registrar um número crescente de mortes, Robin perguntou à sra. Piper por que os médicos não podiam simplesmente curar os doentes com a prata, como o professor Lovell havia feito com ele. "A prata é cara", respondeu a sra. Piper, e foi a última vez que falaram sobre o assunto.

América. E com base em quê? Como se aqueles pobres diabos também não fossem escravizados na África pelos tiranos que eles chamam de reis.*

— Eu não desistiria das Índias Ocidentais ainda — disse o professor Lovell. — Eles continuam permitindo um tipo legal de trabalho forçado...

— Mas sem a propriedade, a coisa toda perde a força.

— Talvez seja melhor assim. Afinal, os libertos trabalham melhor do que os escravos,** e a escravidão é, na verdade, mais custosa do que um mercado baseado no trabalho livre...

— Você anda lendo Smith demais. Hobart e MacQueen é que estavam certos: basta contrabandear um navio cheio de chinas,*** isso resolve o problema. Eles são muito trabalhadores e organizados, o Richard sabe...

— Não, o Richard acha que eles são preguiçosos, não acha, Richard?

— Bem, o que *eu* queria — interrompeu o sr. Ratcliffe — era que as mulheres parassem de participar desses debates contra a escravidão. Elas se identificam muito com a situação dos escravos; ficam com a cabeça cheia de ideias.

— O que houve? — perguntou o professor Lovell. — A sra. Ratcliffe está insatisfeita com sua situação doméstica?

— Ela gosta de pensar que da abolição para o sufrágio feminino é um pulo. — O sr. Ratcliffe soltou uma risada desagradável. — Está para nascer o dia em que isso vai acontecer.

E, com esse comentário, a conversa se voltou para o despropósito dos direitos das mulheres.

Robin pensou que nunca entenderia aqueles homens, que falavam do mundo e de seus movimentos como um grande jogo de xadrez, onde países e povos eram peças que podiam ser movidas e manipuladas a seu bel-prazer.

Mas se o mundo era abstrato para eles, para Robin era ainda mais, pois ele não era impactado por nenhum daqueles assuntos. Assimilava aqueles tempos através das lentes míopes da Mansão Lovell. Reformas, levantes coloniais, revoltas de escravizados, sufrágio feminino e os debates mais recentes

---

* Nesse ponto, o sr. Hallows se esquece de que o regime de escravidão no qual os escravizados eram tratados como propriedade, e não como pessoas, foi uma invenção inteiramente europeia.

** Em alguns casos, o termo "escravo" é utilizado propositalmente, assim como "china". (N. E.)

*** De fato, na esteira da libertação do Haiti, os britânicos passaram a considerar a ideia de importar trabalhadores de outras raças, como os chineses ("um povo sério, paciente, trabalhador"), como uma possível alternativa ao trabalho escravizado africano. O experimento *Fortitude*, de 1806, tentou estabelecer uma colônia de duzentos trabalhadores chineses em Trinidad a fim de criar uma "barreira entre nós e os negros". A colônia fracassou, e em pouco tempo a maioria dos trabalhadores retornou à sua China natal. Ainda assim, a ideia de substituir a mão de obra africana pela mão de obra chinesa permaneceu atrativa para os britânicos e seria continuamente revivida ao longo do século XIX.

no Parlamento não significavam nada para ele. A única coisa que importava eram as línguas mortas que tinha diante de si e o fato de que um dia, um dia que se aproximava mais e mais com o passar dos anos, ia se matricular na universidade que conhecia apenas pelo quadro na parede — a cidade do conhecimento, a cidade dos pináculos dos sonhos.

Tudo terminou sem cerimônia, sem celebração. Um dia, o sr. Chester disse a Robin, enquanto guardava seus livros, que havia apreciado as aulas e que lhe desejava sorte na universidade. Foi assim que o garoto descobriu que iria para Oxford na semana seguinte.

— Ah, sim — disse o professor Lovell quando questionado. — Esqueci de lhe dizer? Escrevi para a faculdade. Estão esperando você.

Supostamente, ocorrera um processo de admissão, uma troca de cartas de apresentação e garantias de recursos financeiros que asseguraram sua vaga. Robin não foi envolvido em nada disso. O professor Lovell se limitou a informá-lo que ia se mudar para seu novo alojamento no dia 29 de setembro, então era melhor que estivesse com as malas prontas na noite do dia 28.

— Você vai chegar alguns dias antes do início do período letivo. Vamos juntos.

Na noite anterior à partida, a sra. Piper assou para Robin um prato de biscoitos pequenos, duros e redondos, tão saborosos e crocantes que pareciam derreter na boca.

— São *shortbreads*, biscoitos amanteigados — explicou ela. — São muito gostosos, mas não vão comer todos de uma vez. Eu não faço esses biscoitos com muita frequência, porque o Richard acha que açúcar não faz bem para meninos da sua idade, mas você mereceu.

— *Shortbread* — repetiu Robin. — *Short* porque não duram muito?

Eles vinham jogando esse jogo desde a noite da discussão sobre o *bannock*.

— Não, querido. — Ela riu. — É porque ele se desmancha com muita facilidade. A gordura da manteiga deixa a massa mais "farelenta". É esse o sentido de *short*, sabe, e é daí que vem a palavra *shortening*, gordura.

Ele engoliu a massa doce e amanteigada, em seguida bebeu um gole de leite.

— Vou sentir falta das suas aulas de etimologia, sra. Piper.

Para sua surpresa, os cantos dos olhos dela ficaram vermelhos. Sua voz ficou mais grave.

— Escreva sempre que precisar de mantimentos — disse ela. — Não sei muito sobre o que acontece nessas faculdades, mas sei que a comida é péssima.

# Capítulo Três

*But this shall never be: to us remains*
*One city that has nothing of the beast,*
*That was not built for gross, material gains,*
*Sharp, wolfish power or empire's glutted feast.*

*Mas isso nunca será: para nós permanece*
*Uma cidade que nada tem da besta,*
*Que não foi construída para ganhos materiais brutos,*
*O duro e voraz poder ou o farto banquete imperial.*

C.S. Lewis, "Oxford"

Na manhã seguinte, Robin e o professor Lovell tomaram um coche até uma estação no centro de Londres, onde embarcaram em uma diligência com destino a Oxford. Enquanto esperavam para embarcar, Robin se distraiu tentando adivinhar a etimologia de *stagecoach*, a palavra inglesa para "diligência". *Coach*, carruagem, era óbvio, mas por que *stage*, palco? Seria porque a carruagem plana e larga se assemelhava a um palco? Porque trupes inteiras de atores poderiam ter viajado dessa forma ou ter se apresentado em cima de uma? Talvez estivesse indo um pouco longe demais. Uma carruagem se assemelhava a muitas coisas, mas ele não conseguia imaginar um palco — uma plataforma pública elevada — como uma associação óbvia. Por que não uma *basketcoach*, uma carruagem em forma de cesto? Uma *omnicoach*, uma carruagem para várias pessoas?

— É porque a jornada acontece em etapas, *stages* — explicou o professor Lovell quando Robin desistiu. — Os cavalos não querem percorrer de uma vez só o caminho de Londres a Oxford, e em geral nós também não. Mas detesto estalagens para viajantes, então vamos fazer a viagem em apenas um dia; são cerca de dez horas sem paradas, então use o retrete antes de partirmos.

Eles dividiram a diligência com outros nove passageiros — uma pequena família de quatro pessoas bem-vestidas e um grupo de cavalheiros com postura meio recurvada, vestindo terno marrom-claro com cotoveleiras, que Robin supôs serem todos professores. O rapaz se sentou espremido entre o professor Lovell e um dos homens de terno. Era cedo demais para conversas. Enquanto a carruagem sacolejava pelas ruas de paralelepípedos, os passageiros cochilavam ou olhavam fixamente em diversas direções.

Robin levou algum tempo para se dar conta de que a mulher à sua frente estava olhando para ele por cima da peça que tricotava. Quando seus olhos encontraram os dela, a mulher prontamente se virou para o professor Lovell e perguntou:

— *Isso* é um oriental?

O professor Lovell ergueu a cabeça, despertado do cochilo.

— Perdão?

— Eu estava me referindo ao seu menino — falou a mulher. — Ele é de Pequim?

Robin olhou de canto de olho para o professor Lovell, de repente muito curioso para saber o que ele ia responder.

Mas o professor Lovell se limitou a balançar a cabeça.

— Cantão — respondeu ele, secamente. — Mais ao sul.

— Ah — disse a mulher, claramente desapontada com o fato de ele não dar mais detalhes.

O professor Lovell voltou a dormir. A mulher olhou Robin de cima a baixo de novo, com uma curiosidade inquietante, e em seguida voltou a atenção para os filhos. Robin permaneceu em silêncio. De repente, sentiu um aperto no peito, embora não conseguisse entender por quê.

As crianças não paravam de olhar para ele; estavam de olhos arregalados e com a boca aberta de uma forma que seria adorável se não desse a Robin a sensação de ter duas cabeças. Depois de alguns segundos, o menino puxou a manga da mãe e a fez se curvar para que ele pudesse sussurrar algo em seu ouvido.

— Ah. — Ela riu, em seguida olhou para Robin. — Ele quer saber se você enxerga.

— Eu... o quê?

— Se você enxerga. — A mulher elevou a voz e pronunciou cada sílaba de maneira exagerada, como se Robin tivesse dificuldade de ouvir. (Isso tinha acontecido muitas vezes com o garoto no *Condessa de Harcourt*; ele não conseguia entender por que as pessoas tratavam aqueles que não falavam inglês como se fossem surdos.) — Por causa dos seus olhos... Você consegue enxergar tudo? Ou é como se estivesse vendo através de pequenas fendas?

— Eu enxergo perfeitamente bem — respondeu Robin, baixinho.

O menino, desapontado, voltou sua atenção para beliscar a irmã. A mulher tornou a tricotar como se nada tivesse acontecido.

A pequena família desceu em Reading. Robin se deu conta de que conseguia respirar com mais facilidade depois que eles se foram. Também podia esticar as pernas para dar um descanso aos joelhos rígidos sem que a mulher lhe dirigisse um olhar inquieto e desconfiado, como se o tivesse flagrado tentando roubá-la.

Os últimos dezesseis quilômetros até Oxford eram um trecho idílico de pastagens verdes, pontuadas de tempos em tempos por rebanhos de vacas. Robin tentou ler um guia intitulado *The University of Oxford and Her Colleges* [A Universidade de Oxford e suas faculdades], mas foi acometido por uma dor de cabeça latejante, então começou a cochilar. Algumas diligências eram equipadas com prata, o que tornava o deslocamento tão suave quanto patins deslizando sobre o gelo, mas a deles era de um modelo mais antigo, e o sacolejar constante era exaustivo. Robin acordou com as rodas ressoando contra os paralelepípedos e, olhando ao redor, descobriu que estavam no meio da High Street, bem diante dos portões de sua nova residência.

Oxford era composta por vinte e duas faculdades, cada uma delas com seu próprio complexo residencial, brasão, refeitório, costumes e tradições. Christ Church, Trinity, St John's e All Souls recebiam as doações mais vultosas e, portanto, ostentavam as melhores instalações.

— É bom você fazer amigos nessas faculdades, nem que seja apenas para dar uma espiada nos jardins — disse o professor Lovell. — Pode ignorar tranquilamente qualquer um que frequente Worcester ou Hertford. São pobres e feios. — Robin não tinha certeza se ele estava se referindo às pessoas ou aos jardins. — E a comida é ruim.

Um dos outros cavalheiros lhe dirigiu um olhar irritado quando eles desembarcaram da diligência.

Robin ia morar na University College. Seu guia lhe informara que as pessoas costumavam chamá-la de "Univ"; abrigava todos os alunos matriculados no Real Instituto de Tradução e, no que dizia respeito à estética, era "melancólica e venerável, uma aparência condizente com a filha mais velha da universidade". Definitivamente parecia um santuário gótico; a fachada era repleta de torres e janelas uniformes contrastando com a pedra branca e lisa.

— Bem, chegamos. — O professor Lovell ficou parado com as mãos nos bolsos, parecendo um tanto desconfortável.

Agora que tinham passado pela portaria, pegado as chaves de Robin e arrastado a bagagem da High Street até a calçada, parecia óbvio que a despedida era iminente. O professor simplesmente não sabia como proceder.

— Bem, você ainda tem alguns dias antes do início das aulas, deveria usá-los para conhecer a cidade — prosseguiu ele. — Tem um mapa, é verdade, mas Oxford é tão pequena que depois de alguns passeios já vai conhecê-la como a palma da mão. Talvez devesse procurar os membros do seu grupo; a essa altura eles já devem ter se instalado. Minha residência na cidade fica ao norte, em Jericho; escrevi o endereço naquele envelope. A sra. Piper vai para lá na semana que vem, e esperamos você para jantar no sábado seguinte. Ela vai ficar muito feliz em vê-lo. — O professor Lovell disse tudo isso como se estivesse recitando uma lista memorizada. Parecia ter dificuldade em olhar Robin nos olhos. — Está tudo certo?

— Está, sim — respondeu Robin. — Também vou ficar muito feliz em ver a sra. Piper.

Eles olharam um para o outro sem dizer mais nada por um instante. Robin tinha a sensação de que certamente havia outras palavras que deveriam ser ditas, palavras para marcar aquela ocasião — o fato de ele ter crescido, saído de casa, entrado na universidade — como um momento de grande importância. Mas não fazia nem ideia de quais poderiam ser, e aparentemente nem o professor Lovell.

— Nesse caso... — O professor fez um breve aceno de cabeça e deu meia-volta na direção da High Street, como se quisesse confirmar que não era mais necessário. — Consegue levar sua bagagem?

— Sim, senhor.

— Nesse caso... — repetiu o professor Lovell, e em seguida se voltou novamente para a High Street.

Era uma maneira estranha de encerrar as coisas, duas palavras que sugeriam que havia mais a dizer. Robin o observou por um momento, meio que esperando que ele se virasse, mas o professor Lovell parecia concentrado apenas em chamar um coche. Estranho, de fato. Mas isso não incomodou Robin. Era assim que as coisas sempre haviam sido entre eles: conversas inacabadas, palavras que era melhor permanecerem não ditas.

Os aposentos de Robin ficavam no número 4 da Magpie Lane*,** — um imóvel pintado de verde no meio da viela tortuosa e estreita que ligava a

* Antes conhecida como Gropecunt Lane, a Magpie Lane era originalmente, como o nome sugere, uma rua de bordéis. Isso não era mencionado no guia de Robin.

** Gropecunt Lane era um nome de rua muitas vezes encontrado em vilas e cidades inglesas durante a Idade Média. Acredita-se que seja uma referência à prostituição que se concentrava nessas áreas, portanto é possível assumir que "Gropecunt" seja uma referência ao ato primário que ocorria nesses locais, qual seja, apalpar (*grope*) a genitália de uma mulher (*cunt*). (N. T.)

High Street à Merton Street. Já havia alguém de pé junto à porta da frente, mexendo na fechadura. Devia ser um aluno novo — havia bolsas e baús espalhados na calçada de paralelepípedos ao seu redor.

Ao se aproximar, Robin notou que, ao que parecia, o garoto não era nativo da Inglaterra. Era mais provável que fosse do Sul da Ásia. Robin tinha visto marinheiros com a mesma compleição em Cantão, todos de navios vindos da Índia. O desconhecido tinha a pele escura, o corpo alto e gracioso, e os cílios mais longos e pretos que ele já vira. Seus olhos perscrutaram de cima a baixo o corpo de Robin antes de se fixarem em seu rosto, questionando — determinando, por sua vez, Robin suspeitava, quão estrangeiro ele era.

— Meu nome é Robin — disse ele. — Robin Swift.

— Ramiz Rafi Mirza — pronunciou o outro rapaz com orgulho, estendendo a mão. Ele falava inglês com uma dicção tão perfeita que soava quase como o professor Lovell. — Ou só Ramy, se preferir. E você... está aqui para estudar no Instituto de Tradução, não está?

— Estou — respondeu Robin, e em seguida acrescentou, seguindo uma intuição: — Eu sou de Cantão.

O rosto de Ramy relaxou.

— Calcutá.

— Você acabou de chegar?

— Em Oxford, sim. Na Inglaterra, não. Cheguei a Liverpool em um navio quatro anos atrás e estava até agora enfurnado em uma propriedade enorme e tediosa em Yorkshire. Meu tutor queria que eu me aclimatasse à sociedade inglesa antes de me matricular.

— O meu também — disse Robin, com entusiasmo. — O que você achou?

— O clima é péssimo. — Um dos cantos da boca de Ramy se curvou em um sorrisinho. — E a única coisa que consigo comer aqui é peixe.

Eles sorriram um para o outro.

Robin sentiu um entusiasmo estranho tomar seu peito. Nunca tinha conhecido alguém na mesma situação, nem em nenhuma situação parecida com a dele, e suspeitava que, se continuasse sondando, descobriria uma dúzia de outras semelhanças. Tinha milhares de perguntas a fazer, mas não sabia por onde começar. Ramy também era órfão? Quem estava pagando seus estudos? Como era Calcutá? Ele tinha voltado lá desde que viera para a Inglaterra? Por que tinha ido para Oxford? De repente ficou ansioso — sentiu a língua travar, incapaz de escolher uma palavra — e havia também a questão das chaves, e da bagagem espalhada pela viela, o que fazia parecer que um furacão havia despejado todo o conteúdo do porão de um navio bem no meio da rua...

— Não acha... — Robin conseguiu dizer no mesmo momento em que Ramy perguntou:

— O que acha de abrirmos essa porta?

Os dois riram. Ramy sorriu.

— Vamos levar essas coisas lá para dentro. — Ele cutucou um baú com a ponta do pé. — Eu trouxe uma caixa de doces muito bons que acho que a gente devia abrir, o que me diz?

Os aposentos deles ficavam um de frente para o outro no corredor: quartos seis e sete. Cada unidade era composta de um quarto amplo e uma sala de estar mobiliada com uma mesa de centro, estantes vazias e um sofá. O sofá e a mesa eram muito formais, então eles se sentaram de pernas cruzadas no chão do quarto de Ramy, piscando como crianças tímidas enquanto olhavam um para o outro, sem saber o que fazer com as mãos.

Ramy tirou um embrulho colorido de um de seus baús e o colocou no chão entre eles.

— Presente de despedida de sir Horace Wilson, meu tutor. Ele também me deu uma garrafa de vinho do Porto, mas eu joguei fora. Qual você vai querer? — Ramy abriu o pacote. — Tem *toffee*, caramelo, crocante de amendoim, chocolates e vários tipos de frutas cristalizadas...

— Ah, minha nossa... Vou querer um *toffee*, obrigado. — Robin não conseguia se lembrar da última vez que tinha conversado com uma pessoa da sua idade.* Só agora se dava conta de como sentia falta de um amigo, mas não sabia como fazer amigos, e a ideia de tentar e fracassar de repente o deixou aterrorizado. E se Ramy o achasse chato? Irritante? Excessivamente solícito?

Ele deu uma mordida no *toffee*, engoliu e colocou as mãos no colo.

— Então — disse ele. — Como é Calcutá?

Ramy sorriu.

Nos anos seguintes, Robin relembraria inúmeras vezes aquela noite. Nunca deixaria de se espantar com a misteriosa alquimia, com a facilidade com que dois estranhos que haviam socializado pouco e sido criados de maneira solitária tinham se transformado em almas gêmeas em questão de minutos.

---

* Uma vez, um menino chamado Henry Little havia visitado Hampstead com o pai, um dos colegas do professor Lovell na Real Sociedade Asiática. Robin tinha tentado falar com ele sobre *scones*, que ele considerava um tópico tão bom quanto qualquer outro para iniciar uma conversa, mas Henry Little simplesmente estendeu a mão e esticou as pálpebras de Robin com tanta força que o menino, assustado, deu-lhe um chute na canela. Robin foi mandado para o quarto, e Henry Little para o jardim; depois disso, o professor Lovell nunca mais sugeriu a seus colegas que levassem os filhos junto em suas visitas.

Ramy parecia tão corado e animado quanto Robin. Eles conversaram sem parar. Nenhum assunto parecia tabu; tudo sobre o que falavam era ou um ponto de concordância imediata — *scones* são melhores sem passas, obrigado — ou motivo para um debate fascinante — não, na verdade Londres é encantadora; vocês, ratos do campo, são preconceituosos porque têm inveja. Só não nadem no Tâmisa.

A certa altura, eles começaram a recitar poemas um para o outro — lindos encadeamentos de dísticos em urdu que Ramy disse que se chamavam gazéis e poemas da dinastia Tang, dos quais, para ser franco, Robin não gostava, mas que soavam impactantes. E ele queria muito impressionar Ramy, que era tão espirituoso, tão culto e engraçado. Tinha opiniões afiadas e mordazes a respeito de tudo: culinária britânica, boas maneiras britânicas e a rivalidade Oxbridge ("Oxford é maior do que Cambridge, mas Cambridge é mais bonita e, de qualquer forma, acho que Cambridge só foi fundada para dar vazão ao excesso de talentos medíocres."). Já havia viajado por meio mundo; estivera em Lucknow, Madras, Lisboa, Paris e Madrid. Descrevia sua Índia natal como um paraíso:

— As mangas, Rob* — ele havia começado a chamar Robin de "Rob" —, são ridiculamente suculentas, não dá para comprar nada parecido nesta ilhota miserável. Faz anos que não como uma. Daria tudo para ver uma verdadeira manga de Bengala.

— Eu li *As mil e uma noites* — disse Robin, inebriado de animação e tentando parecer cosmopolita também.

— Calcutá não fica no mundo árabe, Rob.

— Eu sei. — Robin corou. — Eu só quis dizer...

Mas Ramy já tinha mudado de assunto.

— Você não me disse que lia em árabe!

— Eu não leio, li uma tradução.

Ramy suspirou.

— De quem?

Robin fez um esforço para se lembrar.

— Jonathan Scott?

— Essa tradução é péssima. — Ramy fez um aceno com o braço. — Jogue fora. Para começar, não é uma tradução direta, o texto foi traduzido para o francês primeiro, depois para o inglês. Além disso, não é nem remotamente

* No original, o apelido é "*Birdie*", "passarinho", porque o termo "*robin*" é também o nome de um pássaro. No entanto, como essa transposição não se dá de maneira efetiva no português, optou-se por adaptar o apelido carinhoso. (N. T.)

parecida com o original. E, para completar, Galland, Antoine Galland, o tradutor francês, se esforçou ao máximo para afrancesar os diálogos e eliminar todos os detalhes culturais que ele achava que poderiam confundir o leitor. Ele traduz as concubinas de Harun al-Rashid como *dames ses favorites*. Suas damas favoritas. Como você chega a "damas favoritas" partindo do original "concubinas"? E ele corta por inteiro algumas das passagens mais eróticas e introduz explicações culturais sempre que lhe dá na telha; me diga, você ia gostar de ler um épico com um francês senil bafejando no seu cangote em todas as partes picantes?

Ramy gesticulava com exagero ao falar. Ficou claro que ele não estava com raiva de fato, era apenas intenso e sem dúvida brilhante, tão comprometido com a verdade que precisava que o mundo inteiro soubesse. Robin se inclinou para trás e observou o rosto bonito e agitado de Ramy, ao mesmo tempo pasmo e fascinado.

Sentiu vontade de chorar. Tinha estado tão desesperadamente solitário, e só naquele momento se dava conta disso, mas agora *não estava* mais, e isso era tão bom que ele não sabia o que fazer.

Quando por fim o sono foi tanto que eles não conseguiam mais concluir as frases, os doces tinham sido reduzidos à metade e o chão do quarto de Ramy estava coberto de embalagens usadas; desejaram boa-noite um ao outro, bocejando. Robin voltou cambaleando para seus aposentos, fechou a porta, se virou e encarou os cômodos vazios. Aquele ia ser seu lar pelos quatro anos seguintes: a cama sob o teto baixo e inclinado onde ia acordar todas as manhãs, a torneira pingando na pia onde ia lavar o rosto e a escrivaninha no canto sobre a qual ia se debruçar todas as noites, escrevendo à luz de velas até a cera pingar nas tábuas do assoalho.

Pela primeira vez desde que chegara a Oxford, ocorreu-lhe que ia construir uma vida ali. E a imaginou se estendendo à sua frente: o acúmulo gradual de livros e objetos nas estantes vazias; o desgaste das camisas de linho novas em folha ainda guardadas nos baús; a mudança das estações vista e ouvida através da janela que ficava acima de sua cama e não fechava direito, estremecendo com o vento. E Ramy do outro lado do corredor.

Não ia ser tão ruim.

A cama não estava feita, mas ele se sentia cansado demais para colocar os lençóis ou procurar cobertas, então se aninhou de lado e se cobriu com o casaco. Em pouco tempo, dormia profundamente, sorrindo.

* * *

As aulas só iam começar no dia 3 de outubro, o que dava a Robin e Ramy três dias inteiros para explorar a cidade.

Foram três dos dias mais felizes da vida de Robin. Não havia leituras nem aulas; nada de recitações nem textos para preparar. Pela primeira vez na vida, tinha controle total sobre seu dinheiro e seus horários, e ficou extasiado com aquela liberdade.

Os dois passaram o primeiro dia fazendo compras. Foram à Ede & Ravenscroft, onde encomendaram trajes sob medida; à livraria Thornton's, onde adquiriram toda a lista de livros do curso; às lojas de artigos domésticos na Cornmarket, onde compraram bules, colheres, roupa de cama e lâmpadas de Argand. Depois de adquirirem tudo o que julgavam ser necessário para a vida estudantil, ambos descobriram que ainda lhes restava uma parcela generosa de dinheiro, sem que corressem o risco de ele se esgotar — a bolsa de estudos permitia que sacassem a mesma quantia todo mês.

Então fizeram extravagâncias. Compraram sacos de nozes caramelizadas e caramelos. Alugaram dois dos barcos da faculdade e passaram a tarde empurrando um ao outro em direção às margens do Cherwell. Foram ao café Queen's Lane, onde gastaram uma quantia absurda em uma variedade de doces que os dois jamais haviam experimentado. Ramy gostou muito dos bolos de aveia — "Eles deixam a aveia *tão saborosa*", disse ele, "que eu entendo os prazeres de ser um cavalo" —, ao passo que Robin preferiu pãezinhos doces grudentos, tão lotados de açúcar que fizeram seus dentes doerem por horas.

Em Oxford, eles pareciam peixes fora d'água. No início, isso perturbou Robin. Em Londres, que era um pouco mais cosmopolita, os estrangeiros não atraíam olhares tão demorados. Os habitantes de Oxford, no entanto, pareciam sempre espantados com sua presença. Ramy atraía mais atenção do que Robin. Robin era estrangeiro apenas quando visto de perto e sob determinados aspectos, mas Ramy era imediata e visivelmente um forasteiro.

— Ah, sim — respondeu o rapaz, quando o padeiro perguntou se Ramy era do Hindustão, falando com um sotaque exagerado que Robin nunca tinha ouvido. — Tenho uma família bem grande lá. Não conta para ninguém, mas na verdade eu sou da realeza, o quarto na linha de sucessão ao trono... Que trono? Ah, só um trono regional; nosso sistema político é muito complicado. Mas eu queria experimentar levar uma vida normal, ter uma educação britânica típica, sabe... Então deixei meu palácio e vim para cá.

— Por que você falou daquele jeito? — Robin perguntou a ele assim que os dois já tinham se afastado o suficiente para não serem mais ouvidos. — E que história é essa de ser da realeza?

— Quando me veem, os ingleses tentam determinar em que tipo de história eu me encaixo — explicou Ramy. — Ou eu sou um lascarim larápio e imundo, ou sou um criado na casa de algum nababo. E em Yorkshire eu me dei conta de que é mais fácil se eles pensarem que eu sou um príncipe mogol.

— Eu sempre tentei passar despercebido — disse Robin.

— Mas isso é impossível para mim — rebateu Ramy. — Eu tenho que desempenhar um papel. Em Calcutá, todos contamos a história de Sake Dean Mahomed, o primeiro muçulmano de Bengala a se tornar um homem rico na Inglaterra. Ele tem uma esposa irlandesa branca. É proprietário de imóveis em Londres. E sabe como conseguiu isso? Abriu um restaurante, que faliu; depois tentou conseguir um emprego de mordomo ou criado, e também fracassou. Então teve a brilhante ideia de abrir uma casa de massagens terapêuticas em Brighton. — Ramy soltou uma risada. — Venha e tome banhos com vapores curativos! Receba massagens com óleos indianos! Curam asma e reumatismo; curam paralisia. É claro que não acreditamos em nada disso em nosso país. Mas a única coisa que Dean Mahomed precisou fazer foi atribuir a si mesmo algumas credenciais médicas, convencer as pessoas da eficácia dessa cura mágica oriental, e logo todos estavam comendo na palma de sua mão. Então, o que isso quer dizer, Rob? Se vão contar histórias a seu respeito, use isso a seu favor. Os ingleses nunca vão achar que sou uma pessoa de classe, mas se é para me encaixar na fantasia deles, pelo menos vão achar que sou da realeza.

Isso marcava a diferença entre eles. Desde sua chegada a Londres, Robin tinha tentado ser discreto e não chamar atenção, se assemelhar aos locais, minimizar sua alteridade. Ele achava que quanto mais comum parecesse, menos atenção atrairia. Mas Ramy, que não tinha escolha a não ser se destacar, tinha decidido que, já que era assim, então ia impressionar. Ele era ousado ao extremo. Robin o achava ao mesmo tempo incrível e um pouco assustador.

— *Mirza* realmente quer dizer "príncipe"? — perguntou Robin, depois de ouvir Ramy dizer isso a um lojista pela terceira vez.

— Claro. Bem, na verdade, é um título, derivado do persa *Amīrzādeh*, mas "príncipe" chega bem perto.

— Então você é…?

— Não — respondeu Ramy com uma risadinha. — Bem, talvez um dia tenha sido. Essa é a história da minha família, de qualquer maneira; meu pai diz que éramos aristocratas na corte mogol, ou algo assim. Mas não somos mais.

— O que aconteceu?

Ramy olhou para ele por um longo tempo.

— Os britânicos, Rob. Se atualiza.

* * *

Naquela noite, eles pagaram muito dinheiro por uma cesta de pães, queijo e uvas doces, que levaram para um piquenique em uma colina em South Park, na parte leste do campus. Encontraram um lugar tranquilo perto de um bosque, isolado o suficiente para que Ramy pudesse fazer sua oração ao pôr do sol, e sentaram-se de pernas cruzadas na grama, cortando o pão com as mãos, perguntando um ao outro sobre suas vidas com o fascínio ávido de rapazes que, durante muitos anos, pensaram ser os únicos em sua situação particular.

Ramy deduziu muito rapidamente que o professor Lovell era o pai de Robin.

— Tem que ser, não é? Caso contrário, por que ele seria tão reservado quanto a esse assunto? E caso contrário a esse caso contrário, como ele conheceu sua mãe? Ele sabe que você sabe ou ainda está tentando esconder?

Robin achou a franqueza dele alarmante. Estava tão acostumado a ignorar o assunto que era estranho ouvi-lo descrito em termos tão diretos.

— Não sei. Não tenho certeza sobre nada disso, na verdade.

— Hum. Ele se parece com você?

— Um pouco, acho. Ele dá aulas aqui, estuda idiomas do leste asiático. Você vai conhecê-lo e vai ver.

— Você nunca perguntou a ele?

— Nunca tentei — respondeu Robin. — Eu... Não sei o que ele diria. — Não, isso não era verdade. — Quer dizer, eu só acho que ele não ia responder.

Àquela altura, fazia menos de um dia que se conheciam, mas Ramy já sabia ler a expressão de Robin bem o suficiente para não insistir no assunto.

Ramy era muito mais aberto em relação ao próprio passado. Passara os primeiros treze anos de sua vida em Calcutá, o filho mais velho com três irmãs mais novas em uma família empregada por um nababo muito rico chamado sir Horace Wilson, e os quatro anos seguintes em uma propriedade rural em Yorkshire, como consequência de ter impressionado Wilson, estudando grego e latim e tentando não arrancar os próprios olhos de tanto tédio.

— Você tem sorte de ter sido educado em Londres — comentou Ramy. — Pelo menos tinha um lugar para ir nos fins de semana. Passei a adolescência inteira em meio a colinas e charnecas, e sem uma única pessoa com menos de quarenta anos à vista. Você já viu o rei?

Esse era mais um dos talentos de Ramy: mudar de assunto com tanta rapidez que Robin tinha dificuldade de acompanhá-lo.

— O rei Guilherme? Não, na verdade não, ele não aparece muito em público. Ainda mais nos últimos tempos, com a Lei das Fábricas e a Lei dos Pobres, os partidários da Reforma estavam sempre provocando tumulto nas ruas, não teria sido seguro.

— Partidários da Reforma — repetiu Ramy com inveja. — *Sortudo*. A única coisa que acontecia em Yorkshire era um casamento ou outro. Às vezes, num dia bom, as galinhas fugiam do galinheiro.

— Mas eu não participava de nada disso — disse Robin. — Meus dias eram bastante monótonos, para ser sincero. Eu passava o tempo todo estudando, me preparando para vir para cá.

— Mas estamos aqui agora.

— Brindemos a isso. — Robin se recostou com um suspiro.

Ramy entregou a ele uma xícara — tinha preparado uma mistura de xarope de flor de sabugueiro com mel e água —, e eles brindaram e beberam.

De onde estavam, no South Park, podiam avistar toda a universidade, envolta em um manto dourado ao pôr do sol. A luz fazia os olhos de Ramy cintilarem, fazia sua pele reluzir como bronze polido. Robin teve o impulso absurdo de tocar a face de Ramy; na verdade, já havia começado a erguer o braço quando a mente alcançou o corpo.

Ramy olhou para ele. Uma mecha de cabelo negro caiu sobre seus olhos. Robin achou isso absurdamente encantador.

— Está tudo bem?

Robin se apoiou nos cotovelos, voltando o olhar para a cidade. O professor Lovell tinha razão, pensou. Aquele era o lugar mais bonito do mundo.

— Está — respondeu ele. — Está tudo perfeito.

Os outros moradores do número 4 da Magpie Lane foram chegando ao longo do fim de semana. Nenhum deles era estudante de tradução e se apresentaram conforme foram se mudando: Colin Thornhill, um advogado em formação efusivo e de olhos arregalados, que falava apenas em parágrafos completos e apenas sobre si mesmo; Bill Jameson, um ruivo afável que estudava para ser cirurgião e parecia estar sempre alarmado com o preço das coisas; e, no fim do corredor, uma dupla de gêmeos, Edgar e Edward Sharp, que estavam no segundo ano, teoricamente se dedicando a Estudos Clássicos, mas que, como proclamavam em voz alta, estavam mais "interessados apenas no aspecto social até recebermos nossa herança".

No sábado à noite, eles se reuniram para beber na sala comum ao lado da cozinha compartilhada. Bill, Colin e os Sharp estavam sentados ao redor da mesa de centro quando Ramy e Robin entraram. Tinham dito a eles para chegarem às nove, mas estava claro que o vinho já vinha sendo consumido fazia algum tempo — havia garrafas vazias espalhadas pelo chão ao redor deles, e os irmãos Sharp estavam apoiados um no outro em uma postura relaxada, ambos visivelmente bêbados.

Colin estava fazendo uma preleção sobre as diferenças entre os trajes dos estudantes.

— Dá para saber tudo sobre um homem com base no que ele está vestindo — disse ele com ar de importância. Tinha um sotaque peculiar, muito marcado e exagerado de maneira suspeita, que Robin não conseguia identificar, mas detestava. — A beca do bacharel pende em uma longa curva na altura no cotovelo, terminando em uma ponta. Os estudantes mais abastados usam beca de seda, com pregueado nas mangas. A beca dos estudantes menos abastados não tem manga, mas tem pregas na altura dos ombros, e dá para distingui-los daqueles que prestam serviço em troca dos estudos porque esses usam uma beca sem pregas e capelo sem borla...

— Santo Deus — disse Ramy enquanto se sentava. — Ele ficou falando sobre isso esse tempo todo?

— Faz dez minutos, pelo menos — respondeu Bill.

— Ah, mas o traje acadêmico adequado é de extrema importância — insistiu Colin. — É nossa maneira de deixar claro nosso status como alunos de Oxford. É considerado um dos sete pecados capitais usar uma boina de tweed comum com a beca, ou usar uma bengala com a beca. E uma vez ouvi falar de um sujeito que, como não conhecia os diferentes tipos de beca, disse ao alfaiate que era bolsista, então é claro que precisava de uma beca de bolsista, mas acabou ridicularizado no dia seguinte quando se descobriu que, na verdade, ele não era bolsista, pois não tinha bolsa de estudos, era apenas um *pagante*...

— Então, que tipo de beca nós devemos usar? — interrompeu Ramy. — Só para eu saber se orientamos nosso alfaiate da maneira correta.

— Depende — disse Colin. — Vocês são estudantes ricos ou pagam pelos estudos prestando serviços na universidade? Eu pago pelos meus estudos, mas nem todo mundo paga... Qual foi o arranjo que fizeram com a tesouraria?

— Não sei — respondeu Ramy. — Acha que as becas pretas servem? A única coisa que eu sei é que compramos becas pretas.

Robin sufocou uma risada. Os olhos de Colin se arregalaram ligeiramente.

— Sim, mas as mangas...

— Deixe ele pra lá — interveio Bill, sorrindo. — O Colin dá muita importância ao status.

— Eles levam as becas muito a sério aqui — disse Colin com ar solene. — Eu li no meu guia. Nem deixam você frequentar as aulas se não estiver com o traje adequado. Então, vocês são alunos de classe alta ou do tipo que prestam serviços na universidade para pagar pelos estudos?

— Nenhum dos dois. — Edward se voltou para Robin. — Vocês são babélicos,* não são? Ouvi dizer que todos os babélicos são bolsistas.

— Babélicos? — repetiu Robin.

Era a primeira vez que ouvia o termo.

— Do Instituto de Tradução — respondeu Edward, impaciente. — Vocês só podem ser de lá, certo? É só assim que aceitam pessoas como vocês.

— Pessoas como nós? — Ramy arqueou uma das sobrancelhas.

— O que você é, afinal? — perguntou Edgar Sharp abruptamente. Ele parecia prestes a adormecer, mas naquele momento fez um grande esforço para se sentar, estreitando os olhos como se tentasse ver Ramy através de uma névoa. — Negro? Turco?

— Eu sou de Calcutá — retrucou Ramy. — O que faz de mim um indiano, se preferir.

— Hum — disse Edward.

— "As ruas de Londres, onde o muçulmano de turbante, o judeu barbudo e o africano lanoso encontram o hindu marrom" — disse Edgar, cantarolando.

Ao lado dele, o irmão gêmeo riu e bebeu mais um gole de vinho do Porto.

Pela primeira vez, Ramy não soube o que responder; apenas piscou para Edgar, perplexo.

— Certo — disse Bill, cutucando a orelha. — Bem...

— Isso é Anna Barbauld? — perguntou Colin. — Uma boa poeta. Não tão hábil com jogos de palavras quanto os homens, é claro, mas meu pai adora as poesias dela. Muito românticas.

— E você é um china, não é? — Edgar olhava fixamente para Robin. — É verdade que os chineses quebram os pés das mulheres e os amarram com ataduras para que elas não consigam andar?

— O quê? — Colin deu uma risadinha. — Isso é absurdo.

— Eu li a respeito — insistiu Edgar. — Me explica, é para ser uma coisa erótica? Ou é só para elas não conseguirem fugir?

— É... — Robin não fazia ideia de por onde começar a responder. — Isso não acontece no país todo. Minha mãe não teve os pés amarrados, e há muita oposição a essa prática no lugar de onde venho...

* No original, *babblers*. A palavra é ao mesmo tempo uma referência ao nome Babel e ao significado de *babbler*, uma pessoa tagarela. (N. T.)

— Então é verdade — gabou-se Edgar. — Meu Deus. Vocês são mesmo perversos.

— Vocês realmente bebem urina de crianças como remédio? — perguntou Edward. — Como fazem a coleta?

— Que tal vocês calarem a boca e continuarem entornando vinho goela abaixo? — disse Ramy bruscamente.

Qualquer esperança de fraternidade se esvaiu rapidamente depois disso. Alguém propôs uma partida de uíste, mas os irmãos Sharp não conheciam as regras e estavam bêbados demais para aprender. Bill disse que estava com dor de cabeça e foi para a cama cedo. Colin deu início a outro longo discurso sobre as complexidades da etiqueta universitária, incluindo a longa oração em latim que se fazia antes e depois das refeições e que ele sugeriu que todos aprendessem de cor naquela noite, mas ninguém lhe deu ouvidos. Os irmãos Sharp, em uma estranha demonstração de contrição, fizeram a Robin e Ramy algumas perguntas educadas, ainda que tolas, sobre tradução, mas ficou claro que não estavam muito interessados nas respostas. Qualquer que fosse a companhia prestigiada que os Sharp procuravam em Oxford, claramente não a haviam encontrado ali. Em meia hora a reunião havia terminado e todos tinham ido para seus respectivos quartos.

Houvera alguma discussão naquela noite sobre o café da manhã. Mas quando apareceram na cozinha na manhã seguinte, Ramy e Robin encontraram um bilhete para eles sobre a mesa.

> *Fomos a um café que os Sharp conhecem em Iffley. Achamos que vocês não iam gostar... Até mais tarde. — CT*

— Acho — começou Ramy, em tom seco — que vamos ser nós e eles.

Robin não se importava nem um pouco com isso.

— Eu gosto da ideia de sermos só nós dois.

Ramy sorriu.

Eles passaram o terceiro dia juntos, visitando as joias da universidade. Em 1836, Oxford estava passando por um processo de transformações, era uma criatura insaciável que se alimentava da riqueza que ela mesma gerava. As faculdades estavam em constante renovação; comprando mais e mais terrenos na cidade; substituindo construções medievais por grandes edifícios mais novos e mais bonitos; construindo novas bibliotecas para abrigar coleções recém-adquiridas. Quase todos os prédios de Oxford tinham nome — derivado não de sua função ou localização, mas do indivíduo rico e poderoso que havia inspirado sua criação. Havia o enorme e imponente Ashmolean Museum, que abrigava o gabinete de curiosidades doado por Elias Ashmole, o que incluía a cabeça de um dodó, crânios de hipopótamo e um chifre de ovelha de sete centímetros de comprimento que supostamente teria crescido na cabeça de uma velha senhora de Cheshire chamada Mary Davis; a Radcliffe, uma biblioteca com teto abobadado que de alguma forma parecia ainda maior e mais grandiosa por dentro do que por fora; e o Teatro Sheldonian, cercado por enormes bustos de pedra conhecidos como as Cabeças dos Imperadores, todos com a aparência de homens comuns que tinham dado de cara com a Medusa.

E havia a Bodleiana — ah, a Bodleiana, um tesouro nacional por si só: lar da maior coleção de manuscritos da Inglaterra ("Cambridge tem apenas cem mil títulos", disse, com ar de desprezo, o funcionário que permitiu a entrada deles, "e a Biblioteca de Edimburgo tem míseros sessenta e três"), coleção essa que só continuou a se expandir sob a esplêndida direção do reverendo doutor Bulkeley Bandinel, que tinha um orçamento para compra de livros de quase duas mil libras por ano.

Foi o próprio reverendo doutor Bandinel quem os recepcionou em sua primeira visita à biblioteca e os levou até a Sala de Leitura dos Tradutores.

— Não poderia deixar um simples funcionário fazer isso — disse ele, suspirando. — Em geral, deixamos os tolos perambularem por conta própria até pedirem informações, caso se percam. Mas vocês, tradutores, de fato apreciam o que temos aqui.

Ele era um homem corpulento, de olhos caídos e postura igualmente tristonha, cuja boca parecia estar sempre curvada em um semblante carregado. No entanto, enquanto se movia pela biblioteca, seus olhos se iluminavam com um prazer genuíno.

— Vamos começar pelas alas principais, depois seguiremos para a sala de leitura Duke Humphrey. Venham comigo, fiquem à vontade para dar uma olhada; livros devem ser tocados, caso contrário são inúteis, então não fiquem apreensivos. Estamos bastante orgulhosos de nossas últimas grandes aquisições. Temos a coleção de mapas de Richard Gough, doada em 1809; o Museu Britânico não quis, dá para acreditar? E também a doação de Malone, feita há mais ou menos dez anos... Expandiu consideravelmente nosso acervo shakespeariano. Ah, e apenas dois anos atrás, recebemos a coleção Francis Douce: são treze mil volumes em francês e inglês, embora eu imagine que nenhum de vocês vá se especializar em francês... Árabe? Ah, sim... por aqui;

a maior parte do material em árabe de Oxford fica no Instituto, mas tenho alguns volumes de poesia do Egito e da Síria que podem lhes interessar...

Eles deixaram a Bodleiana atordoados, impressionados e um pouco intimidados pela enorme quantidade de material à sua disposição. Ramy fez uma imitação do reverendo doutor Bandinel com sua papada, mas não conseguiu invocar nenhuma verdadeira malícia; era difícil desdenhar de um homem que venerava de forma tão evidente o acúmulo de conhecimento por amor ao conhecimento.

Encerraram o dia com uma visita à University College conduzida por Billings, um dos zeladores mais antigos. Descobriram que até aquele momento tinham conhecido apenas uma pequena parte de seu novo lar. A faculdade, que ficava a leste do alojamento da Magpie Lane, ostentava dois pátios quadrangulares cobertos de verde e um conjunto de prédios de pedra que lembravam as fortificações de um castelo. Conforme caminhavam, Billings recitava uma lista de nomes e as biografias desses nomes, incluindo doadores, arquitetos e outras figuras importantes.

— ... as estátuas nas entradas são da rainha Ana e da rainha Maria, e no interior, de Jaime II e do dr. Radcliffe... E aqueles vitrais fantásticos na capela foram produzidos por Abraham van Linge em 1640, e, sim, resistiram muito bem, e o vitralista Henry Giles, de York, foi o responsável pela janela leste... Não há nenhuma missa sendo celebrada, então podemos dar uma olhada lá dentro; me acompanhem.

No interior da capela, Billings parou diante de um monumento em baixo-relevo.

— Suponho que saibam quem é, já que são estudantes de tradução.

Eles sabiam. Robin e Ramy ouviam aquele nome constantemente desde sua chegada a Oxford. O baixo-relevo era uma homenagem ao ex-aluno da University College e gênio amplamente renomado que em 1786 publicara um texto fundamental identificando o protoindo-europeu como uma língua antecessora que liga o latim, o sânscrito e o grego. Era provável que agora fosse o tradutor mais conhecido no continente, exceto por seu sobrinho, o recém-formado Sterling Jones.

— É sir William Jones.

Robin achou a cena retratada no friso um tanto desconcertante. Jones estava sentado diante de uma escrivaninha, uma das pernas cruzada de maneira arrogante sobre a outra, enquanto três figuras, que deviam ser indianos, estavam sentadas no chão diante dele de maneira submissa, como crianças assistindo a uma aula.

Billings parecia orgulhoso.

— Isso mesmo. Aqui ele está traduzindo uma síntese das leis hindus, e há alguns brâmanes no chão para ajudá-lo. Acredito que sejamos a única faculdade cujas paredes são adornadas com indianos. Mas a Univ sempre teve uma ligação especial com as colônias.* E aquelas cabeças de tigre, como sabem, são emblemáticas de Bengala.

— Por que ele é o único que tem uma mesa? — perguntou Ramy. — Por que os brâmanes estão no chão?

— Bem, suponho que os hindus preferissem que fosse assim — disse Billings. — Eles gostam de se sentar de pernas cruzadas, sabe, porque acham mais confortável.

— Muito esclarecedor — disse Ramy. — Eu não fazia ideia.

Passaram a noite de domingo imersos nas estantes da Biblioteca Bodleiana. Ao fazer a matrícula, tinham recebido uma lista de leituras, mas ambos, diante daquela avalanche de liberdade, a haviam deixado de lado até o último momento possível. Nos fins de semana, a Bodleiana fechava às oito da noite. Eles chegaram às 19h45, mas a menção ao Instituto de Tradução parecia ter um poder imenso, pois, quando Ramy explicou do que precisavam, os funcionários disseram que eles poderiam ficar até mais tarde. As portas ficariam destrancadas para a equipe do turno da noite; eles poderiam ir embora à hora que quisessem.

Quando emergiram das pilhas, com as pastas repletas de livros e a visão embaçada de tanto estreitar os olhos para enxergar as fontes minúsculas, o sol já havia se posto fazia muito tempo. À noite, a lua conspirava com os postes para banhar a cidade com um brilho tênue e sobrenatural. Os paralelepípedos sob seus pés pareciam estradas que levavam a diferentes séculos. Aquela poderia ser a Oxford da Reforma, ou a Oxford da Idade Média. Eles se moviam em um espaço atemporal, compartilhado com os fantasmas de acadêmicos do passado.

O trajeto de volta para a faculdade levava menos de cinco minutos, mas eles fizeram um desvio, evitando a Broad Street, para prolongar a caminhada. Era a primeira vez que ficavam na rua até tão tarde; queriam apreciar a cidade à noite. Moviam-se em silêncio, nenhum dos dois se atrevendo a quebrar o encanto.

Uma explosão de risadas ecoou pelas paredes de pedra quando passaram pela New College. Quando viraram na Holywell Lane, viram um grupo de

* Isso era verdade. Tinham se formado na University College, entre outros, um chefe de Justiça de Bengala (sir Robert Chambers), um chefe de Justiça de Bombaim (sir Edward West) e um chefe de Justiça de Calcutá (sir William Jones). Todos homens brancos.

seis ou sete estudantes, todos vestindo beca preta, embora, a julgar pelo andar cambaleante, fosse mais provável que tivessem saído de um pub, em vez de uma aula.

— São da Balliol, talvez? — murmurou Ramy.

Robin bufou.

Fazia três dias que estavam na University College, mas já conheciam a hierarquia intercolegial e os estereótipos associados a ela. Os alunos de Exeter eram pretensiosos, mas nada intelectuais; os de Brasenose eram desordeiros e estavam sempre embriagados de vinho. Seus vizinhos da Queen's e da Merton podiam ser ignorados sem riscos. Os rapazes da Balliol, cujas mensalidades estavam entre as mais altas da universidade, par a par com a Oriel, eram mais conhecidos por pendurarem a conta nos pubs do que por comparecer às aulas.

Os estudantes olharam de soslaio na direção deles enquanto se aproximavam. Robin e Ramy os cumprimentaram, e alguns retribuíram o cumprimento, um reconhecimento mútuo entre cavalheiros da universidade.

A rua era larga, e os dois grupos caminhavam em lados opostos. Teriam passado uns pelos outros sem nenhuma comoção, mas um dos rapazes apontou de repente para Ramy e gritou:

— O que é aquilo? Vocês viram aquilo?

Seus amigos o puxaram para que continuasse andando, aos risos.

— Vamos, Mark — disse um deles. — Deixa eles em paz...

— Esperem — respondeu o rapaz chamado Mark. Ele se desvencilhou dos amigos. Ficou parado na rua, estreitando os olhos para examinar Ramy com uma concentração embriagada. Sua mão estava erguida no ar, ainda apontando. — Olhem para o rosto dele... estão vendo?

— Mark, por favor — insistiu o rapaz que estava mais adiante na rua. — Não seja idiota.

Todos tinham parado de rir.

— Ele é hindu — disse Mark. — O que um hindu está fazendo aqui?

— Às vezes eles visitam a universidade — falou um dos outros garotos. — Lembra daqueles dois estrangeiros da semana passada, os sultões persas ou o que quer que fossem...

— Acho que sim, aqueles sujeitos de turbante...

— Mas ele está usando uma beca. — Mark levantou a voz para Ramy. — Ei! Por que você está de beca?

Seu tom se tornou agressivo. O clima não era mais tão cordial; a fraternidade acadêmica, se é que havia existido, se evaporou.

— Você não pode usar beca — insistiu Mark. — Tire isso.

Ramy deu um passo à frente.

Robin agarrou o braço dele.

— Não faz isso.

— Ei, estou falando com você. — Mark agora estava atravessando a rua na direção deles. — Qual é o problema? Não sabe falar inglês? Tire essa beca, não está ouvindo? Tire.

Era evidente que Ramy queria brigar: seus punhos estavam cerrados, os joelhos flexionados em preparação para o ataque. Se Mark se aproximasse, aquela noite ia terminar em sangue.

Então Robin saiu em disparada.

Odiou ter que fazer isso, sentiu-se um covarde, mas foi a única atitude que conseguiu pensar em tomar que não terminaria em uma catástrofe. Porque ele sabia que Ramy, chocado, ia segui-lo. De fato, segundos depois ouviu os passos do amigo atrás dele, a respiração ofegante, os palavrões que ele murmurava baixinho enquanto corriam pela Holywell.

As risadas — eles estavam rindo novamente, embora não fosse mais um riso de alegria — pareciam se amplificar atrás deles. Os rapazes da Balliol gritavam como animais; as gargalhadas se projetando junto com as sombras contra as paredes de tijolos. Por um momento, Robin ficou apavorado com a possibilidade de estarem sendo perseguidos, de que os rapazes estivessem em seu encalço, os passos martelando ao seu redor. Mas era apenas o sangue latejando em seus ouvidos. Os rapazes não tinham ido atrás deles; estavam bêbados demais, se entretinham com muita facilidade e, certamente, àquela altura, já estavam distraídos, em busca da próxima diversão.

Mesmo assim, Robin só parou quando chegaram à High Street. O caminho estava livre. Eles estavam sozinhos no escuro, ofegando.

— Droga — murmurou Ramy. — Droga…

— Sinto muito — disse Robin.

— Não precisa ficar assim — rebateu Ramy, embora estivesse evitando os olhos de Robin. — Você fez a coisa certa.

Robin não tinha certeza se algum dos dois acreditava nisso.

Estavam muito mais longe de casa agora, mas pelo menos estavam novamente sob a luz dos postes, de onde podiam ver os problemas se aproximando a uma distância maior.

Caminharam por um tempo em silêncio. Robin não conseguia pensar em nada apropriado para dizer; todas as palavras que lhe vinham à mente morriam de imediato em sua língua.

— Droga — disse Ramy outra vez. Ele parou abruptamente, uma das mãos sobre a pasta. — Eu acho... espera. — Ele vasculhou os livros, em seguida soltou um palavrão. — Meu caderno ficou lá.

Robin sentiu um nó no estômago.

— Na Holywell?

— Na Bod. — Ramy pressionou a ponte do nariz com a ponta dos dedos e gemeu. — Eu sei onde deixei... bem no canto da mesa; ia colocá-lo por cima porque não queria amassar as páginas, mas estava tão cansado que acabei esquecendo.

— Não pode buscar amanhã? Acho que os funcionários não vão pegá-lo, e se o mudarem de lugar, podemos perguntar...

— Não, as minhas anotações de revisão estão lá, e estou com medo de eles nos mandarem declamar amanhã. Vou voltar...

— Eu vou lá buscar — Robin se apressou em dizer.

Parecia a coisa certa a fazer; parecia uma maneira de se redimir.

Ramy franziu a testa.

— Tem certeza?

Não havia resistência em sua voz. Os dois sabiam o que Robin não ousava dizer em voz alta: que ele, pelo menos, poderia passar por branco no escuro, e que se cruzasse com os rapazes da Balliol sozinho, eles não iam lhe dar importância.

— Eu volto em menos de vinte minutos — prometeu Robin. — Deixo o caderno na sua porta quando chegar.

Oxford tinha adquirido um ar sinistro agora que ele estava sozinho; as luzes não eram mais acolhedoras, mas fantasmagóricas, esticando e deformando sua sombra contra as pedras do calçamento. A Biblioteca Bodleiana estava fechada, mas um funcionário do turno da noite o viu acenando diante da janela e o deixou entrar. Por sorte, era um dos funcionários de antes, e permitiu que Robin fosse até a ala oeste sem fazer perguntas. A Sala de Leitura estava congelante e escura como breu. Todas as luzes estavam apagadas; Robin mal conseguia enxergar com os raios de luar que entravam pela janela no outro extremo do lugar. Tremendo, pegou o caderno de Ramy, enfiou-o na pasta e saiu correndo pela porta.

Tinha acabado de passar pelo pátio gramado quando ouviu sussurros.

Deveria ter acelerado o passo, mas algo — os tons, a forma das palavras — fez com que se detivesse. Só depois de parar para escutar com mais atenção foi que percebeu que estava ouvindo chinês. Uma expressão em chinês, pronunciada repetidas vezes e com uma urgência crescente.

— *Wúxíng*.

Robin se esgueirou com cautela pela esquina murada.

Havia três pessoas no meio da Holywell Street, todos jovens esguios vestidos de preto da cabeça aos pés, dois rapazes e uma moça. Eles estavam às voltas com um baú. O fundo devia ter caído, porque havia objetos que sem dúvida alguma eram barras de prata espalhados pelo calçamento.

Os três olharam para cima quando Robin se aproximou. O rapaz que sussurrava furiosamente em chinês estava de costas para Robin; por fim, ele se virou, mas só depois de reparar que seus companheiros estavam paralisados. Seu olhar encontrou o de Robin. O coração do garoto foi parar na boca.

Poderia estar se olhando em um espelho.

Lá estavam seus olhos castanhos. Seu nariz reto, seus cabelos castanhos que caíam sobre os olhos da mesma maneira, pendendo despenteados da esquerda para a direita.

O rapaz tinha uma barra de prata na mão.

Robin percebeu na mesma hora o que ele estava tentando fazer. *Wúxíng* — em chinês, "sem forma, sem figura, incorpóreo".* A tradução mais próxima era "invisível". Aquelas pessoas, quem quer que fossem, estavam tentando se esconder. Mas algo dera errado, pois a barra de prata não estava funcionando direito; a silhueta dos três jovens tremeluzia sob a iluminação dos postes e, de tempos em tempos, eles pareciam translúcidos, mas definitivamente não estavam ocultos.

O sósia de Robin lançou-lhe um olhar melancólico.

— Me ajude — implorou. Em seguida, em chinês: — *Bāngmáng*.**

Robin não soube o que o compeliu a agir — o terror recente com os rapazes da Balliol, o completo absurdo daquela cena ou a visão desorientadora do rosto de seu sósia —, mas deu um passo à frente e colocou a mão na barra. O sósia deixou que ele a pegasse sem dizer uma palavra.

— *Wúxíng* — disse Robin, pensando nos mitos que a mãe costumava lhe contar, sobre espíritos e fantasmas que se escondiam na escuridão. Sobre ausência de forma, sobre não existência. — Invisível.

A barra vibrou em sua mão. Ele ouviu um som vindo do nada, um suspiro ofegante.

---

* 無 (*wú*) significa "negativo, não, sem"; 形 (*xíng*) significa "aparência, figura, forma". 無行 significa não apenas invisível, mas intangível. Para ilustrar: o poeta Zhang Shunmin, da dinastia Song do Norte, certa vez escreveu: "詩是無形的畫, 畫是有形詩"; poemas são pinturas intangíveis (*wúxíng*), e pinturas são poemas tangíveis.

** 幫忙 (*bāngmáng*), "ajudar, dar uma mão".

Os quatro desapareceram.

Não, *desaparecer* não era bem a palavra. Robin não tinha palavras para descrever o que aconteceu; era intraduzível, um conceito que nem os chineses nem os ingleses conseguiam descrever por completo. Eles continuavam existindo, mas não na forma humana. Não eram simplesmente seres que não podiam ser vistos. Tinham deixado de ser seres. Tinham deixado de ter forma. Flutuavam, expandidos; eram o ar, as paredes de tijolos, as pedras do calçamento. Robin não tinha mais consciência do próprio corpo, de onde ele terminava e onde começava a barra — ele era a prata, as pedras, a noite.

Um medo gelado atravessou sua mente. *E se eu não conseguir voltar?*

Segundos depois, um policial apareceu correndo no fim da rua. Robin prendeu a respiração, apertando a barra com tanta força que pontadas de dor se irradiaram por seu braço.

O policial olhou diretamente para ele, estreitando os olhos, mas não viu nada além da escuridão.

— Eles não estão aqui! — gritou por cima do ombro. — Tentem ir atrás deles pela Parks...

Sua voz foi sumindo enquanto ele corria para longe.

Robin largou a barra. Não conseguia mais segurá-la; quase não sentia mais a presença dela. Ele não exatamente moveu a mão e abriu os dedos, foi mais como se atirasse a barra longe com violência para tentar separar sua essência da prata.

Funcionou. Os ladrões se materializaram na noite mais uma vez.

— Rápido — disse o outro rapaz, um jovem de cabelos loiro-claros. — Enfiem as barras na camisa e vamos deixar o baú para trás.

— Não podemos simplesmente deixar o baú aqui — objetou a moça. — Eles vão rastreá-lo.

— Peguem os pedaços então, vamos.

Os três começaram a recolher as barras de prata do chão. Robin hesitou por um momento, os braços pendendo nas laterais do corpo de maneira desajeitada. Então se abaixou para ajudá-los.

Ainda não havia assimilado o absurdo daquela situação. Dera-se conta vagamente de que o que quer que estivesse acontecendo devia ser algo ilegal. Aqueles jovens não podiam ter nenhuma ligação com Oxford, a Biblioteca Bodleiana ou o Instituto de Tradução, caso contrário não estariam circulando furtivamente por ali à meia-noite, vestidos de preto e fugindo da polícia.

A coisa mais certa e óbvia a fazer era soar o alarme.

Mas, por algum motivo, ajudá-los parecia ser a única opção. Ele não questionou essa lógica, simplesmente agiu. Foi como adentrar um sonho, entrar em cena em uma peça na qual já sabia suas falas, embora todo o resto fosse um mistério. Aquilo era uma ilusão com sua própria lógica interna e, por alguma razão que não conseguia identificar, ele não queria desfazê-la.

Por fim, todas as barras de prata tinham sido enfiadas na frente da camisa e nos bolsos dos três jovens. Robin entregou para seu sósia as que havia apanhado. Seus dedos se tocaram, e Robin sentiu um calafrio.

— Vamos — disse o jovem loiro.

Mas nenhum deles se moveu. Ficaram todos olhando para Robin, visivelmente sem saber o que fazer com ele.

— E se ele... — começou a moça.

— Ele não vai fazer isso — disse o sósia de Robin com firmeza. — Vai?

— Claro que não — sussurrou Robin.

O rapaz loiro não pareceu convencido.

— Seria mais fácil simplesmente...

— Não. Não desta vez. — O sósia olhou Robin de cima a baixo por um momento, então pareceu tomar uma decisão. — Você é tradutor, não é?

— Sou — murmurou Robin. — Acabei de chegar.

— O Twisted Root — falou o sósia. — Me encontre lá.

A moça e o rapaz loiro se entreolharam. A jovem abriu a boca, como se fosse protestar, fez uma pausa e em seguida a fechou.

— Tudo bem — disse o rapaz loiro. — Agora vamos.

— Esperem — pediu Robin, desesperado. — Quem são... Quando devo...

Mas os ladrões já tinham saído em disparada.

Eram incrivelmente rápidos. Alguns segundos depois, a rua estava vazia. Não havia nenhum vestígio de que tinham estado ali — haviam recolhido todas as barras e fugido levando até mesmo os pedaços do baú. Poderiam ter sido fantasmas. Robin poderia ter imaginado todo aquele encontro, e o mundo não ia parecer nem um pouco diferente.

Ramy ainda estava acordado quando Robin voltou. Ele abriu a porta à primeira batida.

— Obrigado — disse, pegando o caderno.

— De nada.

Eles ficaram olhando um para o outro em silêncio.

Não havia dúvida sobre o que acontecera. Ambos estavam abalados com a súbita compreensão de que não pertenciam àquele lugar, de que apesar de sua afiliação ao Instituto de Tradução e de suas becas e pretensões, seu corpo não estava seguro nas ruas. Eram homens em Oxford; não homens de Oxford. Mas a enormidade dessa descoberta era tão devastadora, uma antítese tão cruel dos três dias maravilhosos dos quais tinham desfrutado sem se preocupar, que nenhum dos dois conseguiu dizê-lo em voz alta.

E nunca o fariam. Era doloroso demais aceitar a verdade. Era muito mais fácil fingir; continuar prolongando a fantasia enquanto pudessem.

— Bem — disse Robin, sem jeito —, boa noite.

Ramy acenou com a cabeça e, sem dizer nada, fechou a porta.

# Capítulo Quatro

*Iahweh os dispersou dali por toda a face da terra, e eles cessaram de construir a cidade.*
*Deu-se-lhe por isso o nome de Babel, pois foi lá que Iahweh confundiu a linguagem de todos os habitantes da terra e foi lá que ele os dispersou sobre toda a face da terra.*

Gênesis 11:8-9, *Bíblia de Jerusalém*

Dormir parecia impossível. Robin não parava de ver o rosto de seu sósia flutuando no escuro. Será que, exausto e abalado, tinha imaginado aquilo tudo? Mas a rua estava bastante iluminada, e as feições de seu gêmeo — o medo, o pânico — tinham ficado gravadas com muita nitidez em sua memória. Ele sabia que não era uma projeção. Não havia sido como se olhar em um espelho, no qual todas as suas feições estariam refletidas ao contrário, uma falsa representação do que o mundo via, mas sim um reconhecimento instintivo de semelhança. O que quer que houvesse no rosto daquele jovem estava no dele também.

Teria sido por isso que o havia ajudado? Por uma solidariedade instintiva?

Estava apenas começando a entender o peso de suas ações. Havia roubado a universidade. Teria sido um teste? Rituais mais estranhos do que aquele eram praticados em Oxford. Teria passado ou sido reprovado? Ou será que os policiais iriam bater à sua porta na manhã seguinte, pedindo que ele deixasse a universidade?

*Não posso ser expulso*, pensou. *Acabei de chegar.*

De repente, os prazeres de Oxford — o conforto de sua cama, o cheiro de roupas e livros novos — fizeram com que se contorcesse de inquietação, pois agora a única coisa em que conseguia pensar era como, em pouco tempo, poderia perder tudo aquilo. Revirou-se nos lençóis suados, evocando visões cada vez mais detalhadas de como a manhã poderia transcorrer — como os policiais o arrancariam da cama, como iam algemá-lo e arrastá-lo para a prisão, como o professor Lovell lhe diria, com aspereza, para nunca mais entrar em contato com ele nem com a sra. Piper.

Por fim, adormeceu de exaustão. Acordou com batidas insistentes à sua porta.

— O que deu em você? — perguntou Ramy. — Ainda nem *se banhou*?

Robin piscou.

— O que houve?

— É segunda-feira de manhã, seu idiota. — Ramy já estava com a beca preta, o barrete na mão. — Temos que estar na torre em vinte minutos.

Eles chegaram a tempo, mas por pouco; estavam praticamente correndo pelos gramados do pátio até o Instituto, as becas esvoaçando ao vento, quando os sinos soaram marcando nove horas.

Dois jovens magros os esperavam no gramado — a outra metade de seu grupo, presumiu Robin. Um era branco; o outro, negro.

— Olá — disse o branco, quando eles se aproximaram. — Vocês estão atrasados.

Robin ficou boquiaberto, tentando recuperar o fôlego.

— Você é uma garota.

Foi um choque. Robin e Ramy tinham crescido em ambientes e isolados, haviam sido mantidos bem longe de garotas da sua idade. O feminino era uma ideia que existia na teoria, coisa de romances ou um fenômeno raro vislumbrado apenas do outro lado da rua. A melhor descrição que Robin conhecia das mulheres vinha de um tratado que folheara, de autoria de uma certa sra. Sarah Ellis,* que rotulava garotas como "gentis, inofensivas, delicadas e passivamente amigáveis". Para Robin, as garotas eram criaturas misteriosas imbuídas não de uma rica vida interior, mas de qualidades que as tornavam sobrenaturais, inescrutáveis e possivelmente não humanas.

— Desculpe... quer dizer, oi — conseguiu balbuciar. — Eu não quis... enfim.

Ramy foi menos sutil.

— Por que vocês são garotas?

A jovem branca olhou para ele com um desprezo tão fulminante que Robin se encolheu no lugar de Ramy.

---

* Sarah Stickney Ellis, uma conhecida autora, publicou diversos livros (incluindo *The Wives of England* [As esposas da Inglaterra], *The Mothers of England* [As mães da Inglaterra] e *The Daughters of England* [As filhas da Inglaterra]) nos quais argumenta que as mulheres têm um imperativo moral de aprimorar a sociedade por meio do decoro doméstico e da conduta virtuosa. Robin não tinha uma opinião formada sobre o assunto; pegara uma das obras dela por acaso.

— Bem — falou ela, devagar —, acho que decidimos ser garotas porque para ser um garoto aparentemente é preciso abrir mão de metade dos neurônios.

— A universidade pediu para nos vestirmos assim para não incomodarmos nem distrairmos os jovens cavalheiros — explicou a garota negra. O inglês dela tinha um leve sotaque, que Robin identificou como francês, embora não tivesse certeza. Ela estendeu a perna esquerda na direção dele, exibindo uma calça tão nova e engomada que parecia ter sido comprada no dia anterior. — Nem toda instituição de ensino é tão liberal quanto o Instituto de Tradução, como podem ver.

— É desconfortável? — perguntou Robin, tentando corajosamente provar que não tinha preconceitos. — Vestir calças, quero dizer.

— Na verdade, não, já que temos duas pernas, e não um rabo de peixe. — Ela estendeu a mão para ele. — Victoire Desgraves.

Ele apertou a mão dela.

— Robin Swift.

Ela arqueou a sobrancelha.

— Swift? Mas você definitivamente…

— Letitia Price — interveio a garota branca. — Letty, se preferir. E você?

— Ramiz. — Ramy estendeu a mão, hesitante, como se não tivesse certeza sobre querer tocar as garotas. Letty decidiu por ele e a apertou; Ramy estremeceu de desconforto. — Ramiz Mirza. Ramy, para os amigos.

— Oi, Ramiz. — Letty olhou ao redor. — Então, nós somos o grupo.

Victoire deu um breve suspiro.

— *Ce sont des idiots* — disse ela à amiga.

— *Je suis tout à fait d'accord* — murmurou Letty de volta.

As duas começaram a rir. Robin não entendia francês, mas percebeu com clareza que havia sido julgado e que o tinham considerado insatisfatório.

— Aí estão vocês.

Foram poupados de continuar a conversa por um homem negro, alto e esguio que apertou a mão de todos e se apresentou como Anthony Ribben, pós-graduando especializado em francês, espanhol e alemão.

— Meu tutor se considerava um romântico — explicou ele. — Tinha esperança de que eu seguisse sua paixão pela poesia, mas, quando ficou evidente que eu tinha mais do que uma afinidade passageira por idiomas, me mandou para cá.

O homem fez uma pausa, em expectativa, o que os levou a responder as línguas nas quais eram fluentes.

— Urdu, árabe e persa — disse Ramy.

— Francês e créole — afirmou Victoire. — Quer dizer, crioulo haitiano, se achar que conta.

— Conta, sim — respondeu Anthony alegremente.

— Francês e alemão — falou Letty.

— Chinês — disse Robin, sentindo-se um tanto deslocado. — E latim e grego.

— Bem, todos sabemos latim e grego — rebateu Letty. — É um pré-requisito para entrar na instituição, não?

As bochechas de Robin coraram; ele não sabia.

Anthony parecia estar se divertindo.

— Um grupo bastante cosmopolita, não é? Bem-vindos a Oxford! O que estão achando até agora?

— Linda — respondeu Victoire. — Mas... não sei, é estranho. Não parece real. Parece que estou no teatro e fico o tempo todo esperando as cortinas se fecharem.

— Essa sensação nunca desaparece. — Anthony foi em direção à torre, gesticulando para que o seguissem. — Ainda mais depois que passarem por aquelas portas. Pediram para eu mostrar o Instituto a vocês até as onze, que é quando vou deixá-los com o professor Playfair. É a primeira vez de vocês lá dentro?

Eles encararam a torre. Era uma construção magnífica: um edifício branco reluzente construído em estilo neoclássico, de oito andares, adornado com pilares ornamentais e vitrais altos. Dominava o horizonte da High Street e, em comparação, fazia suas vizinhas, a Biblioteca Radcliffe e a University Church of St Mary the Virgin, parecerem bastante patéticas. Ramy e Robin haviam passado diante da torre inúmeras vezes no fim de semana, admirando-a juntos, mas sempre a distância. Não tinham ousado se aproximar. Ainda não.

— Magnífica, não é? — Anthony suspirou com satisfação. — A gente nunca se acostuma com ela. Bem-vindos à sua casa pelos próximos quatro anos, acreditem ou não. Nós a chamamos de Babel.

— Babel — repetiu Robin. — É por isso...?

— Que nos chamam de babélicos? — Anthony assentiu com a cabeça. — Uma piada tão antiga quanto o próprio instituto. Mas todo mês de setembro um aluno do primeiro ano da Balliol acha que a inventou, e por isso estamos condenados a ouvir esse apelido há décadas.

Ele subiu rapidamente os degraus da frente. No patamar, havia um símbolo azul e dourado esculpido na pedra diante da porta, o brasão da Universidade de Oxford. *Dominus illuminatio mea*, dizia. *O Senhor é minha luz.* No momento em que o pé de Anthony tocou o brasão, a pesada porta de madeira se abriu por conta própria, revelando a escadaria no interior; o lugar era iluminado pela luz dourada de lamparinas, com acadêmicos de vestes pretas circulando por toda parte e livros e livros e mais livros.

Robin se deteve, deslumbrado demais para ir adiante. De todas as maravilhas de Oxford, Babel era a mais inacreditável — uma torre fora do tempo, a visão de um sonho. Os vitrais, o domo alto e imponente; tudo parecia ter sido tirado do quadro da sala de jantar do professor Lovell e colocado ali naquela rua cinza e sem graça. Uma iluminura em um manuscrito medieval; a porta para uma terra encantada. Parecia impossível que aquele fosse o lugar onde iriam estudar todos os dias, que tivessem o direito de entrar ali.

No entanto, lá estava o Instituto, bem diante deles, os aguardando.

Anthony acenou, abrindo um largo sorriso.

— Vamos, entrem.

— As agências de tradução sempre foram ferramentas indispensáveis das... ou melhor, sempre foram o centro das grandes civilizações. Em 1527, Carlos V da Espanha criou a Secretaría de Interpretación de Lenguas, cujos funcionários trabalhavam com mais de uma dúzia de idiomas a fim de governar os territórios de seu império. O Real Instituto de Tradução foi fundado em Londres no início do século XVII, embora só tenha sido transferido para sua sede atual em Oxford em 1715, com o fim da Guerra da Sucessão Espanhola, depois da qual os britânicos decidiram que seria prudente treinar jovens para falar os idiomas das colônias que os espanhóis tinham acabado de perder. Sim, eu memorizei tudo isso, e não, eu não escrevi, mas venho conduzindo essa visita guiada desde o meu primeiro ano aqui, por causa do meu enorme carisma, então acabei ficando muito bom nisso. Vamos seguir pelo saguão. Por aqui.

Anthony tinha a rara habilidade de falar com facilidade enquanto andava de costas.

— Babel tem oito andares — explicou ele. — De acordo com o Livro dos Jubileus, a Torre de Babel histórica atingiu uma altura de mais de cinco mil côvados, o equivalente a pouco mais de três quilômetros, o que obviamente é impossível, embora nossa Babel *seja* o edifício mais alto de Oxford e talvez de toda a Inglaterra, atrás apenas da Catedral de São Paulo. Tem quase noventa metros de altura, sem contar o porão, o que significa que a altura total é o dobro da altura da Biblioteca Radcliffe...

Victoire ergueu a mão.

— A torre é...

— Maior por dentro do que parece por fora? — indagou Anthony. — Sim, de fato.

Robin não havia notado isso a princípio, mas agora se sentia desorientado pela contradição. Por fora, Babel era enorme, mas ainda assim não parecia ter altura suficiente para comportar os pés-direitos altos e as prateleiras imponentes de cada andar do lado de dentro.

— É um belo truque feito com a prata — prosseguiu ele —, embora eu não tenha certeza sobre o par de equivalentes envolvido. É assim desde que cheguei aqui, então não questionamos.

Anthony os conduziu por uma multidão de habitantes da cidade que se dispunham em filas agitadas diante de guichês.

— Estamos no saguão. Todos os negócios são conduzidos aqui. Comerciantes locais encomendando barras para seus equipamentos, funcionários municipais solicitando manutenção de obras públicas, esse tipo de coisa. É a única área da torre acessível a pessoas comuns, mas elas não interagem muito com os acadêmicos; temos funcionários encarregados de processar as solicitações. — Anthony fez um gesto para que eles o seguissem pela escadaria central. — Por aqui.

No segundo andar ficava o Departamento Jurídico, que estava repleto de acadêmicos sisudos rabiscando papéis e folheando volumes de referência grossos e embolorados.

— Este andar está sempre movimentado — contou Anthony. — Tratados internacionais, comércio exterior, essas coisas. As engrenagens do império, o que faz o mundo girar. A maioria dos alunos de Babel acaba vindo trabalhar aqui depois de se formar, porque o salário é bom e estão sempre contratando. Eles fazem bastante trabalho *pro bono* aqui também; todo o quadrante sudoeste está ocupado por uma equipe trabalhando na tradução do Código Napoleônico para outras línguas europeias.* Mas cobramos caro pelo restante. Este é o andar que gera a maior receita, tirando o trabalho com a prata, claro.

---

* Esta é, francamente, uma descrição bastante generosa do Departamento Jurídico. Também seria possível argumentar que o trabalho dos tradutores do Jurídico era manipular a língua a fim de formular condições favoráveis aos europeus. Um exemplo é a suposta venda de terras pelo rei Paspehay aos ingleses na Virgínia "em troca de cobre", apesar da óbvia dificuldade de traduzir com precisão as noções de realeza europeia e de terras como propriedade para as línguas algonquinas. A solução do Departamento Jurídico para essas questões foi simplesmente declarar que os algonquinos eram selvagens demais para ter desenvolvido esses conceitos, e era bom que os ingleses estivessem lá para ensiná-los a eles.

— E onde é realizado o trabalho com a prata? — perguntou Victoire.

— No oitavo andar. Bem no topo.

— Por causa da vista? — indagou Letty.

— Por causa dos incêndios — respondeu Anthony. — Quando começa um incêndio, é melhor que seja no topo do prédio, para que todos tenham tempo de sair.

Nenhum deles sabia dizer se Anthony estava brincando.*

Ele os fez subir outro lance de escada.

— O terceiro andar é a base dos intérpretes. — Anthony fez um gesto indicando a sala, em grande parte vazia e com poucos sinais de uso, exceto por várias xícaras manchadas e abandonadas e uma pilha ou outra de papéis na quina de uma mesa. — Eles quase nunca estão aqui, mas precisam de um lugar para preparar seus documentos de trabalho de maneira confidencial, por isso desfrutam de todo esse espaço. Acompanham dignitários e funcionários do serviço de relações estrangeiras em suas viagens ao exterior, comparecendo a bailes na Rússia, tomando chá com xeiques na Arábia e coisas assim. Me disseram que todas essas viagens são bastante cansativas, então não há muitos intérpretes de carreira formados em Babel. Em geral, são poliglotas naturais que aprenderam os idiomas em outros lugares, tiveram pais missionários ou passavam as férias com parentes estrangeiros, por exemplo. Quem se forma em Babel tende a evitar esse serviço.

— Por quê? — questionou Ramy. — Parece divertido.

— É um serviço agradável se a pessoa deseja viajar para o exterior com o dinheiro alheio — explicou Anthony. — Mas os acadêmicos são, por natureza, solitários e sedentários. Viajar parece divertido até você se dar conta de que o que realmente quer é ficar em casa com uma xícara de chá e uma pilha de livros, aquecendo-se junto a uma lareira.

— Você tem uma visão pessimista dos acadêmicos — disse Victoire.

— Tenho uma visão baseada em evidências. Com o tempo vocês vão entender. Todos os ex-alunos que se candidatam a trabalhos de interpretação desistem nos dois primeiros anos. Nem mesmo Sterling Jones, sobrinho de sir William Jones, vejam só, conseguiu aguentar mais de oito meses, e ele viajava de *primeira classe* para onde quer que fosse. De qualquer forma, a interpretação não é considerada tão glamourosa, porque o que realmente importa é que você transmita os pontos básicos sem ofender ninguém. Não dá

* Não estava. O oitavo andar do Instituto tivera de ser reconstruído sete vezes desde a construção inicial da torre.

para brincar com as complexidades da língua, e é nisso, evidentemente, que está a *verdadeira* diversão.

O quarto andar era bem mais movimentado que o terceiro. Os acadêmicos também pareciam ser mais jovens, com cabelos desgrenhados e remendos nas mangas, se comparados com as pessoas bem-vestidas e de aparência impecável do Departamento Jurídico.

— Literatura — explicou Anthony. — Ou seja, o trabalho de traduzir romances, contos e poemas estrangeiros para o inglês e, com menos frequência, o contrário. É uma ocupação de relativamente pouco prestígio, para ser sincero, mas uma posição mais cobiçada do que a de intérprete. Uma pós-graduação em Literatura é considerada o primeiro passo natural para se tornar professor em Babel.

— Não se esqueça de que alguns de nós gostam daqui. — Um jovem vestindo trajes de pós-graduando parou ao lado de Anthony. — Esses são os alunos do primeiro ano?

— São, a turma inteira.

— Uma turma não muito grande, não é? — O homem acenou alegremente para eles. — Olá. Sou Vimal Srinivasan. Eu me formei no período passado; trabalho com sânscrito, tâmil, telugo e alemão.*

— Todo mundo aqui se apresenta listando seus idiomas? — perguntou Ramy.

— Com certeza — respondeu Vimal. — Os idiomas com que você trabalha determinam quão interessante você é. Os orientalistas são fascinantes. Os classicistas são sem graça. De qualquer forma, sejam bem-vindos ao melhor andar da torre.

Victoire observava as prateleiras de perto, com grande interesse.

— Então vocês têm acesso a todos os livros publicados no exterior?

— À maioria deles, sim — respondeu Vimal.

— Todos os lançamentos franceses? Assim que são publicados?

— Sim, sua voraz — disse ele, sem absolutamente nenhuma malícia. — Como vocês vão ver, nosso orçamento para compra de livros é, de fato, ilimitado, e nossos bibliotecários gostam de manter a coleção completa. Mas não conseguimos traduzir tudo o que passa por aqui; simplesmente não temos

---

* Boa parte dos trabalhos acadêmicos ocidentais fundamentais sobre sânscrito era de autoria de românticos alemães como Herder, Schlegel e Bopp. Nem todas as suas monografias tinham sido traduzidas para o inglês — pelo menos, não bem traduzidas —, portanto a maioria dos alunos que estudava sânscrito em Babel também tinha que aprender alemão.

mão de obra para isso. A tradução de textos antigos ainda toma boa parte do nosso tempo.

— Razão pela qual esse é o único departamento que registra déficit todos os anos — comentou Anthony.

— Aprimorar nossa compreensão da condição humana não tem a ver com lucro — rebateu Vimal, torcendo o nariz. — Estamos sempre atualizando os clássicos; do século passado para agora, nos aprimoramos muito em determinados idiomas, e não há razão para que os clássicos permaneçam tão inacessíveis. No momento, estou trabalhando em uma versão em latim melhorada do *Bhagavad Gītā*...

— Pouco importa que Schlegel tenha acabado de publicar uma — brincou Anthony.

— Há mais de dez anos — replicou Vimal. — E o *Gītā* de Schlegel é medonho; ele mesmo admitiu que não havia compreendido a filosofia básica subjacente à obra. O que fica evidente, uma vez que usou cerca de sete palavras diferentes para ioga...

— Enfim... — disse Anthony, gesticulando para que eles seguissem adiante. — Esse é o Departamento de Literatura. Uma das piores formas de colocar em prática a educação recebida em Babel, na minha opinião.

— Você não aprova esse trabalho? — perguntou Robin.

O rapaz compartilhava do encantamento de Victoire: achava que uma vida passada no quarto andar seria maravilhosa.

— Eu, não. — Anthony riu. — Estou aqui para trabalhar com a prata. Acho que o pessoal do Departamento de Literatura é muito indulgente, como o Vimal sabe. Vejam, o triste é que eles poderiam ser os acadêmicos mais perigosos de todos, porque são os que realmente *compreendem* os idiomas, sabem como eles vivem, respiram e como podem fazer nosso sangue pulsar ou nossa pele formigar com um simples jogo de palavras. Mas ficam obcecados demais em brincar com suas belas imagens para se preocuparem com como toda essa energia viva poderia ser direcionada para algo muito mais poderoso. Estou me referindo, obviamente, à prata.

O quinto e o sexto andares abrigavam salas de aula e materiais de referência — compêndios, gramáticas, antologias, dicionários analógicos e pelo menos quatro edições diferentes de cada dicionário publicado, de acordo com Anthony, em todas as línguas faladas no mundo.

— Bem, os dicionários na verdade estão espalhados por toda a torre, mas é para cá que devem vir quando precisarem fazer algum trabalho pesado envolvendo o acervo — explicou ele. — Fica bem no meio, como podem ver, de forma que ninguém precise se deslocar mais de quatro lances de escada para conseguir o que precisa.

No centro do sexto andar, havia uma série de livros encadernados em vermelho pousados sobre um tecido de veludo carmesim e protegidos por uma vitrine. A forma como a luz suave das lamparinas brilhava sobre as capas de couro fazia com que parecessem objetos mágicos — mais como grimórios de magos do que obras de referência comuns.

— Estas são as gramáticas — informou Anthony. — Parecem imponentes, mas está tudo bem, podem tocá-las. São para consultas. Apenas limpem os dedos no veludo antes.

As gramáticas eram tomos encadernados de espessuras variadas, mas de encadernação idêntica, organizados em ordem alfabética pelo nome romanizado da língua e pela data de publicação nessa língua. Alguns conjuntos de gramáticas, sobretudo as de idiomas europeus, ocupavam vitrines inteiras sozinhos; outros, em especial os de línguas orientais, continham poucos volumes. A gramática chinesa compreendia apenas três; as gramáticas japonesa e coreana, apenas um cada. A de tagalo, surpreendentemente, abrangia cinco volumes.

— Mas o crédito por isso não é nosso — continuou Anthony. — Todo esse trabalho de tradução foi feito pelos espanhóis; é por isso que também vão ver créditos de tradução do espanhol para o inglês nas folhas de rosto. E boa parte das gramáticas do Caribe e do Sul da Ásia, aqui estão elas, ainda está sendo elaborada. Essas línguas só passaram a despertar interesse em Babel depois da Paz de Paris, que, naturalmente, relegou uma grande quantidade de territórios ao domínio imperial da Grã-Bretanha. Da mesma forma, vão ver que a maioria das gramáticas africanas foi traduzida do alemão para o inglês; são os missionários e filólogos alemães que estão fazendo a maior parte do trabalho nessa área; há anos não temos ninguém que se dedique às línguas africanas.

Robin não conseguiu se conter. Pegou avidamente as gramáticas de línguas orientais e começou a folhear as páginas iniciais. Escritos na folha de rosto de cada volume, com uma caligrafia muito elegante e minúscula, estavam os nomes dos acadêmicos responsáveis pela primeira edição de cada uma delas. Nathaniel Halhed tinha escrito a gramática do bengali, sir William Jones, a do sânscrito. Havia um padrão, Robin notou: os primeiros autores tendiam a ser todos homens brancos britânicos em vez de falantes nativos daquelas línguas.

— Só recentemente tivemos avanços no que diz respeito às línguas orientais — prosseguiu Anthony. — Ficamos para trás em relação aos franceses por um bom tempo. Sir William Jones fez algum progresso introduzindo o sânscrito, o árabe e o persa nas listas de cursos quando era membro do corpo diretivo da universidade; ele começou a trabalhar na gramática do persa em 1771, mas foi o único a desenvolver algum trabalho sério com essas línguas até 1803.

— O que aconteceu em 1803? — perguntou Robin.

— Foi quando Richard Lovell passou a fazer parte do corpo docente — respondeu Anthony. — Ouvi dizer que, em se tratando das línguas do Extremo Oriente, ele é uma espécie de gênio. Só da gramática do chinês, escreveu dois volumes.

De maneira reverente, Robin estendeu a mão e pegou o primeiro volume da gramática do chinês. O tomo era excessivamente pesado, as páginas carregadas de tinta. Ele reconheceu a caligrafia minúscula e elegante do professor Lovell em cada uma delas. Cobria uma pesquisa de abrangência impressionante. Ele colocou o volume de volta, impactado com a inquietante constatação de que o professor Lovell, um estrangeiro, sabia mais sobre sua língua materna do que ele.

— Por que esse volumes ficam em vitrines? — indagou Victoire. — Parece bastante difícil ter acesso a eles.

— Porque essas são as únicas edições em Oxford — respondeu Anthony. — Há cópias de segurança em Cambridge, Edimburgo e no Ministério das Relações Exteriores, em Londres. Elas são atualizadas todos os anos para incorporar as novas descobertas. Mas estas aqui são as únicas coleções exaustivas e abalizadas de conhecimento sobre todas as línguas que existem. Os novos acréscimos são feitos à mão, como podem ver; é muito caro reimprimir toda vez que novas inserções são feitas e, além disso, nossas máquinas de impressão não comportam toda essa quantidade de sistemas de escrita estrangeiros.

— Então, se um incêndio destruísse Babel, poderíamos perder um ano inteiro de pesquisa? — perguntou Ramy.

— Um ano? Na verdade, décadas. Mas isso nunca vai acontecer. — Anthony deu batidinhas na mesa, e Robin notou que a superfície era marchetada com dezenas de finas barras de prata. — As gramáticas estão mais bem protegidas do que a princesa Vitória. Esses livros são resistentes a incêndios, inundações e tentativas de remoção por qualquer pessoa que não esteja nos registros do Instituto. Se alguém tentar roubar ou danificar um desses tomos, será atingido por uma força invisível tão poderosa que perderá completamente a noção de quem é e do que estava fazendo aqui até a chegada da polícia.

— As barras são capazes de fazer isso? — questionou Robin, alarmado.

— Bem, algo próximo disso — respondeu Anthony. — É apenas uma suposição. O professor Playfair cuida das proteções e gosta de manter o mistério em torno delas. Mas sim, vocês iam ficar surpresos com a segurança desta torre. Parece apenas mais um dos prédios de Oxford, contudo, se alguém tentasse invadi-lo, acabaria no meio da rua, sangrando. Já vi isso acontecer.

— É muita proteção para um prédio onde se faz pesquisa — comentou Robin.

Suas palmas ficaram subitamente úmidas; ele as enxugou na beca.

— Bem, é verdade — disse Anthony. — Há mais prata nestas paredes do que nos cofres do Banco da Inglaterra.

— Sério? — perguntou Letty.

— Com certeza — respondeu Anthony. — Babel é um dos lugares mais ricos do país. Querem ver por quê?

Eles fizeram que sim. Anthony estalou os dedos e indicou para que o seguissem escada acima.

O oitavo andar era a única parte de Babel cerrada atrás de portas e paredes. Os outros sete andares haviam sido projetados seguindo uma planta de conceito aberto, sem barreiras em torno das escadas, mas a escada até o oitavo andar levava a um corredor de tijolos que, por sua vez, terminava em uma pesada porta de madeira.

— Barreira contra fogo — explicou Anthony. — Para o caso de acidentes. Isola o restante da torre para que as gramáticas não sejam danificadas se algo aqui explodir. — Ele apoiou o próprio peso na porta e a empurrou.

O oitavo andar parecia mais uma oficina do que uma biblioteca de pesquisa. Havia acadêmicos debruçados sobre mesas de trabalho como mecânicos, usando uma variedade de ferramentas de gravação em barras de prata de todos os formatos e tamanhos. Zumbidos, chiados e sons de perfuração dominavam o ambiente. Algo explodiu perto da janela, produzindo uma chuva de faíscas seguida de uma sucessão de xingamentos, mas ninguém nem sequer olhou de relance para cima.

Um homem branco, corpulento e grisalho esperava por eles diante das estações de trabalho. Tinha o rosto largo, com vincos nas laterais da boca, e olhos brilhantes do tipo que dava a impressão de que ele poderia ter qualquer idade entre quarenta e sessenta anos. Suas vestes negras de mestre estavam cobertas com tanto pó de prata que ele cintilava toda vez que se movia. Suas sobrancelhas eram espessas, escuras e incrivelmente expressivas; pareciam prontas para saltar de seu rosto com entusiasmo sempre que ele falava.

— Bom dia — cumprimentou ele. — Sou o professor Jerome Playfair, diretor do corpo docente. Eu me aventuro no francês e no italiano, mas meu verdadeiro amor é o alemão. Obrigado, Anthony, pode ir. Você e o Woodhouse já estão prontos para a viagem à Jamaica?

— Ainda não — respondeu Anthony. — Preciso descobrir onde está o compêndio de patoá. Suspeito que o Gideon o tenha retirado mais uma vez sem assinar.

— Vá, então.

Anthony fez que sim com a cabeça, tocou um chapéu imaginário, despedindo-se do grupo de Robin, e saiu pela porta pesada.

O professor Playfair sorriu para eles.

— Então, agora que já conhecem Babel, o que estão achando?

Por um momento, ninguém disse nada. Letty, Ramy e Victoire pareciam tão atordoados quanto Robin. Haviam sido expostos a uma quantidade tão grande de informação de uma só vez que Robin não tinha certeza se o chão no qual estava pisando era real.

O professor Playfair riu.

— Eu sei. Tive a mesma impressão no meu primeiro dia aqui. É como adentrar um mundo oculto, não é? Como se nutrir em um reino de fadas. Depois que sabemos o que acontece na torre, o mundo lá fora deixa de parecer tão interessante.

— É deslumbrante, senhor — disse Letty. — Incrível.

O professor Playfair piscou para ela.

— É o lugar mais maravilhoso do mundo.

Ele pigarreou.

— Agora gostaria de lhes contar uma história. Perdoem-me por ser dramático, mas gosto de marcar esta ocasião: afinal, é o primeiro dia de vocês no que acredito ser o centro de pesquisa mais importante do mundo. Pode ser?

Não precisava da aprovação deles, mas o grupo fez que sim com a cabeça da mesma forma.

— Obrigado. Bem, conhecemos a história que vou contar por intermédio de Heródoto. — O professor Playfair deu vários passos à frente, como um ator marcando sua posição no palco. — Ele conta que o faraó egípcio Psamético certa vez fez um pacto com corsários do mar Jônico para derrotar os onze reis que o haviam traído. Depois de derrotar seus inimigos, ele deu grandes extensões de terra para seus aliados jônicos. Mas Psamético queria uma garantia ainda maior de que os jônicos não se voltariam contra ele como seus antigos aliados tinham feito. Ele queria evitar guerras provocadas por mal-entendidos. Então enviou meninos egípcios para viverem com os jônicos e aprenderem grego, de modo que, quando crescessem, pudessem atuar como intérpretes entre os dois povos. Aqui em Babel, nos inspiramos em Psamético.

Ele olhou ao redor, e seu olhar cintilante pousou em cada um deles enquanto falava.

— Desde tempos imemoriais, a tradução tem sido a mediadora da paz. A tradução possibilita a comunicação, que, por sua vez, possibilita o tipo de diplomacia, comércio e cooperação entre povos que traz riqueza e prosperidade para todos.

"A essa altura, já devem ter percebido que Babel é a única das faculdades de Oxford que aceita estudantes que não são de origem europeia. Em nenhum outro lugar deste país vão encontrar hindus, muçulmanos, africanos e chineses estudando sob o mesmo teto. Nós os aceitamos não apesar de sua origem estrangeira, mas *por causa* dela. — O professor Playfair enfatizou a última parte como se fosse motivo de grande orgulho. — Por causa de sua origem, vocês têm um dom para idiomas que aqueles nascidos na Inglaterra não são capazes de emular. Como os meninos de Psamético, vocês são as línguas que, por meio da palavra, vão tornar real esse projeto de harmonia global.

Ele uniu as mãos diante de si como como se estivesse em oração.

— Enfim... Os alunos de pós-graduação zombam de mim por fazer esse discurso todo ano. Acham que é bobagem. Mas eu acredito que a situação exige essa solenidade, não acham? Afinal, estamos aqui para tornar o desconhecido conhecido, para tornar o outro familiar. Estamos aqui para fazer mágica com palavras.

Aquilo foi, pensou Robin, a coisa mais gentil que alguém já tinha dito sobre o fato de ele ser estrangeiro. E embora a história o tivesse deixado com um nó no estômago — pois havia lido aquela importante passagem de Heródoto e lembrava que os meninos egípcios eram, na verdade, escravizados —, sentiu também uma pontada de entusiasmo ao pensar que talvez o fato de não pertencer àquele lugar não o condenasse às margens para sempre, que, pelo contrário, talvez isso o tornasse especial.

Em seguida, o professor Playfair os reuniu em torno de uma mesa de trabalho vazia para uma demonstração.

— Bem, as pessoas comuns acham que o trabalho com a prata é equivalente a feitiçaria. — Ele arregaçou as mangas até os cotovelos enquanto falava, gritando para que o ouvissem em meio ao retinir metálico. — Acham que o poder das barras está na prata em si, que a prata é uma substância inerentemente mágica que tem o poder de alterar o mundo.

Ele destrancou a gaveta à esquerda e tirou uma barra de prata sem nada gravado.

— Não estão de todo errados. De fato, há algo especial na prata que a torna um veículo ideal para o que fazemos. Gosto de pensar que ela foi abençoada pelos deuses, afinal é refinada com mercúrio, e Mercúrio é o deus mensageiro, não é? Mercúrio, Hermes. A prata não teria então um vínculo inextricável com a hermenêutica? Mas não sejamos tão românticos assim. Não, o poder da barra de prata está nas palavras. Mais especificamente, na parte das línguas que as palavras não são capazes de expressar, aquilo que se perde quando passamos de um idioma a outro. A prata captura o que foi perdido e manifesta sua existência.

Ele encarou o grupo e viu rostos perplexos.

— Vocês com certeza estão cheios de perguntas. Não se preocupem. Só vão começar a trabalhar com a prata quase no fim do terceiro ano. Vão ter bastante tempo para se atualizar sobre a parte teórica relevante até lá. O que importa agora é que entendam a magnitude do que fazemos aqui. — O professor Playfair pegou um buril. — Que é, evidentemente, produzir feitiços.

Ele começou a entalhar uma palavra em uma das extremidades da barra.

— Vou lhes mostrar apenas algo simples. O efeito vai ser bem sutil, mas observem se conseguem sentir.

Ele terminou de escrever na extremidade, em seguida ergueu a barra para mostrar a eles.

— *Heimlich*. O termo em alemão para o secreto e o clandestino, que é como vou traduzir. Mas *heimlich* significa mais do que apenas segredos. *Heimlich* é derivado de uma palavra protogermânica que significa "lar". Se juntarmos essa constelação de significados, o que temos? Algo como a sensação secreta e íntima que sentimos quando estamos em um lugar ao qual pertencemos, isolados do mundo exterior.

Enquanto falava, escreveu a palavra *clandestino* do outro lado da barra. Assim que ele terminou, a prata começou a vibrar.

— *Heimlich* — disse ele. — Clandestino.

Mais uma vez Robin ouviu um canto sem origem, uma voz inumana vinda de lugar nenhum.

O mundo mudou. Algo os envolveu — uma barreira intangível borrou o ar em torno deles, abafou o barulho ao redor, fez parecer que eles eram os únicos em um andar que sabiam que estava lotado de acadêmicos. Estavam seguros ali. Estavam sozinhos. Aquela era sua torre, seu refúgio.*

Já conheciam aquela magia. Todos já tinham visto os efeitos da prata antes; na Inglaterra, era impossível não ver. Mas uma coisa era saber que as barras funcionavam, que o poder da prata era simplesmente a base de uma sociedade avançada e funcional. Outra era testemunhar com os próprios olhos a distorção da realidade, a maneira como as palavras capturavam o que nenhuma palavra era capaz de descrever e evocavam um efeito físico que não deveria existir.

Victoire levou a mão à boca. Letty respirava com dificuldade. Ramy piscava muito rapidamente, como se tentasse conter as lágrimas.

E Robin, observando a barra ainda trêmula, teve certeza naquele momento de que tudo tinha valido a pena. A solidão, a surra, as longas e torturantes horas de estudo, a ingestão de línguas como se fossem um tônico amargo para que um dia pudesse fazer *aquilo* — *tudo* tinha valido a pena.

— Uma última coisa — disse o professor Playfair enquanto os acompanhava, descendo as escadas. — Vamos precisar colher uma amostra do sangue de vocês.

— Como é? — questionou Letty.

— O sangue de vocês. Não vai demorar muito.

O professor Playfair os conduziu pelo saguão até uma pequena sala sem janelas, escondida atrás das estantes e vazia, exceto por uma mesa simples e quatro cadeiras. Ele fez um gesto para que se sentassem, então foi até a parede dos fundos, onde havia uma série de gavetas escondidas na pedra. Abriu a gaveta de cima, revelando pilhas e pilhas de pequenos frascos de vidro. Cada um deles estava etiquetado com o nome do acadêmico a quem o sangue pertencera.

— É para as proteções — explicou o professor Playfair. — Babel sofre mais tentativas de roubo do que todos os bancos de Londres juntos. As portas mantêm a maior parte da ralé do lado de fora, mas as proteções precisam ter alguma forma de distinguir os acadêmicos dos intrusos. Já tentamos usar fios de cabelo e unhas, mas são muito fáceis de roubar.

— Ladrões também podem roubar sangue — disse Ramy.

— Podem — concordou o professor Playfair. — Mas teriam que estar muito mais determinados a concluir a empreitada, não acha?

* Cf. a palavra alemã relacionada *unheimlich*.

Ele pegou um punhado de seringas na gaveta de baixo.

— Arregacem as mangas, por favor.

Relutantes, eles puxaram a manga da beca.

— Não deveria haver uma enfermeira aqui? — perguntou Victoire.

— Não se preocupe. — O professor Playfair deu batidinhas na agulha com o dedo. — Eu sou muito bom nisso. Não vou demorar para encontrar uma veia. Quem vai ser o primeiro?

Robin se ofereceu; não queria ficar na expectativa enquanto observava os outros. Ramy foi o próximo, depois Victoire e, por fim, Letty. Todo o procedimento levou menos de quinze minutos e não doeu, embora a tez de Letty tenha adquirido um tom esverdeado perturbador quando a agulha foi retirada de sua pele.

— Recomendo um almoço reforçado — disse o professor Playfair. — Morcela é bom, se houver.

Quatro novos frascos de vidro foram adicionados à gaveta, todos rotulados com uma caligrafia minúscula e cuidadosa.

— Agora vocês são parte da torre — informou o professor Playfair ao trancar as gavetas. — E a torre conhece vocês.

Ramy fez uma careta.

— Meio sinistro, não?

— De jeito nenhum — respondeu o professor Playfair. — Vocês estão no lugar onde a mágica acontece. Apesar de contar com todo o aparato de uma universidade moderna, na essência Babel não é tão diferente dos refúgios dos alquimistas de antigamente. Porém, ao contrário dos alquimistas, nós realmente descobrimos o segredo para transformar as coisas. Não está na substância material. Está no nome.

Babel compartilhava com várias outras faculdades de humanidades um estabelecimento no pátio gramado da Biblioteca Radcliffe onde os estudantes podiam comprar comida e bebida. Dizia-se que a comida lá era muito boa, mas o estabelecimento estava fechado até o início das aulas, no dia seguinte, então os quatro voltaram para a faculdade, chegando bem a tempo de pegar o fim do horário de almoço. Não havia mais comida quente, mas o chá da tarde e todos os acompanhamentos continuavam sendo oferecidos até a hora do jantar. Eles encheram bandejas com xícaras de chá, bules, açucareiros, jarras de leite e *scones*, em seguida andaram por entre as longas mesas de madeira do refeitório até encontrarem uma desocupada no canto.

— Então você é de Cantão? — perguntou Letty.

Ela tinha uma personalidade assertiva, Robin já reparara: fazia todas as perguntas, mesmo as benignas, como se estivesse conduzindo um interrogatório.

Robin tinha acabado de dar uma mordida em um *scone*; estava seco e rançoso, e ele teve que tomar um gole de chá antes de responder. Ela voltou o olhar para Ramy antes que ele conseguisse dizer alguma coisa.

— E você... Madras? Bombaim?

— Calcutá — respondeu Ramy de maneira amável.

— Meu pai ocupou um posto em Calcutá — disse ela. — Por três anos, de 1825 a 1828. Quem sabe você não esbarrou com ele por lá?

— Que ótimo — falou Ramy, passando geleia em seu *scone*. — Quem sabe ele não apontou uma arma para minhas irmãs alguma vez?

Robin sufocou uma risada, mas Letty empalideceu.

— Só estou dizendo que já conheci outros hindus...

— Eu sou muçulmano — rebateu Ramy.

— Bem, só estou dizendo...

— E, para sua informação — agora ele estava passando manteiga no *scone* com muito vigor —, na verdade é muito irritante como todos querem tornar a Índia sinônimo do hinduísmo. "Ah, o domínio muçulmano é uma aberração, uma apropriação ilegítima; os mogóis não passam de intrusos, mas a *tradição*, a tradição é o sânscrito, são os Upanishads." — Ele levou o *scone* à boca. — Mas você nem ao menos sabe o que essas palavras significam, não é?

Tinham começado mal. O humor de Ramy nem sempre era compreendido por pessoas que ele tinha acabado de conhecer. Era preciso relevar suas falas loquazes, e Letitia Price parecia capaz de tudo, menos disso.

— Então, Babel — interveio Robin antes que Ramy pudesse dizer mais alguma coisa. — É um belo edifício.

Letty lhe dirigiu um olhar encantado.

— Muito.

Revirando os olhos, Ramy tossiu e pousou o *scone* no prato.

Eles beberam o chá em silêncio. Victoire, nervosa, girava a colher na xícara. Robin olhava pela janela. Ramy começou a tamborilar com os dedos na mesa, mas parou quando Letty lhe lançou um olhar irritado.

— O que vocês estão achando do lugar? — Victoire tentou bravamente retomar a conversa. — Quero dizer, de Oxfordshire. Tenho a impressão de que só conhecemos uma pequena parte até agora, é muito grande. Bem, não tanto quanto Londres ou Paris, mas há tantos cantos escondidos, não acham?

— É incrível — disse Robin com um pouco de entusiasmo demais. — É surreal, todos os prédios... Nós passamos os três primeiros dias só andando por aí, admirando as coisas. Visitamos todas as atrações turísticas: o Oxford Museum, os jardins da Christ Church...

Victoire arqueou uma das sobrancelhas.

— E eles têm deixado vocês entrarem nos lugares aonde vão?

— Na verdade, não. — Ramy pousou sua xícara de chá. — Lembra do Ashmolean, Rob?

— É verdade — respondeu Robin. — Eles pareciam ter tanta certeza de que íamos roubar alguma coisa que nos fizeram mostrar os bolsos vazios na entrada e na saída, como se estivessem convencidos de que íamos afanar a Joia de Alfredo.

— Nós não pudemos nem entrar — contou Victoire. — Disseram que não era permitida a entrada de senhoras desacompanhadas.

Ramy bufou.

— Por quê?

— Provavelmente porque somos fracas dos nervos — respondeu Letty. — Não podiam permitir que desmaiássemos diante das pinturas.

— As cores são *muito* emocionantes — disse Victoire.

— Cenas de batalha e seios. — Letty levou o dorso da mão à testa. — É demais para os meus nervos.

— E o que vocês fizeram? — quis saber Ramy.

— Voltamos no turno de outro funcionário e fingimos ser homens. — Victoire engrossou a voz. — Com licença, somos apenas rapazes do campo visitando nossos primos na cidade e não temos nada para fazer enquanto eles estão em aula...

Robin riu.

— Vocês não fizeram isso.

— Funcionou — falou Victoire.

— Não acredito.

— É sério.

Victoire sorriu.

Robin notou que ela tinha olhos grandes e muito bonitos, como os de uma corça. Ele gostava de ouvi-la falar; a cada frase parecia que ela estava arrancando o riso de dentro dele.

— Eles devem ter pensado que tínhamos uns doze anos, mas funcionou às mil maravilhas... — acrescentou ela.

— Até você se empolgar — interrompeu Letty.

— Tudo bem, funcionou até *passarmos* pelo funcionário do museu...

— Mas aí ela viu um Rembrandt do qual gostava e soltou um gritinho agudo... — Letty fez um ruído parecido com o chilrear de um pássaro.

Victoire empurrou de leve o ombro dela, mas também estava rindo.

— "Com licença, senhoritas." — Victoire abaixou o queixo, imitando o tom de desaprovação do funcionário do museu. — "As senhoritas não deveriam estar aqui, acho que erraram de lugar..."

— Então o problema foram os nervos, no fim das contas...

Isso foi o suficiente para quebrar o gelo. Em um instante todos estavam rindo — um pouco além, talvez, do que a piada justificava, mas o que importava era que estavam rindo.

— Alguém mais desmascarou vocês? — perguntou Ramy.

— Não, todos acharam que éramos apenas calouros particularmente magros — respondeu Letty. — Embora uma pessoa tenha gritado com a Victoire, mandando ela tirar a beca.

— Ele tentou arrancá-la. — Victoire olhou o próprio colo. — A Letty teve que bater nele com o guarda-chuva.

— Aconteceu uma coisa parecida com a gente — falou Ramy. — Uns bêbados da Balliol começaram a gritar com a gente uma noite.

— Eles não gostam de pessoas de pele escura vestindo seus uniformes — sentenciou Victoire.

— É verdade — concordou Ramy —, não gostam.

— Eu sinto muito — disse Victoire. — Eles... quer dizer, ficou tudo bem com vocês?

Robin lançou um olhar preocupado para Ramy, mas os olhos do amigo ainda estavam franzidos por causa do riso.

— Ah, sim. — Ele passou o braço em torno dos ombros de Robin. — Eu estava pronto para quebrar uns narizes, mas este cara aqui tomou uma decisão mais prudente: começou a correr como se os cães do inferno estivessem no encalço dele, então não tive escolha a não ser sair correndo também.

— Eu não gosto de conflitos — comentou Robin, corando.

— Ah, não mesmo — concordou Ramy. — Você se fundiria às pedras se pudesse.

— Você poderia ter ficado — brincou Robin. — Poderia ter lutado contra eles sem a minha ajuda.

— Como assim? E deixar você sozinho naquela escuridão assustadora? — Ramy sorriu. — De qualquer forma, você parecia ter enlouquecido.

Correndo como se sua bexiga estivesse prestes a explodir e você não conseguisse encontrar uma latrina.

E então começaram a rir outra vez.

Logo ficou evidente que nenhum assunto era proibido. Eles podiam conversar sobre qualquer coisa, compartilhar todas as humilhações indescritíveis que tinham enfrentado por estar em um lugar onde não deveriam estar, toda a inquietação que os espreitava e que até aquele momento tinham guardado apenas para si mesmos. Falaram abertamente sobre tudo a respeito de si mesmos porque enfim tinham encontrado o único grupo de pessoas para quem suas experiências não eram inusitadas ou desconcertantes.

Em seguida, compartilharam histórias sobre sua educação antes de Oxford. Babel, ao que parecia, sempre ungia seus escolhidos ainda muito jovens. Letty, que era do sul, de Brighton, encantava os amigos da família com sua memória prodigiosa desde que começara a falar; um desses amigos, que conhecia alguns docentes de Oxford, conseguiu professores particulares para ela e fez com que estudasse francês, alemão, latim e grego até ter idade para se matricular na instituição.

— Mas eu quase não consegui. — Letty piscou, os cílios tremulando sem parar. — Meu pai disse que nunca pagaria pela educação de uma mulher, então sou grata pela bolsa de estudos. Tive que vender um conjunto de pulseiras para pagar um coche até aqui.

Victoire, como Robin e Ramy, tinha ido para a Europa com um tutor.

— Paris — esclareceu ela. — Ele era francês, mas tinha conhecidos no Instituto e ia escrever para eles quando eu tivesse idade suficiente. Só que ele morreu, e por um tempo não tive certeza se conseguiria vir. — Sua voz falhou um pouco. Ela tomou um gole de chá. — Mas consegui entrar em contato com eles, que tomaram as providências para que eu viesse — concluiu ela, vagamente.

Robin desconfiou de que ela não estivesse contando toda a história, mas ele também era experiente na arte de disfarçar o sofrimento, então não se intrometeu.

Uma coisa unia os quatro: sem Babel, não teriam para onde ir naquele país. Tinham sido escolhidos para desfrutar de privilégios que nunca teriam imaginado, financiados por homens poderosos e ricos cujas motivações não entendiam de todo, e tinham plena consciência de que esses privilégios poderiam ser perdidos a qualquer momento. Essa insegurança fazia com que fossem jovens ao mesmo tempo audaciosos e aterrorizados. Tinham as chaves do paraíso; não queriam ter de devolvê-las.

Quando terminaram o chá, estavam quase apaixonados uns pelos outros — não exatamente, porque o amor verdadeiro requer tempo e lembranças, mas o mais próximo do amor a que as primeiras impressões podiam levá-los. Ainda não haviam chegado os dias em que Ramy usaria com orgulho os cachecóis tricotados com desmazelo por Victoire, em que Robin saberia exatamente quanto tempo Ramy gostava que seu chá ficasse em infusão de forma que estivesse pronto quando ele chegasse tarde ao refeitório depois de sua sessão de estudo dirigido de árabe, ou em que todos eles saberiam que Letty estava prestes a chegar na aula com um saco de papel cheio de biscoitos de limão porque era manhã de quarta-feira e a padaria Taylor's fazia biscoitos de limão às quartas-feiras. Mas naquela tarde eles puderam ver com clareza o tipo de amigos que iam ser, e amar essa visão chegava perto o suficiente do amor.

Mais tarde, quando tudo se complicasse e o mundo se partisse ao meio, Robin se lembraria daquele dia, daquela hora à mesa, e se perguntaria por que tinham sido tão apressados, tão displicentes em sua avidez por confiar uns nos outros. Por que tinham se recusado a enxergar a infinidade de maneiras pelas quais poderiam magoar uns aos outros? Por que não haviam parado para questionar suas diferenças de origem, de criação, e como isso significava que não estavam e nunca poderiam estar do mesmo lado?

Mas a resposta era óbvia: os quatro estavam se afogando no desconhecido, e enxergaram uns nos outros algo a que se agarrar, e fazer isso era a única maneira de se manterem na superfície.

As garotas não tinham permissão para morar na faculdade, razão pela qual só cruzaram com Robin e Ramy no primeiro dia de aula. Em vez de morar nos alojamentos da faculdade, Victoire e Letty viviam a cerca de três quilômetros de distância, no anexo para empregados de uma das escolas de Oxford, o que aparentemente era um arranjo comum para as alunas de Babel. Já era noite, e Robin e Ramy as acompanharam até em casa, porque parecia a coisa cavalheiresca a fazer, mas Robin esperava que isso não se tornasse um hábito, já que a estrada ficava realmente muito longe e não havia coches àquela hora.

— Não podiam acomodar vocês em um lugar mais perto? — perguntou Ramy.

Victoire balançou a cabeça.

— Todas as faculdades alegaram que nossa proximidade representava um risco de corromper os cavalheiros.

— Bem, isso não é justo — afirmou Ramy.

Letty dirigiu-lhe um olhar debochado.

— Não me diga.

— Mas não é tão ruim — interveio Victoire. — Tem uns pubs divertidos nesta rua... Nós gostamos do Four Horsemen, tem o Twisted Root e também um lugar chamado Rooks and Pawns, onde dá para jogar xadrez...

— Espera — falou Robin. — Você disse Twisted Root?

— Fica na Harrow Lane, perto da ponte — explicou Victoire. — Mas vocês não vão gostar. Entramos, demos uma olhada e saímos na mesma hora: lá dentro é imundo. Você passa o dedo em torno de qualquer copo e sente uma camada de gordura e sujeira de meio centímetro de espessura.

— Não costuma ser frequentado por estudantes, então?

— Não, os rapazes de Oxford não entrariam lá nem mortos. É para os locais, não para estudantes.

Letty apontou um rebanho de vacas à frente, e Robin deixou a conversa morrer. Mais tarde, depois de terem deixado as garotas em casa em segurança, ele disse a Ramy para voltar para a Magpie Lane sozinho.

— Esqueci que tenho um encontro com o professor Lovell — justificou ele. Jericho ficava convenientemente mais perto daquela parte da cidade do que da Univ. — É uma longa caminhada; não quero arrastar você até lá.

— Achei que o jantar de vocês fosse só na semana que vem — disse Ramy.

— E é, mas acabei de lembrar que tenho que fazer uma visita a ele antes. — Robin pigarreou. Sentia-se péssimo por mentir para Ramy. — A sra. Piper disse que fez uns bolos para mim.

— Graças aos céus. — Surpreendentemente, Ramy não suspeitou de nada. — O almoço estava intragável. Tem certeza de que não quer companhia?

— Estou bem. Foi um dia cheio, estou cansado, e acho que vai ser bom caminhar um pouco em silêncio.

— Tudo bem — respondeu Ramy em tom agradável.

Eles se separaram na Woodstock Road. Ramy continuou no sentido sul, no caminho de volta para a faculdade. Robin virou à direita em busca da ponte que Victoire indicara, sem saber ao certo o que estava procurando, exceto pela lembrança de uma frase sussurrada.

A resposta o encontrou. No meio da Harrow Lane, ouviu um segundo par de passos atrás dele. Olhou por cima do ombro e viu uma figura escura seguindo-o pela rua estreita.

— Você demorou — disse o sósia. — Passei o dia todo à espreita por aqui.

— Quem é você? — questionou Robin. — O que você... Por que você tem o rosto igual ao meu?

— Aqui não — objetou o sósia. — O pub fica logo ali na esquina, vamos entrar…

— Responda minha pergunta — exigiu Robin. Tinha sido invadido por uma sensação tardia de perigo; a boca estava seca; o coração batia furiosamente. — Quem é você?

— Você é Robin Swift — disse o outro. — Cresceu sem pai, mas com uma inexplicável governanta inglesa e um suprimento inesgotável de livros em inglês, e, quando o professor Lovell apareceu para trazê-lo à Inglaterra, você disse adeus à sua terra natal para sempre. Acha que o professor pode ser seu pai, mas ele nunca admitiu que você é filho dele. E você tem certeza de que ele nunca vai admitir. Isso faz sentido?

Robin não conseguia falar. Sua boca se abriu e sua mandíbula se moveu inutilmente, mas não tinha nada a dizer.

— Venha comigo — sugeriu o sósia. — Vamos beber alguma coisa.

# LIVRO II

# Capítulo Cinco

*'I don't care for hard names,' interrupted Monks with a jeering laugh. 'You know the fact, and that's enough for me.'*

*— Teus xingamentos não me ofendem — exclamou Monks, com um riso zombeteiro. — Se sabes a verdade, fico satisfeito.*

Charles Dickens, *Oliver Twist**

Eles se sentaram a uma mesa nos fundos do Twisted Root. O sósia de Robin pediu dois copos de uma cerveja dourada clara. Robin esvaziou metade do copo em três goles desesperados e se sentiu um pouco mais seguro, embora não menos confuso.

— Meu nome — disse o sósia — é Griffin Lovell.

Analisando mais de perto, ele e Robin não eram tão parecidos, no fim das contas. Griffin era vários anos mais velho e seu rosto exibia uma maturidade severa que o rosto de Robin ainda não havia adquirido. A voz era mais grave, menos complacente, mais assertiva. Ele era vários centímetros mais alto que Robin, embora fosse também muito mais magro; na verdade, parecia composto inteiramente de arestas e ângulos agudos. Os cabelos eram mais escuros, a pele, mais pálida. Griffin parecia uma ilustração impressa de Robin, os contrastes de luz acentuados e as cores empalidecidas.

*Ele é ainda mais parecido com você do que o anterior.*

— Lovell — repetiu Robin, tentando se orientar. — Então você é...?

— Ele nunca vai admitir — respondeu Griffin. — Mas também não vai admitir no que diz respeito a você, vai? Você sabia que ele tem mulher e filhos?

Robin engasgou.

— O quê?

— É verdade. Uma menina e um menino, de sete e três anos. A adorável Philippa e o pequeno Dick. O nome da mulher dele é Johanna. Eles moram em uma linda propriedade em Yorkshire. É em parte assim que ele consegue

* Tradução de Machado de Assis e Ricardo Lísias. São Paulo: Editora Hedra, 2011. (N. T.)

financiar as viagens ao exterior; ele veio do nada, mas ela é muito rica. Tem uma renda de quinhentas libras por ano, pelo que me disseram.

— Mas então ela...?

— Se ela sabe sobre nós? É claro que não. Mas não acho que se importaria se soubesse, a não ser pelos óbvios problemas no que diz respeito à reputação. Eles não morrem de amores um pelo outro. Ele queria o status social, ela queria poder se gabar. Eles se veem umas duas vezes por ano, e o resto do tempo ele fica aqui ou em Hampstead. Nós somos os filhos com quem ele passa mais tempo, por incrível que pareça. — Griffin inclinou a cabeça. — Você é, pelo menos.

— Isso é um sonho? — murmurou Robin.

— Você bem que gostaria que fosse. Que cara péssima. Beba.

Robin estendeu a mão mecanicamente para pegar o copo. Não estava mais tremendo, mas se sentia muito confuso. Beber não ajudava, mas pelo menos dava a ele algo para fazer com as mãos.

— Tenho certeza de que você tem um monte de perguntas — disse Griffin. — Vou tentar responder todas, mas você precisa ser paciente. Eu também tenho perguntas. Como você se chama?

— Robin Swift — respondeu Robin, intrigado. — Você sabe disso.

— Mas esse é o nome que você prefere?

Robin não sabia ao certo o que ele queria dizer com isso.

— Bem, tem o meu primeiro... Quer dizer, meu nome chinês, mas ninguém... Eu não...

— Tudo bem — falou Griffin. — Swift. Sobrenome legal. De onde você tirou?

— *Viagens de Gulliver* — admitiu Robin. Pareceu uma escolha muito tola quando ele disse o título do livro em voz alta. Tudo em Griffin fazia com que ele se sentisse uma criança. — É... é um dos meus livros favoritos. O professor Lovell me disse para escolher o sobrenome que eu quisesse, e esse foi o primeiro que me ocorreu.

Griffin deu um sorrisinho.

— Ele amoleceu um pouco, então. Na minha vez, ele me levou até uma esquina antes de assinarmos os documentos e me disse que os enjeitados costumavam receber o nome do lugar onde tinham sido abandonados. Disse que eu poderia andar pela cidade até encontrar uma palavra que não soasse muito ridícula.

— E você encontrou?

— Claro. Harley. Simplesmente vi esse nome na fachada de uma loja qualquer e gostei da sonoridade. Os movimentos que a boca tem que fazer, a pronúncia da segunda sílaba. Mas meu sobrenome não é Harley, é Lovell, da mesma maneira que seu sobrenome não é Swift.

— Então nós somos...

— Meios-irmãos — concluiu Griffin. — Olá, irmão. É um prazer conhecê-lo.

Robin pousou o copo.

— Eu gostaria de ouvir a história completa agora.

— Certo. Faz sentido. — Griffin se inclinou para a frente. À hora do jantar, o Twisted Root estava lotado o suficiente para que o burburinho projetasse um manto de ruído sobre qualquer conversa, mas ainda assim Griffin baixou a voz para um murmúrio tão suave que Robin teve que se esforçar para ouvir. — Vou direto ao ponto. Eu sou um criminoso. Meus colegas e eu roubamos regularmente prata, manuscritos e materiais de gravação de Babel e os enviamos, de diversos pontos da Inglaterra, para nossos companheiros em todo o mundo. O que você fez ontem à noite foi traição, e se alguém descobrisse você ficaria trancafiado em Newgate por pelo menos vinte anos, mas só depois de eles terem torturado você na tentativa de chegar até nós. — Griffin disse tudo isso com muita rapidez, sem quase nenhuma mudança de tom ou volume. Quando terminou, se recostou na cadeira, parecendo satisfeito.

Robin fez a única coisa que conseguiu pensar em fazer: tomou outro gole inebriante de cerveja. Quando pousou o copo, as têmporas latejando, as únicas palavras que conseguiu dizer foram:

— Por quê?

— Fácil — retomou Griffin. — Existem pessoas que precisam mais da prata do que os londrinos ricos.

— Mas... Como assim, quem?

Griffin não respondeu de imediato. Ele olhou Robin de cima a baixo por vários segundos, examinando seu rosto como se estivesse procurando algo — uma semelhança a mais, uma qualidade inata e crucial. Então indagou:

— Por que sua mãe morreu?

— Cólera — respondeu Robin após uma pausa. — Teve uma epidemia...

— Eu não perguntei como — interrompeu Griffin. — Eu perguntei por quê.

*Eu não sei por quê*, Robin quis dizer. Mas ele sabia. Sempre soubera, só havia se esforçado para não pensar nisso. Durante todo aquele tempo, nunca se permitira formular a pergunta dessa maneira.

*Ah, pouco mais de duas semanas*, dissera a sra. Piper. Eles estavam na China havia mais de duas semanas.

Seus olhos ardiam. Ele piscou.

— Como você sabe sobre a minha mãe?

Griffin se recostou, os braços cruzados atrás da cabeça.

— Por que você não termina sua cerveja?

Quando saíram, Griffin partiu rapidamente pela Harrow Lane, disparando perguntas pelo canto da boca.

— Então, de onde você é?

— De Cantão.

— Eu nasci em Macau. Não me lembro se alguma vez fui a Cantão. Então, quando ele trouxe você?

— Para Londres?

— Não, idiota, para Manila. Sim, para Londres.

Seu irmão, pensou Robin, podia ser um grande babaca.

— Seis... Não, sete anos atrás.

— Inacreditável. — Griffin virou à esquerda na Banbury Road sem avisar; Robin se apressou em segui-lo. — Não me admira que ele nunca tenha vindo atrás de mim. Tinha algo melhor no que se concentrar, não é?

Robin avançava aos solavancos, tropeçando nos paralelepípedos. Recuperou o equilíbrio e correu atrás de Griffin. Nunca bebera cerveja antes, apenas vinhos fracos servidos pela sra. Piper, e o lúpulo deixou sua língua dormente. Sentiu uma forte vontade de vomitar. Por que tinha bebido tanto? Sentia-se atordoado, duas vezes mais lento em organizar os pensamentos — mas é claro que essa era a ideia. Era óbvio que Griffin queria que ele estivesse desorientado, vulnerável. Robin suspeitava que ele gostava de manter as pessoas desnorteadas.

— Para onde estamos indo? — questionou Robin.

— Para o sul. Depois para o oeste. Não importa; a melhor maneira de evitar que alguém ouça o que você está dizendo é sempre se manter em movimento. — Griffin virou na Canterbury Road. — Se você ficar parado, a pessoa que está te espionando pode se esconder e ouvir toda a conversa, mas é mais difícil se você ficar ziguezagueando.

— Pessoa espionando?

— Temos sempre que presumir que estamos sendo espionados.

— Podemos passar em uma padaria, então?

— Uma padaria?

— Eu disse ao meu amigo que tinha ido ver a sra. Piper. — A cabeça de Robin ainda estava girando, mas a lembrança de sua mentira se impunha com clareza. — Não posso voltar para casa de mãos vazias.

— Tudo bem. — Griffin seguiu pela Winchester Road.

— A Taylor's serve? Não tem mais nada aberto.

Robin entrou na loja e comprou rapidamente uma seleção dos doces mais simples que conseguiu encontrar — não queria que Ramy suspeitasse da próxima vez que passassem pela vitrine da Taylor's. Tinha um saco de aniagem no quarto; podia jogar fora as caixas da loja quando chegasse em casa e colocar os bolos lá dentro.

Havia sido infectado pela paranoia de Griffin. Sentia-se marcado, coberto de tinta escarlate, certo de que alguém o acusaria de ser um ladrão no momento em que estivesse pagando. Não conseguiu nem encarar o padeiro quando recebeu o troco.

— Enfim — disse Griffin quando Robin surgiu do lado de fora. — Estaria interessado em roubar para nós?

— Roubar? — Os dois tinham voltado a andar em um ritmo acelerado. — Você quer dizer de Babel?

— Claro que sim. Presta atenção.

— Mas por que vocês precisam de mim?

— Porque você faz parte da instituição, nós não. Seu sangue está na torre, o que significa que há portas que só você pode abrir.

— Mas por que... — A língua de Robin não parava de tropeçar em meio a uma enxurrada de perguntas. — Para quê? O que vocês fazem com o que roubam?

— Exatamente o que eu disse. Redistribuímos. Somos Robin Hood. Rá, rá. Robin. Não? Tudo bem. Enviamos barras e material de trabalho com a prata para todo o mundo, para pessoas que precisam deles, pessoas que não têm o privilégio de serem ricas e britânicas. Pessoas como a sua mãe. Olha, Babel é um lugar deslumbrante, mas só é deslumbrante porque vende seus pares de equivalentes para uma base de clientes muito limitada. — Griffin olhou por cima do ombro. Não havia ninguém perto deles, a não ser uma lavadeira carregando uma cesta na outra extremidade da rua, mas ele apressou o passo mesmo assim. — Então, vai nos ajudar?

— Eu... eu não sei. — Robin piscou. — Não posso simplesmente... quer dizer, ainda tenho muitas perguntas.

Griffin deu de ombros.

— Então pergunte o que quiser. Vamos lá.

— Eu... tudo bem. — Robin tentou organizar sua confusão em ordem sequencial. — Com quem estou lidando?

— Griffin Lovell.

— Não, estou falando do seu *grupo*...

— A Sociedade Hermes — respondeu Griffin prontamente. — Só Hermes, se preferir.

— Sociedade Hermes. — Robin brincou com a pronúncia do nome. — Por que…

— É uma brincadeira. Prata e mercúrio, Mercúrio e Hermes, Hermes e a hermenêutica. Não sei quem inventou esse nome.

— E vocês são uma sociedade clandestina? Ninguém sabe sobre vocês?

— Babel com certeza sabe. Nós tivemos uma… bem, tem havido certa troca, digamos assim. Mas não sabem muito, certamente não tanto quanto gostariam. Somos muito bons em nos manter nas sombras.

*Não tão bons assim*, pensou Robin, lembrando de palavrões soando no escuro, prata espalhada pelo calçamento. Em vez disso, ele disse:

— Quantos membros tem a sociedade?

— Não posso revelar.

— Vocês têm um quartel-general?

— Temos.

— Pode me mostrar onde fica?

Griffin riu.

— De jeito nenhum.

— Mas… há mais de vocês, não é? — insistiu Robin. — Você poderia pelo menos me apresentar…

— Não posso e não vou — rebateu Griffin. — Acabamos de nos conhecer, irmão. Até onde sei, você poderia ir correndo contar tudo ao professor Playfair assim que nos despedirmos.

— Mas então como… — Robin ergueu os braços, frustrado. — Quero dizer, você não está me dando nada e está me pedindo tudo.

— Sim, irmão, é assim que funcionam as sociedades secretas com algum grau de competência. Não sei que tipo de pessoa você é, e eu seria idiota se te contasse mais.

— Mas você entende que isso torna as coisas muito difíceis para mim? — Robin achava que Griffin estava descartando algumas preocupações bastante razoáveis. — Eu também não sei nada sobre você. Pode estar mentindo, pode estar tentando me incriminar…

— Se isso fosse verdade, você já estaria preso. Então essa hipótese está descartada. Sobre o que você acha que estamos mentindo?

— Vocês podem não estar usando a prata para ajudar outras pessoas — respondeu Robin. — A Sociedade Hermes pode ser uma grande farsa, vocês podem estar apenas revendendo o que roubam para ficarem ricos…

— Eu pareço alguém que está ficando rico?

Robin fitou o corpo magro e subnutrido de Griffin, o casaco preto puído e os cabelos desgrenhados. Não… tinha que admitir que a Sociedade Hermes não parecia ser um esquema com o objetivo de obter ganho pessoal. Talvez Griffin estivesse usando a prata roubada para outro fim secreto, mas enriquecer não parecia ser um deles.

— Eu sei que é muita coisa para processar de uma vez — disse Griffin. — Mas você vai ter que confiar em mim. Não tem outro jeito.

— Eu quero. Quer dizer, eu só… É coisa demais. — Robin balançou a cabeça. — Acabei de chegar aqui, acabei de conhecer Babel, e não conheço você nem este lugar bem o suficiente para ter a menor ideia do que está acontecendo…

— Então por que você fez aquilo? — perguntou Griffin.

— Fiz… o quê?

— Ontem à noite. — Griffin olhou para ele de soslaio. — Você nos ajudou, sem fazer perguntas. Nem sequer hesitou. Por quê?

— Não sei — disse Robin com sinceridade.

Tinha feito aquela pergunta a si mesmo milhares de vezes. Por que havia ativado aquela barra? Não tinha sido apenas porque a situação — a hora, quase meia-noite, o brilho do luar — se assemelhava tanto a um sonho que as regras e consequências pareciam ter desaparecido, ou porque ver seu sósia o fizera duvidar da realidade. Robin havia sentido um impulso mais profundo que não sabia explicar.

— Só pareceu a coisa certa a fazer.

— Como assim? Você não percebeu que estava ajudando uma quadrilha de ladrões?

— Eu sabia que vocês eram ladrões — disse Robin. — Eu só… Achei que vocês não estivessem fazendo nada de errado.

— Eu confiaria no seu instinto quanto a isso — comentou Griffin. — Acredite *em mim*. Acredite que estamos fazendo a coisa certa.

— E o que é a coisa certa? — perguntou Robin. — Na sua opinião… Qual é o objetivo de tudo isso?

Griffin sorriu. Foi um sorriso peculiar e condescendente, uma máscara de diversão que não alcançava seus olhos.

— Agora você está fazendo as perguntas certas.

Eles tinham voltado para a Banbury Road. O University Parks surgiu exuberante diante deles, e Robin meio que torceu para que seguissem para o sul, para a Parks Road — estava ficando tarde e a noite estava muito fria —, mas em vez disso Griffin os conduziu para o norte, ainda mais longe do centro da cidade.

— Você sabe para que a maioria das barras é usada neste país?

Robin tentou adivinhar.

— Para cuidados médicos?

— Rá. Que fofo. Não, são usadas na decoração de salas de estar. É isto mesmo: despertadores que soam como galos de verdade, luzes que diminuem e aumentam obedecendo a ordens verbais, cortinas que mudam de cor ao longo do dia, esse tipo de coisa. Porque são coisas divertidas e porque as pessoas da classe alta britânica podem pagar por elas, e o que quer que os britânicos ricos desejem, eles conseguem.

— Tudo bem — disse Robin. — Mas só porque Babel vende barras para atender a demanda popular…

Griffin o interrompeu.

— Você gostaria de saber quais são a segunda e a terceira maiores fontes de renda de Babel?

— O Departamento Jurídico?

— Não. As forças militares, tanto estatais quanto privadas — contou Griffin. — E depois os comerciantes de pessoas escravizadas. O Departamento Jurídico lucra apenas uns trocados em comparação com eles.

— Isso é… Isso é impossível.

— Não, é assim que o mundo funciona. Deixe eu desenhar para você, irmão. A essa altura, já deve ter percebido que Londres fica bem no centro de um vasto império que não para de crescer. O mais importante impulsionador desse crescimento é Babel. Babel reúne idiomas e talentos estrangeiros da mesma forma que acumula prata, e os usa para produzir uma magia tradutória que beneficia a Inglaterra e ninguém mais. A grande maioria de todas as barras de prata em uso no mundo está em Londres. As barras mais novas e poderosas em uso precisam do chinês, do sânscrito e do árabe para funcionar, mas há menos de mil barras nos países onde esses idiomas são amplamente falados, e ainda assim apenas nas casas dos ricos e poderosos. E isso está errado. Isso é predatório. Isso é completamente injusto.

Griffin tinha o hábito de pontuar cada frase de maneira incisiva com a mão aberta, como um maestro marcando diversas vezes a mesma nota.

— E como isso acontece? — continuou ele. — Como todo o poder das línguas estrangeiras de alguma forma se concentrou na Inglaterra? Isso não aconteceu por acaso; estamos falando de uma exploração deliberada de cultura e recursos estrangeiros. Os professores gostam de fingir que a torre é um refúgio do conhecimento puro, que está acima das preocupações mundanas relativas a negócios e ao comércio, mas não é bem assim. A torre está intrinsecamente ligada ao negócio do colonialismo. Ela *é* o negócio do colonialismo. Pergunte a si mesmo por que o Departamento de Literatura só traduz obras de outros idiomas para o inglês e não o contrário, ou *para quê* os intérpretes são mandados para o exterior. Tudo que Babel faz está a serviço da expansão do Império. Pense: sir Horace Wilson, que ocupa a primeira cátedra financiada de sânscrito na história de Oxford, passa metade do tempo ministrando aulas para missionários cristãos.

"O objetivo de tudo é continuar acumulando prata. Nós possuímos toda essa prata porque persuadimos, manipulamos e ameaçamos outros países a aceitar acordos comerciais que mantêm o dinheiro fluindo para nosso país. E impomos esses acordos comerciais com as mesmas barras de prata, agora inscritas com o trabalho de Babel, que tornam nossos navios mais rápidos, nossos soldados mais resistentes e nossas armas mais letais. É um círculo vicioso de lucro e, a menos que alguma força externa quebre esse ciclo, mais cedo ou mais tarde a Grã-Bretanha vai possuir toda a riqueza do mundo.

"Nós somos essa força externa. Hermes. Nós redirecionamos a prata para pessoas, comunidades e movimentos que a merecem. Ajudamos revoltas de escravizados. Movimentos de resistência. Derretemos barras de prata feitas para limpar tecidos rendados e as usamos para curar doenças."

Griffin diminuiu a velocidade e se virou para olhar Robin nos olhos.

— É para *isso* que fazemos o que fazemos.

Robin teve que admitir que era uma teoria muito convincente a respeito do mundo. Só que parecia envolver quase tudo que lhe era caro.

— Eu... eu entendo.

— Então por que a hesitação?

Realmente, por quê? Robin tentou esclarecer as coisas, encontrar uma razão para a prudência que não se resumisse ao medo. Mas era exatamente isto: medo das consequências, medo de desfazer a linda ilusão da Oxford na qual ele fora admitido, aquela que Griffin tinha acabado de macular antes mesmo de ele poder aproveitá-la de fato.

— Foi tudo muito repentino — disse ele. — E eu acabei de te conhecer, tem muita coisa que ainda não sei.

— Esse é o problema das sociedades secretas — respondeu Griffin. — É fácil romantizá-las. Você acha que vai haver uma longa corte, que vai ser iniciado, apresentado a um mundo totalmente novo, que vai passar a conhecer todas as engrenagens e pessoas envolvidas. Se construiu uma ideia sobre as sociedades secretas a partir de romances e folhetins sensacionalistas, então vai ficar esperando rituais, senhas e reuniões secretas em armazéns abandonados.

"Mas não é assim que as coisas funcionam, irmão. Isso aqui não é um folhetim sensacionalista. A vida real é confusa, assustadora e incerta. — O tom de Griffin ficou mais suave. — Você precisa entender que o que eu estou te pedindo para fazer é muito perigoso. Pessoas morrem por causa dessas barras, eu vi amigos meus morrerem por causa dessas barras. Babel gostaria de acabar com a gente, e você não vai querer saber o que acontece com os membros da Hermes que eles capturam. Nós existimos porque somos descentralizados. Não armazenamos todas as nossas informações em um só lugar. Então não posso pedir que você leve o tempo que quiser para ponderar sobre todas as informações. Estou pedindo que você corra o risco com base em uma convicção.

Pela primeira vez, Robin percebeu que Griffin não tinha tanta autoconfiança nem era tão intimidante quanto seu discurso afiado o fazia soar. Ele estava parado, as mãos enfiadas nos bolsos, os ombros curvados, tremendo por causa do vento cortante de outono. E estava visivelmente nervoso. Crispava-se, inquieto; seus olhos disparavam por cima do ombro toda vez que ele terminava uma frase. Robin estava confuso, angustiado, mas Griffin estava *com medo*.

— Tem que ser assim — insistiu Griffin. — O mínimo de informações. Decisões rápidas. Eu adoraria mostrar a você todo o meu mundo... E juro que não é divertido ficar sozinho, mas a verdade é que você continua sendo um estudante de Babel que eu conheço há menos de um dia. Pode ser que em algum momento eu venha a confiar em você para tudo, mas isso só vai acontecer quando tiver provado seu valor e quando eu não tiver nenhuma outra opção. Por enquanto, eu te contei o que fazemos e o que precisamos que faça. Vai se juntar a nós?

Robin se deu conta de que aquele encontro estava chegando ao fim. Estava sendo pressionado a tomar uma decisão definitiva — e suspeitava que, se dissesse não, Griffin ia simplesmente desaparecer da Oxford que ele conhecia, sumiria nas sombras de maneira tão eficiente que Robin ficaria se perguntando se havia imaginado tudo aquilo.

— Eu quero... de verdade, mas ainda não... Eu só preciso de um tempo para pensar. Por favor.

Robin sabia que essa resposta frustraria Griffin. Mas estava apavorado. Tinha a sensação de ter sido levado à beira de um precipício e de ter sido instruído, sem nenhuma garantia, a pular. Sentia-se da mesma maneira que sete anos antes, quando o professor Lovell colocara um documento diante dele e pedira-lhe calmamente que assinasse, selando seu futuro. Só que naquela época ele não tinha nada, não havia nada a perder. Dessa vez, Robin tinha tudo — comida, roupas, abrigo — e nenhuma garantia de sobrevivência do outro lado.

— Cinco dias, então — sentenciou Griffin. Ele parecia contrariado, mas não verbalizou nenhuma recriminação. — Você tem cinco dias. Há uma bétula solitária nos jardins da Merton College. Vai reconhecer a árvore quando a vir. Entalhe uma cruz no tronco até sábado, se a resposta for sim. Não se dê ao trabalho de fazer nada se a resposta for não.

— Só cinco?

— Se não conhecer direito este lugar, garoto, não vamos conseguir fazer contato com você. — Griffin deu um tapinha no ombro dele. — Sabe o caminho de casa?

— Eu... na verdade, não.

Robin não prestara atenção, não fazia ideia de onde estavam. Os prédios tinham ficado para trás; em volta deles, havia apenas terrenos gramados e ondulantes.

— Nós estamos em Summertown — informou Griffin. — É bonito, apesar de um pouco entediante. Woodstock fica no fim de todo esse relvado, aí é só virar à esquerda e caminhar a vida toda para o sul até as coisas começarem a parecer familiares. Nós nos separamos aqui. Cinco dias.

Griffin se virou para ir embora.

— Espera, como eu faço para entrar em contato com você? — perguntou Robin.

Agora que a partida de Griffin parecia iminente, ele estava relutante em se separar do meio-irmão. Teve um medo súbito de que, se deixasse Griffin ir, o rapaz desapareceria para sempre, e tudo se revelaria um sonho.

— Eu já disse, você não entra em contato comigo — insistiu Griffin. — Se houver uma cruz na árvore, eu procuro você. Isso me dá alguma garantia caso você seja um informante, entende?

— E o que eu faço nesse meio-tempo?

— Como assim? Você ainda é estudante de Babel. Aja como um. Vá às aulas. Saia para beber e se meta em brigas. Não... você é cordial. Não se meta em brigas.

— Eu... está bem. Tudo bem.

— Mais alguma coisa?

*Mais alguma coisa?* Robin teve vontade de rir. Tinha mil perguntas, nenhuma das quais achava que Griffin fosse responder. Arriscou fazer apenas uma.

— Ele sabe sobre você?

— Quem?

— O nosso... O professor Lovell.

— Ah. — Dessa vez, Griffin não deu uma resposta rápida. Dessa vez, fez uma pausa antes de falar. — Não tenho certeza.

Isso surpreendeu Robin.

— Você não sabe?

— Eu deixei Babel depois do meu terceiro ano — explicou Griffin calmamente. — Eu faço parte da Hermes desde o começo, mas estava lá dentro, como você. Então aconteceu uma coisa e passou a não ser mais seguro continuar lá, e eu fugi. E desde então eu tenho... — Ele se deteve, em seguida pigarreou. — Mas isso não vem ao caso. A única coisa que você precisa saber é que talvez seja melhor não mencionar meu nome no jantar.

— Bem, isso não precisava nem dizer.

Griffin se virou para ir embora, fez uma pausa e então se voltou para Robin de novo.

— Só mais uma coisa. Onde você mora?

— Ahn? Na Univ... Nós todos ficamos na University College.

— Eu sei disso. Qual quarto?

— Ah. — Robin corou. — No número 4 da Magpie Lane, quarto sete. A casa verde com o telhado verde. Meu quarto fica no canto. Com as janelas inclinadas voltadas para a capela Oriel.

— Eu conheço. — O sol havia se posto fazia muito tempo. Robin não conseguia mais ver o rosto de Griffin, parcialmente oculto nas sombras. — Costumava ser o meu quarto.

# Capítulo Seis

*'The question is,' said Alice, 'whether you can make words mean so many different things.'*
*'The question is,' said Humpty Dumpty, 'which is to be master, that's all.'*

*"A questão é", disse Alice, "se pode fazer as palavras significarem tantas coisas diferentes."*
*"A questão", disse Humpty Dumpty, "é saber quem vai mandar — só isso."*

Lewis Carroll, *Através do espelho**

A aula de introdução à Teoria da Tradução do professor Playfair era na terça-feira de manhã, no quinto andar da torre. Eles mal haviam se sentado quando o professor começou a falar, preenchendo a estreita sala de aula com sua voz estrondosa e teatral.

— A esta altura, cada um de vocês é razoavelmente fluente em pelo menos três idiomas, o que por si só é um feito. Hoje, porém, tentarei mostrar a vocês as dificuldades singulares da tradução. Pensem em como é complicado dizer a palavra *olá*. E "olá" parece tão fácil! *Hello. Bonjour. Ciao. Hallo.* E assim por diante. Mas digamos que estejamos traduzindo do italiano para o inglês. Em italiano, *ciao* pode ser usado na saudação ou na despedida, sem especificar uma coisa nem outra, apenas marca a etiqueta do momento de contato. É derivado do veneziano *s-ciào vostro*, que significa algo semelhante a "seu servo obediente". Mas estou divagando. A questão é que, quando trazemos *ciao* para o inglês, se estivermos traduzindo uma cena em que os personagens se dispersam, por exemplo, temos que estabelecer que *ciao* foi dito como adeus. Às vezes isso fica óbvio pelo contexto, mas em outros casos não, às vezes temos que adicionar novas palavras à nossa tradução. Então, as coisas já se mostram complicadas, e ainda não passamos do "olá".

* Tradução de Maria Luiza X. de A. Borges. Rio de Janeiro: Zahar, 2010. (N. T.)

"A primeira lição que qualquer bom tradutor internaliza é que não existe correlação de um para um entre palavras, nem mesmo entre conceitos de um idioma para outro. O filólogo suíço Johann Breitinger, que afirmou que as línguas são apenas "coleções de palavras e locuções equivalentes que são intercambiáveis e que correspondem completamente umas às outras em significado", estava absolutamente errado. As línguas não são como a matemática. E até a matemática difere dependendo do idioma,* mas vamos voltar a isso mais tarde."

Robin se viu examinando o rosto do professor Playfair enquanto falava. Não tinha certeza do que estava procurando. Alguma evidência do mal, talvez. O monstro cruel, egoísta e oculto que Griffin havia esboçado. Mas o professor Playfair parecia apenas um acadêmico alegre e exultante, apaixonado pela beleza das palavras. De fato, à luz do dia naquela sala de aula, as grandes conspirações de seu irmão pareciam um tanto ridículas.

— Uma língua não existe como uma nomenclatura para um conjunto de conceitos universais — continuou o professor Playfair. — Se fosse assim, a tradução não seria uma profissão altamente especializada, bastaria colocarmos uma turma inteira de calouros inexperientes sentados diante de dicionários e teríamos as obras completas do Buda em nossas prateleiras em um piscar de olhos. Em vez disso, temos que aprender a dançar no meio da velha dicotomia, elucidada de forma proveitosa por Cícero e São Jerônimo: *verbum e verbo* e *sensum e sensu*. Alguém sabe…

— Palavra por palavra — disse Letty prontamente. — E sentido por sentido.

— Muito bem — elogiou o professor Playfair. — Esse é o dilema. Tomamos as palavras como nossa unidade de tradução ou subordinamos a precisão das palavras individuais ao espírito geral do texto?

— Eu não entendi — falou Letty. — A tradução fiel de palavras individuais não deveria produzir um texto igualmente fiel?

— Seria assim — disse o professor Playfair — se, mais uma vez, as palavras existissem em relação umas às outras da mesma maneira em todas as

* Isso é verdade. A matemática não está dissociada da cultura. Vejamos os sistemas de contagem — nem todas as línguas usam a base dez. Ou a geometria — a geometria euclidiana pressupõe uma concepção de espaço que não é universalmente compartilhada. Uma das maiores mudanças intelectuais da história envolve a transição dos numerais romanos para os mais elegantes numerais arábicos, cuja notação de valor posicional e cujo conceito de zero significando nada possibilitaram novas formas de aritmética mental. É difícil abandonar velhos hábitos; em 1299, os mercadores de Florença foram proibidos pela Arte del Cambio florentina de usar tanto o zero como os algarismos arábicos: "Deve-se escrever declarada e totalmente por meio de letras."

línguas. Mas não é assim. As palavras *schlecht* e *schlimm* significam "ruim" em alemão, mas como saber quando usar uma ou outra? Quando usar *fleuve* ou *rivière* em francês? Como traduzir o *esprit* francês para o inglês? Não devemos apenas traduzir cada palavra por si só, mas sim evocar o sentido de como elas se encaixam na passagem como um todo. No entanto, como podemos fazer isso se as línguas são na verdade muito diferentes? Lembrem-se de que essas diferenças não são triviais: Erasmo escreveu um tratado inteiro sobre a razão por que verteu a palavra grega *logos* para o latim *sermo* em sua tradução do Novo Testamento. Traduzir palavra por palavra é simplesmente inadequado.

— *A esse caminho servil tens o brio de renunciar* — recitou Ramy — *palavra por palavra, linha por linha traçar.*

— *São criações penosas de mentes servis, não os efeitos de poesia, mas Dores vis** — concluiu o professor Playfair. — John Denham. Muito bom, sr. Mirza. Então, como podem ver, os tradutores não transmitem uma mensagem, mas reescrevem o original. E aqui reside a dificuldade: a reescrita ainda é uma escrita, e a escrita sempre reflete a ideologia e as predisposições do autor. Afinal, a palavra latina *translatio* significa "transportar para o outro lado". A tradução envolve uma dimensão espacial, um transporte literal de textos através de territórios conquistados, palavras entregues como especiarias vindas de uma terra estrangeira. As palavras significam algo bem diferente quando viajam dos palácios de Roma para os salões de chá da Grã-Bretanha de hoje.

"E nós ainda estamos apenas no léxico. Se a tradução fosse apenas uma questão de encontrar os temas certos, as ideias gerais corretas, então, teoricamente, no fim das contas seríamos capazes de deixar nosso significado claro, não seríamos? Mas tem alguma coisa que atrapalha: sintaxe, gramática, morfologia e ortografia, tudo que compõe o esqueleto de uma língua. Considerem o poema de Heinrich Heine "Ein Fichtenbaum". É curto, e a mensagem é bastante fácil de compreender. Um pinheiro que suspira por uma palmeira representa o desejo de um homem por uma mulher. No entanto, traduzi-lo para o inglês tem se mostrado algo extremamente complexo, porque o inglês não tem gêneros como o alemão. Dessa forma, não há como transmitir a oposição binária entre o masculino *ein Fichtenbaum* e o feminino *einer Palme*. Entendem? Portanto, devemos partir do pressuposto de que a distorção é inevitável. A questão é como distorcer com ponderação.

Ele deu batidinhas no livro que estava sobre a mesa.

---

* In: John Milton, *Tradução: teoria e prática*. Tradução de Fernando Dantas. São Paulo: Martins Fontes, 2010. (N. T.)

— Vocês todos terminaram a leitura de Tytler, certo?

Eles fizeram que sim com a cabeça. Tinham recebido instruções para ler o capítulo introdutório do *Essay on Principles of Translation* [Ensaios sobre os princípios da tradução], de lorde Alexander Fraser Tytler Woodhouselee, na noite anterior.

— Então devem ter lido que Tytler recomenda três princípios básicos. Que são… Sim, srta. Desgraves?

— Primeiro, que a tradução transmita uma ideia completa e precisa do original — disse Victoire. — Segundo, que a tradução reflita o estilo e a maneira de escrever do original. E terceiro, que a tradução seja lida com a mesma facilidade que o original.

Victoire falou com tanta precisão e confiança que Robin achou que ela estava lendo o texto. Ficou muito impressionado quando olhou e viu que ela não estava consultando nada a não ser o espaço vazio. Ramy contava com o mesmo talento de ter uma excelente memória, e Robin estava começando a se sentir um pouco intimidado por seu grupo.

— Muito bem — falou o professor Playfair. — Isso soa bastante básico. Mas o que queremos dizer com "estilo e maneira de escrever" do original? O que significa um texto ser lido "com facilidade"? Que público temos em mente quando fazemos essas afirmações? Essas são as questões que vamos abordar neste período, e são questões fascinantes. — Ele juntou as mãos. — Permitam-me apelar mais uma vez ao teatral, discutindo nossa homônima Babel, sim, queridos alunos, não consigo escapar do romantismo desta instituição. Sejam pacientes comigo, por favor.

O tom dele não transmitia nenhum arrependimento. O professor Playfair adorava aquele misticismo dramático, aqueles monólogos que deviam ter sido ensaiados e aperfeiçoados ao longo de anos de ensino. Mas ninguém reclamou. Eles também adoravam.

— Argumenta-se com frequência que a maior tragédia do Antigo Testamento não foi a expulsão do homem do Jardim do Éden, mas a queda da Torre de Babel. Pois Adão e Eva, embora expulsos do Paraíso, ainda podiam falar e compreender a língua dos anjos. Mas quando os homens, em sua arrogância, decidiram construir um caminho para o céu, Deus confundiu seu entendimento. Ele os dividiu e desorientou e os espalhou pela face da terra.

"O que se perdeu em Babel não foi apenas a harmonia entre os homens, mas a língua original, algo primordial e inato, perfeitamente compreensível e sem perdas de forma ou conteúdo. Os estudiosos da Bíblia a chamam de língua adâmica. Alguns acreditam que seja o hebraico. Outros acreditam que é uma língua real, mas antiga, que se perdeu no tempo. Outros pensam que é uma língua nova e artificial, que temos que inventar. Outros acham que o francês cumpre esse papel; outros, ainda, acreditam que o inglês, depois que tiver terminado de roubar e se metamorfosear, possa fazer isso.

— Ah, não, essa é fácil — disse Ramy. — É o siríaco.

— Muito engraçado, sr. Mirza.

Robin não sabia se Ramy estava realmente brincando, mas ninguém fez nenhum comentário.

O professor Playfair continuou:

— Para mim, no entanto, não importa o que a língua adâmica era, pois está claro que perdemos todo o acesso a ela. Nunca vamos falar a língua divina. Mas ao reunir todas as línguas do mundo sob este teto, ao coligir todas as variedades de expressão humana, ou o mais próximo possível disso, podemos tentar. Nunca tocaremos o céu deste plano mortal, mas a nossa confusão não é infinita. Podemos, por meio do aperfeiçoamento da arte da tradução, alcançar o que a humanidade perdeu em Babel.

O professor Playfair suspirou, comovido com a própria performance. Robin pensou ter visto lágrimas se formando nos cantos de seus olhos.

— Mágica. — O professor Playfair pressionou a mão contra o peito. — O que estamos fazendo é mágica. Nem sempre a sensação vai ser essa; na verdade, quando estiverem fazendo o exercício desta noite, vai ser mais como se estivessem dobrando roupas do que perseguindo o efêmero. Mas nunca se esqueçam da audácia do que estão tentando fazer. Nunca se esqueçam de que estão desafiando uma maldição lançada por Deus.

Robin levantou a mão.

— O senhor quer dizer, então, que nosso propósito aqui também é unir a humanidade?

O professor Playfair inclinou a cabeça.

— O que você quer dizer com isso?

— Eu só... — Robin vacilou. Pareceu uma tolice dizer aquilo, uma fantasia de criança, não uma pergunta acadêmica séria.

Letty e Victoire estavam franzindo o cenho para ele; até Ramy torcia o nariz. Robin tentou mais uma vez; sabia o que queria perguntar, só que não conseguia pensar em uma maneira elegante ou sutil de formular a pergunta.

— Bem... é que, na Bíblia, Deus separou a humanidade. E eu me pergunto se... se o propósito da tradução, então, é unir a humanidade outra vez. Se a gente traduz para... não sei, resgatar esse paraíso, na terra, entre as nações.

O professor Playfair pareceu perplexo diante do que Robin disse. Mas suas feições se ajustaram rapidamente em um sorriso alegre.

— Bem, mas é claro. Esse é o projeto do império… e o motivo de traduzirmos sob as ordens da Coroa.

Às segundas, quintas e sextas-feiras, eles tinham aulas de idiomas, que, depois da palestra do professor Playfair, pareciam um terreno firme e reconfortante.

Assistiam juntos às aulas de latim três vezes por semana, independentemente da especialidade regional. (O grego, nesse estágio, podia ser descartado por qualquer um que não estivesse se especializando em línguas clássicas.) As aulas de latim eram ministradas por uma mulher chamada Margaret Craft, que não poderia ser mais diferente do professor Playfair. A professora raramente sorria. Dava suas aulas sem emoção e recorrendo a uma memória automatizada, sem olhar nem uma vez para suas anotações, embora as folheasse enquanto falava, como se há muito houvesse memorizado a página. Não perguntou nomes — dirigia-se a eles apenas com um dedo apontado e um frio e abrupto "você". De início, pareceu totalmente desprovida de senso de humor, mas quando Ramy leu em voz alta uma das observações mais secas de Ovídio — *fugiebat enim*, "mas ela fugiu", depois que Júpiter implora a Io que não fuja —, a mulher explodiu em uma gargalhada que a fez parecer vinte anos mais jovem; na verdade, uma estudante que poderia estar sentada entre eles. Então o momento passou, e a expressão de sempre retomou seu lugar.

Robin não gostou dela. Sua voz enquanto dava aula tinha um ritmo estranho e antinatural, com pausas inesperadas que tornavam difícil seguir a linha de raciocínio, e as duas horas que passaram em sua sala pareceram se arrastar por uma eternidade. Letty, no entanto, estava extasiada. Ela olhava para a professora Craft com uma admiração exultante. Quando saíram, ao fim da aula, Robin ficou parado junto à porta, esperando enquanto ela recolhia suas coisas para que pudessem ir andando juntos até o refeitório. Em vez disso, Letty foi até a mesa da professora Craft.

— Professora, eu queria saber se eu poderia falar com a senhora…

A professora Craft se levantou.

— A aula acabou, srta. Price.

— Eu sei, mas gostaria de pedir à senhora um minuto… Se tiver um tempo livre… Quero dizer, sendo uma mulher em Oxford, quero dizer, não somos muitas, e eu queria lhe pedir alguns conselhos…

Robin achou melhor parar de ouvir, movido por algum vago senso de cavalheirismo, mas a voz fria da professora Craft cortou o ar antes que ele pudesse chegar às escadas.

— Babel está longe de discriminar as mulheres. O que acontece é que poucas do nosso sexo se interessam por idiomas.

— Mas a senhora é a única professora em Babel, e todas nós, quero dizer, todas as garotas aqui achamos isso admirável, então eu queria...

— Saber como se faz? Trabalho duro e brilhantismo inato. Você já sabe disso.

— Mas para as mulheres é diferente, e com certeza a senhora já vivenciou...

— Quando tiver tópicos relevantes para discussão, eu os abordarei em sala de aula, srta. Price. Mas a aula já acabou. E a senhorita está tomando meu tempo.

Robin se apressou em virar a esquina do corredor e descer os degraus da escada em espiral antes que Letty pudesse vê-lo. Quando ela se sentou à mesa com seu prato no refeitório, ele reparou que os cantos de seus olhos estavam um pouco rosados, mas fingiu não notar, e se Ramy ou Victoire notaram, não disseram nada.

Na tarde de quarta-feira, Robin tinha estudo dirigido individual de chinês. Esperava encontrar o professor Lovell na sala de aula, mas seu instrutor acabou sendo o professor Anand Chakravarti, um homem bem-humorado e discreto que falava inglês com um sotaque londrino tão perfeito que parecia ter sido criado em Kensington.

A aula de chinês era uma atividade totalmente diferente do latim. O professor Chakravarti não fazia uma exposição para Robin nem o obrigava a recitar nada. Em vez disso, conduzia o estudo dirigido como uma conversa. Fazia perguntas, Robin fazia o possível para responder e os dois tentavam entender o que ele tinha dito.

O professor Chakravarti começou com perguntas tão básicas que, a princípio, Robin não conseguiu entender qual era o sentido de respondê-las, até esmiuçar suas implicações e se dar conta de que estavam muito além do alcance de sua compreensão. O que era uma palavra? Qual era a menor unidade de significado possível e por que não era o mesmo que uma palavra? Uma palavra era diferente de um caractere? De que maneira o chinês falado se diferenciava do chinês escrito?

Era um exercício estranho analisar e desmontar uma língua que ele pensava conhecer como a palma da mão, aprender a classificar palavras por ideograma ou pictograma e memorizar todo um vocabulário de novos termos, a maioria relacionada a morfologia ou ortografia. Foi como abrir um túnel pelas fendas de sua própria mente, remover as camadas mais superficiais das coisas para ver como funcionavam, e isso o deixou ao mesmo tempo intrigado e perturbado.

Depois vieram as perguntas mais difíceis. Quais palavras chinesas tinham origem em imagens reconhecíveis? Quais não tinham? Por que o caractere para "mulher" — 女 — também era o radical usado no caractere para "escravidão"? No caractere para "bom"?

— Eu não sei — admitiu Robin. — Por quê? A escravidão e a bondade são ambas coisas inatamente femininas?

O professor Chakravarti deu de ombros.

— Eu também não sei. São perguntas que Richard e eu ainda estamos tentando responder. Estamos longe de ter uma edição satisfatória da gramática chinesa, como você pode ver. Quando eu estudava chinês, não havia bons recursos de chinês-inglês, e tive que me virar com o *Élémens de la grammaire chinoise*, de Abel-Rémusat, e a *Grammatica Sinica*, de Fourmont. Dá para imaginar? Ainda associo chinês e francês a dor de cabeça. Mas acho que hoje fizemos progresso, na verdade.

Então Robin se deu conta de qual era seu lugar ali. Ele não era apenas um aluno, mas um colega, um raro falante nativo capaz de expandir os limites do escasso conhecimento existente em Babel. *Ou uma mina de prata a ser saqueada*, segundo Griffin, mas Robin afastou o pensamento.

A verdade é que era empolgante contribuir com as gramáticas. Mas ele ainda tinha muito a aprender. A segunda metade da sessão de estudo dirigido foi dedicada a leituras em chinês clássico, ao qual Robin havia se dedicado vagamente enquanto estava na casa do professor Lovell, mas que nunca estudara de maneira sistemática. O chinês clássico era para o mandarim vernáculo o que o latim era para o inglês; era possível intuir a ideia geral de um sintagma, mas as regras gramaticais não eram nada intuitivas e eram impossíveis de apreender sem uma prática de leitura rigorosa. A pontuação era um jogo de adivinhação. Substantivos podiam ser verbos quando lhes apetecia. Os caracteres com frequência tinham significados diferentes e contraditórios, cada um dos quais produzia interpretações possíveis e válidas — o caractere 篤, por exemplo, poderia significar tanto "restringir" como "grande, substancial".

Naquela tarde, eles trabalharam no *Shijing* — o Livro das Canções —, que fora escrito em um contexto discursivo tão distante da China contemporânea que mesmo os leitores do período Han o considerariam escrito em uma língua estrangeira.

— Proponho que paremos por aqui — sugeriu o professor Chakravarti após vinte minutos de debate sobre o caractere 不, que na maioria dos contextos significava um "não, não" negativo, mas no contexto em questão parecia um elogio, o que não se alinhava com nada do que eles sabiam sobre a palavra. — Acho que vamos ter que deixar isso como uma questão em aberto.

— Mas eu não entendo — disse Robin, frustrado. — Como podemos simplesmente não saber? Não podemos perguntar a alguém? Não podemos fazer uma viagem de pesquisa a Pequim?

— Nós até poderíamos — respondeu o professor Chakravarti. — Mas o fato de o imperador Qing ter decretado que ensinar chinês a um estrangeiro é um crime punível com a pena de morte tornou as coisas um pouco difíceis, sabe? — Ele deu tapinhas no ombro de Robin. — Nós nos viramos com o que temos. Você é nosso melhor recurso.

— Não tem mais ninguém aqui que fale chinês? — perguntou Robin. — Eu sou o único que estuda chinês?

Uma expressão estranha surgiu no rosto do professor Chakravarti. Robin se deu conta de que não era para ele saber sobre Griffin. O professor Lovell provavelmente havia feito o restante do corpo docente jurar segredo; provavelmente, de acordo com os registros oficiais, Griffin não existia.

Ainda assim, não conseguiu deixar de insistir na questão.

— Eu ouvi dizer que teve outro aluno, alguns anos antes de mim. Também do litoral.

— Ah... sim, acho que teve. — Os dedos do professor Chakravarti tamborilaram ansiosamente na mesa. — Um bom garoto, embora não tão dedicado quanto você. Griffin Harley.

— *É sério?* O que aconteceu com ele?

— Bem, é uma história triste, na verdade. Ele faleceu. Pouco antes do quarto ano. — O professor Chakravarti coçou a têmpora. — Ele adoeceu em uma viagem de pesquisa no exterior e não voltou para casa. Isso acontece o tempo todo.

— Acontece?

— Sim, há sempre certo... risco inerente à profissão. São muitas viagens, você sabe. O desgaste é algo esperado.

— Mas eu continuo sem entender — disse Robin. — Com certeza há muitos estudantes chineses que adorariam estudar na Inglaterra.

Os dedos do professor Chakravarti deram batidinhas mais rápidas na madeira.

— Bem, sim. Mas em primeiro lugar há a questão da lealdade à nação. Não adianta recrutar estudantes que podem correr de volta para o governo Qing a qualquer momento, sabe? Em segundo lugar, o Richard acredita que... bem... Que é preciso ter uma determinada educação.

— Como a minha?

— Como a sua. Caso contrário, o Richard acredita... — Robin percebeu que o professor Chakravarti estava usando bastante essa construção — ...que os chineses tendem a ter certas inclinações naturais. Ou seja, ele acha que os estudantes chineses não se adaptariam bem aqui.

*Matéria-prima inferior e incivilizada.*

— Entendi.

— Mas isso não inclui você — o professor Chakravarti se apressou em acrescentar. — Você recebeu a educação correta e tudo mais. É maravilhosamente diligente, não acho que isso vá ser um problema.

— É. — Robin engoliu em seco. Sentia a garganta se fechar. — Eu tive muita sorte.

No segundo sábado após sua chegada a Oxford, Robin foi até o norte da cidade para jantar com seu tutor.

A residência do professor Lovell em Oxford era apenas um pouco mais modesta do que sua propriedade em Hampstead. Era um pouco menor e desfrutava de um jardim simples na frente e outro nos fundos, em vez de um amplo gramado, mas ainda assim era mais do que uma pessoa que ganhava salário de professor seria capaz de pagar. Cerejeiras carregadas de frutos vermelhos e carnudos ladeavam as sebes perto da porta da frente, embora, na virada do outono, a estação das cerejas já tivesse passado fazia muito tempo. Robin suspeitou de que caso se abaixasse para verificar a grama junto às raízes, encontraria barras de prata enterradas no solo.

— Meu querido! — Ele mal havia tocado a campainha quando a sra. Piper surgiu, espanando folhas de seu casaco e girando-o para examinar seu corpo esguio. — Meu Deus, você está tão magro...

— A comida é horrível — comentou ele. Um grande sorriso se abriu em seu rosto; não tinha se dado conta do quanto sentia falta dela. — Do jeito que a senhora disse. O jantar de ontem foi arenque salgado...

Ela engasgou.

— Não.

— ... rosbife frio...

— *Não!*

— ... e pão dormido.

— Desumano. Não se preocupe, eu fiz comida suficiente para compensar. — Ela deu tapinhas carinhosos no rosto dele. — E como vai a vida na faculdade fora isso? Está gostando de usar aquelas becas pretas esvoaçantes? Já fez amigos?

Robin estava prestes a responder quando o professor Lovell desceu as escadas.

— Olá, Robin — cumprimentou ele. — Entre. Sra. Piper, o casaco dele... — Robin tirou o casaco e o entregou à sra. Piper, que examinou os punhos manchados de tinta com desaprovação. — Como está indo o período?

— Desafiador, como o senhor avisou que seria. — Robin se sentiu mais velho ao falar, sua voz um tanto mais grave. Havia saído de casa fazia apenas uma semana, mas tinha a sensação de ter envelhecido anos, e agora podia se apresentar como um rapaz e não mais como um menino. — Mas desafiador de uma maneira agradável. Estou aprendendo bastante.

— O professor Chakravarti disse que você fez boas contribuições para a gramática.

— Não tanto quanto eu gostaria — disse Robin. — Existem partículas no chinês clássico com as quais não tenho ideia do que fazer. Em metade do tempo nossas traduções parecem um trabalho de adivinhação.

— Eu me sinto assim há décadas. — O professor Lovell gesticulou, apontando a sala de jantar. — Vamos?

Era como se estivessem de volta a Hampstead. A longa mesa arrumada exatamente da mesma maneira a que Robin estava acostumado, com ele e o professor Lovell sentados cada um em uma cabeceira e um quadro à direita de Robin, que dessa vez representava o Tâmisa em vez da Broad Street de Oxford. A sra. Piper serviu vinho e, com uma piscadela para Robin, foi para a cozinha.

O professor Lovell ergueu a taça na direção dele e bebeu.

— Você está tendo aulas de teoria com o Jerome e de latim com a Margaret, correto?

— Correto. Está indo muito bem. — Robin tomou um gole de vinho. — Embora a professora Craft dê aulas como se estivesse falando para uma sala vazia, e o professor Playfair pareça ter desperdiçado um talento para os palcos.

O professor Lovell riu. Robin não conseguiu conter um sorriso; nunca tinha conseguido fazer seu tutor rir antes.

— Ele fez o discurso sobre Psamético para vocês?

— Fez — respondeu Robin. — Tudo aquilo realmente aconteceu?

— Não dá para saber, mas é o que Heródoto conta em seus escritos — disse o professor Lovell. — Há outra boa história de Heródoto, também sobre Psamético. Psamético queria determinar qual idioma era a base de todas as línguas do planeta, então entregou dois bebês recém-nascidos a um pastor com a instrução de que eles jamais deveriam ouvir a fala humana. Durante algum tempo, a única coisa que fizeram foi balbuciar, como fazem os bebês. Então, um dia, um dos bebês estendeu as mãozinhas para o pastor e exclamou *bekos*, que é a palavra frígia para pão. E assim Psamético decidiu que os frígios deviam ter sido a primeira raça da terra, e o frígio a primeira língua. Uma bela história, não acha?

— Imagino que ninguém aceite esse argumento — comentou Robin.

— Céus, não.

— Mas será que isso realmente funcionaria? — perguntou o jovem. — Será que poderíamos realmente aprender alguma coisa a partir do que os bebês falam?

— Não que eu saiba — disse o professor Lovell. — A questão é que é impossível isolar bebês de um ambiente com linguagem se você quiser que eles se desenvolvam como deveriam. Seria interessante comprar uma criança e averiguar… só que, bem, não. — O professor Lovell inclinou a cabeça. — Mas é divertido considerar a possibilidade de um idioma original.

— O professor Playfair mencionou uma coisa parecida — observou Robin. — Sobre um idioma perfeito, inato e puro. A língua adâmica.

Ele se sentia mais confiante para conversar com o professor agora que havia passado algum tempo em Babel. Era como se estivessem mais em pé de igualdade; podiam se comunicar como colegas. O jantar parecia menos um interrogatório e mais uma conversa casual entre dois acadêmicos do mesmo campo fascinante.

— A língua adâmica. — O professor Lovell fez uma careta. — Não sei por que ele enche a cabeça de vocês com essas coisas. É uma bela metáfora, certamente, mas quase todo ano temos um aluno de graduação determinado a descobrir a língua adâmica no protoindo-europeu, ou inventá-la totalmente por conta própria, e é sempre necessária uma conversa severa ou algumas semanas de fracasso para esse aluno cair em si.

— O senhor não acha que exista uma língua original? — indagou Robin.

— Claro que não. Os cristãos mais devotos acham que sim, mas se a Palavra Sagrada fosse tão inata e inequívoca, haveria menos debate sobre seu conteúdo. — Ele balançou a cabeça. — Existem pessoas que acham que a língua adâmica talvez seja o inglês, ou que talvez *se torne* o inglês, apenas porque a língua inglesa está respaldada por uma força militar e um poder suficientes para afugentar de forma plausível os concorrentes, mas não podemos nos esquecer de que faz apenas um século que Voltaire declarou que o francês é a língua universal. Isso foi antes de Waterloo, é claro. Webb e Leibniz certa vez especularam que, na verdade, o chinês pode ter sido um idioma universalmente inteligível um dia, devido à sua natureza ideogramática, mas Percy desmistifica isso com o argumento de que o chinês deriva dos hieróglifos egípcios. A minha opinião é que essas coisas são contingentes. As línguas dominantes podem ter certo poder de permanência mesmo depois do declínio de seus exércitos; o português, por exemplo, perdurou por muito mais tempo do que deveria, mas todas acabam perdendo relevância em algum momento. O que eu acho é que existe um reino de significado puro, um espaço linguístico intermediário, onde todos os conceitos são expressos com perfeição, e do qual não conseguimos nos aproximar. Há uma intuição, uma sensação disso quando acertamos.

— Como Voltaire — afirmou Robin, encorajado pelo vinho e muito animado por ter se lembrado de uma citação relevante. — Como o que ele escreve no prefácio da tradução que fez de Shakespeare. *Eu tentei voar a grandes alturas com o autor quando ele voou a grandes alturas.*

— Exatamente — confirmou o professor Lovell. — Mas como é que Frere diz? *A linguagem da tradução deve, pensamos, tanto quanto possível, ser um elemento puro, impalpável e invisível, meio de expressão do pensamento e do sentimento, e nada mais.* Mas o que nós sabemos sobre pensamento e sentimento a não ser o que é expressado por meio da linguagem?

— É isso que alimenta as barras de prata? — perguntou Robin.

Aquela conversa estava começando a sair do alcance dele; Robin sentiu uma profundidade na teorização do professor Lovell que ele não estava preparado para acompanhar, e precisava trazer as coisas de volta ao nível material antes que se perdesse de vez.

— Elas funcionam capturando esse significado puro, tudo o que se perde quando o evocamos por meio de aproximações grosseiras? — acrescentou ele.

O professor Lovell fez que sim com a cabeça.

— É o mais próximo de uma explicação teórica que podemos chegar. Mas eu também acho que à medida que as línguas evoluem, à medida que os falantes se tornam mais cosmopolitas e sofisticados, à medida que absorvem outros conceitos e se expandem e se transformam para abranger mais com o passar do tempo, nós chegamos mais perto de algo próximo dessa língua. Há menos espaço para mal-entendidos. E nós só estamos começando a descobrir o que isso significa em termos da ação da prata.

— Eu acho que isso significa que os românticos podem acabar ficando sem ter o que dizer — provocou Robin.

Ele estava apenas brincando, mas o professor Lovell acenou vigorosamente com a cabeça.

— Você está certo. Os franceses, os italianos e os espanhóis dominam o corpo docente, mas as novas contribuições deles para a contabilidade da ação da prata diminuem a cada ano. Há comunicação demais no continente. Empréstimos linguísticos demais. As conotações mudam e convergem conforme o francês e o espanhol se aproximam do inglês, e vice-versa. Daqui a algumas décadas, as barras de prata das línguas românicas que usamos hoje podem não ter mais nenhum efeito. Se quisermos inovar, temos que nos voltar para o Oriente. Precisamos de idiomas que não sejam falados na Europa.

— Foi por isso que o senhor se especializou em chinês — concluiu Robin.

— Exatamente. — O professor Lovell assentiu. — Eu tenho certeza de que a China é o futuro.

— E é por isso que o senhor e o professor Chakravarti vêm tentando diversificar os grupos?

— Quem andou fazendo mexerico com você sobre a política do departamento? — disse o professor Lovell, rindo. — Sim, houve ressentimentos este ano porque só aceitamos um classicista, e uma mulher ainda por cima. Mas é assim que tem que ser. O grupo anterior a vocês vai ter dificuldade para encontrar emprego.

— Já que nós estamos falando sobre a disseminação de línguas, eu queria perguntar… — Robin pigarreou. — Para onde vão todas essas barras? Quer dizer, quem compra as barras?

O professor Lovell dirigiu-lhe um olhar curioso.

— Aqueles que podem pagar por elas, é claro.

— Mas a Grã-Bretanha é o único lugar onde eu já vi barras de prata sendo amplamente utilizadas — disse Robin. — Elas não são tão populares em Cantão nem, pelo que fiquei sabendo, em Calcutá. E isso me impressiona, não sei, me parece um pouco estranho os britânicos serem os únicos que podem usá-las se os chineses e os indianos contribuem com componentes fundamentais para o seu funcionamento.

— Mas isso é economia básica — respondeu o professor Lovell. — É preciso muito dinheiro para comprar o que nós criamos. Os britânicos podem pagar. Também temos acordos com mercadores chineses e indianos, mas de modo geral eles têm menos condições de pagar as taxas de exportação.

— Mas nós temos barras de prata em instituições de caridade, hospitais e orfanatos aqui — lembrou Robin. — Temos barras que podem ajudar as pessoas que mais precisam. Nada disso existe em nenhum outro lugar do mundo.

Ele estava jogando um jogo perigoso, sabia disso. Mas precisava entender as coisas com mais clareza. Não conseguia conceber o professor Lovell e todos os seus colegas como inimigos, não conseguia acreditar completamente na avaliação condenatória de Griffin sobre Babel sem alguma confirmação.

— Bem, não podemos gastar energia pesquisando qualquer aplicação frívola — zombou o professor Lovell.

Robin tentou uma linha de argumentação diferente.

— É só que... bem, me parece justo que haja algum tipo de troca. — Estava arrependido de ter bebido tanto. Sentia-se perdido, vulnerável. Impulsivo demais para o que deveria ter sido apenas uma discussão intelectual. — Nós tomamos deles a língua, a forma de ver e descrever o mundo. Temos que dar alguma coisa em troca.

— Mas uma língua não é um bem comercial, como chá ou seda, algo que possa ser comprado e pago. Uma língua é um recurso infinito. E se a aprendemos, se a usamos, de quem estamos roubando?

Havia certa lógica nisso, mas a conclusão ainda deixava Robin desconfortável. Certamente as coisas não eram tão simples; certamente aquilo ainda mascarava alguma coerção ou exploração injusta. Mas ele não conseguia formular uma objeção, não conseguia descobrir onde estava a falha no argumento.

— O imperador Qing possui uma das maiores reservas de prata do mundo — contou o professor Lovell. — Ele tem à sua disposição muitos estudiosos. Tem até linguistas que sabem inglês. Então por que ele não enche sua corte com barras de prata? Por que os chineses, por mais rica que seja sua língua, não têm gramáticas próprias?

— Talvez eles não tenham recursos para começar — sugeriu Robin.

— Então por que nós deveríamos simplesmente entregá-las a eles?

— Mas não é essa a questão, a questão é que eles precisam delas. Então por que Babel não envia acadêmicos para o exterior em programas de intercâmbio? Por que não ensinamos a eles como se faz?

— Talvez porque todas as nações insistam em guardar para si seus recursos mais preciosos.

— Ou porque vocês estão guardando para si conhecimento que deveria ser compartilhado livremente — rebateu Robin. — Porque se as línguas são livres, se o conhecimento é livre, por que todas as gramáticas estão trancadas a sete chaves na torre? Por que nunca recebemos acadêmicos estrangeiros nem enviamos acadêmicos para ajudar a abrir centros de tradução em outras partes do mundo?

— Porque, na qualidade de Real Instituto de Tradução, nós servimos aos interesses da Coroa.

— Isso parece profundamente injusto.

— É nisso que você acredita? — Um tom frio surgiu na voz do professor Lovell. — Robin Swift, você acha que o que fazemos aqui é profundamente injusto?

— Eu só quero saber por que a prata não salvou a minha mãe — disparou Robin.

Houve um breve silêncio.

— Bem, eu sinto muito pela sua mãe. — O professor Lovell pegou a faca e começou a cortar o bife. Ele parecia nervoso, desconcertado. — Mas a Cólera Asiática foi resultado da má higiene pública de Cantão, não da distribuição desigual de barras de prata. E, de qualquer forma, não existe par de equivalentes para as barras de prata que seja capaz de trazer os mortos de volta...

— É essa a sua desculpa? — Robin pousou o copo. Estava bêbado de verdade agora, o que o tornava combativo. — Você *tinha* as barras, elas são fáceis de fazer, você mesmo disse, então *por que*...

— Pelo amor de Deus — repreendeu o professor Lovell, irritado. — Era só uma mulher.

A campainha tocou. Robin estremeceu; seu garfo bateu no prato e caiu no chão. Ele o pegou, profundamente envergonhado. A voz da sra. Piper ecoou pelo corredor.

— Ah, que surpresa! Eles estão jantando, eu levo o senhor até lá...

E então um cavalheiro loiro, bonito e vestido de maneira elegante entrou na sala de jantar, com uma pilha de livros na mão.

— Sterling! — O professor Lovell largou a faca e se levantou para cumprimentar o desconhecido. — Achei que você viesse mais tarde.

— Eu terminei as coisas em Londres mais cedo do que esperava...

Os olhos de Sterling encontraram os de Robin, e ele ficou tenso.

— Ah, olá.

— Olá — respondeu Robin, nervoso e tímido. Ele se deu conta de que aquele era o famoso Sterling Jones. O sobrinho de William Jones, a estrela da faculdade. — É... um prazer conhecê-lo.

Sterling não disse nada, apenas o examinou por um longo momento. Sua boca se contraiu estranhamente, embora Robin não conseguisse decifrar a expressão do homem.

— Minha nossa.

O professor Lovell pigarreou.

— Sterling.

Os olhos de Sterling se detiveram no rosto de Robin por mais um momento, em seguida se desviaram.

— Bem, seja bem-vindo. — Ele disse isso como uma reflexão tardia; já havia virado as costas para Robin, e as palavras soaram forçadas e estranhas. Colocou os livros na mesa. — Você tinha razão, Dick, a resposta são justamente os dicionários Ricci. Nós estávamos deixando de considerar o que acontece quando passamos pelo português. *Com isso* eu posso ajudar. Agora, acho que se encadearmos os caracteres que marquei aqui e aqui...

O professor Lovell folheava as páginas.

— Estes livros estão encharcados. Espero que você não tenha pago a ele o preço integral...

— Eu não paguei *nada*, Dick. Você acha que eu sou idiota?

— Bem, depois de Macau...

Os dois começaram uma discussão acalorada. Robin foi completamente esquecido.

Ele observava, sentindo-se zonzo e deslocado. Suas bochechas queimavam. Não havia terminado de jantar, mas parecia estranho continuar comendo. Além do mais, estava sem apetite. Sua confiança havia desaparecido. Sentia-se de novo como um garotinho estúpido, rindo e sendo dispensado por aquelas visitas vestidas de preto na sala de estar do professor Lovell.

E pensou na contradição: desprezava todos eles, sabia que deviam estar tramando algo, mas ainda assim queria ser respeitado por eles o suficiente para ser incluído naquele círculo social. Era uma mistura muito estranha de emoções. Robin não fazia a menor ideia de como organizá-las.

*Mas nós ainda não terminamos*, queria dizer ao pai. *Nós estávamos falando sobre a minha mãe.*

Sentiu um aperto no peito, como se o coração fosse uma besta enjaulada tentando se libertar. Era curioso. Aquela rejeição não era nada que ele não tivesse vivenciado antes. O professor Lovell nunca dera importância aos sentimentos de Robin, tampouco oferecera a ele carinho ou conforto, apenas mudava abruptamente de assunto, erguia uma barreira fria e indiferente, minimizava seu sofrimento de modo que parecia frívolo mencioná-los. Robin já havia se acostumado com isso.

Só que naquele momento — talvez por causa do vinho, ou talvez porque tudo viesse se acumulando havia tanto tempo que as coisas tinham passado do ponto crítico — ele sentiu vontade de gritar. Chorar. Chutar a parede. Qualquer coisa que obrigasse o pai a encará-lo.

— Ah, Robin. — O professor Lovell se voltou para ele. — Antes de ir embora, diga à sra. Piper para nos servir um café, sim?

Robin pegou o casaco e saiu da sala.

Ele não virou na esquina da High Street com a Magpie Lane.

Em vez disso, seguiu adiante e entrou no jardim da Merton College. À noite, os jardins eram tortuosos e sinistros; galhos escuros se estendiam como dedos por trás de um portão de ferro trancado. Robin tentou em vão abrir o cadeado, em seguida se alçou, ofegante, por um espaço estreito entre as pontas de ferro. Perambulou alguns metros pelo jardim antes de se dar conta de que não sabia como era uma bétula.

Deu um passo para trás e olhou ao redor, sentindo-se um tanto tolo. Então uma mancha branca chamou sua atenção: uma árvore pálida, cercada por um aglomerado de amoreiras, aparadas de forma a se curvarem de leve para cima, como se estivessem em adoração. Havia uma protuberância no tronco branco da árvore; ao luar, parecia uma cabeça careca. Uma bola de cristal.

*Um palpite tão bom quanto qualquer outro*, pensou Robin.

Pensou no irmão com sua capa preta esvoaçante, roçando os dedos sobre a madeira pálida ao luar. Griffin gostava de ser teatral.

Pensou no turbilhão quente em seu peito. A caminhada longa que lhe devolvera a sobriedade não havia diminuído sua raiva. Ele ainda sentia vontade de gritar. Será que o jantar com o pai o havia enfurecido daquela maneira? Seria aquela a indignação justificada de que Griffin havia falado? Mas o que ele sentia não era tão simples quanto uma chama revolucionária. O que tinha no peito não parecia convicção, mas sim dúvida, ressentimento e uma profunda confusão.

Odiava aquele lugar. Amava aquele lugar. Ficava magoado pela maneira como era tratado. Ainda queria ser parte daquilo — porque era muito bom ser parte daquilo, falar com os professores como seus pares intelectuais, jogar o grande jogo.

Um pensamento desagradável se insinuou em sua mente — *É porque você é um garotinho magoado e gostaria que tivessem lhe dado mais atenção* —, mas ele o afastou. Não estava sendo rancoroso; não estava apenas se voltando contra o pai porque se sentia rejeitado.

Tinha visto e ouvido o bastante. Sabia o que Babel era em sua essência e sabia o suficiente para confiar em seu instinto.

Passou o dedo pela madeira. As unhas não serviriam. Uma navalha seria o ideal, mas ele nunca andava com uma. Por fim, tirou uma caneta-tinteiro do bolso e pressionou a ponta contra o tronco da árvore. A madeira cedeu. Ele riscou com força várias vezes para tornar a cruz visível — seus dedos doíam e a ponta da caneta ficou irreversivelmente arruinada —, mas conseguiu deixar sua marca.

# Capítulo Sete

*Quot linguas quis callet, tot homines valet.*

*Quanto mais línguas falamos, mais homens valemos.*

Carlos V

Na segunda-feira seguinte, ao voltar para o quarto depois da aula, Robin encontrou um pedaço de papel preso no peitoril da janela. Apressou-se em pegá-lo. Com o coração martelando, fechou a porta e se sentou no chão, estreitando os olhos para ler a caligrafia quase incompreensível de Griffin.

O bilhete estava em chinês. Robin o leu duas vezes, em seguida de trás para a frente, depois de novo do início, perplexo. Griffin parecia ter juntado caracteres totalmente ao acaso, e as frases não faziam sentido — não, não podiam sequer ser descritas como frases, pois, embora houvesse pontuação, os caracteres estavam dispostos sem nenhuma preocupação com a gramática ou a sintaxe. Era uma mensagem cifrada, com certeza, mas Griffin não dera a Robin a chave para decifrá-la, e ele não conseguia pensar em nenhuma alusão literária ou pistas sutis que o irmão pudesse ter deixado para ajudá-lo a decodificar aquela mensagem sem sentido.

Por fim, percebeu que estava fazendo tudo errado. Aquilo não era chinês. Griffin havia usado caracteres chineses no lugar de palavras em um idioma que Robin suspeitava ser o inglês. Rasgou uma folha de papel de seu diário, colocou-a ao lado do bilhete de Griffin e escreveu a romanização de cada caractere. Algumas das palavras exigiram um trabalho de adivinhação, já que os vocábulos chineses em sua forma romanizada tinham padrões ortográficos muito diferentes das palavras em inglês, mas, no fim, depois de identificar vários padrões de mudança comuns — *tè* sempre significava "the", *ü* era *oo* —, Robin decifrou a mensagem.

*Na próxima noite chuvosa. Abra a porta exatamente à meia-noite, espere no saguão e saia de novo à 0h05. Não fale com ninguém. Vá direto para casa depois.*

*Não desvie das minhas instruções. Memorize, depois queime.*

Curto, direto e minimamente informativo — assim como Griffin. Chovia em Oxford. A próxima noite chuvosa poderia ser a seguinte.

Robin leu o bilhete várias vezes até memorizar os detalhes, então jogou tanto o original quanto a mensagem decifrada na lareira, observando com muita atenção até que cada fragmento tivesse sido reduzido a cinzas.

Na quarta-feira, choveu torrencialmente. O céu ficara nublado durante toda a tarde, e Robin o havia observado escurecer com um pavor crescente. Quando deixou a sala do professor Chakravarti, às seis horas, uma garoa suave aos poucos ia deixando as calçadas cinza. Quando ele chegou à Magpie Lane, a chuva havia aumentado para um tamborilar constante.

Robin se trancou no quarto, colocou sobre a mesa os textos em latim que deveria ler e tentou pelo menos olhar para eles até que chegasse a hora.

Às onze e meia, a chuva havia anunciado sua permanência. Era o tipo de chuva que soava gelada; apesar da ausência de ventos intensos, neve ou granizo, o tamborilar na calçada lembrava cubos de gelo martelando a pele. Então Robin entendeu o raciocínio por trás das instruções de Griffin: em uma noite como aquela, era impossível enxergar mais do que alguns metros à frente do nariz e, mesmo que fosse possível, ninguém ia olhar. Uma chuva como aquela obrigava qualquer um a andar de cabeça baixa, com os ombros curvados, indiferente ao mundo à sua volta até chegar a um lugar aquecido.

Faltando quinze minutos para a meia-noite, Robin vestiu um casaco e saiu do quarto.

— Aonde você vai?

Ele congelou. Tinha achado que àquela hora Ramy já estaria dormindo.

— Eu esqueci uma coisa na biblioteca — sussurrou ele.

Ramy inclinou a cabeça.

— De novo?

— Acho que é a nossa maldição — sussurrou Robin, tentando manter a expressão neutra.

— Está chovendo muito. Deixa para amanhã. — Ramy franziu a testa. — O que foi que você esqueceu?

*Os textos que preciso ler*, Robin quase disse, mas isso não faria sentido, porque supostamente tinha passado a noite toda debruçado sobre eles.

— Foi... só o meu diário. Não vou conseguir dormir se deixá-lo lá, a possibilidade de alguém ler o que escrevi me deixa nervoso...

— O que tem no seu diário, uma carta de amor?

— Não, é só que... eu fico nervoso.

Ou ele era um mentiroso espetacular ou Ramy estava com muito sono para se importar.

— Não me deixe perder a hora amanhã — pediu ele, bocejando. — Vou passar a noite toda lendo Dryden, e não gosto disso.

— Pode deixar — prometeu Robin, e saiu apressado pela porta.

A chuva forte fez os dez minutos de caminhada pela High Street parecerem uma eternidade. Babel brilhava ao longe como uma vela quente, todos os andares totalmente iluminados como se ainda fosse o meio da tarde, embora não houvesse quase nenhuma silhueta visível nas janelas. Os acadêmicos de Babel trabalhavam sem parar, mas a maioria levava os livros para casa por volta das nove ou dez da noite, e era provável que qualquer um que ainda estivesse lá à meia-noite só saísse da torre pela manhã.

Quando chegou ao gramado, Robin parou e olhou ao redor. Não viu ninguém. A mensagem de Griffin tinha sido tão vaga; ele não sabia se deveria esperar até vislumbrar um dos integrantes da Hermes, ou se deveria ir em frente e seguir as ordens com precisão.

*Não desvie das minhas instruções.*

Os sinos soaram a meia-noite. Ele correu até a entrada, a boca seca, sem fôlego. Quando chegou aos degraus de pedra, duas figuras se materializaram na escuridão: jovens vestidos de preto cujo rosto ele não conseguiu distinguir na chuva.

— Vamos — sussurrou um deles. — Depressa.

Robin se aproximou da porta.

— Robin Swift — disse ele, baixinho mas com clareza.

As proteções reconheceram seu sangue. A fechadura fez um clique.

Robin abriu a porta e parou por um breve momento na soleira, tempo suficiente para que as pessoas atrás dele se esgueirassem para dentro da torre. Ele não chegou a ver os rostos. As duas figuras dispararam escada acima como fantasmas, rápidas e silenciosas. Robin ficou parado no saguão, tremendo, com água da chuva escorrendo pela testa, observando o relógio enquanto os segundos passavam e o ponteiro se aproximava da marca dos cinco minutos.

Tinha sido tudo tão fácil. Quando chegou a hora, Robin se virou e saiu pela porta. Sentiu um esbarrão de leve na cintura, mas, fora isso, não percebeu mais nada: nenhum sussurro, nenhum tilintar de barras de prata. Os integrantes da Hermes foram engolidos pela escuridão. Em segundos, era como se nunca tivessem estado ali.

Robin se virou e caminhou de volta para a Magpie Lane, tremendo violentamente, zonzo com a audácia do que tinha acabado de fazer.

Dormiu mal. Ficou se revirando na cama em um sono povoado de pesadelos, ensopando os lençóis de suor, torturado por fragmentos de sonhos, extrapolações ansiosas nas quais policiais arrombavam sua porta e o arrastavam para a prisão, alegando que tinham visto tudo e sabiam de tudo. Só foi adormecer de fato quando já amanhecia e, a essa altura, estava tão exausto que não ouviu os sinos matinais. Acordou com o criado batendo à sua porta, querendo saber se ele gostaria que seu quarto fosse varrido naquele dia.

— Ah, sim, desculpe, me dê só um momento. Já vou sair.

Jogou água no rosto, vestiu-se e disparou pela porta. Seu grupo havia combinado de se encontrar em uma sala de estudos no quinto andar para comparar suas traduções antes da aula, e agora ele estava terrivelmente atrasado.

— Até que enfim — disse Ramy quando ele chegou. Ele, Letty e Victoire estavam sentados ao redor de uma mesa quadrada. — Desculpe eu ter saído sem te esperar, mas pensei que você já tivesse ido, bati duas vezes, e você não atendeu.

— Tudo bem. — Robin se sentou. — Eu dormi mal... devem ter sido as trovoadas, acho.

— Você está se sentindo bem? — Victoire parecia preocupada. — Você está meio... — Ela acenou vagamente com a mão diante do próprio rosto. — Pálido?

— Foram só uns pesadelos — respondeu ele. — Acontece, hum, às vezes.

Essa desculpa soou estúpida assim que saiu de sua boca, mas Victoire deu um tapinha solidário em sua mão.

— Eu entendo.

— Podemos começar? — perguntou Letty bruscamente. — A gente estava discutindo o vocabulário porque o Ramy não deixou a gente dar continuidade sem você.

Robin folheou apressadamente as páginas até encontrar o texto de Ovídio que tinha traduzido na noite anterior.

— Desculpem... sim, claro.

Teve medo de não conseguir acompanhar a reunião até o fim. Mas, de alguma forma, a luz do sol quente contra a madeira fria, o rabiscar da tinta no pergaminho e a pronúncia decidida e clara de Letty colocaram sua mente exausta em foco, fazendo o latim, e não sua expulsão iminente, parecer a questão mais urgente do dia.

A reunião foi muito mais animada do que ele esperava. Robin, que estava acostumado a ler suas traduções em voz alta para o sr. Chester, que o corrigia de maneira cômica enquanto falava, não esperava uma discussão tão acalorada sobre escolha de palavras, pontuação e até que ponto a repetição era excessiva. Logo ficou claro que eles tinham estilos de tradução drasticamente diferentes. Letty, que dava grande importância a estruturas gramaticais que fossem o mais fiéis possível ao latim, parecia disposta a perdoar os arranjos mais esdrúxulos no que dizia respeito à prosa, enquanto Ramy, seu oposto, estava sempre pronto para abandonar a precisão técnica em favor de floreios retóricos que ele insistia que transmitiriam melhor o significado, mesmo que isso exigisse a inserção de orações totalmente novas. Victoire parecia constantemente frustrada com as limitações do inglês — "É tão estranho, o francês resolveria melhor" —, e Letty sempre concordava com veemência, o que fazia Ramy bufar; nesse momento, o tópico Ovídio era abandonado em favor de uma reencenação das Guerras Napoleônicas.

— Você está se sentindo melhor? — perguntou Ramy a Robin quando eles terminaram.

Ele estava, na verdade. Era bom afundar no refúgio de uma língua morta, travar uma guerra retórica cujas consequências na verdade não o afetavam. Ficou surpreso com quão comum o restante do dia pareceu, com a tranquilidade com que conseguiu assistir junto com seu grupo à aula do professor Playfair e fingir que Tytler era o principal assunto em sua mente. À luz do dia, as façanhas da noite anterior pareciam um sonho distante. O tangível e o sólido consistiam em Oxford, nas aulas e nos professores, em *scones* recém--saídos do forno e *clotted cream*.

Ainda assim, não conseguia afastar o temor sempre à espreita de que tudo aquilo não passasse de uma brincadeira cruel, de que as cortinas se fechariam a qualquer momento, revelando a farsa. Pois como era possível que não houvesse nenhuma consequência? Um ato de traição como aquele — roubar da própria Babel, a instituição para a qual tinha literalmente dado seu sangue — deveria ter tornado aquela vida impossível.

A ansiedade o tomou de fato no meio da tarde. O que na noite anterior havia parecido uma missão empolgante e justificada agora parecia bastante estúpido. Não conseguia se concentrar no latim; a professora Craft teve que estalar os dedos bem diante de seus olhos para que Robin se desse conta de que ela já havia pedido três vezes que ele escandisse um verso. Robin não parava de imaginar cenas horríveis com detalhes vívidos — como os policiais irromperiam na sala de aula, apontariam para ele e gritariam: *Lá está ele, o ladrão*; como seu grupo o encararia, atordoado; como o professor Lovell, que por algum motivo seria promotor e juiz, sentenciaria Robin à forca com absoluta frieza. Imaginou o atiçador da lareira golpeando-o repetidas vezes, frio e metódico, partindo cada um de seus ossos.

Mas as visões permaneceram apenas isto: visões. Ninguém apareceu para prendê-lo. A aula prosseguiu devagar, entediante, ininterrupta. O terror se dissipou. Quando Robin e seu grupo se reuniram no refeitório para jantar, ele achou incrivelmente fácil fingir para si mesmo que a noite anterior nunca havia acontecido. E depois que já estavam sentados com a comida — batatas frias e um bife tão duro que precisou de todas as suas forças para cortá-lo em pedaços mastigáveis —, rindo das correções irritadas da professora Craft às traduções ornamentadas de Ramy, tudo aquilo pareceu apenas uma lembrança distante.

Quando voltou para casa naquela noite, havia um novo bilhete no peitoril da janela. Ele o desdobrou com as mãos trêmulas. A mensagem rabiscada era muito breve, e dessa vez Robin conseguiu decifrá-la sem precisar escrever.

*Aguarde novo contato.*

A decepção o deixou confuso. Não havia passado o dia desejando nunca ter sido enredado naquele pesadelo? Podia imaginar a voz zombeteira de Griffin: *O que foi, você queria um tapinha nas costas? Uma recompensa pelo trabalho bem-feito?*

Então se viu desejando mais, só que não tinha como saber quando teria notícias de Griffin de novo. Ele havia avisado a Robin que o contato entre eles seria esporádico, que períodos letivos inteiros poderiam se passar antes que ele entrasse em contato outra vez. Robin seria convocado quando fosse necessário, e apenas nessas ocasiões. Ele não encontrou nenhum bilhete em sua janela na noite seguinte, tampouco na noite depois dessa.

Dias se passaram, e então semanas.

*Você ainda é estudante de Babel*, Griffin dissera a ele. *Aja como um.*

No fim das contas, isso se mostrou algo fácil de fazer. À medida que as lembranças de Griffin e da Sociedade Hermes eram empurradas para o fundo de sua mente, para os pesadelos e a escuridão, sua vida em Oxford e em Babel foi passando para o primeiro plano, em cores vívidas e deslumbrantes.

Robin ficou surpreso com a rapidez com que se apaixonou pelo lugar e pelas pessoas. Nem ao menos percebeu isso acontecer. Em seu primeiro período na universidade, ele dava voltas sem sair do lugar, atordoado e exausto; as aulas e a carga de estudo formavam um padrão rotineiro de leituras frenéticas e longas noites de olhos cansados, em meio às quais seu grupo era sua única fonte de alegria e consolo. As meninas, ainda bem, logo perdoaram Robin e Ramy pelas primeiras impressões. Robin descobriu que ele e Victoire compartilhavam o mesmo amor despudorado por literatura de todos os tipos, do terror gótico aos romances, e tinham grande prazer em trocar e discutir o último lote de romances de terror sensacionalistas trazidos de Londres. E Letty, depois de se convencer de que os rapazes não eram estúpidos demais para estar em Oxford, tornou-se muito mais tolerável. Ela mostrou possuir uma inteligência mordaz e uma compreensão aguçada da estrutura de classes britânica em virtude de sua criação, o que se traduzia em comentários infinitamente divertidos quando não eram dirigidos a nenhum deles.

— Colin é um parasita, o tipo de sanguessuga de classe média que gosta de fingir que tem conexões porque a família dele conhece um professor de matemática em Cambridge — disse ela depois de uma visita à Magpie Lane. — Se quer ser advogado, ele poderia simplesmente conseguir um estágio na Associação de Advogados, mas está aqui porque quer prestígio e conexões, só que não tem nem metade do que é preciso para conseguir isso. Ele tem a personalidade de uma toalha molhada: úmido e grudento.

Então ela imitou os cumprimentos de Colin, de olhos arregalados e um tanto solícito demais, enquanto o restante deles caía na gargalhada.

Ramy, Victoire e Letty se tornaram a alegria da vida de Robin, o único contato regular que tinha com o mundo fora do universo dos estudos. Eles precisavam uns dos outros porque não tinham mais ninguém. Os alunos mais velhos de Babel se mantinham agressivamente isolados; estavam sempre muito ocupados e seu brilhantismo era tão notável que intimidava. Duas semanas depois do início do período letivo, Letty tomou coragem e perguntou a um colega de graduação chamado Gabriel se ela poderia se juntar ao grupo de leitura em francês, mas foi prontamente rejeitada com um desdém que só os franceses eram capazes de demonstrar. Robin tentou fazer amizade com uma estudante japonesa do terceiro ano chamada Ilse Dejima,* que falava com um leve sotaque neerlandês. Eles se cruzavam com frequência ao entrar e sair da sala do professor Chakravarti, mas nas poucas vezes em que ele tentou dizer olá, ela fez uma careta como se ele fosse lama em suas botas.

Eles também tentaram fazer amizade com o grupo do segundo ano, formado por cinco rapazes brancos que moravam do outro lado da rua, na

---

* Assim como Robin, Ilse era conhecida pelos ingleses não por seu nome verdadeiro, mas por um adotado; a combinação de um nome anglicizado (Ilse) e do nome da ilha de onde ela viera (Dejima).

Merton Street. Mas a tentativa deu errado de imediato quando um deles, Philip Wright, disse a Robin em um jantar na faculdade que o grupo do primeiro ano era amplamente internacionalizado apenas por causa da política departamental.

— O conselho de graduação está sempre brigando entre priorizar as línguas europeias ou outras... línguas mais exóticas. O professor Chakravarti e o professor Lovell vêm reclamando da falta de diversidade no corpo discente há anos. Eles não gostaram do fato de o meu grupo ser todo classicista. Imagino que tenham se excedido na tentativa de corrigir isso com vocês.

Robin tentou ser educado.

— Não sei por que isso seria uma coisa tão ruim.

— Bem, não é uma coisa *ruim* em si, mas significa que vagas foram tiradas de candidatos igualmente qualificados que passaram nos exames de admissão.

— Eu não fiz exame de admissão — disse Robin.

— Pois é. — Philip torceu o nariz e não disse mais uma palavra a Robin durante toda a noite.

Então Ramy, Letty e Victoire se tornaram interlocutores tão constantes que Robin começou a ver Oxford através dos olhos deles. Ramy ia adorar o cachecol roxo na vitrine da Ede & Ravenscroft; Letty ia morrer de rir do rapaz de olhos tristonhos sentado do lado de fora do café Queen's Lane com um livro de sonetos; Victoire ia ficar muito animada com a nova fornada de *scones* que tinha acabado de sair no Vaults & Garden, e como ficava presa na aula de francês até o meio-dia, Robin fez questão de comprar um, enfiá-lo no bolso e guardá-lo para ela até a aula terminar. Mesmo as leituras obrigatórias se tornaram mais interessantes quando ele começou a vê-las como fonte de material para observações incisivas, queixosas ou bem-humoradas a serem compartilhadas mais tarde com o grupo.

Não que deixasse de haver desentendimentos entre eles. Discutiam sem parar, como fazem os jovens brilhantes com egos bem alimentados e opiniões demais. Robin e Victoire tinham longas discussões sobre a superioridade da literatura inglesa *versus* a francesa, durante as quais ambos se mantinham estranha e ferozmente leais a seu país de adoção. Victoire insistia que os melhores teóricos ingleses não chegavam aos pés de Voltaire ou Diderot, e Robin teria concedido a ela o benefício da dúvida se Victoire não zombasse sem parar das traduções que ele pegava na Biblioteca Bodleiana, alegando que "Não são nada comparadas ao original, é melhor nem ler". Victoire e Letty, embora costumassem ser muito próximas, pareciam sempre se estranhar quando o assunto era dinheiro e Letty ser ou não tão pobre quanto afirmava apenas porque o pai a havia deixado sem herança.* E Letty e Ramy brigavam entre si mais do que com todos os outros, sobretudo por causa da alegação de Ramy de que Letty nunca havia posto os pés nas colônias e, portanto, não deveria opinar sobre os supostos benefícios da presença britânica na Índia.

— Eu sei algumas coisas sobre a Índia — insistia Letty. — Eu li todo tipo de ensaio, li *Tradução das cartas de um rajá hindu*, de Hamilton.**

— Ah, é? — perguntava Ramy. — Aquele livro no qual a Índia é uma adorável nação hindu, infestada de invasores muçulmanos tirânicos? Esse?

Nesse ponto, Letty sempre ficava na defensiva, taciturna e irritada até o dia seguinte. Mas isso não era apenas culpa dela. Ramy parecia particularmente determinado a provocá-la, a desmontar cada uma de suas afirmações. A orgulhosa e correta Letty, que se mantinha sempre firme e não traía nenhuma emoção, representava tudo o que Ramy desdenhava nos ingleses, e Robin suspeitava de que ele só ia ficar satisfeito quando conseguisse fazer com que Letty declarasse traição a seu próprio país.

Ainda assim, as brigas não eram capazes de separá-los. Na verdade, essas discussões apenas os aproximaram, afiavam suas arestas e definiam suas maneiras distintas de se encaixar no quebra-cabeça do grupo. Os quatro passavam o tempo todo juntos. Nos fins de semana, se sentavam em uma mesa de canto do lado de fora do café Vaults & Garden, interrogando Letty sobre as esquisitices do inglês, do qual ela era a única falante nativa. ("O que significa *corned*?", perguntava Robin. "O que é *corned beef*?*** O que vocês estão fazendo com a carne de vocês?" "E o que é um *welcher*?",**** indagava Victoire, tirando os olhos de seu mais recente romance de terror sensacionalista. "Letitia, por favor, o que em nome de deus é um *jigger-dubber*?"*****)

Quando Ramy reclamou que a comida do refeitório era tão ruim que ele estava perdendo peso visivelmente (isso era verdade; quando não serviam a mesma sucessão de carne dura cozida, legumes assados sem sal e sopas in-

* Os rapazes ficavam de fora dessa. Pessoalmente, Ramy achava que Letty tinha razão porque, como mulher, não tinha direito a herdar nenhum dos bens dos Price, para começar. Robin achava que era um pouco despropositado ela se considerar "pobre" quando todos recebiam dinheiro suficiente para jantar fora sempre que quisessem.

** *Translation of the Letters of a Hindoo Rajah*, da escocesa Elizabeth Hamilton. (N. T.)

*** Robin, Victoire e Ramy ficaram muito desapontados ao saber que *corned beef*, carne enlatada, não tinha nada a ver com milho [*corn*], mas com o tamanho dos cristais de sal grosso usados para curar a carne.

**** Trapaceiro, vigarista.

***** Gíria usada pelos ladrões para se referir a carcereiro (*jigger* significa "porta" e *dubber*, "fechador").

distinguíveis, a cozinha da Univ servia pratos inexplicáveis e impossíveis de comer com nomes como "Picles indiano", "Tartaruga à moda das Índias Ocidentais" e algo chamado "China Chilo", quase nada *halal*), eles invadiram a cozinha e prepararam um prato de grão-de-bico, batatas e uma variedade de temperos que Ramy tinha conseguido nos mercados de Oxford. O resultado foi um ensopado escarlate e grumoso tão picante que todos tiveram a sensação de ter levado um soco no nariz. Ramy se recusou a aceitar a derrota; em vez disso, argumentou, aquela era mais uma prova de sua grande tese de que havia algo de fundamentalmente errado com os britânicos, pois se tivessem conseguido colocar as mãos em sementes de açafrão e mostarda de verdade, o prato teria um sabor muito melhor.

— Existem restaurantes indianos em Londres — objetou Letty. — Dá para comer *curry* com arroz em Piccadilly...

— Só se você quiser uma gororoba sem graça — zombou Ramy. — Termine de comer seu grão-de-bico.

Fungando sem parar, Letty recusou-se a continuar a comer. Robin e Victoire seguiram enfiando colheradas na boca estoicamente. Ramy disse que eram todos covardes — em Calcutá, segundo ele, as crianças comiam pimenta-fantasma, a mais picante do mundo, sem pestanejar. Mas até ele teve dificuldade de terminar de comer a gororoba vermelho-fogo em seu prato.

Robin só se deu conta do que tinha, do que estava procurando e do que por fim havia encontrado, uma noite no meio do período quando todos estavam nos aposentos de Victoire. Eram provavelmente os maiores, porque nenhuma das outras garotas queria dividir o espaço com ela, o que significava que Victoire ficara não só com o quarto apenas para si, mas também com o banheiro e a espaçosa sala de estar onde eles tinham passado a se reunir para terminar os trabalhos depois que a Bodleiana fechava, às nove. Naquela noite, eles estavam jogando cartas em vez de estudar, porque a professora Craft tinha ido para uma conferência em Londres, o que permitiu que tivessem o fim da tarde de folga. Mas as cartas logo foram deixadas de lado porque um cheiro forte de peras maduras invadiu a sala e nenhum deles conseguia descobrir o que era, já que não estavam comendo pera e Victoire jurou que não tinha nenhuma guardada no quarto.

Então Victoire começou a rolar no chão, às gargalhadas, porque Letty não parava de gritar:

— Onde está a pera? Onde está, Victoire? Cadê a pera?

Ramy fez uma piada sobre a Inquisição Espanhola, e Letty, entrando na brincadeira, ordenou que Victoire tirasse todo o conteúdo dos bolsos de seu casaco para provar que não havia miolo de pera em nenhum deles. Victoire obedeceu, mas não havia nada, o que fez com que elas irrompessem em mais risos. Robin ficou sentado à mesa, observando-os e sorrindo enquanto esperava que o jogo de cartas fosse retomado, até que se deu conta de que isso não ia acontecer, porque todos estavam rindo demais e, além disso, as cartas de Ramy estavam espalhadas pelo chão viradas para cima, de forma que não fazia sentido continuar. Então ele piscou, porque acabara de registrar o que aquele momento totalmente banal e extraordinário significava — que no decorrer de várias semanas, eles haviam se tornado o que Robin nunca encontrara em Hampstead, o que ele achava que nunca mais teria depois de Cantão: um círculo de pessoas a quem amava tanto que seu peito doía ao pensar nelas.

Uma família.

Sentiu uma pontada de culpa por amar aquelas pessoas, e também Oxford, com aquela intensidade.

Adorava aquele lugar; de verdade. Apesar de todos os desrespeitos diários que sofria, caminhar pelo campus o encantava. Simplesmente não conseguia manter, como Griffin, uma atitude de constante suspeita ou rebelião; não conseguia cultivar o ódio de Griffin por aquele lugar.

Além disso, não tinha o direito de ser feliz? Nunca havia sentido tanto calor no peito até aquele momento, nunca havia ansiado por acordar de manhã como agora. Babel, seus amigos e Oxford haviam aberto as portas de uma parte dele, um lugar ensolarado, de pertencimento, que Robin nunca pensou que adentraria outra vez. O mundo parecia menos sombrio.

Tinha sido uma criança carente de afeto, e agora o recebia em abundância — seria tão errado assim se apegar a isso?

Não estava pronto para se comprometer totalmente com a Hermes. Mas, por Deus, seria capaz de matar por qualquer um de seu grupo.

Mais tarde, Robin ficaria surpreso ao constatar que nunca havia pensado seriamente em contar a nenhum deles sobre a Sociedade Hermes. Afinal, no fim do primeiro período letivo passara a confiar sua vida a eles; não tinha dúvidas de que, se caísse no Tâmisa congelado, qualquer um dos três teria mergulhado para salvá-lo. Griffin e a Sociedade Hermes habitavam pesadelos e sombras; seu grupo era sol, calor e risadas, e ele não conseguia imaginar esses dois mundos se unindo.

Apenas uma vez ficou tentado a dizer alguma coisa. Um dia, durante o almoço, Ramy e Letty estavam discutindo — mais uma vez — sobre a presença britânica na Índia. Ramy considerava a ocupação de Bengala uma farsa continuada; Letty achava que a vitória britânica na Batalha de Plassey tinha sido uma retaliação mais do que justa pelo que ela considerava o tratamento deplorável dado aos reféns por Siraj ud-Daulah, e que os britânicos nunca teriam precisado intervir se os mogóis não fossem péssimos governantes.

— E não foi tão ruim assim para vocês — disse Letty. — Há muitos indianos na administração civil, só têm que ser qualificados...

— Sim, se com "qualificado" você quer dizer uma elite de pessoas que falam inglês e se comportam como bajuladores dos britânicos — retrucou Ramy. — Nós não temos um governo, e sim um desgoverno. O que está acontecendo com o meu país é nada menos que um roubo. Não é comércio livre; é uma sangria financeira, é pilhagem e saque. Nunca precisamos da ajuda deles, e eles só construíram essa narrativa com base em um senso de superioridade equivocado.

— Se você pensa assim, então o que está fazendo na Inglaterra? — desafiou Letty.

Ramy a encarou como se ela fosse louca.

— Aprendendo, mulher.

— Ah, a fim de conseguir as armas para derrubar o Império? — zombou ela. — Você vai levar umas barras de prata para casa e começar uma revolução, por acaso? Devemos marchar até Babel e declarar suas intenções?

Pela primeira vez, Ramy não teve uma resposta rápida.

— Não é tão simples assim — disse ele após uma pausa.

— Ah, não? — Letty havia encontrado um ponto sensível; agora ela era como um cachorro com um osso, e se recusava a largá-lo. — Porque me parece que o fato de você estar aqui, desfrutando de uma educação inglesa, é justamente o que torna os ingleses superiores. A menos que haja um instituto de idiomas melhor em Calcutá.

— Existem muitas madraças excelentes na Índia — retrucou Ramy. — O que torna os ingleses superiores são as armas. Armas e a disposição de usá-las contra pessoas inocentes.

— Então você está aqui para enviar prata de volta para os sipaios amotinados, é isso?

*Talvez ele devesse fazer isso*, Robin quase disse. *Talvez seja exatamente disso que o mundo precisa.*

Mas ele se conteve antes de abrir a boca. Não porque tivesse medo de trair a confiança de Griffin, mas porque não suportava nem pensar na possibilidade de essa confissão destruir a vida que eles haviam construído. E porque ele mesmo não conseguia resolver a contradição entre sua vontade de prosperar em Babel e o fato de que a cada dia ficava mais evidente quão injustas eram as origens da fortuna do Instituto. A única maneira de justificar sua felicidade ali, de continuar dançando nas bordas de dois mundos, era seguir esperando a correspondência de Griffin à noite — uma rebelião silenciosa e oculta cujo principal objetivo era amenizar sua culpa pelo fato de toda aquela riqueza e toda aquela prosperidade terem um preço.

# Capítulo Oito

*We then used to consider it not the least vulgar for a parcel of lads who had been whipped three months previous, and were not allowed more than three glasses of port at home, to sit down to pineapples and ices at each other's rooms, and fuddle themselves with champagne and claret.*

*Na época, não considerávamos nem um pouco vulgar que um grupo de rapazes que ainda apanhava três meses antes e que em casa não tinha permissão para tomar mais que três copos de vinho do Porto, frequentasse os quartos uns dos outros para comer abacaxi e tomar sorvetes, e embriagar-se com champanhe e clarete.*

William Makepeace Thackeray, *O livro dos esnobes**

Nas últimas semanas de novembro, Robin ajudou a Sociedade Hermes em mais três roubos. Todos seguiram a rotina eficiente e mecânica do primeiro — um bilhete no peitoril da janela, uma noite chuvosa, um encontro à meia-noite e mínimo contato com seus cúmplices, exceto por um olhar e um aceno de cabeça rápidos. Ele nunca tinha conseguido dar uma olhada mais atenta nos outros integrantes. Não sabia se eram sempre as mesmas pessoas. Nunca descobriu o que roubavam nem qual era a finalidade do roubo. A única coisa que sabia era que Griffin dissera que sua contribuição ajudava em uma luta vagamente definida contra o império, e só lhe restava confiar na palavra do meio-irmão.

Continuava esperando que Griffin o convocasse para outra conversa do lado de fora do Twisted Root, mas ao que parecia ele estava ocupado demais comandando uma organização global da qual Robin era apenas uma parte muito pequena.

Quase foi pego durante o quarto roubo, quando uma aluna do terceiro ano chamada Cathy O'Nell entrou a passos largos pela porta da frente enquanto ele esperava no saguão. Cathy era, infelizmente, uma das veteranas

* Tradução de Reinaldo Guarany. Porto Alegre: L&PM, 1998. (N. T.)

mais falantes; estava se especializando em gaélico e, talvez devido à solidão de ser uma das duas únicas pessoas em seu subcampo, se esforçava para fazer amizade com todos na faculdade.

— Robin! — Ela sorriu para ele. — O que está fazendo aqui tão tarde?

— Esqueci o meu Dryden — mentiu ele, dando batidinhas no bolso como se tivesse acabado de colocar o livro lá. — Me dei conta de que tinha deixado aqui no saguão.

— Ah, Dryden, deprimente. Eu me lembro que o professor Playfair nos fez discutir sobre ele por semanas. É completo, mas desinteressante.

— Terrivelmente desinteressante.

Ele torceu para que ela fosse embora; já era 0h05.

— Ele obriga vocês a comparar traduções em aula? — perguntou Cathy. — Uma vez ele me interrogou por quase meia hora porque eu escolhi *vermelho* em vez de *cor de maçã*. No fim, minha camisa estava quase encharcada de suor.

À 0h06, os olhos de Robin dispararam para a escada, depois de volta para Cathy, e de volta para a escada, até que ele percebeu que Cathy o observava com expectativa.

— Ah. — Ele piscou. — É... Falando em Dryden, é melhor eu ir...

— Ah, desculpa, o primeiro ano é tão difícil e eu ainda por cima estou aqui prendendo você...

— Enfim, foi bom te encontrar...

— Me procure se precisar de alguma ajuda — disse ela, alegremente. — É muita coisa no começo, mas os períodos vão ficando mais fáceis, juro.

— Claro. Pode deixar... tchau.

Ele se sentiu péssimo por ser tão seco. Ela era tão legal, e essas ofertas de ajuda eram particularmente generosas vindas de uma veterana. Mas a única coisa na qual conseguia pensar naquele momento era em seus cúmplices lá em cima, e no que poderia acontecer se eles descessem no mesmo momento em que Cathy estivesse subindo.

— Boa sorte, então. — Cathy acenou e continuou andando pelo saguão.

Robin recuou até a entrada e rezou para que ela não se virasse.

Uma eternidade depois, duas figuras vestidas de preto desceram correndo a escada.

— O que ela disse? — sussurrou um deles.

A voz parecia estranhamente familiar, mas Robin estava muito distraído para tentar reconhecê-la naquele momento.

— Ela só estava sendo simpática. — Ele empurrou a porta e os três saíram correndo na noite fria. — Vocês estão bem?

Mas não houve resposta. Os dois integrantes já tinham partido, deixando-o sozinho no escuro e na chuva.

Uma pessoa mais cautelosa teria deixado a Hermes naquele momento, não teria arriscado todo o futuro por causa de possibilidades tão ínfimas. Mas Robin continuou. Ajudou em um quinto roubo, depois em um sexto. O período letivo terminou, as férias de inverno passaram e um novo período letivo teve início em janeiro. Seus ouvidos não latejavam mais com as fortes batidas do coração quando ele se aproximava da torre à meia-noite. Os minutos entre a entrada e a saída não pareciam mais um purgatório. Tudo começou a parecer fácil, o simples ato de abrir uma porta duas vezes; tão fácil que, no sétimo roubo, ele já havia se convencido de que não estava fazendo nada perigoso.

— Você é muito eficiente — disse Griffin. — Eles gostam de trabalhar com você, sabe? Você sempre segue as instruções e não fica de floreios.

Uma semana depois do início do segundo período letivo, Griffin havia finalmente se dignado a encontrar Robin de novo. Mais uma vez eles caminharam a passos rápidos por Oxford, agora acompanhando o Tâmisa rumo ao sul, em direção a Kennington. O encontro mais pareceu uma reunião no meio do ano letivo para que ele relatasse seus progressos a um orientador duro e raramente disponível, e Robin se viu lisonjeado com os elogios, tentando sem sucesso não parecer um irmão mais novo entusiasmado.

— Então estou fazendo um bom trabalho?

— Você está indo muito bem. Eu estou muito satisfeito.

— Então você vai me contar mais sobre a Hermes agora? — perguntou Robin. — Ou pelo menos me dizer para onde as barras vão? O que vocês fazem com elas?

Griffin riu.

— Seja paciente.

Eles caminharam em silêncio por um tempo. Caíra uma tempestade naquela manhã. O rio corria rápido e ruidoso sob um céu enevoado e escuro. Era o tipo de noite em que o mundo parecia desprovido de cor, uma pintura em andamento, um esboço na verdade, existindo apenas em tons de cinza e sombras.

— Tenho outra pergunta, então — disse Robin. — E eu sei que você não vai me contar muito sobre a Hermes agora. Mas pelo menos me diga onde tudo isso vai dar.

— Onde o quê vai dar?

— Eu estou falando... da minha situação. Esse arranjo que nós temos parece bom... contanto que eu não seja pego, claro... mas parece, não sei, insustentável.

— Claro que é insustentável — respondeu Griffin. — Você vai estudar muito e se formar, e então eles vão te pedir para fazer todo tipo de coisa desagradável para o Império. Ou vão te pegar, como você disse. No fim das contas, tudo chega a um ponto insustentável, como aconteceu com a gente.

— Todo mundo que entra para a Hermes deixa Babel?

— Conheço poucos que ficaram.

Robin não tinha certeza de como se sentir em relação a isso. Com frequência se deixava embalar pela fantasia da vida pós-Babel — um cargo confortável na universidade, se ele quisesse; a garantia de mais anos de estudo financiado naquelas maravilhosas bibliotecas, morando em confortáveis residências universitárias e dando aulas particulares de latim para estudantes ricos, se desejasse ter uma renda extra; ou uma estimulante carreira viajando para o exterior com os compradores de livros e intérpretes. No *Livro de Chuang-Tzu*, que tinha acabado de traduzir com o professor Chakravarti, a expressão *tǎntú** significava literalmente "uma estrada plana", metaforicamente, "uma vida tranquila". Era isso que ele queria: um caminho suave e sem percalços para um futuro sem surpresas.

O único obstáculo, claro, era sua consciência.

— Você vai continuar em Babel enquanto puder — prosseguiu Griffin. — Quer dizer, você tem que continuar... só deus sabe como precisamos de mais gente lá dentro. Mas vai ficando cada vez mais difícil, sabe. Você vai descobrir que não consegue conciliar seu senso de ética com o que eles te pedem para fazer. Como vai ser quando direcionarem você para a pesquisa militar? Quando mandarem você para a Nova Zelândia ou para a Colônia do Cabo?

— Não dá para simplesmente se esquivar dessas nomeações?

Griffin riu.

— Contratos militares compõem mais da metade das ordens de serviço. Eles são uma parte necessária do processo para ocupar uma vaga de professor. E pagam bem, a maioria dos professores mais antigos ficou rica combatendo Napoleão. Como você acha que nosso querido e velho pai é capaz de sustentar três casas? É o trabalho violento que custeia a fantasia.

— Então como eu faço para sair? — perguntou Robin.

— É simples. Você forja sua morte, depois vai para a clandestinidade.

---

* 坦途.

— Foi isso que você fez?

— Foi, uns cinco anos atrás. Você vai fazer o mesmo em algum momento. E então vai se tornar uma sombra no campus por onde um dia andou livremente, e rezar para que algum outro aluno do primeiro ano ouça a própria consciência e concorde em conceder a você acesso às suas antigas bibliotecas. — Griffin olhou para ele de soslaio. — Você não ficou feliz com essa resposta, ficou?

Robin hesitou. Não sabia muito bem como verbalizar seu desconforto. Sim, havia certo encanto em abandonar a vida em Oxford pela Sociedade Hermes. Ele queria fazer o que Griffin fazia; queria ter acesso ao funcionamento interno da Hermes, queria ver para onde iam as barras roubadas e o que era feito com elas. Queria conhecer aquele mundo oculto.

Mas se fosse, sabia que seria um caminho sem volta.

— É só que parece tão difícil me desligar completamente — disse ele. — De tudo.

— Você sabe como os romanos engordavam seus arganazes? — indagou Griffin.

Robin suspirou.

— Griffin.

— Seus professores mandaram você ler Varrão, não mandaram? Na *Res Rustica*, ele descreve um *glirarium*.* É uma engenhoca bastante sofisticada. Você faz uma botija de barro, só que ela é furada, para que o arganaz respire, e as superfícies internas são polidas até ficarem tão lisas que é impossível escapar. Você coloca comida nos buracos e se certifica de que haja algumas saliências e passarelas para que o arganaz não fique muito entediado. Mas o mais importante é que você mantém a botija escura, para que o arganaz sempre pense que é hora de hibernar. Então a única coisa que eles fazem é dormir e engordar.

— Tudo bem — disse Robin, impaciente. — Tudo bem. Eu entendi.

— Eu sei que é difícil — falou Griffin. — É difícil se livrar das armadilhas da sua posição. Você ainda ama a ajuda de custo que recebe, as becas de acadêmico e as festas regadas a vinho, tenho certeza...

— Não é por causa das festas regadas a vinho — insistiu Robin. — Eu não... quer dizer, eu não frequento essas festas. E também não é por causa da ajuda de custo nem das becas idiotas. É só que... não sei, é um salto muito grande.

* "Das coisas do campo".

Como poderia explicar? Babel representava mais do que conforto material. Babel era a razão de ele estar na Inglaterra, de não estar mendigando nas ruas de Cantão. Babel era o único lugar onde seus talentos importavam. Babel era segurança. E talvez tudo isso estivesse de fato moralmente comprometido... mas era tão errado assim querer sobreviver?

— Não se preocupe — disse Griffin. — Ninguém está pedindo para você deixar Oxford. Não é prudente, estrategicamente falando. Veja bem, eu estou livre e feliz por estar fora de lá, mas não posso entrar na torre. Estamos presos em uma relação simbiótica com as engrenagens do poder. Precisamos da prata deles. Precisamos das ferramentas deles. E, por mais que relutemos em admitir, nos beneficiamos das pesquisas deles.

Ele deu um empurrão de leve em Robin. Era para ser um gesto fraterno, mas nenhum dos dois tinha muita prática nisso, e acabou parecendo mais ameaçador do que talvez Griffin pretendesse.

— Você se dedica às suas leituras e continua lá dentro. Não se preocupe com a contradição. Sua culpa está mitigada, por enquanto. Aproveite seu *glirarium*, arganaz.

Griffin o deixou na esquina com a Woodstock. Robin observou seu corpo magro desaparecer nas ruas, o casaco esvoaçando ao seu redor como as asas de um pássaro gigante, e se perguntou como podia sentir ao mesmo tempo tanta admiração e tanto ressentimento por alguém.

No chinês clássico, os caracteres 二心 significavam intenções desleais ou traidoras; literalmente, podiam ser traduzidos como "dois corações". E Robin se viu na posição insustentável de amar aquilo que traía, duplamente.

Realmente amava Oxford e sua vida em Oxford. Era muito bom estar entre os babélicos, que eram, em muitos aspectos, o grupo de alunos mais privilegiado da universidade. Se ostentassem sua afiliação a Babel, podiam entrar em qualquer uma das bibliotecas da faculdade, incluindo a absurdamente linda Biblioteca Codrington, onde na verdade não havia nenhum material de referência de que precisavam, mas que visitavam com frequência mesmo assim, porque as paredes altas e o piso de mármore faziam com que se sentissem muito importantes. Todas as suas despesas eram pagas. Ao contrário dos outros estudantes que não podiam arcar com os estudos e o alojamento, eles nunca tiveram que servir comida no refeitório ou limpar os quartos dos professores particulares. O alojamento, a alimentação e as mensalidades eram pagos diretamente pelo Instituto, de modo que eles nunca nem sequer viam a conta — além disso, recebiam uma ajuda de custo de vinte xelins por mês e tinham acesso a um fundo discricionário que podiam usar para comprar qualquer material de estudo que quisessem. Se apresentassem a mais frágil argumentação de que uma caneta-tinteiro com ponta de ouro ajudaria nos estudos, Babel pagaria por ela.

A importância disso nunca tinha passado pela cabeça de Robin até uma noite em que ele esbarrou com Bill Jameson na sala comunal, rabiscando números em uma folha de papel com uma expressão abatida no rosto.

— As contas deste mês — explicou ele a Robin. — Gastei mais do que minha família me mandou... A conta não está fechando.

Os números no papel deixaram Robin espantado; ele nunca havia imaginado que as mensalidades de Oxford pudessem ser tão caras.

— O que você vai fazer? — perguntou ele.

— Eu tenho algumas coisas que posso penhorar para compensar a diferença até o mês que vem. Ou vou ter que pular algumas refeições até lá. — Jameson olhou para Robin. Ele parecia extremamente desconfortável. — Olha, eu odeio pedir, mas você acha...

— Claro — Robin se apressou em dizer. — De quanto você precisa?

— Eu não queria fazer isso, mas os custos deste período... Eles estão nos cobrando para dissecar cadáveres na aula de Anatomia, eu realmente...

— Não precisa se justificar. — Robin enfiou a mão no bolso, pegou o porta-moedas e começou a contar o dinheiro. Sentiu-se terrivelmente pretensioso ao fazer isso; tinha pegado a ajuda de custo na tesouraria naquela manhã e esperava que Jameson não achasse que ele sempre andava por aí com tanto dinheiro no bolso. — Você acha que isso cobre as refeições, pelo menos?

— Você é um anjo, Swift. Eu te pago de volta no início do mês que vem. — Jameson suspirou e balançou a cabeça. — Babel. Eles cuidam mesmo de vocês, não é?

Era verdade. O Instituto não era apenas muito rico, era também respeitado. A faculdade deles era de longe a mais prestigiada de Oxford. Era sobre Babel que os novos universitários se gabavam quando mostravam o campus aos parentes que iam visitá-los. Era um estudante de Babel que invariavelmente ganhava o prêmio anual da reitoria de Oxford, concedido à melhor composição de versos em latim, bem como a bolsa Kennicott para estudos de hebraico. Eram os alunos de Babel os convidados para recepções especiais*

---

* A princípio, essas recepções eram divertidas, mas logo se tornaram cansativas quando ficou evidente que os alunos de Babel estavam lá menos como convidados ilustres e mais como animais de zoológico em exibição, dos quais se esperava que entretivessem os doadores ricos. Robin, Victoire e Ramy eram sempre tratados como representantes nacionais dos países de onde

com políticos, aristocratas e os inimaginavelmente ricos que compunham a clientela do saguão. Certa vez, houve rumores de que a princesa Vitória compareceria à festa anual nos jardins da faculdade; isso acabou se provando falso, mas ela deu a eles uma nova fonte de mármore, que foi instalada no gramado uma semana depois e que o professor Playfair encantou para que lançasse arcos de água altos e cintilantes a qualquer hora do dia.

No meio do segundo período letivo, como todos os grupos de Babel antes deles, Robin, Ramy, Victoire e Letty haviam incorporado a insuportável superioridade dos acadêmicos que sabiam que podiam ir a qualquer lugar do campus. Eles se divertiam muito ao ver como os pesquisadores visitantes, que os tratavam de forma condescendente ou os ignoravam no refeitório, começavam a bajulá-los e apertar sua mão quando eles revelavam que estudavam tradução. Mencionavam casualmente que tinham acesso à Sala Comunal dos Decanos, que era muito agradável e inacessível a outros alunos de graduação, embora na verdade raras vezes passassem muito tempo lá, pois era difícil ter uma simples conversa com um professor velho e cheio de rugas sentado roncando num canto.

Victoire e Letty, que agora entendiam que a presença de mulheres em Oxford era mais um segredo aberto do que um tabu absoluto, aos poucos começaram a deixar os cabelos crescerem. Um dia, Letty até apareceu no refeitório para jantar usando saia em vez de calças. Os meninos da Univ cochicharam e apontaram, mas os professores e funcionários não disseram nada, e ela foi servida — os três pratos e o vinho — sem incidentes.

Mas também havia aspectos importantes que evidenciavam seu não pertencimento. Ninguém servia Ramy em nenhum dos pubs favoritos deles se ele fosse o primeiro a chegar. Letty e Victoire não podiam retirar livros da biblioteca sem a presença de um aluno do sexo masculino. Os lojistas sempre achavam que Victoire era empregada de Letty ou Robin. Com certa regularidade, os porteiros pediam aos quatro para, por favor, não pisarem no gramado, pois era proibido, enquanto os outros rapazes pisoteavam toda a grama delicada à sua volta.

Além do mais, eles levaram vários meses para aprender a falar como os oxfordianos. O inglês de Oxford era diferente do inglês de Londres e tinha se desenvolvido em grande parte devido à tendência dos graduandos de

---

pareciam vir. Obrigavam Robin a aguentar conversas insuportáveis sobre os jardins botânicos e os artigos de laca chineses; esperavam de Ramy que se aprofundasse sobre o funcionamento interno da "raça hindu", o que quer que isso significasse; e, de maneira bizarra, sempre pediam que Victoire desse conselhos sobre especulação no Cabo.

corromper e abreviar quase tudo. *Magdalene* era pronunciado *maudlin**; da mesma forma, *St Aldate's* havia se tornado *St Old's*. A Magna Vacatio virou Long Vacation** que virou apenas Long. A New College tornou-se New; a faculdade St Edmund's tornou-se Teddy. Robin levou meses para se acostumar a pronunciar "Univ" quando queria se referir à "University College". Uma *spread* era uma festa com um número considerável de convidados; *pidge* era a abreviação de *pigeonhole****, que por sua vez designava um dos cubículos de madeira onde a correspondência deles era deixada.

A fluência também envolvia toda uma série de regras sociais e convenções tácitas que Robin temia nunca entender por completo. Nenhum deles conseguia compreender a etiqueta particular dos cartões de visita, por exemplo, ou, para começar, como alguém penetrava pouco a pouco o ecossistema social da faculdade, ou ainda como funcionavam os muitos níveis distintos, mas sobrepostos, desse ecossistema.**** Estavam sempre ouvindo rumores sobre festas loucas, noites no pub que saíam do controle, reuniões de sociedades secretas e chás da tarde nos quais fulano tinha sido devastadoramente grosseiro com seu professor particular ou sicrano tinha insultado a irmã de alguém, mas nunca haviam testemunhado esses eventos.

— Por que nós não somos convidados para essas festas regadas a vinho? — perguntou Ramy. — Somos encantadores.

— Você não bebe vinho — observou Victoire.

— Bem, eu gostaria de desfrutar da *atmosfera*...

— É porque você não dá nenhuma festa regada a vinho — interveio Letty. — É uma economia de concessão mútua. Algum de vocês por acaso já entregou um cartão de visita a alguém?

— Eu acho que nunca nem *vi* um cartão de visita — disse Robin. — É muito complicado usá-los?

— Ah, não, é bem simples — respondeu Ramy. — *Para o Exmo. sr. Pendennis, Besta Infernal, vou lhe dar litros de bebida esta noite. Vá para o inferno, seu inimigo, Mirza*. O que acha?

— Muito educado. — Letty bufou. — Não me admira que você não faça parte da realeza da faculdade.

---

* *Maudlin*, piegas, sentimental. (N. E.)

** *Long vacation*, férias longas. (N. T.)

*** *Pigeonhole*, escaninho. (N. T.)

**** Por intermédio de Colin Thornhill e dos irmãos Sharp, Robin tomou conhecimento dos vários "grupos" dos quais uma pessoa podia fazer parte, que incluíam os "rápidos", os "lentos", os "leitores", os "cavalheiros", os "libertinos", os "pecadores", os "sorridentes" e os "santos". Ele achava que talvez se enquadrasse entre os "leitores". Esperava não ser um "libertino".

Eles definitivamente não eram da realeza da faculdade. Nem mesmo os babélicos brancos dos anos anteriores pertenciam à realeza da faculdade, pois Babel os mantinha ocupados demais com os estudos para que desfrutassem de uma vida social. Esse rótulo só poderia descrever um aluno do segundo ano da Univ chamado Elton Pendennis e seus amigos. Eram todos alunos de classe alta, o que significava que tinham pagado taxas mais altas à universidade para não fazer os exames de admissão e desfrutar dos mesmos privilégios daqueles que ocupavam cargos na faculdade. Sentavam-se à mesa alta no refeitório, moravam em apartamentos muito melhores do que os dormitórios da Magpie Lane e podiam jogar sinuca na Sala Comunal dos Decanos sempre que quisessem. Gostavam de caçar, jogar tênis e bilhar nos fins de semana e iam a Londres de coche todos os meses para comparecer a jantares e bailes. Nunca faziam compras na High Street; todas as últimas modas no que dizia respeito a roupas, charutos e acessórios eram levadas diretamente de Londres para seus aposentos por vendedores que nem se davam ao trabalho de fazer menção aos preços.

Letty, que havia crescido em meio a garotos como Pendennis, fazia dele e de seus amigos alvos de uma torrente de vitupérios.

— Garotos ricos estudando à custa do pai. Aposto que nunca abriram um livro na vida. Eu não sei por que o Elton se acha tão bonito. Ele tem lábios de menina; não deveria fazer tanto beicinho. Aqueles paletós transpassados roxos são ridículos. E eu não sei por que ele fica dizendo para todo mundo que tem um compromisso com a Clara Lilly. Eu conheço a Clara, e ela está praticamente noiva do filho mais velho dos Woolcott…

Ainda assim, Robin não conseguia não ter inveja daqueles garotos — rapazes nascidos naquele mundo, que proferiam seus códigos como falantes nativos. Quando via Elton Pendennis e seus amigos caminhando e rindo pelo gramado, não conseguia não imaginar, apenas por um momento, como seria fazer parte daquele círculo. Desejava ter a vida de Pendennis, não tanto pelos prazeres materiais — o vinho, os charutos, as roupas, os jantares —, mas pelo que ela representava: a garantia de ser sempre bem-vindo na Inglaterra. Se conseguisse alcançar a fluência de Pendennis, ou pelo menos uma imitação dela, então ele também fazia parte da tapeçaria daquela vida idílica no campus. Não seria mais o estrangeiro, questionando sua pronúncia a cada passo, mas um nativo cujo pertencimento não poderia ser questionado nem revogado.

* * *

Foi um grande choque quando, uma noite, Robin encontrou um cartão de visita gravado em relevo em seu escaninho. O cartão dizia:

*Robin Swift,*

*Gostaríamos de contar com o prazer de sua companhia para tomarmos uns drinques na próxima sexta-feira — às sete horas, se quiser estar lá desde o início, ou em qualquer horário razoável depois disso, não somos exigentes.*

Estava assinado, com uma caligrafia muito impactante que Robin levou um momento para decifrar: *Elton Pendennis.*

— Acho que você está dando importância demais a isso — disse Ramy quando Robin mostrou o cartão a eles. — Não me diga que realmente vai.

— Eu não quero ser grosseiro — respondeu Robin debilmente.

— E daí se o Pendennis achar que você é grosseiro? Ele não te convidou por causa dos seus modos impecáveis, ele só quer ser amigo de alguém de Babel.

— Obrigado, Ramy.

Ramy ignorou o comentário e acrescentou:

— A pergunta é: por que *você*? Eu sou infinitamente mais charmoso.

— Você não é refinado o suficiente — disse Victoire. — O Robin é.

— Eu não entendo o que as pessoas querem dizer com *refinado* — retrucou Ramy. — As pessoas sempre usam esse termo para fazer referência aos nobres e bem-nascidos. Mas o que isso *significa* de verdade? Quer dizer apenas que você é muito rico?

— Eu quis dizer no âmbito das boas maneiras — respondeu Victoire.

— Muito engraçado — falou Ramy. — Mas eu acho que a questão não são as boas maneiras. É que o Robin passa por branco e nós não.

Robin não conseguia acreditar que eles estavam sendo tão grosseiros a respeito daquilo.

— É impossível eles quererem apenas minha companhia?

— Não é impossível, só improvável. Você é péssimo com pessoas que não conhece.

— Não é verdade.

— É sim. Você sempre se fecha e se encolhe em um canto como se estivessem prestes a atirar em você. — Ramy cruzou os braços e inclinou a cabeça. — Por que quer ir jantar com eles?

— Não sei. Eles só me convidaram para tomar um vinho.

— Um vinho, e depois? — insistiu Ramy. — Você acha que eles vão deixar você entrar para o grupo? Está esperando que eles te levem ao Bullingdon Club?

O clube em Bullingdon Green era um estabelecimento exclusivo, onde as pessoas podiam comer e praticar esportes e onde os jovens podiam passar a tarde caçando ou jogando críquete. A adesão se dava por motivos misteriosos que pareciam fortemente correlacionados com riqueza e influência. Apesar de todo o prestígio de Babel, nenhum dos alunos do Instituto que Robin conhecia tinha a mais remota esperança de um dia ser aceito como membro.

— Talvez — disse Robin, só para ser do contra. — Seria legal dar uma olhada lá dentro.

— Você está empolgado — acusou Ramy. — Tem esperança de que eles te adorem.

— Tudo bem admitir que você está com inveja.

— Não venha chorar quando eles derramarem vinho na sua camisa e xingarem você.

Robin sorriu.

— Você não vai defender a minha a honra?

Ramy deu tapinhas no ombro dele.

— Roube um cinzeiro para mim; eu vou penhorar para pagar as despesas do Jameson.

Por alguma razão, foi Letty quem se opôs com mais veemência à ideia de Robin aceitar o convite de Pendennis. Quando eles deixaram o café para ir à biblioteca, muito depois de a conversa ter mudado para outro assunto, ela o puxou pelo cotovelo até eles ficarem vários passos atrás de Ramy e Victoire.

— Esses garotos não prestam — comentou ela, categórica. — Eles bebem demais, são indolentes, péssimas influências.

Robin riu.

— É só uma festa, Letty.

— Então, por que você quer ir? — questionou ela. — Você quase não bebe.

Ele não conseguia entender por que ela estava dando tanta importância àquilo.

— Eu estou curioso, só isso. Provavelmente vai ser horrível.

— Então não apareça — insistiu ela. — Simplesmente jogue o cartão fora.

— Bem, não, isso seria grosseiro. E eu não tenho nada para fazer nessa noite...

— Você pode ficar com a gente — rebateu ela. — O Ramy quer cozinhar uma coisa.

— O Ramy está sempre cozinhando alguma coisa, e sempre fica com um gosto horrível.

— Ah, então você tem esperança de que eles te deixem fazer parte do grupo? — Ela arqueou uma das sobrancelhas. — Swift e Pendennis, amigos do peito, é isso que você quer?

Ele sentiu uma pontada de irritação.

— Você tem realmente tanto medo assim de eu fazer outros amigos? Acredite em mim, Letitia, nenhuma companhia chega aos pés da sua.

— Entendi. — Para seu choque, a voz de Letty falhou. Seus olhos, ele notou, tinham ficado muito vermelhos. Ela estava prestes a chorar? O que havia de errado com ela? — Então é assim.

— É só uma festa onde vamos beber vinho — disse Robin, frustrado. — Qual é o problema, Letty?

— Deixa pra lá — respondeu ela, e apressou o passo. — Beba com quem você quiser.

— É o que eu vou fazer — retrucou ele, irritado, mas ela já o havia deixado para trás.

Às 18h50 da sexta-feira seguinte, Robin vestiu seu único paletó elegante, tirou de debaixo da cama uma garrafa de vinho do Porto que havia comprado na Taylor's e caminhou até os apartamentos da Merton Street. Não teve dificuldade para encontrar os aposentos de Elton Pendennis. Logo depois de entrar na rua, ouviu vozes altas e o som de piano um tanto fora do ritmo vindo das janelas.

Teve que bater várias vezes até que alguém o ouvisse. A porta se abriu, revelando um garoto de cabelos louro-claros cujo nome Robin lembrava vagamente ser St Cloud.

— Ah — disse ele, fitando Robin de cima a baixo com os olhos semicerrados. Parecia bastante embriagado. — Você veio.

— Pareceu a coisa educada a fazer — respondeu Robin. — Já que fui convidado? — Ele odiou como sua voz assumiu a entonação de uma pergunta.

St Cloud piscou para ele, então se virou e fez um gesto vago indicando o interior do apartamento.

— Bem, entre.

Lá dentro, três outros garotos estavam sentados em poltronas na sala de estar, tão enevoada pela fumaça de charuto que Robin tossiu ao entrar.

Os rapazes estavam todos amontoados em volta de Elton Pendennis, como folhas em torno de uma flor. De perto, os relatos sobre sua boa aparência não pareciam nem um pouco exagerados. Ele era um dos homens mais bonitos que Robin já conhecera, um herói byroniano encarnado. Seus olhos eram emoldurados por cílios grossos e escuros; os lábios carnudos teriam parecido femininos, como Letty havia acusado, não fosse o maxilar quadrado e largo.

— Não é a companhia, é o *tédio* — dizia ele. — Londres é divertida por uma temporada, mas aí você começa a ver todos os mesmos rostos de novo, ano após ano, e as garotas nunca ficam mais bonitas, só mais velhas. Depois de ir a um baile, é como se você já tivesse ido a todos. Sabe, um dos amigos do meu pai uma vez prometeu aos conhecidos mais próximos que era capaz de tornar suas reuniões mais animadas. Ele organizou um jantar elaborado e disse aos criados para saírem e convidarem todos os mendigos e sem-teto que encontrassem. Quando chegaram, os amigos dele viram aquele monte de vagabundos, completamente bêbados, dançando em cima das mesas... Foi hilário, eu gostaria de ter sido convidado.

A piada terminou ali; a plateia riu no momento certo. Depois de completar seu monólogo, Pendennis olhou para cima.

— Ah, olá. Robin Swift, não é?

Àquela altura, o otimismo hesitante de Robin de que talvez fosse se divertir havia evaporado. Ele se sentiu esgotado.

— Eu mesmo.

— Elton Pendennis — disse Pendennis, estendendo a mão para apertar a de Robin. — Estamos muito felizes por você ter vindo.

Ele apontou para os outros rapazes na sala com o charuto, soltando fumaça enquanto fazia as apresentações.

— Esse é Vincy Woolcombe. — Um garoto ruivo sentado ao lado de Pendennis dirigiu a Robin um aceno simpático. — Milton St Cloud, o responsável pelo nosso entretenimento musical. — O loiro e sardento St Cloud, que havia se sentado diante do piano, fez um aceno preguiçoso com a cabeça, em seguida voltou a tocar uma sequência desafinada. — E Colin Thornhill, que você já conhece.

— Nós somos vizinhos na Magpie Lane — comentou Colin, ansioso. — O Robin fica no quarto sete, e eu no três...

— Você já tinha dito — comentou Pendennis. — Várias vezes, na verdade.

Colin vacilou. Robin desejou que Ramy estivesse lá para ver; nunca tinha conhecido alguém capaz de eviscerar Colin com um único olhar.

— Quer beber alguma coisa? — perguntou Pendennis. Sobre a mesa havia uma variedade tão grande de bebidas alcoólicas que Robin ficou tonto só de olhar. — Sirva-se do que quiser. Nós nunca conseguimos chegar a um acordo sobre a bebida. O vinho do Porto e o xerez estão sendo decantados ali... Ah, estou vendo que você trouxe uma coisa, é só colocar na mesa. — Pendennis nem olhou para a garrafa. — Aqui temos absinto, ali rum... ah, só sobrou um pouco de gim, mas fique à vontade para terminar a garrafa, não é muito bom. E nós encomendamos uma sobremesa do Sadler's, então, por favor, sirva-se, caso contrário, vai até estragar.

— Só um pouco de vinho — falou Robin. — Se tiver.

Seu grupo raramente bebia junto, em respeito a Ramy, e Robin ainda não havia adquirido o conhecimento pormenorizado sobre os tipos e as marcas de bebida alcoólica, tampouco sobre o que a escolha da bebida dizia a respeito do caráter de uma pessoa. Mas o professor Lovell sempre bebia vinho no jantar, então vinho parecia seguro.

— É claro. Tem um clarete, ou Porto e Madeira se você quiser algo mais forte. Charuto?

— Ah, não, mas o Madeira está ótimo, obrigado.

Robin se sentou no único assento vago, segurando uma taça bem cheia.

— Então você é um babélico — começou Pendennis, recostando-se na poltrona.

Robin bebeu um gole de vinho, tentando mimetizar a postura lânguida de Pendennis. Como alguém conseguia fazer uma posição tão relaxada parecer tão elegante?

— É assim que as pessoas nos chamam.

— O que você estuda? Chinês?

— A minha especialidade é mandarim — disse Robin. — Embora eu também esteja estudando comparações com o japonês e, eventualmente, sânscrito...

— Então você é um china? — quis saber Pendennis. — Nós não tínhamos certeza... Eu acho que você parece inglês, mas o Colin jurou que você era oriental.

— Eu nasci em Cantão — respondeu Robin pacientemente. — Mas diria que sou inglês também...

— Eu conheço a China — interveio Woolcombe. — "Kubla Khan."

Houve uma breve pausa.

— Sim — disse Robin, se perguntando se aquela observação deveria significar alguma coisa.

— O poema de Coleridge — esclareceu Woolcombe. — Uma obra literária bem oriental. Ao mesmo tempo, de alguma forma, muito romântica também.

— Que interessante — comentou Robin, se esforçando ao máximo para ser educado. — Vou ter que ler.

O silêncio se instalou outra vez. Robin sentiu uma pressão para que mantivesse a conversa, então tentou inverter a pergunta.

— Então o que... o que vocês vão fazer? Quer dizer, depois de se formarem.

Eles riram. Pendennis apoiou o queixo na mão.

— *Fazer* — disse ele lentamente — é uma palavra muito proletária. Eu prefiro a vida da mente.

— Não dê ouvidos a ele — falou Woolcombe. — Ele vai viver de renda e obrigar todos os seus convidados a ouvirem reflexões filosóficas grandiosas até morrer. Eu vou ser clérigo, o Colin, advogado. O Milton vai ser médico, se conseguir frequentar as aulas.

— Então você não está se preparando para nenhuma profissão aqui? — Robin perguntou a Pendennis.

— Eu escrevo — respondeu Pendennis com uma indiferença deliberada, como uma pessoa extremamente vaidosa que atira migalhas de informação esperando que se tornem objeto de fascínio. — Eu escrevo poesia. Não produzi muito até agora...

— Mostre a ele! — exclamou Colin, bem na hora. — Mostre a ele. Robin, é tão profundo, espere só até ouvir...

— Tudo bem. — Pendennis se inclinou para a frente, ainda fingindo relutância, e pegou uma pilha de papéis que Robin percebeu que havia sido colocada na mesa de centro de modo a ficar o tempo todo à vista. — Bem, esse é uma resposta a "Ozymandias", de Shelley,* que é, como você sabe, uma ode à implacável devastação que o tempo impõe a todos os grandes impérios e seus legados. Só que eu argumento que, na era moderna, os legados podem ser construídos para durar e, de fato, existem grandes homens desse tipo em Oxford, capazes de uma tarefa tão monumental. — Ele pigarreou. — Eu começo com o mesmo verso que Shelley: *Ao vir de antiga terra, disse-me um viajante...*

---

* Muitos dos estudantes românticos da Univ se imaginavam sucessores de Percy Bysshe Shelley, que raramente assistia a aulas, foi expulso por se recusar a admitir a autoria de um panfleto intitulado "A necessidade do ateísmo", casou-se com uma jovem refinada chamada Mary e mais tarde morreu afogado em uma violenta tempestade no Golfo de La Spezia.

Robin se recostou e bebeu o restante de seu Madeira. Vários segundos se passaram antes que ele percebesse que o poema havia terminado e que sua avaliação era esperada.

— Nós temos tradutores que trabalham com poesia em Babel — comentou ele suavemente, por falta de algo melhor para dizer.

— Claro que não é a mesma coisa — disse Pendennis. — Traduzir poesia é para quem não tem a chama criativa. A esses só resta buscar fama residual copiando o trabalho de outros.

Robin riu.

— Eu não acho que isso seja verdade.

— Você não tem como saber — retrucou Pendennis. — Você não é poeta.

— Na verdade... — Robin mexeu na haste da taça por um momento, em seguida decidiu continuar falando. — Eu acho que, em vários aspectos, a tradução pode ser muito mais difícil do que uma composição original. O poeta é livre para dizer o que quiser, ele pode recorrer a vários artifícios linguísticos na língua em que está compondo. Escolha vocabular, ordem das palavras, sonoridade, tudo isso importa, e sem um desses elementos a coisa toda desmorona. É por isso que Shelley escreve que traduzir poesia é como lançar uma violeta em um crisol.* Portanto, o tradutor precisa ser tradutor, crítico literário e poeta ao mesmo tempo, tem que ler o original bem o suficiente para compreender todos os mecanismos subjacentes e para transmitir o significado com o máximo de precisão possível, em seguida reorganizar o significado traduzido em uma estrutura esteticamente agradável na língua de chegada que, em seu julgamento, corresponda ao original. O poeta corre livre pelas pradarias. O tradutor dança algemado.

Ao fim desse discurso, Pendennis e seus amigos estavam olhando para ele, boquiabertos e confusos, como se não tivessem certeza do que pensar a seu respeito.

— Dança algemado... — disse Woolcombe após uma pausa. — Isso é maravilhoso.

— Mas eu não sou poeta — respondeu Robin, de maneira um pouco mais maldosa do que pretendia. — Então, realmente, não tenho como saber.

---

* Apesar da antipatia por Shelley, Robin havia lido suas reflexões sobre tradução, que respeitava a contragosto: "Eis a vaidade da tradução; transportar de uma língua para outra criações de um poeta equivale a lançar uma violeta em um crisol para descobrir o princípio formal de sua cor e de seu odor. A planta deve brotar outra vez da semente, ou não dará flor — e esse é o fardo da maldição de Babel."

Sua ansiedade havia se dissipado por completo. Não estava mais preocupado com a forma como se apresentava, se o paletó estava bem abotoado ou se havia migalhas no canto da boca. Não queria a aprovação de Pendennis. Não se importava com a aprovação de nenhum deles.

A verdade sobre aquela reunião se revelou com tanta clareza que ele quase deu uma gargalhada. Eles não o estavam avaliando para saber se Robin podia se tornar um membro do grupo. Estavam tentando impressioná-lo — e ao impressioná-lo, mostrar sua própria superioridade, provar que ser um babélico não era tão bom quanto ser um dos amigos de Elton Pendennis.

Mas Robin não ficou impressionado. Aquilo era a nata da sociedade de Oxford? *Aquilo?* Ele sentiu uma profunda pena deles — aqueles rapazes que se consideravam estetas, que achavam que sua vida era tão refinada quanto uma vida examinada poderia ser. Mas eles nunca iam gravar uma palavra em uma barra de prata nem sentir o peso de seu significado reverberar em seus dedos. Nunca iam mudar a tessitura do mundo apenas formulando um desejo.

— Então é isso que ensinam a vocês em Babel? — Woolcombe estava um pouco surpreso.

Ao que parecia, ninguém jamais contrariava Elton Pendennis.

— Isso e mais um pouco — respondeu Robin.

Sentia uma onda inebriante toda vez que falava. Aqueles rapazes não eram nada; ele poderia dizimá-los com uma palavra, se quisesse. Podia pular no sofá e jogar vinho nas cortinas sem maiores consequências, porque simplesmente não se importava. Aquela onda de confiança inebriante era desconhecida para Robin, mas a sensação era maravilhosa.

— Claro que o mais importante em Babel é o trabalho com a prata — prosseguiu ele. — Todo esse negócio sobre poesia não passa de uma teoria subjacente.

Ele estava falando sem pensar. Tinha apenas uma vaga ideia da teoria subjacente ao trabalho com a prata, mas o que quer que tivesse acabado de dizer soou bem e funcionou ainda melhor.

— Você já trabalhou com prata? — quis saber St Cloud. Pendennis dirigiu-lhe um olhar irritado, mas St Cloud continuou: — É difícil?

— Eu ainda estou aprendendo os fundamentos — respondeu Robin. — São dois anos de estudos, depois um ano de aprendizado prático em um dos andares e só então eu vou poder gravar barras sozinho.

— Você pode nos ensinar? — perguntou Pendennis. — Eu posso fazer isso?

— Não ia funcionar com você.

— Por que não? — questionou Pendennis. — Eu sei latim e grego.

— Você não conhece esses idiomas bem o suficiente — respondeu Robin. — Você tem que viver e respirar um idioma, não só se virar com um texto de vez em quando. Você sonha em outros idiomas além do inglês?

— E você por acaso sonha? — retrucou Pendennis.

— Bem, sim — respondeu Robin. — Afinal, *eu sou um china*.

A sala mergulhou mais uma vez em um silêncio vacilante. Robin decidiu acabar com o sofrimento deles.

— Obrigado pelo convite — disse, levantando-se. — Mas tenho que ir para a biblioteca.

— Imagino — ironizou Pendennis. — Tenho certeza de que eles o mantêm muito ocupado.

Ninguém disse nada enquanto Robin pegava seu casaco. Pendennis observou-o com uma despreocupação fingida, os olhos semicerrados e bebericando seu Madeira. Colin piscou muito rápido; sua boca se abriu uma ou duas vezes, mas ele não disse nada. Milton fez uma menção desconexa de se levantar para acompanhá-lo até a porta, mas Robin acenou para que ele permanecesse sentado.

— Você consegue encontrar a saída sozinho? — perguntou Pendennis.

— Tenho certeza de que dou conta — disse Robin por cima do ombro enquanto ia embora. — Este lugar não é muito grande.

Na manhã seguinte, ele contou tudo para seu grupo às gargalhadas.

— Recite o poema dele outra vez — implorou Victoire. — Por favor.

— Eu não me lembro de tudo — disse Robin. — Mas deixe-me pensar... Espere, sim, havia mais um verso, *o sangue de uma nação corria em seu rosto nobre...*

— Não... Ah, meu Deus...

— *E o espírito de Waterloo no cabelo cor de cobre...*

— Eu não sei do que vocês estão rindo — falou Ramy. — O sujeito é um gênio poético.

Letty era a única que não ria.

— Lamento que você não tenha se divertido — comentou ela com frieza.

— Você tinha razão — respondeu Robin, tentando ser generoso. — Eles são uns idiotas, está bem? Eu nunca deveria ter saído do seu lado, minha querida, doce e sensata Letty. Você está sempre certa sobre tudo.

Ela não respondeu. Pegou os livros, espanou a calça e saiu em um rompante do refeitório. Victoire fez menção de se levantar para ir atrás dela, em seguida suspirou, balançou a cabeça e voltou a se sentar.

— Deixe ela — disse Ramy. — Não vamos desperdiçar uma bela tarde.

— Ela é sempre assim? — perguntou Robin. — Não sei como você aguenta morar com ela.

— Vocês provocam — acusou Victoire.

— Não comece a defender...

— É verdade — insistiu Victoire. — Vocês dois, não finjam que não; vocês gostam de ver ela explodir.

— Só porque ela é muito arrogante o tempo todo — zombou Ramy. — Ela é uma outra pessoa com você, então, ou você simplesmente se acostumou com o jeito dela?

Victoire os encarou. Ela parecia estar tentando decidir alguma coisa. Então perguntou:

— Vocês sabiam que ela tinha um irmão?

— Como assim, algum nababo em Calcutá? — perguntou Ramy.

— Ele morreu — disse Victoire. — Há um ano.

— Ah. — Ramy piscou. — Coitada.

— O nome dele era Lincoln. Lincoln e Letitia Price. Quando crianças, eles eram tão próximos que todos os amigos da família se referiam aos dois como os gêmeos. Ele veio para Oxford alguns anos antes dela, mas não tinha nem metade do pendor para os estudos que a irmã, e todas as férias ele e o pai tinham brigas horríveis por causa de como ele estava desperdiçando sua educação. Ele era muito mais parecido com o Pendennis do que com qualquer um de nós, se é que me entendem. Uma noite ele saiu para beber. A polícia apareceu na casa da Letty na manhã seguinte e disse que tinha encontrado o corpo do Lincoln debaixo de uma carruagem. Ele havia adormecido na beira da estrada, e o condutor só percebeu que ele estava debaixo das rodas horas depois. Deve ter morrido pouco antes do amanhecer.

Ramy e Robin ficaram em silêncio; nenhum dos dois conseguia pensar em nada para dizer. Sentiam-se como menininhos repreendidos, como se Victoire fosse sua severa governanta.

— A Letty veio para Oxford alguns meses depois — continuou ela. — Vocês sabiam que Babel tem um exame de admissão geral para candidatos que não vêm com uma recomendação especial? Ela fez e passou. É a única faculdade de Oxford que aceita mulheres. A Letty sempre quis vir para Babel, estudou para isso a vida inteira, mas o pai não permitia que ela frequentasse a universidade. Foi só depois da morte do Lincoln que ele deixou a Letty vir e ficar, no lugar dele. Era ruim ter uma filha em Oxford, mas pior ainda não ter filho nenhum em Oxford. Não é terrível?

— Eu não sabia — confessou Robin, envergonhado.

— Acho que vocês dois não fazem ideia de como é difícil ser mulher aqui — disse Victoire. — Eles são liberais no papel, sem dúvida. Mas pensam tão pouco de nós... Nossa senhoria vasculha nossas coisas quando estamos fora, como se estivesse procurando provas de que temos amantes. Cada fraqueza que demonstramos é uma comprovação das piores teorias a nosso respeito, que somos frágeis, histéricas e fracas demais por natureza para dar conta do tipo de trabalho que nos propomos a fazer.

— Imagino que isso signifique que devemos desculpar a Letty por andar por aí o tempo todo se achando melhor do que as outras pessoas — murmurou Ramy.

Victoire lhe dirigiu um olhar bem-humorado.

— Ela é insuportável às vezes, é verdade. Mas não tem a intenção de ser cruel. Só tem medo de aqui não ser o lugar dela. A Letty tem medo de todo mundo desejar que ela fosse o irmão, e tem medo de ser mandada para casa se sair um pouco que seja da linha. Mas, acima de tudo, ela tem medo de que um de vocês vá pelo mesmo caminho do Lincoln. Sejam pacientes com ela, vocês dois. Não sabem quanto do comportamento dela é ditado pelo medo.

— O comportamento dela é ditado pelo egocentrismo — alfinetou Ramy.

— Seja como for, eu tenho que morar com ela. — O rosto de Victoire se contraiu; ela parecia muito irritada com os dois. — Então me desculpem por tentar manter a paz.

O mau humor de Letty nunca durava muito, e ela logo expressou seu perdão tácito. Quando eles entraram na sala do professor Playfair no dia seguinte, ela retribuiu o sorriso hesitante de Robin. Victoire fez um aceno com a cabeça quando ele olhou para ela. Estavam todos em sintonia, aparentemente; Letty sabia que Robin e Ramy sabiam, sabia que eles sentiam muito, e ela mesma sentia muito e estava um pouco envergonhada por ter sido tão dramática. Não havia mais nada a dizer.

Além disso, havia debates mais empolgantes pela frente. Na aula do professor Playfair, naquele período, eles iam se concentrar na ideia de fidelidade.

— Os tradutores estão sempre sendo acusados de infidelidade — explicou o professor Playfair. — Então, o que isso implica, essa fidelidade? Fidelidade a quem? Ao texto? Aos leitores? Ao autor? A fidelidade está dissociada do estilo? Da beleza? Comecemos com o que Dryden escreveu sobre a *Eneida*. *Eu me esforcei para fazer com que Virgílio falasse o inglês que ele falaria se tivesse nascido na Inglaterra, e nos tempos atuais.* — O professor encarou a turma. — Alguém aqui acha que isso é fidelidade?

— Vamos lá — disse Ramy. — Não, eu não acho que isso esteja correto. Virgílio pertencia a determinado tempo e a determinado lugar. Apagar tudo isso e fazê-lo falar como qualquer inglês com quem você pudesse esbarrar na rua não é ser mais infiel?

O professor Playfair deu de ombros.

— Também não seria uma infidelidade fazer Virgílio parecer um estrangeiro enfadonho, em vez de um homem com quem você teria prazer em conversar? Ou, como no caso de Guthrie, fazer de Cícero um membro do Parlamento inglês? Mas eu confesso que esses métodos são questionáveis. Se levarmos as coisas longe demais, podemos acabar com algo como a tradução de Pope da *Ilíada*.

— Eu achava que Pope era um dos maiores poetas de seu tempo — comentou Letty.

— Talvez em seu trabalho original — disse o professor Playfair. — Mas ele introduz tantos britanismos no texto que faz Homero soar como um aristocrata inglês do século XVIII. E isso definitivamente não condiz com nossa imagem de gregos e troianos em guerra.

— Soa como a típica arrogância inglesa — provocou Ramy.

— Não são só os ingleses que fazem isso — disse o professor Playfair. — Lembrem-se de como Herder ataca os neoclássicos franceses por fazerem de Homero um prisioneiro, vestido com roupas francesas e seguindo os costumes franceses, para que ele não desagrade. E todos os tradutores conhecidos da Pérsia privilegiavam o "espírito" da tradução em detrimento da precisão palavra por palavra. Na verdade, eles muitas vezes achavam apropriado mudar nomes europeus para nomes persas, além de substituir os aforismos na língua de chegada por versos e provérbios persas. Vocês acham que isso era errado? Que eles não estavam sendo fiéis?

Ramy não contestou.

O professor Playfair prosseguiu:

— Não existe resposta certa, é claro. Nenhum dos teóricos antes de vocês conseguiu resolver essa questão. Esse é o debate contínuo do nosso campo. Schleiermacher argumentava que as traduções deveriam ser artificiais o bastante para se apresentarem claramente como textos estrangeiros. E sustentava que havia duas opções: ou o tradutor deixa o autor em paz e leva o leitor até ele; ou deixa o leitor em paz e leva o autor em sua direção. Schleiermacher escolheu a primeira opção. No entanto, a corrente dominante na Inglaterra agora é a última, fazer com que as traduções soem tão naturais para o leitor inglês que não sejam lidas como traduções. Qual das opções parece correta para vocês? Devemos tentar ao máximo, como tradutores, nos tornar invisíveis? Ou lembramos ao leitor que o que ele está lendo não foi escrito em sua língua nativa?

— É uma pergunta sem resposta — disse Victoire. — Ou você situa o texto em seu tempo e lugar, ou o traz para onde você está, aqui e agora. Mas vai estar sempre abrindo mão de alguma coisa.

— A tradução fiel é impossível, então? — desafiou o professor Playfair. — Será que nunca podemos nos comunicar com integridade através do tempo e do espaço?

— Acho que não — respondeu Victoire com relutância.

— Mas qual é o oposto da fidelidade? — continuou o professor Playfair. Ele estava chegando ao fim daquela dialética; agora precisava apenas concluir com uma frase de efeito. — Traição. Tradução significa exercer violência sobre o original, significa deformá-lo e distorcê-lo para olhos estrangeiros e não pretendidos. Então, como é que ficamos? Como podemos concluir, exceto reconhecendo que um ato de tradução é necessariamente um ato de traição?

Ele encerrou essa declaração profunda como sempre fazia, olhando para cada um deles por vez. E quando os olhos de Robin encontraram os do professor Playfair, ele sentiu uma pontada de culpa intensa e ácida no estômago.

# Capítulo Nove

*Translators are of the same faithless and stolid race that they have ever been: the particle of gold they bring us over is hidden from all but the most patient eye, among shiploads of yellow sand and sulphur.*

*Os tradutores são a mesma raça infiel e impassível de sempre: a partícula de ouro que nos trazem revela-se apenas aos olhos mais pacientes, em meio a carregamentos de areia amarela e enxofre.*

Thomas Carlyle, *"State of German Literature"*

Os alunos de Babel só faziam os exames de qualificação no fim do terceiro ano, portanto, o terceiro período letivo do ano passou voando, nem mais nem menos estressante do que os dois períodos anteriores. Em algum lugar em meio à enxurrada de ensaios, leituras e tentativas malsucedidas de aperfeiçoar o *curry* de batata de Ramy, o primeiro ano deles chegou ao fim.

Era costume os alunos que passavam para o segundo ano viajarem para o exterior durante o verão para fazerem uma imersão em idiomas. Ramy passou junho e julho em Madrid aprendendo espanhol e estudando os arquivos omíadas. Letty foi para Frankfurt, onde aparentemente não leu nada além da incompreensível filosofia alemã, e Victoire para Estrasburgo, de onde voltou com opiniões insuportáveis sobre comida e bons restaurantes.* Robin esperava ter a oportunidade de visitar o Japão naquelas férias, mas em vez disso foi enviado para o Instituto Anglo-Chinês em Malaca, para praticar seu mandarim. O instituto, dirigido por missionários protestantes, impunha uma exaustiva rotina de orações, leitura dos clássicos e cursos de medicina, filosofia moral e lógica. Ele não teve nenhuma oportunidade de sair do complexo e ir até a Heeren Street, onde moravam os residentes chineses; em vez disso,

* Por exemplo: "Vocês sabem como os franceses se referem a uma situação lamentável? *Triste comme un repas sans fromage*. Triste como uma refeição sem queijo. Que é, na verdade, o estado de todo queijo inglês."

aquelas semanas foram um fluxo ininterrupto de sol, areia e intermináveis reuniões de estudo bíblico com protestantes brancos.

Ele ficou muito feliz quando o verão acabou. Todos voltaram para Oxford queimados de sol e cada um pelo menos seis quilos mais pesado, por terem comido melhor do que durante todo o ano letivo. Ainda assim, nenhum dos quatro teria prolongado as férias se pudesse. Tinham sentido falta uns dos outros, tinham sentido falta de Oxford, com a chuva e a péssima comida, e tinham sentido falta do rigor acadêmico de Babel. Suas mentes, enriquecidas por novos sons e palavras, eram como músculos esperando para serem exercitados.

Eles estavam prontos para fazer mágica.

Naquele ano, finalmente teriam acesso ao departamento de trabalhos com prata. Só iam começar a gravar palavras nas barras no quarto ano, mas naquele período letivo iam começar uma disciplina teórica preparatória chamada Etimologia — ministrada, Robin descobriu com certa apreensão, pelo professor Lovell.

No primeiro dia de aula, foram até o oitavo andar para um seminário introdutório especial com o professor Playfair.

— Bem-vindos de volta. — Ele costumava usar um terno simples para dar aulas, mas naquele dia estava usando um traje de mestre com borlas que balançavam dramaticamente junto a seus tornozelos. — A última vez que tiveram autorização para vir até este andar, vocês viram o alcance da magia que criamos aqui. Hoje, vamos desvendar seus mistérios. Sentem-se.

Eles se acomodaram em cadeiras nas mesas de trabalho mais próximas. Letty afastou uma pilha de livros que havia sobre a dela para enxergar melhor, mas o professor Playfair vociferou de repente:

— Não toque nisso.

Letty se encolheu.

— Como?

— Essa é a mesa da Evie — disse o professor Playfair. — Não está vendo a placa?

Havia, de fato, uma pequena placa de bronze afixada na frente da mesa. Eles esticaram o pescoço para lê-la. ESTA MESA PERTENCE A EVELINE BROOKE, dizia. FAVOR NÃO TOCAR.

Letty juntou suas coisas, levantou-se e sentou-se ao lado de Ramy.

— Desculpe — murmurou ela, com as bochechas escarlates.

Eles ficaram em silêncio por um momento, sem saber o que fazer. Nunca tinham visto o professor Playfair tão perturbado. Mas, de forma igualmente abrupta, as feições dele recobraram a cordialidade costumeira e, com um leve salto, ele começou a falar como se nada tivesse acontecido.

— O princípio básico subjacente ao trabalho com a prata é a intraduzibilidade. Quando dizemos que uma palavra ou expressão é intraduzível, o que queremos dizer é que não existe um equivalente preciso em outro idioma. Mesmo que seu significado possa ser parcialmente apreendido por meio de várias palavras ou frases, algo ainda se perde, algo que cai em lacunas semânticas que são, é claro, criadas por diferenças culturais na experiência vivida. Tomemos o conceito chinês *dao*, que traduzimos ora como "a doutrina", "o caminho" ou "o modo como as coisas deveriam ser". Nada disso, no entanto, sintetiza verdadeiramente o significado de *dao*, uma pequena palavra que requer um tomo filosófico inteiro para ser explicada. Estão me acompanhando até aqui?

Eles fizeram que sim com a cabeça. Aquilo nada mais era do que a tese que o professor Playfair havia martelado na cabeça deles durante todo o período anterior — de que toda tradução envolvia algum grau de deformação e distorção. Finalmente, ao que parecia, eles iam fazer alguma coisa com essa distorção.

— Nenhuma tradução é capaz de transmitir com perfeição o significado do original. Mas o que é significado? O *significado* remete a alguma coisa que suplanta as palavras que usamos para descrever nosso mundo? Eu acho que, intuitivamente, sim. Caso contrário, não teríamos base para criticar uma tradução como precisa ou imprecisa, não sem algum senso inexprimível do que estaria faltando. Humboldt,* por exemplo, argumenta que as palavras se conectam com os conceitos que descrevem por meio de algo invisível, intangível, um reino místico de significados e ideias, emanando de uma energia mental pura que só toma forma quando atribuímos a ela um significante imperfeito.

O professor Playfair deu batidinhas na mesa à sua frente, onde várias barras de prata, tanto em branco quanto gravadas, haviam sido dispostas em uma fileira organizada.

— Esse reino puro de significado, o que quer que seja, onde quer que exista, é o cerne do nosso ofício. Os princípios básicos da ação da prata são muito simples. Você inscreve uma palavra ou expressão em um idioma de um lado e uma palavra ou expressão correspondente em um idioma diferente do

---

* Karl Wilhelm von Humboldt talvez seja mais famoso por ter escrito, em 1836, "Sobre a diversidade estrutural das línguas humanas e sua influência no desenvolvimento intelectual da raça humana", no qual argumenta, entre outras coisas, que a língua de uma cultura está profundamente ligada às características e capacidades mentais daqueles que a falam, o que explicaria por que o latim e o grego são mais adequados à argumentação intelectual sofisticada do que, digamos, o árabe.

outro. Como a tradução nunca pode ser perfeita, as distorções inevitáveis, os significados que se perdem ou se deturpam no caminho, são capturadas e em seguida manifestadas pela prata. E isso, queridos alunos, é o mais próximo da magia que temos no reino da ciência natural. — Ele os avaliou. — Ainda estão me acompanhando?

Os quatro pareciam mais inseguros agora.

— Acho que sim, professor — respondeu Victoire. — Se o senhor pudesse nos dar um exemplo...

— Claro. — O professor Playfair pegou a barra mais à direita. — Já vendemos alguns exemplares desta barra para pescadores. A palavra grega *kárabos* tem vários significados diferentes, incluindo "barco", "caranguejo" e "escaravelho". De onde vocês acham que vêm as associações?

— Da função? — arriscou Ramy. — Os barcos eram usados para pescar caranguejos?

— Boa tentativa, mas não.

— Da forma — conjecturou Robin. Conforme ele falava, a ideia ia fazendo mais sentido. — Estou pensando em uma galé com fileiras de remos. Eles parecem perninhas se movendo depressa, não parecem? Espere... Andar depressa, *scuttle*, barco movido a remos, *sculler*...

— Está se deixando levar, sr. Swift. Mas está no caminho certo. Vamos nos concentrar em *kárabos* por enquanto. De *kárabos* obtemos *caravel*, caravela, que é uma embarcação rápida e leve. Ambas as palavras significam "embarcação", mas apenas *kárabos* conserva a associação com criaturas marinhas do grego original. Estão me acompanhando?

Eles fizeram que sim.

Ele deu batidinhas nas extremidades da barra, onde as palavras *kárabos* e *caravel* estavam escritas em lados opostos.

— Afixem isto a um navio de pesca e vocês vão ver que ele vai ter uma produtividade maior do que qualquer embarcação similar. Essas barras foram muito populares no século passado, até que o uso excessivo fez com que a produção pesqueira voltasse aos mesmos patamares de antes. As barras podem distorcer a realidade até certo ponto, mas não podem materializar novos peixes. Seria necessária uma palavra melhor para isso. Está começando a fazer sentido?

Eles fizeram que sim mais uma vez.

— Agora, esta é uma das nossas barras mais replicadas. Vocês vão encontrá-la nas maletas de médicos por toda a Inglaterra. — Ele ergueu a segunda barra à direita. — *Triacle* e *treacle*.

Robin recuou, surpreso. Era a barra, ou uma cópia da barra, que o professor Lovell havia usado para salvar a vida dele em Cantão. A primeira prata encantada que ele havia tocado.

— É usada com mais frequência para produzir um remédio caseiro açucarado que atua como antídoto para a maioria dos tipos de veneno. A teriaga. Uma engenhosa descoberta de uma aluna chamada Evie Brooke, sim, essa Evie, que percebeu que a palavra em inglês *treacle* foi registrada pela primeira vez no século XVII e estava relacionada à ampla utilização de açúcar para disfarçar o gosto ruim dos remédios. Ela então traçou a origem da palavra até o francês antigo *triacle*, que quer dizer "antídoto" ou "cura de picada de cobra", depois ao latim *theriaca* e, por fim, ao grego *theriake*, ambos significando "antídoto".

— Mas o par de equivalentes é apenas entre o inglês e o francês — observou Victoire. — Como...

— Encadeamento — disse o professor Playfair. Ele virou a barra para mostrar-lhes as palavras em latim e grego gravadas nas laterais. — É uma técnica que invoca etimologias mais antigas como guias, orientando o significado ao longo de quilômetros e séculos. Vocês também podem pensar no encadeamento como as escoras extras de uma tenda. Ele mantém a coisa toda estável e nos ajuda a identificar com precisão a distorção que estamos tentando apreender. Mas essa é uma técnica bastante avançada, não se preocupem com isso por enquanto.

Ele pegou a terceira barra à direita.

— Aqui está algo que inventei recentemente por encomenda do duque de Wellington. — Ele disse isso com orgulho evidente. — A palavra grega *idiótes* pode significar "tolo", como o nosso *idiot*, idiota, sugere. Mas também carrega a definição de uma pessoa reservada, desinteressada de assuntos mundanos; sua idiotice é derivada não da ausência de faculdades naturais, mas da ignorância e da carência de educação. Quando traduzimos *idiótes* para *idiot*, idiota, o efeito é a remoção do conhecimento. Essa barra, portanto, pode fazer uma pessoa esquecer, de forma bastante abrupta, coisas que pensava ter aprendido. Muito útil quando você está tentando fazer com que espiões inimigos esqueçam o que viram.*

O professor Playfair pousou a barra na mesa.

---

* As aplicações militares desse par de equivalentes na verdade não eram tão vantajosas quanto o professor Playfair as fazia parecer. Era impossível especificar *quais* fragmentos de conhecimento se desejava remover e, muitas vezes, o par de equivalentes fazia apenas com que os soldados inimigos esquecessem como amarrar as botas ou como falar o inglês fragmentado que conheciam. O duque de Wellington não achou nada de mais.

— Então é isso. É tudo muito fácil depois que você compreende o princípio básico. Nós capturamos o que se perde na tradução, pois sempre há algo que se perde na tradução, e a barra manifesta o que se perde. Simples assim.

— Mas isso é absurdamente poderoso — disse Letty. — Nós poderíamos fazer qualquer coisa com essas barras. Poderíamos ser Deus…

— Não exatamente, srta. Price. Há restrições impostas pela evolução natural das línguas. Mesmo as palavras que divergem em significado ainda têm uma relação de bastante proximidade umas com as outras. Isso limita a magnitude da mudança que as barras são capazes de realizar. Por exemplo, não podemos usá-las para trazer de volta os mortos, porque não encontramos um bom par de equivalentes em um idioma no qual a vida e a morte não sejam opostos. Além disso, há outra limitação bastante grande para as barras, uma limitação que impede que todos os camponeses da Inglaterra saiam por aí manejando-as como talismãs. Alguém consegue adivinhar o que é?

Victoire levantou a mão.

— É preciso que a pessoa seja um falante fluente.

— Muito bem — respondeu o professor Playfair. — As palavras não têm significado a menos que haja alguém presente que seja capaz de entendê-las. E não pode ser um nível superficial de compreensão. Você não pode simplesmente dizer a um trabalhador do campo o que *triacle* significa em francês e esperar que a barra funcione. É preciso ser capaz de pensar em um idioma, vivê-lo e respirá-lo, não apenas reconhecê-lo como um punhado de letras em uma página. É também por isso que as línguas inventadas* nunca vão funcionar e que as línguas mais antigas, como o inglês arcaico, perderam o uso. O inglês arcaico seria o sonho de quem trabalha com a prata: temos dicionários muito abrangentes e podemos traçar a etimologia com bastante clareza, de forma que as barras seriam maravilhosamente precisas. Mas ninguém pensa em inglês arcaico. Ninguém vive e respira em inglês arcaico. É em parte por esse motivo que a educação clássica em Oxford é tão rigorosa. A fluência em latim e grego ainda é obrigatória para a obtenção de diversos diplomas, embora os reformadores estejam lutando há anos para que abandonemos es-

* No fim do século XVIII, houve um breve entusiasmo em relação ao potencial da ação da prata com línguas artificiais, como a mística Lingua Ignota da abadessa Hildegard de Bingen, que tinha um glossário de mais de mil palavras; a língua da verdade de John Wilkins, que envolvia um elaborado esquema de classificação para cada coisa conhecida no universo; e a "Língua Universal" de sir Thomas Urquhart de Cromarty, que tentou reduzir o mundo a uma expressão aritmética perfeitamente racional. Todas elas esbarraram em um obstáculo comum que mais tarde passou a ser tomado como uma verdade fundamental em Babel: as línguas são mais do que meras cifras e devem ser usadas para nos expressarmos uns para os outros.

ses requisitos. Mas se fizéssemos isso, metade das barras de prata de Oxford pararia de funcionar.

— É por isso que estamos aqui — disse Ramy. — Porque já somos fluentes.

— É por isso que vocês estão aqui — concordou o professor Playfair. — Os meninos de Psamético. Não é maravilhoso ter esse poder em virtude de seu nascimento em um país estrangeiro? Eu sou muito bom com novos idiomas, mas levaria anos para invocar o urdu da mesma maneira que você, sem hesitação.

— Como as barras funcionam se é necessária a presença de um falante fluente? — perguntou Victoire. — Elas não deveriam perder o efeito assim que o tradutor deixa de estar presente?

— Excelente pergunta. — O professor Playfair ergueu a primeira e a segunda barras. Colocadas lado a lado, a segunda barra era claramente um pouco mais longa do que a primeira. — Agora você levantou a questão da duração. Várias coisas afetam a duração do efeito de uma barra. Primeiro, a concentração e a quantidade de prata. Nessas duas barras, a prata corresponde a mais de noventa por cento da composição, o resto é uma liga de cobre muito usada em moedas, mas a barra do *triacle* é cerca de vinte por cento maior, o que significa que vai durar alguns meses a mais, dependendo da frequência e da intensidade de uso.

Ele colocou as barras sobre a mesa outra vez.

— Muitas das barras mais baratas que vocês veem em Londres não duram tanto tempo. Pouquíssimas delas são realmente feitas de prata. Na maioria das vezes, há apenas uma fina camada de revestimento de prata sobre madeira ou algum outro metal barato. Elas ficam sem carga em questão de semanas, depois disso precisam ser restauradas, como costumamos dizer.

— Mediante o pagamento de uma taxa? — indagou Robin.

O professor Playfair fez que sim com a cabeça, sorrindo.

— O dinheiro para a ajuda de custo que vocês recebem tem que vir de algum lugar.

— Então é só isso que é preciso para conservar uma barra? — perguntou Letty. — Ter um tradutor que pronuncie as palavras do par de equivalentes?

— É um pouco mais complicado do que isso — respondeu o professor Playfair. — Às vezes, as palavras gravadas precisam ser reinscritas ou as barras precisam ser renovadas…

— E quanto vocês cobram por esses serviços? — quis saber Letty. — Doze xelins, pelo que ouvi dizer? Vale mesmo a pena pagar esse valor por um pequeno retoque?

O sorriso do professor Playfair se alargou. Ele parecia um menino que havia sido flagrado enfiando o dedo em uma torta.

— Realizar algo que o público em geral considera mágica é bem lucrativo, não acham?

— Então a despesa é totalmente inventada? — perguntou Robin.

As palavras soaram mais cortantes do que pretendia. Mas ele estava pensando na epidemia de cólera que tinha varrido Londres; na explicação da sra. Piper sobre não haver maneira de ajudar os pobres, pois as barras de prata eram extremamente caras.

— Ah, sim. — O professor Playfair parecia estar achando tudo aquilo muito engraçado. — Nós somos os detentores dos segredos e podemos definir as condições que quisermos. Essa é a vantagem de sermos mais sagazes do que todos os outros. Agora, uma última coisa antes de concluirmos. — Ele pegou uma barra reluzente sem nenhuma inscrição que estava na outra extremidade da mesa. — Tenho que fazer um alerta. Há um par de equivalentes que vocês nunca, jamais devem usar. Alguém consegue adivinhar qual é?

— Bem e mal — sugeriu Letty.

— Bom palpite, mas não.

— Os nomes de Deus — disse Ramy.

— Nós acreditamos que vocês não vão ser tão estúpidos a esse ponto. Não, é mais complicado que isso.

Ninguém mais sabia a resposta.

— É tradução — disse o professor Playfair. — Simplesmente as palavras para a própria tradução.

Enquanto falava, ele gravou uma palavra rapidamente em um dos lados da barra e mostrou a eles o que havia escrito: *Translate*, traduzir.

— O verbo *traduzir* tem conotações ligeiramente diferentes em cada idioma. As palavras em inglês, espanhol e francês, *translate*, *traducir* e *traduire*, vêm do latim *translat*, que significa "transportar". Mas encontramos algo diferente quando saímos da esfera das línguas românicas. — Ele começou a escrever um novo conjunto de letras no outro lado da barra. — O chinês *fānyì*, por exemplo, dá a ideia de girar ou virar algo, enquanto o segundo caractere *yì* tem uma conotação de mudança e troca. Em árabe, *tarjama* pode se referir tanto a biografia quanto a tradução. Em sânscrito, a palavra para tradução é *anuvad*, que também significa "dizer ou repetir várias vezes". A diferença aqui é temporal, em vez da metáfora espacial do latim. Em ibo, as duas palavras para tradução, *tapia* e *kowa*, envolvem narração, desconstrução e reconstrução, uma quebra em pedaços que possibilita uma mudança na forma. E assim por diante. As diferenças e suas implicações são infinitas. Portanto, não há idiomas nos quais a tradução signifique exatamente a mesma coisa.

O professor Playfair mostrou a eles o que tinha escrito do outro lado da barra. Italiano: *tradurre*. Ele a colocou sobre a mesa.

— Traduzir — disse ele. — *Tradurre*.

No momento em que tirou a mão da barra, ela começou a tremer.

Espantados, eles observaram enquanto a barra se agitava com uma violência cada vez maior. Foi uma cena horrível. A barra parecia ter ganhado vida, como se estivesse possuída por um espírito que tentava desesperadamente se libertar, ou ao menos se separar dela. O objeto não fazia nenhum som além de um chocalhar feroz contra a mesa, mas Robin ouviu em sua mente um grito torturado que o acompanhava.

— O par de equivalentes da tradução cria um paradoxo — explicou o professor Playfair com tranquilidade quando a barra começou a se sacudir com tanta força que saltou centímetros da mesa em seus espasmos. — Ele tenta criar uma tradução mais pura, algo que se alinhe com as metáforas associadas a cada palavra, mas isso é obviamente impossível, porque não há traduções perfeitas.

Rachaduras se formaram na barra, veios finos que se ramificaram, se cindiram e se alargaram.

— A manifestação não tem para onde ir a não ser a própria barra. Então, cria-se um ciclo ininterrupto até que, por fim, a barra se parte. E... isso acontece.

A barra saltou alto no ar e se estilhaçou em centenas de fragmentos que se espalharam pelas mesas, pelas cadeiras, pelo chão. O grupo de Robin recuou, encolhendo-se. O professor Playfair nem piscou.

— Não tentem fazer isso. Nem por curiosidade. Essa prata — ele chutou um dos estilhaços que haviam caído no chão — não pode ser reutilizada. Mesmo que seja derretida e reforjada, qualquer barra que contenha um grama que seja dela vai se tornar inútil. Pior: o efeito é contagioso. Se ativarem a barra quando ela estiver em uma pilha de prata, essa inutilidade vai se espalhar para tudo com que ela esteja em contato. É uma maneira fácil de desperdiçar algumas dezenas de libras se não forem cuidadosos. — Ele pousou a pena de gravação de volta na mesa de trabalho. — Entenderam?

Eles fizeram que sim.

— Ótimo. Nunca se esqueçam disso. A viabilidade final da tradução é uma questão filosófica fascinante, é, afinal, o que está no cerne da história de Babel. Mas essas questões teóricas devem ser deixadas para a sala de aula. Não aplicadas a experimentos que possam derrubar a torre.

— O Anthony tinha razão — disse Victoire. — Por que alguém se importaria com o Departamento de Literatura quando há o trabalho com a prata?

Eles estavam sentados em sua mesa habitual no refeitório, sentindo-se um tanto embriagados com o poder. Vinham repetindo as mesmas impressões a respeito da ação da prata desde que as aulas haviam terminado, mas isso não importava; tudo parecia tão novo, tão incrível. O mundo inteiro parecia diferente quando eles saíram da torre. Tinham entrado na casa do feiticeiro, tinham-no observado enquanto preparava suas poções e lançava seus feitiços, e agora só ficariam satisfeitos quando tivessem eles mesmos experimentado aquela magia.

— Eu ouvi meu nome? — Anthony se sentou diante de Robin. Ele examinou o rosto dos quatro, então sorriu como quem sabia o que estava acontecendo. — Ah, eu me lembro dessa cara. O Playfair fez a demonstração para vocês hoje?

— É isso que você faz o dia todo? — perguntou Victoire, animada. — Experimentos com pares de equivalentes?

— Quase isso — respondeu Anthony. — O trabalho envolve muito mais folhear dicionários etimológicos do que experimentação em si, mas quando você encontra algo que pode funcionar, as coisas ficam realmente divertidas. No momento, estou brincando com um par que acho que pode ser útil em padarias. *Flour*, farinha, e *flower*, flor.

— São palavras totalmente diferentes, não? — questionou Letty.

— Era de se esperar que sim — respondeu Anthony. — Mas se você voltar ao original anglo-francês do século XIII, vai descobrir que no princípio eram a mesma palavra: *flower* simplesmente se referia à farinha de grãos de moagem mais fina. Com o tempo, *flower* e *flour* divergiram para representar objetos diferentes. Mas se essa barra funcionar direito, devo conseguir instalá-la em máquinas de moagem para refinar a farinha com mais eficiência. — Ele suspirou. — Não tenho certeza se vai funcionar. Mas espero um suprimento vitalício de *scones* grátis do Vaults, se isso acontecer.

— Vocês recebem royalties? — perguntou Victoire. — Quer dizer, sempre que fazem uma cópia de uma das suas barras?

— Ah, não. Eu recebo uma quantia modesta, mas todos os lucros vão para a torre. Só que eles colocam meu nome no livro de registro de pares de equivalentes. Até o momento, já tenho seis pares no livro. E existem só uns mil e duzentos pares de equivalentes ativos atualmente em todo o Império, então essa é a maior distinção acadêmica da qual uma pessoa pode se gabar. É melhor do que publicar um artigo em qualquer lugar.

— Espera — disse Ramy. — Mil e duzentos não é um número muito pequeno? Bem, pares de equivalentes estão em uso desde o Império Romano, então como…

— Como é que ainda não cobrimos o país de barras de prata expressando todos os pares de equivalentes possíveis?

— Isso — confirmou Ramy. — Ou, pelo menos, como ainda não existem mais de mil e duzentos pares.

— Pense comigo — disse Anthony. — O problema deveria ser óbvio. As línguas afetam umas às outras; elas introduzem novos significados umas nas outras e, como acontece com a água que sai de uma represa, quanto mais porosas forem as barreiras, mais fraca é a força. A maioria das barras de prata que alimentam Londres é de traduções do latim, do francês e do alemão. Mas essas barras estão perdendo a eficácia. Conforme o fluxo linguístico se espalha pelos continentes, conforme palavras como *saute* e *gratin* se tornam parte do léxico do inglês, a distorção semântica vai perdendo a força.

— O professor Lovell me disse uma coisa parecida — interveio Robin ao se lembrar. — Ele está convencido de que as línguas românicas vão produzir cada vez menos retorno com o passar do tempo.

— Ele está certo — afirmou Anthony. — Neste século muita coisa foi traduzida de outras línguas europeias para o inglês e vice-versa. Parece que não conseguimos nos livrar do nosso vício nos alemães e em seus filósofos, ou nos italianos e seus poetas. Então, Línguas Românicas é de fato o ramo mais ameaçado da faculdade, por mais que eles gostem de fingir que são os donos da torre. As línguas clássicas também estão ficando menos promissoras. O latim e o grego ainda vão durar um tempo, já que a fluência em qualquer um dos dois ainda é esfera das elites, mas o latim, pelo menos, está se tornando mais coloquial do que vocês imaginam. Em algum lugar no oitavo andar tem um pós-doutorando trabalhando em uma ressurreição do manquês e do córnico,* mas ninguém acha que isso vai dar certo. É a mesma coisa com o gaélico, mas não contem para a Cathy. É por isso que vocês três são tão valiosos. — Anthony apontou para todos eles, exceto

* O manquês é um antigo dialeto céltico da Ilha de Man; é uma das línguas gaélicas, junto com o irlandês e o escocês. O córnico era uma língua celta do grupo britônico falada na península da Cornualha (sudoeste da Inglaterra); foi a língua das comunidades locais até o fim do século XVIII, quando foi substituída gradualmente pelo inglês até ser praticamente extinta. (N. T.)

para Letty. — Vocês conhecem idiomas que eles ainda não exploraram até a exaustão.

— E eu? — disse Letty, indignada.

— Você vai ficar bem por um tempo, mas só porque a Grã-Bretanha desenvolveu seu senso de identidade nacional em oposição aos franceses. Os franceses são pagãos supersticiosos; nós somos protestantes. Os franceses usam sapatos de madeira, então nós usamos sapatos de couro. Ainda resistimos à incursão francesa em nosso idioma. Mas a verdade é que são as colônias e as semicolônias, o Robin e a China, o Ramy e a Índia... que são um território inexplorado. É por vocês que todo mundo está brigando.

— Você fala como se nós fôssemos um recurso — comentou Ramy.

— Bem, vocês são. As línguas são um recurso como o ouro e a prata. Pessoas lutaram e morreram por causa das gramáticas.

— Mas isso é um absurdo — disse Letty. — Línguas são apenas palavras, apenas pensamentos, ninguém pode restringir o uso de uma língua.

— Não? — perguntou Anthony. — Você sabia que, na China, a punição oficial para alguém que ensine mandarim a um estrangeiro é a morte?

Letty virou-se para Robin.

— Isso é verdade?

— Eu acho que sim — respondeu ele. — O professor Chakravarti me disse a mesma coisa. O governo Qing está... eles estão com medo. Eles têm medo do mundo exterior.

— Está vendo? — disse Anthony. — As línguas não são apenas compostas de palavras. São modos de ver o mundo. Elas são as chaves da civilização. E esse é um conhecimento pelo qual vale a pena matar.

— Palavras contam histórias. — Foi assim que o professor Lovell iniciou sua primeira aula naquela tarde, ministrada em uma sala modesta e sem janelas no quinto andar da torre. — Mais especificamente, a história dessas palavras, de como elas começaram a ser usadas e de como seu significado se transformou no que elas significam hoje, nos diz tanto sobre um povo, se não mais, quanto qualquer outro tipo de artefato histórico. Vejamos a palavra *knave*, valete, patife. De onde vocês acham que ela vem?

— Dos jogos de cartas, certo? Tem o rei, a rainha... — começou Letty, mas parou quando percebeu que o raciocínio era circular. — Ah, deixa pra lá...

O professor Lovell balançou a cabeça.

— A palavra do inglês antigo *cnafa* se refere a um criado menino ou a um jovem criado. Confirmamos isso por meio de seu cognato alemão *Knabe*, que é um termo antigo para *menino*. Portanto, os valetes eram originalmente meninos que serviam aos cavaleiros. Mas quando a instituição da cavalaria entrou em declínio, no fim do século XVI, e os senhores se deram conta de que podiam contratar exércitos profissionais melhores e mais baratos, centenas de valetes ficaram sem trabalho. Então eles fizeram o que qualquer jovem em uma maré de azar faria: se envolveram com salteadores e ladrões e se tornaram os patifes marginais que hoje rotulamos de *knaves* em inglês. Portanto, a história da palavra não descreve apenas uma mudança na língua, mas uma mudança em toda uma ordem social.

O professor Lovell não era um orador apaixonado, nem um artista nato. Ele parecia pouco à vontade diante de uma plateia; seus movimentos eram afetados e abruptos, e ele falava de maneira seca, grave e direta. Ainda assim, cada palavra que saía de sua boca era perfeitamente cronometrada, bem pensada e fascinante.

Robin tinha passado os dias que antecederam aquela aula apavorado diante da ideia de ter uma matéria com seu tutor. Mas no fim das contas não foi estranho nem embaraçoso como ele esperava. O professor Lovell o tratou exatamente como fazia na frente das visitas em Hampstead: distante, formal, os olhos sempre passando rapidamente pelo rosto de Robin sem se deter nele, como se o espaço onde ele existia não pudesse ser visto.

— A palavra *etimologia* vem do grego *étymon* — continuou o professor Lovell. — O verdadeiro sentido de uma palavra, de *étumos*, o "verdadeiro ou real". Então, podemos pensar na etimologia como um exercício de rastrear o quanto uma palavra se afastou de suas raízes. Pois elas percorrem distâncias assombrosas, literal e metaforicamente. — Ele olhou de repente para Robin. — Qual é a palavra para uma grande tempestade em mandarim?

Robin se sobressaltou.

— Ah... *fēngbào*?*

— Não, eu quero algo maior.

— *Táifēng*?**

— Ótimo. — O professor Lovell apontou para Victoire. — E quais são os fenômenos climáticos que estão assolando o Caribe?

— *Typhoons*, tufões — disse ela, em seguida piscou. — *Taifeng*? *Typhoon*? Como...

— Vamos começar com a origem greco-latina — afirmou o professor Lovell. — *Typhon*, ou Tifão, era um monstro, um dos filhos de Gaia e Tártaro,

* 風暴.

** 颱風.

uma criatura devastadora com cem cabeças de serpente. Em algum momento, ele passou a ser associado a ventos violentos, porque mais tarde os árabes começaram a usar *tūfān* para descrever tempestades violentas e com ventos intensos. Do árabe a palavra passou para o português, que foi levado para a China nos navios dos exploradores.

— Mas *táifēng* não é apenas um empréstimo — interveio Robin. — Tem um significado em chinês: *tái* é grande e *fēng* é vento…

— E você não acha que os chineses podem ter chegado a uma transliteração que tivesse seu próprio significado? — perguntou o professor Lovell. — Isso acontece o tempo todo. Decalques fonológicos são com frequência decalques semânticos também. As palavras se disseminam. E é possível traçar pontos de contato na história humana a partir de palavras que têm pronúncias misteriosamente semelhantes. As línguas são apenas conjuntos mutáveis de símbolos, estáveis o suficiente para possibilitar o discurso mútuo, mas fluidas o suficiente para refletir as mudanças nas dinâmicas sociais. Quando invocamos palavras por meio da prata, nós recuperamos esse histórico de mudanças.

Letty levantou a mão.

— Eu queria fazer uma pergunta sobre método.

— Pode perguntar.

— No que diz respeito à pesquisa histórica, é fácil de entender — disse Letty. — Basta examinar artefatos, documentos e afins. Mas como se pesquisa a história de *palavras*? Como determinar a distância que elas percorreram?

O professor Lovell pareceu muito satisfeito com a pergunta.

— Lendo — respondeu ele. — Não tem outro jeito. Você compila todas as fontes que conseguir encontrar, depois se senta para montar os quebra-cabeças. Procura padrões e irregularidades. Nós sabemos, por exemplo, que o *m* final no latim não era pronunciado no período clássico, porque as inscrições em Pompeia têm erros de ortografia que deixam o *m* de fora. É assim que identificamos as mudanças sonoras. Depois de fazer isso, podemos prever como as palavras deveriam ter evoluído e, se elas não se comportarem de acordo com as nossas previsões, então talvez nossa hipótese sobre origens relacionadas esteja errada. A etimologia é um trabalho de investigação através dos séculos, e é uma tarefa extremamente difícil, como encontrar uma agulha em um palheiro. Mas acredito que nossas agulhas particulares façam a busca valer a pena.

* * *

Naquele ano, usando o inglês como exemplo, eles começaram a estudar como as línguas se formavam, se transformavam, se metamorfoseavam, se multiplicavam, divergiam e convergiam. Estudaram mudanças sonoras; por que a palavra inglesa *knee*, joelho, tinha um *k* silencioso que era pronunciado na sua contraparte alemã; por que as consoantes oclusivas do latim, do grego e do sânscrito tinham uma correspondência tão regular com as consoantes das línguas germânicas. Leram Bopp, Grimm e Rask na tradução; leram a *Etymologiae*, de Isidoro. Estudaram mudanças semânticas, mudanças sintáticas, divergências dialéticas e empréstimos, bem como os métodos reconstrutivos que era possível usar para reconstituir as relações entre línguas que, à primeira vista, pareciam não ter nada a ver umas com as outras. Escavaram línguas como se fossem minas, procurando por veios valiosos de herança comum e significado distorcido.

Isso mudou a maneira como falavam. Interrompiam a si mesmos constantemente no meio das frases. Não conseguiam pronunciar nem mesmo expressões e aforismos comuns sem parar para se perguntar de onde teriam vindo aquelas palavras. Essas perguntas se infiltravam em todas as suas conversas, tornaram-se a maneira padrão de encararem uns aos outros e todo o resto.* Não conseguiam mais olhar o mundo e não ver estórias, história, acumuladas em camadas por toda parte, como sedimentos depositados durante séculos.

E as influências sofridas pelo inglês eram muito mais profundas e diversas do que eles imaginavam. *Chit*, nota, memorando, vinha da palavra marata *chittii*, que significa "carta" ou "bilhete". *Coffee*, café, tinha chegado ao inglês por meio do neerlandês (*koffie*), do turco (*kahveh*) e originalmente do árabe (*qahwah*). Os *tabby cats*, gatos malhados, tinham recebido esse nome por causa de uma seda listrada que, por sua vez, fora batizada assim por causa do seu local de origem: um bairro de Bagdá chamado al-'Attābiyya. Até mesmo palavras básicas para tecidos tinham vindo de algum lugar. *Damask*, damasco, tinha derivado de um tecido feito em Damasco; *gingam*, guingão, tinha vindo da palavra malaia *genggang*, que significa "listrado"; *calico*, calicó, se referia a Calicute, em Querala; e *taffeta*, tafetá, Ramy contou a eles, tinha suas raízes na palavra persa *tafte*, que significa "tecido brilhoso". Mas nem todas as palavras inglesas tinham suas raízes em origens tão distantes ou nobres.

* — *Awkward*, ou estranho — disse Victoire, apontando para Robin — vem do nórdico antigo *aufgr*, que significa "virado do avesso, como uma tartaruga de barriga para cima".

— Então *Victoire* deve derivar de *vicious*, cruel, e não de *Victoria*, porque você é crueldade pura — retrucou Robin.

O curioso sobre a etimologia, eles logo descobriram, era que qualquer coisa podia influenciar uma língua, desde os hábitos de consumo dos ricos e cosmopolitas até as chamadas expressões vulgares dos pobres e miseráveis. Os modestos *cants*, as supostas línguas secretas de ladrões, vagabundos e estrangeiros, tinham contribuído com palavras tão comuns quanto *bilk*, vigarista; *booty*, pilhagem; e *bauble*, bugiganga, ninharia.

O inglês não apenas tomava emprestadas palavras de outras línguas; estava repleto de influências estrangeiras, um vernáculo frankensteiniano. E Robin achava incrível como aquele país, cujos cidadãos se orgulhavam tanto de ser melhores do que o resto do mundo, não conseguia tomar um chá da tarde sem usar algo emprestado.

Além de Etimologia, cada um deles passou a estudar um idioma a mais naquele ano letivo. O objetivo não era atingir a fluência nesse idioma, mas, sim, por meio do processo de aquisição, aprofundar o entendimento dos idiomas que eram seu foco. Letty e Ramy começaram a estudar protoindo-europeu com o professor De Vreese. Victoire propôs ao conselho consultivo várias línguas da África Ocidental que ela gostaria de aprender, mas suas sugestões foram rejeitadas com base no fato de que Babel não possuía recursos suficientes para disponibilizar conhecimentos adequados sobre nenhuma delas. Acabou estudando espanhol — o contato com o espanhol era relevante para a fronteira haitiana-dominicana, argumentara o professor Playfair —, mas não ficou nem um pouco satisfeita com isso.

Robin passou a estudar sânscrito com o professor Chakravarti, que começou a primeira aula deles repreendendo-o por não ter nenhum conhecimento da língua.

— Eles deveriam ensinar sânscrito aos estudantes chineses desde o início. O sânscrito chegou à China por meio de textos budistas, e isso provocou uma verdadeira explosão de inovação linguística, uma vez que o budismo introduziu dezenas de conceitos para os quais os chineses não tinham palavras fáceis. *Nun*, monja, ou *bhiksunī* em sânscrito, tornou-se *ni*.* *Nirvana* tornou-se *nièpán*.** Conceitos chineses centrais como inferno, consciência e calamidade vêm do sânscrito. Não dá nem para começar a entender o chinês atual sem entender também o budismo, o que significa entender o sânscrito. É como tentar aprender multiplicação antes de saber escrever os números.

---

* 尼.

** 涅槃.

Robin achou um pouco injusto acusá-lo de aprender fora de ordem uma língua que falava desde o nascimento, mas não disse nada.

— Por onde nós começamos, então?

— Pelo alfabeto — disse o professor Chakravarti, alegre. — Vamos voltar aos fundamentos básicos. Pegue sua pena e desenhe essas letras até desenvolver uma memória muscular para elas... Imagino que vá demorar cerca de meia hora. Vamos.

Latim, teoria da tradução, etimologia, línguas de foco e uma nova língua de pesquisa — era uma carga horária absurdamente pesada, ainda mais quando cada professor distribuía tarefas como se nenhuma das outras disciplinas existisse. Os professores não eram nem um pouco compreensivos.

— Os alemães têm uma palavra maravilhosa, *Sitzfleisch* — explicou o professor Playfair, em tom agradável, quando Ramy reclamou que eles tinham mais de quarenta horas de leitura para fazer por semana. — Traduzindo literalmente, significa "carne parada". O que quer dizer que, às vezes, vocês precisam simplesmente se sentar e realizar as tarefas.

Ainda assim, eles encontravam momentos de alegria. Oxford tinha começado a parecer uma espécie de lar, e os quatro haviam encontrado seus próprios refúgios nela, espaços onde eram não apenas tolerados, mas nos quais prosperavam. Tinham aprendido em quais cafés os funcionários os serviriam sem problemas e em quais eles iam fingir que Ramy não existia ou reclamar que ele estava sujo demais para se sentar nas cadeiras. Aprenderam quais pubs podiam frequentar depois do anoitecer sem serem incomodados. Sentavam-se na plateia da Sociedade de Debates e ficavam com a barriga doendo de tanto tentar conter o riso enquanto rapazes como Colin Thornhill e Elton Pendennis bradavam sobre justiça, liberdade e igualdade até ficarem com o rosto vermelho.

Robin começou a remar por insistência de Anthony.

— Não é bom ficar enfiado na biblioteca o tempo todo — dissera ele. — É preciso exercitar os músculos para o cérebro funcionar corretamente. Fazer o sangue fluir. Experimente, vai te fazer bem.

Na verdade, ele adorou. Sentia grande prazer no movimento rítmico e na força dispendida para mover um único remo contra a água repetidas vezes. Seus braços ficaram mais fortes; suas pernas, de alguma forma, pareciam mais longas. Aos poucos, ele deixou para trás a postura encurvada e ficou musculoso, o que lhe dava profunda satisfação todas as manhãs quando se olhava no espelho. Começou a ansiar pelas manhãs frias no Tâmisa, quando o resto da cidade ainda não havia acordado e o único som que ouvia por quilômetros era o chilrear dos pássaros e o agradável chapinhar das pás afundando na água.

As garotas tentaram, mas não conseguiram, entrar clandestinamente para o clube náutico. Não chegavam nem perto de ser altas o suficiente para remar, e ficar na posição de timoneiro envolvia gritos demais para que conseguissem se passar por homens. Semanas depois, no entanto, Robin começou a ouvir rumores sobre dois novos e cruéis integrantes da equipe de esgrima da Univ, embora Victoire e Letty a princípio tivessem alegado inocência ao serem interrogadas.

— O atrativo é *justamente* a agressividade — confessou Victoire. — É tão engraçado de assistir. Aqueles garotos sempre querem se mostrar tão fortes na disputa que se esquecem completamente da estratégia.

Letty concordou.

— Então é apenas uma questão de manter a cabeça fria e espetá-los quando eles abrem a guarda. Simples assim.

No inverno, o Tâmisa congelou e os quatro foram patinar, o que nenhum deles jamais havia feito, a não ser Letty. Amarraram as botas o mais apertadas que conseguiram — “Mais apertado”, recomendara Letty, “elas não podem ficar frouxas, senão vocês vão quebrar os tornozelos” — e cambalearam até o gelo, agarrando-se uns aos outros para manter o equilíbrio enquanto oscilavam para a frente, embora em geral isso significasse apenas que todos iriam ao chão quando um deles caísse. Então Ramy percebeu que, se inclinasse o corpo para a frente e dobrasse os joelhos, podia patinar cada vez mais rápido, e no terceiro dia ele estava patinando em círculos em torno dos outros três, até mesmo de Letty, que fingia ficar chateada quando ele derrapava bem na frente dela, mas não conseguia parar de rir.

A amizade deles parecia sólida e duradoura agora. Não eram mais calouros deslumbrados e assustados, agarrando-se uns aos outros em busca de estabilidade. Em vez disso, eram veteranos cansados unidos por suas provações, soldados calejados que podiam contar uns com os outros para qualquer coisa. A meticulosa Letty, apesar dos resmungos, sempre se dispunha a examinar as traduções, não importava que fosse tarde da noite ou de manhã bem cedo. Victoire era como um túmulo; capaz de ouvir uma quantidade infindável de reclamações e queixas mesquinhas sem jamais deixar escapar a quem se referiam. E Robin podia bater à porta de Ramy a qualquer hora do dia ou da noite se precisasse de uma xícara de chá, um motivo para rir ou alguém com quem chorar.

Quando o novo grupo de estudantes — nenhuma garota e quatro rapazes com cara de bebê — apareceu em Babel naquele outono, os quatro quase não lhes deram atenção. Sem que fosse uma decisão consciente, tinham ficado exatamente como os veteranos que tanto invejaram durante seu primeiro período na universidade. O que tinham encarado como presunção e arrogância no fim das contas era apenas exaustão. Os alunos mais velhos não tinham intenção de intimidar os mais novos. Só não tinham tempo.

Tornaram-se o que aspiravam a ser desde o primeiro ano: indiferentes, brilhantes e esgotados até a alma. Encontravam-se em um estado lastimável. Quase não comiam nem dormiam, liam demais e tinham perdido completamente o contato com questões externas a Oxford ou Babel. Ignoravam a vida do mundo; viviam apenas a vida da mente. E adoravam.

Robin, apesar de tudo, esperava que o dia que Griffin profetizara nunca chegasse, que as coisas continuassem indefinidas para sempre. Pois nunca tinha sido tão feliz como naquela época: sobrecarregado, preocupado demais com as coisas mais imediatas para prestar atenção em como tudo se encaixava.

No fim do primeiro período daquele ano letivo, um químico francês chamado Louis-Jacques-Mandé Daguerre chegou a Babel com um curioso objeto a reboque. Era uma câmera escura heliográfica, anunciou ele, capaz de replicar imagens estáticas usando placas de cobre expostas e compostos sensíveis à luz, embora ele ainda não tivesse acertado de todo os processos. Será que os babélicos não poderiam dar uma olhada e ver se conseguiam aprimorá-la de alguma forma?

O problema da câmera de Daguerre tornou-se o assunto da torre. A faculdade promoveu uma competição: qualquer aluno que estivesse liberado para trabalhar com a prata e que conseguisse resolver o problema de Daguerre teria direito a ter seu nome na patente e uma porcentagem dos lucros que certamente viriam. Por duas semanas, o oitavo andar fervilhou com um frenesi silencioso enquanto alunos do quarto ano e da pós-graduação folheavam dicionários etimológicos, tentando encontrar um par de palavras que chegassem ao nexo certo de significado envolvendo luz, cor, imagem e imitação.

Foi Anthony Ribben quem finalmente conseguiu. De acordo com os termos contratuais acordados com Daguerre, o par de equivalentes patenteado foi mantido em segredo, mas havia rumores de que Anthony havia feito algo com o latim *imago*, que além de significar "semelhança" ou "imitação" também significava "espectro" ou "fantasma". De acordo com outros boatos, Anthony havia encontrado uma maneira de dissolver a barra de prata, produzindo vapores a partir do mercúrio aquecido. O que quer que fosse, ele não podia contar, mas recebeu uma quantia generosa por seus esforços.

A câmera funcionou. Como mágica, a imagem exata de algo capturado podia ser replicada em uma folha de papel em um tempo extraordinariamente curto. O dispositivo de Daguerre — o daguerreótipo, como foi batizado — tornou-se uma sensação local. Todos queriam tirar uma foto. Daguerre e os professores de Babel promoveram uma exposição de três dias no saguão da torre, e um público ansioso formou filas que dobravam a rua.

Robin estava nervoso por causa de uma tradução em sânscrito para o dia seguinte, mas Letty insistiu para que todos fossem tirar um retrato.

— Você não quer ter uma recordação nossa? — perguntou ela. — Preservados neste exato momento?

Robin deu de ombros.

— Na verdade, não.

— Bem, eu quero — disse ela, teimosa. — Eu quero me lembrar exatamente de como somos agora, neste ano de 1837. Eu nunca quero esquecer.

Eles se reuniram diante da câmera. Letty e Victoire sentadas em cadeiras, as mãos cruzadas rigidamente sobre o colo. Robin e Ramy em pé atrás delas, sem saber ao certo o que fazer com as mãos. Será que deveriam pousá-las nos ombros das meninas? Nas cadeiras?

— Braços ao lado do corpo — orientou o fotógrafo. — Tentem ao máximo não se mover. Não, primeiro, aproximem-se um pouco mais... pronto.

Robin sorriu, percebeu que não conseguiria manter o sorriso por tanto tempo e deixou que ele se desfizesse.

No dia seguinte, pegaram o retrato revelado com um funcionário do saguão.

— Faça-me o favor — disse Victoire. — Essas pessoas não se parecem nada com a gente.

Mas Letty ficou encantada; ela insistiu que eles fossem comprar uma moldura.

— Vou pendurar acima da minha lareira, o que vocês acham?

— Eu preferiria que você jogasse isso fora — reclamou Ramy. — Esse negócio é angustiante.

— Não é nada — retrucou Letty. Ela parecia enfeitiçada enquanto observava a impressão, como se tivesse visto mágica de verdade. — Somos nós. Congelados no tempo, capturados em um momento que nunca vai voltar. É maravilhoso.

Robin também achou a fotografia estranha, embora não tivesse verbalizado isso. Todos eles exibiam expressões artificiais, de ligeiro desconforto.

A câmera havia distorcido e achatado o espírito que os unia, e o afeto e o companheirismo invisíveis que havia entre eles pareciam agora uma proximidade artificial e forçada. A fotografia, ele pensou, também era uma espécie de tradução, e todos tinham perdido algo por causa disso.

Violetas lançadas em crisóis.

# Capítulo Dez

*To preserve the principles of their pupils they confine them to the safe and elegant imbecilities of classical learning. A genuine Oxford tutor would shudder to hear his young men disputing upon moral and political truth, forming and pulling down theories, and indulging in all the boldness of political discussion. He would augur nothing from it but impiety to God, and treason to Kings.*

*A fim de preservar os princípios de seus alunos, eles os confinam às seguras e elegantes imbecilidades do aprendizado clássico. Um genuíno professor de Oxford estremeceria ao ouvir seus jovens pupilos debatendo sobre a verdade moral e política, formulando e derrubando teorias e entregando-se a toda a intrepidez das discussões políticas. Ele não pressagiaria nada com base nisso além da descrença em Deus e da traição aos reis.*

Sydney Smith, "Edgeworth's *Professional Education*"

Conforme ia se aproximando o fim do primeiro período letivo daquele ano, Griffin parecia estar mais por perto do que o normal. Desde que voltara de Malaca, Robin tinha começado a se perguntar por onde o meio-irmão andaria, suas missões tinham diminuído de duas vezes por mês para uma, e depois nenhuma. Em dezembro, no entanto, Robin começou a receber bilhetes com instruções para que se encontrasse com Griffin a cada poucos dias em frente ao Twisted Root, onde eles iniciavam sua rotina habitual de caminhar freneticamente pela cidade. Em geral, essas caminhadas eram prelúdios para roubos planejados. Mas, de tempos em tempos, Griffin parecia não ter nenhum plano em mente; em vez disso, parecia querer apenas conversar. Robin esperava ansiosamente por essas conversas; eram as únicas ocasiões em que o irmão parecia menos misterioso, mais humano, mais de carne e osso. Mas Griffin nunca respondia às perguntas que Robin de fato queria discutir: o que a Sociedade Hermes fazia com os materiais que ele ajudava a roubar e em que pé estava o avanço da revolução, se é que havia uma.

— Eu ainda não confio em você — dizia Griffin. — Você ainda é muito novo.

*Eu também não confio em você*, Robin pensava, mas não dizia. Em vez disso, tentava obter informações de maneira indireta.

— Há quanto tempo a Hermes existe?

Griffin dirigiu-lhe um olhar bem-humorado.

— Eu sei o que você está tentando fazer.

— Eu só quero saber se é uma invenção moderna, ou, ou...

— Eu não sei. Não faço ideia. Ela existe há algumas décadas pelo menos, talvez mais, mas eu nunca soube ao certo. Por que você não pergunta o que realmente quer saber?

— Porque você não vai me dizer.

— Tente.

— Tudo bem. Então, se ela já existe há mais tempo, eu não entendo...

— Você não entende por que ainda não vencemos. É isso?

— Não. Eu só não vejo que diferença isso faz — disse Robin. — Babel é... Babel. E vocês são só...

— Um pequeno grupo de estudantes exilados lutando contra um gigante? — sugeriu Griffin. — Diga o que você quer dizer, irmão, não hesite.

— Eu ia dizer "idealistas em grande desvantagem numérica", mas sim. Quero dizer... por favor, Griffin, é difícil manter a confiança quando não está claro qual é o efeito das coisas que eu faço.

Griffin diminuiu o ritmo. Ficou em silêncio por alguns segundos, pensando, então disse:

— Vou tentar explicar para você. De onde vem a prata?

— Griffin, é sério...

— Vamos lá.

— Eu tenho aula em dez minutos.

— E a resposta não é simples. A Craft não vai te expulsar por chegar atrasado só uma vez. De onde vem a prata?

— Eu não sei. De minas?

Griffin suspirou pesadamente.

— Eles não ensinam nada a vocês?

— Griffin...

— Apenas ouça. A prata sempre existiu. Os atenienses já a exploravam na Ática, e os romanos, como você sabe, usaram a prata para expandir seu império assim que perceberam o que ela era capaz de fazer. Mas a prata só foi se tornar moeda internacional, só foi facilitar uma rede de comércio intercontinental muito mais tarde. Não havia prata suficiente, simples assim. Então, no século XVI, os Habsburgo, à frente do primeiro império verdadeiramente global, descobriram enormes reservas de prata nos Andes. Os espanhóis a extraíram das montanhas, com a ajuda de mineiros indígenas que, pode ter certeza, não foram pagos de forma justa por seu trabalho,* e a cunharam na forma de seus pequenos *reales de a ocho*, que fizeram com que uma enorme riqueza afluísse para Sevilha e Madrid.

"A prata os tornou ricos, ricos o suficiente para comprar tecido de algodão estampado da Índia, que eles usavam para pagar por escravizados vindos da África, que colocavam para trabalhar em grandes plantações em suas colônias. Assim, os espanhóis foram ficando cada vez mais ricos e, aonde quer que fossem, deixavam um rastro de morte, escravidão e empobrecimento. Imagino que a essa altura você já tenha identificado os padrões."

Quando fazia uma explanação, Griffin mostrava uma semelhança peculiar com o professor Lovell. Ambos faziam gestos muito bruscos com as mãos, como se pontuassem suas longas diatribes com movimentos da mão em vez de pontos-finais, e ambos falavam de maneira muito precisa e sincopada. Também compartilhavam uma predileção pelo questionamento socrático.

— Avancemos duzentos anos e o que temos?

Robin soltou um suspiro, mas colaborou.

— Toda a prata e todo o poder fluindo do Novo Mundo para a Europa.

— Exatamente — disse Griffin. — A prata se acumula onde já está em uso. Os espanhóis mantiveram a liderança por muito tempo, enquanto os neerlandeses, britânicos e franceses tentavam alcançá-los. Avancemos mais um século e a Espanha tornou-se uma sombra do que foi um dia; as guerras napoleônicas erodiram o poder da França e agora a gloriosa Grã-Bretanha está no topo. As maiores reservas de prata da Europa. O melhor instituto de tradução do mundo, de longe. A melhor marinha de guerra de todos os mares, consolidada depois da Batalha de Trafalgar, o que significa que esta ilha está a caminho de dominar o mundo, não é? Mas uma coisa curiosa vem acontecendo no último século. Uma coisa que tem dado muita dor de cabeça ao Parlamento e a todas as companhias de comércio britânicas. Você consegue adivinhar o que é?

* Um eufemismo. Poucas décadas após a "descoberta" de Potosí, em 1545, a cidade de prata tinha se tornado uma armadilha mortal para africanos escravizados e trabalhadores indígenas recrutados para trabalhar em meio a vapor de mercúrio, água suja e resíduos tóxicos. Potosí, "A Rainha das Montanhas e Inveja dos Reis" espanhola, era uma pirâmide construída sobre corpos que haviam sucumbido a doenças, marchas forçadas, desnutrição, excesso de trabalho e um ambiente contaminado.

— Não me diga que estamos ficando sem prata.

Griffin sorriu.

— Eles estão ficando sem prata. E você consegue adivinhar para onde toda a prata está indo agora?

A resposta para essa pergunta Robin sabia, mas apenas porque tinha ouvido o professor Lovell e seus amigos reclamando disso por anos durante as noites que passavam na sala de estar em Hampstead.

— Para a China.

— Para a China. A Inglaterra consome sem parar produtos importados do Oriente. Os ingleses não se cansam de comprar porcelana, armários laqueados e seda da China. E chá. Minha nossa. Você faz ideia de quanto chá a China exporta para a Inglaterra todos os anos? O equivalente a pelo menos trinta milhões de libras. Os britânicos gostam tanto de chá que o Parlamento costumava insistir que a Companhia das Índias Orientais sempre mantivesse reservas suficientes para um ano, caso houvesse escassez. Nós gastamos milhões e milhões comprando chá da China todos os anos e pagamos por isso com prata.

"Só que a China não tem um apetite recíproco por produtos britânicos. Quando o imperador Qianlong recebeu amostras de artigos manufaturados britânicos enviados pelo lorde Macartney, você sabe qual foi a reação dele? *Objetos estranhos e caros não me interessam*. Os chineses não precisam de nada do que temos para vender; eles podem produzir tudo o que quiserem por conta própria. Portanto, a prata continua fluindo para a China, e não há nada que os britânicos possam fazer a respeito porque não podem mudar a oferta e a demanda. Um dia não vai importar mais quanto talento para a tradução tenhamos, porque as reservas de prata não vão mais existir para que possamos usá-lo. O Império Britânico vai desmoronar como consequência de sua própria ganância. Enquanto isso, a prata vai se acumular em novos centros de poder, lugares que até o momento tiveram seus recursos roubados e explorados. Eles terão as matérias-primas. Então, vão precisar apenas de pessoas que saibam trabalhar com a prata, e o talento vai para onde há trabalho; é sempre assim. Então trata-se simplesmente da destruição do Império. Os ciclos da história vão se encarregar do resto, você só precisa nos ajudar a acelerar o processo.

— Mas isso é… — Robin parou, tentando encontrar as palavras para formular sua objeção. — Isso é tão abstrato, tão simples, não pode… Quero dizer, certamente não dá para prever a história assim, de maneira tão simplista…

— Há muita coisa que podemos prever. — Griffin olhou de soslaio para Robin. — Mas esse é o problema com a educação em Babel, não é? Eles ensinam línguas e tradução, mas não ensinam história, ciência, política internacional. Eles não falam sobre os exércitos que defendem os dialetos.

— Mas como vai ser? — insistiu Robin. — O que você está descrevendo... como isso vai acontecer? Uma guerra global? Um lento declínio econômico até o mundo assumir uma configuração totalmente diferente?

— Não sei — respondeu Griffin. — Ninguém sabe ao certo como vai ser o futuro. Se as rédeas do poder vão passar para a China, ou para as Américas, ou se a Grã-Bretanha vai lutar com unhas e dentes para manter sua posição... isso é impossível de prever.

— Então como você sabe que o que está fazendo tem algum impacto?

— Eu não posso prever quais vão ser os desdobramentos de cada embate — esclareceu Griffin. — Mas uma coisa eu sei: a riqueza da Grã-Bretanha depende da extração coerciva. E à medida que a Grã-Bretanha cresce, restam apenas duas opções: ou seus mecanismos de coerção se tornam muito mais brutais ou ela sucumbe. A primeira opção é mais provável. Mas pode acabar provocando a segunda.

— É uma luta tão desigual — comentou Robin, sentindo-se impotente. — Vocês de um lado, todo o Império do outro.

— Só se você achar que o Império é invencível — disse Griffin. — Mas ele não é. Pense no momento atual. Estamos no fim de uma grande crise no Atlântico, depois que os impérios monárquicos caíram um após o outro. A Grã-Bretanha e a França foram derrotadas na América, depois se enfrentaram em uma guerra que não beneficiou ninguém. Estamos assistindo a uma nova consolidação de poder, é verdade. A Grã-Bretanha ficou com Bengala, com as Índias Orientais Holandesas e com a Colônia do Cabo, e se conseguir o que quer na China, se conseguir reverter esse desequilíbrio comercial, vai se tornar invencível.

"Mas nada está gravado em pedra, ou em prata, por assim dizer. Muita coisa depende de contingências, e são nesses pontos de inflexão que podemos agir. Onde as escolhas individuais, onde mesmo o menor dos exércitos de resistência, fazem a diferença. Veja o exemplo de Barbados. Veja a Jamaica. Nós enviamos barras para lá, para ajudar nas rebeliões..."

— Essas revoltas de escravizados foram esmagadas — disse Robin.

— Mas a escravidão foi abolida, não foi? — indagou Griffin. — Pelo menos nos territórios britânicos. Não, não estou dizendo que está tudo bem, tudo resolvido, e não estou dizendo que podemos levar todo o crédito pela legislação britânica; tenho certeza de que os abolicionistas ficariam ofendidos com isso. O que estou dizendo é que se você acha que a Lei de Abolição da Escravatura de 1833 foi aprovada por causa do senso moral dos britânicos, você está enganado. Eles aprovaram essa lei porque não podiam continuar absorvendo as perdas.

Griffin fez um gesto com a mão, apontando para um mapa invisível.

— É em circunstâncias como essa que temos o controle. Se agirmos nos pontos certos, se provocarmos perdas onde o Império não pode se dar ao luxo de sofrê-las, então teremos levado as coisas ao ponto de ruptura. Então o futuro se torna fluido e a mudança é possível. A história não é uma tapeçaria já pronta que temos que aceitar, um mundo fechado sem saída. Nós podemos moldá-la. Podemos fazê-la. Só temos que *escolher* fazê-la.

— Você realmente acredita nisso — disse Robin, espantado.

A fé de Griffin o surpreendeu. Para Robin, aquele raciocínio abstrato era um motivo para se alienar do mundo, para se refugiar na segurança das línguas mortas e dos livros. Para Griffin, era um chamado.

— Eu tenho que acreditar — respondeu Griffin. — Caso contrário, você está certo. Caso contrário, não temos nada.

Depois dessa conversa, Griffin pareceu se convencer de que o meio-irmão não estava prestes a trair a Sociedade Hermes, pois as atribuições de Robin aumentaram muito. Nem todas as suas missões envolviam roubo. Com mais frequência, Griffin pedia que ele conseguisse materiais — manuais etimológicos, páginas de gramáticas, tabelas de ortografia — que eram fáceis de conseguir, copiar e devolver sem chamar atenção. Ainda assim, tinha que ter cuidado com quando e como pegava os livros, pois levantaria suspeitas se ficasse retirando material não relacionado às suas áreas de estudo. Certa vez, Ilse, a veterana do Japão, quis saber o que ele estava fazendo com a gramática do alemão arcaico, e ele teve que inventar uma história sobre ter pegado o título por engano ao tentar rastrear uma palavra chinesa até suas origens hititas. Sem falar que ele estava na seção errada da biblioteca. Ilse pareceu disposta a acreditar que ele era simplesmente estúpido o bastante para fazer aquilo.

Em geral, os pedidos de Griffin não exigiam grande esforço. Era tudo muito menos romântico do que Robin havia imaginado — e, talvez, do que havia desejado. Não havia aventuras eletrizantes nem conversas em código em pontes sobre rios. Era tudo muito mundano. A grande façanha da Sociedade Hermes, Robin descobriu, era a eficiência com que se mantinha invisível, com que ocultava por completo informações até mesmo de seus membros. Se um dia Griffin desaparecesse, Robin teria dificuldade de provar para alguém que a Sociedade Hermes existia, que não era um produto de sua imaginação. Muitas vezes tinha a sensação de que não fazia parte de uma sociedade secreta, mas sim de uma grande e enfadonha burocracia que funcionava com uma coordenação extraordinária.

Até os furtos viraram rotina. Os professores de Babel pareciam ignorar por completo que algo estava sendo roubado. A Sociedade Hermes roubava prata apenas em quantidades pequenas o suficiente para que fossem mascaradas por meio de algum truque contábil, pois a vantagem de uma faculdade de humanidades, explicou Griffin, era que todos eram péssimos com números.

— O professor Playfair deixaria carregamentos inteiros de prata desaparecerem se ninguém verificasse — disse ele a Robin. — Você acha que ele mantém os registros organizados? O sujeito mal consegue somar números de dois dígitos.

Havia dias em que Griffin não mencionava a Hermes, em vez disso passava a hora que levavam para chegar a Port Meadow e voltar fazendo perguntas sobre a vida de Robin em Oxford: suas façanhas no remo, suas livrarias favoritas, o que ele achava da comida do salão e do refeitório.

Robin respondia com cautela. Achava o tempo todo que ia cometer um erro, que Griffin ia transformar a conversa em uma discussão, que sua preferência por *scones* simples podia ser usada como prova de seu fascínio pela burguesia. Mas Griffin apenas fazia perguntas, e aos poucos Robin percebeu que talvez ele só sentisse saudade de ser estudante.

— Adoro o campus na época do Natal — falou Griffin certa noite. — É a estação em que Oxford mais abraça a magia que há nela mesma.

O sol tinha se posto. O ar havia passado de um frio agradável a um gelado cortante, mas a cidade estava iluminada pelas velas natalinas e a neve fina flutuava em torno deles. Era lindo. Robin diminuiu o ritmo, querendo apreciar a cena, mas notou que Griffin estava tremendo sem parar.

— Griffin, você não… — Robin hesitou; não sabia como perguntar educadamente. — Esse é o único casaco que você tem?

Griffin recuou como um cão raivoso.

— Por quê?

— É só que… eu ganho uma ajuda de custo, se você quiser comprar um casaco mais quente…

— Não me trate com condescendência. — Robin se arrependeu na mesma hora de ter tocado no assunto. Griffin era orgulhoso demais. Não aceitava caridade; não aceitava nem mesmo compaixão. — Eu não preciso do seu dinheiro.

— Você que sabe — retrucou Robin, magoado.

Caminharam por mais um quarteirão em silêncio. Então Griffin perguntou, em uma óbvia tentativa de restabelecer a paz:

— Qual é a programação para o Natal?

— Primeiro vamos ter o jantar no salão.

— Então intermináveis orações em latim, um ganso assado que mais parece borracha e um bolo de Natal idêntico à lavagem dos porcos. Qual é a novidade?

Robin sorriu.

— A sra. Piper preparou umas tortas para mim em Jericho.

— De carne e rim?

— De frango e alho-poró. A minha favorita. E uma torta de limão para a Letty, e uma torta de chocolate com nozes-pecãs para o Ramy e a Victoire...

— Deus abençoe a sua sra. Piper — disse Griffin. — Na minha época, quem trabalhava para o professor era uma velha fria chamada sra. Peterhouse. Não sabia nem fritar um ovo, mas sempre se lembrava de fazer algum comentário sobre pessoas não brancas quando eu estava por perto. Ele também não gostava dela; acho que foi por isso que a mandou embora.

Eles viraram à esquerda na Cornmarket. Estavam muito perto da torre agora, e Griffin parecia inquieto; Robin suspeitou que eles logo iam se despedir.

— Antes que eu me esqueça. — Griffin enfiou a mão no casaco, tirou um embrulho e o jogou para Robin. — Eu trouxe uma coisa para você.

Surpreso, Robin desamarrou o barbante.

— Uma ferramenta?

— É só um presente. Feliz Natal.

Robin rasgou o papel, revelando um lindo exemplar recém-impresso.

— Você mencionou que gostava de Dickens — explicou Griffin. — Eles acabaram de reunir os capítulos da última história dele... Você provavelmente já leu, mas achei que ia gostar de ter tudo em uma edição completa.

Ele havia comprado para Robin a edição em três volumes de *Oliver Twist*. Por um momento, Robin só conseguiu gaguejar — não sabia que iam trocar presentes, não tinha comprado nada para o meio-irmão —, mas Griffin dispensou a preocupação com um aceno.

— Tudo bem, eu sou mais velho que você, não me deixe constrangido.

Só mais tarde, depois que Griffin tinha desaparecido na Broad Street, o casaco esvoaçando na altura dos tornozelos, Robin percebeu que aqueles livros tinham sido uma tentativa de fazer uma piada.

*Volte comigo*, ele quase disse quando se separaram. *Vamos para o salão. Me acompanhe no jantar de Natal.*

Mas isso era impossível. A vida de Robin estava dividida em duas, e Griffin existia no mundo das sombras, invisível. Robin nunca poderia levá-lo para a Magpie Lane. Nunca poderia apresentá-lo aos amigos. Nunca poderia, à luz do dia, chamá-lo de irmão.

— Bem. — Griffin pigarreou. — Até a próxima, então.

— E quando vai ser?

— Ainda não sei. — Ele já estava se afastando, a neve cobrindo suas pegadas. — Fique atento à sua janela.

No primeiro dia do segundo período do ano letivo, a entrada principal de Babel foi bloqueada por quatro policiais armados. Eles pareciam estar ocupados com alguém ou com alguma coisa lá dentro, mas o que quer que fosse Robin não conseguia ver por cima da multidão de estudantes tremendo de frio.

— O que aconteceu? — Ramy perguntou às garotas.

— Disseram que alguém invadiu a torre — explicou Victoire. — Alguém que queria roubar prata, acho.

— E a polícia estava aqui bem na hora? — indagou Robin.

— O ladrão disparou algum alarme quando tentou passar pela porta — respondeu Letty. — E acho que a polícia chegou rápido.

Um quinto e um sexto policiais saíram da torre, arrastando entre eles o homem que Robin presumiu ser o ladrão. Era um homem de meia-idade, de cabelos escuros, barbudo e vestido com roupas muito sujas. Não era da Hermes, então, pensou Robin com algum alívio. O rosto do ladrão estava contorcido de dor, e seus gemidos flutuavam sobre a multidão enquanto a polícia o arrastava escada abaixo em direção a uma diligência que os esperava. Deixaram um rastro de sangue sobre as pedras do calçamento atrás deles.

— Ele tem umas cinco balas no corpo. — Anthony Ribben surgiu ao lado deles. Parecia prestes a vomitar. — É bom constatar que as proteções estão funcionando, acho.

Robin entrou em pânico.

— As proteções fizeram isso?

— A torre é protegida pelo sistema de segurança mais sofisticado do país — explicou Anthony. — Não são apenas as gramáticas que precisam ser protegidas. Há cerca de meio milhão de libras em prata neste edifício, e só um monte de acadêmicos franzinos por perto para defendê-lo. É claro que as portas estão protegidas.

O coração de Robin batia acelerado; seus tímpanos latejavam.

— Pelo quê?

— Eles nunca nos dizem quais são os pares de equivalentes; são muito rigorosos em relação a isso. O professor Playfair muda os pares a cada poucos meses, o que corresponde mais ou menos à frequência com que alguém tenta roubar a torre. Devo dizer que gosto muito mais desse par; o último fez cortes profundos nos membros do invasor usando facas antigas que dizem ter vindo de Alexandria. O carpete do lado de dentro ficou ensopado de sangue; se olharem com atenção, ainda dá para ver as manchas marrons. Passamos semanas tentando adivinhar quais palavras o professor Playfair usou, mas ninguém conseguiu descobrir quais foram.

Os olhos de Victoire seguiram a diligência que partia.

— O que você acha que vai acontecer com ele?

— Ah, provavelmente vai ser colocado no primeiro navio para a Austrália — respondeu Anthony. — Isso se não sangrar até a morte no caminho para a delegacia.

— Uma retirada de rotina — disse Griffin. — Entrar e sair, você nem vai perceber que estamos lá. O momento exato vai ser um pouco difícil de dizer, então fique de plantão a noite toda. — Ele cutucou o ombro de Robin. — O que houve?

Robin piscou e o encarou.

— Hum?

— Você parece assustado.

— Eu acabei de... — Robin pensou por um momento, então perguntou: — Vocês sabem sobre as proteções, não sabem?

— Como assim?

— Vimos um homem invadir a torre hoje de manhã. E as proteções dispararam algum tipo de arma que crivou o sujeito de balas...

— Bem, mas é claro. — Griffin parecia confuso. — Não me diga que isso é novidade para você? Babel tem proteções absurdas, eles não esfregaram isso na cara de vocês na primeira semana?

— Mas as proteções foram atualizadas. É isso que estou tentando te dizer, agora eles sabem quando um ladrão entra...

— As barras não são tão sofisticadas assim — comentou Griffin com desdém. — Elas são projetadas para distinguir alunos, seus convidados e pessoas estranhas ao Instituto. O que você acha que aconteceria se as proteções fossem acionadas por um tradutor que precisasse levar algumas barras para casa à noite? Ou alguém que levasse a mulher para a faculdade sem antes liberar a entrada dela com o professor Playfair? Você não tem nada com que se preocupar.

— Mas como você *sabe*? — Robin soou mais petulante do que pretendia. Ele pigarreou, tentou deixar a voz mais grave sem que Griffin percebesse. — Você não viu o que eu vi, não sabe quais são os novos pares de equivalentes...

— Você não está correndo perigo. Tome, pegue isso, se está tão preocupado. — Griffin remexeu no bolso e jogou uma barra para Robin. *Wúxíng*, dizia. Invisível. Era a mesma barra que ele havia usado na noite em que se conheceram.

— Para uma fuga rápida — disse Griffin. — Se as coisas realmente derem errado. E talvez você precise usá-la com seus companheiros de qualquer maneira... É difícil um baú daquele tamanho sair da cidade sem ser visto.

Robin enfiou a barra no bolso interno do casaco.

— Você poderia ser menos despreocupado em relação a tudo isso, sabe.

Os lábios de Griffin se curvaram.

— O que foi, é agora que você resolve ficar com medo?

— É só que... — Robin pensou por um momento, balançou a cabeça e decidiu falar. — Parece que... quero dizer, sou eu quem está sempre correndo riscos, enquanto você fica só...

— Só o quê? — perguntou Griffin bruscamente.

Ele havia adentrado um território perigoso. Sabia, pelo jeito como os olhos do meio-irmão brilharam, que havia se aproximado demais de um ponto sensível. Um mês antes, quando o relacionamento dos dois era mais incerto, talvez ele tivesse mudado de assunto. Mas não conseguia ficar calado agora. Estava irritado, se sentindo menosprezado, e com isso veio um desejo intenso de ferir.

— Por que você não vai participar dessa missão? — questionou Robin. — Por que não usa a barra você mesmo?

Griffin piscou lentamente. Então disse, em um tom tão calmo que só podia ser forçado:

— Eu não posso. Você sabe que eu não posso.

— Por que não?

— Porque eu não sonho em chinês. — Sua expressão não se alterou, nem seu tom, mas a fúria arrogante transparecia em suas palavras mesmo assim. Observá-lo falar foi estranho. Griffin se parecia muito com o pai deles. — Sou seu predecessor fracassado. Nosso bom e velho pai me tirou de Macau cedo demais. Eu tenho um ouvido natural para os tons, mas é só isso. Minha fluência é em grande parte artificial. Não tenho lembranças em chinês. Não sonho em chinês. Eu tenho a memória, tenho a competência linguística, mas não consigo fazer as barras funcionarem de maneira confiável. Metade das vezes elas não fazem absolutamente nada. — O pescoço dele latejava. — Nosso pai acertou com você. Ele deixou você fermentando até estar alfabetizado. Mas me trouxe para cá antes de eu ter formado conexões suficientes, antes de eu ter lembranças suficientes. Além disso, ele era a única pessoa com quem eu falava mandarim, quando meu cantonês era muito melhor para começo de conversa. E isso também se perdeu agora. Eu não penso em cantonês e definitivamente não sonho em cantonês.

Robin se lembrou dos ladrões no beco, dos sussurros desesperados de Griffin enquanto tentava fazê-los desaparecer. O que ele faria se tivesse perdido seu chinês? A simples possibilidade o deixava aterrorizado.

— Você entende — afirmou Griffin, observando-o. — Você sabe como é sentir sua língua nativa se esvaindo. Você interrompeu isso a tempo. Eu não.

— Desculpa — falou Robin. — Eu não sabia.

— Não peça desculpas — disse Griffin, seco. — *Você* não arruinou a minha vida.

Naquele momento, Robin viu Oxford pelos olhos de Griffin: uma instituição que nunca o havia valorizado, que apenas o menosprezara e o levara ao ostracismo. Imaginou Griffin entrando para a universidade por meio do Instituto, tentando desesperadamente conseguir a aprovação do professor Lovell, sem nunca conseguir fazer a prata funcionar de maneira consistente. Como devia ter sido terrível ter de recorrer a um chinês frágil de uma vida da qual ele mal se lembrava, sabendo muito bem que era a única coisa que lhe conferia algum valor ali.

Não era de admirar que Griffin estivesse furioso. Não era de admirar que odiasse Babel com tanta veemência. Tinham tirado tudo dele: uma língua materna, uma pátria, uma família.

— Então eu preciso de você, irmãozinho querido. — Griffin estendeu a mão e bagunçou os cabelos dele. O gesto foi tão vigoroso que doeu. — Você é um chinês genuíno. Você é indispensável.

Robin sabia que era melhor não responder.

— Fique de olho na sua janela. — Não havia afeto nos olhos de Griffin. — As coisas estão acontecendo depressa. E essa missão é importante.

Robin engoliu suas objeções e assentiu.

— Está bem.

* * *

Uma semana depois, Robin voltou do jantar com o professor Lovell e encontrou o pedaço de papel que tanto temia enfiado sob a janela.

*Esta noite*, leu. *Onze.*

Já eram quinze para as onze. Robin vestiu rapidamente o casaco que tinha acabado de pendurar, pegou a barra *wúxíng* na gaveta e saiu correndo para a rua chuvosa.

Enquanto caminhava, verificou o verso do bilhete em busca de mais detalhes, mas Griffin não tinha incluído nenhuma outra instrução. Isso não era bem um problema — Robin presumiu que significava que ele deveria apenas deixar os cúmplices entrarem e saírem da torre —, mas ficou surpreso por ele ter marcado um horário tão cedo e se deu conta, tarde demais, de que não havia levado nada consigo — nenhum livro, nenhuma pasta, nem mesmo um guarda-chuva — que justificasse uma ida noturna à torre.

Mas não podia deixar de aparecer. Quando os sinos bateram onze horas, ele disparou pelo gramado e abriu a porta. Não era nada que já não tivesse feito uma dúzia de vezes — abrir a porta, fechar a porta e ficar fora do caminho. Enquanto o sangue de Robin estivesse armazenado naquelas paredes de pedra, os alarmes não deveriam soar.

Dois integrantes da Hermes o seguiram e desapareceram escada acima. Robin ficou no saguão, como sempre, de olho nos acadêmicos notívagos, contando os segundos até a hora de ir embora. Às onze e cinco, os integrantes da Hermes desceram as escadas correndo. Um deles carregava um conjunto de ferramentas de gravação, o outro, um baú com barras de prata.

— Muito bem — sussurrou um deles. — Vamos.

Robin assentiu e abriu a porta para deixá-los sair. No momento em que pisaram no limiar, uma terrível cacofonia rasgou o ar: um grito, um uivo, o ranger de engrenagens de metal de algum mecanismo invisível. Era uma ameaça e um aviso, um híbrido de terror antigo e da capacidade moderna de derramar sangue. Atrás deles, os painéis da porta se moveram, revelando uma cavidade escura.

Sem dizer mais uma palavra, os integrantes da Hermes correram em direção ao gramado.

Robin hesitou, tentando decidir se deveria ir atrás deles. Poderia escapar — a armadilha era barulhenta, mas sua ação parecia ser lenta. Olhou para baixo e viu que seus dois pés estavam plantados sobre o brasão da universidade. Supôs que as proteções só seriam acionadas se ele tirasse os pés dali.

Só havia uma maneira de descobrir. Respirou fundo e desceu os degraus correndo. Ouviu um estrondo, em seguida sentiu uma dor lancinante no braço esquerdo. Não sabia dizer onde fora atingido. A dor parecia vir de toda parte, menos como uma ferida única e mais como uma dor lancinante que se espalhava por todo o braço. Estava pegando fogo, explodindo, o membro inteiro parecia prestes a cair. Ele continuou correndo. Balas zuniam no ar atrás dele. Robin se abaixou e começou a pular ao acaso; tinha lido em algum lugar que essa era a melhor maneira de desviar de tiros, mas não tinha ideia se era verdade. Ouviu mais estrondos, mas não sentiu nenhuma outra explosão de dor. Atravessou o gramado e virou à esquerda na Broad Street, fora da vista e fora do alcance.

Então a dor e o medo o tomaram. Os joelhos tremiam. Ele deu mais dois passos e se apoiou na parede, lutando contra a vontade de vomitar. Sua cabeça girava. Não ia conseguir fugir da polícia se eles chegassem. Não daquele jeito, não com sangue escorrendo pelo braço e prestes a perder os sentidos. *Foco*. Ele procurou a barra no bolso. Sua mão esquerda estava escorregadia, coberta de sangue; só de olhar para ela foi invadido por uma nova onda de vertigem.

— *Wúxíng* — sussurrou freneticamente, tentando se concentrar, tentando imaginar o mundo em chinês. Ele não era nada. Não tinha forma. — *Invisível.*

Não funcionou. Ele não conseguiu fazer a barra funcionar; não conseguiu alternar os modos para o chinês quando a única coisa que ocupava seus pensamentos era aquela dor terrível.

— Ei! Você... pare!

Era o professor Playfair. Robin se encolheu, preparado para o pior, mas o rosto do professor se enrugou em um sorriso afável e preocupado.

— Ah, olá, Swift. Não percebi que era você. Você está bem? Há um tumulto lá na torre.

— Professor, eu... — Robin não tinha a menor ideia do que dizer, então decidiu que era melhor apenas murmurar qualquer coisa. — Eu não... eu estava perto, mas eu não sei se...

— Você viu alguém? — perguntou o professor Playfair. — As proteções foram projetadas para atirar nos intrusos, sabe, só que as engrenagens parecem ter emperrado depois da última vez. Mas talvez ele tenha sido atingido mesmo assim... Você viu alguém mancando, alguém que parecesse estar com dor?

— Não, eu não vi... Eu estava quase no gramado quando os alarmes dispararam, mas ainda não tinha virado a esquina. — O professor Playfair estava concordando com a cabeça em solidariedade? Robin mal ousava acreditar na própria sorte. — É... Tinha um ladrão?

— Talvez não. Não se preocupe. — O professor Playfair estendeu a mão e deu um tapinha no ombro dele. O impacto disparou outra onda medonha de dor por toda a parte superior de seu corpo, e Robin cerrou os dentes para não gritar. — As proteções podem ficar um tanto sensíveis às vezes, talvez esteja na hora de substituí-las. É uma pena, eu tinha gostado dessa versão. Você está bem?

Robin fez que sim e piscou, tentando ao máximo não alterar a voz.

— Acho que só estou assustado... Quer dizer, depois do que nós vimos na semana passada...

— Ah, sim. Foi horrível, não foi? Mas é bom saber que minha ideia funcionou. Eles nem ao menos me deixaram testar em cães antes. Ainda bem que não foi com você que ela deu defeito. — O professor Playfair soltou uma gargalhada. — Você teria ficado crivado de chumbo.

— É — disse Robin, com a voz fraca. — Ainda... ainda bem.

— Você está bem. Tome um uísque com água quente, isso vai ajudar com o choque.

— Sim, eu acho... Eu acho que isso parece uma boa ideia.

Robin se virou para ir embora.

— Você não disse que estava indo para a torre? — perguntou o professor Playfair.

Robin tinha a explicação para essa mentira na ponta da língua.

— Eu estava ansioso, então pensei em começar um artigo que preciso escrever para o professor Lovell. Mas estou um pouco abalado e acho que não vou fazer um bom trabalho se começar agora, então melhor ir para a cama.

— Claro. — O professor Playfair deu outro tapinha no ombro dele. Pareceu mais forte dessa vez; Robin arregalou os olhos. — O Richard diria que você está sendo preguiçoso, mas eu entendo perfeitamente. Você ainda está no segundo ano, pode se dar ao luxo de ser preguiçoso. Vá para casa e durma.

O professor Playfair fez um último aceno alegre com a cabeça e caminhou em direção à torre, onde os alarmes ainda soavam. Robin respirou fundo e saiu mancando, lutando com todas as forças para não desmaiar no meio da rua.

De alguma forma, ele conseguiu voltar para a Magpie Lane. O sangramento ainda não havia parado, mas, depois de limpar o braço com uma toalha molhada, ele viu com alívio que a bala não havia se alojado em seu braço. Tinha feito apenas um corte com cerca de um centímetro de profundidade na pele logo acima do cotovelo. O ferimento parecia reconfortantemente pequeno depois que ele limpou o sangue. Não sabia como tratá-lo — imaginou que talvez fosse necessário usar agulha e fio de sutura —, mas seria uma tolice procurar a enfermeira da faculdade àquela hora.

Cerrou os dentes de dor, tentando se lembrar de alguma coisa útil que tivesse aprendido nos romances de aventura. Álcool: precisava desinfetar o ferimento. Vasculhou as prateleiras até encontrar uma garrafa de conhaque pela metade, um presente de Natal de Victoire. Derramou a bebida sobre o braço, sibilando por causa da dor, depois bebeu vários goles, para se acalmar. Em seguida, pegou uma camisa limpa, que rasgou para fazer bandagens. Amarrou-as com firmeza em volta do braço usando os dentes — tinha lido em algum lugar que a pressão ajudava a estancar o sangramento. Não sabia o que mais deveria fazer. Será que deveria apenas esperar que a ferida fechasse sozinha?

Sua cabeça girava. Será que estava tonto por causa da perda de sangue ou seria apenas efeito do conhaque?

*Procure o Ramy*, pensou. *Procure o Ramy, ele vai ajudar*.

Não. Chamar Ramy iria incriminá-lo. Robin preferia morrer a colocar Ramy em perigo.

Sentou-se com as costas contra a parede, a cabeça inclinada na direção do teto, e respirou fundo várias vezes. Só precisava aguentar aquela noite. Teve que usar várias camisas — teria que ir ao alfaiate, inventar alguma história sobre um desastre na lavanderia —, mas o sangramento acabou estancando. Por fim, exausto, tombou para o lado e adormeceu.

No dia seguinte, depois de três excruciantes horas de aula, Robin foi à biblioteca de medicina e vasculhou as estantes até encontrar um manual sobre ferimentos no campo de batalha. Em seguida, foi até a Cornmarket, comprou agulha e fio de sutura e correu de volta para casa para suturar o braço.

Acendeu uma vela, esterilizou a agulha na chama e, depois de muitas tentativas frustradas, conseguiu enfiar o fio. Então se sentou e segurou a ponta afiada acima da ferida em carne viva.

Não conseguia fazer aquilo. Aproximava a agulha da ferida e então, antecipando a dor, afastava-a. Pegou a garrafa de conhaque e tomou três longos goles. Esperou vários minutos até que o álcool se acomodasse no estômago e seus membros começassem a formigar de maneira prazerosa. Era assim que ele tinha que estar: entorpecido o suficiente para não se importar com a dor, alerta o suficiente para suturar o próprio braço. Tentou novamente. Foi mais fácil dessa vez, mesmo ele tendo que fazer uma pausa e enfiar um pano na boca para não gritar. Por fim, deu o último ponto. A testa pingava de suor; as lágrimas escorriam pelas bochechas. De alguma forma, encontrou forças para cortar o fio, amarrar as suturas com os dentes e jogar a agulha ensanguentada na pia. Então desabou na cama e, encolhido de lado, terminou de beber o resto do conhaque.

Griffin não entrou em contato naquela noite.

Robin sabia que era tolice esperar por isso. Depois de ficar sabendo do que havia acontecido, ele provavelmente tinha desaparecido, e por um bom motivo. Robin não ficaria surpreso se não tivesse notícias de Griffin durante um período letivo inteiro. Ainda assim, foi invadido por uma onda sombria e avassaladora de ressentimento.

Ele tinha *dito* a Griffin que aquilo ia acontecer. Ele o havia avisado, havia contado a ele exatamente o que vira. Aquilo poderia muito bem ter sido evitado.

Queria que o próximo encontro dos dois acontecesse logo só para poder gritar com o meio-irmão, dizer a ele que havia avisado, que Griffin deveria tê-lo escutado. Que se ele não fosse tão arrogante, talvez seu irmão mais novo não estivesse agora com uma fileira de pontos mal dados no braço. Mas o encontro não aconteceu. Griffin não deixou nenhum bilhete em sua janela na noite seguinte, nem na noite depois dessa. Ele parecia ter desaparecido de Oxford sem deixar vestígios, sem que Robin tivesse nenhuma maneira de entrar em contato com ele ou com a Sociedade Hermes.

Robin não podia falar com Griffin. Não podia contar nada a Victoire, Letty ou Ramy. Naquela noite, teve apenas a si mesmo como companhia, chorando miseravelmente agarrado à garrafa vazia enquanto seu braço latejava. E pela primeira vez desde que havia chegado a Oxford, Robin se sentiu de fato sozinho.

# Capítulo Onze

*But slaves we are, and labour in another man's plantation; we dress the vineyard, but the wine is the owner's.*

*Mas escravizados somos, e trabalhamos na plantação de outro homem; nós cuidamos da vinha, mas o vinho é do dono.*

John Dryden, trecho da dedicatória em sua tradução da *Eneida*

Robin não viu mais Griffin pelo resto do segundo período letivo, tampouco no terceiro. Na verdade, mal se deu conta disso; os trabalhos acadêmicos do segundo ano foram ficando cada vez mais difíceis com o passar das semanas, e ele mal teve tempo de pensar em seu ressentimento.

O verão chegou, embora não parecesse nem um pouco o verão, e sim um período letivo acelerado, e Robin ocupou os dias estudando freneticamente vocabulário em sânscrito para uma avaliação que faria uma semana antes do próximo período letivo. E então eles já eram alunos do terceiro ano, um status que envolvia todo o esgotamento de Babel sem nenhuma das suas novidades. Oxford perdeu o encanto naquele setembro; o pôr do sol dourado e o céu azul luminoso substituídos por frio e uma neblina sem fim. Chovia muito, e os ventos de tempestade pareciam excepcionalmente violentos em comparação com os anos anteriores. Os guarda-chuvas deles estavam sempre se quebrando. As meias estavam sempre molhadas. O remo foi cancelado naquele período letivo.*

Melhor assim. Nenhum deles tinha mais tempo para praticar esportes. O terceiro ano em Babel era conhecido como o inverno siberiano, e a razão ficou óbvia quando eles receberam a lista de matérias. Todos iam continuar com a terceira língua e o latim, que, segundo rumores, se tornava extremamente difícil quando Tácito entrava em cena. Também iam continuar a ter

* Duas semanas depois do início do primeiro período letivo, um grupo de calouros da Balliol alugou vários barcos movidos a vara e, em meio a bebedeiras, provocou um engarrafamento no Cherwell no qual três barcas e uma casa flutuante se chocaram, causando um prejuízo incalculável em libras. Como punição, a universidade suspendeu todas as corridas até o ano seguinte.

aulas de Teoria da Tradução com o professor Playfair e de Etimologia com o professor Lovell, embora a carga de trabalho de cada disciplina tivesse dobrado, pois tinham de produzir um ensaio de cinco páginas para cada matéria toda semana.

O mais importante: todos passaram a ter orientadores com os quais teriam que desenvolver um projeto de pesquisa independente. Isso contava como sua protodissertação — o primeiro trabalho que, se concluído com sucesso, seria preservado nas prateleiras de Babel como uma verdadeira contribuição acadêmica.

Ramy e Victoire ficaram insatisfeitos com seus orientadores logo de cara. Ramy havia sido convidado pelo professor Joseph Harding para contribuir com uma etapa editorial da gramática persa, o que em teoria era uma grande honra.* Mas não conseguia enxergar o atrativo desse projeto.

— A princípio, propus uma tradução dos manuscritos de Ibn Khaldun — contou aos amigos. — Os que Silvestre de Sacy encontrou. Mas o professor Harding disse que os orientalistas franceses já estavam trabalhando nisso e que ia ser muito difícil conseguir que Paris me emprestasse os manuscritos durante o período letivo. Então, eu perguntei se poderia traduzir os ensaios árabes de Omar ibn Said para o inglês, já que eles estão parados há quase uma década em nosso acervo, mas o professor Harding disse que era desnecessário porque a abolição já havia se tornado lei na Inglaterra, dá para acreditar?** Como se a América não existisse. No fim das contas, o professor Harding disse que, se eu quisesse fazer alguma coisa digna de crédito, poderia editar citações na gramática persa, então ele me mandou ler Schlegel. *Über die Sprache und Weisheit der Indier*. E sabem da maior? Schlegel nem estava na Índia quando escreveu isso. Ele escreveu tudo de Paris. Como alguém escreve um texto fundamental sobre "a língua e a sabedoria da Índia" estando em Paris?***

---

* Era preciso muito rigor e escrutínio para fazer qualquer contribuição para uma gramática. Oxford ainda sofria as consequências dos constrangimentos causados por um ex-professor visitante chamado George Psalmanazar, um francês que, alegando ser de Formosa, disfarçava sua pele pálida dizendo que os formosanos viviam no subsolo. Ele deu palestras e publicou sobre as línguas formosanas por décadas antes de ser exposto como uma completa fraude.

** Omar ibn Said foi um estudioso islâmico da África Ocidental capturado como escravizado em 1807. Quando escreveu seu ensaio autobiográfico, em 1831, ainda era escravizado pelo político americano James Owen, na Carolina do Norte. Ele permaneceria escravizado pelo resto da vida.

*** Esse era apenas o primeiro dos múltiplos problemas da obra de Schlegel. Ele considerava o Islã um "teísmo vazio e morto". Também presumia que os egípcios fossem descendentes de indianos e argumentava que o chinês e o hebraico eram inferiores ao alemão e ao sânscrito porque não tinham desinências.

Mas a indignação de Ramy parecia trivial se comparada ao que Victoire estava enfrentando. Ela estava trabalhando com o professor Hugo Leblanc, com quem havia estudado francês por dois anos sem problemas, mas que agora havia se tornado uma fonte de frustração incessante.

— Não dá — disse ela. — Eu quero trabalhar com o crioulo haitiano, e ele não se opõe totalmente, apesar de achar que é uma língua degenerada, mas só quer saber do vodu.

— A religião pagã? — perguntou Letty.

Victoire dirigiu-lhe um olhar mordaz.

— É, a *religião*. Ele não para de fazer perguntas sobre feitiços e poemas do vodu, aos quais ele não tem acesso, é claro, porque estão em crioulo haitiano.

Letty parecia confusa.

— Mas o crioulo haitiano não é quase igual ao francês?

— Nem de longe — respondeu Victoire. — O francês é o lexificador, é verdade, mas o crioulo haitiano é outra língua, com suas próprias regras gramaticais. O francês e o crioulo haitiano não são mutuamente inteligíveis. Você pode ter estudado francês por uma década e ainda assim não conseguir decifrar um poema em crioulo haitiano sem um dicionário. O professor Leblanc não tem dicionário, não *existe* dicionário, não ainda, portanto, eu sou a melhor alternativa.

— Então qual é o problema? — indagou Ramy. — Parece que você tem um excelente projeto.

Victoire parecia desconfortável.

— O problema é que os textos que ele quer que sejam traduzidos... sei lá, são textos especiais. Textos que têm um significado.

— Textos tão especiais que nem deveriam ser traduzidos? — sugeriu Letty.

— Eles são um patrimônio — insistiu Victoire. — São crenças sagradas...

— Não as *suas* crenças, com certeza...

— Talvez não — disse Victoire. — Eu não... quero dizer, eu não sei. Mas eles não são para serem compartilhados. Você ia gostar de ficar sentada horas e horas com um homem branco enquanto ele te pergunta sobre a história por trás de cada metáfora, do nome de cada deus, para ele poder vasculhar as crenças do seu povo em busca de um par de equivalentes que possa fazer uma barra de prata brilhar?

Letty não pareceu convencida.

— Mas não é *real*, é?

— É claro que é real.

— Ah, por favor, Victoire.

— É real em um sentido que você nunca vai conhecer. — Victoire estava ficando nervosa. — Em um sentido a que só alguém originário do Haiti pode ter acesso. Mas não no sentido que o professor Leblanc está imaginando.

Letty suspirou.

— Então por que você não diz isso a ele?

— Você acha que eu não tentei? — retrucou Victoire. — Você já tentou convencer um professor de Babel a não explorar alguma coisa?

— Bem, de qualquer forma — disse Letty, que agora estava irritada e na defensiva e, portanto, cruel —, o que você sabe sobre o vodu? Você não cresceu na França?

Essa foi a pior resposta que ela poderia ter dado. Victoire cerrou os lábios e desviou o olhar. A conversa morreu. Um silêncio constrangedor se instalou, um silêncio que nem Victoire nem Letty fizeram nenhuma questão de quebrar. Robin e Ramy se entreolharam sem entender, confusos. Alguma coisa tinha dado muito errado, um tabu fora violado, mas tinham muito medo de investigar exatamente qual.

Robin e Letty estavam razoavelmente satisfeitos com seus respectivos projetos, por mais laboriosos e demorados que fossem. Robin ia trabalhar com o professor Chakravarti para completar uma lista de empréstimos do sânscrito para o chinês, e Letty ia trabalhar com o professor Leblanc, esquadrinhando artigos científicos franceses em busca de metáforas possivelmente úteis e intraduzíveis no campo da matemática e da engenharia. Eles evitavam discutir os detalhes quando Ramy e Victoire estavam por perto. Todos recorriam a lugares-comuns uns com os outros; Robin e Letty estavam sempre "fazendo progressos", enquanto Ramy e Victoire estavam "se esforçando como sempre".

No âmbito privado, Letty não era tão generosa. O professor Leblanc tornou-se um ponto de discórdia entre ela e Victoire, que ficara magoada e perplexa com a falta de empatia da amiga, enquanto Letty achava que Victoire estava sendo sensível demais a respeito daquela história.

— Foi ela que criou essa situação — queixava-se para Robin. — Ela poderia tornar as coisas muito mais fáceis se simplesmente fizesse a pesquisa... Quero dizer, nunca ninguém fez um projeto de terceiro ano envolvendo crioulo haitiano, praticamente não existe uma gramática. Ela pode ser a pioneira!

Não dava para discutir com Letty quando ela estava nesse estado de espírito — era óbvio que ela só queria um interlocutor com quem desabafar —, mas Robin tentou mesmo assim.

— E se isso significar mais para ela do que você imagina?

— Mas não significa. Eu sei que não! Ela não é nem um pouco religiosa; quero dizer, ela é *civilizada*...

Robin soltou um assovio.

— Essa é uma palavra forte, Letty.

— Você sabe o que quero dizer. — Ela bufou. — Victoire não é haitiana. Ela é *francesa*. E eu simplesmente não entendo por que ela tem que ser tão difícil.

Na metade do primeiro período letivo, Letty e Victoire mal estavam se falando. Sempre chegavam para as aulas com vários minutos de diferença, e Robin se perguntava se seria preciso alguma habilidade para espaçar a saída de forma a nunca se cruzarem na longa caminhada até o Instituto.

As garotas não foram as únicas a enfrentar uma ruptura. A atmosfera daqueles dias era opressiva. Alguma coisa parecia ter se quebrado entre todos eles — não, *quebrar* talvez fosse uma palavra forte demais, pois ainda se agarravam uns aos outros com a força de quem não tinha mais ninguém. Mas o vínculo entre eles havia se distorcido de uma forma decididamente nociva. Ainda passavam quase todos os momentos do dia juntos, mas temiam a companhia uns dos outros. Tudo era uma ofensa não intencional ou deliberada: se Robin reclamava do sânscrito, estava sendo insensível ao fato de o professor Harding insistir que o sânscrito era uma das línguas de Ramy quando não era; se Ramy ficava satisfeito por ele e o professor Harding terem finalmente chegado a um acordo sobre uma orientação para a pesquisa, era um comentário insensível com Victoire, que não havia chegado a lugar nenhum com o professor Leblanc. Antes, eles costumavam encontrar consolo na solidariedade mútua, mas agora viam uns aos outros apenas como recordações do próprio infortúnio.

O pior, do ponto de vista de Robin, era que algo havia mudado de maneira repentina e misteriosa entre Letty e Ramy. As interações entre eles estavam mais acirradas do que nunca — Ramy não parava de zombar dela, e Letty não parava de explodir em resposta. Mas agora suas réplicas tinham adquirido um tom estranhamente vitimizado. Ela se inflamava com as menores, muitas vezes intangíveis descortesias. Ramy, por sua vez, tinha se tornado mais cruel e mais sarcástico de uma forma difícil de descrever. Robin não sabia o que fazer em relação a isso, tampouco fazia a menor ideia do que se tratava, apenas sentia uma estranha pontada no peito toda vez que testemunhava essas trocas.

— Ela só está sendo a Letty de sempre — dizia Ramy, quando pressionado. — Ela quer atenção e acha que fazer pirraça é a maneira de conseguir isso.

— Você fez alguma coisa para deixá-la chateada? — perguntou Robin.

— Além de existir? Eu acho que não. — Ramy parecia aborrecido com o assunto. — O que você acha de a gente continuar com essa tradução? Está tudo bem, Rob, eu juro.

Mas as coisas decididamente não estavam bem. Na verdade, estavam muito estranhas. Ramy e Letty pareciam incapazes de se suportar e, ao mesmo tempo, gravitavam em torno um do outro; não conseguiam conversar normalmente sem se opor com ferocidade, de uma forma que os tornava os protagonistas da conversa. Se Ramy queria café, Letty queria chá; se Ramy achava que um quadro na parede era bonito, então Letty de repente surgia com uma dezena de razões pelas quais ele exemplificava o pior da adesão da Real Academia ao convencionalismo artístico.

Robin achava essa situação insuportável. Certa noite, durante o sono inquieto, ele teve um sonho repentino e violento no qual empurrava Letty no Cherwell. Ao acordar, procurou em si mesmo algum vestígio de culpa, mas não encontrou; a ideia de Letty ensopada e cuspindo água trouxe uma satisfação igualmente perversa à luz do dia.

Havia ao menos a distração do treinamento para os alunos do terceiro ano, em que cada um ficava encarregado de assistir um membro do corpo docente na execução das tarefas relativas ao trabalho com a prata durante o período letivo.

— *Theory*, teoria, vem do grego *theōria*, que significa ato de ver ou espetáculo, cuja raiz também nos dá a palavra *theatre*, teatro — disse o professor Playfair em sua exposição antes de despachá-los com seus respectivos orientadores. — Mas não basta apenas observarem as operações. Vocês têm que colocar a mão na massa. Têm que entender como o metal *canta*.

Na prática, isso significava muito trabalho braçal não remunerado. Para a decepção de Robin, os aprendizes passavam pouquíssimo tempo no oitavo andar, onde aconteciam todas as pesquisas empolgantes. Em vez disso, três vezes por semana, ele acompanhava o professor Chakravarti em excursões por Oxford, ajudando na instalação e na manutenção de barras de prata. Aprendeu a polir as barras até deixá-las reluzentes (a oxidação e a perda do brilho diminuíam muito o efeito do par de equivalentes), a escolher entre diferentes tamanhos de estilete de gravação a fim de restaurar meticulosamente uma inscrição, recuperando sua clareza original, e a deslizar com destreza as barras para dentro e para fora de suportes fixos soldados sob medida para elas. Era uma pena que Griffin tivesse sumido, pensou ele, pois o treinamento lhe dava acesso praticamente irrestrito às ferramentas e matérias-primas da torre. Não teria que facilitar a entrada de ladrões à meia-noite. Em meio a gavetas inteiras de ferramentas de gravação e professores distraídos que não teriam desconfiado de nada, poderia ter afanado o que quisesse da torre.

— Com que frequência vocês precisam fazer isso? — perguntou ele.

— Ah, é um trabalho que nunca acaba — respondeu o professor Chakravarti. — É assim que ganhamos todo o nosso dinheiro, sabe. As barras são vendidas a um preço alto, mas é na manutenção que está o verdadeiro lucro. A carga de trabalho acaba ficando um pouco mais pesada para mim e para o Richard, já que não temos muitos sinólogos.

Naquela tarde, eles iam fazer uma visita domiciliar a uma propriedade em Wolvercote, onde uma instalação de barras de prata no jardim dos fundos havia parado de funcionar, apesar da garantia de doze meses. Tiveram certa dificuldade de passar do portão da frente — a governanta não parecia convencida de que eles eram acadêmicos de Babel e ficou bastante desconfiada de que estivessem ali para roubar a propriedade —, mas depois de fornecerem várias provas de identificação, incluindo a recitação de muitas orações em latim, foram finalmente convidados a entrar.

— Acontece cerca de duas vezes por mês — disse o professor Chakravarti a Robin, embora parecesse bastante desconcertado. — Você acaba se acostumando. O Richard não precisa enfrentar nem metade das dificuldades.*

A governanta os conduziu pela propriedade até um belo e exuberante jardim, com um riacho murmurante e sinuoso e várias pedras grandes dispostas de maneira aleatória. Eles foram informados de que tinha sido projetado no estilo chinês, que havia se tornado muito popular naquela época, depois que os projetos de paisagismo oriental de William Chambers foram exibidos pela primeira vez em Kew Gardens. Robin não conseguia se lembrar de ter visto nada parecido em Cantão, mas acenou com a cabeça, agradecido, até a governanta deixá-los.

— Bem, o problema aqui é óbvio. — O professor Chakravarti afastou alguns arbustos para revelar o canto da cerca onde a prata havia sido instalada. — Eles têm passado com um carrinho por cima da barra, o que acabou apagando metade da gravação. A culpa é deles, isso não está na garantia.

* Muitos dos clientes de Babel aceitavam prontamente que as barras de prata faziam uso de línguas estrangeiras, mas não que sua manutenção envolvesse acadêmicos estrangeiros, e mais de uma vez o professor Chakravarti teve que recrutar um dos alunos brancos do quarto ano para que fosse com ele e Robin em suas visitas apenas para que conseguissem entrar nas propriedades.

Ele permitiu que Robin retirasse a barra do encaixe, então virou-a para mostrar a ele a inscrição. De um lado: *garden*, jardim; do outro, o caractere 齋, que poderia significar um jardim paisagístico, mas de maneira mais geral evocava um lugar de retiro privado, onde uma pessoa podia se isolar do mundo, com conotações de purificação ritual, limpeza, caridade e atos taoístas de contrição.

— A ideia é tornar os jardins mais bonitos e silenciosos do que o burburinho de Oxford permite. Mantém a ralé bem longe. O efeito é bastante sutil, para ser sincero; não fizemos muitos testes, mas a verdade é que não há limites para as coisas nas quais os ricos estão dispostos a investir seu dinheiro. — O professor Chakravarti entalhava a barra enquanto falava. — Hum. Vejamos se isso vai resolver o problema.

Ele deixou que Robin reinstalasse a barra, em seguida se abaixou para verificar seu trabalho. Satisfeito, levantou-se e limpou as mãos nas calças.

— Gostaria de ativá-la?

— Eu só... o quê, pronuncio as palavras? — Robin tinha visto os professores fazerem aquilo muitas vezes, embora não conseguisse acreditar que fosse tão fácil. Por outro lado, lembrou-se, a barra *wúxíng* havia funcionado com ele na primeira tentativa.

— Bem, é um tipo específico de estado mental. Você pronuncia as palavras, mas o mais importante é manter os dois significados em sua mente ao mesmo tempo. Você existe em ambos os mundos linguísticos ao mesmo tempo e imagina que os está atravessando. Isso faz sentido?

— Eu... acho que sim, senhor. — Robin olhou para a barra, franzindo a testa. — É só isso?

— Ah, não, estou sendo pouco cuidadoso. Há toda uma heurística mental que você vai aprender durante o quarto ano e alguns seminários teóricos aos quais vai ter de assistir, mas, no fim das contas, tudo se resume a intuição. — O professor Chakravarti parecia bastante aborrecido; Robin teve a impressão de que ele ainda estava muito irritado com a funcionária da casa e queria ir embora o mais rápido possível. — Vamos lá.

— Bem... está bem. — Robin colocou a mão na barra. *Zhāi*. Jardim.

Sentiu uma leve vibração sob a ponta dos dedos. O jardim de fato pareceu mais silencioso depois disso, mais sereno, embora ele não soubesse dizer se era um efeito real ou apenas sua imaginação.

— Funcionou?

— Bem, vamos torcer para que sim. — O professor Chakravarti pendurou a bolsa de ferramentas no ombro. Não estava preocupado o suficiente para verificar. — Venha, vamos receber o pagamento.

* * *

— É sempre necessário pronunciar o par de equivalentes para a barra funcionar? — perguntou Robin enquanto voltavam para o campus. — Parece impraticável... quer dizer, há tantas barras e tão poucos tradutores...

— Bem, isso depende de uma série de coisas — disse o professor Chakravarti. — Para começar, a natureza do impacto. Com algumas barras, o que se deseja é uma manifestação temporária. Suponhamos que você precise de um efeito físico de curta duração, mas extremo; muitas barras militares funcionam dessa maneira. Então, elas precisam ser ativadas a cada uso e são projetadas de modo que os efeitos não durem muito. Outras barras têm um efeito duradouro, como as proteções da torre, por exemplo, ou as barras instaladas em navios e carruagens.

— O que faz com que durem mais?

— A quantidade de quilates, para começar. A prata mais pura resiste por mais tempo, e quanto maior a porcentagem de outras ligas, mais curto é o efeito. Mas também há diferenças sutis na forma como são fundidas e gravadas; logo, logo você vai aprender. — O professor Chakravarti sorriu para ele. — Você está ansioso para começar, não está?

— É que é muito empolgante, senhor.

— Isso passa — comentou o professor Chakravarti. — Depois de andar pela cidade murmurando as mesmas palavras diversas vezes, você começa a se sentir mais como um papagaio do que como um feiticeiro.

Uma tarde, eles foram ao Museu Ashmolean com a missão de consertar uma barra de prata que nenhum encantamento conseguia ativar. No lado em inglês estava escrito *verify*, verificar, e no lado em chinês havia o caractere 參, que significa "validar". Também podia significar "justapor", "dispor lado a lado" e "comparar coisas". A equipe do Ashmolean vinha usando a barra para comparar artefatos fraudulentos com os verdadeiros, mas nos últimos tempos ela havia falhado em vários testes, que a equipe conduzia sabiamente antes de considerar novas aquisições.

Eles inspecionaram com cuidado a barra sob um microscópio de mão, mas nem a caligrafia chinesa nem a inglesa mostravam sinal de desgaste. O professor Chakravarti retraçou tudo com seu menor estilete de gravação, mas ainda assim a barra não foi ativada.

Ele suspirou.

— Pode embrulhar essa barra e colocar na minha bolsa.

Robin obedeceu.

— Qual é o problema?

— O vínculo de ressonância parou de funcionar. Às vezes acontece, ainda mais com alguns dos pares de equivalentes mais antigos.

— O que é um vínculo de ressonância?

— Vamos para a torre — disse o professor Chakravarti, já se afastando. — Você vai entender do que estou falando.

De volta a Babel, o professor Chakravarti conduziu Robin até a ala sul do oitavo andar, depois das estações de trabalho. Robin nunca tinha estado naquela área antes. Todas as suas visitas ao oitavo andar tinham ficado restritas à oficina, que ocupava a maior parte do que os olhos viam do outro lado da grossa porta corta-fogo. Mas havia uma outra porta dupla que bloqueava o acesso à ala sul, guardada por três fechaduras, que o professor Chakravarti abriu com um molho de chaves barulhento.

— Eu realmente não deveria mostrar isso a você ainda. — O professor Chakravarti deu uma piscadela para ele. — Informações privilegiadas e tudo mais. Mas não há outra maneira de explicar.

Ele abriu a última fechadura. Eles passaram.

Foi como entrar em uma casa maluca em um parque de diversões, ou no interior de um piano gigante. Grandes hastes de prata de diferentes alturas e comprimentos se erguiam por todo o chão. Algumas chegavam à sua cintura; outras se erguiam acima dele, estendendo-se do piso ao teto, com espaço suficiente apenas para que alguém passasse com agilidade sem tocar nenhuma delas. As hastes fizeram Robin se lembrar de órgãos de igreja; ele sentiu um estranho impulso de pegar uma marreta e bater em todas elas de uma vez.

— A ressonância é uma maneira de cortar custos — explicou o professor Chakravarti. — Temos que economizar a prata de alto quilate para as barras que precisam ter durabilidade: as barras que vão para a Marinha, que protegem os navios mercantes e coisas desse tipo. Por isso, usamos a prata com maior percentual de ligas nas barras que operam em terras inglesas, pois podemos mantê-las carregadas por meio da ressonância.

Robin olhou ao redor, maravilhado.

— Mas como isso funciona?

— É mais fácil pensar em Babel como o centro, e em todas as barras que dependem da ressonância na Inglaterra como a periferia. A periferia recorre ao centro em busca de energia. — O professor Chakravarti gesticulou, indicando o espaço ao seu redor. Robin notou que cada haste parecia estar vibrando em uma frequência muito alta, mas embora fosse esperado que a torre estivesse ressoando com notas dissonantes, o ar estava parado e silencioso. — Essas hastes, gravadas com pares de equivalentes comumente usados, fornecem energia a barras conectadas a elas em todo o país. O poder de manifestação vem da haste, o que significa que as barras lá fora não requerem uma reativação tão constante.

— Como os postos avançados britânicos nas colônias — comparou Robin. — Solicitando que a metrópole envie soldados e suprimentos.

— Uma metáfora pertinente, de fato.

— Então, essas hastes repercutem em todas as barras da Inglaterra? — Robin imaginou uma rede invisível de significados se estendendo por todo o país, mantendo as barras de prata vivas. Era uma ideia assustadora. — Eu achei que haveria mais.

— Não exatamente. Existem centros de ressonância muito menores em todo o país, há um em Edimburgo, por exemplo, e outro em Cambridge. O efeito de fato se enfraquece com a distância. Mas a maior parte está em Oxford. O Instituto de Tradução se desdobra para manter vários centros, já que é preciso ter tradutores treinados para cuidar da manutenção.

Robin se curvou para examinar uma das hastes mais próximas. Além do par de equivalentes, escrito em letras grandes no topo, ele viu uma série de letras e símbolos que não conseguiu entender.

— Como o vínculo é forjado, então?

— É um processo complicado. — O professor Chakravarti levou Robin até uma haste estreita perto da janela do lado sul. Ele se ajoelhou, pegou a barra do Museu Ashmolean da bolsa e a segurou contra a haste. Robin notou então várias inscrições na lateral da haste que correspondiam a inscrições semelhantes na barra. — Elas têm que ser fundidas a partir do mesmo material. E depois há um trabalho considerável com símbolos etimológicos. Você vai aprender tudo isso no seu quarto ano, caso se especialize no trabalho com as barras de prata. Na verdade, usamos um alfabeto inventado, baseado em um manuscrito descoberto por um alquimista de Praga no século XVII.* É para que ninguém

* O manuscrito em questão — chamado Codex Baresch [Manuscrito Voynich] em homenagem ao alquimista que o trouxe a público — é um códice encadernado em pergaminho que versa sobre o que parece ser magia, ciência ou botânica. Está escrito em um alfabeto que combina alguns símbolos latinos e símbolos totalmente desconhecidos; esse alfabeto não usa letras maiúsculas nem sinais de pontuação. A escrita parece mais próxima do latim e, de fato, faz uso de abreviações latinas, mas o propósito e o significado do texto permanecem um mistério desde a sua descoberta. O manuscrito foi adquirido por Babel em meados do século XVIII, e desde então muitos acadêmicos do Instituto empreenderam tentativas frustradas de traduzi-lo; o alfabeto usado nos vínculos de ressonância se inspira nos símbolos do manuscrito, mas não representa nenhum progresso na decifração do original.

fora de Babel possa replicar nosso processo. Por enquanto, você pode pensar em todo esse ajuste como um aprofundamento do vínculo de conexão.

— Mas eu pensei que línguas artificiais não funcionassem para ativar as barras — disse Robin.

— Elas não *manifestam* significado — explicou o professor Chakravarti. — Como mecanismo de vínculo, no entanto, funcionam muito bem. Poderíamos fazer isso com números básicos, mas o Playfair gosta do mistério. Mantém as coisas restritas.

Robin ficou algum tempo em silêncio, observando enquanto o professor Chakravarti ajustava as inscrições na barra do Ashmolean com uma lâmina fina, examinava-as com uma lente e, em seguida, fazia os ajustes correspondentes na haste de ressonância. Todo o processo levou cerca de quinze minutos. Por fim, o professor Chakravarti voltou a embrulhar a barra do Ashmolean em veludo, colocou-a de volta na bolsa e se levantou.

— Isso deve resolver. Voltaremos ao museu amanhã.

Robin estava lendo as inscrições nas hastes, e notou que uma grande porcentagem delas parecia usar pares de equivalentes chineses.

— O senhor e o professor Lovell têm que manter tudo isso?

— Ah, sim — respondeu o professor Chakravarti. — Não há mais ninguém que possa fazer isso. Quando você se formar, seremos três.

— Eles precisam de nós — disse Robin, maravilhado.

Era estranho pensar que o funcionamento de todo um império dependia de apenas um grupo seleto de pessoas.

— Eles precisam muito de nós — concordou o professor Chakravarti. — E é bom, na nossa posição, sermos necessários.

Eles ficaram parados junto à janela. Ao olhar para Oxford, Robin teve a impressão de que toda a cidade era como uma caixinha de música afinada com precisão, inteiramente dependente de suas engrenagens de prata para continuar funcionando; e se a prata acabasse, se aquelas hastes de ressonância entrassem em colapso, Oxford inteira pararia abruptamente. Os campanários ficariam mudos, os coches parariam nas estradas e os habitantes da cidade congelariam em pleno movimento na rua, os membros erguidos no ar, a boca aberta no meio da fala.

Mas ele não conseguia imaginar que a prata fosse acabar um dia. Londres, e Babel ficavam cada vez mais ricas pois os mesmos navios impulsionados pelas barras tempos atrás traziam baús e mais baús de prata. Não havia mercado no planeta capaz de resistir às incursões britânicas, nem mesmo no Extremo Oriente. A única coisa capaz de interromper o influxo de prata seria o colapso da economia global e, como isso era ridículo, a Cidade de Prata e os prazeres de Oxford pareciam eternos.

Um dia, em meados de janeiro, eles chegaram à torre e encontraram todos os veteranos e alunos de pós-graduação vestindo preto sob a beca.

— É por causa de Anthony Ribben — explicou o professor Playfair quando eles entraram em sua sala de aula. Ele próprio estava vestindo uma camisa azul-lilás.

— O que é que tem o Anthony? — perguntou Letty.

— Já sei. — O rosto do professor Playfair se contraiu. — Não contaram a vocês.

— Não nos contaram o quê?

— O Anthony desapareceu durante uma expedição de pesquisa a Barbados no verão passado — explicou o professor Playfair. — Ele desapareceu na noite anterior ao dia do retorno de seu navio a Bristol, e não tivemos mais notícias dele desde então. Estamos presumindo que esteja morto. Os colegas dele no oitavo andar estão muito tristes; acho que vão usar preto pelo resto da semana. Alguns dos outros grupos de estudantes e membros do Instituto vão fazer o mesmo, se quiserem participar.

Ele disse isso com uma indiferença tão casual que era como se estivessem discutindo se queriam fazer um passeio de barco naquela tarde. Robin ficou boquiaberto.

— Mas ele não... vocês não... quer dizer, ele não tem família? Eles foram informados?

O professor Playfair escrevia um plano geral da aula daquele dia na lousa enquanto respondia.

— O Anthony não tem família, apenas um tutor. O sr. Falwell foi notificado pelo correio, e ouvi dizer que ele está muito triste.

— Meu Deus! — exclamou Letty. — Que coisa horrível.

Ela disse isso com um olhar apreensivo para Victoire, que dentre eles era a que melhor conhecia Anthony. Mas Victoire, surpreendentemente, não parecia abalada; ela não aparentava estar chocada nem triste, apenas um pouco desconfortável. Na verdade, ela parecia desejar que mudassem de assunto o mais rápido possível. O professor Playfair teve prazer em fazer a vontade dela.

— Bem, vamos ao trabalho — disse ele. — Na última sexta-feira, paramos nas inovações dos românticos alemães...

Babel não chorou a ausência de Anthony. A faculdade nem sequer realizou uma cerimônia fúnebre. Quando Robin voltou ao andar onde era realizado o trabalho com a prata, um aluno de pós-graduação de cabelos loiros que ele não conhecia havia assumido a estação de trabalho de Anthony.

— É repugnante — comentou Letty. — Dá para acreditar... Quero dizer, ele era um aluno de Babel, e eles simplesmente agem como se nunca tivesse estado aqui?

Sua angústia escondia um temor mais profundo, um temor que Robin também sentia: o temor de que Anthony tivesse sido dispensável. Que todos eles fossem dispensáveis. Que aquela torre — aquele lugar onde haviam pela primeira vez experimentado uma sensação de pertencimento — os valorizava e os amava enquanto estavam vivos e eram úteis, mas, no fundo, não se importava nem um pouco com eles. Que eles eram, no fim das contas, apenas receptáculos das línguas que falavam.

Ninguém disse isso em voz alta. Chegariam perto demais de quebrar o encanto.

De todos, Robin havia imaginado que Victoire seria a que ficaria mais arrasada. Ela e Anthony tinham se tornado muito próximos ao longo dos anos; eram dois dos poucos acadêmicos negros na torre, e ambos tinham nascido nas Índias Ocidentais. De tempos em tempos, ele os via conversando, de cabeça baixa, enquanto caminhavam da torre para o refeitório.

Mas não a viu chorar nem uma vez naquele inverno. Queria confortá-la, mas não sabia como, ainda mais porque parecia ser impossível tocar no assunto com ela. Sempre que alguém mencionava o nome de Anthony, Victoire se encolhia, piscava rapidamente e em seguida se esforçava para mudar de assunto.

— Você sabia que o Anthony era escravo? — perguntou Letty uma noite no refeitório. Ao contrário de Victoire, ela estava determinada a tocar no assunto sempre que houvesse oportunidade; na verdade, estava obcecada com a morte de Anthony de uma forma que parecia desconfortável e artificialmente moralista. — Ou teria sido. O dono não queria que ele fosse libertado quando a abolição entrasse em vigor, então ia levá-lo para a América, e ele só conseguiu ficar em Oxford porque Babel pagou por sua liberdade. *Pagou.* Dá para acreditar?

Robin olhou de soslaio para Victoire, mas a expressão dela permanecia imperturbável.

— Letty — disse ela com muita calma —, eu estou tentando comer.

# Capítulo Doze

*'In a word, I was too cowardly to do what I knew to be right, as I had been too cowardly to avoid doing what I knew to be wrong.'*

*"Em suma, fui covarde demais para fazer o que eu sabia ser certo, tal como fora covarde demais para evitar fazer o que sabia ser errado."*

Charles Dickens, *Grandes esperanças**

Já estavam no meio do segundo período letivo daquele ano quando Griffin ressurgiu. Tantos meses haviam se passado que Robin tinha parado de verificar sua janela com o rigor de sempre e teria ignorado o bilhete se não tivesse visto um passarinho tentando em vão puxá-lo de debaixo do caixilho.

No bilhete havia instruções para que Robin aparecesse no Twisted Root às duas e meia da tarde do dia seguinte, mas Griffin estava quase uma hora atrasado. Quando ele finalmente chegou, Robin ficou surpreso com sua aparência abatida. O simples ato de atravessar o pub pareceu exauri-lo; quando se sentou, ofegava como se tivesse acabado de dar uma volta correndo no University Parks. Claramente fazia dias que ele não trocava de roupa; seu cheiro deixava um rastro no ar, atraindo olhares. Ele andava mancando de leve, e Robin vislumbrava bandagens sob sua camisa toda vez que ele erguia o braço.

Robin não sabia ao certo o que fazer. Havia preparado um discurso inflamado para aquele encontro, mas as palavras morreram quando viu o tormento óbvio do irmão. Então, em vez de falar, ficou sentado em silêncio enquanto Griffin pedia uma torta de carne e dois copos de cerveja.

— Está tudo bem neste período? — perguntou Griffin.

— Tudo certo — respondeu ele. — Eu estou, hum, trabalhando em um projeto independente agora.

— Com quem?

Robin mexeu no colarinho da camisa. Sentiu-se um idiota por ter mencionado aquilo.

---

* Tradução de Paulo Henriques Britto. São Paulo: Penguin-Companhia, 2012. (N. T.)

— O professor Chakravarti.

— Isso é ótimo. — A cerveja chegou. Griffin esvaziou o copo, pousou-o na mesa e estremeceu. — Isso é excelente.

— Mas o restante do meu grupo não está muito feliz com seus projetos.

— Claro que não. — Griffin bufou. — Babel nunca permite que você faça a pesquisa que deveria estar fazendo. Só pesquisas que enchem os cofres deles.

Fez-se um longo silêncio. Robin sentiu-se levemente culpado, embora não houvesse um motivo razoável para isso; ainda assim, uma sensação de desconforto foi se instalando em seu estômago a cada segundo que passava. A comida chegou. O prato fumegava, mas Griffin o devorou como um esfomeado. E talvez estivesse mesmo; quando se curvou sobre a mesa, suas clavículas se projetaram de uma maneira que doía só de olhar.

— Então... — Robin pigarreou, sem saber como perguntar. — Griffin, está tudo...

— Desculpe. — Griffin pousou o garfo na mesa. — Eu só... eu só voltei para Oxford ontem à noite e estou exausto.

Robin suspirou.

— Claro.

— De qualquer forma, aqui está uma lista de textos que preciso da biblioteca. — Griffin enfiou a mão no bolso da frente da camisa e tirou um papel amassado. — Talvez você tenha um pouco de dificuldade de encontrar os volumes em árabe. Eu transliterei os títulos para que você encontre a prateleira certa, mas vai ter que identificá-los por conta própria. Eles estão na Bodleiana, não na torre, então não vai precisar se preocupar com ninguém desconfiando do que você está fazendo.

Robin pegou o papel.

— É só isso?

— É só isso.

— *Sério*? — Robin não conseguiu mais se conter. Esperava insensibilidade da parte de Griffin, mas não aquela simulação impassível de ignorância. Sua compaixão se evaporou junto com a paciência, e o ressentimento que ele mantivera em fogo brando por um ano veio à tona. — Tem certeza?

Griffin olhou para ele com cautela.

— Qual é o problema?

— Não vamos falar sobre a última vez? — quis saber Robin.

— A última vez?

— Quando o alarme disparou. Nós ativamos uma armadilha, acionamos uma *arma*...

— Você se saiu bem.

— Eu levei *um tiro* — sibilou Robin. — O que aconteceu? Alguém fez besteira, e eu sei que não fui eu, porque eu estava exatamente onde deveria estar, o que significa que você estava errado sobre os alarmes...

— Essas coisas acontecem. — Griffin deu de ombros. — Pelo menos ninguém foi capturado...

— Eu levei um *tiro* no *braço*.

— Eu fiquei sabendo. — Griffin olhou por cima da mesa, como se pudesse ver o ferimento de Robin através da manga da camisa. — Mas você parece muito bem.

— Eu mesmo tive que suturar o meu braço...

— Parabéns. Foi mais inteligente do que ir para a enfermaria da faculdade. Você não foi até lá, não é?

— Qual é o seu *problema*?

— Fala baixo — disse Griffin.

— Falar...

— Eu não sei por que estamos discutindo isso. Eu cometi um erro, você conseguiu escapar, não vai acontecer de novo. Vamos parar de mandar pessoas com você. Em vez disso, você vai levar o material para fora sozinho...

— Essa não é a questão — sibilou Robin mais uma vez. — Você deixou eu me ferir. Depois me abandou à minha própria sorte.

— Por favor, não seja tão dramático. — Griffin suspirou. — Acidentes acontecem. E você está bem. — Ele fez uma pausa, refletindo, e em seguida disse com mais calma: — Olha, se isso vai fazer você se sentir melhor, tem um lugar seguro em St Aldate que nós usamos quando precisamos nos esconder por um tempo. Tem uma porta que leva a um porão perto da igreja, ela parece emperrada por causa da ferrugem, mas é só procurar onde a barra está instalada e dizer as palavras. A porta leva a um túnel que passou despercebido quando eles fizeram as reformas...

Robin agitou o braço na direção de Griffin.

— Um esconderijo não resolve isso.

— Vamos ser mais cuidadosos da próxima vez — insistiu Griffin. — Foi um deslize, a culpa foi minha, estamos fazendo ajustes. Então se acalme antes que alguém te ouça. — Ele se recostou na cadeira. — Bem, eu estou fora da cidade há meses, então preciso saber o que anda acontecendo na torre e gostaria que você fosse eficiente nesse sentido, por favor.

Robin teve vontade de dar um soco nele. Era o que teria feito se não fosse atrair olhares, se Griffin já não estivesse claramente sentindo dor.

Não ia conseguir nada do irmão, sabia disso. Griffin, assim como o professor Lovell, podia ser incrivelmente obstinado; se algo não lhes convinha, eles apenas ignoravam, e, na realidade, qualquer tentativa de obter reconhecimento só ia resultar em mais frustração. Robin foi tomado pelo impulso fugaz de simplesmente se levantar e ir embora, nem que fosse apenas para ver a expressão de Griffin. Mas isso não ia proporcionar nenhuma satisfação duradoura. Se desse meia-volta, o irmão ia zombar dele; se seguisse em frente, estaria apenas rompendo seus próprios laços com a Sociedade Hermes. Então fez o que fazia melhor, tanto com o pai quanto com o irmão: engoliu suas frustrações e se resignou em deixar que Griffin definisse os termos da conversa.

— Nada de muito importante — disse ele depois de respirar fundo para se acalmar. — Os professores não têm viajado para o exterior nos últimos tempos, e acho que as proteções não mudaram desde a última vez também. Ah... aconteceu uma coisa horrível. Um aluno de pós-graduação, Anthony Ribben...

— Sim, eu conheço o Anthony — falou Griffin, em seguida pigarreou. — Quero dizer, conhecia. Ele era do meu grupo.

— Então você já ficou sabendo? — indagou Robin.

— Fiquei sabendo do quê?

— Que ele está morto.

— O quê? Não. — A voz de Griffin soava estranhamente desprovida de emoção. — Não, eu só quis dizer que... que eu o conhecia antes de deixar Babel. Ele morreu?

— Se perdeu no mar, voltando das Índias Ocidentais, ao que parece — respondeu Robin.

— Terrível — disse Griffin com desinteresse. — Um tragédia.

— É só isso que você tem a dizer? — perguntou Robin.

— O que você quer que eu diga?

— Ele era seu colega!

— Detesto ter que te dizer isso, mas esses incidentes não são incomuns. As viagens são perigosas. De tempos em tempos alguém desaparece.

— Mas é só que... parece errado. Não terem dado a ele uma cerimônia fúnebre. As pessoas simplesmente continuaram agindo como se nada tivesse acontecido. É... — Robin se interrompeu.

Foi tomado por uma súbita vontade de chorar. Sentia-se um tolo por ter dito aquilo. Não sabia o que queria: algum tipo de confirmação, talvez, de que a vida de Anthony era importante e de que ele não poderia ser esquecido com tanta facilidade. Mas já devia saber que Griffin era a pior pessoa em quem buscar consolo.

Griffin permaneceu em silêncio por um longo tempo. Ficou olhando pela janela, as sobrancelhas franzidas em concentração, como se estivesse refletindo sobre alguma coisa. Ele não parecia estar ouvindo Robin. Então inclinou a cabeça, abriu a boca, fechou-a e tornou a abri-la.

— Sabe, isso não me surpreende. A maneira como Babel trata seus alunos, ainda mais os que são recrutados no exterior. Você é valioso para eles, mas só isso. Uma máquina de tradução. E quando não tem mais serventia, você é descartado.

— Mas ele não deixou de ter serventia, ele *morreu*.

— Dá no mesmo. — Griffin se levantou e pegou o casaco. — De qualquer forma, eu quero os textos em uma semana; vou dar instruções sobre onde você deve deixá-los.

— É só isso? — perguntou Robin, perplexo.

Ele sentiu uma nova onda de decepção. Não sabia o que queria de Griffin, nem se o irmão era capaz de lhe dar o que ele queria, mas ainda assim esperava mais do que aquilo.

— Eu tenho que ir — disse Griffin sem se virar. Ele já estava a caminho da saída. — Fique de olho na sua janela.

Foi, em todos os sentidos, um ano muito ruim.

Alguma coisa havia envenenado Oxford, havia sugado tudo a respeito da universidade que dava alegria a Robin. As noites pareciam mais frias, as chuvas, mais intensas. A torre parecia não mais um paraíso, mas uma prisão. Os trabalhos acadêmicos eram uma tortura. Ele e os amigos não tinham nenhum prazer nos estudos; não tinham mais a empolgante sensação de descoberta do primeiro ano nem a satisfação de um dia de fato trabalhar com a prata, que poderia surgir à medida que se aproximavam do quarto ano.

Os alunos mais velhos garantiam que isso sempre acontecia, que o desânimo brusco no terceiro ano era normal e inevitável. Mas aquele pareceu um ano especialmente ruim em vários outros aspectos. Para começar, o número de roubos à torre aumentou de forma alarmante. Antes, Babel podia esperar sofrer de duas a três tentativas de invasão por ano, todas as quais acabavam se tornando um grande espetáculo quando os alunos se aglomeravam em volta das portas para ver o efeito cruel que as proteções do professor Playfair haviam causado. Mas em fevereiro daquele ano, as tentativas começaram a acontecer quase toda semana, e os alunos se cansaram de ver policiais arrastando criminosos mutilados pelas pedras do calçamento.

O Instituto não era mais alvo apenas de ladrões. A base da torre passou a ser constantemente vandalizada, em geral com urina, garrafas quebradas e bebida derramada. Em duas ocasiões eles se depararam com pichações feitas durante a noite em grandes letras escarlates tortas. LÍNGUAS DE SATANÁS, lia-se na parede dos fundos; PRATA DO DEMÔNIO, estava escrito embaixo da janela do primeiro andar.

Certa manhã, Robin e seu grupo chegaram e encontraram dezenas de cidadãos reunidos no gramado, gritando furiosamente com os acadêmicos que entravam e saíam pela porta da frente. Eles se aproximaram com cautela. A multidão era um pouco assustadora, mas não tão densa que não pudessem abrir caminho. Talvez o fato de estarem dispostos a enfrentar uma multidão para não perder aula fosse significativo, mas de fato lhes pareceu por um momento que iam conseguir passar sem serem incomodados, até um homem corpulento parar bem na frente de Victoire e começar a rosnar alguma coisa com um sotaque do norte áspero e incompreensível.

— Eu não conheço o senhor — disse Victoire, respirando com dificuldade. — Eu não sei o que o senhor está...

— Minha nossa! — Ramy se lançou para a frente como se tivesse levado um tiro. Victoire arfou. O coração de Robin parou. Mas ele viu que era apenas um ovo; tinha sido atirado para acertar Victoire, e Ramy havia se lançado à frente porque tentara protegê-la. Victoire recuou, os braços cobrindo o rosto; Ramy colocou o braço em volta do ombro dela e a conduziu pelos degraus da frente.

— Qual é o seu problema? — gritou Letty.

O homem que jogou o ovo gritou algo ininteligível em resposta. Robin se apressou em agarrar a mão de Letty e a arrastou pela porta atrás de Ramy e Victoire.

— Você está bem? — perguntou ele.

Victoire tremia tanto que mal conseguia falar.

— Tudo bem, eu estou bem... Ah, Ramy, deixe eu te ajudar, eu tenho um lenço...

— Não se preocupe. — Ramy tirou o paletó. — É um caso perdido, vou comprar um novo.

Dentro do saguão, estudantes e clientes estavam aglomerados junto à parede, observando a multidão pelas janelas. O primeiro instinto de Robin foi se perguntar se aquilo teria sido obra da Hermes. Mas não poderia ser: os roubos de Griffin eram meticulosamente planejados, envolviam um aparato muito mais sofisticado do que aquela multidão furiosa.

— Você sabe o que está acontecendo? — indagou Robin a Cathy O'Nell.

— São trabalhadores de uma fábrica, acho — respondeu Cathy. — Eu ouvi dizer que Babel acabou de assinar um contrato com proprietários de fábricas ao norte daqui, e isso deixou todas aquelas pessoas desempregadas.

— Todas aquelas pessoas? — perguntou Ramy. — Com apenas algumas barras de prata?

— Ah, eles demitiram centenas de trabalhadores — interveio Vimal, que tinha ouvido a conversa. — Parece que é um par de equivalentes brilhante, uma descoberta do professor Playfair que nos rendeu dinheiro suficiente para financiar reformas em toda a ala leste do saguão. O que não me surpreende, se for capaz de fazer o trabalho de todos aqueles homens juntos.

— Mas é muito triste, não é? — refletiu Cathy. — Eu me pergunto o que eles vão fazer agora.

— Como assim? — indagou Robin.

Cathy apontou para a janela.

— Bem, como eles vão sustentar a família?

Robin ficou envergonhado por não ter nem ao menos considerado isso.

Quando subiram para a aula de Etimologia, o professor Lovell expressou uma opinião decididamente mais cruel.

— Não se preocupem com eles. É só a gentalha de sempre. Bêbados, revoltosos do norte, marginais que não têm nenhuma maneira melhor de expressar suas opiniões do que gritando na rua. Eu preferiria que escrevessem uma carta, é claro, mas duvido que metade deles saiba escrever.

— É verdade que eles estão sem emprego? — indagou Victoire.

— Bem, é claro. O tipo de trabalho que eles fazem é redundante agora. Já deveria ter se tornado redundante há muito tempo; não há nenhuma razão para que a tecelagem, a fiação e a cardagem ainda não tenham sido mecanizadas. Isso é um simples progresso humano.

— Eles parecem bem contrariados — observou Ramy.

— Ah, com certeza eles estão furiosos — disse o professor Lovell. — Dá para imaginar por quê. O que a prata fez por este país na última década? Aumentou a produtividade agrícola e industrial em um grau inimaginável. Tornou as fábricas tão eficientes que podem operar com um quarto dos trabalhadores. Vejam a indústria têxtil: a lançadeira volante de Kay, a máquina de fiar hidráulica de Arkwright, a *spinning mule* de Crompton e o tear de Cartwright só foram possíveis com a ação da prata. A prata catapultou a Grã-Bretanha à frente de todas as outras nações e deixou milhares de trabalhadores desempregados no processo. Então, em vez de usar a inteligência para aprender um ofício que possa realmente ser útil, eles decidiram ficar se queixando na nossa porta. Aqueles protestos lá fora não são nenhuma novidade, vocês sabem. Há uma doença neste país. — O professor Lovell falou com uma veemência repentina e desagradável. — Começou com os luditas, uns trabalhadores idiotas de Nottingham que acharam preferível destruir o maquinário a se adaptar ao progresso, e se espalhou pela Inglaterra desde então. Há pessoas em todo o país que preferiam nos ver mortos. Não é apenas Babel que sofre esse tipo de ataque; não, nós nem sofremos o pior, já que nossa segurança está acima da média. No norte, esses sujeitos estão provocando incêndios criminosos, apedrejando proprietários de estabelecimentos, jogando ácido em capatazes de fábricas. Ao que parece, eles não param de quebrar teares em Lancashire. Não, essa não é a primeira vez que membros do corpo docente da nossa faculdade recebem ameaças de morte, é só a primeira vez que eles ousam vir tão ao sul, até Oxford.

— Vocês recebem ameaças de morte? — perguntou Letty, alarmada.

— É claro. Eu recebo mais e mais ameaças a cada ano.

— Mas isso não deixa o senhor preocupado?

O professor Lovell zombou:

— Nunca. Olho para aqueles homens e penso nas grandes diferenças entre nós. Eu estou onde estou porque acredito no conhecimento e no progresso científico, e tenho usado isso a meu favor. Eles estão onde estão porque se recusaram obstinadamente a progredir. Homens assim não me assustam. Homens assim me fazem rir.

— Vai ser assim o ano todo? — perguntou Victoire em voz baixa. — No gramado, quero dizer.

— Não por muito tempo — garantiu o professor Lovell. — Não, esta noite, eles já terão ido embora. Esses homens não têm persistência. Eles vão embora ao entardecer, quando ficarem com fome ou quando decidirem ir atrás de bebida. E se não forem embora, as proteções e a polícia vão se encarregar de tirá-los daqui.

Mas o professor Lovell estava errado. Aquilo não era obra de um grupo isolado de descontentes, e eles também não se dissiparam com o chegar da noite. A polícia de fato dispersou a multidão naquela manhã, mas eles voltaram em menor número; várias vezes por semana, cerca de uma dúzia de homens apareciam para abordar os acadêmicos a caminho da torre. Certa manhã, toda a torre teve de ser evacuada quando um pacote que emitia um tique-taque foi entregue no escritório do professor Playfair. Descobriu-se que era um relógio conectado a um explosivo. Felizmente, a chuva havia encharcado o pacote, corroendo o fusível.

— Mas o que aconteceria se não chovesse? — perguntou Ramy.

Ninguém tinha uma boa resposta para essa pergunta.

O efetivo de segurança na torre dobrou da noite para o dia. A correspondência agora era recebida e vistoriada por funcionários recém-contratados em um centro de processamento do outro lado de Oxford. Uma equipe rotativa de policiais montava guarda na entrada da torre o tempo todo. O professor Playfair instalou um novo conjunto de barras de prata na porta principal, embora, como sempre, tenha se recusado a revelar quais pares de equivalentes havia inscrito ou o que as barras fariam quando acionadas.

Esses protestos não eram sintomas de uma perturbação da ordem de menor importância. Alguma coisa estava acontecendo em toda a Inglaterra, um conjunto de mudanças cujas consequências eles estavam apenas começando a compreender. Oxford, que estava sempre cerca de um século atrás do restante das maiores cidades da Inglaterra, não podia mais fingir estar imune às mudanças. As vicissitudes do mundo lá fora tinham se tornado impossíveis de ignorar. A questão não se resumia aos trabalhadores fabris. Reforma, agitação e desigualdade eram as palavras-chave da década. O impacto total da chamada revolução industrial da prata, termo cunhado por Peter Gaskell seis anos antes, estava apenas começando a ser sentido em todo o país. Máquinas movidas a prata, do tipo que William Blake chamava de "moinhos satânicos",* estavam rapidamente substituindo o trabalho artesanal, mas, em vez de trazer prosperidade para todos, haviam criado uma recessão econômica, abrindo um fosso cada vez maior entre ricos e pobres que logo se tornaria matéria de romances de Disraeli e Dickens. A agricultura rural estava em declínio; homens, mulheres e crianças se deslocavam em massa para os centros urbanos para trabalhar nas fábricas, onde cumpriam jornadas de trabalho inimaginavelmente longas e perdiam membros e a vida em acidentes medonhos. A Nova Lei dos Pobres de 1834, que havia sido elaborada com o objetivo de reduzir os custos da assistência social aos pobres mais do que qualquer outra coisa, era fundamentalmente cruel e punitiva em sua essência; retinha a ajuda financeira, a menos que os beneficiários se mudassem para uma casa de empregos, lugares projetados para serem tão miseráveis que nin-

* "*Dark satanic mills*", no original, é uma expressão cunhada pelo poeta William Blake no poema "Jerusalém" para designar as primeiras fábricas que surgiram com o desenvolvimento do sistema fabril capitalista na Inglaterra, no fim do século XVIII. (N. T.)

guém ia querer morar neles.* O futuro de progresso e iluminação prometido pelo professor Lovell parecia ter resultado apenas em pobreza e sofrimento; os novos empregos que ele achava que os trabalhadores deslocados deveriam assumir nunca se materializaram. Na verdade, os únicos que pareciam lucrar com a revolução industrial da prata eram aqueles que já eram ricos e uns poucos escolhidos que eram sagazes ou sortudos o suficiente para enriquecerem.

Essas tendências eram insustentáveis. As engrenagens da história se moviam com rapidez na Inglaterra. O mundo ficava menor, mais mecanizado e mais desigual, e ainda não estava claro onde tudo aquilo ia dar, ou o que isso significaria para Babel e para o próprio Império.

Robin e seu grupo, no entanto, fizeram o que os acadêmicos sempre faziam: se debruçaram sobre os livros e se concentraram apenas em suas pesquisas. Os manifestantes acabaram se dispersando depois que tropas enviadas de Londres prenderam os líderes e os levaram para Newgate. Os acadêmicos pararam de prender a respiração toda vez que subiam os degraus que levavam à torre. Aprenderam a tolerar a presença de policiais em profusão, além do fato de que os novos livros e a correspondência demoravam o dobro do tempo para chegar. Pararam de ler os editoriais do *Oxford Chronicle*, publicação pró-reforma e pró-radicais recém-criada que parecia determinada a destruir sua reputação.

Ainda assim, não conseguiam ignorar as manchetes, apregoadas em todas as esquinas a caminho da torre:

BABEL: UMA AMEAÇA À ECONOMIA NACIONAL?

BARRAS MANDAM DEZENAS PARA CASAS DE TRABALHO.

NÃO À PRATA!

Deveria ser uma situação angustiante. No entanto, Robin descobriu que, na verdade, era muito fácil tolerar qualquer grau de agitação social, desde que a pessoa se acostumasse a fingir que não a via.

Em uma noite de tempestade, a caminho do jantar na casa do professor Lovell, Robin viu uma família sentada na esquina da Woodstock Road estendendo canecas de lata para pedir esmola. Era comum ver mendigos na periferia de Oxford, mas famílias inteiras eram algo raro. As duas crianças pequenas acenaram quando ele se aproximou, e a visão dos rostos pálidos e

* As *workhouses* eram casas nas quais os operários ficavam alojados e onde realizavam trabalhos improdutivos e extenuantes, como quebrar pedras e triturar ossos para servir de adubo; eram chamadas pelo povo de "bastilhas para os pobres". (N. T.)

molhados pela chuva fez com que se sentisse culpado o suficiente para parar e tirar várias moedas do bolso.

— Obrigado — murmurou o pai. — Deus o abençoe.

A barba do homem havia crescido e suas roupas estavam bem mais andrajosas, mas Robin o reconheceu: era, sem dúvida, um dos homens que tinham gritado obscenidades para ele a caminho da torre várias semanas antes. O olhar do homem encontrou o de Robin. Não ficou claro se também o havia reconhecido; ele abriu a boca para dizer alguma coisa, mas Robin apressou o passo, e o que quer que o sujeito pudesse ter gritado enquanto ele se afastava logo foi abafado pelo vento e pela chuva.

Robin não mencionou a família para a sra. Piper ou para o professor Lovell. Não queria pensar sobre tudo que eles representavam: o fato de que, apesar de toda a sua lealdade declarada à revolução, de seu compromisso com a igualdade e com a ajuda àqueles que não desfrutavam dela, ele nunca havia experimentado a verdadeira pobreza. Havia passado por tempos difíceis em Cantão, mas nunca tinha ficado sem saber de onde viria sua próxima refeição ou onde ia dormir à noite. Nunca havia olhado para sua família e se perguntado quanto seria necessário para mantê-los vivos. Apesar de toda a identificação com o pobre órfão Oliver Twist, apesar de toda a sua amarga autopiedade, o fato era que, desde o dia em que pusera os pés na Inglaterra, ele não dormira com fome nem uma única vez.

Naquela noite ele jantou, sorriu diante dos elogios da sra. Piper e dividiu uma garrafa de vinho com o professor Lovell. Tomou um caminho diferente na volta para a faculdade. No mês seguinte, esqueceu-se de fazer o mesmo desvio na ida, mas não fez diferença: àquela altura, a pequena família já havia partido.

A iminência das provas tornou horrível um ano que já estava ruim. Os alunos de Babel passavam por duas rodadas de provas: uma no fim do terceiro ano e outra durante o quarto. As avaliações eram escalonadas ao longo do calendário; os alunos do quarto ano faziam as provas no meio do segundo período letivo, enquanto os do terceiro ano tinham até o terceiro período para fazê-las. O efeito disso era que, depois das férias de inverno, o clima na torre mudava por completo. As bibliotecas e salas de estudo estavam sempre lotadas de alunos nervosos do quarto ano, que estremeciam sempre que alguém suspirava e pareciam prestes a cometer assassinato quando alguém ousava sussurrar.

Tradicionalmente, Babel anunciava as notas dos alunos do quarto ano ao fim do período de provas. Ao meio-dia da sexta-feira daquela semana, um sino tocou três vezes em toda a torre. Todos se levantaram e desceram correndo para o saguão, onde os clientes da tarde estavam sendo conduzidos para a porta de saída. O professor Playfair estava em pé sobre uma mesa no centro do saguão. Vestia um traje ornamentado com as barras roxas, segurando no alto um tipo de pergaminho enrolado que Robin só tinha visto em iluminuras medievais. Depois que todos que não eram afiliados ao instituto deixaram a torre, ele pigarreou e entoou:

— Os seguintes alunos foram aprovados nos exames de qualificação com distinção. Matthew Houndslow...

Alguém no canto de trás soltou um gritinho agudo.

— Adam Moorhead.

Um estudante perto da frente desabou sentado bem no meio do saguão, as mãos unidas sobre a boca.

— Isso é desumano — sussurrou Ramy.

— Muito cruel e insólito — concordou Robin.

Mas ele não conseguia tirar os olhos do que estava acontecendo. Ainda não havia chegado sua hora de fazer as provas, mas eles estavam muito mais próximos agora, e seu coração batia forte por causa do terror indireto. Por mais horrível que fosse, aquela declaração pública de quem havia e quem não havia demonstrado brilhantismo também era emocionante.

Apenas Matthew e Adam foram aprovados com distinção. O professor Playfair anunciou uma aprovação com mérito (James Fairfield) e uma aprovação sem distinção (Luke McCaffrey) e em seguida disse com uma voz muito sombria:

— O candidato a seguir foi reprovado nos exames de qualificação e não será convidado a retornar ao Real Instituto de Tradução para integrar a pós-graduação, tampouco receberá um diploma. Philip Wright.

Wright era o aluno que estava se especializando em francês e alemão que havia se sentado ao lado de Robin no jantar oferecido aos estudantes durante seu primeiro ano. Com o passar do tempo, ele foi ficando cada vez mais magro e abatido. Era um dos estudantes que ficava sempre na biblioteca com a barba por fazer e com o aspecto de quem não tomava banho havia dias, olhando para a pilha de textos diante dele com uma mistura de pânico e perplexidade.

— O senhor usufruiu de toda a leniência possível — disse o professor Playfair. — Recebeu mais tolerância do que seria conveniente, em minha opinião. Agora é hora de reconhecer que o tempo do senhor aqui chegou ao fim, sr. Wright.

Wright fez menção de se aproximar do professor Playfair, mas dois colegas o seguraram pelos braços e o puxaram de volta. Ele começou a implorar, balbuciando que suas respostas na prova haviam sido mal interpretadas, que ele poderia esclarecer tudo se tivesse mais uma chance. O professor Playfair ficou parado placidamente, com as mãos unidas atrás das costas, fingindo não ouvir.

— O que aconteceu? — perguntou Robin a Vimal.

— Ele respondeu com etimologia popular em vez de etimologia real. — Vimal balançou a cabeça de maneira dramática. — Tentou ligar *canards*, patos, a *canaries*, canários, só que os canários não são parentes dos patos, eles são das Ilhas Canárias, que têm esse nome por causa de cachorros...

O resto da explicação escapou a Robin.

O professor Playfair tirou um frasco de vidro do bolso interno do paletó — o frasco, presumiu Robin, que continha o sangue de Wright. Ele o colocou sobre a mesa e o esmagou com o pé. Fragmentos de vidro e manchas marrons se espalharam pelo chão. Wright começou a uivar. Não ficou claro o que a quebra do frasco tinha feito de fato com ele — todos os quatro membros pareciam intactos, até onde Robin podia dizer, e não havia sangue fresco —, mas Wright desabou no chão, pressionando a barriga como se tivesse sido empalado.

— Que horror — disse Letty, atônita.

— Totalmente medieval — concordou Victoire.

Eles nunca haviam testemunhado uma reprovação antes. Não conseguiam desviar os olhos.

Foi necessário um terceiro estudante para colocar Wright de pé, arrastá-lo até a porta da frente e arremessá-lo escada abaixo sem cerimônia. Todos os outros assistiram à cena, boquiabertos. Uma cerimônia tão grotesca parecia despropositada em uma instituição acadêmica moderna. No entanto, aquilo era totalmente apropriado. Oxford e, por extensão, Babel eram, em suas raízes, instituições religiosas antigas e, apesar de toda a sofisticação contemporânea, os rituais que constituíam a vida universitária ainda eram baseados em um misticismo medieval. Oxford era sinônimo de anglicanismo, de cristianismo, o que significava sangue, carne e pó.*

* E até mesmo esse ritual era bastante insípido em comparação com a maneira como as coisas eram feitas no fim do século XVIII. Naquela época, os alunos do quarto ano eram submetidos ao que chamavam de "teste da porta", no qual aqueles que haviam acabado de prestar o exame faziam fila para passar pela entrada na manhã seguinte ao fim da atribuição das notas. Os que haviam sido aprovados passavam pela porta sem problemas; os que haviam sido reprovados eram tratados pela torre como invasores e sofriam qualquer que fosse a punição violenta que as proteções tivessem sido projetadas para infligir. Essa prática foi finalmente abolida com base no fato de que a mutilação não era uma punição proporcional ao baixo desempenho acadêmico, mas o professor Playfair ainda fazia *lobby* todos os anos para trazê-la de volta.

A porta se fechou com um estrondo. O professor Playfair espanou a beca, saltou da mesa e se virou para encarar os demais.

— Bem, isso está resolvido. — Ele sorriu. — Boas provas. Parabéns a todos.

Dois dias depois, Griffin pediu a Robin que o encontrasse em uma taverna em Iffley, a quase uma hora de caminhada da faculdade. Era um lugar escuro e barulhento. Robin demorou um pouco para encontrar o irmão, que estava sentado nos fundos. O que quer que tivesse feito desde o último encontro dos dois, ele aparentemente não vinha se alimentando; havia duas tortas de carne fumegantes à sua frente, e Griffin devorava uma sem medo de queimar a língua.

— Que lugar é este? — perguntou Robin.

— Eu janto aqui às vezes — respondeu Griffin. — A comida é horrível, mas é farta e, o mais importante, ninguém da universidade vem aqui. Fica muito perto dos... como o professor Playfair os chama? Dos habitantes locais.

Ele parecia pior do que estivera durante todo o período: visivelmente exausto, com as faces encovadas e reduzido a um núcleo magro e cheio de arestas. Parecia um sobrevivente de naufrágio, alguém que havia viajado longas distâncias e mal conseguira sair vivo — embora, é claro, ele não contasse a Robin onde tinha estado. Seu casaco preto, pendurado na cadeira atrás dele, fedia.

— Você está bem?

Robin apontou para o braço esquerdo de Griffin. Estava envolto em bandagens, mas o ferimento que havia embaixo claramente ainda estava aberto, porque a mancha escura em seu antebraço aumentara de maneira perceptível desde que Robin se sentara.

— Ah. — Griffin olhou para o próprio braço. — Isso não é nada, só está demorando uma eternidade para fechar.

— Então é alguma coisa.

— Não...

— Parece ruim. — Robin riu, e o que disse em seguida soou mais amargo do que ele pretendia. — Você deveria suturar. Conhaque ajuda.

— Ah. Não, nós temos uma pessoa. Vou cuidar disso mais tarde. — Griffin puxou a manga da camisa sobre as bandagens. — De qualquer forma, preciso que esteja pronto na próxima semana. Vai ser algo improvisado, então ainda não tenho uma ideia muito precisa da hora ou do dia, mas vai ser uma missão importante, eles estão esperando um grande carregamento de prata da Magniac & Smith, e nós adoraríamos surrupiar uma das caixas enquanto estiverem sendo descarregadas. Vamos precisar de uma grande distração, é claro. Talvez eu precise guardar alguns explosivos no seu quarto para acesso rápido…

Robin recuou.

— Explosivos?

— Eu me esqueci que você se assusta com facilidade. — Griffin acenou com a mão. — Está tudo bem, eu vou te mostrar como detoná-los antes do dia, e se você planejar tudo direitinho, ninguém vai se machucar…

— Não — disse Robin. — Não, para mim acabou, chega… isso é um absurdo, eu não vou fazer isso.

Griffin arqueou uma das sobrancelhas.

— O que foi que aconteceu?

— Eu acabei de ver uma pessoa sendo expulsa…

— Ah. — Griffin riu. — Quem foi este ano?

— O Wright — respondeu Robin. — Esmagaram um frasco com o sangue dele. Atiraram o sujeito para fora da torre, barraram a entrada dele, o isolaram de tudo e de todos…

— Mas isso não vai acontecer com você; você é brilhante demais. Ou estou impedindo que revise o conteúdo?

— Abrir portas é uma coisa — disse Robin. — Plantar explosivos é outra bem diferente.

— Vai ficar tudo bem, confie em mim…

— O problema é que eu não confio — desabafou Robin. Seu coração batia muito rápido, mas era tarde demais para ficar calado. Tinha que dizer tudo de uma vez; não podia continuar guardando aquelas palavras para sempre. — Eu *não* confio em você. Você está ficando relapso.

Griffin ergueu as sobrancelhas.

— Relapso?

— Você desaparece por semanas e, quando aparece, na metade das vezes chega atrasado; suas instruções foram riscadas e revisadas tantas vezes que é preciso verdadeira perícia para decifrar o que elas dizem. O efetivo de segurança em Babel quase triplicou, mas você não parece interessado em descobrir como lidar com isso. E ainda não explicou o que aconteceu da última vez, nem qual é a sua nova solução para contornar as proteções. Eu levei um tiro no braço, e você parece que não dá a mínima…

— Eu já disse que sinto muito por isso — retrucou Griffin, cansado. — Não vai acontecer de novo.

— E por que eu deveria acreditar em você?

— Porque dessa vez é importante. — Griffin se inclinou para a frente. — Essa missão pode mudar tudo, pode mudar...

— Me diga como, então. Me diga mais. Não vai dar certo se você nunca me conta nada.

— Olha, eu te contei sobre St Aldate, não contei? — Griffin parecia frustrado. — Você sabe que não posso dizer mais nada. Você ainda é muito novo, não entende os riscos...

— Os *riscos*? Sou eu quem está correndo riscos, estou colocando todo o meu futuro em risco...

— Engraçado — disse Griffin. — E eu achando que a Sociedade Hermes era o seu futuro.

— Você entendeu o que eu quis dizer.

— Sim, ficou bem claro. — Griffin franziu os lábios. Ele se pareceu muito com o pai dos dois naquele momento. — Você morre de medo da liberdade, irmão. Isso o mantém algemado. Você se identifica tanto com os colonizadores que acha que qualquer ameaça a eles é uma ameaça a você. Quando vai perceber que não pode ser um deles?

— Pare de desviar do assunto — objetou Robin. — Você sempre faz isso. Quando eu falo do meu futuro, não estou me referindo a um cargo confortável. Estou me referindo à *sobrevivência*. Então me diga por que isso é tão importante. Por que agora? Por que essa missão?

— Robin...

— Você está me pedindo para colocar a minha vida em risco por uma coisa invisível — retrucou Robin. — E eu só estou pedindo que você me dê uma razão.

Griffin ficou em silêncio por um momento.

Ele deu uma olhada no ambiente, batendo os dedos contra a mesa, e em seguida disse em voz muito baixa:

— Afeganistão.

— O que está acontecendo no Afeganistão?

— Você não lê os jornais? Os britânicos querem colocar o Afeganistão em sua esfera de influência. Mas há planos em andamento para garantir que isso não aconteça... E sobre isso eu realmente não posso dizer nada a você, irmão...

Robin começou a rir.

— Afeganistão? Sério?

— Você acha isso engraçado? — perguntou Griffin.

— Você é cheio de conversa — disse Robin, admirado. Algo em sua mente se despedaçou naquele momento: a ilusão de que deveria admirar Griffin, de que a Hermes era importante. — Isso faz você se sentir importante, não é? Agir como se tivesse alguma influência sobre o mundo. Eu já vi os homens que realmente comandam as engrenagens, e eles não se parecem em nada com você. Eles não precisam lutar com unhas e dentes pelo poder. Eles não organizam assaltos tolos à meia-noite nem colocam seus irmãos mais novos em risco em uma tentativa selvagem de conseguir o que querem. O poder já é deles.

Os olhos de Griffin se estreitaram.

— O que você quer dizer com isso?

— O que vocês *fazem*? — quis saber Robin. — Sério, Griffin, o que diabos vocês já fizeram? O Império ainda está de pé. Babel ainda está lá. O sol nasce, as garras da Grã-Bretanha continuam se estendendo sobre o mundo, e a prata continua fluindo sem parar. Nada disso faz diferença.

— Me diga que você não acredita nisso de verdade.

— Não, eu só... — Robin sentiu uma pontada de culpa. Talvez tivesse sido muito duro ao falar, mas seu argumento, pensou, era justo. — Eu simplesmente não enxergo o que vocês conseguem com tudo isso. E você está me pedindo para abrir mão de muita coisa em troca. Eu quero ajudar você, Griffin. Mas também quero sobreviver.

Griffin passou um longo tempo sem dizer nada. Robin ficou olhando para ele, cada vez mais desconfortável enquanto o irmão terminava sem pressa sua torta de carne. Então ele pousou o garfo e limpou meticulosamente a boca com um guardanapo.

— Você sabe o que é engraçado sobre o Afeganistão? — A voz de Griffin era muito suave. — Os britânicos não vão invadir com tropas inglesas. Eles vão invadir com tropas de Bengala e Bombaim. Eles vão fazer sipaios lutarem contra os afegãos, assim como obrigaram sipaios a lutar e morrer por eles no rio Irauádi, porque a lógica das tropas indianas é igual à sua: que é melhor ser um servo do Império, sob coerção brutal e tudo mais, do que resistir. Porque é seguro. Porque é estável, porque permite que eles sobrevivam. E é assim que eles vencem, irmão. Eles nos colocam uns contra os outros. Eles nos dividem.

— Eu não quero sair para sempre — Robin se apressou em dizer. — Eu só... quero dizer, só até este ano acabar, ou até as coisas se acalmarem...

— Não é assim que funciona — sentenciou Griffin. — Ou você está com a gente ou não está. O Afeganistão não vai esperar.

Robin respirou fundo, trêmulo.

— Então eu estou fora.

— Muito bem. — Griffin largou o guardanapo e se levantou. — Apenas fique de boca fechada, está bem? Caso contrário, eu vou ter que aparar as pontas soltas, e não gosto de ser desleixado.

— Não vou contar a ninguém. Você tem a minha palavra…

— Eu não dou a mínima para a sua palavra — respondeu Griffin. — Mas eu sei onde você dorme.

Não havia nada que Robin pudesse dizer sobre isso. Ele sabia que Griffin não estava blefando, mas também sabia que se o irmão realmente não confiasse nele, ele não voltaria vivo para a faculdade. Eles se encararam por um longo tempo, sem dizer nada.

Por fim, Griffin balançou a cabeça e disse:

— Você está perdido, irmão. Você é um navio à deriva, em busca de costas familiares. Eu entendo o que você quer. Eu já quis o mesmo. Mas não há terra natal. Acabou. — Ele parou ao lado de Robin a caminho da porta. Seus dedos pousaram no ombro do irmão e o apertaram com tanta força que doeu. — Mas entenda uma coisa, irmão. Você não carrega a bandeira de ninguém. Você é livre para procurar seu próprio porto. E pode fazer muito mais do que apenas se manter à tona.

# LIVRO III

REAL INSTITUTO DE TRADUÇÃO
UNIVERSIDADE DE OXFORD

# Capítulo Treze

*Montes podem parir: nascerá um ridículo rato.*

Horácio, *Ars Poetica**

Griffin cumpriu sua palavra. Não deixou mais bilhetes para Robin. No início, Robin teve certeza de que ele passaria apenas algum tempo amuado antes de importuná-lo novamente para que realizasse tarefas menores e rotineiras. Mas uma semana se tornou um mês, que acabou por se tornar um período letivo. Ele esperava que Griffin fosse um pouco mais vingativo — que lhe deixasse uma carta de despedida recriminadora, pelo menos. Nos primeiros dias após o desentendimento, se encolhia toda vez que um estranho olhava em sua direção na rua, convencido de que a Sociedade Hermes havia decidido que era melhor aparar as pontas soltas.

Mas Griffin o havia abandonado por completo.

Ele tentou não deixar que sua consciência o perturbasse. A Hermes não iria a lugar nenhum. Sempre haveria batalhas a travar. Todos estariam lá esperando quando estivesse pronto para se juntar a eles, Robin tinha certeza. E ele não poderia fazer nada pela Hermes se não permanecesse firmemente abrigado no ecossistema de Babel. O próprio Griffin tinha dito: eles precisavam de pessoas lá dentro. Isso não era motivo suficiente para ficar exatamente onde estava?

Enquanto isso, havia as provas do terceiro ano. As provas de fim de ano eram um momento solene em Oxford. Até os últimos anos do século anterior, as provas *viva voce* — penosas arguições orais feitas em público diante de multidões de espectadores — eram a norma, mas no início da década de 1830 o grau de bacharelado regular exigia apenas cinco provas escritas e uma prova oral, com base no fato de que as respostas orais eram muito difíceis de avaliar de maneira objetiva e, além disso, eram desnecessariamente cruéis. Em 1836, não era mais permitido que houvesse espectadores nas arguições

* Tradução de Guilherme Gontijo Flores. São Paulo: Autêntica, 2020. (N. T.)

orais, e os habitantes da cidade perderam uma grande fonte de entretenimento anual.

Em vez disso, o grupo de Robin foi instruído a esperar uma prova escrita com duração de três horas para cada um dos seus idiomas de pesquisa; uma prova escrita de Etimologia com duração de três horas; uma prova oral de Teoria da Tradução e um teste com barras de prata. Eles não poderiam permanecer em Babel se fossem reprovados em alguma das provas de língua ou teoria, e se fossem reprovados no teste com as barras de prata, não poderiam, no futuro, trabalhar no oitavo andar.*

A *viva voce* seria aplicada diante de um júri de três professores liderados pelo professor Playfair, que era um examinador notoriamente severo e que, segundo rumores, fazia pelo menos dois alunos chorarem todos os anos. "*Balderdash*", dizia ele lentamente, "é uma palavra que costumava se referir à mistura abominável criada pelos funcionários de bares quando quase todas as bebidas já haviam se esgotado no fim da noite. Cerveja, vinho, cidra, leite, eles misturavam tudo e torciam para que os clientes não se importassem, já que o objetivo, no fim das contas, era simplesmente ficar bêbado. Mas estamos na Universidade de Oxford, não na Turf Tavern depois da meia-noite, e precisamos de algo um pouco mais esclarecedor do que uma bebedeira. Gostaria de tentar de novo?"

O tempo, que parecera infinito durante o primeiro e o segundo anos, agora corria depressa pela ampulheta. Eles não podiam mais adiar as leituras para se divertir no rio, presumindo que sempre haveria a oportunidade de compensar o atraso mais tarde. As provas seriam dali a cinco semanas, depois quatro, depois três. Quando o terceiro período letivo chegou ao fim, o último dia de aula deveria ter culminado em uma tarde dourada, com sobremesas, licor de sabugueiro e passeios de barco pelo Cherwell. Mas no momento em que os sinos soaram as quatro, eles guardaram os livros e saíram direto da sala de aula do professor Craft para uma das salas de estudo no quinto andar,

* Embora muitos dos graduados de Babel ficassem felizes em trabalhar no Departamento de Literatura ou no Jurídico, o exame das barras de prata tinha uma importância maior para alunos de origem estrangeira, que tinham dificuldade de encontrar cargos de prestígio em departamentos fora do oitavo andar, onde sua fluência em línguas não europeias era extremamente valiosa. Griffin, ao ser reprovado em seu teste com as barras de prata, recebera uma oferta para continuar os estudos no Departamento Jurídico. Mas o professor Lovell sempre havia expressado a crença de que nada, exceto o trabalho com a prata, importava e que todos os outros departamentos eram para tolos sem imaginação e sem talento. O pobre Griffin, que havia sido criado sob seu teto desdenhoso e exigente, concordara.

onde iam permanecer reclusos, todos os dias durante os treze dias seguintes, debruçados sobre dicionários, passagens traduzidas e listas de vocabulário até suas têmporas latejarem.

Agindo por generosidade, ou talvez por sadismo, os professores de Babel disponibilizaram um conjunto de barras de prata para os alunos usarem como instrumentos de estudo. Nessas barras estava gravado um par de equivalentes que consistia da palavra inglesa *meticulous*, meticuloso, e de sua precursora latina *metus*, que significa "medo, pavor". O uso moderno de *meticulous* havia surgido apenas algumas décadas antes na França, com a conotação de ter medo de cometer um erro. O efeito das barras era induzir uma inquietação terrível sempre que o usuário cometia erros em seu trabalho.

Ramy detestava e se recusava a usá-las.

— A barra não diz onde você errou — reclamou ele. — Só dá vontade de vomitar sem motivo aparente.

— Bem, você poderia ser mais cuidadoso — resmungou Letty, devolvendo o texto dele cheio de correções. — Cometeu pelo menos doze erros nesta página, e as suas frases são longas demais...

— Elas não são longas demais; elas são ciceronianas.

— Você não pode usar como desculpa para todo texto ruim a alegação de que é ciceroniano...

Ramy fez um aceno com a mão em sinal de desdém.

— Está tudo bem, Letty, eu escrevi isso em dez minutos.

— Mas não se trata de velocidade. É uma questão de precisão...

— Quanto mais eu produzo, maior é a amplitude que eu alcanço para as possíveis questões da avaliação — disse Ramy. — E é para isso que nós realmente temos que nos preparar. Eu não quero ter um branco quando a prova estiver bem na minha frente.

Era uma preocupação válida. O estresse tinha a capacidade única de apagar da mente dos alunos coisas que eles estudavam havia anos. Durante as provas do quarto ano no ano anterior, houve rumores de que um candidato ficou tão paranoico que declarou não apenas que não conseguiria terminar a prova, mas que estava mentindo sobre ser fluente em francês. (Ele era, na verdade, um falante nativo.) Todos pensavam estar imunes a essa loucura específica até que um dia, uma semana antes dos exames, Letty começou a chorar de repente e declarou que não sabia uma palavra de alemão, nem uma única palavra, que era uma fraude e que toda a sua trajetória em Babel tinha sido baseada em fingimento. Nenhum deles entendeu esse discurso até muito mais tarde, pois ela na realidade o havia feito em alemão.

A falha de memória era apenas o primeiro sintoma. A ansiedade de Robin em relação a suas notas nunca o havia deixado tão mal fisicamente. Primeiro veio uma dor de cabeça latejante e persistente, depois a vontade constante de vomitar toda vez que se levantava ou se movia. Ondas de tremor o assaltavam sem nenhum aviso; muitas vezes sua mão tremia tanto que ele tinha dificuldade de segurar a pena. Certa vez, durante um trabalho prático, sua visão começou a escurecer; ele não conseguia pensar, não conseguia se lembrar de uma única palavra, não conseguia nem enxergar. Levou quase dez minutos para se recuperar. Não conseguia se obrigar a comer. De alguma forma, estava o tempo todo ao mesmo tempo exausto e incapaz de dormir devido ao excesso de nervosismo.

Então, como todo bom veterano de Oxford, ele se viu perdendo o juízo. Sua noção da realidade, já tênue devido ao isolamento prolongado em uma cidade de acadêmicos, tornou-se ainda mais fragmentada. Horas de revisão de conteúdo haviam interferido em seu processamento de sinais e símbolos, em sua crença no que era real e no que não era. O abstrato era factual e importante; exigências diárias como mingau e ovos eram suspeitas. Diálogos cotidianos tornaram-se uma tarefa árdua; conversas triviais eram um terror, e ele perdeu o controle sobre o significado de saudações básicas. Quando o zelador perguntou se ele tinha tido um bom dia, Robin ficou parado e em silêncio por uns bons trinta segundos, incapaz de processar o que significava "bom", ou mesmo "dia".

— Ah, comigo é a mesma coisa — disse Ramy alegremente quando Robin tocou no assunto. — É horrível. Eu não consigo mais ter conversas básicas, fico me perguntando o que as palavras significam de verdade.

— Eu fico dando de cara na parede — falou Victoire. — O mundo à minha volta desaparece e a única coisa que eu consigo ver são listas de vocabulário.

— Comigo, são as folhas de chá — contou Letty. — Eu olho para elas e só vejo glifos, e outro dia me peguei tentando glosar uma delas... até comecei a copiar no papel e tudo mais.

Robin ficou aliviado por saber que não era o único que estava vendo coisas, porque as visões eram o que mais o preocupava. Tinha começado a ter alucinações com pessoas. Certa vez, enquanto procurava nas estantes da Thornton's uma antologia de poesia que constava de sua lista de leituras em latim, Robin vislumbrou o que pensou ser um perfil familiar perto da porta. Ele se aproximou. Seus olhos não o haviam enganado: Anthony Ribben estava pagando por um pacote embrulhado em papel, robusto e saudável como sempre.

— Anthony... — Robin deixou escapar.

Anthony ergueu o olhar. Ele viu Robin. Seus olhos se arregalaram. Robin começou a se aproximar dele, confuso e eufórico, mas Anthony empurrou rapidamente várias moedas para o livreiro e disparou para fora da loja. Quando Robin chegou à Magdalene Street, Anthony havia desaparecido de vista. Robin olhou ao redor por alguns segundos, em seguida voltou para a livraria, se perguntando se era possível que tivesse confundido um estranho com Anthony. Mas não havia muitos jovens negros em Oxford. O que significava que ou haviam mentido para ele sobre a morte de Anthony — que, na verdade, todo o corpo docente de Babel havia feito isso como uma brincadeira de mau gosto elaborada —, ou que ele havia imaginado a coisa toda. Em seu estado atual, achou que a última explicação era muito mais provável.

A prova que eles mais temiam era o teste das barras de prata. Durante a última semana do último período letivo, foram informados de que teriam que criar um par de equivalentes único e gravá-lo em uma barra diante de um avaliador. No quarto ano, assim que terminassem o treinamento, iam aprender as técnicas adequadas de concepção, inscrição e teste de magnitude e duração do efeito dos pares de equivalentes, bem como as complexidades dos vínculos de ressonância e da manifestação falada. Mas, por enquanto, armados somente com os princípios básicos de como os pares de equivalentes funcionavam, eles precisavam apenas obter algum efeito. Não tinha que ser perfeito; na verdade, as primeiras tentativas nunca eram. Mas tinham que produzir alguma coisa. Tinham que provar que possuíam a qualidade indefinível, o instinto inimitável do *significado*, que fazia de um tradutor um perito para o trabalho com a prata.

Em tese, a ajuda de pós-graduandos era proibida, mas uma tarde, ao vê-lo parecendo atordoado e assustado na biblioteca, a doce e gentil Cathy O'Nell entregou sorrateiramente a Robin um livreto amarelo desbotado sobre os fundamentos da pesquisa de pares de equivalentes.

— Fica ali nas estantes de livre acesso — disse ela, solícita. — Todos nós usamos; é só ler que vai dar tudo certo.

O livreto era bastante datado — tinha sido escrito em 1798 e empregava muitas grafias arcaicas —, mas continha várias dicas breves e facilmente assimiláveis. A primeira era ficar longe da religião. Isso eles já sabiam por dezenas de histórias de terror. Tinha sido a teologia que fizera com que Oxford se interessasse pelas línguas orientais em primeiro lugar — a única razão pela qual o hebraico, o árabe e o siríaco haviam se tornado objeto de estudo acadêmico a princípio fora a tradução de textos religiosos. Mas a Palavra Sagrada, como se descobriu, era imprevisível e implacável quando aplicada na prata. Havia uma mesa de trabalho na ala norte do oitavo andar da qual ninguém ousava se aproximar porque de tempos em tempos ela ainda exalava fumaça de uma fonte desconhecida. Naquela mesa, dizia-se, um estudante tolo havia tentado traduzir em prata o nome de Deus.

Mais útil era a segunda lição do livreto, que consistia em concentrar a pesquisa na busca por cognatos. Cognatos — palavras em línguas diferentes que compartilhavam um ancestral comum e muitas vezes também significados semelhantes* — costumavam ser as melhores pistas para encontrar pares de equivalentes frutíferos, já que ficavam em ramos muito próximos na árvore etimológica. A dificuldade com os cognatos, porém, era que muitas vezes seu significado era tão próximo que havia pouca distorção na tradução e, portanto, pouco efeito que as barras pudessem manifestar. Afinal, não havia diferença significativa entre a palavra *chocolate* em inglês e em espanhol. Além disso, ao procurar por cognatos, era preciso estar atento aos falsos amigos — palavras que pareciam cognatas, mas que tinham origens e significados totalmente distintos. A palavra inglesa *have*, ter, não vinha do latim *habere* ("ter, possuir"), por exemplo, mas do latim *capere* ("buscar"). E o italiano *cognato* não significava "cognato" como seria de se esperar, mas sim "cunhado".

Os falsos amigos eram especialmente traiçoeiros quando seus significados também pareciam relacionados. A palavra persa *farang*, que era usada para se referir aos europeus, parecia ser um cognato da palavra inglesa *foreign*, estrangeiro. Mas *farang* na verdade tinha se originado de uma referência aos francos e se transformado para abranger todos os europeus ocidentais. A palavra inglesa *foreign*, por outro lado, se originava do latim *fores*, que significa "portas". Associar *farang* a *foreign*, portanto, não produzia nenhum efeito.**

A terceira lição do livreto apresentava uma técnica chamada encadeamento. Disso eles se lembravam vagamente por causa da explicação do professor Playfair. Se as palavras do par de equivalentes binário tivessem se distanciado muito em significado ao longo de sua evolução para que uma tradução

* A palavra inglesa para noite, *night*, e a espanhola *noche*, por exemplo, são ambas derivadas da palavra latina *nox*.

** Uma armadilha tão ardilosa quanto os falsos amigos são as etimologias populares: etimologias incorretas atribuídas pela crença popular a palavras que, na verdade, têm origens distintas. A palavra *handiron*, por exemplo, significa uma ferramenta de metal para apoiar a lenha em uma lareira. Ficamos tentados a supor que sua etimologia envolva as palavras *hand* (mão) e *iron* (ferro) separadamente. Mas *handiron* é na verdade derivada do francês *andier*, que se tornou *andire* em inglês.

fosse plausível, era possível tentar adicionar um terceiro ou mesmo um quarto idioma como intermediário. Quando todas as palavras eram gravadas em ordem cronológica de evolução, isso podia orientar a distorção do significado com mais precisão no sentido que pretendiam. Outra técnica relacionada era a identificação de um segundo étimo: outra fonte que pudesse ter interferido na evolução do significado. A palavra francesa *fermer* ("fechar, trancar") era, por exemplo, obviamente baseada no latim *firmāre* ("tornar duro, fortalecer"), mas também tinha sido influenciada pelo latim *ferrum*, que significa "ferro". *Fermer*, *firmāre* e *ferrum* poderiam então, hipoteticamente, produzir uma fechadura inviolável.

Todas essas técnicas pareciam boas na teoria, mas na prática eram muito difíceis de reproduzir. A parte mais complicada, afinal, era encontrar um par de equivalentes adequado para começar. A fim de se inspirar, eles pegaram um exemplar do Livro-Mestre — uma lista completa dos pares de equivalentes em uso em todo o Império naquele ano — e o folhearam em busca de ideias.

— Olha — falou Letty, apontando para uma linha na primeira página. — Eu descobri como eles fazem aqueles vagões sem condutor funcionarem.

— Quais vagões? — perguntou Ramy.

— Você não os viu circulando por Londres? — disse Letty. — Eles se movem por conta própria, não tem ninguém conduzindo.

— Eu sempre pensei que houvesse algum mecanismo interno — comentou Robin. — Como um motor...

— É assim com os maiores — explicou Letty. — Mas os vagões de carga menores não são muito grandes. Você nunca notou que eles parecem se mover sozinhos? — Ela cutucou a página com entusiasmo. — Há barras nos trilhos. A palavra *track*, trilho, está relacionada a *trecken*, do neerlandês médio, que significa puxar, ainda mais quando você passa pelo intermediário francês. E então você tem duas palavras que significam o que concebemos como um trilho, mas apenas uma delas envolve uma força motriz. O resultado é que os próprios trilhos movem os vagões para a frente. É brilhante.

— Ah, que ótimo — disse Ramy. — Só precisamos revolucionar a infraestrutura de transportes durante a prova e tudo certo.

Eles poderiam ter passado horas sozinhos lendo o Livro-Mestre, que estava repleto de criações infinitamente interessantes e surpreendentemente brilhantes. Muitas, Robin descobriu, tinham sido de autoria do professor Lovell. Um par de equivalentes particularmente engenhoso era a tradução do caractere chinês *gǔ* (古), que significa "velho ou envelhecido", e do inglês *old*, velho. O chinês *gǔ* carregava uma conotação de durabilidade e resistência; na verdade, o mesmo caractere 古 estava presente no caractere *gù* (固), que significa "duro, forte ou sólido". Vincular os conceitos de durabilidade e antiguidade ajudava a evitar que as máquinas se desgastassem com o tempo; na verdade, quanto maior o tempo de uso, mais confiáveis elas se tornavam.

— Quem é Eveline Brooke? — perguntou Ramy, folheando as entradas mais recentes, perto do fim do livro.

— Eveline Brooke? — repetiu Robin. — Por que esse nome me soa familiar?

— Seja quem for, ela é um gênio. — Ramy apontou para uma página. — Olhem, ela criou mais de doze pares de equivalentes só em 1833. A maioria dos estudantes não cria mais do que cinco.

— Espera — disse Letty. — Você quer dizer Evie?

Ramy franziu a testa.

— Evie?

— A mesa — falou Letty. — Lembram? Daquela vez que o professor Playfair ficou irritado comigo porque eu me sentei no lugar errado? Ele disse que era o lugar da Evie.

— Talvez ela seja muito meticulosa — sugeriu Victoire. — E não goste que as pessoas mexam nas coisas dela.

— Mas ninguém mexe nas coisas dela — rebateu Letty. — Eu reparo. Já se passaram meses. E aqueles livros e penas estão no exato lugar onde ela os deixou. Então ou ela é cuidadosa com as coisas dela em um grau assustador, ou não voltou àquela mesa.

Enquanto folheavam o livro, outra teoria tornou-se mais evidente. Evie tinha sido bastante prolífica entre os anos de 1833 e 1834, mas em 1835 suas pesquisas desapareceram por completo dos registros. Nem uma única criação nos últimos cinco anos. Eles nunca tinham sido apresentados a uma Evie Brooke em nenhum dos jantares ou festas do departamento; ela não tinha ministrado palestras nem seminários. Quem quer que Eveline Brooke fosse, e por mais brilhante que tivesse sido, claramente não estava mais em Babel.

— Esperem — disse Victoire. — Vamos supor que ela tenha se formado em 1833. Isso a colocaria na mesma turma de Sterling Jones. E do Anthony.

*E do Griffin*, concluiu Robin, embora não tivesse dito isso em voz alta.

— Talvez ela também tenha morrido no mar — sugeriu Letty.

— Uma turma amaldiçoada essa, então — observou Ramy.

A sala de repente pareceu muito fria.

— Que tal voltarmos para a revisão? — sugeriu Victoire.

Ninguém se opôs.

Tarde da noite, quando já fazia tanto tempo que estavam com a cara enfiada nos livros que não conseguiam mais raciocinar direito, eles começavam um jogo que consistia em conceber pares implausíveis que pudessem ajudá-los a passar no exame.

Certa noite, Robin ganhou ao propor *jīxīn*.

— Em Cantão, no dia dos exames imperiais, as mães preparavam para seus filhos um desjejum que consistia em corações de galinha — explicou ele. — Porque coração de galinha, *jīxīn*, soa parecido com *jìxing*, que significa memória.*

— Que efeito isso teria? — zombou Ramy. — Espalhar pedaços de frango ensanguentados por todo o papel?

— Ou fazer seu coração ficar do tamanho de um coração de galinha — sugeriu Victoire. — Imaginem, em um momento você tem um coração de tamanho normal e no momento seguinte ele é menor que um dedal, e não consegue bombear todo o sangue de que você precisa para sobreviver, então você desmaia...

— Meu deus, Victoire — disse Robin. — Que ideia mórbida.

— Não, é fácil — respondeu Letty. — É uma metáfora para o sacrifício, a chave é a troca. O sangue da galinha, o coração da galinha, é o que sustenta a sua memória. Então você só precisa sacrificar uma galinha aos deuses e passa.

Os quatro se encararam. Já era muito tarde e nenhum deles havia dormido o suficiente. No momento, estavam todos sofrendo da insanidade peculiar dos muito assustados e muito determinados, a insanidade que fazia a academia parecer tão perigosa quanto um campo de batalha.

Se Letty tivesse sugerido que saqueassem um galinheiro naquele momento, nenhum deles teria hesitado em segui-la.

A fadada semana chegou. Eles estavam tão preparados quanto possível. Fora prometido que seriam submetidos a uma avaliação justa, desde que fizessem sua parte, e eles tinham feito. Estavam assustados, é claro, mas sentiam uma confiança cautelosa. As provas, afinal, eram exatamente o que eles haviam sido treinados para fazer nos últimos dois anos e meio; nem mais nem menos.

* *Jīxīn*: 雞心; *jìxing*: 記性.

O exame do professor Chakravarti foi o mais fácil de todos. Robin teve que traduzir, sem dicionário, um texto de quinhentos caracteres em chinês clássico que o próprio professor Chakravarti havia escrito. Era uma parábola encantadora sobre um homem virtuoso que perdia uma cabra em um campo de amoreiras, mas encontrava outra. Depois da prova, Robin percebeu que havia traduzido erroneamente *yànshǐ*, que significa "*romantic history*" (história romântica) pelo mais inofensivo "*colourful history*" (história vívida),* que não transmitia o tom do texto com exatidão, mas ele esperava que as ambiguidades entre "*sexual*" (sexual) e "*colourful*" (vívido) em inglês fossem suficientes para disfarçar o equívoco.

A professora Craft havia escrito um tópico para elaboração de ensaio extremamente difícil sobre os papéis fluidos dos *interpretes* nos escritos de Cícero. Eles não eram apenas intérpretes, mas desempenhavam diversos papéis, como intermediários, mediadores e, ocasionalmente, responsáveis por oferecer subornos. O grupo de Robin foi instruído a escrever sobre o uso da língua nesse contexto. Robin redigiu apressadamente um ensaio de oito páginas sobre como o termo *interpretes* tinha, para Cícero, em última análise valor neutro em comparação com os *hermeneus* de Heródoto, um dos quais fora morto por Temístocles por ter usado o grego em favor dos persas. Ele concluiu com alguns comentários sobre propriedade linguística e lealdade. Estava bastante inseguro sobre como havia se saído quando deixou a sala de prova — sua mente havia passado a adotar o curioso recurso de deixar de entender o que ele havia argumentado assim que colocava o ponto-final na última frase, mas as frases à tinta pareciam robustas, e ele sabia que seu texto ao menos estava bem escrito.

O ensaio do professor Lovell envolvia dois tópicos. O primeiro era o desafio de traduzir três páginas de uma rima infantil sem sentido usando as letras do alfabeto ("*A is for the apricot, which was eaten by a Bear*")** para um idioma à escolha. Robin passou quinze minutos tentando combinar caracteres chineses ordenados por suas romanizações antes de desistir e adotar o caminho mais fácil, que era simplesmente passar tudo para o latim. Na segunda página havia uma fábula egípcia antiga contada por meio de hieróglifos e a tradução para o inglês com instruções para que fossem identificadas, da melhor maneira possível, sem nenhum conhecimento prévio da língua de partida, as

---

* Um erro compreensível. Os caracteres de *yànshǐ* são 艷史. 史, *shǐ*, significa "história"; 艷, *yàn*, pode significar tanto "vívido" quanto "sexual, romântico".

** A tradução para o português poderia ser: "'A' de ameixa, que foi comida por um Burro", o que, naturalmente, demandava adaptação. (N. T.)

dificuldades em expressá-la na língua de chegada. Nesse tópico, a facilidade de Robin com a natureza pictórica dos caracteres chineses ajudou muito; ele elaborou um texto sobre o poder ideográfico e as sutis implicações visuais e conseguiu escrever tudo antes que o tempo acabasse.

A *viva voce* não foi tão ruim quanto poderia ter sido. O professor Playfair foi tão duro quanto prometido, mas ainda assim de uma teatralidade incorrigível, e a ansiedade de Robin se dissipou quando ele percebeu como a condescendência e a indignação espalhafatosas do professor Playfair eram, em grande parte, um artifício dramático.

— Schlegel escreveu em 1803 que não tardaria muito a chegar o tempo em que o alemão seria a voz do mundo civilizado — disse o professor Playfair. — Discorra.

Felizmente, Robin tinha lido esse texto de Schlegel sobre tradução e sabia que ele estava se referindo à flexibilidade única e complexa do alemão, o que, argumentou no exame, se tratava de uma subestimação de outras línguas ocidentais, como o inglês (que Schlegel acusava nesse mesmo texto de "concisão monossilábica") e o francês. Esse ponto de vista também era — Robin lembrou apressadamente enquanto seu tempo se esgotava — o argumento ávido de um alemão consciente de que o império germânico não era capaz de oferecer resistência ao francês cada vez mais dominante e que, em vez disso, buscava refúgio na hegemonia cultural e intelectual. Essa resposta não era particularmente brilhante nem original, mas estava correta, e o professor Playfair comentou apenas sobre um punhado de detalhes técnicos antes de dispensar Robin da sala.

O teste com as barras de prata estava marcado para o último dia. Eles foram instruídos a se apresentar no oitavo andar em intervalos de trinta minutos — primeiro Letty, ao meio-dia, depois Robin, em seguida Ramy e por fim Victoire, à uma e meia.

Ao meio-dia e meia, Robin subiu os sete lances de escada da torre e ficou esperando do lado de fora da sala sem janelas nos fundos da ala sul. Sua boca estava muito seca. Era uma tarde ensolarada de maio, mas ele não conseguia fazer os joelhos pararem de tremer.

Era simples, disse a si mesmo. Apenas duas palavras — só precisava escrever duas simples palavras, e então estaria terminado. Não havia motivo para pânico.

Mas o medo, é claro, não era racional. Sua imaginação corria solta pelas mil e uma coisas que poderiam dar errado. Ele poderia deixar a barra cair no chão, poderia sofrer um lapso de memória no momento em que entrasse pela porta ou poderia se esquecer de uma pincelada ou soletrar a palavra em inglês errado, apesar de ter praticado ambas as coisas centenas de vezes. Ou o par poderia não funcionar. Poderia simplesmente não funcionar, e ele nunca conseguiria um cargo no oitavo andar. Tudo estaria acabado em um piscar de olhos.

A porta se abriu. Letty surgiu, pálida e trêmula. Robin queria perguntar como tinha sido, mas ela passou por ele e desceu correndo as escadas.

— Robin. — O professor Chakravarti colocou a cabeça para fora da porta. — Entre.

Robin respirou fundo e deu um passo à frente.

Na sala não havia cadeiras, livros nem prateleiras — nada valioso ou passível de ser quebrado. Havia apenas uma mesa, no canto, praticamente vazia, exceto por uma única barra de prata em branco e um estilete de gravação.

— Bem, Robin. — O professor Chakravarti uniu as mãos atrás das costas. — O que você tem para mim?

Os dentes de Robin batiam tão forte que ele não conseguia falar. Não fazia ideia de quanto sua apreensão poderia ser debilitante. As provas escritas tinham envolvido sua cota de tremores e ânsias de vômito, mas quando chegou a hora, quando sua pena tocou o pergaminho, pareceu rotina. Tinha sido nada mais nada menos do que o acúmulo de tudo o que ele havia praticado nos últimos três anos. As barras de prata eram algo completamente diferente. Ele não tinha ideia do que esperar.

— Está tudo bem, Robin — disse o professor Chakravarti gentilmente. — Vai funcionar. Você só precisa se concentrar. Não é nada que você não vá fazer centenas de vezes na sua carreira.

Robin inspirou fundo e expirou.

— É uma coisa muito básica. É... na teoria, metaforicamente falando, quero dizer, é um pouco confuso, e não sei se vai funcionar...

— Bem, por que você não me explica a teoria primeiro e depois veremos?

— *Míngbai* — Robin deixou escapar. — É mandarim. Significa... significa "compreender", certo? Mas os caracteres são repletos de imagens. *Míng*, brilhante, uma luz, clareza. E *bai*, branco, como a cor. Portanto, não significa apenas compreender ou perceber, tem também o componente visual de esclarecer, iluminar. — Ele fez uma pausa para pigarrear. Não estava mais tão nervoso: o par que havia preparado soava melhor quando ele o explicava em voz alta. Na verdade, parecia quase plausível. — Então... essa é a parte sobre a qual não tenho muita certeza, porque não sei ao que a luz vai estar associada. Mas deveria ser uma maneira de deixar as coisas claras, de revelar coisas, eu acho.

O professor Chakravarti abriu um sorriso encorajador.

— Bem, por que não vemos o que o seu par faz?

Robin pegou a barra com as mãos trêmulas e posicionou a ponta do estilete contra a superfície lisa e intocada. Foi necessária uma quantidade inesperada de força para fazer com que o estilete traçasse uma linha nítida. Isso foi, de alguma forma, tranquilizador — fez com que ele se concentrasse em manter a pressão constante, em vez de nas mil outras coisas que poderia fazer de errado.

Ele terminou de escrever.

— *Míngbai* — disse, erguendo a barra para que o professor Chakravarti pudesse ver. 明白. Então a virou. — Compreender.

Alguma coisa pulsou na prata — algo vivo, algo forte e arrojado; uma rajada de vento, uma onda se quebrando; e naquela fração de segundo Robin sentiu a fonte de seu poder, aquele lugar sublime e inominável onde o significado era criado, aquele lugar do qual as palavras se aproximavam, mas que não podiam, nunca poderiam definir de forma clara e precisa; um lugar que só podia ser invocado, de forma imperfeita, mas que mesmo assim fazia sentir sua presença. Uma esfera de luz brilhante e quente se projetou da barra e cresceu até envolver os dois. Robin não havia especificado que tipo de compreensão aquela luz significaria; não tinha ido tão longe em seu planejamento; mas naquele momento soube perfeitamente e, pela expressão no rosto do professor Chakravarti, seu orientador também.

Ele largou a barra, que parou de brilhar. Ficou inerte na mesa entre eles, um pedaço de metal totalmente comum.

— Muito bem — foi tudo o que o professor Chakravarti disse. — Pode chamar o sr. Mirza?

Letty estava esperando por ele do lado de fora da torre. Ela havia se acalmado significativamente; a cor havia voltado a suas faces e seus olhos não estavam mais arregalados de pânico. Ela devia ter ido correndo até a padaria na mesma rua, pois segurava um saco de papel amassado.

— Quer biscoito de limão? — perguntou quando Robin se aproximou.

Ele percebeu que estava morrendo de fome.

— Sim, por favor, obrigado.

Ela passou o saco de papel para ele.

— Como foi?

— Tudo bem. Não foi exatamente o efeito que eu queria, mas foi alguma coisa. — Robin hesitou, com o biscoito a meio caminho da boca, sem querer comemorar nem elaborar caso ela tivesse fracassado.

Mas ela sorriu para ele.

— Comigo foi igual. Eu só queria que alguma coisa acontecesse, e então aconteceu, e, ah, Robin, foi tão maravilhoso...

— Como reescrever o mundo — disse ele.

— Como desenhar com a mão de Deus — completou ela. — Como nada que eu já tenha sentido antes.

Eles sorriram um para o outro. Robin saboreou o biscoito derretendo em sua boca — entendeu por que eram os favoritos de Letty; eram tão amanteigados que se dissolviam instantaneamente, e a doçura do limão se espalhava pela língua como mel. Eles tinham conseguido. Estava tudo bem; o mundo podia continuar girando; nada mais importava, porque eles tinham conseguido.

Os sinos soaram uma hora e as portas se abriram outra vez. Ramy saiu com um largo sorriso no rosto.

— Funcionou com vocês também, não é?

Ele se serviu de um biscoito.

— Como você sabe? — perguntou Robin.

— Porque a Letty está comendo — respondeu ele enquanto mastigava. — Se algum de vocês tivesse sido reprovado, ela estaria reduzindo esses biscoitos a migalhas.

Victoire foi a que levou mais tempo. Quase uma hora havia se passado quando ela saiu, carrancuda e frustrada. Na mesma hora, Ramy estava ao seu lado, um braço em torno de seus ombros.

— O que aconteceu? Você está bem?

— Eu apresentei um par de equivalentes de crioulo haitiano e francês — respondeu Victoire. — E funcionou, funcionou com perfeição, só que o professor Leblanc disse que não podiam colocar no Livro-Mestre porque ele não achava que um par de equivalentes de crioulo haitiano seria útil para quem não fala crioulo haitiano. E então eu disse que seria de grande utilidade para as pessoas no Haiti, e ele riu.

— Que droga. — Letty esfregou o ombro dela. — Eles deixaram você experimentar outro par?

Ela havia feito a pergunta errada. Robin viu nos olhos de Victoire um lampejo de irritação, que desapareceu em um instante. Ela suspirou e fez que sim com a cabeça.

— Sim, o par de equivalentes francês-inglês não funcionou tão bem, eu estava um pouco abalada, então acho que minha caligrafia estava ruim, mas teve algum efeito.

Letty emitiu um som solidário.

— Eu tenho certeza de que você vai passar.

Victoire pegou um biscoito.

— Ah, eu passei.

— Como você sabe?

Victoire dirigiu a ela um olhar perplexo.

— Eu perguntei. O professor Leblanc disse que eu passei. Ele disse que todos nós passamos. O que foi, nenhum de vocês sabia?

Eles olharam para ela por um momento, surpresos, e em seguida caíram na gargalhada.

*Se ao menos alguém pudesse gravar lembranças inteiras em prata...*, pensou Robin, *para serem manifestadas repetidas vezes nos anos seguintes* — não a distorção cruel do daguerreótipo, mas uma destilação pura e impossível de emoções e sensações. Pois apenas tinta no papel não seria suficiente para descrever aquela tarde dourada; o afeto da amizade descomplicada, todas as brigas esquecidas, todos os pecados perdoados; a luz do sol derretendo a lembrança do frio da sala de aula; o gosto viscoso de limão na língua e o alívio surpreso e satisfeito.

# Capítulo Catorze

*All we to-night are dreaming, —*
*To smile and sigh, to love and change:*

*Oh, in our heart's recesses,*
*We dress in fancies quite as strange.*

*Tudo que nesta noite sonhamos,*
*Sorrir e suspirar, amar e mudar:*

*Ah, nos recônditos do nosso coração,*
*Vestimo-nos com fantasias tão peculiares.*

Winthrop Mackworth Praed, *"The Fancy Ball"*

Então eles estavam livres. Não por muito tempo — tiveram o verão de folga e depois teriam de repetir todo o sofrimento que haviam acabado de suportar, com o dobro da agonia, durante as provas do quarto ano. Mas setembro parecia muito distante. Ainda era maio, e eles tinham o verão inteiro pela frente. A sensação era de que tinham todo o tempo do mundo para não fazer nada além de serem felizes, bastava que conseguissem lembrar como.

A cada três anos, a University College realizava um baile de comemoração. Esses bailes eram o auge da vida social de Oxford; eram uma oportunidade de as faculdades exibirem suas belas instalações e prodigiosas adegas, de as mais ricas se gabarem de suas doações e as mais pobres tentarem subir mais um degrau na escala do prestígio. Os bailes permitiam que elas gastassem todo o excesso de riqueza que, por algum motivo, não destinavam aos alunos carentes em um grande evento para os ex-alunos ricos. A justificativa financeira era que riqueza atrai riqueza e não havia melhor maneira de pedir doações para reformas do que proporcionar diversão aos antigos alunos. E como eles se divertiam. A cada ano, as faculdades competiam para quebrar recordes de puro prazer e exibição. O vinho fluía a noite toda, a música nunca parava, e aqueles que dançavam até de madrugada podiam esperar o café da manhã servido em bandejas de prata quando o sol nascesse.

Letty insistiu para que todos comprassem entradas.

— É exatamente disso que precisamos. Merecemos algum prazer depois daquele pesadelo. Você vai comigo a Londres, Victoire, para encomendarmos vestidos…

— Nem pensar — retrucou Victoire.

— Por quê? Nós temos dinheiro. E você ficaria deslumbrante de verde-esmeralda, ou talvez uma seda branca…

— Aqueles costureiros não vão me vestir — insistiu Victoire. — E a única maneira de me deixarem entrar na loja é se eu fingir ser sua criada.

Letty ficou abalada, mas apenas por um momento. Robin a viu reorganizar depressa suas feições em um sorriso forçado. Ele sabia que ela estava aliviada por ter voltado às boas com Victoire e faria qualquer coisa para que tudo continuasse assim.

— Tudo bem, você pode usar um dos meus vestidos. Você é um pouco mais alta, mas posso desfazer a bainha. E tenho um monte de joias que posso te emprestar… Eu posso escrever para Brighton e ver se eles me mandam algumas das antigas coisas da minha mãe. Ela tinha um monte de grampos lindos, eu adoraria fazer algo no seu cabelo…

— Acho que você não entendeu — falou Victoire, baixinho, mas com firmeza. — Eu realmente não quero…

— Por favor, não vai ter graça nenhuma sem você. Eu compro a sua entrada.

— Ah — disse Victoire —, por favor, não quero ficar devendo a você…

— Fique à vontade para comprar as nossas — sugeriu Ramy.

Letty revirou os olhos para ele.

— Comprem vocês as suas.

— Eu não sei, Letty. Três libras? É muito caro.

— É só trabalharem em um dos turnos com as barras de prata — disse Letty. — Vai ser por apenas uma hora.

— O Rob não gosta de espaços cheios de gente — comentou Ramy.

— Não mesmo — acrescentou Robin corajosamente. — Fico muito nervoso. Não consigo respirar.

— Não sejam ridículos — zombou Letty. — Os bailes são maravilhosos. Vocês nunca viram nada parecido. O Lincoln me levou como acompanhante a um baile na Balliol… Ah, o lugar todo estava transformado. Eu vi atrações que não se vê nem em Londres. E eles só acontecem uma vez a cada três anos; não vamos ser alunos de graduação da próxima vez. Eu daria qualquer coisa para me sentir daquele jeito novamente.

Eles dirigiram uns aos outros olhares impotentes. O irmão morto encerrava a conversa. Letty sabia disso e não pensou duas vezes em invocá-lo.

Então Robin e Ramy se inscreveram para trabalhar a fim de poder ir ao baile. A University College havia planejado um esquema de trabalho em troca das entradas para estudantes que não tinham dinheiro para pagar o preço do convite, e os alunos de Babel eram particularmente afortunados nesse sentido, pois, em vez de servir bebidas ou guardar casacos, eles podiam trabalhar no que era chamado de "turnos de prata". Os turnos não exigiam muito trabalho além de verificar periodicamente se as barras destinadas a incrementar a decoração, as luzes e a música não haviam sido removidas ou retiradas de seu encaixe temporário, mas as faculdades pareciam não saber disso, e Babel não tinha nenhuma boa razão para informá-las.

No dia do baile, Robin e Ramy enfiaram suas sobrecasacas e seus coletes em sacolas de lona e passaram pelas filas da bilheteria que dobravam a esquina até a entrada da cozinha, nos fundos da faculdade.

A University College havia se superado. Era visualmente exaustivo; havia muito para absorver de uma só vez: ostras em enormes pirâmides de gelo; mesas compridas com todos os tipos de bolos, doces, biscoitos e tortas; taças de champanhe sendo servidas em bandejas precariamente equilibradas; e fios de luzinhas pendentes que pulsavam em uma variedade de cores. Palcos tinham sido montados durante a noite em todos os pátios relvados da faculdade, e uma variedade de harpistas, músicos e pianistas se apresentavam. Uma cantora de ópera, diziam, havia sido trazida da Itália para se apresentar no salão; de vez em quando, Robin tinha a impressão de ouvir suas notas mais agudas através do burburinho. Acrobatas davam saltos no gramado, se enrolando para cima e para baixo em longos lençóis de seda e girando anéis de prata em torno dos pulsos e dos tornozelos. Eles vestiam trajes vagamente estrangeiros. Robin examinou os rostos, imaginando de onde seriam. Era muito estranho: seus olhos e lábios estavam maquiados de maneira exageradamente oriental, mas, por baixo da maquiagem, pareciam ter sido recrutados nas ruas de Londres.

— Lá se vão os princípios anglicanos — disse Ramy. — Isto aqui é uma verdadeira bacanal.

— Você acha que as ostras vão acabar? — perguntou Robin. Ele nunca as havia experimentado; aparentemente faziam mal ao estômago do professor

Lovell, então a sra. Piper nunca as comprava. A carne pegajosa e as conchas brilhantes pareciam ao mesmo tempo nojentas e muito tentadoras. — Eu só queria saber qual é o gosto.

— Eu vou pegar uma para você — falou Ramy. — Essas luzes estão prestes a cair, a propósito, você deveria… pronto.

Ramy desapareceu em meio à multidão. Robin sentou-se no topo da escada e fingiu trabalhar. No íntimo, estava grato pelo trabalho. Era humilhante usar roupas pretas de serviçal enquanto seus colegas dançavam ao seu redor, mas pelo menos era uma maneira mais suave de se misturar ao frenesi da noite. Ele gostava de ficar escondido em segurança num canto, tendo algo com que ocupar as mãos; dessa forma, o baile parecia menos avassalador. E ele gostou muito de conhecer as barras de prata com pares de equivalentes engenhosos que Babel havia fornecido para a festa. Um deles, certamente criado pelo professor Lovell, combinava a expressão chinesa de quatro palavras 百卉千葩 com a tradução em inglês "*a hundred plants and thousand flowers*", "cem plantas e mil flores". A conotação do original chinês, que invocava uma miríade de cores vívidas e deslumbrantes, tornava as rosas mais vermelhas, as violetas em flor maiores e mais vibrantes.

— Nada de ostras — disse Ramy. — Mas eu trouxe para você algumas dessas coisas chamadas trufas. Não sei exatamente o que são, mas as pessoas não param de pegar das bandejas. — Ele passou uma trufa de chocolate escada acima e enfiou a outra na boca. — Ah… eca. Esquece. Não coma isso.

— Eu me pergunto o que é. — Robin ergueu a trufa até a altura dos olhos. — Essa parte pálida e pastosa é queijo?

— Eu tremo só de pensar no que mais poderia ser — confessou Ramy.

— Sabe — disse Robin —, tem um caractere chinês, *xiǎn*,* que pode significar "cru, fresco e saboroso". Mas também pode significar "parco e escasso".

Ramy cuspiu a trufa em um guardanapo.

— E isso quer dizer que…

— Que às vezes coisas raras e caras são piores.

— Não diga isso aos ingleses, vai arruinar todo o senso de paladar deles. — Ramy olhou para a multidão. — Ah, olha quem chegou.

Letty abria caminho entre a multidão na direção deles, puxando Victoire atrás de si.

— Vocês estão… minha nossa. — Robin desceu a escada correndo. — Vocês estão incríveis.

---

* 鮮.

Ele estava falando sério. Victoire e Letty estavam irreconhecíveis. Estava tão acostumado a vê-las de camisa e calça que às vezes se esquecia de que eram mulheres. Naquela noite, ele se lembrou; elas pareciam criaturas de outra dimensão. Letty usava um vestido de um tecido azul-claro e esvoaçante que combinava com seus olhos. As mangas eram enormes — davam a impressão de que ela poderia esconder um pernil de carneiro inteiro ali —, mas aquela parecia ser a moda naquele ano, pois havia mangas coloridas e bufantes por todo o gramado da faculdade. Letty era de fato muito bonita, Robin se deu conta; ele apenas não havia notado isso antes — sob os fios de luzinhas suaves, suas sobrancelhas arqueadas e sua mandíbula em ângulo agudo não pareciam frias e austeras, mas majestosas e elegantes.

— Como você conseguiu deixar seu cabelo assim? — perguntou Ramy.

Cachos pálidos e elásticos emolduravam o rosto de Letty, desafiando a gravidade.

— Ora, com papelotes.

— Você quer dizer com bruxaria — disse Ramy. — Isso não é natural.

Letty bufou.

— Você precisa conhecer mais mulheres.

— Onde? Nas salas de aula em Oxford?

Ela riu.

Tinha sido Victoire, no entanto, quem realmente fora transformada. Ela reluzia em contraste com o tecido verde-esmeralda do vestido, cujas mangas também se inflavam como dois balões, mas nela pareciam adoráveis, como um anel protetor de nuvens. Seus cabelos estavam penteados em um elegante coque no alto da cabeça, presos com dois grampos de coral, e um colar com as mesmas contas coralinas brilhava em torno de seu pescoço como uma constelação. Estava linda. E sabia disso; enquanto observava a expressão de Robin, um sorriso surgiu em seu rosto.

— Eu fiz um bom trabalho, não fiz? — Letty olhou para Victoire com orgulho. — E pensar que ela não queria vir.

— Ela parece feita de luz das estrelas — disse Robin.

Victoire corou.

— Olá, pessoal. — Colin Thornhill se aproximou deles. Ele parecia estar bastante bêbado, os olhos confusos e desfocados. — Estou vendo que até os babélicos se dignaram a vir.

— Oi, Colin — cumprimentou Robin com cautela.

— Uma bela festa, não acham? A moça da ópera estava um pouco estridente, mas talvez fosse só a acústica da capela. De fato não é um local adequado para apresentações, é preciso um espaço maior para que o som não se perca. — Sem olhar para Victoire, Colin estendeu a taça de vinho bem diante do rosto dela. — Leve isso e me traga um vinho, por favor.

Victoire piscou para ele, atônita.

— Vá pegar você mesmo.

— Como assim, você não trabalha aqui?

— Ela é aluna — respondeu Ramy, irritado. — Você já a viu antes.

— Já? — Colin estava de fato bêbado; não parava de se balançar, e suas bochechas pálidas tinham adquirido um tom avermelhado intenso. A taça pendia tão precariamente da ponta de seus dedos que Robin teve medo de que se espatifasse. — Bem... Eles todos me parecem iguais.

— Os garçons estão vestindo preto e segurando bandejas — disse Victoire pacientemente. Robin ficou surpreso com o autocontrole dela; ele teria arrancado a taça da mão de Colin. — Mas eu acho que você deveria beber um pouco de água.

Colin estreitou os olhos para Victoire, como se tentasse enxergá-la melhor. Robin ficou tenso, mas Colin apenas riu, murmurou algo baixinho que soou como "Ela parece um Tregear"* e foi embora.

— Imbecil — murmurou Ramy.

— Eu pareço ser da equipe de serviço? — perguntou Victoire, ansiosa. — E o que é um Tregear?

— Não importa — Robin se apressou em dizer. — Só... ignore o Colin, ele é um idiota.

— E você está *divina* — assegurou Letty. — Nós só temos que relaxar, todos nós... vamos. — Ela estendeu o braço para Ramy. — Seu turno já acabou, não acabou? Dance comigo.

Ele riu.

— Nem pensar.

— Por favor. — Ela agarrou as mãos dele e o puxou na direção da multidão dançante. — Essa valsa não é difícil, eu te ensino os passos...

— Não, é sério, para. — Ramy desvencilhou as mãos das dela.

Letty cruzou os braços.

— Bem, não tem graça nenhuma ficarmos parados aqui.

---

* Gabriel Shire Tregear, proprietário de uma loja de venda de águas-fortes e gravuras em Londres e racista inflamado, publicou, na década de 1830, uma série de caricaturas conhecidas como "Tregear's Black Jokes", cujo objetivo era ridicularizar a presença de negros em situações sociais das quais Tregear achava que eles não deveriam participar.

— Nós estamos parados aqui porque mal somos tolerados e, se não nos movermos muito rapidamente nem falarmos muito alto, podemos nos misturar ou pelo menos fingir que estamos servindo. É assim que funciona, Letty. Um homem marrom cura em um baile de Oxford é uma curiosidade divertida, desde que fique na sua e trate de não ofender ninguém, mas se eu dançar com você, alguém vai me bater, ou coisa pior.

Ela bufou.

— Não seja dramático.

— Eu só estou sendo prudente, minha querida.

Um dos irmãos Sharp passou por eles justamente naquele momento e estendeu a mão para Letty. Pareceu um gesto um tanto grosseiro e mecânico, mas Letty aceitou sem fazer comentários e saiu, lançando a Ramy um olhar desagradável por cima do ombro enquanto se afastava.

— Melhor assim — murmurou Ramy. — Já vai tarde.

Robin se virou para Victoire.

— Você está se sentindo bem?

— Eu não sei. — Ela parecia muito nervosa. — Eu estou me sentindo… não sei, exposta. Como se eu estivesse em exposição. Eu disse para a Letty que eles iam achar que eu era da criadagem…

— Não ligue para o Colin — disse Robin. — Ele é um cretino.

Ela não pareceu convencida.

— Mas eles não são todos iguais ao Colin?

— Olá.

Um garoto ruivo com um colete roxo se aproximou deles. Era Vincy Woolcombe, o menos atroz dos amigos de Pendennis, lembrou Robin. Ele abriu a boca para cumprimentá-lo, mas os olhos de Woolcombe passaram por ele sem nem o notar; tinha olhos apenas para Victoire.

— Você estuda na nossa faculdade, não estuda? — prosseguiu o ruivo, após o cumprimento.

Victoire olhou ao redor por um momento antes de se dar conta de que Woolcombe estava realmente se dirigindo a ela.

— Sim, eu…

— Você é a Victoire? — perguntou ele. — Victoire Desgraves?

— Sou — disse ela, ajeitando a postura para ficar com a coluna um pouco mais ereta. — Como você sabe meu nome?

— Bem, só tem duas de vocês no seu ano — respondeu Woolcombe. — Tradutoras mulheres. Devem ser brilhantes para estarem em Babel. É claro que nós sabemos o nome de vocês.

A boca de Victoire estava ligeiramente aberta, mas ela não disse nada; parecia incapaz de determinar se Woolcombe estava prestes a zombar dela ou não.

— *J'ai entendu dire que tu venais de Paris.* — Woolcombe baixou a cabeça em uma leve reverência. — *Les parisiennes sont les plus belles.*

Victoire sorriu, surpresa.

— *Ton français est assez bon.*

Robin observou o diálogo, impressionado. Talvez Woolcombe não fosse tão detestável no fim das contas — talvez ele fosse um idiota apenas quando estava na companhia de Pendennis. Ele também se perguntou por um momento se Woolcombe não estaria se divertindo às custas de Victoire, mas não havia amigos mal-intencionados à vista; não havia ninguém olhando disfarçadamente por cima do ombro e fingindo não rir.

— Verões em Marselha — explicou Woolcombe. — Minha mãe é de origem francesa; ela insistiu para que eu aprendesse. Você diria que meu francês é aceitável?

— Você exagera um pouco nas vogais — disse Victoire com seriedade —, mas, fora isso, nada mau.

Woolcombe, verdade seja dita, não pareceu ofendido com essa correção.

— Fico feliz em ouvir isso. Quer dançar?

Victoire ergueu a mão, hesitou, depois olhou para Robin e Ramy como se perguntasse o que eles achavam.

— Vai — disse Ramy. — Aproveita.

Ela pegou a mão de Woolcombe, e ele se afastou com ela.

Robin ficou sozinho com Ramy. Os turnos deles haviam terminado; minutos antes os sinos haviam soado as onze horas. Ambos vestiram suas sobrecasacas — trajes pretos idênticos que haviam comprado de última hora na Ede & Ravenscroft —, mas continuaram na segurança do espaço junto ao muro dos fundos. Robin fez uma tentativa meramente formal de se enturmar, mas logo recuou, horrorizado — todos com quem estava ainda que apenas um pouco familiarizado pareciam em grupos de conversa fechados e o ignoraram por completo quando ele se aproximou, o que fez com que se sentisse tolo e constrangido, ou lhe fizeram perguntas sobre o trabalho em Babel, já que aparentemente isso era tudo o que sabiam a seu respeito. E sempre que isso acontecia, ele era assaltado por uma dúzia de perguntas vindas de todos os lados, todas relacionadas à China, ao Oriente e ao trabalho com a prata. Assim que voltou para a agradável tranquilidade junto ao muro, estava tão assustado e exausto que não aguentaria fazer aquilo de novo.

Ramy, sempre leal, ficou ao seu lado. Eles observaram os acontecimentos em silêncio por um tempo. Robin pegou uma taça de clarete de um garçom que passava e bebeu mais rápido do que deveria, apenas para diminuir seu temor do barulho e da multidão.

Por fim, Ramy perguntou:

— Então, você não vai convidar ninguém para dançar?

— Eu não sei fazer isso — respondeu Robin.

Em seguida, olhou para a multidão, mas todas as garotas com suas mangas bufantes e brilhantes pareciam iguais para ele.

— Dançar? Ou convidar alguém?

— Bem... as duas coisas. Mas a última com certeza não. Parece que você precisa conhecê-las socialmente para ser apropriado.

— Ah, você é bonito o bastante — disse Ramy. — E é um babélico. Tenho certeza de que uma delas aceitaria.

A mente de Robin estava girando por causa do clarete, caso contrário ele não teria conseguido dizer o que disse em seguida.

— Por que você não dança com a Letty?

— Não quero começar uma discussão.

— Não, é sério.

— Por favor, Rob. — Ramy suspirou. — Você sabe como é.

— Ela quer você — disse Robin. Ele havia acabado de perceber isso, e, agora que tinha dito em voz alta, parecia tão óbvio que se sentiu um idiota por não ter se dado conta antes. — De verdade. Então por que...

— Você não sabe por quê?

Seus olhos se encontraram. Robin sentiu um formigamento na nuca. O espaço entre eles parecia eletrizado, como no intervalo entre o raio e o trovão, e Robin não sabia o que estava acontecendo ou o que ia acontecer em seguida, sabia apenas que tudo parecia muito estranho e aterrorizante, como se equilibrar na beirada de um penhasco açoitado por ventos ruidosos.

De repente, Ramy se levantou.

— Tem uma confusão acontecendo ali.

Do outro lado do pátio gramado, Letty e Victoire estavam encostadas no muro, cercadas por um bando de garotos mal-intencionados. Pendennis e Woolcombe estavam entre eles. Victoire estava com os braços cruzados sobre o peito, e Letty falava muito rapidamente, dizendo algo que eles não conseguiram entender.

— É melhor nós darmos uma olhada — disse Ramy.

— Está bem. — Robin o seguiu pelo meio da multidão.

— Não tem graça nenhuma — rosnava Letty. Suas faces estavam vermelhas de raiva. Ela havia erguido os dois punhos como um boxeador e tremia enquanto falava. — Nós não somos vedetes, vocês não podem simplesmente…

— Mas nós estamos muito curiosos — disse Pendennis, com a fala arrastada, bêbado. — Eles são mesmo de cores diferentes? Nós queremos ver… Vocês estão usando decotes tão profundos que atiçaram a nossa imaginação, sabe…

Ele estendeu um braço em direção ao ombro dela. Letty recuou a mão e deu uma bofetada no rosto dele. Pendennis deu um passo para trás. Seu rosto estava transformado, tomado por uma fúria bestial. Ele deu um passo na direção dela e, por um momento, pareceu que realmente ia revidar. Letty se encolheu.

Robin correu para se colocar entre eles.

— Saiam daqui — disse ele a Victoire e Letty.

As duas saíram em disparada em direção a Ramy, que pegou as mãos delas e as puxou rumo ao portão dos fundos.

Pendennis se voltou para encarar Robin.

Robin não tinha ideia do que ia acontecer em seguida. Pendennis era mais alto, um pouco mais pesado e provavelmente mais forte, mas estava cambaleando, o olhar desfocado. Se aquilo se tornasse uma briga, seria desajeitada e humilhante. Ninguém ficaria gravemente ferido. Ele poderia até mesmo derrubar Pendennis no chão e fugir antes que ele se desse conta do que estava acontecendo. Mas a faculdade tinha regras rígidas a respeito de brigas, havia muitas testemunhas, e Robin não queria saber como ia se sair contra a palavra de Pendennis perante um conselho disciplinar.

— Nós podemos brigar — murmurou Robin —, se é isso que você quer. Mas você está segurando uma taça de vinho Madeira. Quer mesmo passar a noite coberto de vinho tinto?

Os olhos de Pendennis baixaram para sua taça de vinho, depois se voltaram para Robin.

— China — disse ele com uma voz muito desagradável. — Você não passa de um china bem-vestido, sabe disso, não sabe, Swift?

Robin cerrou os punhos.

— E você vai deixar um china estragar o seu baile?

Pendennis olhou para ele com desprezo, mas ficou claro que o perigo havia passado. Contanto que Robin engolisse o orgulho, contanto que dissesse a si mesmo que eram apenas palavras que Pendennis havia usado para atingi-lo, palavras que não significavam absolutamente nada, poderia apenas se virar e, ileso, seguir Ramy, Victoire e Letty para fora da faculdade.

Lá fora, a brisa fresca da noite foi um alívio bem-vindo contra seus rostos avermelhados e afogueados.

— O que aconteceu? — perguntou Robin. — O que eles estavam dizendo?

— Não foi nada — respondeu Victoire, que tremia violentamente.

Robin tirou o casaco e o colocou sobre os ombros dela.

— Sem essa de "não foi nada" — rebateu Letty, irritada. — Aquele desgraçado do Thornhill começou a falar sobre as diferentes cores dos nossos... dos nossos... você sabe, por razões biológicas, e então o Pendennis decidiu que tínhamos que mostrar a eles...

— Não importa — disse Victoire. — Vamos apenas caminhar um pouco.

— Eu vou matar ele — jurou Robin. — Vou voltar lá. Vou matar aquele...

— Por favor, não. — Victoire agarrou o braço dele. — Não piore as coisas, por favor.

— A culpa é sua — disse Ramy a Letty.

— *Minha*? Como...

— Nenhum de nós queria vir. A Victoire disse que ia acabar mal, e mesmo assim você nos obrigou a vir...

— Obriguei? — Letty deu uma risada aguda. — Você parecia estar se divertindo bastante, com seus chocolates e suas trufas...

— Sim, até o Pendennis e o bando dele tentarem abusar da Victoire...

— Eles também me atacaram, sabia? — Essa era uma linha de argumentação bizarra, e Robin não sabia ao certo por que Letty a havia adotado, mas disse aquilo com veemência. Sua voz subiu várias oitavas. — Não foi só porque ela é...

— Parem! — gritou Victoire. Lágrimas escorriam por seu rosto. — Parem com isso, não foi culpa de ninguém, nós só... eu deveria ter imaginado. Nós não deveríamos ter vindo.

— Eu sinto muito — disse Letty em voz muito baixa. — Victoire, minha querida, eu não...

— Está tudo bem. — Victoire balançou a cabeça. — Não há razão para você... não importa. — Ela respirou fundo. — Vamos apenas sair daqui, por favor? Eu quero ir para casa.

— Casa? — Ramy parou de andar. — O que você quer dizer com casa? É uma noite de celebração.

— Você ficou louco? Eu vou para a cama. — Victoire levantou um pouco a saia do vestido, agora enlameada. — E vou me livrar disso, vou me livrar dessas mangas *idiotas*...

— Não, não vai. — Ramy deu-lhe um puxão gentil em direção à High Street. — Você se arrumou para um baile. Você merece um baile. Então vamos fazer um.

O plano de Ramy, ele revelou, era que passassem a noite no telhado de Babel — só os quatro, uma cesta de doces (era muito fácil roubar da cozinha quando você parecia ser da criadagem) e os telescópios sob o céu noturno sem nuvens.* Mas quando viraram a esquina do gramado, viram luzes e silhuetas se movimentando através das janelas do primeiro andar. Havia alguém lá.

— Espera... — começou Letty, mas Ramy saltou com leveza os degraus e abriu a porta.

Havia fios com luzinhas pendentes por todo o saguão, que estava lotado de graduandos e estudantes de pós-graduação. Robin reconheceu Cathy O'Nell, Vimal Srinivasan e Ilse Dejima entre eles. Alguns dançavam, outros conversavam com taças de vinho na mão e outros ainda estavam com a cabeça inclinada sobre as mesas de trabalho trazidas do oitavo andar, observando atentamente enquanto um aluno da pós-graduação fazia uma inscrição em uma barra de prata. Ouviu-se um "puf", e a sala se encheu com o perfume de rosas. Todos comemoraram.

Por fim, alguém notou a presença deles.

— Alunos do terceiro ano! — gritou Vimal, acenando para que eles entrassem. — Por que vocês demoraram tanto?

— Nós estávamos na faculdade — respondeu Ramy. — Não sabíamos que ia haver uma festinha particular.

— Você deveria ter convidado eles — disse uma garota alemã de cabelos escuros cujo nome Robin achava que talvez fosse Minna. Ela dançava sem sair do lugar enquanto falava, e sua cabeça oscilava pesadamente para a esquerda. — Foi muito cruel da sua parte deixar que eles fossem àquele show de horrores.

---

* Em meados do século XVIII, os acadêmicos de Babel foram brevemente capturados por um modismo astrológico, e vários telescópios de última geração foram encomendados para o telhado por acadêmicos que pensavam poder obter pares de equivalentes úteis a partir dos nomes dos signos do zodíaco. Esses esforços nunca renderam nada de interessante, pois a astrologia é uma charlatanice, mas observar as estrelas era prazeroso.

— Ninguém aprecia o Céu até conhecer o Inferno — recitou Vimal. — Apocalipse. Ou Marcos. Ou algo assim.

— Isso não está na Bíblia — corrigiu Minna.

— Bem — disse Vimal com desdém —, eu não faço ideia.

— Isso foi cruel da sua parte — falou Letty.

— Vamos! — gritou Vimal por cima do ombro. — Deem um pouco de vinho para a garota.

Taças foram distribuídas; vinho do Porto foi servido. Logo Robin estava agradavelmente bêbado, a cabeça zumbindo, os membros flutuando. Ele se encostou nas prateleiras, ligeiramente sem fôlego de tanto dançar valsa com Victoire, e deleitou-se com a maravilha de tudo aquilo. Vimal estava agora em cima da mesa, dançando uma jiga vigorosa com Minna. Na mesa oposta, Matthew Houndslow, ganhador da bolsa de pós-graduação de maior prestígio naquele ano, estava inscrevendo em uma barra de prata um par de equivalentes que fazia com que esferas brilhantes de luz rosa e roxa flutuassem pela sala.

— *Ibasho* — disse Ilse Dejima.

Robin se voltou para ela. Ilse nunca havia falado com ele antes; Robin não tinha certeza se ela estava se dirigindo a ele. Mas não havia mais ninguém por perto.

— Como?

— *Ibasho* — repetiu ela, balançando. Os braços flutuavam à sua frente, dançando ou regendo a música, ele não sabia ao certo. Aliás, ele não sabia dizer de onde vinha a música. — Não dá para traduzir muito bem para o inglês. Significa "paradeiro". Um lugar onde uma pessoa se sente em casa, onde se sente ela mesma.

Ela escreveu os caracteres kanji para ele no ar — 居場所 — e ele reconheceu os equivalentes chineses. O caractere para "residência". O caractere para "lugar".

Nos meses seguintes, sempre que pensava naquela noite, só conseguia recuperar um punhado de lembranças claras — depois de três taças de vinho do Porto, tudo havia se transformado em uma névoa prazerosa. Ele se lembrava vagamente de ter dançado uma música celta frenética em cima de mesas que haviam sido colocadas juntas, depois de jogar algum tipo de jogo de línguas que envolvia muitos gritos e rimas rápidas, e de rir tanto que a barriga doía. Lembrava-se de Ramy sentado com Victoire em um canto, fazendo imitações tolas dos professores até as lágrimas dela secarem, e em seguida até os dois estarem chorando de tanto rir.

— Eu desprezo as mulheres — entoou Ramy no tom severo e monótono da professora Craft. — Elas são inconstantes, se distraem com facilidade e, de modo geral, são inadequadas para o tipo de estudo rigoroso que a vida acadêmica exige.

Ele se lembrava de expressões em inglês surgindo de maneira espontânea em sua mente enquanto assistia às pessoas se divertindo; versos de canções e poemas cujo significado não sabia ao certo, mas que soavam bem — e talvez a poesia fosse exatamente isso. Significado por meio do som. Por meio da ortografia. Ele não conseguia se lembrar se havia apenas pensado, ou se havia perguntado em voz alta para todos que encontrara, mas se viu consumido pela pergunta: "O que é *the light fantastic*?"*,**

E lembrou-se de ficar sentado na escada noite adentro com Letty, que chorava copiosamente em seu ombro.

— Eu queria que ele me visse — repetia ela em meio aos soluços. — Por que ele não me vê?

E embora Robin pudesse pensar em uma série de razões — porque Ramy era um homem marrom na Inglaterra e Letty a filha de um almirante; porque Ramy não queria levar um tiro na rua; ou porque Ramy apenas não a amava como ela o amava, e ela havia confundido terrivelmente seu comportamento de modo geral gentil e seu entusiasmo escancarado com atenção especial, porque Letty era o tipo de garota que estava acostumada a receber atenção especial e sempre esperar por isso —, ele sabia que era melhor não dizer a verdade. O que Letty queria não eram conselhos sinceros, mas alguém que a confortasse e a amasse e lhe desse, se não a atenção que ela desejava, pelo menos algo que se assemelhasse a isso. Então deixou que ela chorasse junto a ele, encharcando a frente de sua camisa com as lágrimas, e acariciou suas costas enquanto murmurava, distraído, que não entendia — Ramy era um tolo? Como não amar Letty? Ela era linda, linda, deixaria a própria Afrodite com inveja — na verdade, disse, ela deveria se considerar sortuda por não ter

---

* Milton, 1645: *"Come, and trip as ye go,/ On the light fantastic toe."*

** A expressão "*to trip the light fantastic*" quer dizer dançar. Essa expressão um tanto estranha é uma alteração de versos de dois poemas de John Milton. Um desses versos está em "Comus", de 1634: *Com, knit hands, and beat the ground,/ In a light fantastick round*". E Milton a associa ao verbo tropeçar em seu poema "L'Allegro", de 1645, quando invoca a Alegria para afastar a Melancolia: *"Haste thee nymph, and bring with thee/ Jest and youthful Jollity, (...) Come, and trip it as ye go/ On the light fantastic toe"*. Milton aparentemente pretendia que tanto *light* quanto *fantastic* fossem independentes um do outro; os dedos do pé dançante são ligeiros e fantásticos. Mas as palavras foram interpretadas por muitos como uma única expressão. O sintagma adjetivo *light fantastic*, associado à dança, aparece com frequência a partir da década de 1730, tornando-se uma espécie de clichê. (N. T.)

sido transformada em uma efeméride. Isso fez Letty rir, o que fez com que ela parasse de chorar um pouco, e foi bom; significava que ele havia cumprido sua missão.

Robin teve a estranha sensação de desaparecer enquanto falava, de se misturar ao fundo de uma pintura retratando um enredo que provavelmente era tão antigo quanto o tempo. E talvez fosse a bebida, mas ele ficou fascinado pela maneira como parecia flutuar para fora de si mesmo, observar do alto enquanto os soluços dela e os murmúrios dele se misturavam, flutuavam e se tornavam nuvens de condensação contra os vitrais frios.

Estavam todos muito bêbados quando a festa acabou — exceto Ramy, que também estava bêbado, mas de exaustão e riso —, e essa foi a única razão pela qual pareceu uma boa ideia perambularem pelo cemitério atrás da St Giles, tomando o caminho mais longo pelo norte, até onde as garotas moravam. Ramy murmurou uma *du'a* baixinho e eles atravessaram o portão. No início pareceu uma grande aventura tropeçarem uns nos outros, rindo, enquanto contornavam as lápides. Mas então o ar mudou muito rapidamente. A luz dos candeeiros diminuiu; as sombras das lápides se estenderam, movendo-se, como se ocultassem uma presença que não os queria ali. Robin sentiu um pavor súbito e arrepiante. Não era ilegal andar pelo cemitério, mas de repente parecia uma violação terrível adentrar aquele espaço no estado em que estavam.

Ramy teve a mesma sensação.

— Vamos nos apressar.

Robin assentiu. Eles começaram a andar mais rápido por entre as lápides.

— Eu não deveria estar aqui fora depois da Maghrib* — murmurou Ramy. — Eu deveria ter ouvido minha mãe…

— Esperem — disse Victoire. — A Letty ainda… Letty?

Eles se viraram. Letty havia ficado várias fileiras para trás. Ela estava parada diante de uma lápide.

— Olhem. — Ela apontou, com os olhos arregalados. — É ela.

— Ela quem? — perguntou Ramy.

Mas Letty ficou parada, olhando.

Eles voltaram para se juntar a ela diante da pedra desgastada pelo tempo. *Eveline Brooke*, dizia. *Amada filha e acadêmica. 1813-1834.*

---

* De acordo com algumas tradições muçulmanas, depois da oração Maghrib as crianças não devem sair para brincar, pois é nessa hora que os *jinn* (espíritos) e os demônios estão à solta. (N. T.)

— Eveline — disse Robin. — Essa é a...

— Evie — completou Letty. — A garota da mesa de trabalho. A garota com todos os pares de equivalentes no livro. Ela está morta. Todo esse tempo. Ela está morta há cinco anos.

De repente, o ar da noite pareceu gelado. O calor prolongado do vinho do Porto tinha se evaporado com o riso; agora eles estavam sóbrios, com frio e muito assustados. Victoire apertou o xale em torno dos ombros.

— O que vocês acham que aconteceu com ela?

— Provavelmente alguma coisa banal. — Ramy fez um grande esforço para dissipar a melancolia. — Provavelmente ela adoeceu, sofreu um acidente ou morreu de exaustão. Ela pode ter ido patinar sem cachecol. Pode ter ficado tão concentrada na própria pesquisa que se esqueceu de comer.

Mas Robin suspeitava que a morte de Evie Brooke tinha sido causada por algo mais que apenas uma doença mundana. O desaparecimento de Anthony quase não deixara rastros na faculdade. Àquela altura, o professor Playfair parecia ter esquecido que ele existira; não dissera mais uma palavra a seu respeito desde o dia em que havia anunciado sua morte. No entanto, mantinha a mesa de trabalho de Evie intocada havia cinco anos.

Eveline Brooke tinha sido alguém especial. E algo terrível havia acontecido.

— É melhor irmos para casa — sussurrou Victoire depois de alguns minutos.

Eles deviam estar no cemitério havia um bom tempo. O céu escuro aos poucos dava lugar a uma luz pálida, o frio começava a se condensar no orvalho da manhã. O baile havia terminado. A última noite do período letivo tinha chegado ao fim, dando lugar a um verão interminável. Sem dizer nada, eles se deram as mãos e voltaram para casa.

# Capítulo Quinze

*As the days take on a mellower light, and the apple at last hangs*
*really finish'd and indolent-ripe on the tree,*
*Then for the teeming quietest, happiest days of all!*

*Quando os dias adquirem uma luz mais suave, e a maçã por fim pende*
*realmente acabada e madura-indolente da árvore,*
*Então chegam os dias mais tranquilos e felizes de todos!*

Walt Whitman, "*Halcyon Days*"

Robin recebeu as notas das provas em seu escaninho na manhã seguinte (foi aprovado com mérito em Teoria da Tradução e Latim, com distinção em Etimologia, Chinês e Sânscrito), junto com a seguinte observação impressa em papel grosso e cor de creme: *O conselho de graduação do Real Instituto de Tradução tem o prazer de informar que o senhor foi convidado a dar continuidade a seus estudos como bolsista de graduação no próximo ano letivo.*

Só quando teve os documentos em mãos foi que tudo pareceu real. Ele havia passado; todos haviam passado. Por pelo menos mais um ano, tinham um lar. Tinham alojamento e alimentação pagos, uma ajuda de custo fixa e acesso a toda a fortuna intelectual de Oxford. Não seriam forçados a deixar Babel. Podiam respirar tranquilos outra vez.

Oxford em junho era quente, pegajosa, dourada e linda. Eles não tinham tarefas de verão urgentes — poderiam fazer pesquisas adicionais para seus projetos independentes se quisessem, embora, de modo geral, as semanas entre o fim do último período e o início do ano letivo seguinte fossem tacitamente reconhecidas como uma recompensa, e uma breve pausa, que os alunos do quarto ano mereciam.

Aqueles foram os dias mais felizes da vida deles. Fizeram piqueniques com uvas maduras e suculentas, pãezinhos frescos e queijo Camembert nas colinas de South Park. Fizeram passeios em barcos movidos a vara pelo Cherwell — Robin e Ramy eram razoavelmente bons em conduzi-los, mas as garotas não conseguiam dominar a arte de impeli-los para a frente e não de lado, contra as margens. Caminharam onze quilômetros para o norte, até Woodstock, a fim de visitar o Palácio de Blenheim, mas não entraram, pois a taxa era exorbitante. Uma companhia teatral de Londres encenou alguns trechos de Shakespeare no Sheldonian; eram inegavelmente péssimos, e era provável que as vaias de alunos de graduação malcomportados os tornassem ainda piores, mas a qualidade não era o que importava.

Perto do fim de junho, o único assunto de que se falava era a coroação da rainha Vitória. Muitos dos alunos e professores ainda no campus haviam tomado coches até Didcot a fim de embarcar no trem para Londres no dia anterior, mas aqueles que permaneceram em Oxford foram brindados com um deslumbrante espetáculo de luzes. Havia rumores de que um grande jantar seria oferecido para os pobres e sem-teto de Oxford, mas as autoridades da cidade argumentaram que a suculência do rosbife e do bolo de ameixa deixaria os pobres em tal estado de êxtase que eles perderiam a capacidade de desfrutar adequadamente das luzes.* Então os pobres passaram fome naquela noite, mas pelo menos as luzes foram lindas. Robin, Ramy e Victoire passearam com Letty pela High Street com canecas de cidra gelada na mão, tentando evocar a mesma sensação de patriotismo visível em todos os outros.

Mais perto do fim do verão, passaram um fim de semana em Londres, onde se deleitaram com a vitalidade e a variedade das quais Oxford, suspensa séculos no passado, tanto carecia. Foram à Drury Lane e assistiram a um espetáculo — a atuação geral não foi muito boa, mas a maquiagem espalhafatosa e os gorjeios desafinados da mocinha os mantiveram fascinados ao longo das três horas de duração. Exploraram as barracas do mercado New Cut em busca de morangos suculentos, bugigangas de cobre e sachês de chás supostamente exóticos; jogaram moedas para macacos dançantes e tocadores de realejo; se esquivaram de prostitutas; se divertiram examinando estandes de barras de prata falsificadas;** jantaram em um restaurante que servia um "autêntico *curry* indiano" que deixou Ramy insatisfeito, mas agradou aos outros,

---

* Naquela época, as autoridades de Oxford, como as de Londres, pareciam pensar que os pobres eram semelhantes a crianças pequenas, ou animais, em vez de adultos inteligentes.

** Como acontece com todas as coisas valiosas e caras, havia um enorme mercado clandestino para barras de prata falsificadas e amadoras. No New Cut, podia-se comprar amuletos para banir roedores, curar doenças comuns e atrair jovens cavalheiros ricos. A maioria era composta sem o domínio mais básico dos princípios do trabalho com a prata e envolvia feitiços elaborados em línguas inventadas, muitas vezes emulando as línguas orientais. No entanto, alguns eram, ocasionalmente, aplicações bastante perspicazes da etimologia popular. Por essa razão, o professor Playfair realizava uma pesquisa anual de pares de equivalentes em prata contrabandeada, embora o uso dessa pesquisa fosse uma questão de absoluto sigilo.

e passaram a noite em um único quarto de uma pensão lotada na Doughty Street. Robin e Ramy dormiram no chão enrolados em casacos enquanto as garotas se espremeram na cama estreita, todos rindo e sussurrando até bem depois da meia-noite.

No dia seguinte, fizeram um passeio a pé pela cidade que terminou no porto de Londres, onde caminharam pelas docas e admiraram os enormes navios, suas grandes velas brancas e o complexo entrelaçamento de mastros e cordames. Tentaram identificar as bandeiras e os emblemas das companhias dos navios que partiam, especulando sobre de onde eles poderiam estar vindo ou para onde estariam indo. Grécia? Canadá? Suécia? Portugal?

— Daqui a um ano vamos embarcar em um desses — disse Letty. — Para onde vocês acham que ele vai?

Todos os grupos que se formavam em Babel faziam uma grande viagem internacional com tudo pago ao fim das provas do quarto ano. Essas viagens geralmente correspondiam a algum negócio de Babel — os formandos tinham atuado como intérpretes na corte de Nicolau I, tinham procurado tabuletas cuneiformes nas ruínas da Mesopotâmia e, uma vez, por acidente, quase causaram uma crise diplomática em Paris —, mas eram, acima de tudo, uma oportunidade para os graduados simplesmente verem o mundo e fazerem uma imersão nos ambientes linguísticos estrangeiros dos quais tinham ficado afastados durante os anos de estudo. As línguas precisavam ser vividas para serem compreendidas, e Oxford era, no fim das contas, o oposto da vida real.

Ramy estava convencido de que a turma deles ia ser enviada para a China ou para a Índia.

— Tem simplesmente muita coisa acontecendo. A Companhia das Índias Orientais perdeu o monopólio em Cantão, o que significa que vão precisar de tradutores para todos os tipos de reorientação comercial. Eu daria meu braço esquerdo para que fosse Calcutá. Vocês iam adorar, poderíamos passar um tempo com a minha família; eu escrevi para eles contando tudo sobre vocês, eles sabem até que a Letty não consegue tomar o chá muito quente. Ou talvez a gente vá para Cantão... não seria incrível, Rob? Quando foi a última vez que você esteve em casa?

Robin não tinha certeza se queria voltar a Cantão. Havia pensado nisso algumas vezes, mas não conseguia reunir nenhum sentimento de entusiasmo, apenas um temor confuso e ligeiramente culpado. Não havia nada esperando por ele lá; nenhum amigo, nenhuma família, apenas uma cidade da qual quase não se lembrava. Na verdade, tinha medo de como poderia reagir se fosse para casa; se pusesse de novo os pés no mundo de uma infância esquecida. E se, depois de retornar, não conseguisse mais ir embora?

Pior: e se não sentisse nada?

— É mais provável sermos enviados para algum lugar como as Ilhas Maurício — disse ele. — Para as garotas usarem o francês delas.

— Você acha que o crioulo mauriciano é parecido com o crioulo haitiano? — perguntou Letty a Victoire.

— Não tenho certeza se seriam mutuamente inteligíveis — respondeu Victoire. — Ambos são baseados no francês, é claro, mas o crioulo haitiano segue referências gramaticais da língua fom, enquanto o crioulo mauriciano... hum. Eu não sei. Não tem uma gramática, então não tenho nada para consultar.

— Quem sabe você não escreve uma — sugeriu Letty.

Victoire abriu um pequeno sorriso para ela.

— É possível.

O acontecimento mais feliz daquele verão foi que Victoire e Letty voltaram a ser amigas. Na verdade, todo o desconforto estranho e indefinido do terceiro ano havia evaporado com a notícia de que eles haviam passado nas provas. Letty não irritava mais Robin, e Ramy não deixava mais Letty carrancuda toda vez que abria a boca.

Na verdade, os conflitos tinham sido adiados em vez de resolvidos. Eles não haviam confrontado as razões pelas quais haviam se desentendido, mas estavam todos dispostos a culpar o estresse. Chegaria o momento em que teriam de enfrentar suas diferenças muito reais, em que discutiriam exaustivamente as coisas em vez de sempre mudar de assunto, mas por enquanto estavam contentes em aproveitar o verão e lembrar de novo como era amar uns aos outros.

Pois aqueles eram, na verdade, seus últimos dias áureos. Aquele verão pareceu ainda mais precioso porque todos eles sabiam que não ia durar, que aquelas alegrias só existiam por causa das noites exaustivas e intermináveis que tinham feito com que as merecessem. Logo o quarto ano ia começar, em seguida as provas de graduação e depois o trabalho. Nenhum deles sabia como ia ser a vida depois disso, mas com certeza não poderiam continuar sendo um grupo de estudos para sempre. Era certo que um dia teriam que deixar a cidade das torres dos sonhos; teriam de assumir seus respectivos cargos e pagar por tudo que Babel lhes proporcionara. Mas o futuro, tão vago quanto assustador, podia ser facilmente ignorado por enquanto, empalidecido sob o brilho do presente.

* * *

Em janeiro de 1838, o inventor Samuel Morse fez uma demonstração em Morristown, Nova Jersey, exibindo um dispositivo capaz de enviar mensagens a longas distâncias usando impulsos elétricos para transmitir uma série de pontos e traços. Cético, o Congresso dos Estados Unidos se recusou a conceder-lhe financiamento para construir uma linha ligando o Capitólio, em Washington, D.C., a outras cidades, e postergariam essa decisão por mais cinco anos. Acadêmicos do Real Instituto de Tradução, no entanto, assim que ficaram sabendo que o dispositivo de Morse funcionava, foram aos Estados Unidos e persuadiram Samuel Morse a passar alguns meses em Oxford, onde o departamento de trabalho com a prata ficou admirado ao constatar que o dispositivo não exigia pares de equivalentes para funcionar; operava apenas com eletricidade. Em julho de 1839, Babel inaugurou a primeira linha de telégrafo da Inglaterra, que estava conectada ao Ministério das Relações Exteriores, em Londres.*

O código original de Morse transmitia apenas numerais, exigindo que o receptor procurasse as palavras correspondentes em um guia. Isso funcionava para conversas que envolvessem um vocabulário limitado — sinalizações de trem, boletins meteorológicos e alguns tipos de comunicação militar. Mas logo após a chegada de Morse, os professores De Vreese e Playfair desenvolveram um código alfanumérico que permitia a troca de mensagens de qualquer tipo.** Isso expandiu os possíveis usos do telégrafo para fins comerciais, pessoais e muitos outros. A notícia de que Babel tinha meios de se comunicar instantaneamente com Londres se espalhou com rapidez. Logo os clientes — em sua maioria empresários, funcionários do governo e alguns clérigos — estavam amontoados no saguão e fazendo filas no quarteirão, trazendo as mensagens que precisavam enviar. O professor Lovell, exasperado com o clamor, quis acionar as proteções de Babel contra a multidão. Mas as mentes mais calmas e mais orientadas pelo aspecto financeiro prevaleceram. O professor Playfair, vendo um grande potencial de lucro, ordenou que a ala noroeste do saguão, que antes era usada para armazenamento, fosse convertida em uma agência de telégrafo.

---

* Ao fazer isso, Babel e Morse contrariaram muito os inventores William Cooke e Charles Wheatstone, cuja própria máquina de telégrafo havia sido instalada na Great Western Railway apenas dois anos antes. O telégrafo de Cooke e Wheatstone, no entanto, usava agulhas móveis que apontavam para um quadro predefinido de símbolos, que não oferecia nem de longe o alcance da comunicação que o telégrafo de Morse, mais simples e baseado em cliques, permitia.

** Em um ato de incrível generosidade acadêmica, eles permitiram que esse sistema aprimorado também fosse chamado de Código Morse.

O próximo obstáculo era contratar operadores. Os estudantes eram a fonte óbvia de mão de obra gratuita e, portanto, todos os alunos de graduação e pós-graduação de Babel foram obrigados a aprender o código Morse, o que levou apenas alguns dias, já que se tratava de uma linguagem rara em que de fato havia uma correlação um-para-um perfeita entre os símbolos, desde que a comunicação se desse em inglês. Quando setembro deu lugar a outubro, e o primeiro período letivo começou naquele outono, todos os alunos do campus foram designados para trabalhar no telégrafo por pelo menos um turno de três horas por semana. E assim, todo domingo às nove da noite, Robin se arrastava até o pequeno escritório no saguão e se sentava ao lado da máquina de telégrafo com uma pilha de leituras do curso, esperando que a agulha começasse a se mover.

A vantagem do turno da noite era que a torre recebia muito poucas mensagens durante esse horário, uma vez que todos no escritório de Londres já tinham ido para casa. Tudo o que Robin precisava fazer era ficar acordado das nove à meia-noite, para o caso de chegar alguma missiva urgente. Fora isso, estava livre para fazer o que quisesse e costumava passar essas horas lendo ou revisando suas redações para a aula da manhã seguinte.

De tempos em tempos, olhava pela janela, estreitando os olhos na direção do pátio para aliviar a tensão à que a luz fraca submetia seus olhos. O gramado estava quase sempre vazio. A High Street, tão movimentada durante o dia, ficava fantasmagórica tarde da noite; depois que o sol se punha, quando toda a luz vinha das pálidas lamparinas ou das velas do lado de dentro, parecia outra Oxford, uma Oxford paralela, uma Oxford do reino das fadas. Sobretudo nas noites sem nuvens, Oxford se transformava, as ruas vazias, as pedras do calçamento silenciosas, os pináculos e as torres prometendo enigmas e aventuras e um mundo de abstração no qual uma pessoa poderia se perder para sempre.

Em uma dessas noites, Robin ergueu os olhos de sua tradução das histórias de Sima Qian e viu duas figuras vestidas de preto caminhando rapidamente em direção à torre. Sentiu um nó no estômago.

Foi só quando chegaram aos degraus da frente, quando as luzes de dentro da torre iluminaram os rostos, que ele percebeu que eram Ramy e Victoire.

Robin ficou sentado à sua mesa, paralisado, sem saber o que fazer. Eles estavam ali cumprindo uma missão para a Hermes. Só podiam estar. Nada mais explicava o traje, os olhares furtivos, a ida noturna à torre quando Robin sabia que eles não tinham nada para fazer lá, porque tinha-os visto terminando seus trabalhos para o seminário da professora Craft no chão do quarto de Ramy apenas algumas horas antes.

Será que Griffin os havia recrutado? Com certeza era isso, pensou Robin com tristeza. O irmão havia desistido dele e recrutara outros de seu grupo para substituí-lo.

É claro que não ia denunciá-los — isso estava fora de questão. Mas será que deveria *ajudá-los*? Não, talvez não — a torre não estava totalmente vazia; ainda havia pesquisadores no oitavo andar e, se surpreendesse Ramy e Victoire, poderia atrair atenção indesejada. A única escolha parecia ser não fazer nada. Se fingisse não notar, e se eles conseguissem o que tinham ido buscar, então o frágil equilíbrio de sua vida em Babel não seria perturbado. Então poderiam manter o fino verniz de negação com o qual Robin tinha convivido por anos. A realidade era, afinal, muito maleável — fatos podiam ser esquecidos, verdades suprimidas, vidas vistas de apenas um ângulo; como em um prisma falso, bastava que você resolvesse nunca olhar muito de perto.

Ramy e Victoire passaram pela porta e subiram as escadas. Robin voltou os olhos para sua tradução, tentando não se esforçar para ouvir algum indício do que eles pudessem estar fazendo. Dez minutos depois, ouviu passos descendo. Eles tinham conseguido o que queriam. Logo estariam de volta à porta. Então aquele momento passaria e a tranquilidade seria restaurada, e Robin poderia empurrar aquilo para o fundo de sua mente, com todas as outras verdades desagradáveis que não tinha coragem de enfrentar...

Um grito estridente e sobrenatural atravessou a torre. Ele ouviu um grande estrondo, depois uma saraivada de xingamentos. Levantou-se de um salto e saiu correndo do saguão.

Ramy e Victoire estavam presos do lado de fora da porta da frente, enredados em uma teia de fios prateados e cintilantes que se dobravam e se multiplicavam diante de seus olhos, novos fios amarrando pulsos, cintura, tornozelos e pescoço a cada segundo que passava. Havia objetos espalhados a seus pés: seis barras de prata, dois livros antigos, um estilete de gravação. Itens que os estudantes de Babel costumavam levar para casa no fim do dia.

Mas, ao que parecia, o professor Playfair havia mudado as proteções com sucesso. Havia conseguido ainda mais do que Robin temia: ele as havia alterado para que detectassem não apenas quais pessoas e coisas estavam passando pela porta, mas também se seus propósitos eram legítimos.

— Rob — arquejou Ramy. Os fios de prata se estreitaram em torno de seu pescoço; seus olhos se arregalaram. — Ajude...

— Fique parado.

Robin puxou os fios. Eram pegajosos, mas flexíveis, rompíveis; era impossível escapar deles sozinho, mas não era impossível se tivessem ajuda. Ele libertou o pescoço e as mãos de Ramy primeiro, então juntos os dois puxaram Victoire para fora da teia, só que as pernas de Robin ficaram presas no processo. A teia, ao que parecia, libertava apenas se pudesse capturar algo em troca. Os açoites violentos, porém, haviam cessado; qualquer que tivesse sido o par de equivalentes acionado, o alarme parecia ter se atenuado. Ramy soltou os tornozelos e deu um passo para trás. Por um momento, todos se olharam à luz do luar, perplexos.

— Você também? — Victoire perguntou por fim.

— Ao que tudo indica — disse Robin. — O Griffin mandou vocês?

— Griffin? — Victoire parecia perplexa. — Não, foi o Anthony...

— Anthony *Ribben*?

— Claro — respondeu Ramy. — Quem mais?

— Mas ele está *morto*...

— Isso pode esperar — interrompeu Victoire. — Ouçam, as sirenes...

— Droga — disse Ramy. — Robin, incline-se assim...

— Não há tempo — interrompeu Robin. Ele não conseguia mexer as pernas. Os fios tinham parado de se multiplicar, talvez porque Robin não fosse o ladrão, mas a teia estava agora incrivelmente densa, estendendo-se por toda a entrada, e se Ramy chegasse mais perto, temia que ambos ficassem presos. — Me deixem aqui.

Ambos começaram a protestar. Ele balançou a cabeça.

— Tem que ser eu. Eu não faço parte da conspiração, não faço ideia do que está acontecendo...

— Não é óbvio? — perguntou Ramy. — Nós estamos...

— *Não* é óbvio, então não me diga — sibilou Robin. O barulho da sirene era incessante; logo a polícia chegaria. — Não digam nada. Eu não sei de nada e, quando me interrogarem, é isso que vou dizer. Apenas vão, rápido, por favor, vou pensar em alguma coisa...

— Você tem certeza... — começou Victoire.

— Vão — insistiu Robin.

Ramy abriu a boca, em seguida fechou-a e se abaixou para recolher os materiais roubados. Victoire o ajudou. Eles deixaram apenas duas barras para trás — *inteligente*, pensou Robin, pois isso serviria como prova de que Robin estava trabalhando sozinho, de que não tinha cúmplices que tivessem desaparecido com todos os artigos contrabandeados. Então desceram correndo os degraus, atravessaram o gramado e entraram no beco.

— Quem está aí? — alguém gritou.

Robin viu lamparinas na outra ponta do pátio gramado. Virou a cabeça e semicerrou os olhos na direção da Broad Street, tentando, sem sucesso, vislumbrar algum vestígio de seus amigos. Eles tinham fugido, funcionou, a polícia estava indo apenas para a torre. Apenas atrás dele.

Robin respirou fundo e se virou para a luz.

Gritos raivosos, lamparinas iluminando seu rosto, mãos firmes em seus braços. Ele mal conseguiu processar o que aconteceu nos minutos seguintes; ouviu apenas suas divagações vagas e incoerentes, uma cacofonia de policiais gritando diferentes ordens e perguntas em seu ouvido. Tentou articular uma desculpa, alguma história sobre ter visto ladrões presos na teia e como eles o haviam prendido quando ele tentou detê-los, mas isso soou incoerente assim que ele falou, e os policiais apenas riram. Por fim, eles o libertaram da teia e o levaram de volta à torre, para uma pequena sala sem janelas no saguão, onde não havia nada além de uma única cadeira. Na porta, havia uma pequena grade na altura dos olhos coberta por uma aba deslizante; parecia mais uma cela do que uma sala de leitura. Ele se perguntou se seria o primeiro integrante da Hermes a ser detido ali. Se perguntou se a mancha marrom-clara no canto seria sangue seco.

— Você vai ficar aqui — disse o policial encarregado enquanto algemava as mãos de Robin atrás das costas. — Até o professor chegar.

Eles trancaram a porta e saíram. Não tinham dito qual professor, nem quando iam voltar. Não saber era uma tortura. Robin sentou-se e esperou, os joelhos balançando, os braços tremendo intensamente por causa de ondas de adrenalina nauseante.

Estava acabado. Certamente não havia como se livrar daquilo. Era muito difícil ser expulso de Babel, que investia tanto em seus talentos tão cobiçados que ex-alunos haviam sido perdoados por quase todo tipo de delito, exceto por assassinato.* Mas roubo e traição com certeza eram motivos para expulsão. E depois? Uma cela na prisão da cidade? Em Newgate? Será que iriam enforcá-lo? Ou será que ele seria simplesmente colocado em um navio e enviado de volta para o lugar de onde tinha vindo, onde não tinha amigos, família nem perspectivas?

Uma imagem surgiu em sua mente, uma que ele havia suprimido por quase uma década: um quarto quente e abafado, o cheiro de vômito, o corpo

* Uma lista de delitos dos quais os graduandos de Babel haviam se safado no passado incluía embriaguez pública, brigas, rinhas de galo e acréscimo intencional de vulgaridades ao recitar as orações em latim antes do jantar no salão.

da mãe rígido a seu lado, as faces encovadas ficando azuladas diante de seus olhos. Os últimos dez anos — Hampstead, Oxford, Babel — tinham sido um encantamento prodigioso, mas ele havia quebrado as regras, quebrado o feitiço, e logo o encanto ia se dissipar e ele ia voltar para o meio dos pobres, dos doentes, dos moribundos, dos mortos.

A porta se abriu.

— Robin.

Era o professor Lovell. Robin procurou em seus olhos um fragmento de algo — bondade, desapontamento ou raiva —, qualquer coisa que indicasse o que ele deveria esperar. Mas a expressão de seu pai, como sempre, era apenas uma máscara vazia e inescrutável.

— Bom dia.

— Sente-se.

A primeira coisa que o professor Lovell fez foi tirar as algemas de Robin. Em seguida o levou escada acima até seu escritório no sétimo andar, onde agora eles estavam sentados um de frente para o outro, de maneira tão casual quanto se estivessem se reunindo para uma sessão semanal de estudo dirigido.

— Você teve muita sorte de a polícia ter me contatado primeiro. Imagine se eles tivessem conseguido falar com o Jerome antes! Neste exato momento, você estaria sem as pernas. — O professor Lovell se inclinou para a frente, as mãos unidas sobre a mesa. — Há quanto tempo você rouba recursos para a Sociedade Hermes?

Robin empalideceu. Ele não esperava que o professor Lovell fosse tão direto. Aquela pergunta era muito perigosa. Era evidente que ele sabia sobre a Hermes. Mas *quanto* sabia? Até onde Robin poderia mentir? Talvez ele estivesse blefando, talvez Robin pudesse se safar se escolhesse com cuidado as palavras.

— Diga a verdade — pediu o professor Lovell com uma voz dura e monótona. — Essa é a única coisa capaz de salvá-lo agora.

— Três meses — sussurrou Robin. Três meses pareciam menos condenatórios do que três anos, mas um tempo longo o suficiente para soar plausível. — Só... só desde o verão.

— Entendi. — Não havia ira na voz do professor Lovell. A tranquilidade o tornava terrivelmente indecifrável. Robin teria preferido que ele gritasse.

— Senhor, eu...

— Silêncio — interrompeu o professor Lovell.

Robin se calou. Não importava. Ele não sabia o que teria dito. Não havia como se explicar de forma a sair daquela confusão, não havia exoneração possível. Restava-lhe apenas enfrentar as duras evidências de sua traição e aguardar as consequências. Mas se conseguisse manter os nomes de Ramy e Victoire fora daquilo, se conseguisse convencer o professor Lovell de que tinha agido sozinho, seria o suficiente.

— Quem diria — disse o professor Lovell depois de um longo tempo — que você ia acabar se mostrando tão abominavelmente ingrato. — Ele se recostou e balançou a cabeça. — Eu fiz mais por você do que jamais poderia imaginar. Você era um menino que vivia perambulando pelas docas de Cantão. Sua mãe era uma pária. Mesmo que seu pai fosse chinês — o pescoço do professor Lovell pulsou, e isso era o mais próximo da confissão a que ele ia chegar, Robin sabia —, sua situação seria a mesma. Você teria passado a vida contando centavos. Nunca teria visto a Inglaterra. Nunca teria lido Horácio, Homero ou Tucídides… nunca teria aberto um livro, para falar a verdade. Você teria vivido e morrido na miséria e na ignorância, sem nunca imaginar o mundo de oportunidades que lhe ofereci. Eu tirei você da miséria. Eu dei a você o mundo.

— Senhor, eu não…

— Como *ousa*? Como se atreve a cuspir no prato que comeu?

— Senhor…

— Você sabe como foi beneficiado por esta universidade? — O volume da voz do professor Lovell se mantinha inalterado, mas cada sílaba ia ficando mais longa, primeiro arrastada, depois cuspida como se ele estivesse arrancando com os dentes o final das palavras. — Você sabe quanto a maioria das famílias paga para mandar seus filhos para Oxford? Você usufrui da estrutura e de alojamento sem nenhum custo. Tem o privilégio de uma ajuda de custo mensal. Tem acesso aos maiores acervos de conhecimento do mundo. Acha que qualquer um usufrui dessas mesmas condições?

Uma centena de argumentos passou pela cabeça de Robin — que ele não havia pedido para ter esses privilégios em Oxford, que não havia escolhido sair de Cantão, que as benesses da universidade não deveriam exigir sua constante e inabalável lealdade à Coroa e a seus projetos coloniais, e que, se fosse assim, então aquela era uma forma peculiar de escravidão com a qual ele nunca havia concordado. Que ele não havia desejado aquele destino até que lhe fora imposto, decidido por ele. Que ele não sabia que vida teria escolhido — aquela ou uma vida em que tivesse crescido em Cantão, entre pessoas que se pareciam com ele, falavam como ele.

Mas que importância isso tinha? O professor Lovell dificilmente compreenderia. A única coisa que importava era que Robin era culpado.

— Foi divertido para você? — O lábio do professor Lovell se franziu. — Você vibrou com isso? Ah, deve ter vibrado. Imagino que você se considere o herói de uma de suas histórias, um Dick Turpin da vida real, não é? Você sempre adorou esses romances sensacionalistas. Um estudante exausto durante o dia e um ladrão arrojado à noite? Foi romântico, Robin Swift?

— Não. — Robin endireitou os ombros e tentou ao menos não soar tão pateticamente assustado. Se ia ser punido, poderia ao menos manter seus princípios. — Não, eu estava fazendo a coisa certa.

— Ah, é? E qual é a coisa certa?

— Eu sei que o senhor não se importa. Mas eu fiz e não me arrependo, e o senhor pode fazer o que quiser…

— Não, Robin. Me diga pelo que você estava lutando. — O professor Lovell se recostou, uniu os dedos e assentiu. Como se aquilo fosse um teste. Como se ele estivesse realmente prestando atenção. — Vamos, me convença. Tente me recrutar. Faça o seu melhor.

— A maneira como Babel acumula bens materiais não é justa — disse Robin.

— Ah! Não é justa!

— Não está certo — continuou Robin, com raiva. — É egoísta. Toda a nossa prata é destinada ao luxo, aos militares, à produção de renda e de armas quando tem gente morrendo de coisas simples que essas barras poderiam curar. Não é certo vocês recrutarem estudantes de outros países para trabalhar em seu centro de tradução e a terra natal deles não receber nada em troca.

Ele conhecia bem esses argumentos. Estava repetindo o que Griffin lhe dissera, verdades que havia internalizado. No entanto, diante do silêncio imperturbável do professor Lovell, tudo parecia muito tolo. Sua voz soava frágil e metálica, estava desesperadamente inseguro.

— E se você está de fato tão enojado com a maneira como Babel enriquece — continuou o professor Lovell —, como é que sempre aceitou com prazer o dinheiro dela?

Robin se encolheu.

— Eu não… eu não *pedi*. — Mas isso soou incoerente no momento em que falou. Ele se interrompeu, as bochechas ardendo.

— Você bebe o champanhe, Robin. Recebe sua ajuda de custo. Mora em seu quarto mobiliado na Magpie Lane, desfila pelas ruas com suas becas e roupas sob medida, tudo pago pela faculdade, e ainda assim diz que todo esse dinheiro vem de exploração. Isso não o incomoda?

E essa era a grande questão, não era? Robin sempre estivera disposto, em teoria, a abrir mão de apenas algumas coisas por uma revolução na qual não acreditava por completo. Concordava com a resistência, desde que não o prejudicasse. E a contradição era tolerável, contanto que ele não pensasse muito a respeito nem a examinasse com muito cuidado. Mas dito daquela forma, em termos tão sombrios, parecia indiscutível que, longe de ser um revolucionário, Robin, na verdade, não tinha nenhuma convicção.

Os lábios do professor Lovell se franziram novamente.

— Não está tão incomodado com o império, está?

— Não está certo — repetiu Robin. — Não é justo...

— *Justo* — imitou o professor Lovell. — Digamos que você tenha inventado a roda de fiar. De repente você é obrigado a compartilhar seus lucros com todos que ainda fiam à mão?

— Não é a mesma...

— E nós somos obrigados a distribuir barras de prata por todo o mundo, para países atrasados que tiveram todas as oportunidades de construir seus próprios centros de tradução? Não é preciso grande investimento para estudar línguas estrangeiras. Por que deveria ser um problema da Grã-Bretanha se outras nações não conseguem aproveitar o que têm?

Robin abriu a boca para responder, mas não conseguiu pensar em nada para dizer. Por que era tão difícil encontrar as palavras? Havia algo errado com esse argumento, mas, mais uma vez, ele não conseguia identificar o quê. Livre-comércio, fronteiras abertas, igualdade de acesso ao mesmo conhecimento — em teoria, não parecia haver nada de errado. Mas se as condições da disputa eram de fato tão equilibradas, por que todos os lucros haviam se acumulado na Grã-Bretanha? Os britânicos eram mesmo tão mais inteligentes e industriosos? Eles simplesmente tinham jogado o jogo, de maneira honesta, e vencido?

— Quem o recrutou? — perguntou o professor Lovell. — Eles provavelmente não fizeram um trabalho muito bom.

Robin não respondeu.

— Foi o Griffin Harley? — questionou ele.

Robin se encolheu, e isso serviu como confissão.

— É claro. O Griffin. — O professor Lovell cuspiu o nome como se fosse uma maldição. Ele observou Robin por um longo momento, examinando seu rosto como se pudesse encontrar o fantasma do filho mais velho no mais novo. Então perguntou, em um tom estranhamente gentil: — Você sabe o que aconteceu com Eveline Brooke?

— Não — respondeu Robin, embora tivesse pensado *sim*; ele sabia, não os detalhes da história, mas as linhas gerais. Já havia juntado quase todas as peças, embora relutasse em encaixar a peça final, porque não queria saber e não queria que fosse verdade.

— Ela era brilhante — continuou o professor Lovell. — A melhor aluna que já tivemos. A joia da universidade. Você sabia que foi o Griffin quem a matou?

Robin recuou.

— Não, isso não é...

— Ele nunca contou a você? Fico surpreso, para ser sincero. Eu esperava que ele fosse se vangloriar. — O olhar do professor Lovell estava muito sombrio. — Então deixe-me esclarecer as coisas para você. Cinco anos atrás, Evie, a pobre e inocente Evie, estava trabalhando no oitavo andar depois da meia-noite. Ela estava com a lamparina acesa, mas não percebeu que todas as outras estavam apagadas. A Evie era assim. Quando se deixava envolver pelo trabalho, perdia a noção do que estava acontecendo ao seu redor. Nada mais existia para ela além da pesquisa.

"Griffin Harley entrou na torre por volta das duas da manhã. Ele não viu a Evie... ela estava no canto mais afastado, atrás das estações de trabalho. Ele pensou que estivesse sozinho. Então passou a fazer o que faz melhor: realizar pequenos furtos, roubar, vasculhar manuscritos valiosos para contrabandeá-los para Deus sabe onde. Ele já estava quase na porta quando percebeu que a Evie o tinha visto."

O professor Lovell ficou em silêncio. Robin ficou confuso com essa pausa, até que viu, para seu espanto, que os olhos dele estavam vermelhos e úmidos nos cantos. O professor Lovell, que nunca havia demonstrado nenhum indício de emoção em todos os anos que Robin o conhecera, estava chorando.

— Ela não fez nada. — A voz dele estava embargada. — Ela não soou o alarme. Não gritou. Não teve a menor chance. Eveline Brooke estava no lugar errado na hora errada, simples assim. Mas o Griffin teve tanto medo de que ela o denunciasse que a matou. Eu a encontrei na manhã seguinte.

Ele estendeu a mão e deu batidinhas na barra de prata gasta no canto de sua mesa. Robin já a vira muitas vezes, mas o professor Lovell sempre a mantivera virada, meio escondida atrás de um porta-retrato, e ele nunca tivera coragem de perguntar. O professor a virou.

— Você sabe o que esse par de equivalentes faz?

Robin olhou para baixo. Na parte da frente estava escrito 爆. Ele sentiu um nó no estômago. Estava com medo demais para olhar o outro lado.

— *Bào* — disse o professor Lovell. — O radical para fogo. E ao lado dele, o radical para violência, crueldade e tumulto; o mesmo radical que por si só pode significar brutalidade selvagem e indomável; o mesmo radical usado nas palavras para *trovão* e *crueldade*.* E ele o traduziu como *burst*, estouro, a tradução mais inofensiva possível para o inglês, tão inofensiva que dificilmente se traduz como tal, de modo que toda aquela força e toda aquela destruição ficaram presas na prata. E explodiram contra o peito dela. Arrebentaram suas costelas, deixando-as como uma gaiola aberta. E então ele a deixou lá, caída entre as estantes, os livros ainda na mão. Quando a encontrei, seu sangue já havia se espalhado por metade do andar. Havia manchado todas as páginas de vermelho. — Ele deslizou a barra sobre a mesa. — Pegue.

Robin estremeceu.

— Senhor?

— Pegue-a — insistiu o professor Lovell com rispidez. — Sinta o peso.

Robin estendeu a mão e fechou os dedos em torno da barra. Era terrivelmente fria ao toque, mais fria do que qualquer outra prata que ele já houvesse encontrado, e excessivamente pesada. Sim, ele conseguia acreditar que aquela barra tivesse matado uma pessoa. Ela parecia zumbir com um potencial aprisionado e furioso, uma granada engatilhada, prestes a explodir.

Robin sabia que era inútil perguntar, mas precisava fazer isso mesmo assim.

— Como o senhor sabe que foi o Griffin?

— Não tivemos nenhum outro aluno de chinês nos últimos dez anos — respondeu o professor Lovell. — Você acha que fui eu? Ou o professor Chakravarti?

Será que ele estava mentindo? Era possível — aquela história era tão grotesca que Robin quase não acreditou, não queria acreditar que Griffin fosse capaz de algo como assassinato.

Mas será que não era? Griffin, que falava do corpo docente de Babel como se fossem combatentes inimigos, que tinha mandado o próprio irmão repetidas vezes para a linha de frente sem se importar com as consequências, que estava tão convencido da justiça maniqueísta da guerra que travava que não enxergava mais nada. Será que Griffin não teria assassinado uma garota indefesa, se isso significasse manter a Hermes segura?

---

* O caractere 爆 é composto por dois radicais: 火 e 暴.

— Sinto muito — sussurrou Robin. — Eu não sabia.

— Foi a essa pessoa que você confiou sua sorte — disse o professor Lovell. — Um mentiroso e um assassino. Você acha que está ajudando um movimento de libertação global, Robin? Não seja ingênuo. Você está ajudando os delírios de grandeza do Griffin. E para quê? — Ele apontou para o ombro de Robin com a cabeça. — Para levar uma bala no braço?

— Como o senhor...

— O professor Playfair comentou que você talvez tivesse machucado o braço remando. Eu não me deixo enganar tão facilmente. — O professor Lovell entrelaçou os dedos sobre a mesa e se recostou. — Então. A escolha é muito óbvia, eu acho. Babel ou a Hermes.

Robin franziu a testa.

— Senhor?

— Babel ou a Hermes? É bem simples. Você decide.

Robin se sentia como um instrumento quebrado, capaz de produzir apenas uma nota.

— Senhor, eu não...

— Você achou que ia ser expulso?

— Bem... *sim*, não seria...

— Eu receio que não seja tão fácil deixar Babel. Você se desviou por um caminho errado, mas acredito que isso se deva a influências negativas... influências mais cruéis e astutas do que poderíamos esperar que você enfrentasse. Você é ingênuo, é verdade. E uma decepção. Mas não está arruinado. Isso não precisa terminar na prisão. — O professor Lovell tamborilou na mesa. — Mas seria de grande ajuda se você pudesse nos dar algo útil.

— Útil?

— Informação, Robin. Ajude-nos a encontrá-los. Ajude-nos a erradicá-los.

— Mas eu não sei nada sobre eles — protestou Robin. — Não sei nem o nome de nenhum deles, só o do Griffin.

— É mesmo?

— É verdade, é assim que eles operam... eles são tão descentralizados que não contam nada aos novos integrantes. Para o caso de... — Robin engoliu em seco. — Para o caso de algo assim acontecer.

— Que pena. Você tem certeza?

— Tenho, eu realmente não...

— Diga o que você quer dizer, Robin. Não hesite.

Robin se encolheu. Aquelas eram exatamente as mesmas palavras que Griffin havia usado; ele se lembrou. E Griffin tinha falado da mesma forma que o professor Lovell estava falando agora, frio e imperioso, como se já tivesse vencido a discussão, como se qualquer resposta que Robin desse estivesse destinada a ser um disparate.

E Robin podia imaginar o sorriso malicioso de Griffin naquele momento; sabia bem o que ele diria: "É claro que você vai escolher o conforto, seu intelectualzinho mimado." Mas que direito Griffin tinha de julgar suas escolhas? Ficar em Babel, em Oxford, não era indulgência; era sobrevivência. Era sua única passagem para aquele país, a única coisa entre ele e as ruas.

Sentiu uma súbita onda de ódio por Griffin. Robin não tinha pedido nada daquilo, e agora seu futuro — e o futuro de Ramy e Victoire — estava em jogo. E onde estava Griffin? Onde ele estivera quando Robin fora baleado? Desaparecera. Ele os havia usado para cumprir suas ordens, depois os abandonara quando as coisas deram errado. Se fosse para a prisão, pelo menos ele mereceria.

— Se é por lealdade que você não diz nada, então não há mais nada a fazer — disse o professor Lovell. — Mas ainda acho que podemos trabalhar juntos. Acho que você ainda não está pronto para deixar Babel. Não é?

Robin respirou fundo.

Do que estaria abrindo mão, na verdade? A Sociedade Hermes o abandonara, havia ignorado seus avisos e colocado em perigo seus dois amigos mais queridos. Não devia nada a eles.

Nos dias e semanas seguintes ele tentaria se convencer de que aquele era um momento de concessão estratégica, não de traição. Que não estava abrindo mão de nada muito importante — o próprio Griffin dissera que eles tinham vários esconderijos, não dissera? — e que daquela forma Ramy e Victoire estariam protegidos, ele não seria expulso, e todas as linhas de comunicação ainda existiriam para uma cooperação futura com a Hermes. Mas nunca se convenceu por completo da desagradável verdade — que não se tratava da Hermes, nem de Ramy ou Victoire, mas de autopreservação.

— St Aldate — disse ele. — A entrada dos fundos da igreja. Há uma porta de porão que parece enferrujada, mas o Griffin tem a chave. Eles o usam como esconderijo.

O professor Lovell anotou essa informação.

— Com que frequência ele vai lá?

— Eu não sei.

— O que tem lá?

— Eu não sei — Robin voltou a dizer. — Eu nunca fui lá. Na verdade, ele me contou muito pouco. Eu sinto muito.

O professor Lovell dirigiu a ele um olhar demorado e frio, depois pareceu ceder.

— Eu sei que você é melhor do que isso. — Ele se inclinou sobre a mesa. — Você é diferente do Griffin em todos os aspectos possíveis. É humilde, brilhante e esforçado. Foi menos corrompido por sua herança do que ele. Se eu tivesse acabado de conhecê-lo, seria difícil adivinhar que é um china. Você tem um talento prodigioso, e o talento merece uma segunda chance. Mas cuidado, garoto. — Ele apontou para a porta. — Não vai haver uma terceira.

Robin se levantou, então olhou para a própria mão. Notou que permanecera segurando a barra que havia matado Evie Brooke todo aquele tempo. Ela parecia ao mesmo tempo muito quente e muito fria, e ele sentiu um estranho temor de que, se a tocasse por mais um momento, ela abriria um buraco em sua mão. Então a estendeu.

— Tome, senhor...

— Fique com ela — disse o professor Lovell.

— Senhor?

— Eu olhei para essa barra todos os dias nos últimos cinco anos, me perguntando onde errei com o Griffin. Se eu o tivesse criado de outra maneira, ou tivesse enxergado antes quem ele era de verdade, se a Evie ainda estivesse... mas não importa. — A voz do professor Lovell endureceu. — Agora isso pesa na sua consciência. Fique com ela, Robin Swift. Leve-a no bolso da frente. Pegue-a sempre que começar a ter dúvidas e deixe que ela o faça lembrar de que lado estão os vilões.

Ele fez sinal para Robin sair do escritório. Robin desceu a escada aos tropeços, a prata apertada entre os dedos, atordoado e bastante certo de que havia desviado todo o seu mundo do curso. Mas não tinha a menor ideia se havia feito a coisa certa, o que significava certo e errado ou como as peças iam se encaixar agora.

# Interlúdio

## *Ramy*

Ramiz Rafi Mirza sempre tinha sido um menino inteligente. Tinha uma memória prodigiosa, o dom da palavra. Absorvia idiomas como uma esponja e tinha um ouvido incrível para ritmo e som. Não se limitava a repetir as frases que absorvia; ele as pronunciava em uma imitação tão precisa dos enunciadores originais, investindo as palavras com toda a emoção pretendida, que era como se por um momento se transformasse naquela pessoa. Em outra vida, estaria destinado aos palcos. Tinha aquela habilidade inefável de fazer palavras simples cantarem.

Ramy era brilhante e tinha ampla oportunidade de se exibir. A família Mirza havia navegado pelas vicissitudes daquela época com grande sorte. Embora estivessem entre as famílias muçulmanas que haviam perdido terras e propriedades depois do Assentamento Permanente, os Mirza encontraram um emprego estável, ainda que não muito lucrativo, na casa de um certo sr. Horace Hayman Wilson, secretário da Sociedade Asiática de Bengala em Calcutá. Sir Horace tinha grande interesse pelas línguas e literaturas indianas e tinha grande prazer em conversar com o pai de Ramy, que fora bem-educado em árabe, persa e urdu.

Assim, Ramy cresceu entre as famílias inglesas de elite da cidade branca de Calcutá, entre casas com pórticos e colunatas construídas em estilos europeus e estabelecimentos que atendiam exclusivamente a uma clientela europeia. Wilson se interessou desde cedo por sua educação e, enquanto outros meninos de sua idade ainda brincavam nas ruas, Ramy assistia a aulas na Mohammedan College de Calcutá, onde aprendeu aritmética, teologia e filosofia. Árabe, persa e urdu ele estudava com o pai. Latim e grego aprendeu com professores particulares contratados por Wilson. O inglês absorveu do mundo ao seu redor.

Na casa dos Wilson ele era chamado de professorzinho. Abençoado Ramy, brilhante Ramy. Não tinha ideia de qual era o propósito das coisas que estudava, apenas que os adultos ficavam encantados ao constatar que ele dominava tudo. Com frequência, fazia truques para os convidados que sir Horace recebia em sua sala de estar. Mostravam a ele uma série de cartas de baralho, e ele repetia com perfeita precisão o naipe e o número das cartas na ordem em que tinham aparecido. Liam passagens inteiras ou poemas em espanhol ou italiano, e ele, sem entender uma palavra do que era dito, recitava de volta, incluindo as entonações.

Um dia se orgulhou disso. Gostava de ouvir as exclamações de admiração dos convidados, gostava de como eles despenteavam seu cabelo e colocavam doces em sua mão antes de mandá-lo correndo para a cozinha. Não tinha nenhuma compreensão sobre classe na época, tampouco sobre raça. Achava que era tudo um jogo. Não via o pai observando de um canto, as sobrancelhas franzidas de preocupação. Não sabia que impressionar um homem branco podia ser tão perigoso quanto provocá-lo.

Uma tarde, quando tinha doze anos, os convidados de Wilson o convocaram durante um debate acalorado.

— Ramy. — O homem que acenou para que ele se aproximasse era o sr. Trevelyan, um visitante frequente, um homem com costeletas prodigiosas e um sorriso seco e cruel. — Venha aqui.

— Ah, deixe-o em paz — interveio sir Horace.

— Vou provar uma coisa. — O sr. Trevelyan acenou com a mão. — Ramy, por favor.

Sir Horace não disse a Ramy que não obedecesse, então Ramy correu para o lado do sr. Trevelyan e ficou parado com a coluna ereta, as mãos cruzadas atrás das costas como um pequeno soldado. Tinha aprendido que os convidados ingleses adoravam essa postura; consideravam-na encantadora.

— Pois não, senhor.

— Conte até dez em inglês — ordenou o sr. Trevelyan.

Ramy obedeceu. O sr. Trevelyan sabia perfeitamente que ele era capaz de fazer aquilo; a apresentação era para os outros cavalheiros presentes.

— Agora em latim — disse o sr. Trevelyan, e quando Ramy terminou: — Agora em grego.

Ramy obedeceu. Risadas satisfeitas ecoaram pela sala. Ramy decidiu testar sua sorte.

— Números pequenos são para crianças pequenas — falou ele em um inglês perfeito. — Se quiserem conversar sobre álgebra, escolham um idioma e podemos fazer isso também.

Risadas encantadas. Ramy sorriu, balançando-se para a frente e para trás, esperando os doces ou moedas inevitáveis.

O sr. Trevelyan voltou-se para os outros convidados.

— Vejam este menino e o pai dele. Ambos com habilidades semelhantes, ambos com passado e educação semelhantes. O pai começa com uma vantagem ainda maior, eu diria, já que o pai *dele*, segundo me disseram, pertencia a uma classe mercantil mais rica. Mas fortunas são acumuladas e perdidas. Apesar de seus talentos naturais, o sr. Mirza aqui não consegue nada melhor do que um posto de criado doméstico. Não concorda, sr. Mirza?

Ramy viu então uma expressão muito peculiar no rosto do pai. Ele parecia estar sufocando, como se tivesse engolido uma semente muito amarga, mas não pudesse cuspi-la.

De repente, aquele jogo já não parecia mais tão divertido. Estava nervoso agora por ter se exibido, mas não conseguia identificar o porquê.

— Vamos, sr. Mirza — disse o sr. Trevelyan. — Não vá me dizer que o senhor *desejava* ser lacaio.

O sr. Mirza deu uma risada nervosa.

— É uma grande honra servir sir Horace Wilson.

— Ah, pare com isso... não precisa ser educado, todos nós sabemos quanto ele peida.

Ramy olhou para o pai; o homem que ele ainda achava que era alto como uma montanha, o homem que lhe ensinara todas as escritas: a romana, a árabe e o nastalique. O homem que lhe ensinara as cinco orações da salá. O homem que lhe ensinara o significado do respeito. Seu *hafiz*.*

O sr. Mirza assentiu e sorriu.

— Sim. Isso mesmo, sr. Trevelyan. Claro, preferiria estar na sua posição.

— Bem, aí está — falou o sr. Trevelyan. — Está vendo, Horace, essas pessoas têm ambições. Elas têm o intelecto e o desejo de se autogovernar, e é o que deveriam fazer.** São suas políticas educacionais que os impedem. A Índia simplesmente não tem idiomas para a *arte de governar*. Seus poemas e épicos são todos muito interessantes, com certeza, mas em termos de administração...

A sala explodiu novamente em um debate clamoroso. Ramy foi esquecido. Ele olhou de relance para Wilson, ainda esperando por sua recompensa, mas o pai lhe dirigiu um olhar penetrante e balançou a cabeça.

Ramy era um menino inteligente. Sabia o momento de sair de cena.

---

* *Hafiz* é um muçulmano que sabe o Corão de cor. (N. T.)

** Ramy estava, embora não soubesse, no centro de um debate entre orientalistas, incluindo sir Horace Wilson, que defendiam o ensino de sânscrito e árabe a estudantes indianos, e anglicistas, incluindo o sr. Trevelyan, que acreditavam que os estudantes indianos promissores deveriam aprender inglês.

Esse debate seria decidido firmemente a favor dos anglicistas, mais bem representados pelo infame tratado "Minute on Education", de lorde Thomas Macaulay, publicado em fevereiro de 1835: "Devemos, no momento, fazer o possível para formar uma classe que possa atuar como intérprete entre nós e os milhões que governamos — uma classe de pessoas indianas no sangue e na cor, mas inglesas nos gostos, nas opiniões, na moral e no intelecto."

Dois anos depois, em 1833, sir Horace Wilson deixou Calcutá para assumir o primeiro cargo de professor catedrático de sânscrito na Universidade de Oxford.* O sr. e a sra. Mirza sabiam que não deviam se opor quando o sr. Wilson propôs levar o filho deles para a Inglaterra, e Ramy não sentiu ressentimento pelos pais por não lutarem para mantê-lo a seu lado. (Já naquela época ele sabia como era perigoso desafiar um homem branco.)

— Minha equipe vai criá-lo em Yorkshire — explicou Wilson. — Vou visitá-lo quando puder tirar uma licença da universidade. Então, quando tiver idade, vou matriculá-lo na University College. Charles Trevelyan pode estar certo, e o inglês pode ser o caminho a seguir para os nativos, mas, no que diz respeito aos estudos acadêmicos, ainda há valor nas línguas indianas. O inglês é bom o suficiente para aqueles sujeitos da administração civil, mas nós precisamos de nossos verdadeiros gênios estudando persa e árabe, não é? Alguém tem que manter vivas as antigas tradições.

A família de Ramy se despediu dele nas docas. Ele não levou muita coisa; ia perder qualquer roupa que levasse em meio ano.

A mãe tomou o rosto do filho entre as mãos e beijou-lhe a testa.

— Não se esqueça de escrever. Uma vez por mês... não, uma vez por semana... e não deixe de fazer suas orações...

— Sim, Amma.

As irmãs agarraram-se a seu paletó.

— Você vai mandar presentes? — perguntaram. — Você vai conhecer o rei?

— Vou — respondeu ele. — E não, eu não faço questão.

O pai ficou um pouco mais afastado, observando a mulher e os filhos, piscando com força, como se estivesse tentando guardar tudo aquilo na memória. Por fim, quando a chamada para o embarque soou, ele abraçou o filho contra o peito e sussurrou:

— *Allah hafiz*.** Escreva para sua mãe.

— Sim, Abbu.

— Não se esqueça de quem você é, Ramiz.

— Não vou esquecer, Abbu.

Ramy tinha catorze anos na época, idade suficiente para compreender o significado do orgulho. Ele pretendia fazer mais do que lembrar. Pois agora

---

* A eleição de Wilson para esse cargo gerou certa controvérsia. Ele estava em competição acirrada com o reverendo W.H. Mill pelo posto, e os apoiadores do reverendo Mill espalharam o boato de que Wilson não tinha o caráter adequado para ocupar o cargo, pois tinha oito filhos ilegítimos. Os partidários de Wilson o defenderam alegando que, na verdade, eram apenas dois.

** "Adeus; que Deus o proteja."

entendia por que o pai tinha sorrido naquele dia na sala de estar — não por fraqueza ou submissão, nem por medo de retaliações. Ele estava representando um papel. Estava mostrando a Ramy como se comportar.

*Minta, Ramiz.* Essa era a lição, a lição mais importante que já tinham lhe ensinado. *Esconda-se, Ramiz. Dê ao mundo o que o mundo quer; contorça-se para se adequar à imagem que eles querem ver, porque é assumindo o controle da narrativa que você vai controlá-los. Esconda sua fé, esconda suas orações, pois Allah ainda conhecerá seu coração.*

E como Ramy fingiu. Não teve problemas para navegar na alta sociedade inglesa — Calcutá tinha seu quinhão de tavernas, casas de espetáculos e teatros ingleses, e o que ele viu em Yorkshire não passava de uma expansão do microcosmo da elite em que havia crescido. Acentuava ou atenuava o sotaque dependendo do público. Aprendia todas as ideias fantasiosas que os ingleses tinham a respeito de seu povo, elaborava-as como um dramaturgo experiente e as cuspia de volta. Sabia quando fingir ser um lascarim, um criado, um príncipe. Aprendeu quando bajular e quando se autodepreciar. Poderia ter escrito uma tese sobre o orgulho branco, sobre a curiosidade branca. Sabia como se tornar objeto de fascinação enquanto neutralizava a si mesmo como ameaça. Aperfeiçoou o maior de todos os truques, que era enganar um inglês para que o encarasse com respeito.

Tornou-se tão bom nisso que quase começou a se perder no artifício. É uma armadilha perigosa, de fato, um ator acreditar em suas próprias histórias, se deixar cegar pelos aplausos. Podia se imaginar como um bolsista de pós-graduação, homenageado com distinções e prêmios. Um advogado bem pago no Departamento Jurídico. Um intérprete altamente reverenciado, navegando entre Londres e Calcutá, levando riquezas e presentes para sua família toda vez que retornava.

E isso às vezes o assustava, como ele transitava com facilidade por Oxford, como aquele futuro imaginado parecia algo possível. Por fora, deslumbrava. Por dentro, se sentia uma fraude, um traidor. E estava começando a se desesperar, a se perguntar se tudo o que conseguiria seria se tornar um lacaio do império, como Wilson pretendia, pois as vias de resistência anticolonial pareciam tão poucas e tão infrutíferas.

Até o terceiro ano, quando Anthony Ribben apareceu, voltando dos mortos, e perguntou:

— Quer se juntar a nós?

E Ramy, sem hesitar, olhou-o nos olhos e respondeu:

— Quero.

# Capítulo Dezesseis

*It appears quite certain that the Chinese, a money-making and money--loving people, are as much addicted to trade, and as anxious as any nation on earth to court a commercial intercourse with strangers.*

*Parece bastante certo que os chineses, um povo que faz e ama o dinheiro, são tão dependentes do comércio e estão tão ávidos quanto qualquer outra nação do mundo por construir uma relação comercial com estrangeiros.*

John Crawfurd, *"Chinese Empire and Trade"*

A manhã chegou. Robin se levantou, se lavou e se vestiu para a aula. Encontrou-se com Ramy do lado de fora de casa. Nenhum dos dois disse uma palavra; caminharam em silêncio até a porta da torre, que, apesar do súbito temor de Robin, se abriu, permitindo que eles entrassem. Estavam atrasados; a professora Craft já havia iniciado a aula quando eles se sentaram. Letty dirigiu-lhes um olhar irritado. Victoire fez um aceno de cabeça para Robin, uma expressão inescrutável no rosto. A professora Craft continuou como se não os tivesse visto; era assim que sempre lidava com atrasos. Eles pegaram suas penas e começaram a fazer anotações sobre Tácito e seus espinhosos ablativos absolutos.

A sala parecia ao mesmo tempo banal e dolorosamente bonita: a luz da manhã filtrada pelos vitrais projetando padrões coloridos nas mesas de madeira polida; os riscos perfeitos de giz sobre a lousa, o cheiro doce e amadeirado de livros antigos. Um sonho; aquilo era um sonho impossível, aquele mundo frágil e belo no qual, pelo preço de suas convicções, fora-lhe permitido permanecer.

Naquela tarde, eles receberam em seus escaninhos um aviso para que se preparassem para partir rumo a Cantão, via Londres, no dia 11 de outubro — dali a dois dias. Iam passar três semanas na China — duas em Cantão e uma em Macau —, depois, a caminho de casa, iam fazer uma parada de dez dias nas Ilhas Maurício.

*Os destinos têm clima temperado, mas pode fazer frio durante a viagem por mar*, dizia o aviso. *Leve um casaco grosso.*

— Não é um pouco cedo? — perguntou Letty. — Eu achei que a gente só ia depois das provas.

— Está explicado aqui. — Ramy deu batidinhas na parte inferior da página. — Circunstâncias especiais em Cantão: eles estão com poucos tradutores de chinês e querem que os babélicos preencham essa lacuna, então adiantaram a nossa viagem.

— Nossa, isso é emocionante! — Letty sorriu. — Vai ser a nossa primeira chance de sair pelo mundo e *fazer* alguma coisa.

Robin, Ramy e Victoire trocaram olhares entre si. Os três compartilhavam a mesma suspeita: de que aquela partida repentina estava de alguma forma ligada à noite de sexta-feira. Mas não conseguiam compreender o que isso significava em relação à suposta inocência de Ramy e Victoire, ou o que aquela viagem reservava para todos eles.

O último dia antes de partirem foi uma tortura. A única entre eles capaz de sentir algum entusiasmo era Letty, que se encarregou de entrar no quarto deles naquela noite para se certificar de que seus baús estavam devidamente arrumados.

— Vocês não têm ideia de como faz frio no mar de manhã — disse ela, dobrando as camisas de Ramy em uma pilha organizada sobre a cama. — Você vai precisar de mais do que apenas uma camisa de linho, Ramy, é melhor usar pelo menos duas camadas.

— Por favor, Letitia. — Ramy afastou a mão de Letty antes que ela pudesse pegar as meias dele. — Todos nós já estivemos no mar.

— Bem, eu costumava viajar regularmente — disse ela, ignorando-o. — Sei do que estou falando. E é bom a gente levar uma bolsinha de medicamentos... compostos para dormir, gengibre... Não sei se vai dar tempo de irmos comprar, talvez a gente tenha que fazer isso em Londres...

— É uma longa viagem em um navio pequeno — retrucou Ramy. — Não são as Cruzadas.

Letty se virou, com o corpo rígido, para vasculhar o baú de Robin. Victoire olhou para Robin e Ramy, impotente. Não podiam falar livremente na presença de Letty, então só lhes restava ficar onde estavam, fervilhando de ansiedade. As mesmas perguntas sem resposta atormentavam os três. O que estaria acontecendo? Será que tinham sido perdoados ou será que ainda havia uma espada sobre sua cabeça? Será que iam embarcar ingenuamente no navio para Cantão apenas para serem abandonados quando chegassem lá?

Mais importante ainda: como era possível que tivessem sido recrutados separadamente para a Sociedade Hermes sem o conhecimento uns dos outros? Ramy e Victoire pelo menos tinham uma desculpa: eram novos na Hermes; podiam ter ficado temerosos demais com as exigências de silêncio da sociedade para contar qualquer coisa a Robin. Mas Robin já sabia sobre a Hermes havia três anos, e nunca tinha falado a respeito, nem mesmo com Ramy. Tinha feito um excelente trabalho escondendo seu maior segredo de amigos que, como ele mesmo havia proclamado, eram os donos de seu coração.

Isso, Robin suspeitava, havia abalado muito Ramy. Naquela noite, depois que acompanharam as garotas até seu alojamento, no norte, Robin tentou falar sobre o assunto, mas Ramy balançou a cabeça.

— Agora não, Rob.

Robin sentiu uma dor no coração.

— Mas eu só queria explicar...

— Então é melhor esperarmos pela Victoire — disse Ramy secamente. — Não acha?

Na tarde seguinte, eles seguiram para Londres com o professor Lovell, que ia supervisioná-los durante a viagem. O trajeto, felizmente, durou muito menos do que as dez horas de diligência que haviam levado Robin a Oxford três anos antes. A linha férrea entre Oxford e a estação de Paddington tinha finalmente sido concluída no verão anterior, e sua inauguração fora comemorada com a instalação de barras de prata sob a plataforma da recém-construída estação de Oxford,* de modo que o tempo de percurso foi de apenas uma hora e meia, durante a qual Robin conseguiu não encontrar os olhos do professor Lovell nem uma única vez.

O navio só ia zarpar no dia seguinte; eles iam passar a noite em uma hospedaria na New Bond Street. Letty insistiu para que saíssem e explorassem um pouco Londres, então eles acabaram indo ver o espetáculo de alguém que se autodenominava Princesa Caraboo. A Princesa Caraboo era conhecida entre os estudantes de Babel. Na verdade filha de um humilde sapateiro,

* A expansão das ferrovias britânicas ocorreu muito rapidamente após a invenção das locomotivas a vapor movidas a prata. A linha de cinquenta e seis quilômetros que ligava Liverpool a Manchester, construída em 1830, fora a primeira ferrovia destinada a uso geral, e pouco mais de onze mil quilômetros de trilhos tinham sido construídos na Inglaterra desde então. A linha ligando Oxford a Londres poderia ter sido concluída muito antes, mas os professores de Oxford protelaram a construção por quase quatro anos, alegando que o acesso fácil às tentações da capital provocaria um estrago moral nos jovens e ingênuos cavalheiros deixados sob seus cuidados. Sem falar no barulho.

havia convencido várias pessoas a acreditarem que ela era uma integrante da realeza da exótica ilha de Javasu. Mas já fazia quase uma década desde que havia sido desmascarada como Mary Willcocks, de North Devon, e seu espetáculo — que consistia em uma estranha dança saltitante, várias expressões muito enfáticas em uma língua inventada e orações a um deus que ela chamava de Allah-Tallah (nesse momento, Ramy torceu o nariz) — parecia mais patético do que engraçado. A apresentação os deixou com um gosto amargo na boca; saíram antes do fim e voltaram para a estalagem, cansados e lacônicos.

Na manhã seguinte, embarcaram em um navio a vela da Companhia das Índias Orientais chamado *Merope*, que ia direto para Cantão. Aqueles navios haviam sido construídos para serem velozes, pois tinham de transportar mercadorias perecíveis de um lado para outro o mais rápido possível, e, portanto, eram equipados com barras de prata de última geração a fim de acelerar a viagem. Robin se lembrava vagamente de que sua primeira viagem de Cantão a Londres, dez anos antes, havia levado quase quatro meses. Aqueles navios faziam o mesmo trajeto em apenas seis semanas.

— Animado? — perguntou Letty a ele enquanto o *Merope* deixava o porto de Londres, navegando pelo Tâmisa em direção ao mar aberto.

Robin não tinha certeza. Sentia-se estranho desde o momento em que haviam embarcado, embora não conseguisse dar um nome ao seu desconforto. Não parecia real que estivesse voltando. Dez anos antes, tinha ficado entusiasmado por estar navegando em direção a Londres, a mente absorta em sonhos sobre o mundo do outro lado do oceano. Dessa vez, achava que sabia o que esperar, e isso o assustava. Imaginava sua volta para casa com uma expectativa terrível; o medo de ser incapaz de reconhecer os traços da própria mãe no meio da multidão. Será que ia reconhecer o que visse? Será que ia se lembrar de alguma coisa? Ao mesmo tempo, a perspectiva de ver Cantão outra vez parecia tão repentina e inacreditável que ele se viu tomado pela estranha convicção de que, quando chegassem lá, a cidade teria desaparecido completamente do planeta.

Ainda mais aterrorizante era a possibilidade de, assim que chegasse, ser obrigado a ficar; que o professor Lovell tivesse mentido e que toda aquela viagem tivesse sido arquitetada para tirá-lo da Inglaterra; que ele fosse exilado de Oxford e de tudo o que conhecia para sempre.

Enquanto isso, teria de enfrentar seis semanas no mar. E elas se provaram torturantes desde o início. Ramy e Victoire pareciam dois mortos-vivos, pálidos e sobressaltados, estremecendo ao menor ruído e incapazes de entabular a mais simples conversa sem assumir expressões de terror absoluto. Nenhum dos dois havia sido punido pela universidade. Nenhum dos dois sequer fora chamado para um interrogatório. Mas Robin tinha certeza de que o professor Lovell ao menos suspeitava do envolvimento deles. A culpa estava estampada no rosto dos dois. Quanto Babel sabia? Quanto a Hermes sabia? E o que teria acontecido com o esconderijo de Griffin?

Não havia nada que Robin quisesse mais do que discutir o assunto com Ramy e Victoire, mas eles nunca tinham oportunidade. Letty estava sempre presente. Mesmo à noite, quando se recolhiam para suas cabines, não havia a menor chance de Victoire escapar para se juntar aos dois sem que Letty suspeitasse de algo. Então não tinham escolha a não ser fingir que tudo estava normal, mas eram péssimos nisso. Viviam suados, inquietos e irritadiços. Nenhum deles conseguia demonstrar o menor entusiasmo pelo que deveria vir a ser o capítulo mais emocionante de sua jornada em Babel. E não conseguiam conversar sobre mais nada; nenhuma das velhas piadas ou das discussões sem importância vinha à mente com facilidade e, sempre que isso acontecia, elas soavam pesadas e forçadas. Letty — insistente, tagarela e completamente alheia — os tirava do sério e, por mais que tentassem esconder a irritação, pois não era culpa dela, acabavam dando respostas atravessadas quando ela perguntava pela décima vez o que eles achavam da culinária cantonesa.

Por fim, ela percebeu que tinha alguma coisa acontecendo. Na terceira noite de viagem, assim que o professor Lovell deixou a mesa de jantar, ela largou o garfo e perguntou:

— Qual é o problema com vocês?

Ramy dirigiu-lhe um olhar duro.

— Eu não sei do que você está falando.

— Parem de fingir — disparou Letty. — Vocês estão todos agindo de uma maneira estranha. Mal tocam na comida, estão desperdiçando as aulas, acho que você nem tocou no seu guia de conversação, Ramy, o que é curioso, porque você vem dizendo há meses que aposta que é capaz de imitar o sotaque chinês melhor do que o Robin…

— Nós estamos enjoados — disse Victoire bruscamente. — Está bem? Nem todos nós crescemos passando o verão em viagens pelo Mediterrâneo como você.

— Então vocês também estavam enjoados em Londres? — perguntou Letty cheia de malícia.

— Não, só cansados da sua voz — respondeu Ramy com crueldade.

Letty sentiu o golpe.

Robin empurrou a cadeira para trás e se levantou.

— Eu preciso de ar.

Victoire o chamou, mas ele fingiu não ouvir. Sentiu-se culpado por abandonar Ramy e ela com Letty, por fugir daquela discussão catastrófica, mas não suportava ficar naquela mesa por nem mais um minuto. Sentia muito calor e estava agitado, como se mil formigas rastejassem por baixo de suas roupas. Se não saísse dali, se não caminhasse, não se mexesse, tinha certeza de que ia explodir.

Lá fora, estava frio e escurecia rapidamente. Não havia ninguém no convés, a não ser o professor Lovell, que estava fumando seu cachimbo na proa. Robin quase deu meia-volta quando o viu — eles não haviam trocado uma palavra, exceto formalidades, desde a manhã seguinte à sua captura —, mas o professor Lovell já o tinha visto. Ele baixou o cachimbo e fez um sinal para que Robin se juntasse a ele. Com o coração acelerado, Robin se aproximou.

— Eu me lembro da última vez que você fez essa viagem. — O professor Lovell acenou com a cabeça para a água escura e ondulante. — Você era tão pequeno...

Robin não soube como reagir, então apenas o encarou, esperando que continuasse. Para sua grande surpresa, o professor Lovell estendeu a mão e a pousou no ombro dele. Mas o toque pareceu estranho, forçado; os ângulos errados, a pressão forte demais. Eles ficaram parados, tensos e desconcertados, como dois atores diante de um daguerreótipo, mantendo a posição enquanto a placa é exposta à luz.

— Eu acredito em recomeços — disse o professor Lovell. Ele parecia ter ensaiado aquelas palavras, que foram saindo tão artificiais e desajeitadas quanto seu toque. — O que quero dizer, Robin, é que você é muito talentoso. Não queremos perdê-lo.

— Obrigado. — Foi tudo o que Robin disse, pois ainda não fazia a menor ideia de aonde aquilo ia dar.

O professor Lovell pigarreou, depois mexeu por um tempo no cachimbo antes de falar, como se estivesse tentando forçar as palavras a saírem do peito.

— Enfim, o que eu realmente gostaria de dizer é... e talvez eu devesse ter dito isso antes... é que eu entendo se você estiver... decepcionado comigo.

Robin piscou.

— Senhor?

— Eu deveria ter sido mais compreensivo com a sua situação. — O professor Lovell olhou para o mar. Ele parecia ter dificuldade em olhar nos olhos de Robin e falar ao mesmo tempo. — Crescer longe do seu país, deixar tudo o que você conhecia para trás, se adaptar a um novo ambiente onde tenho certeza de que você recebeu... bem, menos do que o cuidado e o carinho de que provavelmente precisava... Tudo isso também afetou o Griffin, e eu não posso dizer que lidei melhor com a situação da segunda vez. Você é responsável por suas próprias más decisões, mas confesso ter uma parcela de culpa.

Ele pigarreou outra vez.

— Eu gostaria de começar de novo. Uma página em branco para você, um compromisso renovado da minha parte de ser um tutor melhor. Vamos fingir que os últimos dias nunca aconteceram. Vamos deixar a Sociedade Hermes e o Griffin para trás. Vamos pensar apenas no futuro e em todas as coisas magníficas e brilhantes que você vai realizar em Babel. Acha justo?

Robin ficou em silêncio por um momento. Na verdade, aquela não era uma concessão muito significativa. O professor Lovell havia apenas se desculpado por ter sido, ocasionalmente, um pouco distante. Ele não havia se desculpado por ter se recusado a reconhecer Robin como filho. Não tinha se desculpado por ter deixado a mãe dele morrer.

Ainda assim, havia reconhecido os sentimentos de Robin mais do que jamais fizera antes, e, pela primeira vez desde que haviam embarcado no *Merope*, Robin sentiu que podia respirar.

— Sim, senhor — murmurou ele, pois não havia mais nada a dizer.

— Muito bem, então. — O professor Lovell deu tapinhas em seu ombro, um gesto tão desajeitado que Robin estremeceu, e passou por ele em direção à escada. — Boa noite.

Robin se voltou para as ondas. Respirou fundo e fechou os olhos, tentando imaginar como se sentiria se realmente pudesse apagar a semana anterior. Estaria exultante, não estaria? Estaria olhando para o horizonte, atirando-se em direção ao futuro para o qual vinha se preparando. E que futuro empolgante: uma viagem bem-sucedida a Cantão, um quarto ano exaustivo e, depois da graduação, um cargo no Ministério das Relações Exteriores ou uma bolsa de pesquisa na torre. Viagens sucessivas a Cantão, Macau e Pequim. Uma longa e gloriosa carreira traduzindo para a Coroa. Havia pouquíssimos sinólogos qualificados na Inglaterra. Ele poderia ser pioneiro em muitas coisas. Poderia desbravar muitos territórios.

Não deveria querer essas coisas? Isso não deveria deixá-lo empolgado?

Ainda podia ter tudo isso. Era o que o professor Lovell estava tentando dizer a ele — que a história era maleável, que a única coisa que importava eram as decisões do presente. Que eles poderiam enterrar Griffin e a Sociedade Hermes nos recônditos de um passado intocado — ele nem precisaria traí-los, bastaria ignorá-los —, assim como tinham enterrado tudo o mais que haviam concordado que era melhor não mencionar.

Robin abriu os olhos, olhou para as ondas até perder o foco, até estar olhando para o nada, e tentou se convencer de que, se não estava feliz, ao menos estava satisfeito.

Foi apenas depois de uma semana de viagem que Robin, Ramy e Victoire tiveram um momento a sós, apenas os três. No meio do passeio matinal, Letty voltou para a cabine, alegando uma indisposição estomacal. Victoire se ofereceu sem muito entusiasmo para ir com ela, mas Letty dispensou a oferta — ainda estava irritada com todos eles e claramente queria ficar sozinha.

— Tudo bem. — Victoire se aproximou de Robin e Ramy assim que Letty os deixou, acabando com o espaço deixado por sua ausência de forma que os três permanecessem bem juntos, um silo impenetrável contra o vento. — O que em nome de Deus...

Os três começaram a falar ao mesmo tempo.

— Por que não...

— Você acha que o professor Lovell...

— Quando você...

Eles se calaram. Victoire tentou novamente.

— Então, quem recrutou você? — perguntou ela a Robin. — Não pode ter sido o Anthony, ele teria nos contado.

— Mas o Anthony não está...

— Não, ele está muito vivo — respondeu Ramy. — Simulou a própria morte no exterior. Mas responda à pergunta, Rob.

— Foi o Griffin — disse Robin, ainda se recuperando da revelação. — Eu já disse. Griffin Lovell.

— Quem é ele? — perguntou Victoire, ao mesmo tempo que Ramy dizia:

— *Lovell?*

— Um ex-aluno de Babel. Eu acho que ele também... quero dizer, ele disse que é meu meio-irmão. Ele se parece muito comigo, nós achamos que o professor Lovell... quero dizer, nosso pai... — Robin se atrapalhou com as palavras. O caractere chinês 布 significava ao mesmo tempo "tecido" e "relatar, contar". A verdade estava bordada em uma tapeçaria, que era estendida para exibir seu conteúdo. Mas Robin, que finalmente contava a verdade a seus amigos, não tinha ideia de por onde começar. A imagem que exibia era embaralhada e confusa, distorcida por sua complexidade não importava como ele a contasse. — Ele deixou Babel há muitos anos e passou a viver na clandestinidade mais ou menos na mesma época que Evie Brooke... Quero dizer, bem, eu acho que ele matou Evie Brooke.

— Meu Deus — disse Victoire. — É sério? Por quê?

— Porque ela flagrou Griffin no meio de uma missão para a Hermes — respondeu Robin. — Eu só fiquei sabendo disso porque o professor Lovell me contou.

— E você acredita nele? — perguntou Ramy.

— Acredito — respondeu Robin. — Sim, eu acho que o Griffin seria capaz... O Griffin é definitivamente o tipo de pessoa que teria... — Ele balançou a cabeça. — Escutem, o importante é que o professor Lovell pensa que eu estava agindo sozinho. Ele falou com algum de vocês?

— Comigo não — disse Victoire.

— Nem comigo — acrescentou Ramy. — Ninguém veio falar com a gente.

— Isso é bom! — exclamou Robin. — Não é?

Houve um silêncio constrangedor. Ramy e Victoire não pareciam nem um pouco aliviados, como Robin esperava.

— "Isso é bom"? — disse Ramy por fim. — É tudo que você tem a dizer?

— Como assim? — perguntou Robin.

— O que você acha? — questionou Ramy. — Não fuja do assunto. Há quanto tempo você está com a Hermes?

Não havia nada a fazer a não ser dizer a verdade.

— Desde que cheguei. Desde a primeira semana.

— Você está de brincadeira?

Victoire tocou o braço dele.

— Ramy, não...

— Não venha me dizer que isso não te deixa furiosa — retrucou ele. — São três anos. Ele passou *três anos* sem contar pra gente o que estava fazendo.

— Espera aí — disse Robin. — Você está com raiva *de mim*?

— Parabéns, Rob, você percebeu.

— Eu não estou entendendo... Ramy, o que foi que eu fiz de errado?

Victoire suspirou e olhou para a água. Ramy dirigiu-lhe um olhar furioso e explodiu:

— Por que você simplesmente não me *convidou*?

Robin ficou atordoado com a veemência dele.

— Você está falando sério?

— Você conhece o Griffin há anos — disse Ramy. — *Anos*. E nunca pensou em nos contar? Nunca pensou que nós também gostaríamos de nos juntar à sociedade?

Robin estava achando tudo aquilo extremamente injusto.

— Mas vocês nunca *me* contaram…

— Eu quis contar — rebateu Ramy.

— A gente ia te contar — interveio Victoire. — Nós imploramos ao Anthony, quase deixamos escapar várias vezes… Ele dizia pra gente não contar, mas nós decidimos que íamos revelar tudo a você, íamos fazer isso naquele domingo…

— Mas você nem perguntou ao Griffin, não é? — quis saber Ramy. — Três anos. Minha nossa, Rob.

— Eu estava tentando proteger vocês — explicou Robin, impotente.

Ramy zombou.

— De quê? Justamente da sociedade da qual nós queríamos fazer parte?

— Eu não queria colocar vocês em risco.

— Por que você não me deixou decidir isso sozinho?

— Porque eu sabia que você ia dizer sim — respondeu Robin. — Porque você se juntaria a eles na hora e abdicaria de tudo em Babel, tudo que você se esforçou para…

— Todo o meu esforço foi para *isso*! — exclamou Ramy. — O que foi? Você acha que eu vim para Babel porque quero traduzir para a rainha? Rob, eu odeio este país. Odeio o jeito como eles olham para mim, odeio ser passado de um lado para outro em festas regadas a vinho como um animal em exibição. Odeio saber que minha presença em Oxford é uma traição à minha raça e à minha religião, porque estou me tornando exatamente aquela classe de pessoas que Macaulay desejava criar. Eu vinha esperando por uma oportunidade como a Hermes desde que cheguei aqui…

— Mas é justamente por isso — disse Robin. — É exatamente por isso que seria muito arriscado para você…

— E não seria para você?

— Não — respondeu Robin, de repente irritado. — Não era.

Ele não precisava dizer por quê. Robin, cujo pai fazia parte do corpo docente da faculdade, que poderia passar por branco sob a luz certa, os ângulos certos, estava protegido de uma forma que Ramy e Victoire não estavam. Se Ramy ou Victoire tivessem enfrentado a polícia naquela noite, eles estariam não naquele navio, mas atrás das grades, ou coisa pior.

A garganta de Ramy pulsava.

— Droga, Robin.

— Eu tenho certeza de que não foi fácil — disse Victoire, em uma tentativa corajosa de intermediar a paz. — Eles são muito rigorosos em relação ao sigilo, você se lembra…

— Eu lembro, mas a gente se conhece. — Ramy dirigiu um olhar furioso para Robin. — Ou pelo menos era o que eu achava.

— A Hermes é displicente — insistiu Robin. — Eles ignoraram os meus alertas, abandonam os membros à própria sorte, e não adiantaria de nada se você fosse expulso no primeiro ano...

— Eu teria sido cuidadoso — zombou Ramy. — Eu não sou como você, não tenho medo da minha própria sombra...

— Mas você não é cuidadoso — disse Robin, exasperado. Então iam trocar insultos. Iam ser francos. — Você foi pego, não foi? Você é impulsivo, não *pensa*... É só alguém ferir seu orgulho que você...

— E a Victoire?

— A Victoire é... — Robin se interrompeu.

Não havia justificativa. Ele não tinha contado a Victoire sobre a Hermes porque presumira que ela teria muito a perder, mas não havia uma maneira boa de dizer isso em voz alta ou de justificar sua lógica.

Ela sabia o que ele queria dizer. E se recusou a encontrar seu olhar suplicante.

— Ainda bem que tivemos o Anthony. — Foi tudo que ela disse.

— Eu só tenho mais uma pergunta — falou Ramy abruptamente. Robin percebeu que ele estava muito, muito furioso. Aquilo não era apenas uma explosão no estilo Ramy. Aquilo era algo que eles talvez não conseguissem superar.

— O que você disse para conseguir se safar? O que você contou? — questionou Ramy.

Robin não conseguia mentir na cara de Ramy. Ele queria; tinha muito medo da verdade e de como Ramy ia encará-lo quando a ouvisse, mas não podia esconder aquilo. Isso o destruiria.

— Ele queria informações.

— E?

— Então eu dei informações.

Victoire levou a mão à boca.

— Tudo?

— Só o que eu sabia — respondeu Robin. — O que não foi muito, o Griffin se certificou disso. Eu nunca soube o que ele fazia com os livros que eu levava para ele. A única coisa que eu contei ao professor Lovell foi sobre um esconderijo na St Aldate.

Não ajudou. Ela continuava a encará-lo como se ele tivesse chutado um filhote de cachorro.

— Você ficou louco? — perguntou Ramy.

— Não tinha importância — insistiu Robin. — O Griffin nunca estava lá, ele mesmo me disse… e eu aposto que eles não o pegaram, ele é incrivelmente paranoico; aposto que já está fora do país a essa altura.

Ramy balançou a cabeça com espanto.

— Mas mesmo assim você traiu a sociedade.

Isso era profundamente injusto, pensou Robin. Ele os havia salvado — tinha feito a única coisa na qual conseguira pensar para minimizar o estrago, o que era mais do que a Hermes já havia feito por ele. Por que agora estava sob ataque?

— Eu só estava tentando salvar vocês…

Ramy não se comoveu.

— Você estava salvando a si mesmo.

— Olha só — disse Robin, perdendo a paciência. — Eu não tenho família. Eu tenho um contrato, um tutor e uma casa em Cantão cheia de parentes mortos que, até onde eu sei, ainda podem estar apodrecendo em suas camas. É para isso que eu estou voltando. Você tem Calcutá. Sem Babel, eu não tenho nada.

Ramy cruzou os braços e cerrou a mandíbula.

Victoire dirigiu a Robin um olhar compreensivo, mas não disse nada em sua defesa.

— Eu não sou um traidor — insistiu Robin. — Eu só estou tentando sobreviver.

— Sobreviver não é tão difícil, Rob. — O olhar de Ramy era muito duro. — Mas você tem que manter um pouco de dignidade enquanto faz isso.

O resto da viagem foi definitivamente desoladora. Ramy, ao que parecia, tinha dito tudo o que queria dizer. Durante todas as horas que passaram em sua cabine compartilhada, ele e Robin mantiveram um silêncio tão desconfortável que era desesperador. A hora das refeições não era muito melhor. Victoire era educada, mas distante; havia pouco que pudesse dizer na presença de Letty, e ela não fazia muito esforço para procurar Robin em outros momentos. E Letty ainda estava chateada com todos eles, o que tornava as conversas descontraídas praticamente impossíveis.

As coisas teriam sido melhores se eles tivessem outras pessoas como companhia, mas eram os únicos passageiros de um navio mercante cujos marinheiros pareciam interessados em qualquer coisa, menos em fazer amizade com acadêmicos de Oxford, a quem eles consideravam um fardo indesejado e inoportuno. Robin passava a maior parte de seus dias sozinho no convés ou em sua cabine. Em quaisquer outras circunstâncias, a viagem teria sido uma oportunidade fascinante de examinar a linguística única dos ambientes náuticos, que combinava o multilinguismo inevitável trazido por tripulações e destinos estrangeiros com o vocabulário altamente técnico das embarcações. O que era um *banian day*?* O que era *marling*?** A âncora ficava presa à *better end* ou à *bitter end*?*** Em condições normais, ele teria gostado de descobrir. Mas estava ocupado demais ficando de mau humor, ainda perplexo e ressentido por ter perdido seus amigos enquanto tentava salvá-los.

Letty, coitada, era a mais confusa de todos. O resto deles pelo menos conhecia a causa das hostilidades. Ela não fazia ideia do que estava acontecendo. Era a única inocente ali, pega injustamente no meio do fogo cruzado. A única coisa que sabia era que havia algo de estranho, que algo dera errado, e ficava irritada tentando descobrir qual era o motivo. Outra pessoa poderia ter ficado retraída e mal-humorada, ressentida por ter sido excluída por seus amigos mais próximos. Mas Letty estava obstinada como sempre, determinada a resolver os problemas pela força bruta. Como nenhum deles lhe dava uma resposta concreta para a pergunta "O que aconteceu?", ela decidiu tentar persuadi-los um por um, arrancar seus segredos por meio da gentileza excessiva.

Mas isso teve um efeito oposto ao que ela pretendia. Ramy passou a se retirar assim que ela chegava. Victoire, que como colega de quarto não podia escapar dela, começou a aparecer no café da manhã parecendo abatida e exasperada. Quando Letty lhe pediu o sal, Victoire retrucou com tanta ferocidade para que o pegasse ela mesma que Letty se retraiu, magoada.

Sem se deixar abater, ela começou a abordar tópicos surpreendentemente pessoais toda vez que estava sozinha com um deles, como uma dentista cutucando os dentes para ver onde doía mais, e assim encontrar o que precisava ser consertado.

— Não deve ser fácil — disse ela a Robin um dia. — Você e ele.

Robin, que a princípio pensou que ela estivesse se referindo a Ramy, ficou tenso.

— Eu não... Do que você está falando?

---

* Na tradição naval britânica, um dia da semana em que a cozinha do navio não servia carne ou servia comida de qualidade inferior, sobras. (N. T.)

** Ato de prender as relingas às velas. (N. T.)

*** A âncora fica presa ao *bitter end*, que em tradução literal poderia ser "fim amargo" ou "extremidade amarga", mas que, em termos náuticos, quer dizer a parte de um cabo de âncora que fica atrás das abitas e, portanto, permanece dentro de bordo quando um navio está fundeado. (N. T.)

— É tão óbvio — respondeu ela. — Quero dizer, você se parece muito com ele. Todo mundo nota, ninguém suspeita de nada diferente.

Robin se deu conta de que ela estava falando do professor Lovell. Não de Ramy. Ele ficou tão aliviado que se viu dando continuidade à conversa.

— É um arranjo estranho — admitiu. — Mas já estou tão acostumado que parei de me perguntar por que as coisas não são diferentes.

— Por que ele não reconhece você publicamente? — perguntou ela. — Você acha que é por causa da família dele? Da mulher?

— Talvez — respondeu ele. — Mas eu realmente não me importo. Para ser sincero, eu não saberia o que fazer se ele se declarasse meu pai. Não tenho certeza se quero ser um Lovell.

— Mas isso não te magoa?

— Por que me magoaria?

— Bem, o meu pai... — começou ela, então parou e tossiu de maneira afetada. — Quero dizer... Todos vocês sabem. O meu pai se recusa a falar comigo, não me olhou mais nos olhos nem falou mais comigo depois da morte do Lincoln, e... Eu só queria dizer que eu entendo um pouco como é. Só isso.

— Eu sinto muito, Letty. — Ele deu um tapinha na mão dela e imediatamente se sentiu culpado por isso; pareceu bem falso.

Mas ela aceitou o gesto de bom grado. Também devia estar ansiosa por contato familiar, por algum indício de que seus amigos ainda gostavam dela.

— E eu só queria dizer que estou aqui se precisar de mim. — Ela pegou a mão dele. — Espero não estar indo longe demais, mas é só que eu percebi que ele não está te tratando da mesma forma, não do jeito que ele costumava te tratar. Ele não te olha nos olhos nem fala com você diretamente. E eu não sei o que aconteceu, mas não está certo e é muito injusto o que ele fez com você. E eu quero que você saiba que se quiser conversar, Rob, eu estou aqui.

Ela nunca o chamava de Rob. *Esse apelido é do Ramy*, Robin quase deixou escapar, antes de perceber que seria a pior coisa a dizer. Tentou lembrar a si mesmo de ser gentil. Ela estava, afinal, apenas tentando oferecer sua versão de consolo. Letty era teimosa e autoritária, mas se importava de verdade.

— Obrigado. — Ele apertou os dedos dela, esperando que, se não desse mais detalhes, isso forçasse o fim da conversa. — De verdade.

Pelo menos havia o trabalho para distraí-los. A prática de Babel de enviar grupos inteiros, cujos membros se especializavam cada um em uma língua diferente, nas mesmas viagens de formatura era uma prova do alcance e da conexão das companhias de comércio britânicas. O comércio colonial estendia suas garras sobre dezenas de países em todo o mundo, e a mão de obra, os consumidores e produtores falavam dezenas de línguas. Durante a viagem, Ramy era frequentemente solicitado para atuar como intérprete de urdu e bengali junto aos lascarins; não importava que seu bengali agora fosse, na melhor das hipóteses, rudimentar. Letty e Victoire foram encarregadas de examinar manifestos de carga para a próxima etapa da viagem, para as Ilhas Maurício, e traduzir correspondências roubadas de missionários franceses e companhias de comércio francesas fora da China — as Guerras Napoleônicas haviam terminado, mas a competição pelo império não.

Todas as tardes, o professor Lovell dava aulas de mandarim para Ramy, Letty e Victoire, das duas às cinco. Ninguém esperava que eles fossem fluentes quando atracassem em Cantão, o objetivo era fazer com que aprendessem vocabulário suficiente para compreender saudações básicas, instruções e substantivos comuns. Havia também, argumentou o professor Lovell, um grande benefício pedagógico em aprender um idioma novo em um período de tempo muito curto; isso forçava a mente a se expandir e construir conexões rápidas, contrastando estruturas de línguas desconhecidas com as que eles já conheciam.

— Chinês é muito difícil — reclamou Victoire para Robin uma noite depois da aula. — Não tem conjugações, nem tempos verbais, nem declinações... Como você descobre o significado de uma frase? E nem vamos falar dos tons. Eu simplesmente não consigo ouvir nenhum deles. Talvez eu não seja muito musical, mas não consigo mesmo perceber a diferença. Estou começando a achar que são uma brincadeira de mau gosto.

— Não tem nenhuma importância — assegurou-lhe Robin.

Ele estava feliz por ela estar falando com ele. Depois de três semanas, Ramy finalmente se dignara a trocar cortesias básicas, mas Victoire, embora ainda mantivesse certa distância, o perdoara o suficiente para conversar com ele.

— Eles não falam mandarim em Cantão de qualquer maneira. Você precisaria falar cantonês para se virar — acrescentou ele.

— E o professor Lovell não fala cantonês?

— Não — respondeu Robin. — Não fala, e é por isso que ele precisa de mim.

À noite, o professor Lovell os preparava para o propósito de sua viagem a Cantão. Eles iam ajudar em negociações em nome de várias empresas comerciais privadas, sobretudo a Jardine, Matheson & Company. Isso ia ser mais difícil do que parecia, pois as relações comerciais com a corte Qing haviam sido marcadas por desentendimentos e suspeitas mútuos desde o fim do século anterior. Os chineses, desconfiados das influências estrangeiras, preferiam manter os britânicos restritos, com outros parceiros comerciais estrangeiros, a Cantão e Macau. Mas os mercadores britânicos queriam o livre-comércio — portos abertos, acesso ao mercado além das ilhas e a suspensão das restrições a alguns produtos de importação, como o ópio.

As três tentativas anteriores dos britânicos de negociar direitos comerciais mais amplos tinham terminado em um fracasso retumbante. Em 1793, a Missão Macartney tornou-se uma piada global quando lorde George Macartney se recusou a fazer uma reverência ao imperador Qianlong e saiu de mãos abanando. A Missão Amherst, de 1816, obteve quase os mesmos resultados quando lorde William Amherst também se recusou a se curvar diante do imperador Jiaqing e foi subsequentemente impedido de entrar em Pequim. Houve também, é claro, o desastroso caso Napier, de 1834, que culminou em uma troca inútil de tiros de canhão e na ignóbil morte de lorde William Napier, em decorrência de uma febre, em Macau.

A deles seria a quarta delegação daquele tipo.

— Dessa vez vai ser diferente — prometeu o professor Lovell — porque eles finalmente convocaram tradutores de Babel para conduzir as negociações. Chega de fiascos por falta de comunicação cultural.

— Eles não consultaram vocês antes? — perguntou Letty, surpresa. — É inacreditável.

— Vocês ficariam surpresos com a frequência com que os comerciantes pensam que não precisam da nossa ajuda — disse o professor Lovell. — Eles têm o costume de presumir que todos deveriam aprender a falar e se comportar como os ingleses. Fizeram um belo trabalho no sentido de provocar animosidades locais com essa atitude, se os jornais de Cantão não estiverem exagerando. Podem esperar nativos nada amigáveis.

Todos eles tinham uma boa ideia do tipo de tensão com a qual iam se deparar na China. Nos últimos tempos, tinham passado a ler cada vez mais sobre Cantão nos jornais londrinos, a maioria dos quais relatava sobretudo as ignomínias a que os mercadores britânicos eram submetidos nas mãos dos brutais bárbaros locais. As forças chinesas, de acordo com o *Times*, vinham intimidando os comerciantes, tentando expulsá-los de suas casas e feitorias e publicando coisas ofensivas sobre eles em sua própria imprensa.

O professor Lovell permanecia convencido de que, embora os comerciantes pudessem ter sido mais cuidadosos, o acirramento das tensões era fundamentalmente culpa dos chineses.

— O problema é que os chineses se convenceram de que são a melhor nação do mundo — disse ele. — Insistem em usar a palavra *yi* para descrever os europeus nos memorandos oficiais, embora tenhamos pedido diversas vezes que usem algo mais respeitoso, já que *yi* é uma designação para bárbaros. E eles adotam essa atitude em todas as negociações comerciais e legais. Não reconhecem outras leis que não sejam as suas e não consideram o comércio exterior como uma oportunidade, mas como uma incursão incômoda com a qual precisam lidar.

— Então o senhor é a favor da violência? — perguntou Letty.

— Talvez seja a melhor solução para lidar com eles — respondeu o professor Lovell com uma veemência surpreendente. — Seria bom ensinar-lhes uma lição. A China é uma nação de semibárbaros nas garras de retrógrados governantes manchus, e seria benéfico que fossem forçados a se abrir a empreendimentos comerciais e ao progresso. Não, eu não me oporia a um pequeno corretivo. Às vezes, uma criança chorona precisa levar umas palmadas.

Nesse momento, Ramy olhou de soslaio para Robin, que desviou o olhar. O que mais havia a dizer?

As seis semanas finalmente chegaram ao fim. Certa noite, o professor Lovell informou-lhes durante o jantar que a previsão era de que atracassem em Cantão ao meio-dia do dia seguinte. Antes de desembarcar, Victoire e Letty foram instruídas a enfaixar os seios e cortar os cabelos, que haviam deixado crescer durante os anos como veteranas, acima das orelhas.

— Os chineses são rigorosos quanto à proibição de mulheres estrangeiras em Cantão — explicou o professor Lovell. — Eles não gostam quando os comerciantes chegam acompanhados da família; dá a impressão de que vieram para ficar.

— Mas não é possível que eles sigam isso à risca — protestou Letty. — E as mulheres? E as criadas?

— Os expatriados contratam empregadas locais e mantêm as mulheres em Macau. Eles levam muito a sério a aplicação dessas leis. A última vez que um britânico tentou trazer a mulher para Cantão, William Baynes, acredito, as autoridades locais ameaçaram enviar soldados para levá-la embora.* De qualquer forma, é para a segurança de vocês. Os chineses tratam muito mal as mulheres. Eles não têm nenhuma noção de cavalheirismo. Desprezam as mulheres e, em alguns casos, nem permitem que saiam de casa. Vai ser melhor

* Baynes acabou posicionando um canhão bem diante da Feitoria Inglesa para impedir que os chineses prendessem sua mulher, e foi tudo muito emocionante durante quinze dias, até que ela foi por fim persuadida a partir pacificamente.

para vocês se eles pensarem que são rapazes. Vão ver que a sociedade chinesa continua bastante atrasada e injusta.

— Eu me pergunto como deve ser — disse Victoire secamente, aceitando a carapuça.

Na manhã seguinte, eles observaram o nascer do sol no convés, circulando pela proa, inclinando-se sobre a amurada de tempos em tempos, como se aqueles centímetros de diferença os ajudassem a identificar aquilo de que a ciência da navegação afirmava que eles estavam se aproximando rapidamente. A espessa névoa da madrugada tinha acabado de dar lugar ao céu azul quando o horizonte revelou uma fina faixa de verde e cinza. Aos poucos ela foi ganhando detalhes, como um sonho que se materializava; as cores borradas deram lugar ao litoral, revelando a silhueta de diversas construções por trás de um amontoado de navios atracados no ponto minúsculo onde o Reino do Meio encontrava o mundo.

Pela primeira vez em uma década, Robin se viu olhando para a costa de sua terra natal.

— No que você está pensando? — perguntou Ramy, baixinho.

Era a primeira vez que falavam diretamente um com o outro em semanas. Não era uma trégua — Ramy ainda se recusava a olhá-lo nos olhos. Mas era uma abertura, o reconhecimento relutante de que, apesar de tudo, Ramy ainda se importava, e Robin ficou grato por isso.

— Eu estou pensando no caractere chinês para o amanhecer — disse ele com sinceridade.

Não podia se permitir pensar na magnitude de tudo aquilo. Seus pensamentos ameaçavam sair do controle, ir para lugares que ele temia não conseguir controlar, a menos que os direcionasse para a familiar distração da língua.

— *Dàn*. É assim. — Robin desenhou o caractere no ar: 旦 — No topo está o radical para o sol: *rì*. — Ele desenhou 日. — E, abaixo dele, uma linha. E eu estou pensando em como é lindo porque é tão simples. É o uso mais direto da pictografia, entende? Porque o amanhecer é apenas o sol surgindo no horizonte.

# Capítulo Dezessete

*Quae caret ora cruore nostro?*

*Que costa não conhece nosso sangue?*

Horácio, *Odes*

Um ano antes, depois de ouvir Colin e os irmãos Sharp conversando em voz alta na sala comunal, Robin foi sozinho a Londres durante um fim de semana para ver a célebre Afong Moy. Anunciada como a "dama chinesa", Afong Moy fora levada da China por dois negociantes americanos que inicialmente planejavam usar a mulher oriental para exibir mercadorias adquiridas no exterior, mas logo perceberam que poderiam ganhar uma fortuna exibindo-a em pessoa por toda a Costa Leste dos Estados Unidos. Aquela era a primeira turnê dela pela Inglaterra.

Robin tinha lido em algum lugar que ela também era de Cantão. Ele não sabia ao certo o que esperava além de um vislumbre ou talvez um momento de conexão com alguém que era de sua terra natal. Seu ingresso dava acesso a uma sala de apresentação extravagante, anunciada como um "salão chinês", decorada com objetos de cerâmica dispostos de maneira aleatória, imitações baratas de pinturas chinesas e uma quantidade sufocante de ouro e damasco vermelho, tudo iluminado por lanternas de papel baratas. A dama chinesa estava sentada em uma cadeira na frente da sala. Usava uma camisa de seda azul abotoada, e seus pés, visivelmente amarrados com linho, estavam apoiados em uma pequena almofada diante dela. A mulher era muito pequena. O panfleto que ele havia recebido na bilheteria afirmava que ela tinha cerca de vinte anos, mas poderia muito bem ter apenas doze.

A sala estava barulhenta e lotada por uma plateia composta sobretudo por homens. Eles silenciaram quando ela se abaixou devagar para desamarrar os pés.

A história de seus pés também estava explicada no panfleto. Como acontecia a muitas jovens chinesas, os pés de Afong Moy haviam sido quebrados e amarrados quando ela era jovem para impedir seu crescimento e deixá-los curvados em um arco antinatural, o que fazia com que seu andar fosse cambaleante e instável. Enquanto ela caminhava pelo palco, os homens ao redor de Robin avançaram, tentando ver mais de perto. Mas Robin não conseguia entender o atrativo. A visão dos pés dela não parecia algo nem erótico nem fascinante, mas sim uma grande invasão de privacidade. Parado ali, olhando para ela, ele se sentiu tão constrangido quanto se ela tivesse acabado de abaixar as calças.

Afong May voltou para sua cadeira. Seus olhos se fixaram repentinamente nos de Robin; ela parecia ter examinado a sala e encontrado algo familiar no rosto dele. Com as faces coradas, ele desviou o olhar. Quando ela começou a cantar — uma melodia cadenciada e perturbadora que Robin não reconheceu e não conseguiu entender —, ele abriu caminho em meio à multidão e saiu da sala.

Além de Griffin, não tinha visto nenhuma pessoa de origem chinesa desde então.

Enquanto navegavam rio adentro, ele notou que Letty não parava de olhar para o rosto dele, depois para os rostos dos trabalhadores do porto, como se os comparasse. Talvez ela estivesse tentando determinar exatamente quão chinês ele aparentava ser, ou se estava vivenciando alguma grande catarse emocional. Mas nada havia despertado em seu peito. De pé no convés, a poucos minutos de pisar em sua terra natal depois de uma vida inteira longe, a única coisa que Robin sentia era vazio.

Eles ancoraram e desembarcaram em Whampoa, onde tomaram barcos menores para continuar subindo a orla fluvial de Cantão. Ali, a cidade era invadida pelo alarido, pelo estrondo e pelo zumbido contínuo de gongos, fogos de artifício e barqueiros gritando enquanto conduziam suas embarcações para cima e para baixo pelo rio. O barulho era insuportável. Robin não se lembrava de toda aquela balbúrdia em sua infância; ou Cantão tinha ficado muito mais movimentada ou seus ouvidos tinham se desacostumado de seus sons.

Eles desembarcaram em Jackass Point, onde foram recebidos pelo sr. Baylis, seu contato com a Jardine, Matheson & Co. O sr. Baylis era um homem baixo e bem-vestido, de olhos escuros e inteligentes, e que falava com uma animação surpreendente.

— Vocês não poderiam ter chegado em melhor hora — disse ele, apertando a mão do professor Lovell, em seguida a de Robin e depois a de Ramy. As garotas foram ignoradas. — Isto aqui está um desastre, os chineses estão ficando cada vez mais ousados. Eles interromperam as linhas de distribuição, bombardearam um dos guinchos rápidos no porto outro dia, por sorte não havia ninguém a bordo, e as medidas repressivas vão tornar o comércio impossível se as coisas continuarem desse jeito.

— E os barcos de contrabando europeus? — perguntou o professor Lovell enquanto eles caminhavam.

— Foram uma maneira de contornar o problema, mas apenas por um tempo. Então o vice-rei começou a enviar seu pessoal de porta em porta, para fazer buscas nas casas. A cidade inteira está apavorada. Só de mencionar o nome da droga você já afugenta as pessoas. É tudo culpa do novo comissário enviado pelo imperador. Lin Zexu. Vocês vão conhecer o sujeito em breve; é com ele que vamos ter de lidar. — O sr. Baylis falava tão rápido enquanto caminhavam que Robin ficou surpreso por ele não ficar sem fôlego. — Ele chegou e exigiu a entrega imediata de todo o ópio trazido para a China. Isso foi em março. É claro que dissemos não, então ele suspendeu o comércio e avisou que não deveríamos deixar as feitorias até estarmos prontos para seguir as regras. Dá para acreditar? Ele nos deixou sitiados.

— Sitiados? — repetiu o professor Lovell, parecendo um tanto preocupado.

— Bem, na verdade não foi tão ruim. Os funcionários chineses foram para casa, o que representou um problema, pois eu tive que lavar minha própria roupa, um verdadeiro desastre, mas, fora isso, mantivemos o otimismo. Na verdade, os únicos prejuízos foram a superalimentação e a falta de exercício. — O sr. Baylis soltou uma risada curta e desagradável. — Felizmente isso acabou, e agora podemos circular como quisermos, sem problemas. Mas é preciso haver punições, Richard. Eles precisam aprender que não vai ficar por isso mesmo. Ah, chegamos, senhoras e senhores, aqui vai ser a sua casa longe de casa.

Depois de passar pelos subúrbios a sudoeste, eles se viram diante de uma fileira de treze prédios, todos em estilo ocidental, com varandas recuadas, ornamentos neoclássicos e bandeiras europeias. As feitorias destoavam tanto do restante de Cantão que a impressão era de que um gigante havia arrancado uma faixa da França ou da Inglaterra, depositando-a por inteiro na periferia da cidade. Aquelas eram as Feitorias, explicou o sr. Baylis, assim chamadas não porque fossem centros de produção onde coisas eram feitas, mas porque eram as residências dos feitores — representantes ou prepostos comerciais. Mercadores, missionários, funcionários do governo e soldados viviam ali durante a temporada de comércio.

— Encantadoras, não acham? — disse o sr. Baylis. — Quase como um punhado de diamantes sobre uma pilha de lixo.

Eles iam ficar hospedados na Nova Feitoria Inglesa. O sr. Baylis conduziu-os rapidamente através do armazém no térreo, passando pela sala social e pela sala de jantar para chegar aos aposentos para visitas nos andares superiores. Havia também, indicou ele, uma biblioteca bem abastecida, terraços e até um jardim voltado para o rio.

— Agora ouçam-me: eles são muito rígidos em relação a manter os estrangeiros dentro do enclave estrangeiro, então não saiam por aí explorando a cidade sozinhos — alertou o sr. Baylis. — Fiquem na área das feitorias. Há um estabelecimento na Feitoria Imperial, que é a número três, onde a Markwick & Lane vende todo tipo de produto europeu de que vocês possam precisar, embora eles não tenham muitos livros além de cartas náuticas. Os barcos de prostitutas estão terminantemente proibidos, está claro? Nossos amigos mercadores podem arranjar mulheres de temperamento mais discreto para visitá-los à noite, se precisarem de companhia, entenderam?

As orelhas de Ramy ficaram vermelhas.

— Não vai ser necessário, senhor.

O sr. Baylis riu.

— Como quiserem. Vocês vão ficar neste corredor.

O quarto de Robin e Ramy era bastante sombrio. As paredes, que originalmente deviam ter sido pintadas de verde-escuro, agora estavam quase pretas. O quarto das garotas também era escuro e consideravelmente menor; mal havia espaço para passar entre a cama de solteiro e a parede. Também não havia janelas. Robin não conseguia conceber como elas iam viver ali por duas semanas.

— Tecnicamente, isso aqui é um depósito, mas não podíamos permitir que vocês ficassem muito perto dos cavalheiros. — O sr. Baylis pelo menos fez um esforço para parecer que estava se desculpando. — Imagino que compreendam.

— Claro — disse Letty, empurrando o baú para dentro do quarto. — Obrigada pelas acomodações.

Depois de guardar as coisas, eles se reuniram na sala de jantar, mobiliada com uma mesa enorme, grande o suficiente para acomodar pelo menos vinte e cinco pessoas. Sobre o centro da mesa estava suspenso um imenso leque feito com uma vela de lona esticada sobre uma armação de madeira, mantido em constante movimento por um criado cule* que o puxava e soltava incessan-

* Termo que engloba indianos e chineses que eram submetidos por empregados europeus a trabalho análogo à escravidão. (N. R.)

temente durante todo o jantar. Robin achou aquilo um tanto perturbador — sentia uma estranha pontada de culpa toda vez que seus olhos encontravam os do criado —, mas os outros residentes da feitoria pareciam considerar o cule invisível.

O jantar naquela noite foi uma das coisas mais pavorosas e desconfortáveis que Robin já havia vivenciado. Entre os homens à mesa havia funcionários da Jardine & Matheson e vários representantes de outras empresas de navegação — Magniac & Co., J. Scott & Co. e outras cujos nomes Robin esqueceu prontamente. Eram todos homens brancos que pareciam feitos da mesma matéria que o sr. Baylis: sujeitos superficialmente simpáticos e falantes que, apesar dos trajes alinhados, exalavam um ar de imundície intangível. Além dos negociantes, havia o reverendo Karl Gützlaff, um missionário nascido na Alemanha que pelo visto atuava mais como intérprete para as companhias de navegação do que convertendo almas chinesas. O reverendo Gützlaff estufou o peito para informar-lhes que também era membro da Sociedade para a Difusão de Conhecimento Útil na China* e estava naquele momento escrevendo uma série de artigos para uma revista em língua chinesa com o objetivo de ensinar aos chineses sobre o complexo conceito ocidental de livre-comércio.

— Estamos muito satisfeitos em tê-lo trabalhando conosco — disse o sr. Baylis a Robin quando o primeiro prato, uma sopa suave de gengibre, foi servido. — É muito difícil encontrar bons tradutores de chinês que consigam formular uma frase completa em inglês. Os treinados no Ocidente são muito melhores. Você vai ser meu intérprete durante minha audiência com o comissário na quinta-feira.

— Vou? — Robin ficou surpreso. — Por que eu? — Era uma pergunta válida, pensou; nunca havia interpretado profissionalmente antes e parecia estranho que o escolhessem para uma audiência com a maior autoridade de Cantão. — Por que não o reverendo Gützlaff? Ou o professor Lovell?

— Porque nós somos homens caucasianos — respondeu o professor Lovell com ironia. — E, portanto, bárbaros.

— E eles não falam com os bárbaros, é claro — acrescentou o sr. Baylis.

— Mas o Karl parece bastante chinês — disse o professor Lovell. — Eles ainda não estão convencidos de que você é pelo menos em parte oriental?

* Essa sociedade, fundada em novembro de 1834, fora criada com o objetivo de induzir o Império Qing a se abrir mais aos comerciantes e missionários ocidentais por meio de uma "artilharia intelectual". Tinha sido inspirada na London Society, que generosamente instruía os pobres e dissuadia o radicalismo político por meio da educação.

— Só quando me apresento como Ai Han Zhe* — respondeu o reverendo Gützlaff. — Embora eu ache que o comissário Lin não vai gostar muito do título.

Todos os homens da empresa riram, mas Robin não conseguiu compreender o que havia de tão engraçado no comentário. Havia certa presunção subjacente a toda aquela conversa, um ar de intimidade fraternal, de acesso compartilhado a uma piada antiga que o restante deles não entendia. Isso fez Robin se lembrar das reuniões promovidas pelo professor Lovell em Hampstead, uma vez que ele também nunca tinha sido capaz de dizer qual era o motivo da piada naquela época, ou com o que aqueles homens estavam tão satisfeitos.

Ninguém estava tomando a sopa. Os criados retiraram as tigelas e as substituíram pelo prato principal e pela sobremesa. O prato principal eram batatas com uma espécie de massa cinzenta coberta de molho — carne bovina ou suína, Robin não soube dizer. A sobremesa era ainda mais misteriosa, uma coisa extremamente laranja que se assemelhava um pouco a uma esponja.

— O que é isso? — perguntou Ramy, cutucando a sobremesa com o talher.

Victoire cortou um pedaço com o garfo e o examinou.

— É pudim de tâmara, eu acho.

— É laranja — disse Robin.

— Está queimado. — Letty lambeu o polegar. — E é feito com cenoura, acho.

Os outros convidados começaram a rir novamente.

— Os empregados da cozinha são todos chinas — explicou o sr. Baylis. — Nunca estiveram na Inglaterra. Nós descrevemos o que gostaríamos de comer e, claro, eles não têm ideia do sabor ou de como preparar, mas é engraçado vê-los tentar. O chá da tarde é melhor. Eles entendem o objetivo dos doces, e nós temos nossas próprias vacas inglesas aqui para fornecer o leite.

— Eu não entendo — disse Robin. — Por que vocês não pedem para eles prepararem pratos cantoneses?

---

* O reverendo Gützlaff, de fato, costumava usar o nome Ai Han Zhe, que pode ser traduzido como "Aquele que ama os chineses". Esse apelido não era irônico; Gützlaff realmente se via como um defensor do povo chinês, a quem ele se referia, em sua correspondência, como pessoas bondosas, amigáveis, abertas e de intelecto curioso que, infelizmente, estavam sob o "jugo de Satanás". O fato de ele conciliar essa atitude com seu apoio ao comércio de ópio é uma contradição interessante.

— Porque a culinária inglesa nos faz lembrar de casa — respondeu o reverendo Gützlaff. — Quando viaja para lugares distantes, você passa a apreciar esses confortos materiais.

— Mas o gosto é horrível — rebateu Ramy.

— E nada poderia ser mais inglês — disse o reverendo Gützlaff, cortando vigorosamente sua carne cinzenta.

— Enfim — disse o Sr. Baylis —, vamos ter grande dificuldade com o comissário. De acordo com os boatos, ele é muito severo, extremamente rígido. Acha que Cantão é um antro de corrupção e que todos os comerciantes ocidentais são vilões abomináveis cuja intenção é enganar seu governo.

— Um sujeito astuto — comentou o reverendo Gützlaff, soltando mais risadas de autossatisfação.

— Na verdade eu prefiro quando eles nos subestimam — concordou o sr. Baylis. — Bem, Robin Swift, o assunto em questão é o compromisso em relação ao ópio, que faria com que todos os navios estrangeiros assumissem a responsabilidade perante a lei chinesa por qualquer ópio contrabandeado. Essa proibição costumava existir apenas no papel. Nós atracávamos nossos navios em, como vamos chamar, *ancoradouros externos*, como Lintin e Camsingmoon e outros locais, de onde distribuíamos carga para revenda por parceiros locais. Mas tudo mudou com o comissário Lin. A chegada dele, como já contei, causou uma grande reviravolta. O capitão Elliot, que é um bom homem, mas um covarde em se tratando do que importa, abrandou a situação deixando que eles confiscassem todo o ópio que tínhamos em nosso poder. — Nesse momento o sr. Baylis pressionou o peito como se estivesse sentindo uma dor física. — Mais de vinte mil baús. Vocês sabem quanto vale isso? Quase dois milhões e meio de libras. É apreensão ilícita de propriedade britânica, estou dizendo. É sem dúvida motivo para guerra. O capitão Elliot acha que nos salvou da fome e da violência, mas o que fez foi mostrar aos chineses que eles podem passar por cima de nós. — O sr. Baylis apontou o garfo para Robin. — Então é para isso que vamos precisar de você. O Richard já o deixou a par do que queremos nesta rodada de negociações, certo?

— Eu li os rascunhos da proposta — respondeu Robin. — Mas estou um pouco confuso em relação às prioridades...

— Sim?

— Bem, me parece que o ultimato em relação ao ópio é um pouco radical — disse Robin. — Não vejo por que não podem dividir a negociação em acordos mais fragmentados. Quero dizer, certamente vocês ainda poderiam negociar todas as outras exportações...

— Não há outras exportações — disse Baylis. — Nenhuma que importe.

— É só que parece que os chineses têm um bom argumento — continuou Robin, impotente. — Considerando que é uma droga tão prejudicial.

— Não seja ridículo. — O sr. Baylis abriu um sorriso largo e experiente. — Fumar ópio é a meditação mais segura e cavalheiresca que conheço.

Aquilo era uma mentira tão descarada que Robin piscou, atônito.

— Os memorandos chineses chamam o ópio de um dos maiores vícios que já assolaram o país.

— Ah, o ópio não é tão prejudicial assim — comentou o reverendo Gützlaff. — Na verdade, é prescrito sob a forma de láudano na Grã-Bretanha o tempo todo. As velhinhas costumam usá-lo para dormir. Não é um vício maior do que o tabaco ou o conhaque. Eu costumo recomendá-lo a membros da minha congregação.

— Mas o ópio fumado em cachimbo não é muito mais forte? — interveio Ramy. — Não parece que os soníferos sejam o verdadeiro problema.

— Não é essa a questão — disse o sr. Baylis com certa impaciência. — A questão é o livre-comércio entre as nações. Somos todos liberais, não somos? Não deveria haver restrições entre quem tem mercadorias e quem quer comprá-las. Isso é justiça.

— É uma defesa curiosa justificar um vício com uma virtude — falou Ramy.

O sr. Baylis zombou.

— Ah, o imperador Qing não se importa com *vícios*. Ele é avarento com sua prata, só isso. Mas o comércio só funciona quando há troca, e no momento estamos em déficit. Aparentemente, não há nada que esses chinas queiram de nós, a não ser o ópio. Eles sempre querem mais. Pagam qualquer preço para sustentar o vício. E, se dependesse de mim, todos os homens e todas as mulheres e crianças deste país estariam fumando ópio até não conseguirem mais raciocinar.

Ele concluiu batendo a mão na mesa. O barulho talvez tenha sido mais alto do que ele pretendia; estalou como um tiro. Victoire e Letty estremeceram. Ramy parecia surpreso demais para responder.

— Mas isso é cruel — disse Robin. — Isso é... isso é terrivelmente cruel.

— Eles são livres para escolher, não são? — indagou o sr. Baylis. — Você não pode culpar o comércio. Os chinas não passam de um povo imundo e preguiçoso, que se vicia com facilidade. E definitivamente não podemos culpar a Inglaterra pelas fraquezas de uma raça inferior. Não quando há lucro envolvido.

— Sr. Baylis. — Os dedos de Robin formigavam com uma energia estranha e urgente; ele não sabia se queria fugir dali ou bater naquele sujeito. — Sr. Baylis, *eu* sou um china.

Pela primeira vez, o sr. Baylis ficou em silêncio. Seus olhos esquadrinharam o rosto de Robin, como se tentassem detectar a veracidade daquela afirmação nas feições dele. Então, para grande surpresa de Robin, ele começou a rir.

— Não, você não é. — Ele se recostou e cruzou as mãos sobre o peito, ainda gargalhando. — Pelo amor de Deus. Isso é hilário. Não, você não é.

O professor Lovell não disse nada.

O trabalho de tradução começou já no dia seguinte. Havia sempre grande demanda por bons linguistas em Cantão, e eles eram levados em uma dúzia de direções diferentes sempre que surgiam. Os mercadores ocidentais não gostavam de usar os linguistas chineses nativos autorizados pelo governo porque suas habilidades linguísticas eram muitas vezes inferiores.

— Esqueça o inglês — reclamou o sr. Baylis com o professor Lovell —, metade deles não é fluente nem mesmo em mandarim. Além disso, não se pode confiar neles para representar nossos interesses. Sempre dá para saber quando eles não estão dizendo a verdade: uma vez um sujeito mentiu na minha cara sobre as taxas alfandegárias quando os algarismos arábicos estavam bem à vista.

As companhias mercantis às vezes empregavam ocidentais fluentes em chinês, mas era difícil encontrá-los. Oficialmente, ensinar chinês a um estrangeiro era crime passível de pena de morte. Agora que as fronteiras da China estavam um pouco mais permeáveis, no entanto, era impossível aplicar essa lei, e isso significava que os tradutores competentes eram muitas vezes missionários como o reverendo Gützlaff, com pouco tempo livre. O resultado era que pessoas como Robin e o professor Lovell valiam ouro. Os pobres Ramy, Letty e Victoire eram levados de feitoria em feitoria durante o dia todo para fazer a manutenção das barras de prata; já a jornada de Robin e do professor Lovell era abarrotada de reuniões, que começavam às oito da manhã.

Logo após o café da manhã, Robin acompanhou o sr. Baylis ao porto para verificarem os manifestos de carga com os funcionários da alfândega chinesa. A alfândega havia fornecido seu próprio tradutor, um homem esguio e de óculos chamado Meng, que proferia cada palavra em inglês com uma deliberação lenta e acanhada, como se tivesse medo de pronunciar algo errado.

— Agora vamos examinar o inventário — disse ele a Robin. Seu tom respeitoso e ascendente dava a impressão de que ele estava fazendo uma pergunta; Robin não sabia ao certo se ele estava ou não pedindo sua permissão.

— Hum... vamos. — Ele pigarreou, em seguida disse em seu melhor mandarim: — Prossiga.

Meng começou a ler a lista de inventário, erguendo o olhar a cada item para que o sr. Baylis pudesse confirmar em quais caixas as mercadorias estavam armazenadas.

— Cinquenta e sete quilos de cobre. Trinta e cinco quilos de ginseng cru. Vinte e quatro caixas de nozes de are... arenga.

— Nozes de areca — corrigiu o sr. Baylis.

— Areca?

— Você sabe, areca — disse o sr. Baylis. — Ou bétel, se preferir. Para mastigar. — Ele apontou para o próprio maxilar e imitou o ato. — Entendeu?

Meng, ainda desorientado, olhou para Robin em busca de ajuda. Robin traduziu rapidamente para o chinês e Meng assentiu.

— Nozes de arenga.

— Ah, já chega — disparou o sr. Baylis. — Deixe o Robin fazer isso. Você consegue traduzir a lista inteira, não consegue, Robin? Isso nos pouparia um bom tempo. Eles são uns inúteis, eu disse a você, todos eles, um país inteiro e nem um único falante de inglês competente entre eles.

Meng pareceu compreender perfeitamente essa parte. Ele dirigiu um olhar fulminante para Robin, que voltou a cabeça para o manifesto para evitar encará-lo.

Foi assim durante toda a manhã: o sr. Baylis se reunia com uma sucessão de agentes chineses, a quem tratava com extrema grosseria, e em seguida olhava para Robin como se esperasse que ele traduzisse não apenas suas palavras, mas também seu completo desprezo por seus interlocutores.

Quando fizeram uma pausa para o almoço, a cabeça de Robin latejava e doía. Ele não suportava nem mais um minuto na companhia do sr. Baylis. Nem mesmo durante o jantar, servido na Feitoria Inglesa, houve uma trégua; o sr. Baylis passou o tempo todo relatando as tolas alegações que os funcionários da alfândega haviam feito, e contava suas histórias de uma forma que dava a impressão de que Robin havia açoitado verbalmente os chineses a cada passo. Ramy, Victoire e Letty pareciam muito confusos. Robin mal falou. Engoliu a comida — dessa vez um prato mais tolerável, embora sem sabor, de carne com arroz — e em seguida anunciou que ia sair.

— Aonde você vai? — perguntou o sr. Baylis.

— Eu quero conhecer a cidade. — A irritação de Robin o deixara ousado. — Nós já terminamos por hoje, não terminamos?

— Estrangeiros não podem andar pela cidade — disse Baylis.

— Eu não sou estrangeiro. Eu nasci aqui.

O sr. Baylis não contestou. Robin tomou o silêncio dele como consentimento. Pegou o casaco e caminhou em direção à porta.

Ramy correu atrás dele.

— E se eu for com você?

*Por favor*, Robin quase disse, mas hesitou.

— Eu não tenho certeza se você pode.

Robin viu Victoire e Letty olhando de soslaio na direção deles. Letty fez menção de se levantar, mas Victoire pôs o braço sobre o ombro dela.

— Eu vou ficar bem — afirmou Ramy, vestindo o casaco. — Estarei com você.

Eles saíram pela porta da frente e percorreram toda a extensão das Treze Feitorias. Quando cruzaram o limite do enclave estrangeiro com os subúrbios cantoneses, ninguém os deteve; ninguém os agarrou pelo braço e insistiu para que voltassem para o lugar deles. Nem mesmo as feições de Ramy atraíram comentários peculiares; era comum ver lascarins indianos em Cantão, e eles atraíam menos atenção do que os estrangeiros brancos. De uma maneira estranha, era uma completa inversão da situação deles na Inglaterra.

Robin os conduziu aleatoriamente pelas ruas do centro de Cantão. Ele não sabia o que estava procurando. Assombrações da infância? Referências familiares? Não tinha um destino em mente; nenhum lugar que achasse que provocaria uma catarse. A única coisa que sentia era uma profunda urgência, uma necessidade de percorrer o máximo de terreno possível antes de o sol se pôr.

— Você tem a sensação de estar em casa? — perguntou Ramy, em um tom suave, neutro, como se pisasse em ovos.

— Nem um pouco — respondeu Robin. Ele se sentia profundamente confuso. — Quero dizer... Eu não tenho certeza do que estou sentindo.

Cantão estava muito diferente da cidade que ele havia deixado. As construções nas docas, que estavam em curso desde que Robin conseguia se lembrar, haviam se tornado complexos inteiros de novos edifícios: armazéns, escritórios, estalagens, restaurantes e casas de chá. Mas o que mais ele esperava? Cantão sempre tinha sido uma cidade dinâmica e em constante transformação, absorvendo o que o mar oferecia e digerindo tudo em seu hibridismo próprio e peculiar. Como ele poderia achar que ela ficaria enraizada no passado?

Ainda assim, aquela transformação parecia uma traição. Parecia que a cidade havia fechado qualquer caminho possível de volta para casa.

— Onde você morava? — perguntou Ramy, ainda com o mesmo tom cuidadoso e gentil, como se Robin fosse um recipiente de emoções ameaçando transbordar.

— Em um dos bairros pobres. — Robin olhou em volta. — Não muito longe daqui, acho.

— Você quer ir até lá?

Robin pensou na casa árida e abafada; no fedor de diarreia e corpos em decomposição. Era o último lugar no mundo que ele queria visitar outra vez. Mas parecia ainda pior não dar nem uma olhada.

— Não sei se consigo encontrar a casa. Mas nós podemos tentar.

Por fim, Robin encontrou o caminho de volta para seu antigo lar — não seguindo as ruas, que haviam se tornado totalmente desconhecidas, mas caminhando até que a distância entre as docas, o rio e o sol poente parecesse familiar. Sim, era ali que deveria estar a casa — ele se lembrava da curva do rio e do estacionamento de riquixás na margem oposta.

— É aqui? — questionou Ramy. — Mas só tem lojas.

A rua não se parecia em nada com o que ele se lembrava. A casa de sua família havia desaparecido da face da terra. Não conseguia nem sequer identificar onde ficavam os alicerces — podiam estar embaixo da casa de chá à sua frente, ou do escritório comercial à esquerda, ou do estabelecimento luxuosamente ornamentado perto do fim da rua com um letreiro que dizia, em tinta vermelha berrante: *huā yān guǎn*. Casa de fumo da flor. Uma casa de ópio.

Robin caminhou em direção a ela.

— Aonde você vai? — Ramy correu atrás dele. — Que lugar é esse?

— É para onde vai todo o ópio. Eles vêm aqui para fumar.

Robin sentiu uma curiosidade repentina e incontrolável. Seu olhar esquadrinhou a vitrine, tentando memorizar cada detalhe: as grandes lanternas de papel, o exterior laqueado, as garotas com rosto pintado e saias longas acenando por trás do vidro. Elas sorriram, estendendo os braços como dançarinas enquanto ele se aproximava.

— Olá, senhor — sussurraram em cantonês. — Não quer entrar para se divertir?

— Meu Deus — disse Ramy. — Vamos embora daqui.

— Espere um pouco. — Robin se sentiu compelido por um desejo feroz e desvirtuado de saber, o mesmo ímpeto perverso que compelia alguém a cutucar uma ferida, apenas para ver o quanto doía. — Eu só quero dar uma olhada.

Lá dentro, o cheiro o atingiu em cheio. Era enjoativo e açucarado, ao mesmo tempo repulsivo e sedutor.

— Bem-vindo, senhor. — Uma recepcionista se materializou dando o braço para Robin. Ela abriu um largo sorriso enquanto observava sua expressão. — É a sua primeira vez?

— Eu não... — As palavras subitamente lhe escaparam. Entendia cantonês, mas não conseguia falar.

— Gostaria de experimentar? — A recepcionista estendeu um cachimbo para ele. Já estava aceso; o fornilho brilhava com o ópio, que queimava suavemente, e um pequeno filete de fumaça se desprendia da ponta. — O primeiro é por conta da casa, senhor.

— O que ela está dizendo? — perguntou Ramy. — Rob, não toque nisso.

— Veja como eles estão se divertindo. — A mulher fez um gesto mostrando o salão. — Não quer provar?

O salão estava cheio de homens. Estava tão escuro que Robin não havia notado a presença deles, mas então viu que havia pelo menos uma dúzia de fumantes de ópio esparramados em sofás baixos em variados estados de desalinho. Alguns acariciavam garotas, empoleiradas em seu colo, outros participavam de maneira apática de um jogo de azar e outros ainda jaziam sozinhos em estado de estupor, a boca entreaberta e os olhos semicerrados, fitando o vazio.

*Seu tio não conseguia ficar longe daqueles antros.* Aquela visão trouxe de volta palavras nas quais ele não pensava havia uma década, palavras na voz de sua mãe, palavras que ela dizia aos suspiros durante a infância dele. *Nós éramos ricos, meu amor. Olhe só para nós agora.*

Ele pensou na mãe relembrando com amargura os jardins dos quais costumava cuidar e os vestidos que costumava usar antes de o tio desperdiçar toda a fortuna da família em um antro de ópio como aquele. Imaginou a mãe, jovem e desesperada, disposta a fazer qualquer coisa pelo estrangeiro que lhe prometera dinheiro, que havia usado e abusado dela e a deixara com uma criada inglesa e um atordoante repertório de instruções sobre como criar o filho deles, o filho dela, em uma língua que ela mesma não sabia falar. Robin era fruto de escolhas impostas pela pobreza, pobreza gerada por aquilo.

— Um trago, senhor?

Antes que ele se desse conta do que estava fazendo, o cachimbo estava em sua boca — ele estava inspirando, a recepcionista abria um sorriso ainda mais largo, dizendo algo que ele não compreendia, e tudo era doce e vertiginoso e adorável e horrível ao mesmo tempo. Ele tossiu, em seguida tragou fundo mais uma vez; tinha que saber quão viciante aquele tipo de coisa era para realmente fazer com que uma pessoa sacrificasse todo o resto.

— Muito bem. — Ramy agarrou o braço dele. — Já chega, vamos embora.

Eles caminharam depressa pela cidade, dessa vez com Ramy à frente. Robin não disse uma palavra. Não sabia o quanto aquelas poucas tragadas de ópio o haviam afetado, se estava apenas imaginando os sintomas. Uma vez, por curiosidade, ele havia folheado um exemplar de *Confissões de um inglês comedor de ópio*, de De Quincey, que descrevia o efeito da droga como algo que conferia "serenidade e equilíbrio" a todas as faculdades, que "fortalecia bastante" o autocontrole e promovia "uma expansão do coração". Mas não sentia nada disso. As únicas palavras que usaria para se descrever naquele momento eram "não muito bem"; sentia-se vagamente nauseado, a cabeça girava, o coração batia acelerado e o corpo se movia muito devagar.

— Você está bem? — Ramy perguntou depois de um tempo.

— Eu estou me afogando — murmurou Robin.

— Não, não está — disse Ramy. — Você só está perturbado. Vamos voltar para as feitorias e você vai beber um belo copo d'água…

— O nome é *yánghuò** — falou Robin. — Era assim que ela chamava o ópio. *Yáng* quer dizer "estrangeiro", *huò* quer dizer "mercadoria". *Yánghuò* significa "mercadoria estrangeira". É assim que eles se referem a tudo aqui. Povo *yáng*. Corporações *yáng*. *Yánghuòre*, uma obsessão por mercadorias estrangeiras, por ópio. E isso é o que eu sou. Isso vem de mim. Eu sou *yáng*.

Eles pararam em uma ponte, sob a qual pescadores e sampanas iam e vinham. O barulho, a cacofonia de um idioma do qual ele havia passado tanto tempo longe e que agora tinha que se concentrar para decifrar, fez Robin ter vontade de pressionar as mãos contra os ouvidos, bloquear uma paisagem sonora que deveria fazer com que se sentisse em casa, mas não fazia.

— Eu sinto muito por não ter contado a você — disse ele. — Sobre a Hermes.

Ramy suspirou.

— Rob, agora não.

---

* 洋貨.

— Eu devia ter te contado — insistiu Robin. — Eu devia, e não contei, porque de alguma forma tudo ainda estava dividido na minha cabeça, e eu nunca juntei as peças porque simplesmente não enxerguei... Eu simplesmente... Eu não sei como não enxerguei.

Ramy o observou em silêncio por um longo momento, em seguida se aproximou de modo que eles ficaram lado a lado, contemplando a água.

— Sabe — murmurou ele —, sir Horace Wilson, meu tutor, uma vez me levou a uma das plantações de ópio nas quais ele havia investido. Em Bengala Ocidental. Acho que nunca te contei sobre isso. É lá que a maior parte dessas coisas é cultivada, em Bengala, Biar e Patná. Sir Horace tinha participação em uma das plantações. Ele estava muito orgulhoso; achava que aquilo era o futuro do comércio colonial. Me fez apertar a mão das pessoas que trabalhavam na plantação. Disse a eles que um dia eu talvez viesse a ser seu supervisor. Aquilo mudava tudo, ele disse. Aquilo corrigia o déficit comercial.

"Eu acho que nunca vou esquecer o que vi. — Ele apoiou os cotovelos na ponte e suspirou. — Fileiras e mais fileiras de flores. Um oceano inteiro delas. Elas são de um vermelho-escarlate tão intenso que parece que tem alguma coisa errada com os campos, como se a própria terra estivesse sangrando. As flores são todas cultivadas no interior. Depois, são embaladas e transportadas para Calcutá, onde são entregues a mercadores privados que trazem tudo diretamente para cá. As duas marcas de ópio mais populares aqui são a Patná e a Malwa, ambas regiões da Índia. Do meu lar direto para o seu, Rob. Não é curioso? — Ramy olhou de soslaio para ele. — Os britânicos estão transformando a minha terra natal em um Estado narcomilitar encarregado de enviar drogas para a sua terra natal. É assim que esse império nos conecta.

Naquele momento, Robin visualizou uma grande teia em sua mente. Algodão da Índia para a Grã-Bretanha, ópio da Índia para a China, prata se transformando em chá e porcelana na China, e tudo fluindo de volta para a Grã-Bretanha. Parecia tudo muito abstrato — apenas categorias de uso, troca e valor — até deixar de ser; até você se dar conta da teia em que vivia e das explorações que seu estilo de vida exigia, até você ver pairando sobre ela todo o fantasma do trabalho e do sofrimento colonial.

— É doentio — sussurrou ele. — É doentio, é muito doentio...

— Mas é apenas comércio — disse Ramy. — Todo mundo se beneficia; todo mundo lucra, mesmo que apenas um país lucre muito mais. Lucro contínuo, é essa a lógica, não é? Então, por que deveríamos tentar nos libertar? A questão, Rob, é que eu acho que entendo por que você não enxergou. Quase ninguém enxerga.

Livre-comércio. Essa sempre tinha sido a linha de argumentação britânica: livre-comércio, livre concorrência, igualdade de condições para todos. Só que as coisas acabavam nunca sendo dessa forma, não é? "Livre-comércio" na verdade significava domínio imperial britânico, pois o que havia de livre em um comércio que dependia da intensificação maciça do poderio naval a fim de garantir o acesso marítimo? Quando meras companhias comerciais podiam deflagrar guerras, estabelecer impostos e administrar a justiça civil e criminal?

Griffin tinha razão em sentir raiva, pensou Robin, mas estava errado em achar que poderia fazer algo a respeito. Aquelas redes comerciais estavam esculpidas em pedra. Nada seria capaz de desviar aquele arranjo de seu curso; havia muitos interesses privados e dinheiro demais em jogo. Eles conseguiam ver para onde aquilo tudo estava se encaminhando, mas as pessoas que tinham o poder de fazer alguma coisa a respeito haviam sido colocadas em posições nas quais obtinham lucro, e as pessoas que mais sofriam não tinham poder nenhum.

— Foi tão fácil esquecer — disse ele. — Quero dizer, os elementos com base nos quais tudo é construído... Porque quando você está em Oxford, na torre, são apenas palavras, apenas ideias. Mas o mundo é muito maior do que eu pensava...

— Ele é exatamente do tamanho que pensávamos — falou Ramy. — Só que nós nos esquecemos de que o resto importa. Fomos ficando bons em nos recusar a ver o que estava bem diante do nosso nariz.

— Mas agora eu vejo — afirmou Robin —, ou pelo menos compreendo um pouco melhor, e isso está acabando comigo, Ramy, e eu nem entendo por quê. Não é como se... como se...

Como se o quê? Como se ele tivesse visto algo verdadeiramente horrível? Como se ele tivesse visto as plantações com mão de obra escravizada nas Índias Ocidentais no auge de sua crueldade, ou os corpos famintos na Índia, vítimas de carestias evitáveis, ou os nativos massacrados do Novo Mundo? Tudo o que ele tinha visto fora um antro de ópio — mas isso era suficiente para funcionar como uma sinédoque de todo o terrível e inegável resto.

Ele se inclinou sobre a lateral da ponte, imaginando como se sentiria se simplesmente caísse no rio.

— Você vai pular, Rob? — perguntou Ramy.

— É só que não parece... — Robin respirou fundo. — Não parece que nós temos o direito de estar vivos.

Ramy parecia muito calmo.

— Você está falando sério?

— Não, eu não, eu só... — Robin fechou os olhos com força. Seus pensamentos estavam muito embaralhados; não tinha ideia de como transmitir o que queria dizer, e as únicas coisas às quais conseguia se agarrar eram lembranças, referências passageiras. — Você já leu *Viagens de Gulliver*? Eu lia o tempo todo quando morava aqui... lia com tanta frequência que praticamente memorizei. E tem um capítulo no qual Gulliver vai parar em uma terra governada por cavalos que se autodenominam Houyhnhnms e onde as figuras humanas são idiotas selvagens chamados Yahoos. As posições estão trocadas. E Gulliver fica tão acostumado a viver com seu mestre Houyhnhnm, tão convencido da superioridade dos Houyhnhnm, que quando volta para casa fica horrorizado com seus companheiros humanos. Acha que eles são uns imbecis. Não suporta ficar perto deles. E é assim que as coisas são... é assim... — Robin se balançou para a frente e para trás na ponte. Tinha a sensação de que não importava quão profundamente respirasse, não conseguia inspirar ar suficiente. — Você entende o que eu quero dizer?

— Entendo — disse Ramy com delicadeza. — Mas não adianta nada nós perdermos a cabeça por causa disso. Então desça, Rob, e vamos tomar aquele copo d'água.

Na manhã seguinte, Robin acompanhou o sr. Baylis ao escritório do governo no centro da cidade para sua audiência com o alto comissário imperial Lin Zexu.

— Esse Lin é mais esperto que os outros — disse o sr. Baylis enquanto eles caminhavam. — Praticamente incorruptível. No sudeste, eles o chamam de Lin Qingtian,* límpido como os céus, de tão imune que é a subornos.

Robin não disse nada. Havia decidido cumprir o restante de suas obrigações em Cantão fazendo o mínimo que era exigido dele, e isso não incluía estimular as diatribes racistas do sr. Baylis.

O sr. Baylis não pareceu notar.

— Agora, fique alerta. Os chineses são um povo astuto, traiçoeiros por natureza e tudo mais. Sempre dizendo uma coisa quando querem dizer o exato oposto. Cuidado para não deixá-los levarem a melhor sobre você.

— Eu vou ficar atento — Robin se limitou a dizer.

Pelo relato de Baylis, era de se imaginar que o comissário Lin tivesse quase três metros de altura, olhos que disparavam fogo e chifres de demônio. Em pessoa, o comissário era um homem gentil e de traços delicados, de estatura e constituição medianas. Sua aparência era de todo desinteressante, exceto

---

* 晴天, *qīngtiān*; *qīng* significa "claro", *tiān* significa "os céus" ou "o firmamento".

pelos olhos, incomumente brilhantes e perspicazes. Trazia consigo o seu próprio intérprete, um jovem chinês que se apresentou como William Botelho e que, para surpresa de Robin, tinha estudado inglês nos Estados Unidos.

— Seja bem-vindo, sr. Baylis — disse o comissário Lin enquanto William traduzia rapidamente para o inglês. — Fui informado de que o senhor teria algumas ideias que gostaria de compartilhar comigo.

— A questão, como o senhor sabe, é o comércio de ópio — falou o sr. Baylis. — É da opinião do sr. Jardine e do sr. Matheson que seria vantajoso tanto para o seu povo quanto para o nosso se os representantes comerciais deles pudessem vender ópio legalmente ao longo da costa de Cantão sem interferências. Eles também gostariam de um pedido oficial de desculpas pelo tratamento inóspito dispensado a seus representantes comerciais no início deste ano. E parece justo que os vinte mil baús de ópio que foram apreendidos há alguns meses nos sejam devolvidos, ou pelo menos que haja uma compensação monetária equivalente ao seu valor de mercado.

Durante os primeiros momentos, o comissário Lin apenas ouviu, piscando, enquanto Robin recitava a lista de demandas do sr. Baylis. Robin tentou não reproduzir o tom do sr. Baylis, que era superior e condescendente, mas, em vez disso, falar da maneira mais neutra e sem emoção que conseguisse. Ainda assim, suas orelhas ficaram vermelhas de vergonha; aquilo não parecia um diálogo, mas um sermão, do tipo que se destinava a uma criança estúpida.

O sr. Baylis não pareceu perplexo com a ausência de reação do comissário Lin; quando suas palavras foram recebidas com silêncio, ele se limitou a continuar:

— Os senhores Jardine e Matheson também gostariam de dizer que o imperador Qing deveria compreender que as políticas comerciais restritivas de seu governo não beneficiam os chineses. Seu próprio povo, na verdade, se ressente de suas barreiras comerciais, que eles acreditam não representar os próprios interesses. Eles preferem desfrutar da livre associação com estrangeiros, pois isso também lhes dá a oportunidade de buscar riqueza. Afinal, o livre-comércio é o segredo da prosperidade de um país, e, acredite, faria bem a seu povo ler um pouco de Adam Smith.

Por fim, o comissário Lin falou.

— Nós sabemos disso. — William Botelho logo traduziu. Era uma conversa estranha, intermediada entre quatro pessoas, nenhuma das quais falava diretamente com a pessoa a quem estava ouvindo. — Esses são os mesmos termos expostos nas muitas cartas enviadas pelos senhores Jardine e Matheson, não? O senhor veio dizer algo novo?

Robin olhou com expectativa para o sr. Baylis. O sr. Baylis hesitou por um breve momento.

— Bem... não, mas é bom repeti-los pessoalmente...

O comissário Lin uniu as mãos atrás das costas e perguntou:

— Sr. Baylis, não é verdade que em seu país o ópio é proibido com o máximo de rigor e severidade? — Ele fez uma pausa para que William traduzisse.

— Bem, sim — respondeu o sr. Baylis —, mas a questão aqui é o comércio, não as restrições domésticas da Grã-Bretanha...

— E — continuou o comissário Lin — as sanções ao consumo de ópio pelos cidadãos de seu país não prova que os senhores sabem muito bem quão prejudicial ele é para a humanidade? Gostaríamos de saber: a China já lhes enviou algum produto nocivo oriundo de seu solo? Já lhes vendemos alguma coisa que não fosse benéfica, algum produto pelo qual houvesse grande demanda em seu país? Seu argumento agora é que o comércio de ópio é, na verdade, bom para nós?

— A discussão — insistiu o sr. Baylis — é sobre economia. Certa vez, um almirante apreendeu meu navio e o revistou em busca de ópio. Quando expliquei a ele que não havia nada, pois sigo as leis estabelecidas pelo imperador Qing, ele se mostrou desapontado. Esperava comprá-lo no atacado e redistribuí-lo ele mesmo, entende? O que prova que os chineses também têm muito a lucrar com esse comércio...

— O senhor ainda está evitando a pergunta sobre o consumo de ópio — interrompeu o comissário Lin.

O sr. Baylis soltou um suspiro exasperado.

— Robin, diga a ele...

— Vou reiterar ao senhor o que escrevemos à sua rainha Vitória — disse o comissário Lin. — Aqueles que desejam negociar com nosso Império Celestial devem obedecer às leis estabelecidas pelo imperador. E a nova lei do imperador, prestes a entrar em vigor, determina que qualquer estrangeiro que trouxer ópio para a China com a intenção de vendê-lo será decapitado e que todos os bens a bordo do navio serão confiscados.

— Mas vocês não podem fazer isso! — vociferou o sr. Baylis. — Estamos falando de cidadãos britânicos. De propriedade britânica.

— Não quando optam por ser criminosos. — Nesse momento, William Botelho refletiu o frio desdém do comissário Lin com grande precisão, reproduzindo até mesmo o leve arquear de sua sobrancelha.

Robin ficou impressionado.

— Espere um momento — disse o sr. Baylis. — Os britânicos não estão sob sua jurisdição, comissário. O senhor não tem nenhuma autoridade real.

— Estou ciente de que os senhores acreditam que seus interesses estarão sempre acima das nossas leis — afirmou o comissário Lin. — No entanto, estamos em território chinês. E, portanto, devo lembrar ao senhor e a seus superiores que aplicaremos nossas leis como considerarmos apropriado.

— Então o senhor sabe que teremos que defender nossos cidadãos como considerarmos apropriado.

Robin ficou tão espantado com o fato de o sr. Baylis ter dito essas palavras em voz alta que se esqueceu de traduzir. Houve uma pausa estranha. Por fim, William Botelho murmurou em chinês o significado do que o sr. Baylis dissera para o comissário Lin.

O comissário Lin não se intimidou.

— Isso é uma ameaça, sr. Baylis?

O sr. Baylis abriu a boca, mas pareceu pensar melhor e voltou a fechá-la. Por mais irritado que estivesse, ele pareceu ter percebido que, embora gostasse de repreender verbalmente os chineses, ainda não podia fazer uma declaração de guerra sem o apoio de seu governo.

As quatro partes se encararam em silêncio.

Então, de repente, o comissário Lin meneou a cabeça para Robin.

— Eu gostaria de ter uma palavrinha em particular com seu assistente.

— Ele? Ele não tem nenhuma autoridade no que diz respeito à companhia — traduziu Robin automaticamente em nome do sr. Baylis. — Ele é apenas o intérprete.

— Vai ser só uma conversa informal — disse o comissário Lin.

— Eu... mas ele não tem permissão para falar em meu nome.

— Eu não preciso que ele faça isso. Na verdade, acho que já dissemos tudo o que tínhamos a dizer um ao outro — afirmou o comissário Lin. — Não acha?

Robin se permitiu o simples prazer de assistir ao choque do sr. Baylis se transformar em indignação. Pensou em traduzir os protestos que ele gaguejou, mas achou melhor se manter em silêncio quando ficou claro que ele não estava dizendo nada de coerente. Por fim, na falta de opção melhor, o sr. Baylis se deixou escoltar para fora da sala.

— Você também — falou o comissário Lin para William Botelho, que obedeceu sem fazer comentários.

Então eles ficaram sozinhos. O comissário Lin olhou para ele por um longo e silencioso momento. Robin piscou, incapaz de manter contato visual; tinha certeza de que estava sendo esquadrinhado, e isso fazia com que se sentisse ao mesmo tempo inadequado e desesperadamente desconfortável.

— Qual é o seu nome? — perguntou o comissário Lin em voz baixa.

— Robin Swift — respondeu Robin, que em seguida piscou, confuso. O nome anglófono parecia incongruente em uma conversa em chinês. Ele não usava seu outro nome, seu primeiro nome, havia tanto tempo que nem passou por sua cabeça dizê-lo.

— Quero dizer… — Mas ele estava muito envergonhado para continuar.

O olhar do comissário Lin era estranho, indiferente.

— De onde você é?

— Daqui, na verdade — falou Robin, grato por uma pergunta que podia responder com facilidade. — Mas fui embora quando ainda era muito novo. E fazia muito tempo que não voltava aqui.

— Que interessante. Por que você foi embora?

— Minha mãe morreu de cólera, e um professor de Oxford se tornou meu tutor legal.

— Você estuda na faculdade deles, então? O Instituto de Tradução?

— Estudo. É a razão pela qual eu fui para a Inglaterra. Estudei a vida toda para ser tradutor.

— Uma profissão muito honrosa — comentou o comissário Lin. — Muitos dos meus compatriotas menosprezam o aprendizado de línguas bárbaras, mas já encomendei alguns projetos de tradução desde que assumi o poder aqui. É preciso conhecer os bárbaros para controlar os bárbaros, não acha?

Algo em relação àquele homem compelia Robin a ser franco.

— É a mesma atitude que eles têm em relação a vocês.

Para seu alívio, o comissário Lin riu. Isso o encorajou.

— Posso lhe fazer uma pergunta? — disse Robin.

— Faça.

— Por que vocês os chamam de *yí*? Devem saber que eles odeiam.

— Mas significa apenas "estrangeiro" — rebateu o comissário Lin. — Foram eles que insistiram em outras conotações. Eles criaram o insulto por conta própria.

— Então não seria mais fácil dizer apenas *yáng*?

— Você permitiria que alguém chegasse e lhe dissesse o que as palavras em sua própria língua significam? Nós temos palavras para usar quando queremos insultar. Eles deviam agradecer por *guǐ** não ser mais comum.

---

* *Guǐ* (鬼) pode significar "fantasma" ou "demônio"; neste contexto, é mais comumente traduzido como "demônio estrangeiro".

Robin riu.

— Justo.

— Agora, eu gostaria que você fosse franco comigo — disse o comissário Lin. — Vai adiantar de alguma coisa negociar essa questão? Se engolíssemos nosso orgulho, se nos submetêssemos, isso ajudaria na mediação das coisas?

Robin gostaria de dizer que sim. Ele gostaria de poder afirmar que sim, é claro que ainda havia espaço para negociar — que a Grã-Bretanha e a China, ambas nações comandadas por pessoas racionais e esclarecidas, certamente poderiam encontrar um meio-termo sem ter que recorrer a hostilidades. Mas sabia que isso não era verdade. Sabia que Baylis, Jardine e Matheson não tinham nenhuma intenção de chegar a um acordo com os chineses. Um acordo exigia o reconhecimento de que a outra parte era digna da mesma posição moral. Mas para os britânicos, ele aprendeu, os chineses eram como animais.

— Não — respondeu ele. — Eles querem o que querem e não vão se contentar com nada menos. Eles não respeitam o senhor nem o seu governo. Vocês são obstáculos a serem removidos, de uma forma ou de outra.

— Decepcionante. Com toda aquela conversa sobre direitos e dignidade.

— Acho que esses princípios se aplicam apenas àqueles que eles consideram humanos.

O comissário Lin assentiu. Ele parecia ter decidido algo; suas feições demonstravam determinação.

— Então não há necessidade de desperdiçar palavras, não é?

Foi apenas quando o comissário Lin lhe deu as costas que Robin percebeu que havia sido dispensado.

Sem saber o que fazer, ele fez uma reverência desajeitada e superficial e saiu da sala. O sr. Baylis estava esperando no corredor, parecendo descontente.

— Alguma coisa? — perguntou ele enquanto os criados os escoltavam para fora do salão.

— Nada — respondeu Robin.

Ele se sentia ligeiramente tonto. A audiência tinha terminado de maneira tão abrupta que ele não sabia o que pensar. Ficara tão concentrado na mecânica da tradução, em transmitir com precisão o que o sr. Baylis dizia, palavra por palavra, que não conseguira perceber a mudança no rumo da conversa. Sentia que algo importante tinha acabado de acontecer, mas não tinha certeza do quê, nem de qual era seu papel em tudo aquilo. Repassava sem parar a negociação em sua cabeça, tentando identificar se havia cometido algum erro desastroso. Mas tudo tinha sido bastante civilizado. Eles tinham apenas reiterado posições já bem estabelecidas no papel, não tinham?

— Ele pareceu ter considerado o assunto resolvido — falou.

Assim que chegaram à Feitoria Inglesa, o sr. Baylis correu imediatamente para os escritórios do andar de cima, deixando Robin sozinho no saguão. Ele não sabia ao certo o que fazer. Deveria passar a tarde inteira interpretando, mas o sr. Baylis havia desaparecido sem lhe dar nenhuma instrução. Esperou no saguão por alguns minutos e, por fim, dirigiu-se à sala de estar, presumindo que seria melhor permanecer em um dos ambientes compartilhados, caso o sr. Baylis decidisse que ainda precisava dele. Ramy, Letty e Victoire estavam sentados a uma mesa jogando cartas.

Robin ocupou o assento vazio ao lado de Ramy.

— Vocês não têm prata para polir?

— Nós terminamos cedo. — Ramy distribuiu uma mão de cartas para ele. — Fica um pouco chato aqui quando você não fala o idioma, para ser sincero. Estamos pensando em fazer um passeio de barco para ver os jardins do rio Fa Ti mais tarde, quando tivermos permissão. Como foi a reunião com o comissário?

— Estranha — respondeu Robin. — Não chegamos a lugar nenhum. Mas ele pareceu muito interessado em mim.

— Porque ele não consegue entender por que um intérprete chinês está trabalhando para o inimigo?

— Imagino que sim — respondeu Robin. Ele não conseguia se livrar de um mau pressentimento, como se estivesse assistindo à formação de uma tempestade, esperando que os céus desabassem. O clima na sala de estar parecia descontraído demais, tranquilo demais. — E vocês? Acham que eles vão dar a vocês alguma coisa mais interessante para fazer?

— Pouco provável. — Victoire bocejou. — Nós somos crianças abandonadas. Mamãe e papai estão ocupados demais destruindo economias para se preocupar com a gente.

— Santo Deus. — De repente, Letty se levantou. Seus olhos estavam arregalados e horrorizados, fixos na janela, para onde ela apontava. — Olhem… O que em nome de Deus…

Um grande incêndio rugia na margem oposta. Mas as labaredas, eles viram quando correram para a janela, eram de um fogo controlado; só parecia catastrófico por causa das chamas ondulantes e da fumaça. Ao semicerrar os olhos, Robin viu que o fogo estava contido em sua origem, uma pilha de baús carregados em barcos de bojo profundo que haviam sido empurrados para a parte rasa do rio. Alguns segundos depois, ele sentiu o cheiro do conteúdo: um aroma doce e enjoativo que era levado pelo vento ao longo da costa e entrava pelas janelas da Feitoria Inglesa.

Ópio. O comissário Lin estava queimando o ópio.

— Robin! — O professor Lovell entrou correndo, seguido de perto pelo sr. Baylis. Ambos pareciam furiosos; o rosto do professor Lovell, em particular, estava crispado com uma raiva que Robin nunca tinha visto. — O que você fez?

— Eu... como assim? — Robin olhou do professor Lovell para a janela, perplexo. — Não estou entendendo...

— O que você disse? — insistiu o professor Lovell, sacudindo Robin pelo colarinho. — *O que você disse a ele?*

Era a primeira vez que o professor Lovell colocava as mãos nele desde aquele dia na biblioteca. Robin não sabia o que ele poderia fazer em seguida — a expressão em seus olhos era bestial, irreconhecível. *Por favor*, pensou Robin, tomado pela fúria. *Por favor, me machuque, me bata, porque assim vamos saber. Assim não vai restar nenhuma dúvida.* Mas o feitiço se desfez tão rápido quanto havia se instalado. O professor Lovell soltou Robin, piscando, como se voltasse a si. Deu um passo para trás e ajeitou a frente do paletó.

Ao redor deles, Ramy e Victoire estavam tensos, ambos meio encolhidos, como se estivessem prestes a pular entre os dois.

— Me desculpe. Eu só... — O professor Lovell pigarreou. — Peguem suas coisas e me encontrem lá fora. Todos vocês. O *Hellas* está esperando na baía.

— Mas nós não vamos para Macau agora? — perguntou Letty. — No comunicado que recebemos dizia...

— A situação mudou — disse o professor Lovell com rispidez. — Antecipamos as passagens de volta para a Inglaterra. Vão.

# Capítulo Dezoito

*It were too much to expect that they will not require a further demonstration of force on a larger scale before being brought to their senses.*

*Seria demais esperar que eles não precisassem de mais uma demonstração de força em larga escala antes de retomarem a razão.*

James Matheson, em carta a John Purvis

O *Hellas* partiu da Baía das Pérolas a uma velocidade impressionante. Quinze minutos depois do embarque, as cordas foram cortadas, as âncoras puxadas e as velas desfraldadas. Eles dispararam para longe do porto, perseguidos por uma fumaça que parecia envolver toda a cidade.

A tripulação, que só no momento do embarque foi informada de que seria responsável pela acomodação de cinco passageiros adicionais, agiu de maneira rude. O *Hellas* não era um navio de passageiros, e os dormitórios já estavam lotados. Ramy e Robin foram instruídos a dormir com os marinheiros, mas as garotas receberam uma cabine, que dividiram com a única outra civil a bordo: uma mulher chamada Jemima Smythe, missionária cristã da América que tinha tentado entrar furtivamente no território continental, mas fora pega enquanto tentava atravessar o rio nos subúrbios de Cantão.

— Vocês sabem o porquê de toda essa confusão? — perguntou ela com insistência enquanto eles estavam sentados, juntos e com as costas curvadas, no refeitório da tripulação. — Foi um acidente ou os chineses fizeram de propósito? Vocês acham que agora vai começar uma guerra declarada? — Esta última pergunta ela repetia com entusiasmo a intervalos regulares, apesar das garantias exasperadas deles de que não sabiam. Por fim ela mudou de assunto, querendo saber o que faziam em Cantão e como tinham passado os dias na Feitoria Inglesa. — Há muitos padres sob aquele teto, não há? O que vocês faziam nas missas de domingo? — Ela olhou inquisitivamente para Ramy. — Você vai à missa dominical?

— Claro. — Ramy não pensou duas vezes. — Eu vou porque sou obrigado, e murmuro desculpas a Alá sempre que posso.

— Ele está brincando. — Letty se apressou em intervir, antes que a horrorizada srta. Smythe começasse a tentar convertê-lo. — Ele é cristão, é claro. Todos nós tivemos que nos comprometer a seguir os Trinta e Nove Artigos quando nos matriculamos em Oxford.*

— Eu fico muito feliz por você — disse a srta. Smythe com sinceridade. — Vai pregar o evangelho quando estiver em casa também?

— Minha casa é em Oxford — respondeu Ramy, piscando inocentemente.

*Deus nos ajude*, pensou Robin, *ele perdeu o juízo*. — A senhorita está querendo dizer que Oxford está cheia de pagãos? Deus do céu. Alguém contou a eles?

Por fim, a srta. Smythe se cansou deles e foi andar pelo convés para fazer suas orações, ou o que quer que missionários fizessem. Robin, Letty, Ramy e Victoire se juntaram ao redor da mesa, inquietos como crianças travessas aguardando uma punição. O professor Lovell tinha desaparecido; assim que embarcaram, ele saiu para falar com o capitão. E ninguém havia contado a eles ainda o que estava acontecendo ou o que ia acontecer em seguida.

— *O que* você disse ao comissário? — perguntou Victoire baixinho.

— A verdade — respondeu Robin. — A única coisa que eu disse a ele foi a verdade.

— Mas com certeza *alguma coisa* o fez tomar uma atitude…

O professor Lovell apareceu na porta. Eles ficaram em silêncio.

— Robin — chamou ele. — Vamos ter uma conversa.

E não esperou pela resposta de Robin antes de se virar e seguir pelo corredor. Hesitante, Robin se levantou.

Ramy tocou o braço dele.

— Você está bem?

— Estou.

Robin esperava que eles não tivessem percebido como seu coração estava batendo acelerado, nem quão alto o sangue latejava em seus ouvidos. Não queria seguir o professor Lovell; queria se esconder e protelar, ficar sentado ali no refeitório com a cabeça enterrada nos braços. Mas aquele enfrenta-

---

* Isso era verdade, embora Ramy só tivesse concordado porque, caso contrário, não teria permissão para se matricular.
A religião sempre tinha sido um ponto de discórdia entre os quatro. Ainda que todos fossem obrigados pela faculdade a comparecer às missas dominicais, apenas Letty e Victoire o faziam de bom grado; Ramy, é claro, se ressentia por cada minuto, e Robin havia sido criado pelo professor Lovell para ser um ateu devoto. "O cristianismo é bárbaro", opinava o professor. "Prega a autoflagelação, a repressão declarada e rituais supersticiosos e sangrentos como um subterfúgio para fazer o que a pessoa quiser. Vá à igreja, se o obrigarem, mas aproveite para praticar suas recitações baixinho."

mento já deveria ter acontecido havia muito tempo. A frágil trégua estabelecida na manhã de sua prisão nunca tinha sido algo duradouro. Já fazia tempo que eles vinham mentindo para si mesmos, ele e o pai. As coisas não podiam permanecer enterradas, escondidas e deliberadamente ignoradas para sempre. Mais cedo ou mais tarde, teriam de vir à tona.

— Estou curioso. — O professor Lovell estava sentado atrás de uma escrivaninha, folheando distraidamente um dicionário quando Robin por fim chegou à sua cabine. — Você sabe o valor daqueles baús que foram queimados no porto?

Robin entrou e fechou a porta. Seus joelhos tremiam. Era como se tivesse onze anos de novo e tivesse sido flagrado lendo ficção quando não deveria, encolhendo-se diante do golpe iminente. Mas ele não era mais criança. Se esforçou ao máximo para evitar que sua voz vacilasse.

— Senhor, eu não sei o que aconteceu com o comissário, mas não é...

— Mais de dois milhões de libras — interrompeu o professor Lovell. — Você ouviu o sr. Baylis. Dois milhões, e William Jardine e James Matheson agora são pessoalmente responsáveis por grande parte desse dinheiro.

— Ele já estava decidido — afirmou Robin. — Já estava decidido antes mesmo de se encontrar conosco. Não havia nada que eu pudesse dizer...

— O seu trabalho não era difícil. Ser o porta-voz de Harold Baylis. Apresentar um rosto amigo aos chineses. Acalmar as coisas. Achei que tivéssemos deixado claras as suas prioridades aqui, não? O que você disse ao comissário Lin?

— Eu não sei o que o senhor acha que eu fiz — insistiu Robin, frustrado. — Mas o que aconteceu nas docas não foi minha culpa.

— Você sugeriu que ele destruísse o ópio?

— Claro que não.

— Insinuou mais alguma coisa para ele sobre Jardine e Matheson? Por acaso tomou o lugar de Harold de alguma forma? Tem certeza de que não fez nada inapropriado?

— Eu fiz o que me mandaram — insistiu Robin. — Eu não gosto do sr. Baylis, é verdade, mas enquanto estava representando a companhia...

— Pelo menos uma vez na vida, Robin, tente não fazer rodeios e diga o que quer dizer de uma vez — disse o professor Lovell. — Seja honesto. O que está fazendo agora é constrangedor.

— Eu... tudo bem, então. — Robin cruzou os braços. Não tinha nada pelo que se desculpar, nada mais a esconder. Ramy e Victoire estavam a salvo;

ele não tinha nada a perder. Estava farto de reverências, farto de silêncios. — Está bem. Vamos ser honestos um com o outro. Eu não concordo com o que a Jardine & Matheson está fazendo em Cantão. É errado, me enoja...

O professor Lovell balançou a cabeça.

— Pelo amor de Deus, é só um mercado. Não seja infantil.

— É uma nação soberana.

— É uma nação atolada em superstições e antiguidade, desprovida de um Estado de direito, irremediavelmente atrás do Ocidente em todos os aspectos possíveis. É uma nação de semibárbaros, de tolos retrógrados incorrigíveis...

— É uma nação de *pessoas* — retrucou Robin. — Pessoas que vocês estão envenenando, cujas vidas vocês estão arruinando. E se a questão é se vou continuar a facilitar esse projeto, então a resposta é não... Eu não volto mais a Cantão, nem pelas companhias de comércio, nem por nada remotamente relacionado ao ópio. Posso fazer pesquisas em Babel, traduzir, mas não vou fazer isso. O senhor não pode me obrigar.

Ele estava ofegante quando terminou. A expressão do professor Lovell não havia mudado. Ele observou Robin por um longo momento, as pálpebras semicerradas, tamborilando na mesa como se fosse um piano.

— Você sabe o que me deixa perplexo? — A voz dele tinha se tornado muito suave. — Como as pessoas podem ser absolutamente ingratas.

Essa linha de argumentação mais uma vez. Robin teve vontade de chutar alguma coisa. Sempre o mesmo discurso, o argumento da sujeição, como se sua lealdade estivesse atrelada a privilégios que não havia pedido e que não havia escolhido receber. Então devia a vida a Oxford, só porque havia bebido champanhe em seus claustros? Devia a Babel sua lealdade porque um dia havia acreditado em suas mentiras?

— Nada disso foi por mim — disse ele. — Eu não pedi nada disso. Foi tudo por você, porque você queria um pupilo chinês, porque queria alguém que fosse fluente...

— Então você tem rancor de mim? — perguntou o professor Lovell. — Por ter lhe dado uma vida? Por ter lhe dado oportunidades com as quais você não poderia nem sequer ter sonhado? — Ele fez uma expressão de desprezo. — Sim, Robin, eu tirei você da sua casa. Da miséria, da doença e da fome. O que você quer? Um pedido de desculpas?

O que queria, pensou Robin, era que o professor Lovell admitisse o que havia feito. Que todo aquele arranjo não era natural; que crianças não eram gado para serem submetidas a experimentos, julgadas por seu sangue, levadas como por encanto para longe de sua terra natal a serviço da Coroa e do país.

Que ele, Robin, era mais do que um dicionário falante e que sua pátria era mais do que uma galinha dos ovos de ouro. Mas ele sabia que essas eram coisas que o professor Lovell jamais ia reconhecer. A verdade entre eles tinha sido enterrada não porque era dolorosa, mas porque era inconveniente, e porque o professor Lovell simplesmente se recusava a falar sobre ela.

Era óbvio agora que ele não era, e nunca poderia ser, uma pessoa aos olhos do pai. Não, para ser uma pessoa era preciso ter a pureza de sangue do europeu, o status racial que faria dele um semelhante do professor Lovell. Os pequenos Dick e Philippa eram pessoas. Robin Swift era uma propriedade, e as propriedades tinham que ser eternamente gratas por terem sido bem tratadas.

Não haveria nenhuma resolução ali. Mas ao menos Robin ia saber a verdade sobre algo.

— Quem era minha mãe para você? — perguntou ele.

Isso, pelo menos, pareceu abalar o professor, mesmo que apenas por um breve momento.

— Nós não estamos aqui para falar sobre a sua mãe.

— Você a matou. E nem se deu ao trabalho de enterrá-la.

— Não seja ridículo. Foi a cólera que a matou...

— Você já estava em Macau havia duas semanas quando ela morreu. A sra. Piper me contou. Você sabia que a doença estava se espalhando, você sabe que poderia tê-la salvado...

— Céus, Robin, ela era só uma china.

— E eu sou só um china, professor. E também sou filho dela. — Robin sentiu uma vontade avassaladora de chorar. Mas a reprimiu. A mágoa nunca havia despertado a compaixão de seu pai, mas a raiva talvez pudesse provocar medo. — Você achou que tinha arrancado essa parte de mim?

Robin tinha se tornado ótimo em manter duas verdades em sua mente ao mesmo tempo. Que era inglês e não era. Que o professor Lovell era seu pai e não era. Que os chineses eram um povo estúpido e atrasado, mas que também era um deles. Que odiava Babel, mas queria viver para sempre em seu seio. Tinha passado anos dançando sobre o fio da navalha dessas verdades, permanecera lá como uma maneira de sobreviver, uma maneira de suportar, incapaz de aceitar qualquer um dos lados por completo porque um exame implacável da verdade era tão assustador que as contradições ameaçavam destruí-lo.

Mas não podia continuar daquela forma. Não podia viver como um homem dividido, sua psique constantemente apagando e reapagando a verdade.

Sentia uma forte pressão no fundo da mente. Tinha a sensação de que ia literalmente explodir, a menos que parasse de viver uma vida dupla. A menos que fizesse uma escolha.

— Você achou que se passasse tempo suficiente na Inglaterra eu ficaria igual a você? — perguntou Robin.

O professor Lovell inclinou a cabeça.

— Sabe, houve um tempo em que achei que ter filhos era em si uma espécie de tradução. Sobretudo quando os pais são de linhagens tão diferentes. Você fica curioso para saber o que vai surgir. — Seu rosto passou por uma estranha transformação enquanto ele falava. Os olhos foram se arregalando até ficarem assustadoramente esbugalhados; o sorriso condescendente ficou mais pronunciado e os lábios se contraíram, revelando os dentes. A intenção talvez fosse produzir uma expressão de desgosto exagerado, mas para Robin foi mais como se uma máscara de civilidade tivesse sido arrancada. Foi a expressão mais feia que ele já tinha visto no rosto do pai. — Eu esperava criar você de modo que não cometesse os mesmos erros do seu irmão. Eu esperava incutir em você um senso de ética mais civilizado. *Quo semel est imbuta recens, servabit odorem testa diu,** e essa coisa toda. Eu pensei que pudesse fazer de você uma linhagem mais refinada. Mas, apesar de toda a educação que recebeu, não há como livrar você dessa base, dessa linhagem original, não é?

— Você é um monstro — disse Robin, espantado.

— Eu não tenho tempo para isso. — O professor Lovell fechou o dicionário. — Está claro que trazer você para Cantão foi um erro. Eu esperava que assim fosse se lembrar da sorte que teve, mas vir para cá só serviu para confundi-lo.

— Eu não estou confuso...

— Nós vamos reavaliar sua posição em Babel quando voltarmos. — O professor Lovell fez um gesto indicando a porta. — Por enquanto, acho que você deveria tirar algum tempo para refletir. Imagine passar o resto da sua vida em Newgate, Robin. Você pode protestar contra os males do comércio o quanto quiser, mas vai fazer isso em uma cela. É isso que quer?

As mãos de Robin se cerraram em punhos.

— Diga o nome dela.

O cenho do professor Lovell se contraiu. Ele gesticulou novamente para a porta.

— Isso é tudo.

---

* Horácio, sobre a educação dos jovens para evitar a corrupção moral: "Um barril retém por muito tempo o sabor daquilo com o que foi preenchido pela primeira vez."

— Diga o nome dela, seu covarde.

— *Robin.*

Aquilo era um aviso. Seu pai estava traçando um limite. Tudo o que Robin havia feito até aquele momento ainda poderia ser perdoado, bastava que ele voltasse atrás; bastava que pedisse desculpas, se curvasse à autoridade e voltasse a um luxo ingênuo e ignorante.

Mas Robin já vinha se curvando havia tempo demais. E mesmo uma gaiola dourada continuava sendo uma gaiola.

Ele deu um passo à frente.

— *Diga o nome dela*, pai.

O professor Lovell empurrou a cadeira para trás e se levantou.

As origens da palavra *anger*, raiva, estavam intimamente ligadas ao sofrimento físico. *Anger* a princípio era um "sofrimento", como se depreende do islandês antigo *angr*, depois um estado "doloroso, cruel, estreito", como se depreende do inglês antigo *enge*, que por sua vez veio do latim *angor*, que significa "estrangulamento, angústia, aflição". A raiva era um estrangulamento. A raiva não fortalecia ninguém. Ela pesava sobre o peito; pressionava as costelas até você se sentir preso, sufocado, sem opções. A raiva fervilhava, depois explodia. A raiva era uma constrição, e a consequente fúria, uma tentativa desesperada de respirar.

E *rage*, a palavra inglesa para "fúria", vinha de "loucura".*

Mais tarde, Robin ia perguntar a si mesmo com frequência se o professor Lovell teria visto algo em seus olhos, um fogo que ele não sabia que o filho possuía, e se isso — a descoberta perplexa de que seu experimento linguístico havia desenvolvido vontade própria — teria, por sua vez, levado Robin a agir. Ele ia tentar desesperadamente justificar o que fez como legítima defesa, mas essa justificativa dependia de minúcias de que mal conseguia se lembrar, detalhes que ele não tinha certeza se havia inventado para se convencer de que não havia de fato assassinado o pai a sangue-frio.

Repetidas vezes, ia se perguntar quem tinha feito o primeiro movimento, e isso o torturaria pelo resto de seus dias, porque a verdade era que ele não sabia.

Isto ele sabia:

O professor Lovell levantou-se abruptamente. Levou a mão ao bolso. E Robin, imitando-o ou provocando-o, fez o mesmo. Ele enfiou a mão no bolso da frente, onde guardava a barra que havia matado Eveline Brooke. Não

* Do latim *rabere*: "delirar, enlouquecer".

estava pensando no que a barra poderia fazer — disso tinha certeza. Pronunciou o par de equivalentes porque foram as únicas palavras que lhe vieram à mente para descrever aquele momento, a sua imensidão. Pensou no atiçador de lareira do professor Lovell golpeando suas costelas enquanto ele se encolhia no chão da biblioteca, assustado e confuso demais para gritar. Pensou em Griffin, o pobre Griffin, levado para a Inglaterra ainda mais novo do que ele; usado e descartado porque não se lembrava o suficiente de sua língua nativa. Pensou nos homens apáticos na casa de ópio. Pensou na mãe.

Ele não estava pensando em como a barra ia rasgar o peito do pai. Alguma parte dele devia saber, é claro, porque as palavras só ativavam as barras se a pessoa as dissesse com intenção. Se apenas pronunciasse as sílabas, elas não teriam efeito. E quando ele viu o caractere em sua mente, viu os sulcos gravados na prata brilhante e falou a palavra e sua tradução em voz alta, devia estar pensando no que elas iam fazer.

*Bào*: explodir, rebentar o que não podia mais ser contido.

Mas foi apenas quando o professor Lovell desabou no chão, quando o cheiro inebriante e salgado de sangue tomou o ar, que Robin se deu conta do que tinha feito.

Ele caiu de joelhos.

— Senhor?

O professor Lovell não se moveu.

— Pai?

Ele agarrou os ombros do professor Lovell. Sangue quente e úmido escorreu por seus dedos. Não parava; estava em toda parte, uma fonte sem fim jorrando do peito destruído.

— *Diē?*

Ele não soube o que o fez dizer isso, a palavra para *pai*. Talvez ele achasse que isso deixaria o professor Lovell atônito, que o choque o traria de volta à vida, que poderia devolver a alma do pai ao corpo ao nomear a única coisa que eles nunca haviam mencionado. Mas o professor Lovell permaneceu inerte, morto, e não importava quanto Robin o sacudisse, o sangue não parava de jorrar.

— *Diē!* — repetiu ele.

Então uma risada escapou de sua garganta; histérica, desamparada, porque era tão engraçado, tão apropriado que a romanização de *pai* contivesse as mesmas letras que "morrer" em inglês: *die*. E o professor Lovell estava clara e incontestavelmente morto. Não havia como voltar atrás. Não havia mais como fingir.

— Robin?

Alguém bateu à porta. Atordoado, sem pensar, Robin se levantou e a destrancou. Ramy, Letty e Victoire entraram aos tropeços, um alarido de vozes:

— Ah, Robin, você está...

— O que está acontecendo...

— Nós ouvimos gritos, achamos...

Então eles viram o corpo e o sangue. Letty soltou um grito abafado. Victoire levou as mãos à boca. Ramy piscou várias vezes, em seguida disse, muito suavemente:

— Ah.

Letty perguntou, bem baixinho:

— Ele está...

— Sim — sussurrou Robin.

A cabine ficou muito silenciosa. Os ouvidos de Robin zumbiam; ele levou as mãos à cabeça e imediatamente as abaixou, pois estavam vermelho-escarlate e pingavam.

— O que aconteceu... — arriscou Victoire.

— Nós discutimos. — Robin mal conseguia pronunciar as palavras. Tinha dificuldade de respirar. As bordas de seu campo de visão estavam escurecendo. Seus joelhos fraquejaram e ele queria muito se sentar, mas o chão estava coberto por uma poça de sangue que ia ficando cada vez maior. — Nós discutimos e...

— Não olhem — instruiu Ramy.

Ninguém obedeceu. Todos ficaram paralisados, os olhos fixos no corpo imóvel do professor Lovell enquanto Ramy se ajoelhava ao lado dele e pressionava dois dedos contra seu pescoço. Um longo momento se passou. Ramy murmurou uma oração baixinho — "*Inna lillahi wa inna ilayhi Raji'un*" —, em seguida pôs as mãos sobre as pálpebras do professor Lovell para fechá-las.

Ele expirou muito lentamente, pressionou as mãos contra os joelhos por um momento e se levantou.

— E agora?

# LIVRO IV

REAL INSTITUTO DE TRADUÇÃO
UNIVERSIDADE DE OXFORD

# Capítulo Dezenove

*— Em primeiro lugar — respondi —, não agiu bem quem inventou a maior das mentiras que se narra a respeito dos mais veneráveis seres. Refiro-me ao que fez Urano, segundo Hesíodo, e como Crono se vingou dele por sua vez. Quanto às façanhas de Crono e ao tratamento que lhe infligiu seu filho, ainda que fossem verdadeiros, me parece que não deveriam ser relatados levianamente a meninos que ainda não alcançaram o uso da razão.*

Platão, *A República**

— Vamos deixá-lo na cabine — disse Victoire com uma compostura incrível, embora as palavras saídas de sua boca fossem bastante insanas. — Vamos só... enrolá-lo nesses lençóis e deixá-lo escondido até chegarmos à Inglaterra...

— Nós não podemos esconder um corpo por seis semanas — objetou Letty com a voz estridente.

— Por que não?

— Porque vai apodrecer!

— É verdade — concordou Ramy. — Marinheiros fedem, mas não tanto assim.

Robin ficou surpreso com o fato de o primeiro instinto deles ter sido discutir como esconder o corpo. Isso não mudava o fato de que ele tinha acabado de matar o próprio pai, ou de que possivelmente havia envolvido todos eles no assassinato, ou de que havia sangue manchando as paredes, o chão, seu pescoço e suas mãos. Mas eles falavam como se aquilo fosse apenas um problema que precisava ser solucionado — uma tradução espinhosa que podia ser resolvida, bastava que encontrassem as palavras certas.

— Tudo bem, prestem atenção... Nós vamos fazer o seguinte. — Victoire pressionou as mãos contra as têmporas e respirou fundo. — Vamos nos livrar

* Tradução de Leonel Vallandro. Rio de Janeiro: Editora Nova Fronteira, 2014. (N. T.)

do corpo de alguma maneira. Eu não sei como, mas vamos dar um jeito. Então, quando atracarmos...

— Como vamos dizer à tripulação para não incomodar o professor por seis *semanas*? — perguntou Letty.

— Nove semanas — corrigiu Victoire.

— O quê?

— Este não é um dos veleiros rápidos — explicou Victoire. — Vamos levar nove semanas.

Letty pressionou as palmas das mãos contra os olhos.

— Pelo amor de Deus.

— Vejam o que acham — disse Victoire. — Vamos dizer que ele está com algum tipo de doença contagiosa. Não sei, alguma... alguma doença assustadora. Robin, você tem que descobrir alguma doença exótica e nojenta que deixe todo mundo com medo. É só dizer que foi alguma coisa que ele contraiu nos bairros pobres e todo mundo vai ficar morrendo de medo de entrar aqui.

Houve um breve silêncio. Tinham que admitir que a ideia era muito boa; ou pelo menos não ficou evidente de imediato que se tratava de um absurdo.

— Tudo bem. — Ramy começou a andar de um lado para outro no pequeno trecho do piso de madeira que não estava coberto de sangue. — Ah, céus... que Alá nos perdoe. — Ele esfregou os olhos. — Tudo bem, sim, pode funcionar. Vamos supor que a gente consiga manter isso em segredo até chegarmos a Londres. E depois?

— Fácil — respondeu Victoire. — Nós vamos dizer que ele morreu durante a viagem. Durante o sono, talvez. Mas não podemos deixar o médico do navio vir fazer a autópsia, porque o risco de contaminação é muito grande. Vamos pedir um caixão, que vamos encher com um monte de... não sei, livros enrolados em roupas... e depois o carregamos para fora e nos livramos dele.

— Isso é loucura — disse Letty. — Isso é uma completa insanidade.

— Você tem uma ideia melhor? — perguntou Victoire.

Letty ficou em silêncio por um momento. Robin tinha certeza absoluta de que ela ia insistir para que eles se entregassem, mas então ela levantou as mãos e disse:

— Nós podemos jogá-lo no mar em plena luz do dia, dizer que ele se afogou acidentalmente e então todos vão vê-lo morrer, e nós não vamos parecer suspeitos...

— Ah, e isso não seria suspeito? — questionou Ramy. — Vamos simplesmente arrastar esse cadáver ensanguentado até o convés, fingir que ele está andando sozinho e depois jogá-lo no mar, onde qualquer um vai poder ver o buraco onde o coração dele deveria estar? É assim que vamos provar a nossa inocência? Tenha um pouco de *criatividade*, Letty, temos que fazer isso direito…

Por fim Robin conseguiu falar.

— Não. Não, isso é loucura, eu não posso deixar… Vocês não podem… — Ele não parava de tropeçar nas palavras. Respirou fundo, se acalmou. — Eu fiz isso. Vou contar ao capitão, vou me entregar e pronto.

Ramy zombou.

— Bem, isso está fora de cogitação.

— Não seja idiota — disse Robin. — Vocês vão acabar se envolvendo nisso se…

— Nós todos já estamos envolvidos, não importa o que aconteça — interveio Victoire. — Somos todos estrangeiros voltando de um país estrangeiro em um navio com um homem branco morto. — Essa declaração excluía Letty, mas ninguém a corrigiu. — Não existe a menor possibilidade de você ir para a prisão e o resto de nós ficar livre. Você entende isso, não entende? Ou nós protegemos você ou estamos condenados.

— É isso — concordou Ramy com firmeza. — E nenhum de nós vai deixar você ser preso, Rob. Todos nós vamos ficar em silêncio, certo?

Apenas Letty não tinha dito nada. Victoire a cutucou.

— Letty?

Letty estava tão pálida que parecia o cadáver exangue no chão.

— Eu… sim. Tudo bem.

— Pode ir, Letty — disse Robin. — Você não precisa ouvir…

— Não, eu quero ficar — rebateu ela. — Eu quero saber qual vai ser o próximo passo. Não posso simplesmente deixar todos vocês… Não. — Ela fechou os olhos com força e balançou a cabeça, em seguida reabriu os olhos e anunciou bem devagar, como se tivesse acabado de tomar uma decisão: — Eu estou nessa. Com você. Com todos vocês.

— Ótimo — respondeu Ramy de pronto. Ele limpou as mãos na calça e voltou a andar de um lado para outro. — Bem, eis o que estou pensando. Nós não deveríamos estar neste navio. Originalmente, só era para estarmos de volta no dia 4, lembram? Ninguém está nos esperando antes disso, o que significa que ninguém vai estar procurando por ele quando desembarcarmos.

— Certo. — Victoire assentiu, então seguiu a linha de raciocínio dele. Era um tanto assustador observar os dois. Eles ficavam mais confiantes conforme iam falando. Era como se estivessem trabalhando juntos em uma tradução coletiva, complementando o brilhantismo um do outro. — Está claro que a maneira mais fácil de sermos pegos é se alguém vir o corpo. Portanto, nossa prioridade, como eu disse, deve ser nos livrarmos dele o mais rápido possível, assim que escurecer. Então, durante o restante da viagem, vamos dizer a todo mundo que ele está doente. Ninguém tem mais medo de doenças estrangeiras do que os marinheiros, não é mesmo? No momento em que deixarmos escapar que ele está com alguma coisa que eles podem contrair, garanto que ninguém vai se aproximar daquela porta por semanas. O que significa que nossa única preocupação é como vamos jogá-lo na água.

— Bem, e como vamos limpar todo esse sangue — acrescentou Ramy.

*Loucura*, pensou Robin. Aquilo era uma loucura, e ele não conseguia entender por que ninguém estava rindo, por que todos pareciam estar de fato considerando arrastar o corpo do professor dois lances de escada acima e jogá-lo no mar. Todos já haviam superado o estágio de incredulidade. O choque havia passado, e o surreal dera lugar ao prático. Eles estavam falando não em termos de ética, mas de logística, e isso fez Robin ter a sensação de que haviam entrado em um mundo de ponta-cabeça, onde nada fazia sentido, e ninguém parecia ter o menor problema com isso, exceto ele.

— Robin? — chamou Ramy.

Robin piscou. Todos estavam olhando para ele com expressões muito preocupadas. Ele percebeu que aquela não era a primeira vez que o chamavam.

— Desculpe, o quê?

— O que você acha? — perguntou Victoire gentilmente. — Vamos jogá-lo no mar, certo?

— Eu... bem, eu acho que isso vai funcionar, eu só... — Ele balançou a cabeça. Havia um zumbido muito alto em seus ouvidos, o que tornava difícil organizar os pensamentos. — Desculpem, eu só... Nenhum de vocês vai me perguntar por quê?

Rostos confusos o encararam.

— É só que... Vocês todos estão decididos a me ajudar a esconder um assassinato? — Robin não conseguia evitar que todas as suas frases soassem como perguntas. O mundo inteiro naquele momento parecia uma grande pergunta sem resposta. — E nem vão me perguntar como, ou por quê?

Ramy e Victoire se entreolharam. Mas foi Letty quem respondeu primeiro.

— Eu acho que todos nós sabemos o porquê. — Seu pescoço pulsava. Robin não conseguia decifrar a expressão no rosto dela; era algo que ele nunca tinha visto em Letty antes, uma estranha mistura de pena e determinação. — E para ser sincera, Robin, acho que quanto menos falarmos sobre isso, melhor.

A limpeza da cabine foi mais rápida do que Robin esperava. Letty conseguiu um esfregão e um balde com a tripulação alegando que tinha vomitado por causa do enjoo, e o restante deles contribuiu com várias peças de roupa para ir secando a água ensanguentada.

Então restava a questão de como se livrar do corpo. Eles decidiram que enfiar o professor Lovell em um baú era a melhor chance de levarem o corpo até o convés sem serem questionados. A migração para o andar de cima foi um jogo de respiração suspensa e progresso centímetro a centímetro. Victoire avançava correndo a cada poucos segundos para checar se não havia ninguém à vista e, em seguida, gesticulava freneticamente para Robin e Ramy arrastarem o baú mais alguns degraus acima. Letty montava guarda no convés, simulando um passeio noturno para tomar um pouco de ar fresco.

De alguma forma, eles conseguiram levar o baú até a amurada sem levantar suspeitas.

— Muito bem. — Robin abriu a tampa. A princípio, eles pensaram em atirar o baú ao mar, mas Victoire foi sábia em apontar que a madeira ia flutuar. Ele estava com medo de olhar para baixo; queria, se possível, fazer aquilo sem ter de ver o rosto do pai. — Rápido, antes que alguém veja...

— Espere — disse Ramy. — Temos que colocar um peso, caso contrário, o corpo vai flutuar.

Robin teve uma súbita visão do cadáver do professor Lovell boiando no rastro do navio, a atração de marinheiros e gaivotas. Ele lutou para conter uma onda de náusea.

— Por que você não disse isso antes?

— Eu estava um pouco em pânico, está bem?

— Mas você parecia tão calmo...

— Eu sou bom em emergências, Rob, mas não sou Deus.

Os olhos de Robin esquadrinharam o convés, procurando por qualquer coisa que pudesse servir de âncora — remos, baldes de madeira, pranchas sobressalentes; que inferno, por que tudo em um navio era projetado para flutuar?

Por fim, ele encontrou uma pilha de cordas com o que pareciam ser pesos amarrados a elas. Rezou para que não fossem necessárias para nada importante e arrastou-as até o baú. Prender a corda em torno do professor Lovell foi um pesadelo. Seus membros pesados e enrijecidos não se moviam com facilidade; o cadáver parecia na verdade estar decidido a resistir a eles. A corda se prendeu de maneira horrível às costelas expostas e quebradas. As mãos de Robin, suadas por causa do medo, escorregavam; vários minutos agonizantes se passaram até que eles conseguissem enrolá-la nos braços e pernas do professor. Robin queria dar um nó rápido e acabar com aquilo, mas Ramy insistiu para que eles não fizessem nada de maneira apressada; não queria que a corda se soltasse assim que o corpo caísse na água.

— Tudo bem — sussurrou Ramy por fim, puxando a corda. — Isso deve resolver.

Cada um pegou uma extremidade do cadáver — Robin segurou os ombros e Ramy os pés —, e o ergueram para fora do baú.

— Um — murmurou Ramy. — Dois...

No três, eles ergueram o corpo do professor Lovell por cima da amurada e o soltaram. Passou-se o que pareceu uma eternidade até que ouvissem o barulho do corpo caindo na água.

Ramy se debruçou sobre a amurada, perscrutando as ondas escuras.

— Pronto — disse, por fim. — Ele não vai voltar.

Robin não conseguia falar. Cambaleou vários passos para trás e vomitou no convés.

Agora, instruiu Ramy, era só eles voltarem para seus beliches e agirem normalmente pelo resto da viagem. Simples, na teoria. Mas de todos os lugares para cometer um assassinato, um navio em plena viagem devia ser um dos piores. Um assassino no meio da rua podia pelo menos se desfazer da arma e fugir da cidade. Mas eles iam ficar presos por mais dois meses na cena do crime, dois meses durante os quais teriam que sustentar a ficção de que não haviam arrebentado o peito de um homem e jogado seu corpo no mar.

Tentaram manter as aparências. Davam passeios diários pelo convés, ouviam a srta. Smythe com suas perguntas enervantes e apareciam para as refeições no refeitório, três vezes ao dia, fazendo o possível para ter algum apetite.

— Ele só está se sentindo mal — respondeu Ramy quando o cozinheiro perguntou por que não via o professor Lovell havia vários dias. — Disse que não está com muita fome, é algum problema de estômago, mas vamos levar alguma coisa para ele comer mais tarde.

— Ele disse exatamente qual é o problema? — O cozinheiro era um homem sorridente e sociável; Robin não sabia dizer se ele estava bisbilhotando ou apenas sendo simpático.

— Ah, uma série de sintomas leves — mentiu Ramy sem hesitar. — Ele está reclamando de dor de cabeça, uma certa congestão, mas é principalmente náusea. Ele sente tonteira quando fica em pé por muito tempo, então passa a maior parte dos dias na cama. Está dormindo bastante. Pode ser enjoo por causa da viagem, embora ele não tenha tido nenhum problema assim na viagem de vinda.

— Interessante. — O cozinheiro coçou a barba por um momento, depois se virou. — Esperem aqui.

Ele saiu do refeitório a passos rápidos. Os quatro ficaram olhando para a porta, aflitos. Será que ele tinha ficado desconfiado? Será que tinha ido alertar o capitão? Será que tinha ido verificar a cabine do professor Lovell para confirmar a história deles?

— Então — murmurou Ramy —, saímos correndo agora ou…?

— E para onde a gente iria? — sibilou Victoire. — Nós estamos no meio do oceano!

— Talvez a gente consiga chegar antes dele na cabine do professor Lovell…

— Mas não tem nada lá, não tem nada que a gente possa fazer…

— Quietos. — Letty acenou com a cabeça por cima do ombro.

O cozinheiro já estava de volta ao refeitório, segurando um saquinho de pano marrom em uma das mãos.

— Gengibre cristalizado. — Ele o ofereceu a Robin. — É bom para problemas de estômago. Vocês, estudiosos, sempre se esquecem de trazer os seus.

— Obrigado. — Com o coração martelando, Robin pegou o saquinho. Ele se esforçou ao máximo para não mudar o tom de voz. — Tenho certeza de que ele vai ficar muito grato.

Por sorte, ninguém mais da tripulação fez perguntas sobre o paradeiro do professor Lovell. Os marinheiros não estavam nem um pouco interessados nas atividades diárias dos acadêmicos que estavam transportando por uma ninharia; era com muito gosto que fingiam que eles nem sequer existiam. Já a srta. Smythe era outra história. Ela estava, com certeza por puro tédio, desesperadamente obstinada em se mostrar útil. Perguntava sem cessar sobre a febre do professor Lovell, como era sua tosse e qual era a cor e a composição de suas fezes.

— Eu já vi muitas doenças tropicais — comentou ela. — O que quer que ele tenha, eu com certeza já vi entre os habitantes locais. É só me deixarem dar uma olhada nele que eu resolvo o problema na mesma hora.

De alguma maneira, eles a convenceram de que o professor Lovell tinha uma doença muito contagiosa e era bastante reservado. (“Ele jamais fica sozinho na presença de uma mulher solteira", jurou Letty solenemente. "Vai ficar furioso se nós deixarmos você entrar lá.") Ainda assim, a srta. Smythe insistia para que eles se juntassem a ela em uma oração diária pela saúde do professor Lovell, durante a qual Robin reunia todas as suas forças para não vomitar de culpa.

Os dias eram terrivelmente longos. O tempo se arrastava quando cada segundo continha uma terrível contingência, a pergunta *vamos conseguir nos safar?*. Robin estava sempre indisposto. Sua náusea era completamente diferente do incômodo mal-estar do enjoo por causa do mar; era uma onda cruel de culpa que lhe corroía o estômago e arranhava a garganta, um peso tóxico que dificultava a respiração. Não adiantava tentar relaxar ou se distrair; era quando ele se descuidava e baixava a guarda que a náusea se intensificava. Então o zumbido em seus ouvidos ficava cada vez mais alto e o preto ia tomando as bordas de seu campo de visão, reduzindo o mundo a uma piscadela embaçada.

Comportar-se como uma pessoa exigia um foco tremendo. Às vezes, o máximo que ele conseguia fazer era se lembrar de respirar, fundo e tranquilamente. Tinha que gritar um mantra em sua mente — *está tudo bem, está tudo bem, você está bem, eles não sabem, eles acham que você é só um estudante e acham que ele está apenas doente* —, mas mesmo esse mantra ameaçava sair do controle; se relaxasse e se desconcentrasse por apenas um segundo, ele se transformava na verdade — *você o matou, abriu um buraco no peito dele e o sangue dele está espalhado pelos livros, pelas suas mãos, pegajoso, úmido, quente...*

Tinha medo do subconsciente, de deixá-lo divagar. Não conseguia pensar em nada por muito tempo. Cada pensamento que passava por sua mente se transformava em uma mistura caótica de culpa e horror, sempre solidificada no mesmo refrão sombrio:

*Eu matei meu pai.*

*Eu matei meu pai.*

*Eu matei meu pai.*

Ele se torturava imaginando o que poderia acontecer com eles se fossem pegos. Projetava as cenas de maneira tão vívida que pareciam lembranças — o julgamento curto e condenatório, os olhares de desprezo dos jurados, as algemas em seus pulsos e, se não a forca, então a longa, abarrotada e miserável jornada até uma colônia penal na Austrália.

O que ele não conseguia entender era o momento fugaz do assassinato em si — não mais do que uma fração de segundo de ódio impulsivo, uma única frase, um único golpe. *Os Analectos*, de Confúcio, afirmam que *sìbùjíshé*,* que nem mesmo uma carruagem puxada por quatro cavalos poderia capturar de volta uma palavra depois de pronunciada, que a palavra dita é irrevogável. Mas isso parecia um grande ardil do tempo. Não parecia justo que uma ação tão minúscula tivesse consequências tão reverberantes. Algo que havia partido não apenas seu mundo, mas também o de Ramy, Letty e Victoire, deveria ter levado pelo menos alguns minutos; deveria ter exigido um esforço repetido. A verdade do assassinato teria feito mais sentido se ele tivesse ficado sobre o corpo do pai com um machado cego, golpeando repetidamente o crânio e o peito dele até que o rosto de ambos estivesse coberto de sangue. Algo brutal, contínuo, uma verdadeira manifestação de intenção monstruosa.

Mas essa não era uma descrição do que tinha acontecido. Não tinha sido cruel. Não havia exigido esforço. Tudo tinha acabado tão rápido que ele nem teve tempo de ponderar. Não conseguia sequer se lembrar de ter agido. Uma pessoa podia ter tido a intenção de cometer um assassinato se não se lembrava nem ao menos de querer cometê-lo?

Mas que tipo de pergunta era aquela? Que maldita importância tinha saber se ele havia desejado a morte do pai ou não, quando seu cadáver arruinado estava incontestável e irreversivelmente no fundo do oceano?

As noites eram muito piores do que os dias. Os dias pelo menos ofereciam distrações temporárias ao ar livre, o oceano agitado e borrifos de água do mar. À noite, confinado em sua rede, havia apenas a escuridão implacável. Noites significavam lençóis ensopados de suor, calafrios e tremores, e nenhuma privacidade para gemer e gritar alto. Robin ficava deitado com os joelhos dobrados contra o peito, abafando a respiração frenética com as mãos. Quando conseguia dormir, seus sonhos eram fragmentados e terrivelmente vívidos, revisitando cada palavra daquela conversa final até sua devastadora conclusão. Mas os detalhes não paravam de mudar. Quais tinham sido as últimas palavras que o professor Lovell dissera? Como ele havia olhado para Robin? Será que ele havia mesmo se aproximado? Quem tinha se movido primeiro? Tinha sido legítima defesa ou um ataque preventivo? Havia diferença entre uma coisa e outra? Ele arruinou as próprias lembranças. Acordado ou dormindo, examinava o mesmo momento de mil ângulos diferentes até não saber mais o que havia acontecido.

Queria que todos os pensamentos parassem. Queria desaparecer. À noite, as ondas escuras e intermináveis pareciam uma utopia, e não havia nada que ele desejasse mais do que se jogar no mar, deixar que o oceano o tragasse,

---

* 駟不及舌.

junto com a culpa, para suas profundezas obliterantes. Mas isso apenas condenaria os outros. O que ia parecer, um aluno afogado e seu professor morto? Nenhuma desculpa, por mais criativa, por mais verdadeira que fosse, seria capaz de livrá-los daquela situação.

Mas se a morte não era uma opção, talvez a punição ainda fosse.

— Eu tenho que confessar — sussurrou ele para Ramy em uma noite insone. — É a única solução, nós temos que acabar com isso...

— Não seja idiota — disse Ramy.

Ele se atrapalhou para sair da rede.

— Eu vou falar com o capitão...

Ramy se levantou de um pulo e o alcançou no corredor.

— Rob, volte para a rede.

Robin tentou tirar Ramy do caminho para chegar à escada. Ramy prontamente lhe deu um tapa no rosto. De alguma forma, isso o acalmou, nem que tenha sido apenas por causa do choque — a dor lancinante apagou tudo de sua mente apenas por alguns segundos, tempo suficiente para acalmar seu coração acelerado.

— Nós todos estamos envolvidos agora — sibilou Ramy. — Nós limpamos aquele quarto. Nós nos livramos do corpo para você. Para proteger *você*. Todos já mentimos uma dúzia de vezes; somos cúmplices desse crime, e se você se entregar, vai nos condenar. Entende?

Repreendido, ele baixou a cabeça e assentiu.

— Ótimo — falou Ramy. — Agora, vamos voltar a dormir.

O único lado positivo de todo aquele imbróglio grotesco foi que ele e Ramy finalmente se reconciliaram. O assassinato tinha desfeito o abismo entre eles, tinha feito caírem por terra as acusações de cumplicidade e covardia feitas por Ramy. Não importava que tivesse sido um acidente ou que Robin tivesse voltado atrás no mesmo momento, se pudesse. Ramy não tinha mais motivos ideológicos para se ressentir dele, pois, entre os dois, apenas um havia matado um colonizador. Eles eram coconspiradores agora, e isso os aproximou mais do que nunca. Ramy assumiu o papel de consolador e conselheiro, testemunha de suas confissões. Robin não sabia por que achava que verbalizar seus pensamentos poderia melhorar alguma coisa, pois dizer qualquer coisa em voz alta só servia para deixá-lo mais confuso, mas estava profundamente grato por ao menos Ramy estar ali para ouvi-lo.

— Você acha que eu sou uma pessoa má? — perguntou ele.

— Não seja ridículo.

— Você tem repetido muito isso.

— Você tem sido muito ridículo. E não, você não é uma pessoa má.

— Mas eu sou um assassino — disse ele, e repetiu, porque as palavras eram tão absurdas que o próprio ato de formar vogais parecia bizarro. — Eu tirei uma vida. De forma completamente deliberada e intencional; eu sabia o que a barra ia fazer com ele e a usei, e a observei despedaçar seu corpo e, um momento antes de me arrepender, fiquei satisfeito com o que tinha acabado de fazer. Não foi um acidente. Não importa o quanto eu deseje poder voltar atrás agora. Eu quis que ele morresse e o matei. — Robin respirou fundo. — Eu sou... que tipo de pessoa você tem que ser para fazer uma coisa dessas? Um vilão. Um miserável sem coração. De que outra forma uma coisa assim acontece, Ramy? Não tem meio-termo. Não existe nenhuma regra segundo a qual isso seja perdoável, existe?

Ramy suspirou.

— Quem tira uma vida... é como se tivesse matado toda a humanidade. É o que diz o Alcorão.

— Obrigado — murmurou Robin. — Isso é reconfortante.

— Mas o Alcorão também fala da misericórdia infinita de Alá. — Ramy ficou em silêncio por um momento. — E eu acho... bem, o professor Lovell era um homem muito mau, não era? Você agiu em legítima defesa, não agiu? E as coisas que ele fez com você, com seu irmão, com as mães de vocês... Talvez ele merecesse morrer. Talvez o fato de você o ter matado tenha impedido que males imprevisíveis fossem causados a outras pessoas. Mas não cabe a você decidir isso. Cabe a Deus.

— Então o que eu faço? — perguntou Robin em um tom desolador. — O que eu *faço*?

— Não há nada que você possa fazer — respondeu Ramy. — Ele está morto, você o matou, e não há nada que possa fazer para mudar isso, a não ser orar a Deus pedindo perdão. — Ele fez uma pausa, dando batidinhas com os dedos no joelho. — Mas a questão agora é como proteger a Victoire e a Letty. E se você se entregar, Rob, não vai estar protegendo as duas. Nem se ficar se torturando sobre o seu valor como ser humano. O professor Lovell está morto e você está vivo, e talvez essa seja a vontade de Deus. E isso é o máximo de conforto que eu posso oferecer.

Os quatro se revezavam perdendo a cabeça. Havia uma regra implícita nesse jogo: apenas um deles podia sucumbir por vez, mas não todos de uma vez, pois o dever das mentes mais sãs era acalmar as ensandecidas.

A maneira favorita de Ramy de entrar em pânico era expressar todas as suas angústias com detalhes extravagantes e incrivelmente específicos.

— Alguém vai até a cabine dele — dizia ele. — Vão precisar fazer uma pergunta a ele, alguma coisa sem muita importância, algo sobre a data de chegada ou sobre o pagamento da passagem. Só que ele não vai estar lá, e eles vão nos fazer perguntas, e no fim das contas alguém vai suspeitar e eles vão revistar o navio inteiro, e nós vamos fingir que não temos ideia de para onde ele foi, e eles não vão acreditar em nós, e então vão encontrar as manchas de sangue...

— Por favor — pediu Victoire. — Por favor, pelo amor de Deus, pare.

— Então eles vão nos mandar para Newgate — continuou Ramy, falando de forma grandiosa, como se estivesse narrando um poema épico — e o sino da igreja do Santo Sepulcro vai tocar doze vezes, e uma grande multidão vai se reunir do lado de fora, e na manhã seguinte vamos ser enforcados, um por um...

A única maneira de fazer Ramy parar era deixar que ele terminasse de narrar todo o seu delírio doentio, o que ele sempre fazia, com descrições cada vez mais absurdas de sua execução. Na verdade, isso trazia certo alívio para Robin — era relaxante, de certa forma, imaginar o pior que poderia acontecer, já que isso eliminava o terror do desconhecido. Mas Victoire ficava apenas irritada. Sempre que tinham essas conversas, ela não conseguia dormir. Então era sua vez de perder a cabeça, e ela os acordava às quatro da manhã, dizendo baixinho que se sentia mal por acordar Letty, e eles tinham que se sentar com ela no convés, sussurrando histórias tolas sobre o que quer que lhes viesse à mente — canto de pássaros, Beethoven, fofocas do departamento — até o suave alívio do amanhecer.

Os maus momentos de Letty eram os mais difíceis de enfrentar. Pois Letty era a única entre eles que não entendia por que Ramy e Victoire haviam saído tão prontamente em defesa de Robin. Ela achava que eles tinham protegido Robin porque eram amigos. A única razão para compreender o que ele tinha feito era o fato de ter visto o professor Lovell agarrar Robin pelo colarinho em Cantão, e pais abusivos eram algo que os dois tinham em comum.

Mas como encarava a morte do professor Lovell como um incidente isolado, não a ponta de um iceberg, ela estava constantemente tentando resolver a situação deles.

— Tem que haver alguma maneira de confessarmos — dizia ela. — Nós não podemos dizer que o professor Lovell estava machucando o Robin, que foi legítima defesa? Que ele perdeu a cabeça por causa do estresse, que foi ele quem começou tudo e que o Robin estava só tentando escapar? Todos nós testemunharíamos, é tudo verdade, eles teriam que absolvê-lo... Robin, o que você acha?

— Só que não foi isso que aconteceu — respondeu Robin.

— Mas você poderia *dizer* que foi o que aconteceu…

— Não vai funcionar — insistiu Ramy. — É muito perigoso e, mais ainda, é um risco que definitivamente não precisamos correr.

Como poderiam dizer a Letty que ela estava delirando? Que era insano imaginar que o sistema legal britânico fosse de fato neutro, que eles seriam submetidos a um julgamento justo, que pessoas como Robin, Ramy e Victoire poderiam matar um professor branco de Oxford, jogar seu corpo no mar, mentir sobre isso por semanas e no fim de tudo saírem ilesos? Que o fato de ela acreditar em tudo isso era apenas uma evidência dos mundos totalmente diferentes em que eles viviam?

Mas como não podiam contar a verdade, Letty não parava de insistir.

— Eu tive uma outra ideia — anunciou ela depois que eles rejeitaram sua proposta de legítima defesa. — Então, como vocês provavelmente sabem, meu pai é um homem muito importante…

— Não — interrompeu Ramy.

— Me deixa terminar. Meu pai foi bastante influente quando era…

— Seu pai é um almirante reformado, ele está aposentado…

— Mas ele ainda conhece pessoas — insistiu Letty. — Ele poderia mexer alguns pauzinhos…

— Que tipo de pauzinhos? — perguntou Ramy. — Olá, juiz Blathers, é o seguinte: minha filha e uns amigos estrangeiros sujos dela mataram o professor deles, um homem crucial para o Império, tanto financeira quanto diplomaticamente, então, quando eles forem a julgamento, preciso que você vá lá e declare que eles são inocentes…

— Não precisa ser assim — retrucou Letty. — O que estou dizendo é que, se nós contarmos a ele o que aconteceu e explicarmos que foi um acidente…

— Um *acidente*? — repetiu Ramy. — Você já encobriu acidentes antes? Eles simplesmente fazem vista grossa quando garotas brancas ricas matam pessoas? É assim que funciona, Letty? Além do mais, você não está brigada com o almirante?

As narinas de Letty se dilataram.

— Eu só estou tentando ajudar.

— Nós sabemos — Robin se apressou em dizer, desesperado para aliviar a tensão. — E eu fico grato, de verdade. Mas o Ramy tem razão. Acho melhor mantermos tudo isso em segredo.

Olhando fixamente para a parede, Letty não disse nada.

* * *

De alguma maneira, eles conseguiram voltar para a Inglaterra. Dois meses se passaram e uma manhã eles acordaram com Londres no horizonte, envolta em seus tons de cinza sombrios e familiares.

Simular a doença do professor Lovell durante a viagem acabou sendo mais simples do que até Victoire esperava; pelo visto era muito fácil convencer um navio inteiro de que um professor de Oxford tinha uma saúde incrivelmente frágil. Jemima Smythe, apesar de todos os seus esforços, por fim se cansou de seus companheiros de viagem sempre fechados em copas e não fez nenhum esforço para prolongar a despedida. Os marinheiros mal disseram uma palavra quando eles desembarcaram. Ninguém prestou muita atenção em quatro estudantes cansados de viagem atravessando o Cais de Alfândega, não quando havia mercadorias para descarregar e pagamentos a receber.

— Mandamos o professor ir na frente para consultar um médico — disse Letty ao capitão quando passaram por ele nas docas. — Ele pediu... ah, para nós agradecermos pela viagem tranquila.

O capitão pareceu um pouco confuso com essas palavras, mas deu de ombros e acenou para eles.

— Viagem tranquila? — murmurou Ramy. — *Viagem tranquila?*

— Eu não consegui pensar em mais nada para dizer!

— Fiquem quietos e continuem andando — sibilou Victoire.

Robin tinha certeza de que enquanto arrastavam seus baús pelo passadiço, tudo o que eles faziam gritava: *Assassinos!* Pode acontecer a qualquer momento, pensava ele vertiginosamente; mais um passo e pronto: um olhar suspeito, uma saraivada de passos, um grito de "Ei, vocês! Vocês, parem!". Com certeza não os deixariam escapar do *Hellas* tão facilmente.

Na costa, a menos de quatro metros de distância, estava a Inglaterra, o refúgio, a liberdade. Assim que chegassem à margem, assim que desaparecessem em meio à multidão, estariam livres. Mas com certeza isso era impossível — os elos que os ligavam àquela maldita cabine não poderiam ser cortados com tanta facilidade. Poderiam?

O passadiço deu lugar à terra firme. Robin olhou por cima do ombro. Ninguém os havia seguido. Ninguém estava nem sequer olhando na direção deles.

Embarcaram em uma carruagem para o norte de Londres, de onde tomaram um coche até Hampstead. Concordaram sem muita discussão que iam passar a noite na residência do professor Lovell em Hampstead — tinham chegado tarde demais para pegar um trem para Oxford, e Robin sabia que a sra. Piper ainda estaria em Jericho e que a chave sobressalente da propriedade ficava escondida sob o vaso de flores Ming no jardim. Na manhã seguinte, tomariam um trem para Paddington e voltariam para a faculdade, conforme planejado.

Durante a viagem, tinha passado pela cabeça de todos eles que ainda havia uma opção óbvia: fugir, largar tudo e deixar o continente; tomar um navio com destino à América ou à Austrália, ou voltar aos países de onde tinham sido arrancados.

— Nós poderíamos fugir para o Novo Mundo — propôs Ramy. — Para o Canadá.

— Você nem fala francês — objetou Letty.

— É francês, Letty. — Ramy revirou os olhos. — O filho mais banal do latim. Quão difícil pode ser?

— Teríamos de arrumar um trabalho — observou Victoire. — Não teríamos mais a ajuda de custo; como íamos viver?

Era um ponto importante que eles de alguma forma haviam ignorado. Depois de anos recebendo uma ajuda de custo certa, eles haviam esquecido que só tinham o suficiente para se manter por alguns meses; fora de Oxford, em um lugar onde o alojamento e as refeições não seriam mais gratuitos, eles não teriam nada.

— Bem, como as outras pessoas arrumam emprego? — perguntou Ramy. — Imagino que você simplesmente vá até um estabelecimento ou escritório ou responda a um anúncio.

— Você tem que ter sido aprendiz — explicou Letty. — Há um período de formação, eu acho, mas isso custa dinheiro...

— Então como alguém encontra um comerciante para ser contratado?

— Não sei — respondeu Letty, frustrada. — Como eu poderia saber? Não faço ideia.

Não, nunca houvera nenhuma possibilidade real de eles deixarem a universidade. Apesar de tudo, apesar do risco muito real de, caso voltassem para Oxford, serem detidos, investigados e jogados na prisão ou enforcados, eles não conseguiam conceber uma vida que não estivesse ligada à universidade. Pois não tinham mais nada. Não tinham habilidades; não tinham força nem temperamento para o trabalho braçal e não tinham contatos para conseguir um emprego. E o mais importante: eles não sabiam como viver. Nenhum deles tinha a menor ideia de quanto custaria alugar quartos, comprar mantimentos para uma semana ou se estabelecer em uma cidade que não fosse a universidade. Até aquele momento, tudo isso tinha sido providenciado para eles. Em Hampstead, havia a sra. Piper, e em Oxford, havia os criados dos alojamentos e as camareiras. Robin, na realidade, teria dificuldade de explicar como exatamente se lavava roupa.

No fim das contas, eles não conseguiam pensar em si mesmos como outra coisa que não estudantes, não conseguiam imaginar um mundo onde não vivessem em Babel. Babel era tudo o que conheciam. Babel era a sua casa. E embora soubesse que era uma ideia estúpida, Robin suspeitava de que não era o único que acreditava que, no fundo, apesar de tudo, havia um mundo onde, uma vez que aquele problema fosse resolvido, uma vez que todos os arranjos necessários fossem feitos e as coisas fossem varridas para debaixo do tapete, ele ainda poderia voltar para seu quarto na Magpie Lane, ainda poderia acordar com o suave canto dos pássaros e a luz quente do sol entrando pela janela estreita e, mais uma vez, passar os dias debruçado sobre nada além de línguas mortas.

# Capítulo Vinte

*To the assistance and information which you and Mr Jardine so handsomely afforded to us it was mainly owing that we were able to give our affairs naval, military and diplomatic, in China those detailed instructions which have led to these satisfactory results.*

*Foi sobretudo devido à assistência e às informações que o senhor e o sr. Jardine tão generosamente nos forneceram que pudemos dar aos nossos assuntos navais, militares e diplomáticos na China orientações detalhadas que levaram a esses resultados satisfatórios.*

Secretário de Relações Exteriores Palmerston,
em carta a John Abel Smith

Chovia muito quando eles desceram do coche em Hampstead. Encontraram a casa do professor Lovell mais por pura sorte do que por qualquer outro motivo. Robin pensara que ia se lembrar com facilidade do caminho, mas três anos longe tinham provocado mais estragos em sua memória do que ele imaginava, e a chuva torrencial fazia todas as residências parecerem iguais: molhadas, imensas, cercadas por folhagem reluzente e encharcada. Quando por fim encontraram a casa de tijolos e estuque branco, estavam ensopados e tremendo.

— Espere. — Victoire deteve Ramy assim que ele começou a ir em direção à porta. — Não é melhor darmos a volta e entrarmos pelos fundos? Para ninguém nos ver?

— Se alguém nos vir, que veja! Não é crime estar em Hampstead…

— É, sim, se for óbvio que você não mora aqui…

— Olá!

Todos viraram a cabeça ao mesmo tempo como gatos assustados. Uma mulher acenou para eles da porta da casa do outro lado da rua.

— Olá — repetiu ela. — Vocês estão procurando o professor?

Eles se entreolharam, em pânico; não tinham combinado como reagir àquela situação. Queriam evitar qualquer associação com um homem cuja ausência logo atrairia um interesse considerável. Mas de que outra forma poderiam justificar sua presença em Hampstead?

— Estamos — Robin se apressou em dizer, antes que o silêncio deles se tornasse suspeito. — Nós somos alunos dele. Acabamos de voltar do exterior... Ele nos disse para encontrá-lo aqui quando voltássemos, só que está ficando tarde e ninguém atende à porta.

— Ele provavelmente está na universidade. — A expressão da mulher era bastante amigável; só tinha parecido hostil porque estava gritando em meio à chuva. — Ele passa só algumas semanas do ano aqui. Não saiam daí.

Ela se virou e correu de volta para dentro de casa. A porta se fechou.

— Droga — murmurou Ramy. — O que você está fazendo?

— Eu achei que seria melhor não me afastar muito da verdade...

— Ficou um pouco perto *demais* da verdade, não acha? E se alguém interrogar essa mulher?

— O que você quer fazer, então, fugir?

Mas a mulher já havia voltado. Ela correu pela rua na direção deles, protegendo-se da chuva com o braço dobrado. Estendeu a palma da mão para Robin.

— Aqui está. — Ela abriu os dedos, revelando uma chave. — Essa é a chave extra dele. É tão desatento que me pediram para ficar com uma cópia para quando ele perder a dele. Coitadinhos.

— Obrigado — disse Robin, atordoado com tamanha sorte. Então uma lembrança surgiu e ele arriscou um palpite. — A senhora é a sra. Clemens, não é?

Ela sorriu.

— Eu mesma!

— Sim, isso... Ele disse para procurarmos a senhora se não conseguíssemos encontrar a chave. Só que não conseguimos descobrir qual era a sua casa.

— Que bom que eu estava admirando a chuva, então. — A mulher tinha um sorriso largo e amigável; qualquer suspeita, se é que alguma havia existido, desaparecera de seu rosto. — Eu gosto de olhar para fora quando toco piano. O mundo inspira minha música.

— Claro — respondeu ele, atordoado demais por causa do alívio para processar essa declaração. — Bem, muito obrigado.

— Ah, não foi nada. Chamem se precisarem de alguma coisa. — Ela acenou com a cabeça primeiro para Robin, depois para Letty (parecia não ter visto Ramy ou Victoire, algo pelo que Robin supôs que eles deviam ficar gratos) e voltou para a casa do outro lado da rua.

— Como você sabia? — murmurou Victoire.

— A sra. Piper escreveu sobre ela — respondeu Robin, arrastando seu baú pelo jardim da frente. — Disse que uma nova família tinha se mudado para cá, e que a esposa era uma mulher solitária e excêntrica. Acho que ela vem aqui quase todas as tardes para tomar chá quando o professor está em casa.

— Bem, graças a Deus você escreve para sua governanta — disse Letty.

— Verdade — concordou Robin, e destrancou a porta.

Robin não tinha voltado à casa em Hampstead desde que partira para Oxford, e ela parecia ter mudado muito durante sua ausência. Era bem menor do que se lembrava, ou talvez fosse ele que tivesse crescido. A escada não era mais uma espiral sem fim, e o pé-direito alto não dava mais uma sensação tão opressiva de solidão. Estava muito escuro lá dentro; todas as cortinas estavam fechadas, e havia lençóis sobre os móveis para protegê-los da poeira. Eles tatearam no escuro durante algum tempo — era a sra. Piper quem sempre acendia as lamparinas e as velas, e Robin não fazia ideia de onde ela guardava os fósforos. Por fim, Victoire encontrou algumas pederneiras e castiçais na sala, e assim eles conseguiram acender a lareira.

— Me explica uma coisa, Rob — disse Ramy. — O que são todas essas... coisas?

Ele estava se referindo aos objetos decorativos de temática chinesa. Robin olhou em volta. A sala estava cheia de leques pintados, pergaminhos pendurados na parede e vasos, esculturas e bules de porcelana. O efeito era a recriação espalhafatosa de uma casa de chá cantonesa justaposta a uma base de móveis ingleses. Será que aquelas coisas sempre tinham estado ali? Robin não sabia como não havia notado aquilo quando era criança. Talvez, recém-chegado de Cantão, não tivesse achado tão evidente a separação entre dois mundos; talvez só agora, depois de uma imersão completa na mais inglesa das universidades, ele tivesse desenvolvido um senso mais aguçado do estrangeiro e do exótico.

— Eu acho que ele era colecionador — respondeu Robin. — Ah, estou me lembrando: ele adorava contar aos convidados sobre suas aquisições, de onde elas tinham vindo e suas histórias particulares. Ele tinha muito orgulho delas.

— Que estranho — comentou Ramy. — Amar as coisas e a língua, mas odiar o país.

— Não é tão estranho quanto você pensa — disse Victoire. — Afinal, há as coisas e já as pessoas.

Uma expedição à cozinha revelou que não havia nada para comer. A sra. Piper não estocara provisões enquanto ainda estava na casa de Oxford. A casa de Hampstead tinha um problema persistente de ratos, lembrou Robin, nunca resolvido porque o professor Lovell detestava gatos, e a sra. Piper não gostava de deixar produtos perecíveis à mercê deles. Ramy encontrou uma lata de café moído e um pote de sal, mas nada de açúcar. Eles prepararam e beberam o café mesmo assim. Isso apenas aguçou a fome, mas pelo menos os manteve alertas.

Tinham acabado de lavar e secar as canecas vazias (Robin não sabia por que eles estavam limpando se o dono daquele lugar nunca ia voltar para casa, mas ainda parecia errado deixar para trás uma bagunça) quando ouviram uma batida forte na porta. Todos se sobressaltaram. A aldrava parou, depois soou de novo com firmeza, três vezes seguidas.

Ramy se levantou e pegou o atiçador da lareira.

— O que você está fazendo? — sibilou Letty.

— Bem, supondo que eles entrem…

— É só não abrirmos a porta, vamos fingir que não tem ninguém aqui…

— Mas todas as luzes estão acesas, sua tola…

— Então olhe pela janela primeiro…

— Não, eles vão nos ver…

— Olá? — chamou a pessoa que havia batido. — Estão me ouvindo?

Eles relaxaram, aliviados. Era só a sra. Clemens.

— Eu atendo. — Robin se levantou e lançou um olhar furioso para Ramy. — Largue isso.

A simpática vizinha estava na soleira da porta, encharcada, carregando um guarda-chuva frágil e ineficaz em uma das mãos e uma cesta coberta na outra.

— Eu percebi que vocês não trouxeram alimentos. E ele sempre deixa a despensa vazia quando passa algum tempo fora… por causa dos ratos.

— Ah… sim.

A sra. Clemens era muito conversadeira. Robin torceu para que ela não quisesse entrar.

Como ele não disse mais nada, ela estendeu a cesta para ele.

— Eu pedi à minha criada, Fanny, que reunisse o que tínhamos disponível. Tem um pouco de vinho, um queijo duro e outro macio, o pão de hoje de manhã, um pouco duro, receio, e algumas azeitonas e sardinhas. Se quiserem pão fresco, terão que tentar novamente pela manhã, mas me avisem se quiserem ir lá em casa, para que eu mande Fanny buscar mais manteiga fresca, estamos quase sem.

— Obrigado — agradeceu Robin, um tanto surpreso com aquela generosidade. — É muita gentileza da sua parte.

— Imagina — respondeu a sra. Clemens prontamente. — Sabe me dizer quando o professor vai estar de volta? Preciso dar uma palavrinha com ele sobre as cercas vivas.

Robin ficou aturdido.

— Eu... não sei.

— Você não disse que viriam antes dele?

Robin não soube o que responder. Tinha a vaga sensação de que quanto menos rastros orais deixassem, melhor — já tinham dito ao capitão que o professor Lovell fora na frente deles, e pretendiam dizer ao corpo docente de Babel que ele ainda estava em Hampstead, então seria muito perigoso se a sra. Clemens apresentasse um relato totalmente diferente. Mas quem iria questionar as três partes? Se a polícia tivesse chegado tão longe, os quatro já não estariam detidos?

Letty veio em seu socorro.

— Pode ser que já na segunda-feira — disse ela, empurrando-o para o lado. — Mas ficamos sabendo nas docas que o navio dele talvez se atrase por causa do mau tempo no Atlântico, a senhora sabe, então pode ser que ainda leve semanas.

— Que inconveniente — falou a sra. Clemens. — Vocês vão ficar todo esse tempo aqui, então?

— Ah, não, devemos voltar para a faculdade amanhã. Vamos deixar um bilhete na mesa da sala de jantar antes de irmos.

— Muito prudente. Bem, boa noite — despediu-se a sra. Clemens, alegremente, antes de voltar para a chuva.

Eles devoraram o queijo e as azeitonas em segundos. O pão estava duro e exigia mastigação, o que fez com que diminuíssem o ritmo, mas em minutos também já tinha acabado. Então eles olharam para a garrafa de vinho com grande desejo, divididos entre saber que deveriam ficar alertas e querer desesperadamente ficar bêbados, até que Ramy assumiu a responsabilidade e a escondeu na despensa.

A essa altura já eram onze e meia. Em Oxford, todos eles ainda ficariam acordados por horas, debruçados sobre suas tarefas ou rindo nos quartos uns dos outros. Mas estavam exaustos e com muito medo de dormir em quartos separados, então revistaram a casa em busca de todos os cobertores e travesseiros que conseguissem encontrar e os empilharam na sala de estar.

Decidiram dormir em turnos, com uma pessoa sempre acordada para vigiar. Nenhum deles acreditava de fato que a polícia arrombaria as portas —

sem falar que não havia muito que pudessem fazer se isso acontecesse —, mas era bom que fossem ao menos minimamente prudentes.

Robin se ofereceu para ser o primeiro. A princípio nenhum deles conseguia ficar quieto, todos agitados por causa do café e dos nervos, mas logo foram vencidos pelo cansaço e, em minutos, suas angústias murmuradas deram lugar a uma respiração profunda e uniforme. Letty e Victoire estavam deitadas juntas no sofá, a cabeça de Victoire no braço de Letty. Ramy dormia no chão ao lado de Robin, o corpo curvado em torno do sofá como um parêntese protetor. A visão de todos eles juntos fez Robin sentir uma pontada no peito.

Ele esperou meia hora, observando o peito deles subir e descer, antes de ousar se levantar. Concluiu que era seguro deixar seu posto. Se alguma coisa acontecesse, ele ouviria — a chuva havia diminuído para um leve tamborilar e na casa pairava um silêncio sepulcral. Prendendo a respiração, saiu pé ante pé da sala de estar e subiu as escadas até o escritório do professor Lovell.

Era tão atulhado e bagunçado quanto ele se lembrava. Em Oxford, o professor Lovell mantinha em seu escritório alguma aparência de ordem, mas em casa deixava as coisas descambarem para um estado de caos controlado. Havia papéis espalhados pelo chão e livros empilhados junto às prateleiras, alguns abertos, outros fechados com penas imprensadas dentro para marcar as páginas.

Robin caminhou pelo escritório até a mesa do professor Lovell. Nunca havia ficado atrás dela; só tinha se sentado do outro lado, as mãos cruzadas sobre o colo, tomado pelo nervosismo. A mesa parecia irreconhecível do outro lado. Havia uma pequena pintura emoldurada no canto direito — não, não era uma pintura, era um daguerreótipo. Robin tentou não olhar muito atentamente, mas não conseguiu não ver de relance a silhueta de uma mulher de cabelos escuros e de duas crianças. Ele colocou a imagem virada para baixo sobre a mesa.

Folheou os papéis espalhados. Não havia nada de interessante — anotações sobre poemas da dinastia Tang e inscrições em ossos oraculares, ambos projetos de pesquisa nos quais Robin sabia que o professor Lovell estava trabalhando em Oxford. Ele tentou a gaveta da direita. Esperava que estivesse trancada, mas ela se abriu sem resistência. Guardados lá dentro havia maços e mais maços de cartas. Ele as tirou da gaveta e as segurou contra a luz da lamparina, uma por uma, sem saber o que estava procurando, ou mesmo o que esperava encontrar.

Queria apenas uma foto do homem. Queria apenas saber quem era seu pai.

A maior parte da correspondência do professor Lovell era com o corpo docente de Babel e representantes de várias companhias de comércio — um punhado com a Companhia das Índias Orientais, algumas com representantes da Magniac & Co., mas a maior parte com homens da Jardine & Matheson. Essas eram muito interessantes. Ele ia lendo cada vez mais rápido enquanto examinava a pilha, passando os olhos pelas formalidades iniciais em busca das frases realmente importantes escondidas nos parágrafos do meio:

> *... O bloqueio de Gützlaff pode funcionar... seriam necessários apenas treze navios de guerra, embora a questão sejam o tempo e as despesas... Simples demonstração de força... Lindsay quer constrangê-los com uma retirada diplomática, mas certamente isso coloca em risco os agentes alfandegários deixados para trás... se os levarmos ao limite, eles vão recuar... não deve ser difícil dizimar uma frota comandada por marinheiros que não sabem sequer o que são navios a vapor...*

Robin respirou lentamente e se recostou na cadeira.

Duas coisas estavam claras. Primeiro, não havia ambiguidade em relação ao que eram aqueles documentos. Uma carta do reverendo Gützlaff de quatro meses antes continha um esboço detalhado das principais docas de Cantão. Do outro lado havia uma lista de todos os navios da Marinha chinesa conhecidos. Não eram hipóteses no que dizia respeito à política da Grã-Bretanha em relação à China. Eram planos de guerra. Aquelas cartas incluíam relatos minuciosos das defesas costeiras do governo Qing, relatórios detalhando o número de embarcações chinesas que defendiam as bases navais, o número e a localização de fortes nas ilhas vizinhas e até mesmo o número preciso de tropas estacionadas em cada uma delas.

Segundo, a voz do professor Lovell emergia como uma das mais agressivas dentre seus interlocutores. Inicialmente, Robin teve uma esperança tola e infundada de que talvez aquela guerra não tivesse sido ideia dele e de que talvez ele estivesse insistindo para que não fossem adiante. Mas o professor Lovell era bastante incisivo, não apenas em relação aos muitos benefícios daquela guerra (incluindo os vastos recursos linguísticos que passariam a estar à sua disposição), mas também em relação à facilidade com que os "chineses, lânguidos e preguiçosos, com um exército sem um pingo de bravura ou disciplina, poderiam ser derrotados". Seu pai não era apenas um acadêmico envolvido em conflitos comerciais. Tinha ajudado a planejá-los. Uma missiva não enviada, escrita na caligrafia elegante e minúscula do professor Lovell e endereçada a lorde Palmerston, dizia:

*A frota chinesa consiste em juncos obsoletos cujos canhões são pequenos demais para mirar com eficiência. Os chineses têm apenas um navio capaz de entrar em combate com a nossa frota, o navio mercante* Cambridge, *comprado dos americanos, mas não têm marinheiros que saibam manejá--lo. Nossos agentes informaram que ele está parado na baía, ocioso. Vamos derrotá-lo rapidamente com o* Nemesis.

O coração de Robin estava batendo muito rápido. Sentiu-se tomado por um súbito desejo de descobrir tudo o que pudesse, de determinar a dimensão total daquela conspiração. Leu freneticamente o maço de cartas; quando acabaram, pegou outro maço de correspondência da gaveta da esquerda. Ele revelou mais ou menos o mesmo. A conveniência da guerra nunca estivera em questão, apenas o momento em que ela ocorreria e a dificuldade de persuadir o Parlamento a agir. Mas algumas daquelas cartas datavam de 1837. Como Jardine, Matheson e Lovell sabiam que as negociações em Cantão iam acabar em conflito mais de dois anos antes?

Era óbvio. Eles sabiam porque essa era sua intenção o tempo todo. Eles queriam conflito porque queriam prata e, sem que houvesse uma mudança milagrosa na resolução do imperador Qing, a única maneira de conseguir isso era apontarem suas armas para a China. Tinham planejado a guerra antes mesmo de zarpar. Nunca tiveram a intenção de negociar com o comissário Lin de boa-fé. Aquelas conversações tinham sido apenas um pretexto para as hostilidades. Aqueles homens haviam financiado a viagem do professor Lovell a Cantão como uma expedição final antes de apresentarem o projeto de lei ao Parlamento. Eles contavam com o professor Lovell para ajudá-los a vencer uma guerra curta, brutal e eficiente.

O que ia acontecer quando descobrissem que o professor Lovell nunca mais ia voltar?

— O que é isso?

Robin ergueu os olhos. Ramy estava parado na porta, bocejando.

— Ainda falta uma hora para o seu turno — disse Robin.

— Eu não consegui dormir. E, de qualquer maneira, esses turnos não fazem sentido, ninguém vai vir atrás de nós esta noite. — Ramy se juntou a Robin atrás da mesa do professor Lovell. — Dando uma investigada?

— Veja. — Robin deu batidinhas nas cartas. — Leia essas.

Ramy pegou uma carta do topo da pilha, passou os olhos nela e se sentou diante de Robin para dar uma olhada no resto.

— Deus do céu.

— São planos de guerra — explicou Robin. — Todo mundo sabe desses planos, todo mundo que encontramos em Cantão. Veja, aqui estão as cartas dos reverendos Morrison e Gützlaff... Eles têm usado seus disfarces como missionários para espionar os militares Qing. Gützlaff tem até mesmo subornado informantes para lhe contarem detalhes sobre o destacamento de tropas chinesas, quais comerciantes chineses influentes estão contra os britânicos e até mesmo quais casas de penhores seriam bons lugares para assaltar.

— Gützlaff? — Ramy bufou. — Sério? Eu não imaginava que aquele alemão fosse capaz disso.

— Também há panfletos para angariar apoio público à guerra... Veja, aqui Matheson chama os chineses de "um povo caracterizado por um assombroso grau de imbecilidade, avareza, presunção e obstinação". E aqui alguém chamado Goddard escreve que o envio de navios de guerra seria uma "inspeção tranquila e criteriosa". Imagine. *Uma inspeção tranquila e sensata.* Que maneira de descrever uma invasão violenta.

— Incrível. — Os olhos de Ramy percorriam os documentos de cima a baixo enquanto ele os examinava com uma velocidade cada vez maior. — Eu fico me perguntando por que eles nos enviaram para lá.

— Porque ainda precisavam de um pretexto — respondeu Robin. Tudo estava se encaixando agora. Era tão claro, tão ridiculamente simples, que ele teve raiva de si mesmo por não ter enxergado antes. — Porque eles ainda precisavam apresentar alguma coisa ao Parlamento para provar que a única maneira de conseguirem o que queriam era pela força bruta. Eles queriam que Baylis humilhasse Lin, não que chegasse a um acordo com ele. Queriam enganar Lin para que ele declarasse guerra primeiro.

Ramy bufou.

— Só que eles não contavam que Lin fosse explodir todo aquele ópio no porto.

— Não — disse Robin. — Mas acho que vão conseguir o motivo que queriam mesmo assim.

— Ah, aí estão vocês! — exclamou Victoire.

Os dois se sobressaltaram, assustados.

— Quem está vigiando a porta? — perguntou Robin.

— Está tudo bem, ninguém vai invadir a casa às três da manhã. E a Letty está dormindo feito uma pedra. — Victoire atravessou o escritório e olhou para a pilha de cartas. — O que é isso?

Ramy fez um gesto para que ela se sentasse.

— Você vai ver.

Victoire, como Ramy, começou a ler cada vez mais rápido quando percebeu o que tinha diante de si.

— Minha nossa. — Ela levou os dedos aos lábios. — Então vocês acham... Então eles nunca...

— Isso — disse Robin. — Foi tudo encenação. Nós não íamos negociar paz coisa nenhuma.

Ela agitou os papéis, impotente.

— E o que a gente vai fazer com isso?

— Como assim? — indagou Robin.

Ela lhe dirigiu um olhar perplexo.

— São planos de guerra.

— E nós somos estudantes — respondeu ele. — O que *podemos* fazer?

Houve um longo silêncio.

— Ah, Rob. — Ramy suspirou. — O que nós estamos fazendo aqui? Para onde achamos que estamos voltando?

Oxford era a resposta. Oxford, que tinha sido aquilo com que todos eles haviam concordado, porque quando estavam presos no *Hellas*, com o cadáver de seu professor submergindo nas profundezas do oceano atrás deles, a promessa de retorno à normalidade e a algo familiar foi o que os manteve calmos, uma ilusão compartilhada de estabilidade que os impediu de enlouquecer. Todos os planos iam apenas até sua chegada segura à Inglaterra. Mas não podiam continuar evitando o problema, não podiam manter a crença cega e ridícula de que, se voltassem para Oxford, tudo ficaria bem.

Não havia como voltar atrás. Todos eles sabiam disso. Não havia mais como fingir, nem como se esconder em seu canto supostamente seguro do mundo, enquanto crueldades e explorações inimagináveis continuavam a acontecer além dele. Havia apenas a vasta e assustadora teia do império colonial e as demandas de justiça para resistir a ela.

— E agora? — questionou Robin. — A quem a gente vai recorrer?

— Ora — disse Victoire —, à Sociedade Hermes.

Pareceu muito óbvio quando ela disse isso. Só a Hermes ia saber o que fazer com aquilo. A Sociedade Hermes, que Robin havia traído, que talvez nem quisesse aceitá-los de volta, tinha sido a única entidade que eles encontraram que afirmava se preocupar com o problema do colonialismo. Era uma saída, uma rara e imerecida segunda chance de corrigir as escolhas erradas — se conseguissem encontrar a Hermes antes que a polícia os encontrasse.

— Estamos de acordo, então? — Victoire olhou de um para o outro. — Oxford, depois a Hermes… e então o que quer que a Hermes precise que a gente faça, certo?

— Certo — respondeu Ramy com firmeza.

— Não — discordou Robin. — Não, isso é loucura. Eu tenho que me entregar, eu preciso ir à polícia o mais rápido possível…

Ramy se dirigiu a ele de maneira sarcástica.

— Nós já falamos sobre isso, diversas vezes. Você se entrega e o quê? Esquece que Jardine e Matheson estão tentando deflagrar uma guerra? Isso se tornou algo maior do que nós, Rob. Maior do que você. Você tem obrigações.

— Mas a questão é exatamente essa — insistiu Robin. — Se eu me entregar, isso vai tirar o foco de vocês dois. Vai dissociar essa guerra do ópio do assassinato, vocês não entendem? Vai deixar vocês livres…

— Pare com isso — interrompeu-o Victoire. — Nós não vamos deixar você fazer isso.

— É claro que não — disse Ramy. — Além do mais, é egoísmo… Você não pode escolher a saída mais fácil.

— Como assim a saída mais *fácil*…

— Você quer fazer a coisa certa — respondeu Ramy, insistente. — Você sempre quer fazer a coisa certa. Mas acha que a coisa certa é ser um mártir. Você acha que, se sofrer o suficiente por quaisquer pecados que tenha cometido, será absolvido.

— Eu *não*…

— Foi por isso que levou a culpa por nós dois naquela noite. Toda vez que se depara com alguma situação difícil, você só quer que o problema desapareça e acha que a maneira de conseguir isso é a autoflagelação. Você é obcecado por punição. Mas não é assim que funciona, Rob. Você ir para a prisão não resolve nada. Você ir para a forca não resolve nada. O mundo ainda estará partido. Uma guerra ainda estará por vir. O único jeito de se redimir de maneira adequada é impedi-la, o que você não quer fazer, porque na verdade a grande questão é que você tem medo.

Robin achou aquilo extremamente injusto.

— Eu só estava tentando salvar vocês naquela noite.

— Você estava tentando se livrar do problema — retrucou Ramy, não de maneira maldosa. — Mas o sacrifício só serve para fazer você se sentir melhor. Ele não ajuda o resto de nós, então é um gesto sem sentido. Agora, se você já tiver terminado suas tentativas grandiosas de se tornar um mártir, acho que temos que debater…

Ele parou de falar. Victoire e Robin seguiram o olhar dele até a porta, onde Letty estava parada, as mãos apertadas junto ao peito. Nenhum deles sabia há quanto tempo ela estava ali. Seu rosto estava muito pálido, exceto por duas manchas vermelhas no alto das bochechas.

— Ah — disse Ramy. — Nós achamos que você estivesse dormindo.

A garganta de Letty pulsava. Ela parecia prestes a explodir em soluços.

— O que… — começou ela em um sussurro trêmulo. — O que é a Sociedade Hermes?

— Mas eu não entendo.

Letty vinha repetindo isso em intervalos regulares nos últimos dez minutos. Não importava como eles explicassem — a necessidade da Sociedade Hermes e as inúmeras razões pelas quais uma organização como aquela tinha que existir na clandestinidade —, ela continuava balançando a cabeça, os olhos vazios, sem compreender. Não parecia indignada ou chateada, mas verdadeiramente perplexa, como se eles estivessem tentando convencê-la de que o céu era verde.

— Eu não entendo. Vocês não eram felizes em Babel?

— Felizes? — repetiu Ramy. — Imagino que ninguém nunca tenha perguntado se a sua pele foi lavada com suco de nozes.

— Ah, Ramy, eles realmente fazem isso? — Seus olhos se arregalaram. — Mas eu nunca ouvi… e a sua pele é linda…

— Ou disse que você não podia entrar em um estabelecimento, por razões não muito claras — continuou Ramy. — Ou deu uma grande volta para se afastar de você na calçada como se você estivesse infestado de pulgas.

— Mas isso são só as pessoas de Oxford sendo estúpidas e provincianas — respondeu Letty —, isso não significa…

— Eu sei que você não consegue enxergar — disse Ramy. — E não espero que enxergue, essa não é a sua sina. Mas a questão na verdade não é se éramos ou não felizes em Babel. É sobre o que nossa consciência exige.

— Mas Babel deu tudo a vocês. — Letty parecia incapaz de ir além desse ponto. — Vocês tinham tudo o que queriam, tinham tantos *privilégios*…

— Não o suficiente para nos fazer esquecer de onde viemos.

— Mas as bolsas de estudos… Quero dizer, sem as bolsas vocês seriam… Eu não entendo…

— Você já deixou isso bem claro — replicou Ramy, irritado. — Você é realmente uma princesinha, não é? Grande propriedade em Brighton, verões em Toulouse, porcelanas nas suas prateleiras e chá de Assam nas suas xícaras? Como você poderia entender? Seu povo colhe os frutos do Império. O nosso não. Então cale a boca, Letty, e apenas ouça o que estamos tentando dizer. O que estão fazendo com nossos países não é certo. — A voz dele ficou mais alta, mais dura. — E não é certo eu ser treinado para usar meus idiomas em benefício deles, para traduzir leis e textos que facilitem o domínio deles, quando há pessoas na Índia, na China, no Haiti e em todo o Império e no mundo que passam fome e morrem de fome porque os britânicos preferem gastar prata com seus chapéus e cravos do que com qualquer coisa que possa fazer algum bem.

Letty encarou isso melhor do que Robin esperava. Ela ficou sentada em silêncio por um momento, piscando, os olhos arregalados. Então franziu as sobrancelhas, e perguntou:

— Mas... mas se o problema é a desigualdade, então vocês não poderiam ter levado essa questão à universidade? Tem vários programas de assistência, grupos de missionários. Existe *filantropia*, vocês sabem, então por que não poderíamos simplesmente recorrer aos governos coloniais e...

— Isso é um pouco difícil quando o principal objetivo da instituição é preservar o Império — retrucou Victoire. — Babel não faz nada que não beneficie a si mesma.

— Isso não é verdade — disse Letty. — Eles fazem caridade o tempo todo, eu sei, o professor Leblanc estava conduzindo pesquisas sobre o sistema de distribuição de água de Londres para que não houvesse mais tantas doenças nos cortiços, e existem sociedades humanitárias em todo o mundo...*

— Você sabia que Babel vende barras para traficantes de pessoas escravizadas? — interrompeu Victoire.

Letty olhou para ela, incrédula.

— O quê?

— *Capitale* — falou Victoire. — O latim *capitale*, derivado de *caput*, torna-se o francês antigo *chatel*, que em inglês se torna *chattel*, bem móvel. Gado

* Aqui Letty estava se referindo ao estabelecimento de sociedades humanitárias para a proteção dos povos indígenas em territórios britânicos, como os autores evangélicos do "Report of the Parliamentary Select Committee on Aboriginal Tribes" [Relatório do Comitê Parlamentar sobre Povos Aborígines], de 1837, que, embora reconhecessem que a presença britânica foi "fonte de muitas calamidades para nações não civilizadas", recomendavam a expansão contínua dos assentamentos brancos e a disseminação de missionários britânicos pela Austrália e pela Nova Zelândia em nome de uma "missão civilizadora" sagrada. Os aborígines, argumentavam eles, não sofreriam tanto se aprendessem a se vestir, a falar e a se comportar como verdadeiros cristãos. A grande contradição, claro, é que não existe colonização humanizada. A contribuição de Babel para tal missão, por sua vez, era fornecer materiais de ensino de inglês para escolas missionárias e traduzir leis de propriedade inglesas para povos deslocados pelos assentamentos coloniais.

e propriedades se tornam riqueza. Eles escrevem isso nas barras, encadeiam com a palavra *cattle*, gado, depois fixam essas barras em correntes de ferro para que os escravizados não consigam escapar. Você sabe como? Isso os torna dóceis. Como animais.

— Mas isso é… — Letty estava piscando muito, como se estivesse tentando tirar uma partícula de poeira do olho. — Mas, Victoire querida, o comércio escravagista foi abolido em 1807.*

— E você acha que eles simplesmente pararam? — Victoire emitiu um ruído que era meio riso, meio soluço. — Você acha que não vendemos barras para a América? Acha que os fabricantes britânicos não continuam lucrando com algemas e correntes? Você acha que não continuam existindo pessoas que mantêm pessoas escravizadas na Inglaterra e que apenas conseguem esconder isso?

— Mas os acadêmicos de Babel não fariam…

— Esse é exatamente o tipo de coisa que os acadêmicos de Babel fazem — retrucou Victoire em tom cruel. — Eu sei. É o tipo de coisa em que nosso orientador estava trabalhando. Toda vez que eu me reunia com o professor Leblanc, ele mudava de assunto para suas preciosas barras escravizadoras. Ele disse que achava que eu poderia ter uma percepção especial. Até perguntou uma vez se eu as usaria. Disse que queria ter certeza de que funcionaria com negros.

— Por que você não me contou?

— Eu tentei. — A voz de Victoire falhou.

Havia muita dor em seus olhos. E isso deixou Robin profundamente envergonhado, pois só agora ele enxergava o padrão cruel da amizade deles. Robin sempre tivera Ramy. Mas no fim do dia, quando eles se separavam, Victoire tinha apenas Letty, que sempre dizia amá-la, adorá-la de maneira

---

* Isso é uma grande mentira, e uma mentira na qual os britânicos brancos adoram acreditar. Não obstante o argumento seguinte de Victoire, na Índia, sob a Companhia das Índias Orientais, a escravidão perdurou por muito tempo depois disso. Na verdade, a escravidão na Índia foi especificamente excluída da Lei de Emancipação dos Escravos de 1833. Apesar da crença dos primeiros abolicionistas de que a Índia sob a Companhia das Índias Orientais era um país onde o trabalho era livre, a Companhia foi cúmplice, lucrou diretamente e, em muitos casos, incentivou uma série de tipos de servidão, incluindo o trabalho forçado em plantações, o trabalho doméstico e a servidão por contrato. A recusa em chamar tais práticas simplesmente de escravidão porque não correspondiam exatamente ao modelo transatlântico de escravidão para trabalho nas *plantations* foi um profundo ato de cegueira semântica.

Mas os britânicos, afinal de contas, eram muito bons em manter contradições na mente. Sir William Jones, um abolicionista virulento, ao mesmo tempo admitia sobre sua própria casa: "Tenho escravos que salvei da morte e da miséria, mas os considero criados."

incondicional, mas que não ouvia nada do que a amiga dizia se não estivesse de acordo com a forma como ela já enxergava o mundo.

E onde estavam ele e Ramy? Ignorando, evitando notar, nutrindo a esperança secreta de que as garotas apenas parassem de brigar e seguissem em frente. De tempos em tempos, Ramy criticava Letty, mas apenas para sua própria satisfação. Nenhum dos dois havia parado para considerar quão absolutamente solitária Victoire devia ter se sentido durante todo aquele tempo.

— Você não se importava — continuou Victoire. — Letty, você nem se importa com o fato de a nossa senhoria não me deixar usar o banheiro interno...

— O quê? Isso é ridículo, eu teria notado...

— Não — rebateu Victoire. — Você não teria notado. Você nunca nota, Letty, esse é o problema. E estamos pedindo que você finalmente, por favor, *ouça* o que estamos tentando dizer. Por favor, acredite em nós.

Letty, pensou Robin, estava prestes a sucumbir. Ela estava ficando sem argumentos. Parecia um cachorrinho acuado em um canto. Seus olhos disparavam ao redor, procurando desesperadamente uma saída. Ela buscaria qualquer desculpa esfarrapada, aceitaria qualquer lógica intrincada alternativa antes de abandonar suas ilusões.

Ele sabia disso porque, não muito tempo antes, havia feito o mesmo.

— Então há uma guerra — disse ela após uma pausa. — Vocês têm certeza absoluta de que vai haver uma guerra.

Robin suspirou.

— Sim, Letty.

— E é definitivamente obra de Babel.

— Você mesma pode ler as cartas.

— E o que... o que a Sociedade Hermes vai fazer em relação a isso?

— Nós não sabemos — respondeu Robin. — Mas eles são os únicos que *podem* fazer alguma coisa a respeito. Nós vamos levar esses documentos para eles, vamos contar tudo o que sabemos...

— Mas por quê? — insistiu Letty. — Por que envolvê-los? Nós devíamos agir por conta própria. Devíamos panfletar, devíamos ir ao Parlamento... Existem mil opções além de recorrer a uma... uma quadrilha de ladrões. Esse nível de conluio, de corrupção... Se as pessoas soubessem, nunca iriam apoiar, tenho certeza. Agir de modo furtivo, roubar da universidade... Isso só prejudica a causa de vocês, não acham? Por que não podem simplesmente ir a público?

Eles ficaram em silêncio por um momento, todos se perguntando quem ia contar a Letty.

Victoire assumiu a tarefa.

— Eu me pergunto — disse ela, bem devagar — se você já leu algum texto abolicionista publicado antes de o Parlamento finalmente proibir a escravidão.

Letty franziu o cenho.

— Eu não entendo o que...

— Os quacres apresentaram a primeira petição antiescravista ao Parlamento em 1783 — explicou Victoire. — Equiano* publicou suas memórias em 1789. Acrescente isso às inúmeras histórias de escravizados que os abolicionistas revelaram ao público britânico, histórias sobre as torturas mais cruéis e terríveis que alguém pode infligir a um ser humano. Porque o simples fato de os negros serem privados de sua liberdade não era suficiente. Eles precisavam ver como aquilo era grotesco. E mesmo assim levaram décadas para enfim proibir o comércio. E estamos falando da *escravidão*. Comparada a isso, uma guerra em Cantão por causa de direitos comerciais vai parecer irrelevante. Não é romântico. Não há romancistas escrevendo sagas sobre os efeitos do vício em ópio nas famílias chinesas. Se o Parlamento votar para forçar a abertura dos portos de Cantão, vai parecer que o livre-comércio está funcionando como deveria. Então não venha me dizer que o povo britânico, se soubesse, ia fazer alguma coisa.

— Mas estamos falando de uma guerra — respondeu Letty. — Com certeza é diferente, certamente isso vai provocar indignação...

— O que você não entende — interveio Ramy — é quantas pessoas como você vão relevar isso se significar que elas podem continuar tendo chá e café na mesa de manhã. Elas não se importam, Letty. Não dão a mínima, é simples assim.

Letty ficou em silêncio por um longo tempo. Ela parecia triste, abatida e frágil, como se tivesse acabado de ser informada sobre a morte de um membro da família. Soltou um suspiro longo e trêmulo e olhou para cada um deles.

— Agora entendo por que vocês nunca me contaram.

— Ah, Letty. — Victoire hesitou, então estendeu a mão e a colocou sobre o ombro da amiga. — Não foi assim.

Mas parou por aí. Estava claro que Victoire não conseguia pensar em mais nada reconfortante para dizer. Não havia mais nada a dizer, exceto a

---

* Olaudah Equiano (1745-1797), mais conhecido em sua época sob o nome de Gustave Vassa (ou Vasa), foi um escravizado liberto, marinheiro e escritor calvinista britânico, figura importante na abolição da escravatura e do tráfico de pessoas escravizadas no Reino Unido. (N. T.)

verdade: é claro que eles não teriam confiado nela. Que apesar de toda a história deles, de todas as declarações de amizade eterna, não tinham como saber de que lado ela ia ficar.

— Nós já decidimos o que vamos fazer — disse Victoire gentilmente, mas com firmeza. — Nós vamos levar isso para a Hermes assim que chegarmos a Oxford. E você não precisa ir com a gente. Nós não podemos forçar você a correr esse risco; nós sabemos que já sofreu muito. Mas se não estiver do nosso lado, pedimos que pelo menos guarde nossos segredos.

— Como assim? — exclamou Letty. — É claro que eu estou com vocês. Vocês são meus amigos, eu vou com vocês até o fim.

Então ela abraçou Victoire e começou a chorar copiosamente. Victoire enrijeceu, parecendo perplexa, mas depois de um momento ergueu os braços e comedidamente retribuiu o abraço de Letty.

— Eu sinto muito. — Letty fungou entre soluços. — Eu sinto muito, sinto muito…

Ramy e Robin ficaram assistindo, sem saber como encarar aquela cena. Se fosse outra pessoa teria sido performático, revoltante até, mas com Letty eles sabiam que não era uma farsa. Letty não conseguia forçar o choro; ela não conseguia nem sequer fingir as emoções mais básicas. Era rígida demais, transparente demais; eles sabiam que ela era incapaz de agir de uma maneira que não refletisse o que sentia. Por isso, foi catártico vê-la desabar daquela maneira, ver que finalmente ela entendia como todos eles se sentiam. Foi um alívio saber que ainda tinham Letty como aliada.

Ainda assim, algo parecia errado, e Robin podia perceber no rosto de Victoire e Ramy que eles sentiam o mesmo. Ele levou um momento para entender o que o incomodava e, ao perceber o que era, isso o incomodaria para sempre, naquele momento e dali em diante: parecia um grande paradoxo o fato de que depois de tudo que haviam contado a Letty, de toda a dor que tinham compartilhado, era ela quem precisava ser consolada.

# Capítulo Vinte e Um

*O ye spires of Oxford! Domes and towers!*
*Gardens and groves! Your presence overpowers*
*The soberness of reason.*

*Ó pináculos de Oxford! Cúpulas e torres!*
*Jardins e bosques! Sua presença subjuga*
*A sobriedade da razão.*

William Wordsworth, "Oxford, 30 de maio de 1820"

A volta deles para Oxford, na manhã seguinte, se transformou rapidamente em uma comédia de erros, muitos dos quais poderiam ter sido evitados se não estivessem exaustos, famintos e irritados demais um com o outro para se comunicar. O dinheiro estava acabando, então eles passaram uma hora discutindo se seria prudente pegar emprestada a carruagem da sra. Clemens para irem à estação de Paddington até que desistiram e resolveram desembolsar o dinheiro para pagar um coche. Mas era difícil encontrar coches em Hampstead nas manhãs de domingo, o que acabou fazendo com que só chegassem à estação dez minutos depois de o trem para Oxford ter partido. O trem seguinte estava lotado, e o seguinte foi atrasado por uma vaca vagando nos trilhos, o que significava que só chegariam a Oxford depois da meia-noite.

Um dia inteiro desperdiçado.

Eles aguardaram em Londres, migrando de café em café para não levantarem suspeitas, ficando cada vez mais nervosos e paranoicos por causa da quantidade absurda de café e doces que compravam para justificar a permanência nas mesas. De vez em quando, um deles mencionava o professor Lovell, ou a Hermes, mas era ferozmente silenciado pelos outros; eles não sabiam quem poderia estar ouvindo, e Londres inteira parecia cheia de bisbilhoteiros hostis. Era desagradável ser silenciado, mas nenhum deles tinha ânimo para conversas mais amenas, então não estavam mais falando uns com os outros quando arrastaram os baús para o trem lotado tarde da noite.

Passaram o trajeto inteiro em um silêncio ressentido. Estavam a dez minutos da estação de Oxford quando Letty de repente se sentou mais ereta e começou a hiperventilar.

— Ah, meu Deus — sussurrou ela. — Ah, meu Deus, ah, meu Deus, ah, meu Deus...

Ela estava atraindo olhares. Letty agarrou o ombro de Ramy em uma súplica por conforto, mas Ramy, impaciente, se desvencilhou dela.

— Letty, *fica quieta*.

Isso foi cruel, mas Robin foi solidário. Ele também estava sem paciência para Letty; ela havia passado a maior parte do dia fazendo drama, e ele estava farto. Todos estavam com os nervos à flor da pele, pensou ele de maneira cruel, e Letty só tinha que reunir forças e se controlar como os outros.

Atônita, Letty se calou.

Por fim, o trem deles chegou à estação de Oxford. Bocejando e tremendo, eles arrastaram seus baús pelo calçamento irregular durante os vinte minutos de caminhada até a faculdade — tinham decidido que as garotas iriam primeiro até o alojamento do porteiro para chamar um coche; estava muito escuro para caminharem até o norte sozinhas. Por fim, a austera fachada de pedra da University College emergiu da escuridão, e Robin sentiu uma pontada de nostalgia ao ver aquele lugar mágico e maculado que, apesar de tudo, ainda fazia com que se sentisse em casa.

— Olá! — Era o porteiro-chefe, Billings, segurando um lampião à sua frente. Ele os olhou de cima a baixo e, ao reconhecê-los, abriu um largo sorriso. — Finalmente voltaram do Oriente, hein?

Robin se perguntou qual seria a aparência deles sob a luz do lampião: em pânico, maltrapilhos e suados, ainda com as roupas do dia anterior. A exaustão deles devia estar evidente, pois a expressão de Billings mudou para pena.

— Ah, pobres coitados. — Ele se virou e acenou para que o seguissem. — Venham comigo.

Quinze minutos depois, estavam sentados ao redor de uma mesa no refeitório, debruçados sobre xícaras de chá preto forte, enquanto Billings andava para lá e para cá na cozinha. Tinham protestado, dizendo que não queriam dar trabalho, mas ele insistira em preparar uma bela fritada para eles. Logo ele surgiu com pratos de ovos fritos, linguiças, batatas e torradas.

— E uma coisinha para levantar o ânimo. — Billings colocou quatro canecas na frente deles. — Só um pouco de conhaque e água. Vocês não são os primeiros babélicos que eu vejo voltarem do exterior. Isso sempre funciona.

O cheiro de comida fez com que eles se lembrassem de que estavam famintos. Atacaram a refeição como lobos, mastigando em um silêncio frenético enquanto Billings os observava, divertindo-se.

— Então — disse ele —, me contem sobre essa viagem emocionante. Cantão e Maurício, não foi? Eles ofereceram alguma comida curiosa? Vocês assistiram a alguma cerimônia local?

Eles se entreolharam, sem saber o que dizer. Letty começou a chorar.

— Ora, vamos. — Billings empurrou a caneca de conhaque para mais perto dela. — Não pode ter sido tão ruim assim.

Letty balançou a cabeça. Ela mordeu o lábio, mas não conseguiu conter um gemido. Não foi uma simples fungada, mas um choro convulsivo que tomou seu corpo inteiro. Ela colocou as mãos sobre o rosto e soluçou vigorosamente, os ombros tremendo, soltando palavras incoerentes por entre os dedos.

— Ela estava com saudade de casa — justificou Victoire, sem jeito. — Ela estava, ah, com muita saudade de casa...

Billings estendeu a mão para dar um tapinha no ombro de Letty.

— Tudo bem, minha querida. Você já está de volta, está segura.

Ele saiu para acordar o cocheiro. Dez minutos depois, um coche parou diante do refeitório e as garotas foram para seu alojamento. Robin e Ramy arrastaram suas bagagens até a Magpie Lane e se despediram. Robin sentiu uma leve ansiedade quando Ramy desapareceu pela porta do quarto — havia se acostumado com a companhia dele durante todas aquelas noites da viagem e estava com medo de ficar sozinho pela primeira vez em semanas, sem outra voz para amenizar a escuridão.

Depois de fechar a porta do quarto, no entanto, ficou surpreso ao constatar como tudo parecia normal. A escrivaninha, a cama e as estantes estavam do jeito que ele as havia deixado. Nada mudara em sua ausência. A tradução do *Shanhaijing* na qual estava trabalhando para o professor Chakravarti ainda se encontrava sobre a mesa, interrompida no meio de uma frase. O criado devia ter estado ali recentemente, porque não havia uma partícula de poeira à vista. Ao se sentar em seu colchão encaroçado e respirar o cheiro familiar e reconfortante de livros velhos e mofo, Robin sentiu que, se simplesmente se deitasse e fechasse os olhos, poderia se levantar no dia seguinte e ir para a faculdade como se nada tivesse acontecido.

Robin acordou com a visão de Ramy debruçado sobre ele.

Ele se sentou na cama, respirando com dificuldade.

— Pelo amor de Deus. Não faça isso.

— Você realmente deveria começar a trancar a porta. — Ramy entregou uma xícara a ele. — Agora que nós estamos... você sabe. Chá?

— Obrigado.

Ele pegou a xícara com ambas as mãos e bebeu. Era sua mistura favorita de Assam, escuro, inebriante e forte. Por apenas um momento feliz antes de as lembranças frias e perversas se instalarem, a luz do sol entrando pela janela e os pássaros cantando suavemente do lado de fora, tudo que tinha acontecido em Cantão pareceu um pesadelo terrível. Ele suspirou.

— O que foi? — quis saber Robin.

— As garotas estão aqui — disse Ramy. — Hora de levantar.

— Aqui?

— Na minha sala de estar. Vamos.

Robin lavou o rosto e se vestiu. Do outro lado do corredor, Victoire e Letty estavam sentadas no sofá de Ramy enquanto ele lhes passava chá, um saco de *scones* e um potinho de *clotted cream*.

— Achei que ninguém ia querer ir ao refeitório, então isso é o café da manhã.

— Está muito bom — falou Victoire, parecendo surpresa. — Onde...

— No Vaults, um pouco antes de abrirem. Eles sempre oferecem os *scones* do dia anterior por um preço bem menor. — Ramy não tinha faca, então passou o bolinho diretamente no creme. — Bons, não são?

Robin se sentou diante das meninas.

— Como vocês duas dormiram?

— Bem, considerando as circunstâncias — respondeu Letty. — É estranho estar de volta.

— É confortável demais — acrescentou Victoire. — Eu achei que o mundo ia estar diferente agora, mas... não.

Era assim que Robin se sentia também. Parecia errado estar de volta ao conforto, se sentar no sofá de Ramy e tomar seu chá favorito com *scones* do seu café favorito. A situação deles não parecia compatível com o que estava em jogo. O que estava em jogo parecia exigir que o mundo inteiro estivesse pegando fogo.

— Então é o seguinte. — Ramy sentou-se ao lado de Robin. — Não podemos só ficar parados esperando. Cada segundo que passa é um segundo que não estamos na prisão e, portanto, temos que fazer bom proveito do nosso tempo. Temos que falar com a Hermes. Rob, como você entra em contato com o Griffin?

— Eu não entro — respondeu Robin. — O Griffin era inflexível a esse respeito. Ele sabia como me encontrar, mas eu não tinha como entrar em contato com ele. Era assim que funcionava.

— Com o Anthony era a mesma coisa — disse Victoire. — Mas ele nos mostrou vários pontos de entrega, lugares onde a gente deixava as coisas para ele. Nós podemos deixar mensagens nesses lugares...

— Mas com que frequência ele checa se tem mensagem? — perguntou Letty. — Será que vai checar se não estiver esperando nada?

— Eu não sei — respondeu Victoire, frustrada. — Mas é a nossa única opção.

— Eu acho que eles vão nos procurar — afirmou Robin. — Depois do que aconteceu naquela noite, quando nós fomos pegos... quero dizer, há muitas pontas soltas, e, agora que estamos todos de volta, eu acho que eles vão querer entrar em contato.

Dava para ver pelas expressões que eles não estavam muito certos disso. A Hermes era meticulosa, imprevisível. Podia contatá-los na próxima hora, ou podia ficar em silêncio por seis meses.

— Quanto tempo nós temos, afinal? — perguntou Ramy após uma pausa. — Quero dizer, quanto tempo até perceberem que o bom e velho Richard não vai voltar?

Nenhum deles sabia ao certo. O período letivo só ia começar dali a uma semana, quando seria muito suspeito que o professor Lovell não tivesse voltado para dar suas aulas. Mas e se os outros professores estivessem esperando que todos eles voltassem mais cedo?

— Bem, quem mantém contato regular com ele? — indagou Letty. — Vamos ter que contar alguma história para os professores...

— E tem a sra. Piper — lembrou Robin. — A governanta em Jericho... Ela deve estar se perguntando onde ele está, eu também tenho que falar com ela.

— Eu tenho uma ideia — disse Victoire. — Nós podemos ir ao escritório dele e dar uma olhada na correspondência, ver se tem algum compromisso ao qual ele deveria comparecer e até mesmo forjar algumas respostas, se isso nos fizer ganhar um pouco de tempo.

— Deixa ver se eu entendi — falou Letty —, você acha que devemos invadir o escritório do homem cujo assassinato nós encobrimos e vasculhar as coisas dele, torcendo para ninguém nos flagrar?

— A hora de fazer isso é agora — observou Victoire. — Enquanto ninguém sabe o que nós fizemos.

— Como você sabe que eles ainda não sabem? — A voz de Letty aumentou de tom. — Como você sabe que nós não vamos ser algemados assim que entrarmos na torre?

— Santo Deus — murmurou Robin. De repente, parecia absurdo que eles estivessem tendo aquela conversa, que estivessem em Oxford. — *Por que* nós voltamos?

— Nós devíamos ir para Calcutá — declarou Ramy abruptamente. — Vamos, vamos fugir para Liverpool, nós podemos reservar uma passagem de lá...

Letty franziu o nariz.

— Por que Calcutá?

— É seguro lá, tem meus pais, que podem nos proteger, tem espaço no sótão...

— Eu não vou passar o resto da minha vida escondida no sótão dos seus pais!

— Seria apenas *temporário*...

— Vamos nos acalmar! — Era tão raro Victoire levantar a voz que todos se calaram na mesma hora. — É como... como uma missão, entendem? Nós só precisamos de um plano. Só temos que dividir o problema em partes, resolver cada parte, e vai ficar tudo bem. — Ela ergueu dois dedos. — Agora, parece que há duas coisas que precisamos fazer. Primeira tarefa: entrar em contato com a Sociedade Hermes. Segunda tarefa: acumular o máximo possível de informações para que, quando conseguirmos entrar em contato com a Hermes, eles possam fazer alguma coisa com elas.

— Você se esqueceu da terceira tarefa — disse Letty. — Não sermos pegos.

— Bem, isso nem preciso dizer.

— Quão expostos nós estamos? — perguntou Ramy. — Quero dizer, se pensarem bem, estamos ainda mais seguros aqui do que estávamos no navio. Cadáveres não falam, e ele não vai aparecer em lugar nenhum. Eu acho que se a gente ficar quieto, vai ficar tudo bem, não vai?

— Mas as pessoas vão começar a fazer perguntas — comentou Letty. — Obviamente, em algum momento, alguém vai notar que o professor Lovell não está respondendo nenhuma carta.

— E a gente continua dizendo a mesma coisa — sugeriu Victoire. — Que ele está enfurnado em casa, que está gravemente doente, por isso não responde às cartas nem recebe visitas, e que disse para voltarmos sem ele. Essa é a história. Vamos manter as coisas simples, sem florear os detalhes. Se todos nós contarmos a mesma história, ninguém vai suspeitar. E se parecermos nervosos, é porque estamos preocupados com o nosso querido professor. Certo?

Ninguém contestou. Estavam todos prestando atenção em cada palavra dela. O mundo tinha parado de girar fora de controle; a única coisa que importava era o que Victoire ia dizer em seguida.

Ela continuou:

— Mas o que eu acho é que quanto mais nós ficarmos parados, quanto mais cautelosos nós formos, mais suspeitos vamos parecer. Nós não podemos nos esconder e desaparecer de vista. Somos estudantes de Babel. Estamos ocupados. Estamos no quarto ano, enlouquecendo por causa da quantidade de trabalho. Nós não precisamos fingir que não estamos loucos, porque os alunos daqui estão sempre enlouquecidos, mas temos que fingir que estamos loucos pelos motivos certos.

De alguma forma, isso fazia o mais completo e absoluto sentido.

Victoire apontou para Robin.

— Você cuida da governanta e depois vai buscar a correspondência do professor Lovell. O Ramy e eu vamos aos pontos de entrega que o Anthony indicou e vamos deixar o máximo de mensagens criptografadas que pudermos. Letty, você continua com a sua rotina diária, dando a impressão de que está tudo perfeitamente bem. Se as pessoas perguntarem sobre Cantão, comece a espalhar a história da doença do professor. Vamos todos nos encontrar aqui esta noite, e torcer para nada dar errado. — Ela respirou fundo e olhou em volta, fazendo que sim com a cabeça como se estivesse tentando convencer a si mesma. — Nós vamos conseguir, está bem? Só não podemos perder a cabeça.

Mas isso, pensou Robin, era uma conclusão precipitada.

Um por um, eles deixaram os alojamentos da Magpie Lane e se dispersaram. Robin torceu para que a sra. Piper não estivesse em casa quando ele fosse a Jericho, de modo que ele pudesse simplesmente deixar uma mensagem na caixa de correio, mas mal havia batido quando ela escancarou a porta com um largo sorriso.

— Robin querido!

Ela o abraçou forte. Cheirava a pão quente.

As maçãs do rosto de Robin arderam, lágrimas ameaçando brotar em seus olhos. Ele se desvencilhou do abraço e esfregou o nariz, tentando fingir que era um espirro.

— Você está magro. — Ela deu tapinhas nas bochechas dele. — Não te deram nada para comer em Cantão? Ou perdeu o gosto pela comida chinesa?

— Em Cantão foi tudo bem — disse ele, com sinceridade. — Durante a viagem de navio que a comida foi pouca.

— Eles não têm vergonha? Vocês ainda são crianças. — Ela deu um passo para trás e olhou ao redor. — Então o professor também está de volta?

— Na verdade, ele vai demorar um pouco para voltar. — A voz de Robin vacilou. Ele pigarreou e tentou novamente. Nunca tinha mentido para a sra. Piper, e a sensação foi muito pior do que ele esperava. — Ele... bem, ele ficou muito doente na viagem de volta.

— Minha nossa, você está falando sério?

— Ele não estava se sentindo bem para fazer o trajeto até Oxford e, além disso, estava preocupado em não transmitir a doença, então está de quarentena em Hampstead por enquanto.

— Sozinho? — A sra. Piper pareceu alarmada. — Aquele tolo, ele deveria ter escrito. Eu vou hoje mesmo para lá, Deus sabe que aquele homem não é capaz nem de preparar um chá...

— Por favor, não faça isso — respondeu Robin abruptamente. — É... quero dizer, o que ele tem é muito contagioso. Se espalha pelo ar quando ele tosse ou fala. Nós não pudemos nem ficar na mesma cabine que ele no navio. Ele está tentando ter contato com o menor número possível de pessoas. Mas está sendo assistido. Chamamos um médico para examiná-lo...

— Qual deles? Smith? Hastings?

Robin tentou se lembrar do nome do médico que tinha ido examiná-lo quando ele teve uma gripe na infância.

— É... Hastings?

— Ótimo — disse a sra. Piper. — Eu sempre achei que o dr. Smith era um charlatão. Eu tive uma febre terrível muitos anos atrás, e ele diagnosticou como simples histeria. Histeria! Eu não podia nem tomar um caldo que vomitava, e ele achou que eu estava inventando tudo.

Robin respirou fundo.

— Eu tenho certeza de que o dr. Hastings vai cuidar bem dele.

— Ah, claro, e ele vai estar de volta aqui pedindo *scones* com passas no fim de semana. — A sra. Piper abriu mais um sorriso largo. Era claramente falso; não chegou a seus olhos, mas ela parecia determinada a animá-lo. — Bem, pelo menos posso cuidar de você. Posso lhe preparar o almoço?

— Ah, não — apressou-se em dizer Robin. — Eu não posso ficar, é que... eu tenho que voltar e informar os outros professores. Eles ainda não sabem.

— Não vai ficar nem para um chá?

Ele queria. Queria muito se sentar à mesa com ela, ouvir suas histórias desconexas e sentir, apenas por um momento, o caloroso conforto e a segurança de sua infância. Mas sabia que essa sensação não ia durar nem cinco minutos, muito menos o tempo que levaria para despejar a água fervente sobre as folhas, deixá-las em infusão e bebericar uma xícara de Darjeeling. Se ficasse, se entrasse naquela casa, ele desmoronaria por completo.

— Robin? — A sra. Piper perscrutou o rosto dele, preocupada. — Meu querido, você parece tão perturbado!

— É só... — Lágrimas turvaram seus olhos; ele não conseguia mais segurá-las. Sua voz falhou. — Eu estou com muito medo.

— Ah, meu querido.

A sra. Piper passou os braços em torno dele. Robin a abraçou de volta, os ombros tremendo por causa dos soluços reprimidos. Pela primeira vez, ele se deu conta de que talvez nunca mais a visse; na verdade, ele não havia parado para pensar sobre o que aconteceria com ela quando todos ficassem sabendo que o professor Lovell estava morto.

— Sra. Piper, eu estava pensando... — Ele se desvencilhou do abraço e deu um passo para trás, tomado pela culpa. — A senhora... a senhora tem família ou algo assim? Algum outro lugar para onde ir?

Ela pareceu confusa.

— Como assim?

— Se o professor Lovell não sobreviver — disse ele. — Só estou pensando... porque se ele morrer, então a senhora não vai ter...

— Ah, meu querido. — Os olhos dela ficaram marejados. — Não se preocupe comigo. Eu tenho uma sobrinha e um irmão em Edimburgo... Eles não morrem de amores por mim, mas vão ter que me acolher se eu bater à porta deles. Só que isso não vai ser necessário. O Richard já pegou seu quinhão de doenças estrangeiras antes. Ele vai estar de volta para os jantares mensais em pouco tempo, e eu vou preparar para vocês dois um ganso inteiro assado quando ele voltar. — Ela apertou de leve os ombros de Robin. — Apenas se concentre nos seus estudos, está bem? Faça um bom trabalho e não se preocupe com o resto.

Ele nunca mais ia vê-la de novo. Não importava como as coisas se desenrolassem, isso, pelo menos, parecia certo. Robin fixou os olhos em seu sorriso gentil, tentando registrar aquele momento.

— Vou fazer o possível, sra. Piper. Adeus.

* * *

Ele teve que se recompor por um momento na rua antes de reunir coragem para entrar na torre.

Os escritórios dos professores ficavam no sétimo andar. Robin esperou na escada até ter certeza de que o corredor estava vazio antes de sair correndo e enfiar a chave do professor Lovell na fechadura. A correspondência no escritório era praticamente igual à que ele havia encontrado em Hampstead: cartas para Jardine, Matheson, Gützlaff e outros, sobre planos de guerra para a invasão iminente. Ele separou algumas em um maço e as enfiou no bolso do paletó. Não fazia a menor ideia do que a Hermes poderia fazer com elas, mas alguma prova, presumiu, era melhor do que nada.

Tinha acabado de trancar a porta quando ouviu vozes vindas do escritório do professor Playfair. A primeira pertencia a uma mulher, exigente e em tom exaltado.

— Ele já deixou de fazer três pagamentos consecutivos, e eu não consigo fazer contato com ele há meses...

— O Richard é um homem muito ocupado — respondeu o professor Playfair. — E ainda está no exterior, na viagem anual com os alunos do quarto ano. Tenho certeza de que falou sobre isso com a senhora...

— Não falou — retrucou a mulher. — O senhor sabe que ele é péssimo com essas coisas, nós nunca sabemos para onde vai. Ele não escreve, nem ao menos envia um telegrama, não manda nada para as crianças. Sabe, elas estão começando a esquecer que têm pai.

Com o coração martelando no peito, Robin se esgueirou até o canto do corredor, se aproximando apenas o suficiente para continuar a ouvir. A escada estava a poucos metros atrás dele. Se a porta se abrisse, poderia fugir para o sexto andar antes que alguém o visse.

— Isso deve ser, ah, muito difícil — disse o professor Playfair, constrangido. — Mas devo dizer que esse não é um assunto sobre o qual Richard e eu conversamos com frequência. É melhor a senhora falar diretamente com ele...

— Quando ele deve estar de volta?

— Semana que vem. Embora eu tenha ouvido dizer que houve um problema em Cantão, então pode ser que chegue alguns dias antes. Mas eu realmente não sei, sra. Lovell. Avisarei quando tivermos notícias, mas por ora sabemos tanto quanto a senhora.

A porta se abriu. Robin se preparou para sair correndo, mas uma curiosidade mórbida o manteve paralisado onde estava. Ele espiou pela curva do corredor. Queria ver, para ter certeza.

Uma mulher alta e magra, com cabelos grisalhos, surgiu. Com ela estavam duas crianças pequenas. A mais velha, uma menina, parecia ter cerca de dez anos e estava claramente chorando, embora escondesse os soluços com uma das mãos enquanto apertava a mão da mãe com a outra. A criança mais nova, um menino, era muito menor — talvez tivesse apenas cinco ou seis anos. Ele saiu para o corredor dando passos vacilantes enquanto a sra. Lovell se despedia do professor Playfair.

A respiração de Robin ficou sufocada na garganta. Ele se viu ainda mais inclinado no corredor, incapaz de desviar o olhar. O menino se parecia tanto com ele, com Griffin... Os olhos tinham o mesmo tom castanho-claro, o cabelo era igualmente escuro, embora fosse mais encaracolado que o deles.

Os olhos do menino encontraram os dele. Então, para horror de Robin, ele abriu a boca e disse em alto e bom som:

— Papai.

Robin se virou e fugiu.

— O quê? — A voz da sra. Lovell ecoou em direção à escada. — Dick, o que você disse?

O filho do professor Lovell balbuciou algo em resposta, mas Robin estava descendo a escada rápido demais para ouvir.

— Mas que azar — disse Ramy. — Eu nem sabia que o professor Lovell tinha família.

— Eu contei para você que ele tinha uma casa em Yorkshire!

— Eu achei que você estivesse inventando — confessou Ramy. — Nunca o vi tirar férias, nem uma vez sequer. É só que ele não parece... não parece um homem de família. Como ficou em casa tempo suficiente para procriar?

— A questão é que eles existem e estão preocupados — disse Robin. — Aparentemente, ele vem deixando de pagar as despesas da propriedade. E agora o professor Playfair sabe que tem alguma coisa errada.

— E se nós fizéssemos o pagamento? — sugeriu Victoire. — Quero dizer, falsificamos a caligrafia dele e mandamos o dinheiro. Quanto custa manter uma casa por um mês?

— Se forem só os três? — Letty pensou por um momento. — Umas dez libras.

Victoire empalideceu. Ramy suspirou e esfregou as têmporas. Robin se serviu de um copo de conhaque.

O clima naquela noite estava decididamente sombrio. Além da pilha de cartas que Robin tinha encontrado no escritório do professor Lovell, o dia não havia rendido nada. A Sociedade Hermes permanecera em silêncio. A janela de Robin estava vazia. Victoire e Ramy tinham estado em cada um dos antigos pontos de entrega de Anthony — um tijolo solto atrás da catedral da Christ Church, um banco escondido no Jardim Botânico, um barco virado e raras vezes usado na margem do Cherwell —, mas nenhum deles dava sinais de ter sido visitado recentemente. Tinham ficado andando de um lado para outro na frente do Twisted Root por quase uma hora, na esperança de que Griffin os visse, mas a única coisa que conseguiram foi atrair olhares dos clientes.

Pelo menos nada de desastroso tinha acontecido — nenhum colapso nervoso, nenhum encontro ameaçador com a polícia de Oxford. Letty tinha começado a hiperventilar de novo no refeitório durante o almoço, ou pelo menos foi o que Robin ficou sabendo, mas Victoire lhe deu um tapa nas costas e fingiu que ela havia apenas engasgado com uma uva. (Letty, Robin pensou com crueldade, não estava validando o argumento feminista de que as mulheres não eram seres histéricos com cérebro do tamanho de uma ervilha.)

Talvez estivessem seguros por enquanto. No entanto, não podiam deixar de se sentir alvos fáceis. O tempo estava se esgotando; várias pessoas já estavam desconfiadas e a sorte deles não ia durar para sempre. Mas para onde mais poderiam ir? Se fugissem, a Sociedade Hermes não teria como encontrá-los. Estavam presos ali por conta da obrigação.

— Ah, inferno! — exclamou Ramy. Ele estava examinando as pilhas de correspondência que tinha pegado no escaninho, separando os folhetos inúteis do que era importante. — Eu me esqueci.

— Do quê? — perguntou Letty.

— Da festa do corpo docente. — Ramy mostrou a eles um convite em papel grosso de cor creme. — A maldita festa é sexta.

— Bem, é claro que nós não vamos — sentenciou Robin.

— Nós não podemos deixar de ir — retrucou Ramy. — É a festa do corpo docente.

Todos os anos, pouco antes do início do segundo período letivo, o Real Instituto de Tradução organizava uma festa no jardim da University College para professores e alunos de graduação e pós-graduação. Eles já haviam comparecido a três. Eram eventos longos e enfadonhos e, como em todas as cerimônias de Oxford, a comida era apenas tolerável e os discursos, longos. O que Robin não conseguia entender era por que Ramy estava dando tanta importância àquele evento.

— E daí? — perguntou Victoire.

— E daí que todo mundo vai — respondeu Ramy. — É obrigatório. Todo mundo sabe que nós já voltamos, nós nos encontramos com a professora Craft do lado de fora da Rad Cam* hoje de manhã e várias pessoas viram a Letty no refeitório. Nós temos que manter as aparências.

Robin não conseguia imaginar nada mais aterrorizante do que comer aperitivos na companhia do corpo docente de Babel.

— Você ficou louco? — indagou Victoire. — Esses eventos duram séculos; nós nunca vamos conseguir ficar até o fim.

— É só uma festa — argumentou Ramy.

— Com entrada, prato principal e sobremesa? Vinho? *Discursos*? A Letty mal consegue se controlar, e você quer colocá-la sentada entre a professora Craft e o professor Playfair e esperar que ela fale por mais de três horas sobre os momentos maravilhosos que passou em Cantão?

— Eu vou ficar bem — disse Letty com a voz fraca, sem convencer ninguém.

— Eles vão achar estranho se nós não estivermos lá...

— E não vão achar estranho quando a Letty vomitar em cima do centro de mesa?

— Ela pode fingir que está com intoxicação alimentar — sugeriu Ramy. — E nós podemos fingir que ela está doente desde hoje de manhã, o que explica por que ela está tão pálida e suando frio e por que teve um ataque no refeitório. Vocês realmente acham que isso é mais suspeito do que nós quatro não aparecermos?

Robin olhou para Victoire, na esperança de que ela tivesse um contra-argumento. Mas Victoire estava olhando para ele, esperando o mesmo.

— A festa serve para ganharmos tempo — insistiu Ramy com firmeza. — Se nós conseguirmos não parecer totalmente lunáticos, ganhamos um dia. Ou dois. É isso. Mais tempo. É a única coisa que importa.

Sexta-feira acabou sendo um dia excepcionalmente quente. Começou com o típico frio matinal de janeiro, mas no meio da tarde o sol já havia dissipado a cobertura de nuvens e brilhava com força total. Todos tinham superestimado o frio na hora de se vestir, mas uma vez no pátio não podiam mais tirar facilmente as camisetas de lã, o que significava que não lhes restava escolha a não ser suar.

---

* A Radcliffe Camera (informalmente chamada de "Rad Cam"), ou Câmara Radcliffe, é um edifício em Oxford construído entre 1737 e 1749 para abrigar a Biblioteca Científica Radcliffe. (N. T.)

A festa daquele ano foi a mais extravagante que Babel já havia organizado. O corpo docente estava nadando em dinheiro depois de uma visita do arquiduque Alexandre da Rússia à universidade, em maio do ano anterior; o arquiduque, que ficara impressionado com a sagacidade e a habilidade dos intérpretes na recepção, tinha doado a Babel mil libras para financiamento discricionário. Os professores usaram o dinheiro de maneira pródiga, ainda que irrefletida. Um quarteto de cordas tocava vigorosamente no meio do pátio, embora todos se desviassem dele porque o barulho impossibilitava a conversa. Meia dúzia de pavões, supostamente importados do Zoológico de Londres, vagavam pelo jardim, importunando qualquer pessoa vestida com cores vívidas. Três longas mesas cheias de comida e bebida ocupavam o centro do gramado. Os comes e bebes incluíam sanduíches, tortinhas, uma variedade indizível de chocolates e sete sabores diferentes de sorvete.

Os acadêmicos de Babel circulavam segurando taças de vinho que esquentavam rapidamente enquanto mantinham conversas mornas e triviais. Como todas as faculdades de Oxford, o Instituto de Tradução estava repleto de inveja e rivalidades internas relacionadas a financiamentos e nomeações, um problema exacerbado pelo fato de cada especialista regional achar que sua língua era mais rica, mais poética, mais literária e mais fértil para o trabalho com a prata do que as outras. Os preconceitos departamentais de Babel eram tão arbitrários quanto confusos. Os românticos desfrutavam da maior parte do prestígio literário,* ao passo que o árabe e o chinês eram altamente valorizados sobretudo por serem línguas distantes e diferentes, enquanto idiomas mais próximos do inglês, como o gaélico e o galês, não desfrutavam de quase nenhum respeito. Isso tornava qualquer conversa trivial muito perigosa; era fácil ofender uma pessoa caso você demonstrasse entusiasmo de menos ou de mais em relação à pesquisa dela. Circulando no meio de tudo isso estava o reverendo doutor Frederick Charles Plumptre, diretor da faculdade, e ficou subentendido que em algum momento cada um deles teria que apertar sua mão, fingir que acreditava que ele se lembrava deles quando era óbvio que não fazia a menor ideia de como se chamavam e travar uma conversa dolorosamente banal sobre de onde eram e o que estudavam antes que ele os liberasse.

* Os pobres germanistas sempre perdiam para os linguistas românicos nessas disputas verbais, pois tinham que ouvir as palavras de seu próprio rei, Frederico II da Prússia, sendo usadas contra eles. Frederico ficara tão intimidado com o domínio literário do francês que em 1780 escrevera um ensaio, em francês, criticando seu alemão nativo por soar semibárbaro, pouco refinado e desagradável ao ouvido. Ele então propôs melhorar o som do alemão adicionando um "-a" como sílaba final a uma grande quantidade de verbos a fim de lhes dar um ar mais italiano.

Tudo isso durante três horas insuportáveis, pois nenhum deles podia sair antes do fim do banquete. Os lugares eram marcados; sua ausência seria notada. Teriam que ficar até o sol se pôr, até que todos os brindes fossem feitos e até que todos os acadêmicos presentes tivessem fingido o bastante para uma vida inteira que gostavam de socializar.

*Isso é um desastre*, pensou Robin, olhando ao redor. Teria sido melhor não comparecer. Nenhum deles estava pensando com muita clareza. Ele observou outro aluno fazer uma pergunta a Victoire três vezes antes de ela finalmente registrar sua presença. Letty estava parada em um canto, bebendo copo após copo de água gelada enquanto o suor escorria de sua testa. Ramy era quem estava se saindo melhor: era o centro das atenções de um grupo de alunos do primeiro ano que não parava de fazer perguntas sobre sua viagem, mas quando passou por ele, Robin o ouviu soltar uma gargalhada tão abrupta e histérica que quase recuou por causa do susto.

Robin ficou tonto ao olhar para o gramado lotado. Era loucura, pensou, pura loucura ele estar ali entre os professores, segurando uma taça de vinho, ocultando a verdade sobre ter matado um deles. Foi até as mesas do bufê e encheu um pratinho com entradas, apenas para ter algo que fazer, mas a ideia de colocar na boca qualquer uma das tortinhas que estragavam rapidamente era nauseante.

— Você está se sentindo bem?

Ele se assustou e se virou. Eram os professores De Vreese e Playfair, cada um de um lado dele, como guardas em uma prisão. Robin piscou depressa, tentando organizar suas feições em algo que se assemelhasse a um sorriso neutro.

— Professores. Senhores.

— Você está suando em bicas. — O professor Playfair perscrutou o rosto dele, parecendo preocupado. — E está com olheiras enormes, Swift. Tem dormido?

— É a diferença de fuso horário — respondeu Robin abruptamente. — Nós não… é… nós não ajustamos nosso horário de dormir na viagem de volta tão bem quanto deveríamos. Além disso, estamos exaustos por causa das… leituras antes de as aulas começarem.

Para sua surpresa, o professor Playfair assentiu, compreensivo.

— Ah, bem. Você sabe o que dizem. Estudante vem de *studere*, que significa "dedicação meticulosa e incansável". Se você ainda não se sente como um prego constantemente golpeado por um martelo, está fazendo as coisas do jeito errado.

— É verdade — disse Robin.

Sua estratégia, ele decidiu, consistiria em parecer tão enfadonho que os professores iam perder o interesse e se afastar.

— A viagem foi boa? — perguntou o professor De Vreese.

— Foi... — Robin pigarreou. — Foi mais intensa do que esperávamos, nós achamos. Estamos todos muito felizes por estar de volta.

— E eu não sei? Essas viagens ao exterior podem ser exaustivas. — O professor Playfair acenou com a cabeça para o prato na mão de Robin. — Ah, estou vendo que você encontrou minhas invenções. Vá em frente, coma um pedaço.

Sentindo-se pressionado, Robin deu uma mordida em uma das tortinhas.

— Bom, não é? — O professor Playfair observou-o enquanto ele mastigava. — Sim, elas estão sob o efeito da prata. Um par de equivalentes fantástico que inventei durante minhas férias em Roma. *Pomodoro* é uma descrição bastante extravagante para um tomate, sabe? Significa literalmente "pomo de ouro". Agora acrescente o intermediário francês, *pomme d'amour*, e terá uma riqueza que o inglês não tem...

Robin mastigou, tentando dar a impressão de que estava apreciando. A única coisa que conseguiu perceber foi como era viscoso; os sucos salgados que brotavam em sua boca o faziam pensar em sangue e cadáveres.

— Você tem *pretoogjes* — observou o professor De Vreese.

— Como?

— *Pretoogjes*. — O professor De Vreese apontou para o rosto dele. — Olhos divertidos. Uma palavra neerlandesa. Olhos cintilantes, olhos que se movem. Nós a usamos para descrever crianças que estão aprontando.

Robin não tinha a menor ideia do que deveria dizer em resposta a isso.

— É... que interessante.

— Acho que vou cumprimentar o diretor — comentou o professor De Vreese, como se Robin não tivesse dito nada. — Bem-vindo de volta, Swift. Aproveite a festa.

— Então. — O professor Playfair entregou a Robin uma taça de clarete. — Você tem alguma ideia de quando o professor Lovell volta de Londres?

— Não. — Robin bebeu um gole, fazendo o possível para se recompor antes de responder. — O senhor já deve estar sabendo que ele está isolado por causa de uma doença que contraiu em Cantão. Ele parecia péssimo quando o deixamos, não tenho certeza se vai voltar para o período.

— Interessante — disse o professor Playfair. — Foi uma sorte nenhum de vocês ter contraído a doença.

— Ah, bem... nós tomamos precauções quando ele começou a se sentir mal. Quarentena, panos no rosto, essas coisas... o senhor sabe.

— Por favor, sr. Swift. — A voz do professor Playfair assumiu um tom severo. — Eu sei muito bem que ele não está doente. Já mandei três mensageiros a Londres desde que vocês voltaram, e todos informaram que a casa de Hampstead está vazia no momento.

— Sério? — Os ouvidos de Robin começaram a zumbir. O que ele deveria fazer? Será que ainda fazia sentido tentar sustentar a mentira? Será que deveria simplesmente desistir e sair correndo? — Que estranho, isso é... Eu não sei por que ele faria...

O professor Playfair deu um passo para perto de Robin e inclinou a cabeça de modo conspiratório na direção do ouvido dele.

— Sabe — sussurrou ele —, nossos amigos da Hermes gostariam muito de saber onde ele está.

Robin quase cuspiu o clarete. A garganta reteve o vinho antes que ele se molhasse todo, mas Robin acabou engolindo pelo canal errado. O professor Playfair ficou parado calmamente enquanto ele engasgava e arfava, derrubando o conteúdo tanto do prato quanto da taça.

— Tudo bem, Swift?

Os olhos de Robin lacrimejavam.

— O que o senhor...

— Eu estou com a Hermes — murmurou o professor Playfair em um tom agradável, os olhos fixos no quarteto de cordas. — O que quer que esteja escondendo, pode se sentir seguro para me contar.

Robin não fazia ideia do que pensar. Definitivamente não sentiu nenhum alívio. *Não confie em ninguém* — Griffin praticamente gravara essa lição em sua alma. O professor Playfair poderia muito bem estar mentindo; esse também seria o truque mais simples, se seu objetivo fosse persuadir Robin a revelar tudo o que sabia. Ou o professor Playfair poderia ser o aliado, o salvador pelo qual eles estavam esperando. Robin sentiu uma pontada de frustração residual. Se ao menos Griffin tivesse revelado mais a ele, se ao menos não o tivesse deixado tão no escuro, tão isolado dos outros e totalmente desamparado...

Ele não tinha nenhuma informação que guiasse suas ações, apenas um instinto que lhe dizia que algo estava muito errado.

— Graças a Deus — disse Robin, imitando o murmúrio disfarçado do professor Playfair. — Então o senhor sabe sobre a trama secreta do Griffin envolvendo Cantão?

— Claro — respondeu o professor Playfair, um pouco ansioso demais. — Funcionou?

Robin fez uma pausa. Tinha que desempenhar aquele papel com muito cuidado. Tinha que dar corda apenas o suficiente para manter o professor Playfair interessado, curioso, mas não exatamente pronto para dar o bote. E precisava ganhar tempo — pelo menos tempo suficiente para reunir os outros e fugir.

O professor Playfair passou o braço pelos ombros de Robin, puxando-o para mais perto.

— Por que você e eu não conversamos um pouco?

— Aqui não. — Robin esquadrinhou o pátio. Letty e Victoire o encaravam por cima do ombro. Ele piscou com força, olhando incisivamente para a saída da frente, depois de volta para elas. — Não na frente dos outros professores, nunca se sabe quem pode estar ouvindo.

— Claro — concordou o professor Playfair.

— Os túneis — falou Robin, antes que o professor pudesse sugerir que eles deixassem a festa naquele exato momento. — Eu vou encontrar o Griffin e os outros hoje nos túneis da biblioteca Taylor à meia-noite. Por que o senhor não vem? Eu estou... Estou com todos os documentos pelos quais eles estão esperando.

Funcionou. O professor Playfair soltou os ombros de Robin e se afastou.

— Está bem. — Seus olhos brilharam de satisfação; ele parecia a um passo de esfregar as mãos como um vilão em uma peça de teatro. — Bom trabalho, Swift.

Robin assentiu e mal conseguiu manter a expressão séria até o professor Playfair se afastar para conversar com o professor Chakravarti do outro lado do gramado.

Então precisou reunir todas as suas forças para não sair correndo. Perscrutou o pátio em busca de Ramy, que conversava com o reverendo doutor Plumptre. Robin piscou freneticamente para ele. Na mesma hora, Ramy derramou a taça de vinho na própria camisa, exclamou algo em voz alta, consternado, pediu desculpas e correu pelo jardim em direção a Robin.

— O professor Playfair sabe — contou Robin.

— O quê? — Ramy olhou ao redor. — Você tem certeza?

— Nós temos que ir embora. — Para seu alívio, Robin viu que Victoire e Letty já estavam indo na direção do portão da frente. Queria ir atrás delas, mas havia muitos professores entre eles; Ramy e Robin iam ter que sair pelos fundos, pela cozinha. — Vamos.

— Como...

— Agora não.

Robin arriscou uma espiada por cima do ombro pouco antes de eles deixarem o jardim. Sentiu um aperto no estômago: o professor Playfair estava dizendo algo ao professor De Vreese, as cabeças inclinadas bem perto uma da outra. De Vreese ergueu os olhos e encarou Robin, que desviou o olhar.

— Só... vamos embora.

Victoire e Letty correram até eles no momento em que saíram.

— O que aconteceu? — sussurrou Letty. — Por que...

— Aqui não — disse Robin. — Andem.

Eles caminharam em ritmo acelerado pela Kybald Street e viraram à direita na Magpie Lane.

— O professor Playfair suspeita de nós — explicou Robin. — Estamos ferrados.

— Como você sabe? — perguntou Letty. — O que ele disse? Você contou a ele?

— Claro que não — respondeu Robin. — Mas ele fingiu que estava com a Hermes, tentou me fazer confessar tudo...

— Como você sabe que ele não está com a Hermes?

— Porque eu menti — disse Robin. — E ele acreditou. Não tem ideia do que a Hermes faz, estava só querendo obter informações.

— Então o que nós vamos fazer? — indagou Victoire de repente. — Meu Deus, *para onde nós vamos*?

Robin se deu conta de que eles estavam andando sem rumo. Seguiam na direção da High Street, mas o que iam fazer lá? Se o professor Playfair chamasse a polícia, seriam encontrados em segundos. Não podiam voltar para o número 4 da Magpie Lane; ficariam encurralados. Mas não tinham dinheiro e nenhum meio de pagar a passagem para outro lugar.

— Finalmente achei vocês.

Os quatro recuaram, assustados.

Anthony Ribben surgiu na rua e os analisou, contando-os com os dedos como se fossem patinhos.

— Estão todos aqui? Excelente. Venham comigo.

# Capítulo Vinte e Dois

*Esse grupo era notável. Seus membros desvaneceram-se nas profundezas invisíveis que nos acompanham.*

Victor Hugo, *Os miseráveis**

O choque deles foi passageiro. Anthony começou a correr, e os quatro o seguiram sem questionar. Mas em vez de voltar pela Magpie Lane até a Merton Street, de onde poderiam escapar em direção ao parque da Christ Church, ele os levou de volta à Kybald, em direção à faculdade.

— O que você está fazendo? — questionou Ramy, ofegante. — Lá é onde todo mundo…

— Apenas corram — sibilou Anthony.

Eles obedeceram. Era maravilhoso ter alguém lhes dizendo o que fazer. Anthony conduziu-os pelas portas nos fundos da cozinha, passando pela Velha Biblioteca e seguindo direto para o salão. Do outro lado da parede, a festa no jardim ainda acontecia a pleno vapor; eles podiam ouvir os instrumentos de corda e as vozes através das pedras.

— Aqui dentro. — Anthony acenou para que eles entrassem na capela.

Os quatro correram para dentro e fecharam as pesadas portas de madeira depois de entrarem. Fora dos horários de serviço religioso, a capela parecia estranha: sobrenatural, silenciosa. O ar lá dentro parecia opressivamente parado. Além da respiração ofegante deles, o único movimento eram as partículas de poeira flutuando nos prismas de luz que entravam pelas janelas.

Anthony parou diante do friso memorial dedicado a sir William Jones.

— O que você… — começou Letty.

— Silêncio. — Anthony estendeu a mão para o epigrama, que dizia: *Ele estabeleceu um sumário das leis hindus e muçulmanas*. Tocou uma sucessão de letras, que afundaram ligeiramente na pedra quando pressionadas.

*G, O, R…*

---

* Tradução de Frederico Ozanam Pessoa de Barros. São Paulo: Penguin-Companhia, 2017. (N. T.)

Ramy soltou uma risadinha. Anthony tocou uma última letra na inscrição latina muito mais longa acima do friso, uma celebração desconexa da vida e das realizações de William Jones. *B.*

*Gorasahib.**

Ouviu-se o ruído de algo raspando, em seguida veio uma lufada de ar frio. O friso avançou vários centímetros para fora da parede. Anthony enfiou os dedos na fenda que havia na parte de baixo e deslizou o painel para cima, revelando na parede um buraco escuro como breu.

— Entrem.

Um a um, eles se ajudaram a entrar. O túnel acabou se mostrando muito mais largo do que parecia do lado de fora. Só tiveram que rastejar apoiados nas mãos e nos joelhos por alguns segundos até o fosso desembocar em uma passagem maior. Robin mal sentiu a terra úmida roçando o topo da cabeça quando se levantou, mas Ramy reagiu quando a sua bateu no teto.

— Silêncio! — grunhiu Anthony outra vez enquanto fechava a entrada atrás deles. — As paredes são finas.

O friso deslizou de volta para o lugar com um baque. A luz no corredor desapareceu. Eles avançaram tateando, praguejando ao tropeçar uns nos outros.

— Ah, desculpem. — Anthony riscou um fósforo e uma chama se materializou em sua palma. Então eles puderam ver que, vários metros adiante, o fosso apertado se expandia em algo mais parecido com um corredor. — Pronto. Continuem avançando, há uma longa caminhada pela frente.

— Para onde… — começou Letty, mas Anthony balançou a cabeça, levou um dedo aos lábios e apontou para as paredes.

O túnel ia se alargando à medida que eles caminhavam. A ramificação que levava à capela da Univ era aparentemente uma nova adição, pois a passagem por onde andavam agora parecia muito maior e mais antiga. O barro seco dera lugar a paredes de tijolos e, em vários pontos, Robin viu arandelas afixadas nos cantos superiores. A escuridão deveria parecer claustrofóbica, mas era reconfortante. Engolidos pelo ventre da terra, verdadeiramente ocultos pela primeira vez desde a viagem de volta, os quatro descobriram que enfim podiam respirar.

Depois de vários minutos de silêncio, Ramy perguntou:

---

* *Gora*: "branco, pálido", em referência à cor da pele. *Sahib*, uma saudação respeitosa. Juntos e com o tom certo de sarcasmo e veemência, significam algo completamente distinto. Não vamos esquecer que, embora Jones tenha professado um grande amor e uma grande admiração pelas línguas indianas ao longo de sua carreira, ele inicialmente voltou suas atenções acadêmicas para o sânscrito porque suspeitava de que os tradutores nativos eram desonestos e não confiáveis.

— Há quanto tempo isso existe?

— Só algumas décadas, na verdade — respondeu Anthony. — Os túneis existem desde sempre. Não são um projeto da Hermes, nós só tiramos proveito deles, mas aquela entrada é nova. Lady Jones mandou instalar o friso não faz muitos anos, mas nós conseguimos entrar rápido, antes que os trabalhos de construção terminassem. Não se preocupem, ninguém mais sabe. Está todo mundo bem?

— Nós estamos bem — garantiu Robin. — Mas, Anthony, tem uma coisa que você precisa…

— Eu imagino que vocês tenham muita coisa para me contar — disse ele. — Por que não começamos com o que fizeram com o professor Lovell? Ele está morto? Os outros professores parecem achar que sim.

— O Robin matou ele — contou Ramy, alegre.

Anthony se virou para olhar Robin por cima do ombro.

— É sério?

— Foi um acidente — justificou Robin. — Nós estávamos discutindo, e ele… Não sei, de repente eu… Quero dizer, eu usei um par de equivalentes, só que não sabia que isso ia matá-lo até estar tudo terminado…

— O mais importante é a guerra contra a China — interveio Victoire. — Nós estávamos tentando encontrar vocês para contar. Eles estão planejando uma invasão…

— Nós sabemos — disse Anthony.

— Sabem? — perguntou Robin.

— Já faz um tempo que o Griffin temia que isso fosse acontecer. Nós estamos monitorando Jardine e Matheson, acompanhando os desdobramentos nas Feitorias. Mas as coisas nunca tinham ficado tão ruins assim. Até agora eram apenas rumores. Vocês acham que eles realmente vão declarar guerra?

— Eu tenho documentos… — Robin enfiou a mão no bolso do paletó como se as cartas ainda estivessem guardadas ali e praguejou. — Droga, ficou tudo no meu quarto…

— O que esses documentos dizem?

— São cartas, correspondências entre o professor Lovell, Jardine e Matheson… e Palmerston, e Gützlaff, todos eles… Só que eu deixei tudo na Magpie Lane…

— O que elas *dizem*?

— São planos de guerra — respondeu Robin, afobado. — Planos que vêm sendo discutidos há meses, anos…

— São provas de conluio? — quis saber Anthony.

— Sim, elas indicam que as negociações nunca foram feitas de boa-fé, que a última rodada foi só um pretexto...

— Excelente — comemorou Anthony. — Isso é muito bom. Podemos usar isso. Vamos mandar alguém até o seu quarto para recuperar as cartas. Você fica no antigo quarto do Griffin, não é? Número sete?

— Eu... Fico.

— Ótimo. Vou resolver essa questão. Enquanto isso, sugiro que todos se acalmem. — Ele fez uma pausa, virou-se e abriu um sorriso caloroso. Depois da semana que tiveram, a visão do rosto de Anthony à luz suave das velas fez Robin ter vontade de chorar de alívio. — Vocês estão em boas mãos agora. Concordo que é uma situação terrível, mas nós não podemos resolver nada neste túnel. Vocês se saíram muito bem e imagino que estejam bastante assustados, mas podem relaxar agora. Os adultos estão aqui.

No fim das contas, a passagem subterrânea se mostrou bastante longa. Robin perdeu a noção de quanto eles caminharam; deviam ter sido quase dois quilômetros. Ele se perguntou quão vasta seria aquela rede de túneis — de tempos em tempos, passavam por uma bifurcação ou por uma porta embutida na parede, o que sugeria a existência de mais entradas secretas pela universidade, mas Anthony os conduzia sem fazer comentários. Aquele era, presumiu Robin, um dos muitos segredos da Hermes.

Por fim, a passagem voltou a se estreitar até restar espaço apenas para que andassem em fila. Anthony ia na frente, segurando a vela bem acima da cabeça, como um farol. Letty seguia logo atrás dele.

— Qual é o seu motivo? — perguntou ela, baixinho.

Robin não sabia se Letty pretendia ser discreta, mas o túnel era tão estreito que sua voz chegava até o fim da fila.

— Como assim? — murmurou Anthony.

— Você adorava Babel — comentou Letty. — Eu me lembro, foi você que guiou nossa visita de apresentação. Você adorava aquele lugar, e eles adoravam você.

— É verdade — disse Anthony. — Eu nunca fui tão bem tratado quanto em Babel.

— Então por que...

— Ela acha que é uma questão de felicidade pessoal — interveio Ramy. — Mas, Letty, nós já te explicamos que não importa o quanto fôssemos felizes individualmente, o que está em questão é a injustiça em um sentido mais amplo...

— Não foi isso que eu quis dizer, Ramy, eu só...

— Vou tentar explicar — falou Anthony, gentilmente. — Pouco antes da abolição da escravidão em todas as colônias, meu dono decidiu que queria fazer as malas e voltar para a América. Lá eu não seria livre. Ele poderia me manter na casa dele e continuar me tratando como uma propriedade. Esse homem se dizia um abolicionista. Ele condenou o comércio de escravizados por anos, mas parecia achar que nossa relação era diferente. E quando as propostas que havia apoiado publicamente se tornaram lei, ele chegou à conclusão de que não ia suportar o sacrifício de me perder. Então eu fugi e procurei refúgio em Oxford. A faculdade me acolheu e me escondeu até eu ser legalmente declarado um homem livre; não porque se importassem muito com a abolição, mas porque os professores sabiam do meu valor. E sabiam que se eu fosse mandado de volta para a América, iam me perder para Harvard ou Princeton.

Robin não conseguia ver o rosto de Letty na escuridão, mas podia ouvir sua respiração ficando mais superficial. Ele se perguntou se ela estaria prestes a chorar de novo.

— Nenhum senhor de escravizados é generoso, Letty — continuou Anthony. — Não importa o quanto eles pareçam tolerantes, amáveis, empenhados na sua educação. No fim das contas, senhores de escravizados são apenas senhores de escravizados.

— Mas você não acha a mesma coisa a respeito de Babel — sussurrou Letty. — Acha? Simplesmente não é a mesma coisa... Eles não estavam *escravizando* você... quero dizer, meu deus, você tinha uma *bolsa de estudos*...

— Você sabe o que o proprietário de Equiano disse quando ele foi alforriado? — perguntou Anthony calmamente. — Disse que em pouco tempo Equiano teria seus próprios escravizados.

Por fim, o túnel terminou em um conjunto de degraus cobertos por uma prancha de madeira, a luz do sol entrando por entre as ripas. Anthony pressionou a orelha nas ripas, esperou um momento, então destrancou a prancha e a empurrou.

— Venham.

Eles emergiram em um pátio ensolarado em frente a um antigo prédio de tijolos de apenas um andar, meio escondido atrás de um amontoado de arbustos enormes. Não deviam ter se afastado muito do centro da cidade — estavam a apenas três quilômetros de distância de lá, no máximo —, mas Robin nunca tinha visto aquele prédio. As portas estavam enferrujadas e as paredes haviam sido praticamente engolidas pela hera, como se, décadas antes, alguém tivesse construído e depois abandonado aquele lugar.

— Bem-vindos à Velha Biblioteca. — Anthony ajudou-os a sair do túnel. — A Durham College construiu este prédio no século XIV como um lugar para abrigar o excedente de livros antigos, depois se esqueceu dele quando conseguiu financiamento para construir uma nova biblioteca mais perto do centro da cidade.

— Só "Velha Biblioteca"? — perguntou Victoire. — Nenhum outro nome?

— Nenhum que nós usemos. Um nome marcaria a importância deste lugar, e nós queremos que ele continue despercebido e esquecido, um prédio pelo qual você passa batido quando o vê nos registros, que é facilmente confundido com outra coisa. — Anthony espalmou a mão contra a porta enferrujada, murmurou algo baixinho, depois a empurrou. A porta se abriu com um rangido. — Entrem.

Como Babel, a Velha Biblioteca era muito maior por dentro do que seu exterior sugeria. De fora, parecia conter uma única sala de leitura, no máximo. O interior, entretanto, era do tamanho do andar térreo da Biblioteca Radcliffe. Estantes de madeira partiam do centro e cobriam as paredes, que pareciam, mágica e contraditoriamente, circulares. Todas estavam identificadas de maneira meticulosa, e havia um longo pergaminho amarelado listando o sistema de classificação pendurado na parede oposta. Perto da frente havia uma prateleira com os volumes recém-chegados, na qual Robin reconheceu alguns dos títulos que havia surrupiado para Griffin nos últimos anos. Todos tinham os números de série de Babel riscados.

— Nós não gostamos do sistema de classificação deles — explicou Anthony. — Só faz sentido com caracteres romanos, mas nem todas as línguas são tão facilmente romanizáveis, não é? — Ele apontou para um tapete perto da porta. — Limpem os sapatos, nós não gostamos de lama perto das prateleiras. E há um espaço ali para pendurarem os casacos.

Uma chaleira de ferro enferrujado pendia inexplicavelmente do gancho mais alto do cabideiro. Robin estendeu a mão para tocá-la, curioso, mas Anthony disse com rispidez:

— Não mexa nisso.

— Desculpe... para que serve?

— Não para preparar chá, obviamente. — Anthony virou a chaleira na direção deles para mostrar-lhes o fundo, onde viram o brilho familiar da prata. — É um sistema de segurança. A chaleira apita quando alguém que não conhecemos se aproxima da biblioteca.

— Com que par de equivalentes?

— Aposto que você adoraria saber. — Anthony encarou Robin. — Nós cuidamos da segurança da mesma maneira que Babel. Cada um inventa suas próprias armadilhas e não conta aos outros como fez. A melhor coisa que criamos foi o encantamento que evita que o som vaze do prédio, o que significa que ninguém que passa por ele consegue ouvir nossas conversas.

— Mas este lugar é enorme — observou Ramy. — Quero dizer, vocês não são invisíveis, como diabos ficam escondidos?

— Usando o truque mais antigo do mundo. Nós nos escondemos bem à vista de todos. — Anthony os conduziu pela biblioteca. — Quando a Durham foi extinta, em meados do século XVI, e a Trinity assumiu a propriedade, eles ignoraram a biblioteca suplementar na transferência da escritura. As únicas coisas listadas no catálogo da biblioteca eram materiais que ninguém usava havia décadas e que têm duplicatas mais acessíveis na Bodleiana. Portanto, agora nós vivemos no limite da burocracia; todos que passam por aqui sabem que se trata de uma biblioteca para armazenamento dos excedentes do catálogo, mas acham que pertence a alguma outra faculdade, mais pobre. Essas faculdades são muito ricas. Isso faz com que percam o controle de suas propriedades.

— Ah, você encontrou os alunos de graduação!

Figuras surgiram em meio às prateleiras. Robin reconheceu todas elas: eram ex-alunos ou atuais bolsistas que ele vira pela torre. Pensou que isso não deveria ter sido uma surpresa. Lá estavam Vimal Srinivasan, Cathy O'Nell e Ilse Dejima, que acenou para eles ao se aproximar.

— Ouvi dizer que vocês tiveram uma péssima semana. — Ela estava mais simpática do que jamais havia sido na torre. — Bem-vindos ao Chez Hermes. Chegaram bem na hora do jantar.

— Eu não sabia que havia tantos de vocês — comentou Ramy. — Quem mais aqui forjou a própria morte?

Anthony riu.

— Eu sou o único fantasma residente em Oxford. Há outros vivendo no exterior, o Vaibhav e o Frédérique, vocês devem ter ouvido falar deles. Fingiram ter se afogado ao cair de um veleiro que voltava de Bombaim e estão operando na Índia desde então. A Lisette simplesmente anunciou que ia voltar para casa para se casar, e todos os professores de Babel ficaram decepcionados demais para confirmar sua história. Obviamente, o Vimal, a Cathy e a Ilse ainda estão em Babel. Assim fica mais fácil para desviarem recursos.

— Então por que você foi embora? — perguntou Robin.

— Alguém precisa ficar na Velha Biblioteca em tempo integral. De qualquer forma, eu tinha me cansado da vida no campus, então forjei minha morte em Barbados, comprei uma passagem no próximo vapor de carreira para a Inglaterra e retornei a Oxford sem ser notado. — Anthony piscou para Robin. — Achei que você tivesse me desmascarado naquele dia na livraria. Passei uma semana sem ter coragem de sair da Velha Biblioteca. Vamos, deixem-me mostrar o resto.

Um rápido tour pelos espaços de trabalho depois das prateleiras revelou uma série de projetos em andamento, que Anthony apresentou com orgulho. Os projetos incluíam a compilação de dicionários entre idiomas regionais ("Nós perdemos muita coisa ao presumir que tudo deve primeiro passar pelo inglês"), pares de equivalentes não ingleses para barras de prata ("Mesmo princípio: Babel não financia pares de equivalentes que não sejam traduzíveis para o inglês, já que todas as suas barras são destinadas a serem usadas por britânicos. Mas isso é como pintar com apenas uma cor ou tocar apenas uma nota em um piano") e críticas de traduções para o inglês de textos religiosos e clássicos literários ("Bem, vocês sabem a minha opinião sobre literatura em geral, mas precisamos de alguma coisa para manter o Vimal ocupado"). A Sociedade Hermes não era apenas uma incubadora de Robin Hoods, como Griffin tinha levado Robin a acreditar; era também um centro de pesquisa, embora seus projetos tivessem que ser realizados em segredo, com recursos escassos e roubados.*

— O que vocês vão fazer com tudo isso? — quis saber Victoire. — Com certeza não podem publicar.

— Nós temos parceiros em alguns outros centros de tradução — respondeu Vimal. — Às vezes, enviamos trabalhos para eles revisarem.

— Existem outros centros de tradução? — perguntou Robin.

— Claro — falou Anthony. — Foi só recentemente que Babel alcançou preeminência em linguística e filologia. Durante grande parte do século XVIII, eram os franceses que dominavam esse cenário, depois os românticos

---

* Outros projetos incluíam, por exemplo:

1. Uma análise comparativa da quantidade de notas de rodapé acrescentadas às traduções de textos europeus *versus* textos não europeus. Os textos não europeus, Griffin descobriu, tendiam a ser carregados com uma quantidade surpreendente de contexto explicativo, de forma que o texto nunca era lido como um trabalho por si só, mas sempre através das lentes do tradutor (branco e europeu).
2. Uma investigação sobre o potencial de uso nas barras de prata de palavras originárias de jargões e criptoletos.
3. Planos para o roubo e posterior retorno ao Egito da Pedra de Roseta.

alemães tiveram seu apogeu por um tempo. A diferença agora é que temos prata de sobra, e eles não.*

— Mas são aliados inconstantes — observou Vimal. — São úteis porque também odeiam os britânicos, mas não têm compromisso verdadeiro com a libertação global. Na verdade, todas essas pesquisas são apenas apostas no futuro. Ainda não podemos fazer bom uso delas. Não temos o alcance nem os recursos necessários. Então, tudo que nos resta é produzir conhecimento, deixá-lo registrado e esperar que um dia exista um Estado que possa dar a tudo isso um uso adequado e altruísta.

Na outra extremidade da biblioteca, a parede dos fundos lembrava as consequências de várias explosões de morteiro; carbonizada e com crateras no centro. Embaixo, havia duas mesas igualmente carbonizadas lado a lado, ambas surpreendentemente de pé, apesar das pernas retorcidas e enegrecidas.

— Muito bem — disse Anthony. — Esse é o nosso laboratório de trabalho com a prata e, hum, produção de munições.

— Aquilo aconteceu com o tempo ou de uma vez só? — perguntou Victoire com rispidez.

— É tudo culpa do Griffin — respondeu Vimal. — Ele aparentemente não acha que experimentos com pólvora sejam uma atividade a ser realizada ao ar livre.

A parte intacta da parede do fundo estava coberta por um enorme mapa-múndi, pontilhado de alfinetes de cores diferentes presos por barbantes a anotações em uma caligrafia densa e minúscula. Robin se aproximou, curioso.

— Isso é um projeto de grupo. — Cathy juntou-se a ele diante do mapa. — Fazemos acréscimos pouco a pouco, quando voltamos do exterior.

— Todos esses alfinetes representam idiomas?

— Nós achamos que sim. Estamos tentando rastrear o número de idiomas ainda falados no mundo e onde eles estão desaparecendo. E há muitas

* A Sociedade Hermes também tinha conexões com centros de tradução em universidades nos Estados Unidos, mas essas eram ainda mais repressivas e perigosas do que Oxford. Para começar, tinham sido fundadas por proprietários de escravizados, construídas e financiadas com trabalho escravagista, e sua renda era mantida por meio do comércio de pessoas escravizadas. Além disso, essas universidades americanas, desde sua fundação, estavam empenhadas no projeto de evangelizar, erradicar e exterminar os povos originários; a Indian College, fundada em 1655 na Universidade Harvard, prometia aulas e moradia gratuita a estudantes de povos originários que, por sua vez, deveriam falar apenas em latim e grego, converter-se ao cristianismo e assimilar-se à sociedade branca ou retornar às suas aldeias para difundir a cultura inglesa e a religião. Um programa semelhante no College of William and Mary foi descrito por seu diretor, Lyon G. Tyler, como uma prisão onde crianças de povos originários "serviam como reféns pelo bom comportamento dos demais".

línguas que estão morrendo, sabe? Um fator determinante para essa extinção começou no dia em que Cristóvão Colombo pisou no Novo Mundo. O espanhol, o português, o francês e o inglês vêm eliminando gradualmente idiomas e dialetos regionais, como filhotes de cuco.* Eu não acho inconcebível que um dia a maior parte do mundo fale apenas inglês. — Ela suspirou, encarando o mapa. — Eu nasci uma geração tarde demais. Não muito tempo atrás poderia ter crescido ouvindo e falando gaélico.

— Mas isso destruiria o trabalho com a prata — supôs Robin. — Não? Ia significar o colapso da paisagem linguística. Não haveria nada para traduzir. Nenhuma diferença para provocar distorções.

— E essa é a grande contradição do colonialismo. — Cathy apresentou isso como um simples fato. — Ele foi concebido para destruir aquilo que mais valoriza.

— Vamos, vocês dois. — Anthony acenou para eles, indicando uma porta que levava a uma pequena sala de leitura que havia sido convertida em sala de jantar. — Vamos comer.

O jantar continha preparos de todas as partes do mundo: um *curry* de legumes, uma travessa de batatas cozidas, um prato de peixe frito com um sabor surpreendentemente parecido com algo que Robin comera certa vez em Cantão e um pão achatado e borrachudo que combinava bem com todo o resto. Os oito se sentaram ao redor de uma mesa elegantemente ornamentada que parecia incongruente diante dos painéis de madeira simples. Não havia cadeiras suficientes para todos, então Anthony e Ilse arrastaram bancos e banquetas da biblioteca. Nenhum dos itens da louça combinava, tampouco os talheres. As chamas ardiam em uma lareira no canto, aquecendo a sala de maneira desigual, de modo que suor escorria pelo lado esquerdo do corpo de Robin enquanto o lado direito estava gelado. Toda a cena era tipicamente colegial.

— São só vocês? — perguntou Robin.

— Como assim? — indagou Vimal.

— Bem, vocês são... — Robin gesticulou, indicando todos que estavam sentados ao redor da mesa. — Vocês são todos muito jovens.

— Tem que ser assim — respondeu Anthony. — É um negócio perigoso.

— Mas não há...

* Quando se aproxima o momento de botar os ovos, a fêmea do cuco sai em busca de ninhos de outros pássaros onde possa depositá-los. Assim que encontra um ninho "sem supervisão", a fêmea do cuco deposita seu ovo, por vezes removendo os ovos da fêmea da outra ave, que acaba por chocá-lo. O filhote de cuco nasce e é criado como se fosse um filhote legítimo da ave enganada. (N.T.)

— Adultos de verdade? Reforços? — Anthony assentiu. — Alguns, sim. Estão espalhados pelo mundo. Não sei quem são todos eles, nenhum de nós sabe quem são, e isso é proposital. É provável até que haja integrantes da Hermes em Babel que eu ainda não conheço, embora, quem quer que sejam, espero que comecem a se esforçar um pouco mais.

— Isso, e os atritos são um problema — disse Ilse. — Basta ver a Birmânia.

— O que aconteceu na Birmânia? — perguntou Robin.

— Sterling Jones aconteceu — respondeu Anthony em um tom tenso, mas não disse mais nada.

Parecia um tema delicado. Por um momento, todos ficaram encarando a comida.

Robin pensou nos dois ladrões que conhecera em sua primeira noite em Oxford, a jovem e o homem de cabelos loiros; não havia voltado a ver nenhum dos dois. Ele não se atreveu a perguntar. Sabia a resposta: atritos.

— Mas como vocês conseguem fazer as coisas? — questionou Ramy. — Quero dizer, se nem sabem quem são seus aliados?

— Bem, não é muito diferente da burocracia de Oxford — explicou Anthony. — A universidade, as faculdades e os professores nunca parecem entrar em um acordo sobre quem está no comando do quê, mas fazem as coisas, não fazem?

— *Langue de bœuf sauce Madère* — anunciou Cathy, colocando uma panela pesada no centro da mesa. — Língua de boi ao molho madeira.

— A Cathy adora servir língua — avisou Vimal. — Ela acha engraçado.

— Ela está criando um dicionário de línguas — disse Anthony. — Língua cozida, língua em conserva, língua desidratada, língua defumada...

— Cale a boca. — Cathy deslizou no banco entre eles. — Língua é meu corte de carne favorito.

— É o corte mais barato — corrigiu Ilse.

— É nojento — comentou Anthony.

Cathy jogou uma batata nele.

— Coma as batatas, então.

— Ah, *pommes de terre à l'anglaise*. — Anthony espetou uma batata com o garfo. — Vocês sabem por que os franceses chamam batatas cozidas de batatas *à l'anglaise*? Porque acham que cozinhar as coisas na água as deixa sem graça, Cathy, assim como toda a culinária inglesa é totalmente sem graça...

— Então não coma, Anthony.

— Asse-as — insistiu Anthony. — Refogue-as com manteiga ou asse-as com queijo... só não seja tão *inglesa*.

Enquanto os observava, Robin sentiu um formigamento no nariz. Havia sentido o mesmo na noite do baile, dançando nas mesas sob os fios de luzinhas. Como era mágico, pensou; como era inacreditável que um lugar como aquele existisse, uma destilação de tudo que Babel prometia. Tinha a sensação de que havia procurado por um lugar como aquele durante toda a vida, mas ainda assim o traíra.

Para seu horror, começou a chorar.

— Ah, tudo bem, tudo bem. — Cathy deu tapinhas de leve no ombro dele. — Você está em segurança, Robin. Está entre amigos.

— Desculpem — disse ele, sentindo-se péssimo.

— Está tudo bem. — Cathy não perguntou por que ele estava se desculpando. — Você está aqui agora. É isso que importa.

Três batidas repentinas e violentas soaram na porta. Robin estremeceu, deixando cair o garfo, mas nenhum dos pós-graduandos pareceu alarmado.

— É o Griffin — informou Anthony, alegre. — Ele esquece as senhas toda vez que nós mudamos, então em vez disso dá batidas ritmadas na porta.

— Ele chegou tarde demais para o jantar — comentou Cathy, irritada.

— Bem, prepare um prato para ele.

— *Por favor*.

— Por favor, Cathy. — Anthony se levantou. — O restante de vocês, para a Sala de Leitura.

O coração de Robin martelava quando ele saiu da sala de jantar com os outros. De repente, estava muito nervoso. Não queria ver o irmão. O mundo tinha virado de cabeça para baixo desde a última vez que haviam se falado, e ele estava morrendo de medo do que Griffin teria a dizer a respeito.

Griffin entrou pela porta parecendo magro, abatido e cansado da viagem, como sempre. Robin examinou o irmão enquanto ele tirava o casaco preto surrado. Griffin parecia um completo estranho agora que Robin sabia o que ele tinha feito. Cada um de seus traços contava uma nova história; aquelas mãos magras e eficientes; aqueles olhos penetrantes e aguçados — seriam esses os traços de um assassino? Como será que ele tinha se sentido ao atirar a barra de prata em Evie Brooke, sabendo muito bem que ia dilacerar o peito dela? Será que tinha sorrido quando ela morreu, como fez ao ver Robin naquele momento?

— Olá, irmão. — Griffin abriu seu sorriso feroz e estendeu a mão para apertar a de Robin. — Fiquei sabendo que você matou nosso bom e velho pai.

*Foi um acidente,* Robin quis dizer, mas as palavras ficaram presas em sua garganta. Elas nunca haviam soado verdadeiras antes; e não conseguia pronunciá-las agora.

— Parabéns — disse Griffin. — Eu nunca imaginei que você tivesse coragem.

Robin não conseguiu responder. Estava com dificuldade de respirar. Teve um estranho desejo de dar um soco na cara de Griffin.

Sem perceber nada, Griffin apontou para a Sala de Leitura.

— Vamos trabalhar?

— A tarefa, a nosso ver, é convencer o Parlamento e o povo britânico de que seria contra os interesses deles que a Grã-Bretanha entrasse em guerra contra a China — explicou Anthony.

— O desastre da queima do ópio fez com que tudo chegasse a um ponto crítico — disse Griffin. — O comissário Lin emitiu um decreto proibindo por completo o comércio com os ingleses em Cantão. A Jardine & Matheson, por sua vez, encarou essas hostilidades como justificativa para a guerra. Eles estão dizendo que a Inglaterra tem que agir agora para defender sua honra, ou enfrentará para sempre a humilhação no Oriente. É uma maneira de instigar sentimentos nacionalistas. A Câmara dos Lordes começou a debater uma expedição militar na semana passada.

Mas ainda não houvera uma votação. Os lordes do Parlamento hesitavam, incertos sobre destinar recursos do país a um empreendimento tão distante e sem precedentes. O que estava em questão, no entanto, era a prata. Derrotar a China daria ao Império Britânico acesso à maior reserva de prata do mundo, prata que faria seus navios de guerra se deslocarem mais rápido, seus canhões dispararem mais longe e com mais precisão. Se o Parlamento de fato se decidisse a favor da guerra, o futuro do mundo colonizado seria inimaginável. A Grã-Bretanha, inundada com as riquezas da China, poderia impor à África, à Ásia e à América do Sul uma série de políticas que até aquele momento não passavam de sonhos impossíveis.

— Só que não podemos fazer nada em relação a essas conspirações agora — falou Griffin. — E não podemos pensar na escala de uma revolução global, porque é impossível. Nós não temos o contingente necessário. Precisamos nos concentrar, antes de qualquer outra coisa, em impedir a invasão de Cantão. Se a Inglaterra vencer, e vai vencer, não há dúvida, ela vai conseguir um suprimento quase infinito de prata por um bom tempo. Caso contrário, seu suprimento de prata se esgota e suas capacidades imperiais diminuem consideravelmente. É isso. Todo o resto é irrelevante.

Ele bateu na lousa, onde estavam os nomes de vários lordes, classificados em diferentes colunas.

— A Câmara dos Comuns ainda não votou. Então o debate está em aberto. Há uma forte facção contrária à guerra, encabeçada por sir James Graham, pelo visconde Mahon e por William Gladstone. E Gladstone é um homem muito bom para termos do nosso lado: ele odeia o ópio mais do que qualquer outra pessoa; tem uma irmã viciada em láudano, acho.

— Mas também há questões de política interna em jogo — explicou Cathy. — O governo do primeiro-ministro Melbourne está enfrentando uma crise política. Os *whigs* sobreviveram por pouco a uma moção de censura, e agora estão andando em uma corda bamba insustentável entre conservadores e radicais, exacerbada pelo fato de terem sido ineficazes no que diz respeito ao comércio exterior no México, na Argentina e na Arábia...

— Sinto muito — disse Ramy. — E agora?

Cathy agitou a mão com impaciência.

— O ponto principal é que os radicais e seus eleitores do norte precisam de um comércio externo saudável, e os *whigs* precisam manter o apoio deles para contrabalançar os conservadores. Uma demonstração de força no que diz respeito à Crise do Ópio é justamente a maneira de fazer isso. De qualquer forma, vai ser uma votação apertada.

Anthony acenou com a cabeça para o quadro.

— Nossa missão agora, então, é conseguir votos suficientes para que a proposta de guerra seja derrotada.

— Só para deixar claro — falou Ramy devagar —, o plano de vocês agora é se tornarem lobistas?

— Exatamente — respondeu Anthony. — Nós temos que convencê-los de que a guerra vai contra os melhores interesses dos eleitores deles. Esse é um argumento complicado, porque afeta diferentes classes de maneiras distintas. Obviamente, arrancar toda a prata da China vai trazer grandes benefícios para quem já tem dinheiro. Mas também existe um movimento que acredita que o aumento do uso da prata é a pior coisa que pode acontecer para os trabalhadores. Um tear no qual é instalada uma barra de prata deixa uma dúzia de tecelões sem trabalho; é por isso que eles estão sempre fazendo greve. É um argumento razoável para um radical votar contra.

— Então vocês vão se concentrar apenas na Câmara dos Lordes? — perguntou Robin. — Não no público em geral?

— Boa pergunta — disse Anthony. — Os lordes são os tomadores de decisão, é verdade, mas certa pressão da imprensa e do público pode influenciar aqueles que ainda estão em cima do muro. A questão é como fazer com que o londrino médio se mobilize por causa de uma guerra da qual ele provavelmente nunca ouviu falar.

— Apelando para sua natureza humana e sua compaixão pelos oprimidos — sugeriu Letty.

— Rá — zombou Ramy. — Rá, rá, rá.

— Eu só acho que toda essa agressividade é um tanto preventiva — insistiu Letty. — Quero dizer, vocês nem ao menos tentaram convencer a população. Já pararam para pensar que talvez tenham mais chance de convencer as pessoas se forem amistosos e, como dizem os ingleses, tentarem *play it nice*?

— *Nice* vem da palavra latina para "estúpido"* — argumentou Griffin. — Nós não queremos ser amistosos.

— Mas a opinião pública sobre a China *é* maleável — interveio Anthony. — Para começar, a maioria dos londrinos se opõe ao comércio de ópio por princípio, e há muita cobertura favorável ao comissário Lin nos jornais. Dá para ir bem longe com moralistas e conservadores religiosos neste país. A questão é como fazer eles ficarem incomodados o suficiente para exercerem pressão sobre o Parlamento. Guerras impopulares foram travadas por menos.

— No que diz respeito a provocar o clamor público, nós tivemos uma ideia — disse Griffin. — O par de equivalentes *polemic*, polêmica, e a raiz grega *polemikós*, que obviamente significa…

— Guerra — completou Ramy.

— Correto.

— Então você tem uma guerra de ideias. — Ramy franziu a testa. — O que o par de equivalentes faz?

— É um projeto em andamento; ainda estamos trabalhando nele. Se conseguirmos conectar a distorção semântica com o meio certo, podemos chegar a algum lugar. Mas o problema é que só vamos conseguir alguma coisa quando mais pessoas entenderem do que estamos falando. A maioria dos britânicos não sabe sequer que há uma batalha a ser travada. Para eles, essa guerra é algo imaginário, algo que só pode beneficiá-los, algo em que não precisam pensar e com que não precisam se preocupar. Eles não sabem nada sobre a crueldade envolvida ou sobre a violência contínua que ela pode gerar. Eles não têm ideia do que o ópio faz com as pessoas.

— Vocês não vão chegar a lugar nenhum com esse argumento — retrucou Robin.

— Por que não?

---

* Isso é verdade. *Nice* vem do francês antigo *nice* ("fraco, desajeitado, tolo"), do latim *nescius* ("ignorante, não sabedor").

— Porque eles não se importam — respondeu ele. — É uma guerra acontecendo em uma terra estrangeira que eles nem conseguem imaginar. É distante demais para eles se importarem.

— Como você tem tanta certeza disso? — questionou Cathy.

— Porque eu não me importava — confessou Robin. — Eu não me importava, mesmo que tivesse ouvido diversas vezes como as coisas estavam horríveis. Eu precisei ver pessoalmente para entender que as abstrações eram reais. E, mesmo assim, tentei com todas as minhas forças não encarar. É difícil aceitar o que você não quer ver.

Houve um breve silêncio.

— Tudo bem, então — disse Anthony, com uma alegria forçada. — Vamos ter que ser criativos com nossas formas de persuasão, não é?

Então esse foi o objetivo da noite: voltar os motores da história para uma direção diferente. A situação não era tão desesperadora quanto parecia. A Sociedade Hermes já tinha vários planos em andamento, a maioria incluindo diversas formas de suborno e chantagem, e um incluindo a destruição de um estaleiro em Glasgow.

— O voto pela guerra depende da crença do Parlamento de que ela vai ser vencida com facilidade — explicou Griffin. — E tecnicamente, sim, nossos navios poderiam acabar com a Marinha de Cantão. Mas eles precisam de prata para operar. Alguns meses atrás, Thomas Peacock...

— Ah. — Ramy fez uma careta. — Ele.*

— Isso. Ele é um grande entusiasta da tecnologia a vapor e fez um pedido de seis navios a vapor para a empresa de construção naval Laird's. Quero dizer, William Laird and Son. Eles são de Glasgow. Esses navios são mais temíveis do que qualquer coisa que as águas da Ásia já tenham visto. Têm canhões Congreve, e o calado baixo e a potência a vapor fazem com que sejam mais fáceis de manobrar do que qualquer embarcação da frota chinesa. Se o Parlamento votar a favor da guerra, pelo menos um deles vai direto para Cantão.

— Então eu imagino que você vá para Glasgow — supôs Robin.

— Amanhã de manhã cedo — respondeu Griffin. — A viagem de trem vai levar dez horas. Mas espero que o Parlamento me ouça assim que eu chegar lá.

Ele não deu detalhes do que ia fazer em Glasgow, embora Robin não duvidasse de que o irmão fosse capaz de demolir um estaleiro inteiro.

* Thomas Love Peacock, ensaísta, poeta e amigo de Percy Bysshe Shelley, também teve uma longa carreira na Índia como funcionário da Companhia das Índias Orientais. Ele era, naquele ano, o examinador-chefe da correspondência indiana.

— Bem, isso soa muito mais eficaz — disse Ramy, alegre. — Por que não dedicamos todos os nossos esforços à sabotagem?

— Porque nós somos acadêmicos, não soldados — respondeu Anthony. — O estaleiro é uma coisa, mas nós não vamos enfrentar toda a Marinha britânica. Temos que exercer influência onde pudermos. Deixar a encenação de violência para o Griffin...

Griffin ficou indignado.

— Não é mera *encenação*...

— A diversão da violência — corrigiu Anthony, embora Griffin também tenha ficado indignado com isso. — Vamos nos concentrar em como influenciar a votação em Londres.

Então eles voltaram para a lousa. Uma guerra que ia determinar o destino do mundo não poderia ser vencida da noite para o dia — isso todos sabiam em teoria —, mas não conseguiam simplesmente parar e ir dormir. A cada hora que passava novas ideias e táticas surgiam, embora, à medida que foram avançando além da meia-noite, seus pensamentos tenham começado a perder a coerência. E se enredassem lorde Palmerston em um escândalo de prostituição enviando Letty e Cathy disfarçadas para seduzi-lo? E se convencessem o povo britânico de que a China não existia e na verdade era uma farsa elaborada por Marco Polo? Em determinado momento, caíram na gargalhada enquanto Griffin descrevia em detalhes intrincados um plano para sequestrar a rainha Vitória nos jardins do Palácio de Buckingham sob o disfarce de uma quadrilha chinesa e mantê-la refém em Trafalgar Square.

A missão deles era angustiante e impossível, decerto, mas Robin também encontrava um prazer estimulante naquele trabalho. A criatividade na solução de problemas, a divisão de uma missão importante em uma dúzia de pequenas tarefas que, combinadas à enorme sorte e possivelmente à intervenção divina, podiam levá-los à vitória — tudo isso fazia Robin se lembrar de como era estarem na biblioteca trabalhando em uma tradução espinhosa às quatro da manhã, rindo histericamente de exaustão, mas de alguma forma cheios de energia, porque era muito emocionante quando uma solução inevitavelmente surgia da confusão de anotações rabiscadas e da discussão de ideias malucas.

No fim das contas, desafiar o império era divertido.

Por alguma razão, eles sempre voltavam ao par de equivalentes *polemikós*, talvez porque de fato parecesse que estavam travando uma guerra de ideias, uma batalha pela alma da Grã-Bretanha. As metáforas discursivas, observou Letty, muitas vezes giravam em torno de imagens de guerra.

— Pensem — disse ela. — O posicionamento deles é indefensável. Temos que atacar os pontos fracos. Precisamos derrubar suas premissas.

— Nós fazemos o mesmo em francês — falou Victoire. — *Cheval de bataille.**

— Cavalo de batalha — traduziu Letty, sorrindo.

— Muito bem — disse Griffin —, já que estamos falando sobre soluções militares, ainda acho que devemos ir adiante com a Operação Fúria Divina.

— O que é a Operação Fúria Divina? — perguntou Ramy.

— Não importa — respondeu Anthony. — É um nome idiota para uma ideia ainda mais idiota.

— *Quando Deus viu isto, Ele não os permitiu, e castigou-os com cegueira e confusão da fala, e tornou-os o que vistes*** — enunciou Griffin com um tom grandiloquente. — Vejam, é uma boa ideia. Se pudéssemos destruir a torre…

— Com o quê, Griffin? — indagou Anthony, exasperado. — Com que exército?

— Nós não precisamos de exército — retrucou Griffin. — Estamos falando de acadêmicos, não de soldados. É só entrar lá com uma arma, apontá-la em várias direções e gritar um pouco, e conseguiremos tomar toda a torre como refém. E então teremos o país inteiro como refém. Babel é o cerne, Anthony; é a fonte de todo o poder do Império. Só precisamos assumir o controle dela.

Robin o encarou, alarmado. Em chinês, a expressão *huǒyàowèi**** queria dizer literalmente "o gosto da pólvora"; no sentido figurado, "beligerância, combatividade". Seu irmão cheirava a pólvora. Exalava violência.

— Espere — disse Letty. — Você quer invadir a torre?

— Eu quero *ocupar* a torre. Não seria tão difícil. — Griffin deu de ombros. — E é uma solução mais direta para os nossos problemas, não é? Tenho tentado convencer esses caras, mas eles têm medo de colocar minha ideia em prática.

— Do que vocês precisariam para colocar isso em prática? — quis saber Victoire.

— Essa é a pergunta certa. — Griffin sorriu. — Corda, duas armas, talvez nem isso… algumas facas, pelo menos…

---

* Significa o tropo favorito ou a linha de argumentação favorita de alguém.

** Não se trata de uma citação do Livro do Gênesis, que relata a dispersão das línguas de Babel em termos muito mais simples. É na verdade do Terceiro Apocalipse de Baruque, falsamente atribuído ao escriba Baruque ben Neriá. Griffin, em um acesso de desilusão, havia se dedicado por um breve período a um projeto que recontava várias versões da queda de Babel.

*** 火藥味.

— Armas? — repetiu Letty. — *Facas*?

— São apenas para intimidar, minha querida, a ideia não é machucar ninguém.

Letty ficou chocada.

— Você *realmente*...

— Não se preocupe. — Cathy lançou um olhar furioso para Griffin. — Nós já deixamos bem claro o que achamos disso.

— Mas pensem no que aconteceria — insistiu Griffin. — O que seria deste país sem as barras de prata encantadas? Sem as pessoas para fazer a manutenção delas? Seria o fim da energia a vapor. O fim das lamparinas perpétuas. O fim das construções reforçadas. As estradas iam se deteriorar, as carruagens iam dar defeito... Esqueçam Oxford, a Inglaterra inteira ia desmoronar em meses. Eles ficariam rendidos. Paralisados.

— E dezenas de pessoas inocentes iam morrer — completou Anthony. — Nós nem cogitamos essa possibilidade.

— Tudo bem. — Griffin se recostou e cruzou os braços. — Façam como quiserem. Vamos ser lobistas.

Às três da manhã, eles decidiram se recolher. Anthony mostrou-lhes uma pia no fundo da biblioteca onde poderiam se lavar — "Nada de banheira, desculpem, então vão ter que ensaboar as axilas em pé" —, em seguida tirou uma pilha de colchas e travesseiros de um armário.

— Nós só temos três camas de lona — avisou ele, desculpando-se. — Não costumamos passar a noite todos juntos aqui. Moças, por que não vão com a Ilse para a Sala de Leitura? E os rapazes podem dormir entre as estantes. Dá certa privacidade.

Àquela altura, Robin estava tão exausto que um pedaço de chão de madeira entre as prateleiras parecia maravilhoso. Tinha a sensação de ter passado um longo dia acordado desde que eles haviam chegado a Oxford; de que já vivenciara o suficiente para uma vida inteira. Pegou uma das colchas oferecidas por Anthony e foi até as estantes, mas Griffin se materializou ao seu lado antes que ele conseguisse se acomodar.

— Podemos dar uma palavrinha?

— Você não vai dormir? — perguntou Robin.

Griffin estava completamente vestido, com o sobretudo preto abotoado.

— Não, vou sair cedo — respondeu ele. — Não tem trem direto para Glasgow; vou até Londres, depois pego o primeiro trem pela manhã. Vamos até o pátio.

— Por quê?

Griffin deu tapinhas na arma em seu cinto.

— Vou mostrar a você como se usa isto.

Robin apertou a colcha contra o peito.

— De jeito nenhum.

— Então você vai assistir enquanto eu disparo uma arma — decretou Griffin. — Estamos precisando ter uma conversinha, não acha?

Robin suspirou, colocou a colcha no chão e seguiu Griffin porta afora. O pátio estava muito iluminado pela lua cheia. Griffin devia usar aquele espaço para praticar tiro com frequência, pois Robin reparou que as árvores do outro lado do pátio estavam crivadas de buracos de bala.

— Você não tem medo de que alguém ouça?

— Toda essa área está protegida pelo encanto — lembrou Griffin. — Um trabalho muito inteligente. Ninguém que não saiba que nós estamos aqui consegue ver nem ouvir muito. Você sabe alguma coisa sobre armas?

— Absolutamente nada.

— Bem, nunca é tarde para aprender.

Griffin colocou a arma nas mãos de Robin. Como as barras de prata, era mais pesada do que parecia e muito fria ao toque. Havia certa elegância indiscutível na curva do cabo de madeira, na facilidade com que se encaixava em sua mão. Ainda assim, Robin sentiu uma onda de repulsa ao segurá-la. Parecia algo perverso, como se o metal estivesse tentando mordê-lo. Queria muito jogá-la no chão, mas teve medo de dispará-la por acidente.

— É um revólver pimenteiro — explicou Griffin. — Uma pistola muito popular entre civis. É uma arma com mecanismo de percussão, o que significa que pode disparar mesmo quando está molhada... Não olhe para o cano, seu idiota, nunca olhe diretamente para o cano. Tente mirar.

— Eu não entendo qual é o sentido disso... — falou Robin. — Eu nunca vou disparar uma coisa dessas.

— Se você vai disparar ou não, não importa. O importante é que achem que você vai fazer isso. Preste atenção, meus colegas lá dentro ainda cultivam uma fé inacreditável na bondade humana. — Griffin engatilhou a arma e apontou para uma bétula do outro lado do pátio. — Mas eu sou cético. Eu acho que a descolonização deve ser um processo violento.

Ele puxou o gatilho. O som do disparo foi muito forte. Robin saltou para trás, mas Griffin não se abalou.

— Não é uma pistola de ação dupla — informou ele, ajustando o tambor. — Você tem que levantar o cão depois de cada disparo.

A pontaria dele era muito boa. Robin semicerrou os olhos e viu, no meio do tronco da bétula, um entalhe que não existia antes.

— Está vendo? Uma arma muda tudo. Não se trata apenas do impacto, mas do que ela sinaliza. — Griffin passou os dedos pelo cano e virou, apontando a arma para Robin.

Ele deu um salto para trás.

— Meu Deus…

— Assustador, não é? Pense, por que uma arma de fogo é mais assustadora do que uma faca? — Griffin não moveu o braço. — Ela diz que eu estou disposto a matar você, e tudo o que preciso fazer é puxar o gatilho. Posso matar de longe, sem esforço. Uma arma elimina todo o trabalho do assassinato e o torna elegante. Isso diminui a distância entre determinação e ação, entende?

— Você já atirou em alguém? — quis saber Robin.

— É claro.

— E acertou?

Griffin não respondeu.

— Você precisa entender os lugares onde eu estive. O mundo não é feito apenas de bibliotecas e debates, irmão. As coisas são diferentes em um campo de batalha.

— Babel é um campo de batalha? — perguntou Robin. — Evie Brooke era uma combatente inimiga?

Griffin abaixou a arma.

— Então é com isso que você está preocupado?

— Você matou uma garota inocente.

— Inocente? Foi isso que nosso pai disse a você? Que eu matei a Evie a sangue-frio?

— Eu vi a barra — disse Robin. — Ela está no meu bolso, Griffin.

— A Evie não era uma espectadora inocente — zombou Griffin. — Fazia meses que nós estávamos tentando recrutá-la. Era complicado, sabe, porque ela e Sterling Jones eram muito próximos, e se um dos dois tinha consciência, definitivamente era ela. Ou foi o que pensamos. Eu passei meses conversando com ela no Twisted Root até que uma noite ela decidiu que estava pronta, que estava com a gente. Só que era tudo uma armação, ela estava conversando com os policiais e os professores o tempo todo, e eles traçaram um plano para me pegar em flagrante.

"Ela era uma atriz brilhante, sabe. Tinha um jeito especial de olhar para a gente, com os olhos arregalados, balançando a cabeça como se você tivesse despertado toda a compaixão dela. É claro que eu não sabia que era tudo uma encenação. Achei que tinha conseguido uma aliada, fiquei entusiasmado quando ela pareceu estar se convencendo, e, depois de todo mundo que perdemos na Birmânia, eu estava me sentindo muito sozinho. E a Evie foi muito esperta ao perceber isso. Fez um monte de perguntas, muito mais do que você, deu a impressão de que só queria saber porque estava muito empolgada por se juntar à causa, porque queria saber todas as maneiras de ajudar."

— Então como você descobriu?

— Bem, ela não era tão esperta assim. Se fosse, não teria revelado o disfarce até estar segura.

— Mas ela te contou. — Robin sentiu um aperto no estômago. — Ela quis se vangloriar.

— Ela sorriu para mim — disse Griffin. — Quando a sirene tocou, ela sorriu para mim e disse que estava tudo acabado. E então eu a matei. Eu não queria. Você não vai acreditar em mim, mas é a verdade. Só queria assustá-la. Mas eu estava com raiva e com medo, e a Evie era cruel. Se eu tivesse dado a chance, ainda acho que ela poderia ter me ferido primeiro.

— Você realmente acredita nisso? — sussurrou Robin. — Ou é uma mentira que conta a si mesmo para conseguir dormir à noite?

— Eu durmo muito bem — zombou Griffin. — Já você precisa das suas mentiras, não é? Deixa eu adivinhar... Você diz a si mesmo que foi um acidente? Que não teve a intenção?

— Eu não tive — insistiu Robin. — *Aconteceu*... e não foi de propósito, eu nunca quis...

— Para — disse Griffin. — Para de se esconder, de fingir, isso é tão covarde. Diga como você se sente. Foi bom, admita. A sensação de poder foi muito boa...

— Eu voltaria atrás se pudesse — afirmou Robin.

Não sabia por que parecia tão importante que Griffin acreditasse nele, mas aquele parecia ser o último fio a que poderia se segurar, a última verdade que precisava manter sobre sua identidade. Caso contrário, não se reconheceria.

— Eu queria que ele estivesse vivo... — acrescentou.

— Você não queria isso de verdade. Ele mereceu o fim que teve.

— Ele não merecia morrer.

— Nosso pai — disse Griffin, elevando a voz — era um homem cruel e egoísta que achava que qualquer um que não fosse branco e inglês não era humano. Nosso pai destruiu a vida da minha mãe e deixou a sua morrer. Nosso pai é um dos principais arquitetos de uma guerra contra nossa terra natal. Se ele tivesse voltado vivo de Cantão, o Parlamento não estaria debatendo. Eles já teriam votado. Você nos ajudou a ganhar dias, talvez semanas. E daí se você é um assassino, irmão? O mundo é um lugar melhor agora que o professor não está mais nele. Pare de se encolher sob o peso da sua consciência e aceite o maldito crédito. — Ele virou a arma e a ofereceu para Robin. — Pegue.

— Eu já disse que não.

— Você ainda não entendeu. — Impaciente, Griffin agarrou os dedos de Robin e os forçou a envolver o cabo. — Nós já saímos do reino das ideias, irmão. Estamos em guerra.

— Se isso é uma guerra, então vocês já perderam. — Robin continuava se recusando a pegar a arma. — Não há como vencerem no campo de batalha. Quantos combatentes vocês têm em suas fileiras, algumas dezenas? No máximo? E vão enfrentar todo o exército britânico?

— Ah, mas é aí que você se engana — respondeu Griffin. — O problema da violência é que o Império tem muito mais a perder do que nós. A violência atrapalha a economia extrativista. Você causa estragos em uma linha de abastecimento e há uma queda nos preços por todo o Atlântico. Todo o sistema de comércio deles é sensível e vulnerável a choques porque eles o fizeram assim, porque a ganância voraz do capitalismo é punitiva. É por isso que as revoltas de escravizados são bem-sucedidas. Eles não podem atirar em sua fonte de mão de obra, seria como matar as próprias galinhas dos ovos de ouro.

"Mas se o sistema é tão frágil, por que aceitamos tão facilmente a situação colonial? Por que achamos que é inevitável? Por que Sexta-feira não pega um rifle ou corta o pescoço de Robinson Crusoé durante a noite? O problema é que estamos sempre vivendo como se já tivéssemos perdido. Estamos todos vivendo como *você*. Vemos os canhões, as barras de prata e os navios deles, e achamos que não temos chance. Não paramos para pensar que na verdade estamos em pé de igualdade. E nunca consideramos como seriam as coisas se pegássemos em armas. — Mais uma vez, Griffin ofereceu o revólver a Robin. — Cuidado, é pesado na frente.

Dessa vez, Robin aceitou. Experimentou apontar para as árvores. O cano, de fato, tombou para baixo; ele inclinou a mão na direção do pulso para manter a arma nivelada.

— A violência mostra a eles do quanto estamos dispostos a abrir mão — explicou Griffin. — A violência é a única linguagem que eles entendem, porque seu sistema de extração é inerentemente violento. A violência choca o sistema. E o sistema não consegue sobreviver ao choque. Você não tem ideia do que é capaz. Não consegue imaginar como o mundo pode mudar a menos que aperte o gatilho. — Griffin apontou para a bétula do meio. — Aperte o gatilho, garoto.

Robin obedeceu. O estrondo foi ensurdecedor; ele quase deixou a arma cair. Tinha certeza de que não havia mirado bem. Não estava preparado para o impacto do coice, e seu braço tremia do pulso ao ombro. A bétula estava intocada. A bala havia voado inutilmente para a escuridão.

Mas teve que admitir que Griffin estava certo — a fúria daquele momento, a explosão de força contida em suas mãos, o poder absoluto que ele era capaz de desencadear com apenas um movimento do dedo —, a sensação era boa.

# Capítulo Vinte e Três

*Oh those white people have small hearts who can only feel for themselves.*

*Ah, os brancos têm corações mesquinhos que só conseguem sofrer por eles mesmos.*

Mary Prince, *The History of Mary Prince*

Robin não conseguiu pegar no sono depois que Griffin partiu para Glasgow. Ficou parado no escuro, vibrando com uma energia nervosa. Sentia uma vertigem ofegante, a sensação de olhar da beirada de um penhasco íngreme pouco antes de saltar. Parecia que o mundo inteiro estava à beira de uma mudança cataclísmica, e a única coisa que ele podia fazer era se agarrar ao que estava ao seu redor enquanto avançavam a toda velocidade rumo ao ponto de ruptura.

Uma hora depois, a Velha Biblioteca começou a se agitar. Assim que o relógio marcou sete horas, uma sinfonia de cantos de pássaros ecoou pelas estantes. O barulho era alto demais para estar vindo de fora; ao contrário, parecia haver um bando inteiro de pássaros invisíveis empoleirados entre os livros.

— O que é isso? — perguntou Ramy, esfregando os olhos. — Vocês têm um zoológico em um armário nos fundos?

— Está vindo daqui. — Anthony mostrou a eles um relógio de pêndulo de madeira, decorado com pássaros canoros esculpidos nas bordas. — Presente de uma das nossas colaboradoras suecas. Ela traduziu *gökotta* como "acordar ao amanhecer", só que em sueco *gökotta* tem o significado específico de acordar cedo para ouvir o canto dos pássaros. Há um mecanismo de caixa de música dentro, mas a prata imita o canto dos pássaros de verdade. Não é maravilhoso?

— Poderia ser um pouco menos barulhento — comentou Ramy.

— Ah, o nosso relógio é um protótipo. Está ficando velho. Mas já é possível comprá-los nas butiques de Londres, sabia? São muito populares, os ricos adoram.

Um por vez, eles se revezaram para se lavar com água gelada no lavatório. Em seguida, se juntaram às garotas na Sala de Leitura, diante das anotações reunidas no dia anterior, para retomar o trabalho.

Letty também parecia não ter pregado o olho. Estava com grandes olheiras, e abraçava o próprio corpo enquanto bocejava.

— Você está bem? — perguntou Robin.

— Na verdade parece que eu estou em um sonho. — Ela piscou enquanto seus olhos percorriam o lugar, com o olhar desfocado. — Está tudo de cabeça para baixo. Está tudo ao contrário.

*É justo*, pensou Robin.

Letty estava se saindo muito bem, levando em conta tudo que havia acontecido. Ele não sabia como expressar com gentileza o que queria dizer em seguida, então perguntou de maneira indireta:

— O que você acha?

— Sobre o quê, Robin? — indagou ela, exasperada. — Sobre o assassinato que nós estamos encobrindo, sobre a queda do Império Britânico ou sobre o fato de que agora nós vamos ser fugitivos pelo resto da vida?

— Sobre tudo isso, eu acho.

— A justiça é exaustiva. — Ela esfregou as têmporas. — É isso que eu acho.

Cathy chegou com um bule fumegante de chá preto, e eles estenderam as canecas, agradecidos. Bocejando, Vimal cambaleou do banheiro até a cozinha. Alguns minutos depois, um maravilhoso aroma de comida invadiu a Sala de Leitura.

— Ovos masala — anunciou ele, servindo ovos mexidos misturados com tomate nos pratos. — A torrada já está vindo.

— Vimal — gemeu Cathy. — Eu poderia me casar com você.

Eles devoraram a comida em um silêncio rápido e mecânico. Minutos depois, a mesa foi retirada e os pratos sujos foram levados de volta para a cozinha. A porta da frente se abriu. Era Ilse, voltando do centro da cidade com os jornais daquela manhã.

— Alguma novidade sobre as deliberações? — perguntou Anthony.

— Eles ainda não chegaram a um consenso — disse ela. — Então ainda temos algum tempo. Os *whigs* não têm certeza sobre seus números e só vão votar quando estiverem confiantes. Mas nós ainda queremos aqueles panfletos em Londres hoje ou amanhã. Temos que colocar alguém no trem do meio-dia e mandar imprimi-los na Fleet Street.

— Nós ainda conhecemos alguém na Fleet Street? — indagou Vimal.

— Sim, a Theresa continua no *Standard*. O jornal é impresso às sextas-feiras. Com certeza posso entrar e usar as máquinas, se você conseguir me entregar alguma coisa até hoje à noite. — Ela tirou um jornal amassado da bolsa e o deslizou pela mesa. — A propósito, aqui estão as últimas notícias de Londres. Achei que vocês iam querer ver.

Robin esticou o pescoço para ler o texto de cabeça para baixo.

**PROFESSOR DE OXFORD ASSASSINADO EM CANTÃO. CRIMINOSOS EM CONSPIRAÇÃO COM LOBISTAS CHINESES.**

— Bem. — Ele piscou. — Acho que a maioria das informações está correta.

Ramy abriu o jornal.

— Ah, vejam. Tem desenhos dos nossos rostos.

— Esse não se parece com você — avaliou Victoire.

— É, eles não conseguiram acertar o meu nariz — concordou Ramy. — E fizeram os olhos do Robin muito pequenos.

— Esse jornal também foi impresso em Oxford? — perguntou Anthony a Ilse.

— Surpreendentemente, não. Eles mantiveram tudo em segredo.

— Interessante. Bem, ainda assim Londres está fora de cogitação para vocês — disse ele. Todos começaram a protestar ao mesmo tempo, mas Anthony ergueu a mão. — Não fiquem chateados. É muito perigoso, nós não vamos arriscar. Vocês vão ficar escondidos na Velha Biblioteca até tudo isso acabar. Não podem ser reconhecidos.

— Nem você — retrucou Ramy.

— Eles acreditam que eu estou morto. E acham que você é um assassino. São coisas bem diferentes. Ninguém vai estampar meu rosto nos jornais.

— Mas eu quero estar lá — disse Ramy, infeliz. — Eu quero fazer alguma coisa, quero ajudar...

— Você pode ajudar não indo parar na prisão. Nós não estamos em guerra declarada, por mais que o nosso querido Griffin queira acreditar que estamos. Esses assuntos exigem sutileza. — Anthony apontou para a lousa. — Foco no que é prioridade. Vamos continuar de onde paramos. Acho que abordamos a questão de lorde Arsenault ontem à noite. Letty?

Ela tomou um longo gole de chá, fechou os olhos e pareceu se recompor.

— Sim. Acho que lorde Arsenault e meu pai têm uma boa relação. Eu posso escrever para ele, tentar marcar uma reunião...

— Você não acha que o seu pai vai ficar perturbado com a notícia de que você é uma assassina? — perguntou Robin.

— O nome da Letty não consta entre os assassinos. — Victoire passou os olhos pela notícia. — Somos só nós três. Ela não é sequer mencionada.

Houve um silêncio breve e constrangedor.

— Não, isso é muito bom para nós — disse Anthony calmamente. — Nos dá alguma liberdade de movimento. Comece a escrever para seu pai, Letty, e os outros, cuidem das suas tarefas.

Um a um, eles saíram da Sala de Leitura para cuidar das tarefas que lhes haviam sido designadas. Ilse foi para Babel a fim de conseguir mais notícias sobre os desdobramentos em Londres. Cathy e Vimal foram para a oficina trabalhar em pares de equivalentes usando *polemikós*. Ramy e Victoire ficaram encarregados de escrever cartas para líderes radicais proeminentes, fingindo ser apoiadores radicais brancos de meia-idade. Robin ficou com Anthony na Sala de Leitura, reunindo as evidências mais contundentes de conluio presentes nas cartas do professor Lovell, a fim de usá-las como citações em panfletos curtos e incendiários. A esperança deles era que as evidências fossem infames o suficiente para despertar o interesse dos jornais de Londres.

— Preste atenção em como vai dizer as coisas — aconselhou Anthony. — É melhor evitar a retórica sobre o anticolonialismo e respeitar a soberania nacional. Use termos como *escândalo*, *conluio*, *corrupção*, *falta de transparência* e coisas do gênero. Diga o que tiver que dizer usando palavras que deixem o londrino médio exaltado e não transforme isso em uma questão racial.

— Você quer que eu traduza as coisas para os brancos — disse Robin.

— Exatamente.

Eles trabalharam em um silêncio confortável por cerca de uma hora, até que a mão de Robin estivesse dolorida demais para continuar. Ele se recostou na cadeira, segurando uma caneca de chá em silêncio, até parecer que Anthony havia chegado ao fim de um parágrafo.

— Anthony, posso perguntar uma coisa?

Anthony largou a pena.

— O que você quer saber?

— Você acha mesmo que isso vai funcionar? — Robin acenou com a cabeça para a pilha de rascunhos de panfletos. — Vencer no campo da opinião pública...

Anthony se recostou e flexionou os dedos.

— Estou vendo que seu irmão andou conversando com você.

— O Griffin passou a noite passada me ensinando a usar uma arma — contou Robin. — Ele acha que a revolução é impossível sem uma insurreição violenta. E ele é bastante persuasivo.

Anthony pensou um pouco, assentindo, batendo a pena no tinteiro.

— Seu irmão gosta de me chamar de ingênuo.

— Não foi isso que eu...

— Eu sei, eu sei. Só quis dizer que não sou tão bonzinho quanto o Griffin pensa. Deixe-me lembrar a você que eu vim para este país antes de decidirem que eu não poderia mais ser legalmente considerado escravizado. Eu vivi a maior parte da minha vida em um país profundamente confuso sobre eu poder ser ou não considerado humano. Acredite, não sou muito otimista em relação aos escrúpulos éticos dos brancos da Grã-Bretanha.

— Mas eles acabaram concordando com a abolição — respondeu Robin. — No fim das contas.

Anthony riu brevemente.

— Você acha que a abolição foi uma questão de ética? Não, a abolição ganhou popularidade porque, depois de perderem a América, os britânicos decidiram que a Índia ia ser sua nova galinha dos ovos de ouro. Mas o algodão, o índigo e o açúcar da Índia não iam dominar o mercado a menos que a França pudesse ser eliminada como concorrente, e a França não ia ser eliminada, entende, não enquanto o comércio britânico de escravizados estivesse fazendo as Índias Ocidentais serem tão lucrativas para eles.

— Mas...

— Mas nada. O movimento abolicionista que você conhece é cheio de pompa. Só retórica. Pitt apresentou a moção porque viu a necessidade de interromper o tráfico de escravizados para a França. E o Parlamento apoiou os abolicionistas porque eles tinham muito medo da insurreição dos negros nas Índias Ocidentais.

— Então você acha que é só uma questão de riscos e economia.

— Bem, não necessariamente. Seu irmão gosta de argumentar que a revolta dos escravizados jamaicanos, por mais que tenha fracassado, foi o que impeliu os britânicos a elaborarem leis sobre a abolição. E ele está certo, mas não de todo. Veja, a revolta conquistou a simpatia britânica porque os líderes faziam parte da Igreja Batista e, quando ela fracassou, os brancos que defendiam a escravidão na Jamaica começaram a destruir capelas e a ameaçar missionários. Os batistas voltaram para a Inglaterra e angariaram apoio com base na religião, não nos direitos naturais. O que quero dizer é que a abolição aconteceu porque os brancos encontraram motivos para se importar, fossem eles econômicos ou religiosos. Você só precisa fazer com que achem que a ideia foi deles. Não pode apelar para sua bondade interior. Nunca conheci um inglês que eu tivesse certeza de que faria a coisa certa por compaixão.

— Bem — disse Robin —, tem a Letty.

— É — respondeu Anthony após uma pausa. — Acho que tem a Letty. Mas ela é um caso raro, não?

— Então, qual caminho devemos seguir daqui em diante? — perguntou Robin. — Qual é o sentido de tudo isso?

— A ideia é formar uma coalizão — explicou Anthony. — E ela precisa incluir simpatizantes improváveis. Podemos desviar quantos recursos quisermos de Babel, mas não vai ser suficiente para mover alavancas de poder tão firmemente arraigadas como Jardine e Matheson. Se quisermos virar a maré da história, precisamos que alguns desses homens, os mesmos que não veem problema em vender a mim e aos meus semelhantes em leilões, se tornem nossos aliados. Nós precisamos convencê-los de que uma expansão britânica global, baseada em pirâmides de prata, não é o melhor para eles. Porque essa é a única lógica que eles entendem: o que for melhor para eles. Não a justiça, a dignidade humana e as liberdades que tanto dizem valorizar, e sim o lucro.

— É mais fácil convencê-los a andarem nus pelas ruas.

— Rá! Não, as sementes de uma coalizão já existem. O momento é propício para uma revolução na Inglaterra. Há décadas que a Europa inteira está tomada por uma febre reformista; fomos contagiados pelos franceses. Só temos que transformar essa guerra em uma guerra de classes em vez de uma guerra racial. E é, na verdade, uma questão de classe. Parece um debate sobre o ópio e a China, mas os chineses não são os únicos que têm algo a perder, não é? Está tudo relacionado. A revolução industrial da prata é um dos maiores impulsionadores da desigualdade, da poluição e do desemprego neste país. O destino de uma família pobre de Cantão está intrincadamente ligado ao destino de um tecelão desempregado de Yorkshire. Nenhum dos dois se beneficia da expansão do Império. Ambos só ficam mais pobres à medida que as empresas ficam mais ricas. Então, se eles pudessem formar uma aliança… — Anthony entrelaçou os dedos. — Mas esse é o problema, sabe? Ninguém está se concentrando em como todos estamos conectados. Nós só pensamos em como sofremos individualmente. Os pobres e a classe média deste país não percebem que têm mais em comum com a gente do que com Westminster.

— Tem uma expressão em chinês que capta a essência disso — comentou Robin. — *Tùsǐhúbēi.** Se o coelho morre, a raposa sofre, pois ambos são animais.

— Exatamente — disse Anthony. — Nós só temos que convencê-los de que nós não somos as presas. De que há um caçador na floresta e todos nós estamos em perigo.

Robin fitou os panfletos. Pareciam insuficientes demais agora; apenas palavras, apenas rabiscos a tinta em um frágil papel branco.

— E você acha mesmo que consegue convencê-los disso?

— Nós temos que conseguir. — Anthony flexionou os dedos mais uma vez, em seguida pegou a pena e voltou a folhear as cartas do professor Lovell. — Eu não vejo outra saída.

Robin se perguntou quanto da vida de Anthony havia sido gasta na tentativa de se traduzir cuidadosamente para os brancos, quanto de suas boas maneiras, de seu comportamento simpático e afável era uma construção engenhosa com o objetivo de se adequar a uma determinada ideia de homem negro naquela Inglaterra branca e de garantir para si mesmo o máximo de acesso a instituições como Babel. Também se perguntou se algum dia tudo isso seria desnecessário, se chegaria um tempo em que brancos olhariam para ele e para Anthony e simplesmente os ouviriam, em que suas palavras teriam importância e valor apenas por serem proferidas, em que não precisariam esconder quem eram, em que não teriam que atravessar um sem-fim de distorções apenas para serem compreendidos.

Ao meio-dia, eles se reuniram na Sala de Leitura para o almoço. Cathy e Vimal estavam muito empolgados com o que haviam feito com o par de equivalentes *polemikós*, que, confirmando as previsões de Griffin, fazia com que os panfletos voassem e pairassem diante das pessoas depois de lançados no ar. Vimal havia complementado isso com a origem latina da palavra *discuss*, discutir: *discutere* podia significar "espalhar" ou "dispersar".

— Vamos supor que você aplique as duas barras a uma pilha de panfletos impressos — falou ele. — Eles voariam por toda a Londres, com ou sem vento. Não seria uma bela maneira de chamar a atenção das pessoas?

Aos poucos, as ideias que tinham parecido tão ridículas na noite anterior, aqueles rabiscos caóticos de mentes privadas de sono, fundiram-se em um plano de ação impressionante. Anthony resumiu seus numerosos esforços na

* 兔死狐悲.

lousa. Nos dias seguintes, semanas se necessário, a Sociedade Hermes tentaria influenciar os debates de todas as maneiras que pudesse. O contato de Ilse na Fleet Street logo publicaria um artigo com críticas contundentes ao fato de William Jardine, responsável por instaurar toda aquela confusão, estar passando seus dias em uma estância termal em Cheltenham. Vimal e Cathy, por meio de vários intermediários brancos mais respeitáveis, tentariam convencer os *whigs* indecisos de que restaurar boas relações com a China pelo menos manteria abertas as vias de comércio de produtos legais, como chás e ruibarbo. Além disso, havia os esforços de Griffin em Glasgow, bem como os panfletos prestes a voar por toda a Londres. Por meio de chantagem, lobby e pressão pública, concluiu Anthony, eles talvez conseguissem obter votos suficientes para derrotar a moção de guerra.

— Isso pode funcionar — disse Ilse, piscando diante da lousa como se estivesse surpresa.

— *Pode* funcionar — concordou Vimal. — Minha nossa.

— Têm certeza de que não podemos ir com vocês? — perguntou Ramy.

Anthony deu-lhe um tapinha solidário no ombro.

— Vocês fizeram a sua parte. Foram muito corajosos, todos vocês. Mas está na hora de deixarem as coisas nas mãos de profissionais.

— Você só tem cinco anos a mais que nós — retrucou Robin. — Como isso faz de você um profissional?

— Eu não sei — respondeu Anthony. — Simplesmente faz.

— E a gente vai ficar só esperando sem saber de nada? — questionou Letty. — Não conseguimos nem comprar os jornais aqui.

— Nós vamos voltar depois da votação — disse Anthony. — E vamos voltar de tempos em tempos para ver como vocês estão... dia sim, dia não, se estiverem muito nervosos.

— Mas e se acontecer alguma coisa? — insistiu Letty. — E se vocês precisarem da nossa ajuda? E se nós precisarmos da ajuda *de vocês*?

Os pós-graduandos do instituto trocaram olhares. Parecia que eles estavam tendo uma conversa silenciosa — uma repetição, imaginou Robin, de uma conversa que haviam tido muitas vezes antes, pois estava claro qual era a posição de cada um. Anthony ergueu as sobrancelhas. Cathy e Vimal assentiram. Ilse, com os lábios franzidos, parecia relutante, mas no fim das contas suspirou e deu de ombros.

— Vá em frente — disse ela.

— O Griffin não concordaria — falou Anthony.

— Bem... — retrucou Cathy. — O Griffin não está aqui.

Anthony se levantou, desapareceu por um momento entre as estantes e voltou trazendo um envelope lacrado.

— Aqui — começou ele, colocando o envelope na mesa — estão os contatos de uma dúzia de integrantes da Hermes em todo o mundo.

Robin ficou surpreso.

— Vocês têm certeza de que deveriam nos mostrar isso?

— Não — confessou Anthony. — Na verdade, nós não deveríamos. Estou vendo que a paranoia do Griffin passou para você, o que não é algo ruim. Mas vamos supor que só restem vocês. Não tem nomes nem endereços aqui, só pontos de entrega e instruções de contato. Se ficarem sozinhos, pelo menos vão ter algum meio de manter a Hermes viva.

— Você está falando como se houvesse a chance de vocês não voltarem — apontou Victoire.

— Bem, a chance de nós não voltarmos existe, não é?

A biblioteca ficou em silêncio.

De repente, Robin se sentiu tão jovem, tão infantil. Tinha parecido um jogo tão divertido, tramar até de madrugada com a Sociedade Hermes, brincar com a arma do seu irmão mais velho. A situação deles era tão bizarra e as condições de vitória tão inimagináveis que parecera mais um exercício do que a vida real. Ele se deu conta naquele momento de que as forças com as quais estavam lidando eram na verdade bastante assustadoras, que as companhias de comércio e os lobbies políticos que estavam tentando manipular não eram os bichos-papões risíveis que eles haviam imaginado, mas organizações incrivelmente poderosas com interesses profundos e arraigados no comércio colonial, interesses que matariam para proteger.

— Mas vocês vão ficar bem — falou Ramy. — Não vão? Babel nunca pegou vocês antes...

— Eles nos pegaram muitas vezes — corrigiu Anthony, devagar. — Daí a paranoia.

— Daí o atrito — acrescentou Vimal, enfiando uma pistola no cinto. — Nós conhecemos os riscos.

— Mas vocês estarão seguros aqui, mesmo que a gente seja descoberto — tranquilizou-os Cathy. — Nós não vamos entregar vocês.

Ilse assentiu.

— É mais fácil nós mordermos a língua até sufocarmos.

— Desculpem. — Letty levantou-se abruptamente. Ela estava muito pálida; levou a mão à boca, como se fosse vomitar. — Eu só... eu só preciso de um pouco de ar.

— Quer um pouco de água? — ofereceu Victoire, preocupada.

— Não, eu vou ficar bem. — Letty passou apressada pelas cadeiras amontoadas e seguiu até a porta. — Só preciso respirar por um momento, se não tiver problema.

— O pátio é por ali — indicou Anthony.

— Acho que vou dar uma volta na frente — disse Letty. — O pátio é um pouco... um pouco claustrofóbico.

— Não sai do quarteirão, então — instruiu Anthony. — Não deixa ninguém te ver.

— Tá... tá, claro.

Letty parecia muito aflita; respirava em espasmos tão rápidos e superficiais que Robin teve medo de que ela desmaiasse. Ramy chegou a cadeira para trás para permitir que ela passasse. Letty parou na porta e olhou por cima do ombro, seus olhos se demoraram em Robin, e ela pareceu estar prestes a dizer alguma coisa, mas então franziu os lábios e saiu apressada pela porta.

Nos últimos minutos antes de os pós-graduandos saírem, Anthony tratou dos assuntos domésticos com Robin, Ramy e Victoire. A pequena cozinha estava abastecida com provisões suficientes para uma semana, até mais, se eles não se importassem de comer mingau e peixe curado no sal. Era mais difícil de conseguir água potável — a Velha Biblioteca recebia água pelo sistema de abastecimento da cidade, mas eles não podiam abrir as torneiras muito tarde da noite ou por muito tempo em nenhum horário, já que o escoamento em outro lugar poderia chamar atenção. Fora isso, havia uma quantidade mais do que suficiente de livros na biblioteca para mantê-los ocupados, embora tivessem recebido ordens estritas para não mexer em nenhum projeto em andamento na oficina.

— E tentem ficar o máximo de tempo possível dentro da biblioteca — disse Anthony enquanto terminava de fazer as malas. — Vocês podem se revezar no pátio, se quiserem, mas falem baixo, de vez em quando o encantamento dá problema. Se precisarem tomar um pouco de ar fresco, façam isso depois do pôr do sol. Se ficarem com medo, tem um rifle no armário de vassouras... Eu espero que nunca precisem usá-lo, mas, se precisarem, algum de vocês sabe...

— Eu sei — afirmou Robin. — Acho... É o mesmo princípio de uma pistola, certo?

— É parecido. — Anthony amarrou o cadarço das botas. — Vá se familiarizando com ele no seu tempo livre; o peso é um pouco diferente. Quanto às comodidades, tem sabonetes e outras coisas no armário do banheiro. Não se esqueçam de tirar as cinzas da lareira todas as manhãs, ou ela vai entupir. Ah... Nós tínhamos um tanque de lavar roupa, mas o Griffin o destruiu fazendo testes com bombas caseiras. Vocês conseguem ficar alguns dias sem trocar de roupa, certo?

Ramy bufou.

— Essa é uma pergunta que você tem que fazer para a Letty.

Houve uma pausa. Então Anthony falou:

— Cadê a Letty?

Robin olhou para o relógio. Não havia notado a passagem do tempo; já fazia quase meia hora que Letty tinha saído da biblioteca.

Victoire se levantou.

— Talvez seja melhor eu...

Algo chiou perto da porta da frente. O som foi tão agudo e penetrante, tão parecido com um grito humano, que Robin levou um momento para perceber que era a chaleira.

— Droga. — Anthony pegou o rifle. — Para o pátio, rápido, todos vocês...

Mas era tarde demais. Os chiados foram ficando cada vez mais altos, até que as paredes da biblioteca pareceram vibrar. Segundos depois, a porta da frente foi arrombada e a polícia de Oxford invadiu a biblioteca.

— Mãos ao alto! — gritou alguém.

Os pós-graduandos pareciam ter treinado para aquela ocasião. Cathy e Vimal saíram correndo da oficina, ambos segurando barras de prata. Ilse jogou seu peso contra uma estante alta, que tombou para a frente, dando início a uma reação em cadeia que obstruiu o caminho da polícia. Ramy avançou para ajudar, mas Anthony gritou:

— Não! Se escondam... na Sala de Leitura...

Eles recuaram, cambaleando. Anthony fechou a porta com um chute depois que todos passaram. Do lado de fora, eles ouviram estampidos e estrondos — Anthony gritou algo que soou como "o sinal luminoso" e Cathy gritou alguma coisa em resposta; os pós-graduandos estavam lutando, lutando para defendê-los.

Mas de que adiantava? A Sala de Leitura era um beco sem saída. Não havia outras portas, nem janelas. Restava-lhes apenas se amontoar atrás da mesa, encolhendo-se ao ouvir os tiros do lado de fora. Ramy disse alguma coisa sobre fazer uma barricada na porta, mas no momento em que eles se moveram para empurrar as cadeiras para a frente, a porta se abriu.

Letty surgiu na soleira. Ela segurava um revólver.

— Letty? — disse Victoire, incrédula. — Letty, o que você está fazendo?

Robin sentiu uma onda de alívio muito breve e ingênua antes de ficar evidente que Letty não estava ali para resgatá-los. Ela ergueu o revólver, apontando-o para cada um deles. Parecia ter bastante experiência em empunhar uma arma. Seu braço não tremia sob o peso. E a imagem era tão absurda — a Letty deles, sua rosa inglesa afetada, empunhando uma arma com uma precisão tão serena e mortal — que ele se perguntou por um momento se estava alucinando.

Mas então se lembrou: Letty era filha de um almirante. Claro que ela sabia atirar.

— Coloquem as mãos acima da cabeça — ordenou ela. Sua voz soava alta e clara, como cristal polido. Parecia uma completa estranha. — Eles não vão machucar ninguém, é só vocês se entregarem calmamente. É só não resistir. Eles mataram os outros, mas vão levar vocês vivos. Ilesos.

Victoire olhou para o envelope sobre a mesa, em seguida para a lareira crepitante.

Letty seguiu o olhar dela.

— Eu não faria isso.

Victoire e Letty se encararam, furiosas, respirando com dificuldade, apenas por um momento.

Então várias coisas aconteceram ao mesmo tempo. Victoire se lançou para pegar o envelope. Letty apontou a arma. Por instinto, Robin correu na direção dela — não sabia o que pretendia fazer, só tinha certeza de que Letty ia machucar Victoire —, mas, assim que se aproximou dela, Ramy o empurrou para o lado. Ele caiu para a frente, tropeçando na perna da mesa...

E então Letty partiu o mundo em pedaços.

Um clique; um disparo.

Ramy desabou. Victoire soltou um grito.

— Não... — Robin caiu de joelhos. Ramy estava flácido, imóvel; Robin tentou virá-lo de barriga para cima. — Não, Ramy, por favor... — Por um momento pensou que Ramy estava fingindo, porque como aquilo era possível? Ele estava em pé, se movimentando e vivo apenas um segundo antes. O mundo não podia acabar tão abruptamente; a morte não podia ser tão rápida. Robin deu tapinhas na face de Ramy, em seu pescoço, qualquer coisa que pudesse suscitar uma reação, mas não adiantou, os olhos dele não se abriam; *por que não se abriam?* Aquilo só podia ser uma brincadeira; ele não estava vendo sangue... mas então reparou que, sobre o coração de Ramy, um minúsculo ponto vermelho se expandia rapidamente até encharcar a camisa, o casaco, tudo.

Victoire se afastou da lareira. Os papéis crepitavam em meio às chamas, transformando-se em cinzas. Letty não fez nenhum movimento para tentar salvá-los. Ela estava atordoada, os olhos arregalados, o revólver pendendo frouxamente ao seu lado.

Ninguém se moveu. Todos estavam olhando para Ramy, que jazia inegável e irreversivelmente inerte.

— Eu não... — Letty levou os dedos à boca. Tinha perdido o controle. Agora sua voz soava muito estridente e aguda, como a de uma garotinha. — Ah, meu Deus...

— Ah, Letty. — Victoire gemeu baixinho. — O que você *fez*?

Robin pousou o corpo de Ramy no chão e se levantou.

Um dia, ele se perguntaria como seu choque se transformou tão rapidamente em raiva; por que sua primeira reação não fora descrença diante daquela traição, mas um ódio sinistro e fulminante. E a resposta ia escapar à sua compreensão e perturbá-lo, pois ela andava na ponta dos pés sobre um complicado emaranhado de amor e ciúmes que enredava todos eles, para o qual não tinham nome nem explicação, uma verdade da qual haviam acabado de começar a se dar conta e que agora, depois daquilo, nunca iam admitir.

Naquele momento, no entanto, a única coisa que ele via era o vermelho que embaçava as bordas de sua visão, bloqueando tudo, menos Letty. Agora ele sabia como era realmente querer uma pessoa morta, querer destroçá-la membro por membro, ouvi-la berrar, fazê-la sentir dor. Agora ele sabia como era querer cometer um assassinato, como era ter raiva, porque era o que estava sentindo, a intenção de matar que ele deveria ter sentido quando matara o pai.

Ele investiu contra ela.

— Não! — gritou Victoire. — Ela...

Letty se virou e fugiu. Robin saiu correndo atrás dela, que se protegeu com a aglomeração de policiais. Ele tentou tirá-los do caminho; não se importava com o perigo, com os cassetetes e as armas; só queria chegar até ela, queria torcer o pescoço dela até matá-la, fazer picadinho daquela vadia branca.

Braços fortes o puxaram para trás. Ele sentiu um golpe contundente contra a parte inferior das costas. Cambaleou. Ouviu Victoire gritando, mas não conseguia vê-la além do bloco de policiais. Alguém colocou um saco de pano em sua cabeça. Ele se debateu violentamente; o braço atingiu algo sólido, e a pressão contra suas costas diminuiu um pouco, mas então algo duro atingiu sua face, e a explosão de dor foi tão intensa que o fez perder as forças. Alguém algemou suas mãos atrás das costas. Dois pares de mãos agarraram seus braços, levantaram-no e arrastaram-no para fora da Sala de Leitura.

A luta havia chegado ao fim. A Velha Biblioteca estava em silêncio. Ele balançou a cabeça freneticamente, tentando se livrar do saco, mas a única coisa que conseguiu foram vislumbres de prateleiras reviradas e carpete enegrecido antes que alguém puxasse o saco com mais força sobre sua cabeça. Não viu nem sinal de Vimal, Anthony, Ilse ou Cathy. Não conseguia mais ouvir os gritos de Victoire.

— Victoire? — disse ele, arfando, apavorado. — Victoire?

— Cale a boca — ordenou uma voz grave.

— Victoire! — gritou ele. — Onde…

— *Cale a boca.*

Alguém levantou o capuz apenas por tempo suficiente para enfiar um pano em sua boca. Em seguida Robin mergulhou de novo na escuridão. Não via nada, não ouvia nada; apenas um silêncio sombrio e terrível enquanto era arrastado para fora das ruínas da Velha Biblioteca e colocado em um coche.

# Capítulo Vinte e Quatro

*Thou was not born for death, immortal Bird!*
*No hungry generations tread thee down.*

*Tu não nasceste para a morte, ave imortal!*
*Não te pisaram pés de ávidas gerações.*

John Keats, "Ode a um rouxinol"*

Ruas de calçamento esburacado, sacolejos dolorosos. *Saia, ande.* Ele obedeceu, sem pensar. Tiraram-no da carruagem, lançaram-no em uma cela e o deixaram sozinho com seus pensamentos.

Horas ou dias podiam ter se passado. Ele não sabia dizer — perdera a noção do tempo. Não estava no próprio corpo, tampouco naquela cela; encolheu-se miseravelmente no chão de pedra e deixou aquele presente machucado e dolorido para trás. Ele estava na Velha Biblioteca, impotente, observando repetidas vezes Ramy se atirar para a frente e cair como se alguém o tivesse chutado entre as omoplatas; Ramy inerte em seus braços; Ramy, apesar de todas as tentativas dele, não se movendo mais.

Ramy estava morto.

Letty os havia traído, a Hermes fora derrotada e Ramy estava morto.

*Ramy estava morto.*

A dor era sufocante. A dor o paralisava. A dor era uma bota cruel e pesada pressionando com tanta força seu peito que ele não conseguia respirar. A dor o arrancou de seu corpo, tornou seus ferimentos abstratos. Ele estava sangrando, mas não sabia onde. O corpo inteiro doía por causa das algemas cravadas em seus pulsos, da dureza do chão de pedra contra seus membros, da maneira como os policiais o haviam atirado no chão como se estivessem tentando quebrar todos os seus ossos. Tinha consciência dessas dores como algo real, mas não conseguia senti-las; não conseguia sentir nada além da dor

* Tradução de Augusto de Campos. In: *Vialinguagem*. São Paulo: Companhia das Letras, 1987. (N. T.)

particular e lancinante pela perda de Ramy. E não queria sentir mais nada, não queria penetrar no próprio corpo e reconhecer suas dores, porque a dor física significava que ele estava vivo, e estar vivo significava que tinha que seguir em frente. Mas ele não podia seguir em frente. Não depois daquilo.

Estava preso no passado. Revisitou aquela lembrança mil vezes, da mesma maneira que havia revisitado a morte do pai. Só que agora, em vez de se convencer de que não tivera a intenção de matar, ele tentava se convencer da possibilidade de Ramy estar vivo. Tinha realmente visto Ramy morrer? Ou havia apenas ouvido o tiro, visto a explosão de sangue e a queda? Será que ainda havia um sopro nos pulmões de Ramy, será que ainda restava vida em seus olhos? Parecia muito injusto. Não, parecia impossível que Ramy pudesse simplesmente deixar o mundo de maneira tão abrupta, que pudesse estar tão vivo em um momento e tão inerte no outro. O fato de Ramiz Rafi Mirza ser silenciado por algo tão pequeno quanto uma bala parecia desafiar as leis da física.

E com certeza Letty não podia ter mirado no coração dele. Isso também era impossível. Ela o amava, ela o amava quase da mesma maneira que Robin o amava — tinha dito isso a ele, ele se lembrava. Se fosse verdade, então como ela poderia olhar nos olhos de Ramy e atirar para matar?

O que significava que talvez Ramy ainda estivesse vivo, que talvez ele tivesse sobrevivido contrariando todas as probabilidades, talvez tivesse se arrastado para fora da carnificina na Velha Biblioteca e encontrado algum lugar para se esconder, talvez ainda pudesse se recuperar se alguém o encontrasse e estancasse o sangue da ferida a tempo. Improvável, mas talvez, talvez, talvez...

Talvez quando Robin escapasse daquele lugar, quando se reencontrassem, eles fossem rir tanto de tudo aquilo que suas costelas doeriam.

Robin nutriu essa esperança. Nutriu essa esperança até ela se tornar uma forma de tortura. O significado original de ter *esperança* é "desejar", e Robin desejava com cada fibra de seu ser um mundo que não existia mais. Ele nutriu essa esperança até achar que estava enlouquecendo, até começar a ouvir fragmentos dos próprios pensamentos como se estivessem sendo ditos fora dele, palavras baixas e ásperas que ecoavam pelas pedras.

*Eu desejo...*

*Eu lamento...*

E então uma enxurrada de confissões que não eram dele.

*Eu gostaria de tê-la amado melhor.*

*Eu gostaria de nunca ter tocado naquela faca.*

Aquilo não era sua imaginação. Ele ergueu a cabeça latejante, o rosto pegajoso de sangue e lágrimas. Olhou ao redor, surpreso. As pedras estavam falando, sussurrando milhares de testemunhos diferentes, cada um deles abafado pelo seguinte de forma que Robin não conseguia distinguir nada além de frases entrecortadas.

*Se ao menos*, diziam.

*Não é justo*, lamentavam.

*Eu mereço isso*, sussurravam.

E ainda, em meio a todo aquele desespero:

*Eu tenho esperança...*

*Eu tenho esperança...*

*Apesar de tudo, eu tenho esperança...*

Estremecendo, ele se levantou, pressionou o rosto contra a pedra e avançou lentamente pela parede até encontrar o brilho revelador da prata. Na barra estava inscrito um encadeamento clássico do grego para o latim para o inglês. A palavra grega *epitaphion* significava "discurso fúnebre" — algo falado, feito para ser ouvido; a palavra latina *epitaphium*, da mesma forma, referia-se a um elogio fúnebre. Apenas a palavra inglesa moderna *epitaph*, epitáfio, se referia a algo escrito e silencioso. A tradução distorcida dava voz ao que fora escrito. Ele estava cercado pelas confissões dos mortos.

Deixou o corpo afundar e segurou a cabeça entre as mãos.

Que tortura extraordinariamente horrível. Que gênio teria elaborado aquilo? O objetivo era, com certeza, inundá-lo com o desespero de todas as outras pobres almas que tinham ficado aprisionadas ali, enchê-lo de uma tristeza tão incomensurável que, quando fosse interrogado, entregaria a tudo e a todos a fim de fazê-la parar.

Mas aqueles sussurros eram redundantes. Eles não obscureciam seus pensamentos; eram apenas ecos deles. Ramy estava morto; a Hermes estava desfeita. O mundo não podia continuar. O futuro era apenas uma vasta extensão de trevas, e a única coisa que lhe dava um fiapo de esperança era a promessa de que um dia tudo aquilo ia acabar.

A porta se abriu. Robin despertou sobressaltado, assustado com o ranger das dobradiças. Um jovem elegante, os cabelos loiros presos logo acima do pescoço, entrou.

— Olá, Robin Swift — cumprimentou ele. Sua voz era suave, musical. — Lembra de mim?

*Óbvio que não*, Robin quase disse, mas então o homem se aproximou e as palavras morreram em sua língua. Ele tinha as mesmas feições que a efígie no friso da capela da University College: o mesmo nariz reto e aristocrático e os mesmos olhos profundos e inteligentes. Robin tinha visto aquele rosto apenas uma vez, mais de três anos antes, na sala de jantar do professor Lovell. Nunca o esqueceria.

— Você é o Sterling. — O brilhante e célebre Sterling Jones, sobrinho de sir William Jones, o maior tradutor de seu tempo. Sua aparição ali foi tão inesperada que por um momento Robin só conseguiu piscar para ele. — O que...

— O que eu estou fazendo aqui? — Sterling riu. Até sua risada era elegante. — Eu não perderia isso por nada. Não depois que me contaram que tinham capturado o irmão mais novo de Griffin Lovell.

Sterling puxou duas cadeiras para dentro da cela e sentou-se diante de Robin, cruzando as pernas na altura dos joelhos. Puxou o paletó para baixo para endireitá-lo, em seguida inclinou a cabeça enquanto olhava para Robin.

— Minha nossa. Vocês realmente ficaram parecidos. Só que você é um pouco mais agradável. O Griffin era puro sarcasmo e agressividade. Feito um cão raivoso. — Ele colocou as mãos nos joelhos e se inclinou para a frente. — Então você matou seu pai, não foi? Você não tem cara de assassino.

— E você não tem cara de policial do condado — retrucou Robin.

No momento em que disse isso, a última falsa dicotomia que havia construído em sua mente — aquela que envolvia acadêmicos e as lâminas do império — se desfez. Ele se lembrou das palavras de Griffin. Se lembrou das cartas do pai. Comerciantes de pessoas escravizadas e soldados. Assassinos preparados, todos eles.

— Você é tão parecido com o seu irmão... — Sterling balançou a cabeça. — Como é mesmo a expressão chinesa? Texugos do mesmo monte ou chacais da mesma matilha? Atrevidos, insolentes e insuportavelmente arrogantes. — Ele cruzou os braços sobre o peito e recostou-se, avaliando-o. — Me ajude a entender. Eu nunca consegui entender no caso do Griffin. Só queria saber... *por quê*? Você tem tudo o que poderia desejar. Nunca vai ter que trabalhar um dia sequer na vida... não de verdade, pelo menos; ter uma bolsa de estudos não conta. Você está nadando na riqueza.

— Meus compatriotas não estão — retrucou Robin.

— Mas você não é seus compatriotas! — exclamou Sterling. — Você é a exceção. Você é o afortunado, o superior. Ou realmente acha que tem mais coisas em comum com aqueles pobres tolos de Cantão do que com seus colegas de Oxford?

— Acho — respondeu Robin. — Seu país me lembra disso todos os dias.

— É esse o problema, então? Alguns britânicos brancos não foram muito legais com você?

Robin não via sentido em continuar discutindo. Fora uma completa tolice entrar no jogo dele. Sterling Jones era exatamente igual a Letty, exceto pela simpatia superficial de uma suposta amizade. Ambos achavam que era uma questão de destino individual em vez de opressão sistemática, e nenhum dos dois conseguia enxergar além da perspectiva de pessoas que tinham a mesma aparência e falavam exatamente como eles.

— Ah, não me diga. — Sterling suspirou. — Você acredita na teoria capenga de que o Império é uma coisa ruim, não é?

— Você sabe que o que eles fazem é errado — disse Robin, cansado.

Nada de eufemismos; ele apenas não podia, não conseguia crer que homens inteligentes como Sterling Jones, o professor Lovell e o sr. Baylis realmente acreditassem que suas desculpas esfarrapadas fossem alguma coisa além disso. Apenas homens como eles poderiam justificar a exploração de outros povos e países com retórica inteligente, réplicas verbais e raciocínios filosóficos intrincados. Apenas homens como eles achavam que aquilo ainda era matéria de debate.

— Você sabe — insistiu Robin.

— Digamos que vocês consigam o que querem — falou Sterling, sem ceder um milímetro. — Digamos que a gente não entre em guerra, e que Cantão fique com toda a sua prata. O que você acha que eles vão fazer com ela?

— Talvez eles a gastem — respondeu Robin.

Sterling zombou.

— O mundo pertence àqueles que aproveitam as oportunidades. Você e eu sabemos disso, foi assim que chegamos a Babel. Enquanto isso, sua pátria é governada por aristocratas indolentes e preguiçosos que ficam apavorados diante da simples menção a uma ferrovia.

— Uma coisa que nós temos em comum.

— Muito engraçado, Robin Swift. Então você acha que a Inglaterra deveria ser punida por ter a coragem de usar os dons naturais que Deus lhe deu? Devemos deixar o Oriente nas mãos de corruptos infames que desperdiçariam suas riquezas com sedas e concubinas? — Sterling se inclinou para a frente. Seus olhos azuis cintilavam. — Ou devemos *liderar*? A Grã-Bretanha avança a toda velocidade em direção a um futuro grandioso e brilhante. Você pode fazer parte desse futuro. Por que jogar tudo fora?

Robin não disse nada. Não fazia sentido; não se tratava de um diálogo de boa-fé. Sterling não estava interessado em nada além de conversão.

Ele jogou as mãos para o alto.

— Por que é tão difícil de entender, Swift? Por que remar contra a corrente? Por que esse impulso absurdo de morder a mão que o alimenta?

— A universidade não é dona de mim.

— Bobagem. A universidade deu tudo a você.

— A universidade nos arrancou de nossos lares e nos fez acreditar que nosso futuro só poderia consistir em servir à Coroa — retrucou Robin. — A universidade nos diz que somos especiais, escolhidos, selecionados, quando na verdade fomos arrancados de nossa pátria e criados a uma curta distância de uma classe da qual nunca poderemos fazer parte de fato. A universidade nos virou contra o nosso povo e nos fez acreditar que nossas únicas opções eram a cumplicidade ou a rua. Isso não foi um favor, Sterling. Foi crueldade. Não me peça para amar o meu senhor.

Sterling fulminou Robin com o olhar. Estava respirando com muita dificuldade. Era muito estranho, pensou Robin, o quanto ele havia se alterado. Suas bochechas estavam coradas e a testa começava a brilhar por causa do suor. Por que, ele se perguntou, os brancos ficavam tão irritados quando alguém discordava deles?

— Sua amiga, a srta. Price, me alertou de que você tinha se tornado um pouco fanático.

Isso era uma isca bastante óbvia. Robin segurou a língua.

— Vá em frente — zombou Sterling. — Você não quer perguntar sobre ela? Não quer saber por quê?

— Eu sei por quê. Vocês são previsíveis.

A raiva fez o rosto de Sterling se contorcer. Ele se levantou e arrastou a cadeira para mais perto até que os joelhos dos dois quase se tocassem.

— Temos meios para arrancar a verdade. A palavra inglesa *soothe*, "acalmar", deriva de uma raiz protogermânica que significa "verdade". Nós a encadeamos com a palavra sueca *sand*, "areia". Isso acalma você, faz com que baixe a guarda, o reconforta até que você começa a falar. — Sterling se inclinou para a frente. — Mas sempre achei isso muito entediante. Você sabe de onde vem a palavra inglesa *agony*, "agonia"? — Ele enfiou a mão no bolso do paletó e tirou um par de algemas de prata, que colocou sobre os joelhos. — Do grego, passando pelo latim e, mais tarde, pelo francês antigo. A palavra grega *agōnia* significa "competição"; originalmente, um encontro desportivo entre atletas. Só ganhou a conotação de sofrimento muito mais tarde. Mas vou traduzir do inglês de volta para o grego, de forma que a barra seja capaz de provocar sofrimento, não eliminá-lo. Inteligente, não?

Ele olhou para as algemas com um sorriso satisfeito. Não havia malícia no sorriso — apenas um triunfo de contentamento diante do fato de as línguas antigas poderem ser retalhadas e retrabalhadas a fim de atender ao propósito pretendido.

— Foram necessárias algumas experiências antes de acertarmos, mas agora aperfeiçoamos o efeito. Vai doer, Robin Swift. Vai doer muito. Eu já experimentei, só por curiosidade. Não é uma dor superficial, sabe; não é como ser apunhalado com uma lâmina, ou mesmo como ser queimado por chamas. Acontece dentro de você. É como se seus pulsos estivessem se quebrando, repetidas vezes, só que não há limite para a agonia, porque fisicamente você está bem, está tudo na sua mente. É horrível. Você vai se esforçar para suportar, é claro. O corpo não pode evitar, não diante de uma dor como essa. Mas sempre que lutar, a dor vai se duplicar e se duplicar mais uma vez. Quer ver?

*Estou cansado*, pensou Robin, *estou muito cansado; prefiro que você me dê um tiro na cabeça.*

— Permita-me, então. — Sterling se levantou e se ajoelhou atrás dele. — Experimente.

Ele fechou as algemas com um golpe. Robin gritou. Não conseguiu evitar. Tinha decidido manter-se em silêncio, recusando-se a dar aquela satisfação a Sterling, mas a dor era tão avassaladora que ele não conseguiu controlar, não sentia mais nenhuma parte do seu corpo, apenas a dor, que era muito pior do que Sterling havia descrito. Não parecia que seus pulsos estavam se quebrando. Parecia que alguém estava cravando grossos pregos de ferro em seus ossos, direto na medula, e cada vez que ele se contorcia, lutando para se libertar, a dor se intensificava.

*Controle*, disse uma voz dentro de sua mente, uma voz que soava como Griffin. *Controle-se, pare, vai doer menos...*

Mas a dor só aumentava. Sterling não tinha mentido; não havia limite. Toda vez que ele achava que havia chegado ao limite, que se sofresse mais um momento daquilo ia morrer, o sofrimento de alguma forma se intensificava. Ele não sabia que a carne humana podia sentir tanta dor.

*Controle-se*, disse Griffin outra vez.

Então outra voz, terrivelmente familiar: *Eis uma coisa boa a seu respeito. Quando apanha, você não chora.*

Contenção. Repressão. Ele não tinha praticado isso durante toda a vida? *Deixe a dor fluir por você como gotas de chuva, sem reconhecê-la, sem reagir, porque fingir que não está acontecendo é a única maneira de sobreviver.*

O suor escorria por sua testa. Ele lutava para ignorar a agonia lancinante, para sentir os braços e mantê-los imóveis. Era a coisa mais difícil que já tinha feito; era como se estivesse forçando os próprios pulsos sob um martelo.

Então a dor diminuiu. Robin tombou para a frente, ofegante.

— Impressionante — disse Sterling. — Vamos ver quanto tempo você consegue aguentar. Enquanto isso, tenho outra coisa para lhe mostrar. — Ele tirou uma barra do bolso e segurou-a diante do rosto de Robin. Do lado esquerdo estava escrito φρήν. — Imagino que não tenha estudado grego antigo. O do Griffin era muito rudimentar, mas me disseram que você é melhor nos estudos. Então deve saber a que *phren* se refere: o lugar do intelecto e da emoção. Só que os gregos não achavam que esse lugar fosse a mente. Homero, por exemplo, descreve o *phren* como estando localizado no peito. — Ele colocou a barra no bolso da frente da camisa de Robin. — Imagine o que isso faz, então.

Ele recuou o punho e golpeou o esterno de Robin.

A tortura física não foi tão ruim — foi mais uma forte pressão do que uma dor aguda. Mas no momento em que os nós dos dedos de Sterling tocaram seu peito, a mente de Robin explodiu: sentimentos e lembranças o inundaram, tudo que ele havia ocultado, tudo que temia, tudo que o afligia, todas as verdades que não ousava admitir. Era um idiota falando sem parar, não tinha ideia do que estava dizendo; palavras em chinês e inglês saíam de sua boca sem razão nem ordem. *Ramy*, disse ele, ou pensou, não sabia; *Ramy, Ramy, minha culpa, pai, meu pai... meu pai, minha mãe, três pessoas que vi morrerem e nem uma vez fui capaz de mover um dedo para ajudar...*

Vagamente, ele se deu conta de que Sterling o estava incitando, tentando guiar o fluxo de seus balbucios.

— A Hermes — repetia Sterling. — Me fale sobre a Hermes.

— Me mate — respondeu ele, arfando. Estava falando sério; não havia nada no mundo que desejasse mais. A mente não fora feita para sentir tanto. Só a morte silenciaria o coro. — Pelo amor de Deus, *me mate...*

— Ah, não, Robin Swift. Você não vai se safar assim tão facilmente. Não queremos você morto; não é esse o nosso objetivo. — Sterling tirou um relógio do bolso, examinou-o e então inclinou a cabeça na direção da porta como se estivesse escutando alguma coisa. Segundos depois, Robin ouviu Victoire gritar. — Não posso dizer o mesmo dela.

Robin uniu as pernas debaixo do corpo e se lançou sobre a cintura de Sterling, que deu um passo para o lado. Robin tombou no chão, a face batendo dolorosamente contra a pedra. Os pulsos forçaram as algemas e os braços explodiram mais uma vez em uma dor que só parou quando ele se curvou, ofegando, concentrando cada fibra do seu ser em ficar parado.

— É assim que funciona. — Sterling balançou a corrente do relógio diante dos olhos de Robin. — Me conte tudo o que você sabe sobre a Sociedade Hermes, e tudo isso acaba. Eu removo as algemas e liberto sua amiga. E tudo vai ficar bem.

Robin lançou um olhar furioso para ele, ofegando.

— É só me contar, e isso acaba — insistiu Sterling.

A Velha Biblioteca estava destruída. Ramy estava morto. Anthony, Cathy, Vimal e Ilse, todos provavelmente mortos. *Eles mataram os outros*, dissera Letty. O que mais havia para entregar?

*Tem o Griffin*, murmurou uma voz. *Aqueles que estavam no envelope, inúmeros outros que você não conhece.*

E esta era a questão: ele não sabia quem ainda estava lá fora ou o que estavam fazendo, e não podia arriscar revelar nada que os colocasse em perigo. Tinha cometido esse erro uma vez; não podia falhar com a Hermes de novo.

— Fale ou matamos a garota. — Sterling balançou o relógio de bolso diante do rosto de Robin. — Daqui a um minuto, eles vão meter uma bala no crânio dela. A menos que eu diga para pararem.

— Você está mentindo — falou Robin, arfando.

— Não estou. Cinquenta segundos.

— Você não faria isso.

— Nós só precisamos de um de vocês vivo, e ela é mais teimosa quando o assunto é cooperar. — Sterling balançou o relógio outra vez. — Quarenta segundos.

Era um blefe. Tinha que ser um blefe; eles não podiam ter cronometrado as coisas com tanta precisão. E deviam querer os dois vivos; duas fontes de informação eram melhores do que uma, não eram?

— Vinte segundos.

Robin pensou freneticamente, buscando uma mentira aceitável, qualquer coisa que pudesse fazer o tempo parar.

— Há outras escolas — sussurrou ele —, existem contatos em outras escolas, pare…

— Ah. — Sterling guardou o relógio de bolso. — O tempo acabou.

No fim do corredor, Victoire gritou. Robin ouviu um tiro. O grito cessou.

— Graças a Deus — disse Sterling. — Que gritos estridentes.

Robin se atirou sobre as pernas dele. Dessa vez funcionou; pegara Sterling de surpresa. Os dois caíram no chão, Robin por cima de Sterling, as mãos algemadas acima da cabeça. Bateu com os punhos na testa dele, em seus ombros, em todos os lugares que conseguiu alcançar.

— Agonia — lembrou Sterling, arfando. — *Agōnia.*

A dor nos pulsos de Robin redobrou. Ele não conseguia enxergar. Não conseguia respirar. Sterling saiu de debaixo dele. Robin caiu de lado, sufocando. Lágrimas escorriam por suas bochechas. Sterling ficou de pé a seu lado por um momento, respirando com dificuldade. Então recuou com a bota e em seguida deu um chute cruel no esterno de Robin.

Dor; uma dor incandescente, lancinante. Robin não conseguia sentir mais nada. Não tinha fôlego para gritar. Não tinha nenhum controle sobre o próprio corpo, nenhuma dignidade; seus olhos estavam vazios, a boca aberta, baba escorrendo até o chão.

— Minha nossa! — Sterling ajeitou a gravata enquanto endireitava o corpo. — O Richard tinha razão. Vocês são todos uns animais.

Então Robin ficou sozinho outra vez. Sterling não disse quando ia voltar ou o que ia acontecer com ele em seguida. Havia apenas a vasta extensão de tempo e a dor sombria que o engolfava. Ele chorou até se sentir vazio. Gritou até doer para respirar.

Às vezes, as ondas de dor diminuíam um pouco e ele achava que ia conseguir organizar os pensamentos, fazer um balanço da situação, ponderar sobre o próximo passo. O que viria depois? Ainda havia alguma chance de vitória ou restava apenas sobrevivência? Mas Ramy e Victoire se sobrepunham a tudo. Toda vez que tinha o menor vislumbre do futuro, ele se lembrava de que os dois não iam estar nele, e então as lágrimas rolavam novamente, e a bota sufocante da dor voltava a pisar em seu peito.

Pensou em morrer. Não seria tão difícil; bastava bater a cabeça contra a pedra com força suficiente ou descobrir uma maneira de se estrangular com as algemas. A dor não o assustava. Todo o seu corpo estava dormente; parecia impossível que pudesse voltar a sentir qualquer coisa que não fosse a sensação avassaladora de afogamento… e talvez, pensou Robin, a morte fosse a única maneira de emergir à superfície.

Talvez não tivesse que fazer isso por conta própria. Quando tivessem arrancado tudo o que pudessem de sua mente, não iam levá-lo a julgamento em um tribunal e depois enforcá-lo? Certa vez, quando era mais novo, havia testemunhado um enforcamento em Newcastle; tinha visto uma multidão reunida ao redor da forca durante um de seus passeios pela cidade e, sem saber do que se tratava, se aproximou da aglomeração de pessoas. Havia três homens enfileirados na plataforma. Ele se lembrava do baque da base ao ceder, do estalar abrupto dos pescoços. Lembrava-se de ter ouvido alguém murmurar sua decepção porque as vítimas não tinham se debatido.

A morte por enforcamento pode ser rápida — talvez até fácil, indolor. Ele se sentiu culpado por considerar essa opção — *isso é egoísta*, dissera Ramy, *você não pode escolher o caminho mais fácil.*

Mas por que, em nome de Deus, ele continuaria vivo? Robin não conseguia enxergar como qualquer coisa que fizesse dali em diante poderia ter alguma importância. Estava tomado pelo desespero. Tinham perdido, tinham perdido de uma forma tão esmagadora, e não restava mais nada. Se ele se agarrasse à vida pelos dias ou semanas que lhe restavam, seria apenas por causa de Ramy, porque ele não merecia nada que fosse fácil.

O tempo se arrastou. Robin oscilava entre a vigília e o sono. A dor e a tristeza tornavam impossível descansar de verdade. Mas ele estava cansado, muito cansado, e seus pensamentos giravam em espiral, tornando-se lembranças vívidas e aterrorizantes. Estava no *Hellas* de novo, dizendo as palavras que tinham dado início a tudo aquilo; estava olhando para o pai, observando o sangue escorrer de seu peito destroçado. E havia sido uma tragédia tão perfeita, não? Uma história milenar, o parricídio. Os gregos adoravam o parricídio, gostava de dizer o sr. Chester; eles o adoravam por seu potencial narrativo infinito, suas evocações de legado, orgulho, honra e domínio. Adoravam a maneira como mobilizava todas as emoções possíveis porque invertia de maneira tortuosa o princípio mais básico da existência humana. Um ser cria o outro, molda-o e o influencia à sua imagem. O filho se torna o pai e em seguida o substitui; Cronos destrói Urano, Zeus destrói Cronos e, por fim, se transforma nele. Mas Robin nunca havia invejado o pai, nunca quisera nada dele exceto seu reconhecimento, e odiou ver a si mesmo refletido naquele rosto frio e morto. Não, não morto: reanimado, perturbador; o professor Lovell dirigia um olhar cruel para Robin e, atrás dele, o ópio queimava no litoral de Cantão, quente, ruidoso e doce.

— Levante-se — disse o professor Lovell. — *Levante-se.*

Robin despertou de repente. O rosto do pai se tornou o do irmão. Griffin pairava acima dele, coberto de fuligem. Logo atrás, a porta da cela estava em pedaços.

Robin o encarou.

— Como…

Griffin brandiu uma barra de prata.

— O mesmo velho truque. *Wúxíng*.

— Eu achei que não funcionava com você.

— Curioso, não é? Sente-se. — Griffin se ajoelhou atrás dele e começou a mexer nas algemas. — Depois que você a disse pela primeira vez, eu finalmente entendi. Foi como se eu estivesse esperando que alguém dissesse essas palavras minha vida inteira. Meu Deus, garoto, quem fez isso com você?

— Sterling Jones.

— É claro. Desgraçado. — Ele se deteve um momento, mexendo na trava.

O metal se cravou nos pulsos de Robin, que estremeceu, tentando ao máximo não se mover.

— Ah, droga. — Griffin remexeu em sua bolsa e tirou uma grande tesoura. — Eu vou cortar, não se mexa.

Robin sentiu uma pressão agonizante e intensa… e depois nada. Suas mãos estavam livres; ainda com as algemas, mas não presas uma à outra.

A dor desapareceu. Ele se curvou de alívio.

— Eu achei que você estivesse em Glasgow.

— Eu já tinha percorrido uns oitenta quilômetros quando fui avisado. Então saltei e peguei o primeiro trem de volta.

— Foi avisado?

— Nós temos os nossos métodos. — Robin notou então que a mão direita de Griffin exibia manchas pálidas, vermelhas e feias. Parecia uma cicatriz de queimadura. — O Anthony não deu detalhes, só mandou um sinal de emergência, mas eu deduzi que era grave. Todos os rumores que vinham da torre diziam que eles haviam trazido vocês para cá, então evitei a Velha Biblioteca, teria sido perigoso, de qualquer maneira, e vim para cá. Fiz bem. Cadê o Anthony?

— Ele está morto — respondeu Robin.

— Entendo. — Algo atravessou o rosto de Griffin, mas ele piscou e suas feições recuperaram a calma. — E o restante…?

— Acho que estão todos mortos. — Robin se sentia péssimo; não conseguia olhar nos olhos de Griffin. — A Cathy, o Vimal, a Ilse… todos na biblioteca… Eu não os vi morrer, mas ouvi os tiros e depois não vi mais nenhum deles.

— Nenhum outro sobrevivente?

— Tem a Victoire. Eu sei que eles trouxeram a Victoire, mas…

— Onde ela está?

— Eu não sei — falou Robin com tristeza.

Victoire podia estar morta em sua cela. Talvez já tivessem arrastado o corpo dela para fora, atirado-o em uma cova rasa. Ele não conseguia pronunciar as palavras para explicar; isso o destroçaria.

— Então vamos procurá-la. — Griffin agarrou os ombros de Robin e o sacudiu com força. — Suas pernas estão bem, não estão? Vamos, levante-se.

O corredor estava milagrosamente vazio. Robin olhou para a esquerda e para a direita, perplexo.

— Onde estão todos os guardas?

— Eu me livrei deles. — Griffin deu tapinhas em outra barra em seu cinto. — Uma versão de encadeamento da palavra *explode*, "explodir". O termo latino *explōdere* é um termo do teatro, refere-se a tirar um ator do palco batendo palmas. A partir daí, obtemos o significado do inglês antigo "rejeitar ou afastar com barulho alto". Foi só no inglês moderno que surgiu o sentido de detonação. — Ele parecia muito satisfeito consigo mesmo. — Meu latim é melhor do que meu chinês.

— Então a barra não destruiu a porta?

— Não, ela só emite um som tão horrível que afasta todos que o ouvem. Eu os fiz correrem para o segundo andar, depois subi até aqui e tranquei as portas.

— Então o que fez aquele buraco?

— A boa e velha pólvora. — Griffin arrastou Robin junto com ele. — Não podemos depender da prata para tudo. Vocês, acadêmicos, sempre se esquecem disso.

Eles vasculharam todas as celas do corredor em busca de Victoire. A maior parte delas estava vazia, e Robin sentia um medo crescente enquanto eles avançavam. Não queria olhar; não queria ver o chão manchado de sangue — ou pior, o corpo inerte dela jazendo onde o haviam deixado, com um buraco de bala na cabeça.

— Aqui! — gritou Griffin do fim do corredor. Ele bateu na porta. — Acorde, querida.

Robin quase desmaiou de alívio quando ouviu a resposta abafada de Victoire.

— Quem é você?

— Você consegue andar? — perguntou Griffin.

Dessa vez a voz de Victoire soou mais nítida; ela devia ter se aproximado da porta.

— Consigo.

— Você está ferida?

— Não, eu estou bem. — Victoire parecia confusa. — Robin, esse é...?

— Eu sou o Griffin. O Robin também está aqui. Não se preocupe, nós vamos tirar você daí.

Griffin enfiou a mão no bolso e pegou o que parecia ser uma granada de mão improvisada: uma esfera de cerâmica com um quarto do tamanho de uma bola de críquete e um pavio.

Robin a achou muito pequena.

— Isso é capaz de explodir ferro?

— Não precisa. A porta é de madeira. — Griffin elevou a voz. — Victoire, vá para o canto mais distante da porta e proteja a cabeça colocando-a entre os braços e os joelhos. Pronta?

Victoire gritou que sim. Griffin colocou a granada no canto da porta, acendeu-a com um fósforo e arrastou Robin depressa pelo corredor. O estrondo veio segundos depois.

Robin afastou a fumaça do rosto, tossindo. A granada não arrebentou a porta — qualquer explosão dessa magnitude certamente teria matado Victoire —, mas fez um buraco na base grande o suficiente para uma criança passar. Griffin chutou a madeira carbonizada até vários pedaços maiores se soltarem.

— Victoire, você consegue...

Ela rastejou pelo buraco, tossindo. Griffin e Robin a agarraram pelos braços e a arrastaram para fora. Quando por fim estava livre, ela se pôs de joelhos e abraçou Robin.

— Eu pensei...

— Eu também — murmurou ele, abraçando-a com força.

Victoire estava, graças a Deus, praticamente ilesa. Os pulsos estavam um pouco esfolados, mas sem algemas, e não havia sangue nela, nenhum ferimento de bala. Sterling tinha blefado.

— Eles disseram que tinham atirado em você. — Ela o abraçou com mais força, tremendo. — Ah, Robin, eu ouvi um tiro...

— Você...? — Ele não conseguiu terminar a pergunta. Arrependeu-se imediatamente; não queria saber.

— Não — sussurrou ela. — Desculpa, eu pensei... como eles já tinham nos pegado, eu pensei... — Sua voz falhou; ela desviou o olhar.

Robin sabia o que ela queria dizer. Victoire havia escolhido deixá-lo morrer. Aquilo não o magoou tanto quanto deveria. Na verdade, tornou as coisas mais claras: o que estava em jogo para eles, a insignificância de sua vida diante da causa que haviam abraçado. Ele a viu começar a se desculpar e em seguida se conter — *Que bom*, pensou; ela não tinha motivo para se desculpar, pois entre eles dois apenas um havia se recusado a ceder.

— Para que lado fica a porta de saída? — indagou Victoire.

— Quatro andares abaixo — respondeu Griffin. — Os guardas estão todos presos na escada, mas logo vão arrumar um jeito de sair.

Robin olhou pela janela no fim do corredor. Aquele lugar era bastante alto, percebeu. Pensara que estivessem na prisão municipal em Gloucester Green, mas o prédio da prisão tinha apenas dois andares. O chão parecia muito distante de onde se encontravam.

— Onde nós estamos?

— No Castelo de Oxford — respondeu Griffin, tirando uma corda da bolsa. — Torre Norte.

— Não tem outra escada?

— Não. — Griffin apontou com a cabeça para a janela. — Quebre o vidro com o cotovelo. Nós vamos descer pela corda.

Griffin desceu primeiro, em seguida Victoire e depois Robin. Descer foi muito mais difícil do que Griffin fizera parecer; Robin deslizou rápido demais nos últimos três metros, quando seus braços cederam, e a corda deixou queimaduras na palma de suas mãos. Do lado de fora, ficou evidente que Griffin havia causado muito mais do que uma simples distração. Toda a face norte do Castelo de Oxford estava em chamas, e as labaredas e a fumaça se espalhavam rapidamente pelo prédio.

Será que Griffin tinha feito tudo aquilo sozinho? Robin olhou de soslaio para o irmão, e foi como ver um estranho. Griffin se transformava em uma pessoa nova em sua imaginação toda vez que o encontrava, e aquela versão era extremamente assustadora, aquele homem duro e cínico que atirava, matava e queimava sem hesitar. Foi a primeira vez que ele associou o compromisso abstrato do irmão com a violência e a seus efeitos materiais. E eles eram assombrosos. Robin não sabia se devia temê-lo ou admirar sua habilidade.

Griffin jogou para eles dois mantos pretos lisos que tirou da bolsa — de longe, lembravam vagamente as capas dos policiais —, em seguida os conduziu ao longo da lateral do castelo em direção à rua principal.

— Andem rápido e não olhem para trás — murmurou ele. — Estão todos ocupados... fiquem calmos e sejam rápidos que vamos sair daqui sem problemas.

Por um momento, pareceu que escapar realmente ia ser tão fácil quanto ele dissera. A praça do castelo estava deserta; todas as sentinelas se ocupavam das chamas, e os altos muros de pedra projetavam muitas sombras nas quais se esconder.

Havia apenas uma figura entre eles e o portão.

— *Explōdere*. — Sterling Jones cambaleou na direção deles. Seus cabelos estavam queimados, o rosto nobre, arranhado e ensanguentado. — Inteligente. Não pensei que você soubesse latim suficiente para conseguir isso.

Griffin estendeu a mão diante de Robin e Victoire como se os estivesse protegendo do ataque de uma besta.

— Olá, Sterling.

— Estou vendo que você alcançou novos patamares de destruição. — Sterling gesticulou vagamente para o castelo. À luz fraca da lamparina, com sangue cobrindo os cabelos claros e poeira branco-acinzentada por todo o paletó, ele parecia bastante transtornado. — Matar a Evie não foi suficiente?

— A Evie escolheu o destino dela — grunhiu Griffin.

— Palavras ousadas para um assassino.

— *Eu* sou o assassino? Depois da Birmânia?

— Ela estava desarmada...

— Ela sabia o que tinha feito. E você também.

Havia alguma história por trás daquilo, percebeu Robin. Algo que ia além de pertencer ao mesmo grupo de estudos em Babel. Griffin e Sterling falavam com a intimidade de velhos amigos presos em um complicado emaranhado de amor e ódio que ele desconhecia, algo que havia sido gestado ao longo de muitos anos. Não sabia a história deles, mas ficou claro que Griffin e Sterling já esperavam por aquele confronto fazia muito tempo.

Sterling ergueu a arma.

— Eu colocaria as mão para o alto agora.

— Três alvos — disse Griffin. — Uma arma. Para quem você vai apontar, Sterling?

Sterling teve que admitir que estava em menor número, mas pareceu não se importar.

— Ah, eu acho que você sabe.

Tudo acabou tão rápido que Robin mal se deu conta do que estava acontecendo. Griffin sacou o revólver. Sterling apontou a arma para o peito de Griffin. Eles provavelmente apertaram o gatilho ao mesmo tempo, pois o barulho que cortou a noite soou como um único disparo. Os dois desabaram no mesmo instante.

Victoire gritou. Robin caiu de joelhos, puxando o casaco de Griffin, tateando freneticamente seu peito até encontrar a mancha úmida e crescente de sangue sobre seu ombro esquerdo. Tiros no ombro não eram fatais, eram? Robin tentou se lembrar do pouco que havia aprendido com os romances de aventura: uma pessoa podia sangrar até a morte, a menos que recebesse ajuda a tempo, a menos que alguém estancasse o sangramento por tempo suficiente para o ferimento fechar, ou que o suturasse, ou o que quer que os médicos fizessem quando alguém levava um tiro no ombro...

— Bolso — murmurou Griffin, sem fôlego. — Bolso da frente...

Robin enfiou a mão no bolso dele e tirou uma barra de prata fina.

— Tente isso... Eu mesmo escrevi, não sei se vai...

Robin leu o que estava inscrito na barra, em seguida pressionou-a no ombro do irmão.

— *Xiū* — sussurrou ele. — Curar.

修. Consertar. Não meramente curar, mas reparar, consertar o dano; desfazer a ferida com um reparo bruto e mecânico. A distorção era sutil, mas estava lá, poderia funcionar. E algo estava acontecendo — ele sentiu sob a mão a união da carne dilacerada, um estalar de ossos que voltavam a crescer. Mas o fluxo de sangue não parava; escorria por suas mãos, cobrindo a barra, cobrindo a prata. Tinha algo errado: a carne estava se movendo, mas não se unia; a bala estava no caminho e tinha se alojado fundo demais para que ele a retirasse.

— Não — implorou Robin. — Não, por favor...

Outra vez, não; três vezes, não; quantas vezes estava condenado a se curvar sobre um corpo moribundo, vendo a vida se esvair, incapaz de salvá-la?

Griffin se contorceu embaixo dele, o rosto contraído pela dor.

— Pare — implorou. — Pare, apenas deixe...

— Tem alguém vindo — disse Victoire.

Robin parecia paralisado.

— Griffin...

— Vão. — O rosto de Griffin ficara branco como papel, quase verde.

χλωρός, pensou Robin estupidamente; era a única coisa que sua mente conseguia processar, a lembrança de um debate frívolo sobre a tradução da cor. Ele se viu recordando em detalhes que a professora Craft havia perguntado por que eles sempre traduziam χλωρός como "verde" quando Homero também usava a palavra para galhos frescos, mel, rostos pálidos de medo. Será que o poeta era cego, então? Não. Talvez, propôs a professora Craft, fosse simplesmente a cor da natureza fresca, da vida verdejante — mas isso não podia estar certo, pois o verde enfermiço do corpo de Griffin nada mais era do que o início da morte.

— Eu estou tentando…

— Não, Robin, escute. — Griffin teve um espasmo de dor; Robin o abraçou com força, incapaz de fazer qualquer outra coisa. — Há mais do que você pensa. A Hermes… o esconderijo, a Victoire sabe onde, ela sabe o que fazer… e na minha bolsa, *wúxíng*, tem…

— Eles estão vindo — insistiu Victoire. — Robin, os policiais, eles vão nos ver…

Griffin o afastou.

— Vão, corram…

— Não. — Robin deslizou os braços sob o tronco de Griffin, mas ele era muito pesado, e seus braços estavam fracos. O sangue escorria por suas mãos. O cheiro era salgado; sua visão ficou turva. Tentou levantar o irmão. Os dois tombaram para o lado.

Griffin gemeu.

— Pare…

— Robin. — Victoire agarrou o braço dele. — Por favor, nós temos que nos esconder…

Robin enfiou a mão na bolsa e vasculhou até sentir o frio intenso da prata.

— *Wúxíng* — sussurrou ele. — *Invisível.*

As figuras de Robin e Victoire piscaram, em seguida desapareceram no exato momento em que três policiais surgiram correndo na praça.

— Meu Deus — disse alguém. — É Sterling Jones.

— Morto?

— Ele não está se movendo.

— Este aqui ainda está vivo. — Alguém se inclinou sobre o corpo de Griffin. Um farfalhar de tecido, uma arma em punho. Uma risada aguda e surpresa; uma fala indiferente. — Não… ele está…

O clique de um gatilho.

— Não — Robin quase gritou, mas Victoire tapou a boca dele com a mão.

O disparo explodiu como um canhão. Griffin estremeceu com um espasmo, depois ficou imóvel. Robin se curvou, gritando, mas não havia som para sua angústia, nem forma para sua dor; ele estava incorpóreo, sem voz, e embora sentisse o tipo de dor devastadora que exigia gritar, bater, arrebentar o mundo — e se não o mundo, ele mesmo —, não conseguia se mover; até que a praça estivesse vazia, a única coisa que ele podia fazer era esperar e observar.

Quando por fim os guardas se foram, o corpo de Griffin havia adquirido um tom branco medonho. Seus olhos estavam abertos, vidrados. Robin pressionou os dedos contra o pescoço dele, procurando pelo pulso e sabendo que não ia encontrar; a explosão tinha sido muito direta, de uma distância muito curta.

Victoire estava de pé ao lado dele.

— Ele está…

— Está.

— Então nós temos que ir — concluiu ela, fechando os dedos em torno do pulso dele. — Robin, nós não sabemos quando eles vão voltar.

Robin se levantou. *Que quadro horrível*, pensou. Os corpos de Griffin e Sterling jaziam lado a lado no chão, poças de sangue se formando embaixo de cada um, escorrendo juntas sob a chuva. Algum tipo de história de amor havia chegado ao fim naquela praça — um triângulo vicioso de desejo, ressentimento, ciúme e ódio tivera início com a morte de Evie e terminara com a de Griffin. Os detalhes eram obscuros, e Robin nunca os conheceria por completo;* tudo o que sabia, com certeza, era que aquela não era a primeira vez que Griffin e Sterling tinham tentado matar um ao outro, apenas a primeira vez que um deles tivera sucesso. Mas todos os personagens principais estavam mortos agora, e o círculo tinha se fechado.

— Vamos — insistiu Victoire. — Robin, nós não temos muito tempo.

Parecia errado demais deixá-los daquela maneira. Robin queria pelo menos tirar o corpo do irmão dali, levá-lo para algum lugar tranquilo e privado, fechar seus olhos e posicionar suas mãos sobre o peito. Mas só havia tempo de fugir, deixar para trás a cena do massacre.

---

* Ele nunca ia saber, por exemplo, que houvera um tempo em que Griffin, Sterling, Anthony e Evie haviam considerado a si mesmos um grupo tão eternamente unido quanto o de Robin; ou que uma vez Griffin e Sterling tinham brigado por causa de Evie, a inteligente e vibrante, a brilhante e bela Evie, ou que Griffin na verdade não tivera a intenção de matá-la. Quando narrava o que havia acontecido naquela noite, Griffin se fazia passar por um assassino calmo e deliberado, mas a verdade era que, como Robin, ele agira sem pensar, por raiva, por medo, mas não por maldade; ele nem acreditava que de fato fosse funcionar, porque a prata respondia apenas esporadicamente ao seu comando, e só se deu conta do que tinha feito quando Evie estava se esvaindo em sangue no chão. Robin tampouco saberia que Griffin, ao contrário dele, não tivera um grupo de companheiros no qual se apoiar depois do que fizera, ninguém para ajudá-lo a absorver o impacto daquela violência. E então ele a engolira, curvara-se em torno dela, tornando-a parte de si mesmo — e enquanto para outras pessoas isso talvez tivesse sido o primeiro passo no caminho para a loucura, Griffin Lovell transformara sua capacidade de matar em uma arma afiada e necessária.

# Capítulo Vinte e Cinco

*And I alone am left of all that lived,*
*Pent in this narrow, horrible conviction.*

*E só eu restei de tudo o que havia vivido,*
*Preso nesta convicção estreita e horrível.*

Thomas Lovell Beddoes, *Death's Jest-Book*

Robin não se lembrava de como eles haviam escapado do Castelo de Oxford sem serem vistos. Sua mente o havia abandonado com a morte de Griffin; ele não era capaz de tomar decisões; mal conseguia reconhecer onde estava. O máximo que conseguia fazer era colocar um pé na frente do outro, seguindo cegamente Victoire para onde quer que ela os levasse: por bosques, por entre arbustos e sarças, até a margem de um rio onde esperaram, agachados na lama, enquanto cães passavam correndo e latindo; em seguida, por uma rua sinuosa até o centro da cidade. Só quando estavam de volta a um ambiente familiar, quase nas sombras de Babel e da Biblioteca Radcliffe, ele encontrou o autocontrole para tentar entender para onde estavam indo.

— Nós não estamos um pouco perto demais? — perguntou. — Será que não é melhor tentarmos o canal?

— O canal não — sussurrou Victoire. — Ele vai nos levar direto para a delegacia.

— Mas por que não vamos para as Cotswolds?

Ele não sabia por que sua mente havia se concentrado nas colinas Cotswolds, a noroeste de Oxford, repletas de planícies ondulantes e bosques vazios. Pareciam o lugar natural para onde fugir. Talvez tivesse lido isso em um romance de terror barato certa vez e assumira que as Cotswolds eram um lugar para fugitivos. Certamente parecia uma opção melhor do que o coração de Oxford.

— Eles vão nos procurar nas Cotswolds — disse Victoire. — Vão esperar que a gente fuja e vão colocar cachorros para vasculhar o bosque. Mas tem um esconderijo seguro perto do centro da cidade…

— Não, nós não podemos... eu contei tudo sobre esse esconderijo; o professor Lovell sabia, então o professor Playfair também deve...

— Tem outro. O Anthony me mostrou... é bem perto da Biblioteca Radcliffe. Há uma entrada por um túnel na parte de trás do Vaults. Apenas me siga.

Robin podia ouvir cachorros latindo ao longe enquanto eles se aproximavam do pátio da Radcliffe. A polícia devia estar fazendo buscas por toda a cidade; certamente havia homens e cachorros vasculhando cada rua atrás deles. No entanto, de repente, de maneira absurda, ele não sentiu nenhuma urgência em fugir. Eles tinham a barra *wúxíng* de Griffin; podiam desaparecer a qualquer momento.

E Oxford à noite continuava sendo bastante serena, ainda parecia um lugar onde eles estavam a salvo, onde era impossível serem presos. Ainda parecia uma cidade esculpida no passado; de pináculos, cúpulas e torres antigos; do luar suave sobre pedras e ruas de calçamento gasto. As construções ainda eram reconfortantemente pesadas, sólidas, antigas e eternas. As luzes que brilhavam pelas janelas arqueadas ainda prometiam calor, livros antigos e chá quente no interior; ainda sugeriam uma vida idílica de estudos, onde as ideias eram passatempos abstratos que podiam ser discutidos sem consequências.

Mas o sonho fora destruído. Um sonho que sempre tinha se baseado em uma mentira. Nenhum deles jamais tivera a chance de fazer realmente parte daquele lugar, pois Oxford queria apenas um tipo de acadêmico, o tipo nascido e criado para transitar entre os postos de poder que a universidade havia criado para si mesma. Todos os outros eram mastigados e descartados. Aqueles edifícios imponentes tinham sido construídos com dinheiro da venda de pessoas escravizadas, e a prata que os mantinha funcionando vinha manchada de sangue das minas de Potosí. Era fundida em forjas sufocantes onde trabalhadores nativos ganhavam uma miséria, antes de cruzar o Atlântico em navios até lugares onde era moldada por tradutores arrancados de seu país de origem, levados para aquela terra distante, sem que nunca lhes fosse permitido de fato voltar para casa.

Tinha sido muito tolo em pensar que poderia construir uma vida ali. Não havia como estar dos dois lados; ele sabia disso agora. Não havia como ir e vir entre dois mundos, ver e não ver, tapar um olho depois do outro com as mãos, como em uma brincadeira infantil. Ou você era parte daquela instituição, um dos tijolos que a sustentavam, ou não era.

Os dedos de Victoire envolveram os dele.

— Não tem como redimir este lugar, tem? — perguntou ele.

Ela apertou a mão dele.

— Não.

O erro deles tinha sido óbvio demais. Haviam presumido que Oxford não os trairia. Sua dependência de Babel estava enraizada, era inconsciente. Em algum nível, ainda acreditavam que a universidade e sua condição de acadêmicos poderiam protegê-los. Haviam presumido, apesar de todas as indicações em contrário, que aqueles que mais tinham a ganhar com a contínua expansão do Império seriam capazes de fazer a coisa certa.

Panfletos. Tinham pensado que poderiam vencer aquela guerra com panfletos.

Ele quase riu do absurdo. O poder não estava na ponta de uma pena. O poder não trabalhava contra seus próprios interesses. O poder só podia ser subjugado por meio de atos de desobediência impossíveis de serem ignorados. Com força bruta e implacável. Com violência.

— Eu acho que o Griffin estava certo — murmurou Robin. — Era a torre o tempo todo. Nós temos que tomar a torre.

— Hum. — Os lábios de Victoire se curvaram para cima em uma expressão de contrariedade; seus dedos se apertaram em torno dos dele. — Como você quer fazer isso?

— O Griffin disse que seria fácil. Que eles são acadêmicos, não soldados. Ele disse que bastaria uma arma. Talvez uma faca.

Victoire riu com amargura.

— Eu acredito.

Era apenas uma ideia, um desejo mais do que qualquer outra coisa, mas ainda assim um começo. E criou raízes e cresceu dentro deles, desdobrando-se até se tornar menos uma fantasia ridícula e mais uma questão de logística, de como e quando.

Do outro lado da cidade, os estudantes dormiam profundamente. Ao lado deles, tomos de Platão, Locke e Montesquieu esperavam para serem lidos, discutidos, acompanhados por gestos; direitos teóricos como autodeterminação e liberdade seriam debatidos entre aqueles que já usufruíam deles, conceitos ultrapassados que, depois da cerimônia de formatura dos que os estudavam, seriam prontamente esquecidos. Aquela vida, com todas as suas preocupações, parecia insana para ele agora; Robin não conseguia acreditar que já houvera um tempo em que suas maiores preocupações eram que cor de gravata encomendar na Randall's ou que insultos gritar para as casas flutuantes que monopolizavam o rio durante os treinos de remo. Tudo isso não passava de distrações fúteis, tolas e triviais construídas sobre uma base de crueldade contínua e inimaginável.

Robin contemplou a silhueta de Babel contra a luz da lua, o leve resplendor prateado que seus muitos reforços emitiam. E teve uma visão repentina e muito clara da torre em ruínas. Queria que ela se despedaçasse. Queria que, pelo menos uma vez, sentisse toda a dor que tornara possível sua existência elitista.

— Eu quero que ela desmorone.

A garganta de Victoire pulsou, e ele soube que ela estava pensando em Anthony, nos tiros, nos destroços da Velha Biblioteca.

— Eu quero que ela queime.

# LIVRO V

REAL INSTITUTO DE TRADUÇÃO
UNIVERSIDADE DE OXFORD

# Interlúdio

## *Letty*

Letitia Price não era uma má pessoa.

Dura, talvez. Fria, contundente, severa: todas as palavras que alguém poderia usar para descrever uma garota que exigia do mundo as mesmas coisas que um homem exigiria. Mas apenas porque a severidade era a única maneira de fazer com que as pessoas a levassem a sério, porque era melhor ser temida e detestada do que ser considerada uma garotinha doce, bonita e estúpida; e porque o mundo acadêmico respeitava a dureza, tolerava a crueldade, mas jamais aceitaria a fraqueza.

Letty havia lutado com unhas e dentes por tudo que tinha. Ah, ninguém imaginaria isso só de olhar para ela, a bela rosa inglesa, a filha de um almirante criada em uma propriedade em Brighton com meia dúzia de criados à disposição e duzentas libras por ano para quem se casasse com ela. *Letitia Price tem tudo*, diziam as moças feias e invejosas nos bailes londrinos. Mas Letty tinha nascido depois do irmão, Lincoln, que era o orgulho do pai. Ao mesmo tempo, seu pai, o almirante, mal suportava olhar para ela, pois, quando o fazia, tudo o que via era uma sombra da frágil e falecida sra. Amelia Price, que morrera no parto em um quarto úmido de sangue com cheiro de maresia.

— Eu certamente não culpo você — dissera ele a Letty certa vez, tarde da noite, depois de já ter bebido muito vinho. — Mas você decerto vai entender, Letitia, se eu preferir que desapareça na minha presença.

Lincoln estava destinado a ir para Oxford; Letty, a se casar cedo. Lincoln tinha uma variedade de professores particulares, todos recém-formados em Oxford que não haviam conseguido um posto em outro lugar; ganhava penas elegantes, papel de carta creme e livros grossos e com encadernação reluzente no aniversário e no Natal. Quanto a Letty, bem, a opinião de seu pai sobre a alfabetização das mulheres era que elas precisavam ser capazes apenas de assinar a certidão de casamento.

Mas era Letty quem tinha talento para idiomas, que absorvia o grego e o latim com a mesma facilidade com que absorvia o inglês. Ela aprendeu lendo sozinha e mantendo o ouvido grudado na porta durante as sessões de estudo de Lincoln. Sua mente formidável retinha informações como uma esponja. Guardava as regras gramaticais da mesma forma que outras mulheres guardavam rancor. Abordava a linguagem com um rigor matemático, determinado, e decompunha as mais espinhosas construções latinas por meio da pura força de vontade. Era Letty quem arguia o irmão tarde da noite quando ele não conseguia se lembrar de suas listas de vocabulário, quem terminava suas traduções e corrigia suas redações quando ele ficava entediado e saía para cavalgar, caçar ou o que quer que os rapazes fizessem ao ar livre.

Se seus papéis tivessem sido trocados, ela teria sido aclamada como um gênio. Teria sido o próximo sir William Jones.

Mas esse não era seu destino. Tentava ficar feliz pelo irmão, projetar suas esperanças e seus sonhos nele como tantas mulheres da época faziam. Se Lincoln se tornasse professor de Oxford, talvez ela pudesse ser sua secretária. Mas a mente dele era como uma parede de tijolos. Detestava as aulas; desprezava os professores particulares. Achava as leituras entediantes. Tudo o que queria era estar ao ar livre; não conseguia se manter parado diante de um livro por mais de um minuto antes de começar a ficar inquieto. E ela simplesmente não conseguia entendê-lo, afinal, por que alguém com todas aquelas oportunidades rejeitaria a chance de *aproveitá-las*?

— Se eu fosse para Oxford, ia ler até meus olhos sangrarem — dizia ela.

— Se você fosse para Oxford — retrucava Lincoln —, o mundo ia estremecer.

Ela amava o irmão, de verdade, mas não suportava a ingratidão dele, a maneira como desprezava todos os presentes que o mundo lhe dera. E pareceu que a justiça estava sendo feita quando enfim descobriu-se que Oxford não combinava muito com Lincoln. Seus professores na Balliol escreviam ao almirante Price com queixas sobre bebida, jogatina, descumprimento do horário de se recolher. Lincoln escrevia para casa pedindo dinheiro. Suas cartas para Letty eram breves, torturantes, oferecendo vislumbres de um mundo que ele claramente não apreciava: *as aulas são entediantes, não me dou ao trabalho de ir — não durante a temporada de remo, e você deveria vir nos assistir na competição na próxima primavera*. No começo, o almirante Price minimizava isso como algo natural, uma fase normal do crescimento. Homens jovens, vivendo longe de casa pela primeira vez, sempre levavam um tempo para se ajustar — e por que não deveriam aproveitar os prazeres da juventude? Aos poucos, Lincoln ia se entender com os livros.

Mas as coisas foram de mal a pior. As notas de Lincoln não melhoraram. As cartas dos professores passaram a ser menos pacientes, mais ameaçadoras. Quando ele voltou para casa de férias durante seu terceiro ano na universidade, alguma coisa havia mudado. Um mal-estar havia se instalado, Letty percebeu. Algo permanente, sombrio. O rosto do irmão estava inchado, a fala lenta, mordaz e amarga. Mal dirigiu a palavra a eles durante todo o tempo que ficou em casa. Passava as tardes sozinho no quarto, bebendo uísque. À noite, ou saía e só voltava de madrugada, ou brigava com o pai e, embora os dois trancassem a porta do escritório, suas vozes raivosas penetravam todos os cômodos da casa. *Você é uma vergonha*, dizia o almirante Price. *Eu odeio aquele lugar*, retrucava Lincoln. *Não estou feliz. E é o seu sonho, não o meu.*

Por fim, Letty decidiu confrontá-lo. Quando Lincoln saiu do escritório naquela noite, ela estava no corredor, esperando.

— O que você está olhando? — indagou ele. — Veio se vangloriar?

— Você está partindo o coração dele — disse ela.

— Você não dá a mínima para o coração dele. Só está com inveja.

— Claro que eu estou com inveja. Você tem tudo. *Tudo*, Lincoln. E eu não entendo por que não dá valor. Se seus amigos são um estorvo, se afaste deles. Se as aulas são difíceis, eu te ajudo, eu vou para Oxford com você, reviso todos os trabalhos que você escrever...

Mas ele estava cambaleando, os olhos desfocados, mal a ouvia.

— Vai pegar um conhaque para mim.

— Lincoln, *qual é o seu problema*?

— Ah, não venha me julgar. — Um sorriso de desdém surgiu em seus lábios. — A correta Letty, a brilhante Letty, que deveria estar em Oxford, não fosse pelo que não tem entre as pernas...

— Você me enoja.

Lincoln apenas riu e se virou.

— Não precisa voltar para casa! — gritou ela enquanto ele se afastava. — Seria melhor se você fosse embora. Seria melhor se estivesse morto.

Na manhã seguinte, um policial bateu à porta e perguntou se aquela era a residência do almirante Price e se ele poderia acompanhá-los, por favor, para identificar um corpo. O condutor não o vira, disseram. Nem sequer sabia que ele estava debaixo da carruagem até aquela manhã, quando os cavalos se assustaram. Estava escuro, chovendo, e Lincoln atravessara a rua bêbado — o almirante poderia processá-lo, como era seu direito, mas eles duvidavam que o tribunal ficaria a seu lado. Fora um acidente.

Depois daquilo, Letty sempre sentiria temor e fascinação diante do poder de uma única palavra. Não precisava de barras de prata para demonstrar que dizer algo podia tornar esse algo realidade.

Enquanto seu pai se preparava para o enterro, Letty escreveu aos professores de Lincoln e incluiu alguns textos de sua autoria.

Uma vez admitida, ainda sofreu mil e uma humilhações em Oxford. Os professores falavam com ela como se fosse estúpida. Os funcionários ficavam tentando olhar através de sua camisa. Precisava enfrentar uma caminhada exasperantemente longa para ir às aulas porque a faculdade obrigava as mulheres a morarem em um prédio mais de três quilômetros ao norte, onde a senhoria parecia confundir suas inquilinas com criadas e gritava se elas se recusassem a varrer. Os acadêmicos a ignoravam nas festas do corpo docente quando iam apertar a mão de Robin ou Ramy; quando ela falava, fingiam que Letty não existia. Se Ramy corrigia um professor, era ousado e brilhante; se ela fazia o mesmo, era apenas irritante. Se quisesse pegar um livro da Biblioteca Bodleiana, precisava da presença de Ramy ou de Robin para lhe darem autorização. Se quisesse andar pela cidade à noite, sozinha e sem sentir medo, tinha que se vestir e caminhar como um homem.

Nada disso foi uma surpresa. Ela era, afinal, uma mulher letrada em um país cuja palavra para loucura derivava da palavra para útero. Era irritante. Seus amigos estavam sempre falando sobre a discriminação que enfrentavam por serem estrangeiros, mas por que ninguém se importava com o fato de Oxford ser igualmente cruel com as mulheres?

Apesar de tudo isso, lá estavam elas — na universidade, prosperando, desafiando as probabilidades. Tinham entrado no castelo. Tinham um lugar ali, onde podiam transcender seu nascimento. Tinham, se a aproveitassem, a oportunidade de se tornar celebradas exceções. E por que não seriam incansável e desesperadamente gratas?

Mas de repente, depois de Cantão, todos começaram a falar uma língua que ela não compreendia. De repente, Letty ficou de fora, e não conseguia suportar isso. Ela não parecia ser capaz de decifrar o código, por mais que tentasse, porque toda vez que perguntava a resposta era sempre: *Não é óbvio, Letty? Você não vê?* Não, ela *não* via. Achava os princípios deles absurdos, o cúmulo da tolice. Achava que o Império era inevitável. Que o futuro era imutável. E que a resistência era inútil.

As convicções deles a desconcertavam — por que, ela se perguntava, uma pessoa se atiraria contra uma parede?

Ainda assim, tinha-os ajudado, tinha protegido e guardado seus segredos. Ela os amava. Teria matado por eles. E tentou não acreditar nas piores coisas a respeito deles, coisas que sua criação a fazia pensar. Eles não eram selvagens. Não eram inferiores, nem ingratos desprovidos de rigor intelectual. Estavam apenas lamentavelmente, terrivelmente equivocados.

E, ah, como ela odiava vê-los cometendo os mesmos erros que Lincoln.

Por que eles não conseguiam enxergar como eram afortunados? Terem permissão para adentrar aqueles salões sagrados, terem sido resgatados de uma infância miserável e levados para o auge deslumbrante do Real Instituto de Tradução! Todos eles tinham lutado com unhas e dentes para garantir uma vaga em uma das salas de aula em Oxford. Letty ficava encantada com a própria sorte toda vez que se sentava na Bodleiana e folheava livros que, sem seus Privilégios de Tradutora, não poderia ter tirado das estantes. Ela desafiara o destino para chegar ali; todos eles tinham feito isso.

Então, por que não era suficiente? Eles haviam vencido o sistema. Por que, em nome de Deus, queriam tanto destruí-lo também? Por que cuspir no prato em que haviam comido? Por que jogar tudo fora?

*Há coisas mais importantes em jogo*, diziam a ela (de forma condescendente, paternalista; como se ela fosse uma criança, como se não soubesse de nada). *É uma questão de injustiça global, Letty. A pilhagem do resto do mundo.*

Ela tentou mais uma vez deixar de lado seus preconceitos, manter a mente aberta, compreender o que os incomodava tanto. Repetidas vezes viu sua ética questionada e reiterou suas posições, como se quisesse provar que não era má pessoa. Claro que não apoiava aquela guerra. Claro que era contra todo tipo de preconceito e exploração. Claro que estava do lado dos abolicionistas.

Claro que podia apoiar o lobby por mudanças, desde que fosse pacífico, respeitável e civilizado.

Mas então eles começaram a falar sobre chantagem. Sobre sequestros, motins, a explosão de um estaleiro. Era vingativo, violento, horrível. E ela não suportava nada disso — ver o horroroso do Griffin Lovell falar, com um brilho satisfeito nos olhos, e observar enquanto Ramy, seu Ramy, concordava com a cabeça. Ela não conseguia acreditar no que ele havia se tornado. No que todos eles haviam se tornado.

Já não era terrível o suficiente que tivessem encoberto um assassinato? Agora ela teria que ser cúmplice de vários outros?

Foi como acordar, como se lhe jogassem um balde de água fria. O que ela estava fazendo ali? O que estava *considerando*? Aquilo não era uma luta nobre, apenas uma ilusão compartilhada.

Não havia futuro naquele caminho. Ela percebia isso agora. Tinha sido enganada, enredada naquela farsa repugnante, mas aquilo só terminaria de duas maneiras: na prisão ou na forca. E ela era a única ali que não estava louca demais para enxergar isso. E embora acabasse com ela, tinha que agir com determinação — pois se não podia salvar seus amigos, pelo menos tinha de salvar a si mesma.

# Capítulo Vinte e Seis

*Colonialism is not a machine capable of thinking, a body endowed with reason. It is naked violence and only gives in when confronted with greater violence.*

*O colonialismo não é uma máquina de pensar, não é um corpo dotado de razão. É a violência em estado puro, e só se curvará diante de uma violência maior.*

Frantz Fanon, *Os condenados da terra**

Uma porta escondida no porão de suprimentos do café Vaults & Garden revelou um túnel estreito de terra, grande o suficiente apenas para que rastejassem se apoiando nas mãos e nos joelhos. Parecia interminável. Eles avançaram pouco a pouco, tateando às cegas. Robin queria que houvesse alguma luz, mas eles não tinham vela, nem gravetos, nem pederneira; restava-lhes apenas confiar na palavra de Anthony e rastejar, a respiração ofegante de ambos ecoando ao seu redor. No fim, o teto do túnel se inclinava para cima, e uma lufada de ar fresco envolveu sua pele úmida. Eles tatearam a parede de terra até encontrarem uma porta e depois uma maçaneta; então a abriram e se depararam com uma pequena sala de teto baixo, iluminada pela luz da lua que entrava por uma pequena grade acima deles.

Eles entraram e piscaram, olhando ao redor.

Alguém tinha estado ali recentemente. Havia um pão na mesa, ainda tão fresco que continuava macio ao toque, e uma vela meio derretida ao lado. Victoire vasculhou as gavetas até encontrar uma caixa de fósforos e em seguida ergueu a vela acesa para iluminar o ambiente.

— Então era aqui que o Griffin se escondia.

O esconderijo parecia estranhamente familiar para Robin, mas ele demorou um momento para perceber o porquê. A disposição da sala (a escrivani-

* Tradução de Ligia Fonseca Ferreira e Regina Salgado Campos. Rio de Janeiro: Zahar, 2022. (N. T.)

nha embaixo da janela gradeada, a cama de armar bem encaixada no canto, as estantes duplas na parede oposta) era uma imitação perfeita dos dormitórios da Magpie Lane. Ali, abaixo de Oxford, Griffin — conscientemente ou não — tinha tentado recriar seus dias de faculdade.

— Você acha que estamos seguros aqui esta noite? — perguntou Robin. — Quer dizer... você acha...

— Este lugar não parece ter sido revirado. — Victoire sentou-se cautelosamente na beirada da cama. — Acho que se eles soubessem, teriam virado tudo do avesso.

— Acho que você tem razão — respondeu ele.

Robin se sentou ao lado dela. Só agora sentia a exaustão subindo-lhe pelas pernas e invadindo seu peito. Agora que estavam seguros, escondidos no ventre da terra, toda a adrenalina da fuga havia diminuído. Queria desabar na cama e nunca mais despertar.

Victoire se inclinou na direção de um dos lados da cama, onde havia um barril com o que parecia ser água fresca. Ela derramou um pouco sobre uma camisa amassada e entregou a Robin.

— Limpe.

— O quê?

— O sangue — murmurou. — Você está coberto de sangue.

Ele ergueu os olhos e olhou para ela, de verdade, pela primeira vez desde a fuga.

— *Você* está coberta de sangue.

Eles se sentaram lado a lado e se limparam em silêncio. Estavam cobertos por uma quantidade espantosa de sujeira; gastaram uma camisa cada um, depois outra. De alguma forma, havia sangue de Griffin não apenas nas mãos e nos braços de Robin, mas também no rosto, atrás das orelhas e nas cavidades onde seu pescoço encontrava as orelhas, endurecido sob uma camada de pó e terra.

Eles se revezaram limpando o rosto um do outro. Aquele simples ato tátil foi bom; deu-lhes algo em que se concentrar, distraídos de todas as palavras que pairavam pesadas e não ditas. Era bom não tentar dar-lhes voz. Não seriam capazes de articulá-las, de qualquer maneira; não eram pensamentos discretos, mas nuvens negras e sufocantes. Ambos estavam pensando em Ramy, Griffin, Anthony e todos os outros que haviam sido arrancados deste mundo de maneira abrupta e brutal. Mas não conseguiam tocar aquele abismo de dor. Ainda era muito cedo para dar-lhe um nome, moldá-lo e domá-lo com palavras, e qualquer tentativa os esmagaria. Restava-lhes apenas limpar o sangue da pele e tentar continuar respirando.

Por fim, jogaram os trapos sujos no chão e se encostaram na parede, um apoiado contra o outro. O ar era úmido e frio e não havia lareira. Sentaram-se bem juntos, puxando o cobertor fino sobre os ombros. Um longo tempo se passou até que um dos dois falasse.

— O que você acha que a gente deve fazer agora? — indagou Victoire.

Uma pergunta tão pesada, proferida em uma voz tão suave. O que eles *poderiam* fazer? Tinham falado em queimar Babel, mas como conseguiriam fazer isso? A Velha Biblioteca fora destruída. Seus amigos estavam mortos. Todos aqueles que eram mais ousados e melhores do que eles estavam mortos. Mas os dois ainda estavam ali, e era seu dever garantir que os amigos não tivessem morrido em vão.

— O Griffin disse que você ia saber o que fazer — contou Robin. — O que ele quis dizer com isso?

— Só que nós encontraríamos aliados — sussurrou Victoire. — Que tínhamos mais amigos do que sabíamos, se conseguíssemos chegar ao esconderijo.

— E aqui estamos nós. — Robin gesticulou, inutilmente. — Está vazio.

Victoire se levantou.

— Ah, não aja assim.

Eles começaram a vasculhar o cômodo em busca de pistas. Victoire se encarregou do armário, Robin da escrivaninha. Dentro das gavetas havia pilhas e mais pilhas de anotações e cartas de Griffin. Ele as ergueu diante da vela bruxuleante, estreitando os olhos. O peito de Robin doeu ao ler a caligrafia de Griffin em inglês: uma letra apertada e aracnídea que se parecia muito com a de Robin e a do pai deles. Aquelas cartas, todas aquelas linhas estreitas, encorpadas e repletas de palavras, falavam de um escritor frenético, mas meticuloso, eram um vislumbre de uma versão de Griffin que Robin nunca conhecera.

E a rede de Griffin era muito mais vasta do que Robin havia suspeitado. Ele viu correspondências endereçadas a destinatários em Boston, em Nova York, no Cairo, em Singapura. Mas os nomes estavam sempre em código, eram sempre referências literárias óbvias como "sr. Pickwick" e "capitão Ahab", ou nomes tão genericamente ingleses, como "sr. Brown" e "sr. Pink", que não poderiam ser reais.

— Hum.

Victoire segurou um pequeno quadrado de papel diante dos olhos, franzindo a testa.

— O que é isso?

— É uma carta. Endereçada a você.

— Posso ver?

Ela hesitou por um momento antes de entregá-la. O envelope era fino e estava lacrado. No verso era possível ler o nome dele, *Robin Swift*, escrito no vigoroso garrancho de Griffin. Mas quando seu irmão teria encontrado tempo para escrever aquilo? Não podia ter sido depois que Anthony os levara para a Hermes; Griffin não sabia onde eles estavam naquele momento. Só poderia ter sido escrita depois de Robin ter cortado os laços com a Hermes, depois de Robin ter declarado que não queria ter mais nenhuma relação com ele.

— Você não vai ler? — perguntou Victoire.

— Eu… eu acho que não consigo. — Ele devolveu o envelope para ela. O conteúdo o aterrorizava; só de tê-lo na mão sua respiração ficava acelerada. Não era capaz de enfrentar o julgamento do irmão. Não naquele momento. — Pode guardar para mim?

— E se for alguma coisa que possa ajudar?

— Acho que não — disse Robin. — Eu acho… que deve ser outra coisa. Por favor, Victoire, você pode ler mais tarde, se quiser, mas eu não consigo encarar isso agora.

Ela hesitou, então colocou o envelope dobrado no bolso interno.

— Claro.

Eles voltaram a vasculhar os pertences de Griffin. Além das cartas, o irmão de Robin mantinha uma coleção impressionante de armas: facas, garrotes, várias barras de prata e pelo menos três pistolas. Robin se recusou a tocá-los; Victoire examinou a coleção, passando os dedos pelos canos, antes de selecionar uma e enfiá-la no cinto.

— Você sabe como usar isso? — perguntou ele.

— Sei — respondeu ela. — O Anthony me ensinou.

— Você é uma garota incrível. Cheia de surpresas.

Ela bufou.

— Ah, você só não estava prestando atenção.

Mas não havia nenhuma lista de contatos, nenhuma pista de outros esconderijos ou possíveis aliados. Griffin tinha protegido tudo com códigos, criara uma rede tão invisível que, após sua morte, era impossível reconstruí-la.

— O que é aquilo? — apontou Victoire.

No alto da estante, enfiado tão no fundo que estava quase escondida, havia uma lamparina.

Robin estendeu a mão para pegá-la, desejando desesperadamente… sim, lá estava, o brilho familiar da prata embutida no fundo. *O sinal luminoso*, gritara Anthony. Ele se lembrou da queimadura na mão de Griffin, de como ele sabia, mesmo a quilômetros de distância, que algo terrível havia acontecido.

Então a virou, estreitando os olhos. 燎. *Liáo*.

Griffin tinha feito aquilo. *Liáo*, em mandarim, podia significar "queimar" ou "iluminar". Também podia se referir a uma lâmpada de sinalização. Havia uma segunda barra de prata menor inscrita acima da primeira. *Bēacen*, dizia. Parecia latim, mas, vasculhando a memória, Robin não conseguiu descobrir seu significado nem sua origem exatos. Germânico, talvez?*

Ainda assim, fazia uma vaga ideia da função da lamparina. Era assim que a Hermes se comunicava. Eles enviavam sinais por meio do fogo.

— Como você acha que funciona? — perguntou Victoire.

— Talvez todas estejam interligadas de alguma forma. — Ele passou a lamparina para ela. — Foi assim que o Griffin ficou sabendo que nós estávamos em perigo… ele devia carregar uma com ele.

— Mas quem mais tem uma dessas? — Victoire virou o objeto nas mãos, passou os dedos pelo pavio enrugado. — Quem você acha que está do outro lado?

— Amigos, espero. E o que dizemos a eles?

Ela pensou por um momento.

— Acho que devemos fazer um chamado para a batalha.

Ele a encarou.

— Nós vamos realmente fazer isso?

— Eu não vejo que outra opção temos.

— Sabe, tem um provérbio chinês que diz *sǐ zhū bú pà kāi shuǐ tàng*.** Porcos mortos não têm medo de água escaldante.

Ela deu um sorriso abatido.

— Agora que começamos, vamos até o fim.

---

* Essa barra de prata suplementar é um dos raros pares de equivalentes do inglês antigo para o inglês moderno, criado por John Fugues, um membro da Hermes que participara de um projeto na década de 1780 em que os acadêmicos se trancavam em um castelo e falavam apenas inglês antigo uns com os outros por três meses. (Esses experimentos não voltaram a se repetir, embora não por falta de financiamento; Babel simplesmente não conseguia encontrar voluntários dispostos a passar pelo mesmo isolamento extremo, agravado pela incapacidade de se expressar de maneira adequada uns com os outros.) A palavra do inglês antigo *bēacen* se refere a avisos audíveis, presságios e sinais — em vez do significado bastante simplificado do inglês, que se refere apenas a um grande sinal de fogo.

** 死豬不怕開水燙.

— Já estamos condenados mesmo.

— E é isso que nos torna assustadores. — Ela colocou a lamparina entre eles. — Nós não temos mais nada a perder.

Eles vasculharam a mesa em busca de papel e pena e começaram a redigir sua mensagem. O nível do óleo restante na lamparina parecia perigosamente baixo; o pavio fora reduzido a um toco. A mensagem teria que ser o mais sucinta e inequívoca possível. Não poderia haver nenhuma dúvida sobre o que eles queriam dizer. Quando chegaram a um acordo sobre o que escrever, Victoire aproximou a vela da lamparina. Houve uma tremulação hesitante, depois um ruído súbito, e chamas de mais de trinta centímetros saltaram e dançaram diante de seus olhos.

Eles não tinham certeza sobre a mecânica do sinal luminoso. Robin havia pronunciado o par de equivalentes em mandarim em voz alta, mas só lhes restava torcer para que o segundo e misterioso par de equivalentes tivesse sido projetado para durar em termos de efeito. Haviam elaborado uma lista exaustiva de todos os métodos de que conseguiram se lembrar e tentaram. Recitaram a mensagem diante da chama. Bateram palmas em código Morse. Repetiram o código, dessa vez enfiando uma haste de metal na chama, de modo que ela piscasse a cada ponto e traço. Por fim, quando o óleo começou a borbulhar, colocaram o papel na lamparina.

O efeito foi imediato. O fogo triplicou de tamanho; longas línguas se projetaram e envolveram o papel, como uma criatura demoníaca devorando suas palavras. O papel não queimou nem enrugou; só desapareceu. Um momento depois, o óleo acabou, as chamas se extinguiram e o cômodo escureceu.

— Você acha que deu certo? — indagou Victoire.

— Eu não sei. Não sei se tem alguém ouvindo.

Robin abaixou a lamparina. Estava insuportavelmente cansado, seus membros pareciam feitos de chumbo. Não fazia ideia do que tinham acabado de acionar. Parte dele desejava nunca descobrir, desejava se encolher naquele espaço frio e escuro e desaparecer. Ele sabia que tinha o dever de terminar o trabalho e, quando o dia seguinte chegasse, ia reunir todas as forças que lhe restassem para enfrentá-lo. Mas, naquele momento, queria apenas dormir como uma pedra.

— Acho que vamos ter que esperar para ver.

Quando raiou o dia, eles atravessaram furtivamente a cidade até a Velha Biblioteca. Havia dezenas de policiais posicionados ao redor do prédio — talvez estivessem esperando para ver se alguém seria tolo o suficiente para voltar. Robin e Victoire saíram cautelosamente do bosque que havia atrás do pátio. Aquilo era bobagem, sim, mas eles não resistiram ao impulso de contabilizar os danos. Tinham esperança de que houvesse uma chance de entrar e recuperar alguns mantimentos, mas a presença da polícia era ostensiva demais para que conseguissem.

Então, em vez disso, foram até lá apenas para testemunhar, pois, apesar dos riscos, alguém tinha que se lembrar do cenário da traição. Alguém precisava registrar a perda.

A Velha Biblioteca estava totalmente destruída. Toda a parte de trás fora pelos ares, uma ferida aberta expondo o interior de uma forma que parecia cruel e humilhante. As prateleiras estavam quase vazias. Os livros que não tinham sido queimados nas explosões foram empilhados em carrinhos de mão ao redor do prédio para, presumiu Robin, serem levados e examinados pelos acadêmicos de Babel. Ele duvidava que a maior parte daquelas obras fosse ver a luz do dia outra vez.

Todas aquelas pesquisas maravilhosas e originais, escondidas nos arquivos imperiais por medo do que poderiam inspirar.

Só quando se aproximou foi que Robin se deu conta de que os corpos ainda jaziam nos escombros. Viu um braço pálido, meio enterrado sob os tijolos caídos. Viu uma fivela de sapato presa a uma canela carbonizada. Perto de uma das laterais da Velha Biblioteca, notou um emaranhado de cabelos pretos, cobertos de poeira. Virou-se antes que pudesse vislumbrar o rosto por baixo.

— Eles não removeram os corpos.

Robin ficou tonto.

Victoire levou a mão à boca.

— Ah, meu Deus.

— Eles não removeram os corpos... — repetiu ele.

Robin se levantou. Não sabia o que pretendia fazer. Arrastá-los para a floresta um por um? Cavar suas sepulturas ao lado da biblioteca? Colocar um pano, pelo menos, sobre os olhos arregalados? Não sabia, só parecia muito errado deixá-los ali, expostos e vulneráveis.

Mas Victoire já o estava puxando para trás das árvores.

— Nós não podemos, você sabe que nós não podemos...

— Eles estão simplesmente jogados lá... Anthony, Vimal, *Ramy*...

Os corpos não haviam sido levados para o necrotério. Nem ao menos os tinham coberto. Haviam simplesmente deixado os mortos onde caíram, sangrando sobre tijolos e páginas, limitando-se a contorná-los enquanto abriam caminho para escavar a biblioteca. Será que aquilo era sua vingança mesquinha, a retaliação por uma vida inteira de inconvenientes? Ou só não se importavam?

*O mundo tem que se romper*, pensou ele. *Alguém tem que responder por isso. Alguém tem que sangrar.* Mas Victoire o puxou pelo caminho de onde tinham vindo, a força com que ela o segurou foi a única coisa que o impediu de partir para a luta.

— Não há nada aqui para nós — sussurrou ela. — Chega, Robin. Nós temos que ir.

Eles tinham escolhido um bom dia para a revolução.

Era o primeiro dia de aula do período letivo e um dos raros em Oxford em que o tempo estava enganosamente maravilhoso; quando o calor prometia mais sol e alegria do que a chuva incessante e o granizo que o segundo período letivo inevitavelmente trazia. Havia apenas céu azul e límpido e sopros agradáveis de ventos primaveris. Todos estariam lá dentro — professores, bolsistas de pós-graduação e alunos —, e no saguão da torre não haveria clientes, já que naquele ano Babel estava fechada para organização do acervo e reformas durante a primeira semana do período letivo. Nenhum civil seria pego no fogo cruzado.

A questão, então, era como entrar na torre.

Não podiam simplesmente ir até a porta da frente e entrar. O rosto deles estava estampado em jornais por toda a Londres; com certeza alguns dos acadêmicos sabiam, mesmo que todo aquele assunto tivesse sido encoberto em Oxford. A porta principal ainda estava sendo vigiada por meia dúzia de policiais. E, àquela altura, sem dúvida o professor Playfair havia destruído os frascos de sangue que validavam seu pertencimento à instituição.

Ainda assim, tinham três vantagens à sua disposição: a distração *explōdere* de Griffin, a barra de invisibilidade e o fato de que as proteções na porta haviam sido projetadas para resguardar os materiais que estavam lá dentro, não fora. Este último fato era apenas uma teoria, mas uma teoria sólida. Até onde eles sabiam, as proteções só eram ativadas na saída, não na entrada. Os ladrões sempre haviam entrado sem dificuldade, desde que alguém mantivesse a porta aberta; o problema era sair.*

* Essa brecha era, na verdade, deliberada. No começo de tudo, a torre atacava ferozmente tanto os que a invadiam quanto os que fugiam, mas as proteções eram imprecisas, e o número de mutilações injustas cresceu a tal ponto que o governo da cidade insistiu que deveria haver algum tipo de processo legal. A proposta do professor Playfair foi pegar os ladrões apenas na saída, quando as evidências incriminatórias estariam em seus bolsos ou espalhadas pelo calçamento ao seu redor.

E se eles conseguissem realizar o que se propunham a fazer ali naquele dia, não iam deixar a torre tão cedo.

Victoire respirou fundo.

— Pronto?

Não havia outra maneira. Os dois tinham quebrado a cabeça a noite toda em vão. Não havia nada a fazer a não ser agir.

Robin assentiu.

— *Explōdere* — sussurrou ele, e arremessou a barra de Griffin através do gramado.

O ar se estilhaçou. A barra era inofensiva, Robin sabia disso na teoria, mas ainda assim o barulho que ela produzia era terrível, como o som de cidades sucumbindo, pirâmides desabando. Ele sentiu um instinto de fugir, de encontrar um lugar seguro, e embora soubesse que era apenas a prata se manifestando em sua mente, teve que conter todos os impulsos para não sair correndo na direção oposta.

— Vamos — insistiu Victoire, puxando-o pelo braço.

Como esperado, os policiais saíram correndo pelo gramado; a porta estava se fechando atrás de um punhado de acadêmicos. Robin e Victoire correram pela calçada, contornaram o brasão e entraram depois deles. Robin prendeu a respiração quando passaram pela porta, mas nenhuma sirene disparou; nenhuma armadilha foi acionada. Tinham entrado; estavam seguros.

O saguão parecia mais movimentado do que de costume. Será que a mensagem deles tinha sido vista, então? Será que algumas daquelas pessoas haviam ido até lá para atender ao seu chamado? Robin não tinha como saber quem estava com a Hermes e quem não estava; todos que encontraram seu olhar lhe dirigiram o mesmo aceno de cabeça desinteressado e educado antes de seguir em frente. Tudo parecia absurdamente normal. Será que ninguém ali sabia que o mundo estava desfeito?

Do outro lado da rotunda, o professor Playfair estava encostado na sacada do segundo andar, conversando com o professor Chakravarti. O professor Chakravarti devia ter feito alguma piada, pois o professor Playfair riu, balançou a cabeça e olhou para o saguão. Seu olhar encontrou o de Robin. Seus olhos se arregalaram.

Robin pulou em cima de uma mesa no centro do saguão no momento em que o professor Playfair disparou na direção da escada.

— Ouçam! — gritou ele.

A torre movimentada não lhe deu atenção. Victoire subiu ao lado dele, empunhando o sino cerimonial que o professor Playfair usava para anunciar os resultados das provas. Ela o ergueu acima da cabeça e deu três sacudidas furiosas. A torre ficou em silêncio.

— Obrigado — falou Robin. — Ah. Então. Eu tenho algo a dizer. — Sua mente ficou imediatamente em branco ao ver tantos rostos encarando-o. Durante vários segundos, ele apenas piscou, em silêncio e assustado, até que por fim as palavras voltaram à sua língua. Ele respirou fundo. — Nós estamos fechando a torre.

A professora Craft abriu caminho até a frente do saguão.

— Sr. Swift, o que em nome de Deus o senhor está fazendo?

— Espere — disse o professor Harding. — Vocês não deveriam estar aqui, o Jerome disse...

— Há uma guerra em curso — Robin se apressou em dizer.

Ele estremeceu no instante em que as palavras saíram de sua boca; soavam muito desajeitadas, pouco persuasivas. Havia preparado um discurso, mas de repente só conseguia se lembrar das partes mais importantes, e elas pareciam ridículas enquanto ele as dizia em voz alta. Do outro lado do saguão e ao longo das sacadas dos andares superiores, viu expressões alternadas de ceticismo, diversão e aborrecimento. Até o professor Playfair, agora ofegante ao pé da escada, parecia mais perplexo do que agitado. Robin ficou tonto. Sentiu vontade de vomitar.

Griffin teria conseguido convencê-los. Griffin era o contador de histórias, o verdadeiro revolucionário; saberia apresentar o contexto necessário de expansão imperial, cumplicidade, culpa e responsabilidade com um punhado de frases destruidoras. Mas Griffin não estava ali, e o melhor que Robin podia fazer era evocar o espírito do irmão morto.

— O Parlamento está discutindo uma ação militar em Cantão. — Ele forçou sua voz a se impor, a ocupar mais espaço na sala do que jamais havia feito. — Não há pretexto justo, a não ser a ganância das companhias de comércio. Eles estão planejando forçar os chineses a comprar ópio, e provocar um fiasco diplomático durante a viagem do meu grupo foi a desculpa para fazer isso.

Pronto, dissera algo que fazia sentido. Por toda a torre, a impaciência se transformou em curiosidade, confusão.

— O que o Parlamento tem a ver com a gente? — perguntou um dos colegas do Departamento Jurídico; Coalbrook ou Conway, algo assim.

— O Império Britânico não faz nada sem a nossa ajuda — respondeu Robin. — Nós inscrevemos as barras que alimentam seus canhões, seus navios. Nós polimos as lâminas da dominação. Elaboramos seus tratados. Se retirarmos nossa ajuda, o Parlamento não vai poder avançar contra a China...

— Eu ainda não vejo como isso seja problema nosso — disse Coalbrook ou Conway.

— É problema nosso porque quem está por trás disso são nossos professores — interveio Victoire. Sua voz estava trêmula, mas ainda assim soava mais alta e mais segura que a de Robin. — Eles estão ficando sem prata, o país inteiro está com um déficit, e alguns de nossos professores acham que a maneira de consertar isso é injetar ópio no mercado estrangeiro. Eles vão fazer o que for preciso para levar isso adiante; estão matando pessoas que tentaram vazar essa história. Mataram Anthony Ribben…

— Anthony Ribben morreu no mar — corrigiu a professora Craft.

— Não, ele não morreu no mar — rebateu Victoire. — Ele estava escondido, trabalhando para impedir que o Império fizesse exatamente isso. Atiraram nele na semana passada. E em Vimal Srinivasan, Ilse Dejima e Cathy O'Nell… Vão até Jericho, até o antigo prédio atrás da floresta, depois da ponte, e verão os escombros, os corpos…

Isso provocou murmúrios. Vimal, Ilse e Cathy eram todos muito queridos na faculdade. Os sussurros aumentaram; ficou evidente que haviam notado sua falta e ninguém sabia explicar por onde andavam.

— Eles estão loucos! — vociferou o professor Playfair. O homem havia recuperado a compostura, como um ator que se lembra de suas falas. Apontou um dedo dramático e acusador para os dois. — Eles estão loucos, estão trabalhando com um bando de ladrões rebeldes, deveriam estar na prisão…

Mas para todos no saguão isso pareceu ainda mais difícil de engolir do que a história de Robin. A voz estrondosa do professor Playfair, em geral tão envolvente, teve o efeito contrário de fazer aquilo parecer mero teatro. Ninguém mais tinha ideia do que os três estavam falando; para quem via de fora, parecia que todos estavam participando de um espetáculo.

— Por que vocês não nos contam o que aconteceu com Richard Lovell? — provocou o professor Playfair. — Onde ele está? O que fizeram com ele?

— Richard Lovell é um dos arquitetos desta guerra! — gritou Robin. — Ele foi até Cantão para obter informações militares de espiões britânicos, estava em contato direto com Palmerston…

— Mas isso é ridículo — disse a professora Craft. — Isso não pode ser verdade, isso é…

— Nós temos documentos — afirmou Robin. Naquele momento, passou pela sua cabeça que aqueles papéis certamente deviam ter sido destruídos ou confiscados, mas ainda assim, como argumento retórico, funcionou. —

Temos citações, provas... está tudo lá. Ele planeja isso há anos. O professor Playfair sabe de tudo, perguntem a ele...

— Ele está mentindo! — esbravejou o professor Playfair. — Não está dizendo coisa com coisa, Margaret, o rapaz enlouqueceu...

— Mas a loucura é incoerente. — A professora Craft franziu a testa, olhando de um para o outro. — E mentiras são usadas em benefício próprio. Essa história... não beneficia ninguém, certamente não esses dois — argumentou ela, apontando para Robin e Victoire. — E é coerente.

— Eu lhe garanto, Margaret...

— Professora. — Robin apelou diretamente para a professora Craft. — Por favor... ele quer uma guerra, professora. Vem planejando isso há anos. Vá e olhe no escritório dele. No escritório do professor Lovell. Examine os documentos. Está tudo lá.

— Não — murmurou a professora Craft. Ela franziu as sobrancelhas. Os olhos dela passaram depressa por Robin e Victoire, e ela pareceu registrar algo: sua exaustão, talvez, os ombros curvados, ou a dor que lhes penetrava os ossos. — Não, eu acredito em vocês... — Ela se virou. — Jerome? Você sabia?

O professor Playfair fez uma pausa momentânea, como se ponderasse se valia a pena tentar manter o fingimento. Então bufou.

— Não aja como se estivesse tão chocada. Você sabe o que mantém esta torre. Sabia que o equilíbrio de poder tinha que mudar, que tínhamos que fazer alguma coisa a respeito do déficit...

— Mas declarar guerra a pessoas inocentes...

— Não finja que esse é o seu limite — zombou ele. — Você estava de acordo com todo o resto... não é como se a China tivesse muito a oferecer ao mundo além de seus consumidores. Por que nós não... — Ele parou. Parecia ter percebido o próprio erro, o fato de que acabara de validar a história deles.

Era tarde demais. A atmosfera na torre mudou. O ceticismo evaporou. A irritação se transformou na constatação de que aquilo não era uma farsa, nem um ataque histérico, mas algo real.

O mundo real raramente interferia na torre. Eles não sabiam o que fazer a respeito.

— Nós usamos as línguas de outros países para enriquecer a Grã-Bretanha. — Robin olhou ao redor enquanto falava. Não estava tentando convencer o professor Playfair, lembrou a si mesmo; tinha que mobilizar os outros no saguão. — Nós nos apropriamos de muito conhecimento que não é nosso.

O mínimo que podemos fazer é impedir que essa guerra aconteça. É a única coisa ética a fazer.

— E qual é o plano de vocês? — perguntou Matthew Houndslow. Ele não soava hostil; apenas hesitante, confuso. — Está nas mãos do Parlamento agora, como você mesmo disse, então como...

— Entrarmos em greve.

Sim, contava com uma base sólida agora; aquela era uma pergunta para a qual ele sabia a resposta. Robin ergueu o queixo, tentou imprimir em sua voz toda a autoridade de Griffin e Anthony.

— Nós fechamos a torre. De hoje em diante, nenhum cliente entra no saguão. Ninguém cria, vende ou faz manutenção de barras de prata. Negamos à Grã-Bretanha todos os serviços de tradução até eles capitularem, e eles vão capitular, porque *precisam* de nós. Precisam de nós mais do que tudo. É assim que vamos vencer. — Ele fez uma pausa. O saguão estava em silêncio. Ele não sabia se os havia convencido, não sabia se estava olhando para expressões de compreensão relutante ou incredulidade. — Olha, se todos nós simplesmente...

— Mas vocês precisam proteger a torre. — O professor Playfair soltou uma risada curta e maldosa. — Quero dizer, vocês teriam que dominar todos nós.

— Acho que sim — disse Victoire. — Acho que estamos fazendo isso neste exato momento.

Em seguida, houve uma pausa muito curiosa; um prédio cheio de acadêmicos de Oxford lentamente se dando conta de que o que quer que acontecesse em seguida seria uma questão de força.

— Você. — O professor Playfair apontou para o aluno mais próximo da porta. — Vá chamar os policiais, deixe-os entrar...

O estudante não se moveu. Era um aluno do segundo ano — Ibrahim, Robin lembrou, um estudante árabe do Egito. Ele parecia incrivelmente jovem, um garoto com cara de bebê; os alunos do segundo ano eram sempre tão jovens assim? Ibrahim olhou para Robin e Victoire, depois de volta para o professor Playfair, franzindo a testa.

— Mas senhor...

— Não faça isso — instruiu a professora Craft, no momento em que dois alunos do terceiro ano se precipitaram na direção da saída.

Um deles empurrou Ibrahim contra uma estante. Robin lançou uma barra de prata na direção da porta.

— *Explōdere*, exploda.

Um ruído alto e horrível tomou o saguão; dessa vez foi um uivo estridente. Os alunos do terceiro ano se afastaram da porta como coelhinhos assustados.

Robin tirou outra barra de prata do bolso da frente e agitou-a acima da cabeça.

— Eu matei Richard Lovell com isto. — Ele não conseguia acreditar que aquelas palavras estavam saindo de sua boca. Aquele não era ele falando; era o fantasma de Griffin, o irmão mais corajoso e insano, estendendo as mãos do submundo para mexer seus pauzinhos. — Se alguém der um passo na minha direção ou tentar pedir ajuda, eu o destruo.

Todos pareciam apavorados. Acreditavam nele.

Isso o preocupou. Havia sido tudo muito fácil. Ele estava seguro de que ia enfrentar mais resistência, mas a sala parecia totalmente dominada. Nem mesmo os professores se moviam; na verdade, os professores Leblanc e De Vreese estavam agachados debaixo de uma mesa, como se estivessem se preparando para um tiro de canhão. Robin poderia mandar que dançassem uma jiga, arrancassem as páginas de seus livros uma a uma, e eles obedeceriam.

Obedeceriam porque Robin os estava ameaçando com violência.

Não conseguia se lembrar por que a ideia de agir o havia assustado tanto. Griffin estava certo — o obstáculo não era a luta, mas a incapacidade de imaginar que ela fosse possível, a compulsão de se aferrar ao que era seguro, o *status quo* ao qual era possível sobreviver. Mas o mundo inteiro estava fora de controle agora. Todas as portas tinham sido escancaradas. Eles haviam saído do reino das ideias para o reino da ação, e isso era algo para o qual os estudantes de Oxford não estavam preparados.

— Pelo amor de Deus — disse o professor Playfair, irritado. — Alguém os detenha.

Um grupo de estudantes deu um passo à frente, parecendo inseguros. Todos europeístas, todos brancos. Robin inclinou a cabeça.

— Bem, podem vir.

O que aconteceu a seguir não foi nobre, nunca ia figurar ao lado dos grandes épicos de valor e bravura, pois os acadêmicos de Oxford eram protegidos e mimados, teóricos de poltrona que escreviam com mãos macias e delicadas sobre campos de batalha banhados de sangue. A tomada de Babel foi um embate ridículo e desajeitado entre o abstrato e o concreto. Os alunos se aproximaram da mesa, estendendo os braços hesitantes. Robin os afastou com pontapés. E foi como chutar crianças, pois eles estavam amedrontados demais para serem cruéis, e não pareciam desesperados ou com raiva suficiente para de fato machucá-lo. Estavam inseguros sobre o que de fato queriam fazer — puxá-lo para baixo, agarrar suas pernas ou simplesmente arranhar seus tornozelos — e, portanto, seus golpes de retaliação foram, da mesma forma, superficiais. Estavam encenando uma luta, todos eles, atores amadores com uma direção cênica: *lutar*.

— Victoire! — gritou Robin.

Um dos acadêmicos havia subido na mesa atrás dela, que se virou. O acadêmico hesitou por um momento, olhou-a de cima a baixo e desferiu um soco. Mas desferiu o golpe como se só conhecesse a ação na teoria, como se conhecesse apenas os componentes do ato — *firmar os pés, puxar o braço para trás, estender o punho*. Havia calculado mal a distância — o efeito não foi nada além de um leve tapinha no ombro de Victoire. Ela o chutou com o pé esquerdo. Ele caiu no chão com o corpo curvado, gemendo.

— Parem!

A desordem cessou. De alguma forma, o professor Playfair conseguira uma arma.

— Parem com esse disparate. — Ele apontou a arma para Robin. — Parem com isso agora mesmo.

— Vá em frente — murmurou Robin.

Não fazia ideia de onde tinha vindo aquela ridícula fonte de coragem, mas não sentia um pingo de medo. A arma, de alguma forma, parecia mais abstrata do que real, a bala totalmente incapaz de tocá-lo.

— Vá em frente. Eu o desafio — insistiu ele.

Robin estava apostando na covardia do professor Playfair, no fato de que ele poderia até empunhar uma arma, mas não puxaria o gatilho. O professor Playfair, como qualquer outro acadêmico de Babel, detestava sujar as mãos. Ele projetava armadilhas letais, nunca empunhava pessoalmente as lâminas. E não sabia quanta determinação, ou quanto pânico, era necessária para de fato matar um homem.

Robin não se virou, não olhou para ver o que Victoire estava fazendo. Ele sabia. Abriu os braços, mantendo os olhos fixos nos do professor Playfair.

— E então?

O rosto do professor Playfair se contraiu. Seus dedos se moveram, e Robin se retesou no momento em que ouviu-se um tiro.

O professor Playfair cambaleou para trás, uma mancha escarlate explodindo em sua barriga. Gritos irromperam por toda a torre. Robin olhou para trás por cima do ombro. E Victoire abaixou um dos revólveres de Griffin, espirais de fumaça ao redor de seu rosto, os olhos arregalados.

— Pronto — disse ela baixinho, o peito arfando. — Agora todos nós sabemos como é.

O professor De Vreese disparou subitamente pelo corredor. Estava indo pegar a arma do professor Playfair. Robin saltou da mesa, mas estava muito longe — nesse momento, o professor Chakravarti se atirou sobre o professor De Vreese. Eles caíram no chão com um baque e começaram a lutar: uma visão desajeitada e pouco elegante, dois professores barrigudos de meia-idade rolando no chão, as becas esvoaçando acima da cintura. Robin assistiu, atônito, enquanto o professor Chakravarti arrancava a arma das mãos do professor De Vreese e o imobilizava em um golpe confuso.

— Senhor?

— Eu recebi sua mensagem — disse o professor Chakravarti, ofegante. — Muito bem.

O professor De Vreese golpeou com o cotovelo o nariz do professor Chakravarti, que cambaleou para trás. O professor De Vreese se desvencilhou e a luta recomeçou.

Robin pegou a arma do chão e a apontou para o professor De Vreese.

— Levante-se — ordenou ele. — Mãos acima da cabeça.

— Você não sabe como usar isso — zombou o professor De Vreese.

Robin apontou a arma para o lustre e puxou o gatilho. O lustre explodiu; estilhaços de vidro se espalharam pelo saguão. Foi como se ele tivesse atirado na multidão; todos gritaram e se encolheram. O professor De Vreese se virou e saiu correndo, mas seu tornozelo ficou preso na perna da mesa e ele caiu de costas. Robin engatilhou a arma, como Griffin havia lhe ensinado, e a apontou para o professor De Vreese mais uma vez.

— Isto não é um debate — anunciou. Seu corpo inteiro tremia, tomado pela mesma energia violenta que sentira quando havia aprendido a atirar. — É uma tomada de controle. Mais alguém gostaria de tentar?

Ninguém se moveu. Ninguém disse nada. Todos se encolheram, apavorados. Alguns estavam chorando; outros tapavam a boca com as mãos, como se aquela fosse a única maneira de conter os gritos. E todos o observavam, esperando que ele ditasse o que viria em seguida.

Por um momento, o único som na torre foram os gemidos do professor Playfair.

Ele olhou para Victoire por cima do ombro. Ela parecia tão perplexa quanto se sentia, a arma pendendo frouxa ao seu lado. No fundo, nenhum dos dois esperava chegar tão longe. Suas fantasias sobre aquele dia eram envoltas em caos: um último ato de resistência violento e devastador, uma confusão que muito provavelmente terminaria em morte. Tinham se preparado para o sacrifício, não para vencer.

Mas a torre havia sido tomada com muita facilidade, como Griffin sempre previra. E agora eles tinham que agir como vencedores.

— Nada sai de Babel — declarou Robin. — Nós colocamos um bloqueio nas ferramentas de trabalho com a prata. Vamos interromper a manutenção de rotina na cidade. Vamos esperar a máquina parar e torcer para que eles capitulem antes de nós. — Ele não sabia de onde essas palavras estavam vindo, mas soavam bem. — Este país não dura um mês sem nós. Vamos ficar em greve até eles cederem.

— Eles vão mandar as tropas para cuidar de vocês — disse a professora Craft.

— Não podem fazer isso — respondeu Victoire. — Não podem encostar um dedo em nós. Ninguém pode nos tocar. Precisam *muito* de nós.

E esse era o princípio da teoria da violência de Griffin, a razão pela qual eles poderiam vencer. Tinham finalmente compreendido. Era por isso que Griffin e Anthony estavam tão confiantes em sua luta, era por isso que estavam convencidos de que as colônias poderiam enfrentar o Império. O Império precisava da extração. A violência chocava o sistema porque o sistema não podia canibalizar a si mesmo e sobreviver. As mãos do Império estavam atadas porque não podia destruir aquilo com o que lucrava. Como as plantações para produção de açúcar, como os mercados, como os corpos de trabalho forçado, Babel era um ativo. A Grã-Bretanha precisava do chinês, precisava do árabe e do sânscrito e de todas as línguas dos territórios colonizados para funcionar. A Grã-Bretanha não podia prejudicar Babel sem prejudicar a si mesma. E assim Babel, um bem negado, poderia paralisar sozinha o Império.

— O que vocês vão fazer? — perguntou o professor De Vreese. — Nos manter reféns o tempo todo?

— Eu espero que se juntem a nós — disse Robin. — Mas caso se recusem, podem deixar a torre. Mandem a polícia se afastar primeiro, e então saiam um por um. Ninguém leva nada: saiam com o que tiverem com vocês.* — Ele fez uma pausa. — E tenho certeza de que vão entender que teremos que destruir os frascos com seu sangue se forem embora.

Assim que ele terminou de falar, uma confusão de corpos se moveu em direção à porta. O coração de Robin se apertou enquanto ele contava a quan-

* Essa decisão tinha sido motivo de um debate acalorado entre Robin e Victoire. Robin queria manter todos os acadêmicos como reféns; Victoire, por sua vez, apresentara o argumento convincente de que várias dezenas de acadêmicos estariam muito mais propensos a aceitar serem forçados a sair de um prédio sob a mira de uma arma do que ficarem presos em um porão por semanas a fio, sem lugar para tomar banho, lavar a roupa ou defecar.

tidade de pessoas. Dezenas estavam deixando a torre — todos os classicistas, todos os europeístas e quase todos os docentes. O professor Playfair foi carregado para fora ainda gemendo, segurado de maneira vergonhosa pelos professores De Vreese e Harding.

Restaram apenas seis acadêmicos: o professor Chakravarti, a professora Craft, dois alunos de graduação — Ibrahim e uma jovem baixinha chamada Juliana — e dois bolsistas de pós-graduação chamados Yusuf e Meghana, que trabalhavam no Departamento Jurídico e no de Literatura, respectivamente. Rostos não brancos, rostos das colônias, exceto a professora Craft.

Mas aquilo poderia funcionar. Eles poderiam sacrificar seu domínio sobre o talento se mantivessem o controle da torre. Babel tinha a maior concentração de recursos para trabalhar a prata do país: gramáticas, instrumentos de gravação, livros com listas de pares de equivalentes e materiais de referência. E mais do que isso, a *prata*. O professor Playfair e os outros poderiam até estabelecer um centro de tradução secundário em outro lugar, mas mesmo que conseguissem reconstruir de memória tudo de que precisavam para manter o uso da prata no país, levariam semanas, talvez meses, para adquirirem material na escala necessária para reproduzir as funções da torre. E a essa altura a votação já teria acontecido. A essa altura, se tudo corresse conforme o planejado, o país já teria sucumbido.

— E agora? — murmurou Victoire.

O sangue subiu à cabeça de Robin quando ele desceu da mesa.

— Agora anunciamos ao mundo o que está por vir.

Ao meio-dia, Robin e Victoire subiram na sacada norte do oitavo andar. O espaço era praticamente decorativo, projetado para acadêmicos que jamais haviam internalizado o conceito de necessidade de ar fresco. Ninguém ia até lá, e a porta estava quase emperrada pela ferrugem. Robin a forçou, apoiando-se no batente. Quando ela se abriu de súbito, ele cambaleou e se viu inclinado sobre o peitoril por um breve e aterrorizante momento antes de recuperar o equilíbrio.

Oxford parecia minúscula embaixo dele. Uma casa de bonecas, uma aproximação bonitinha do mundo real para garotos que nunca teriam que interagir de fato com ela. Perguntou-se se era assim que homens como Jardine e Matheson viam o mundo: pequeno, manipulável. Se as pessoas e os lugares se moviam de acordo com as linhas que eles traçavam. Se as cidades se despedaçavam quando eles pisavam nelas.

Lá embaixo, os degraus de pedra na frente da torre estavam em chamas. Os frascos de sangue de todos, exceto dos oito acadêmicos que tinham permanecido na torre, haviam se estilhaçado contra o piso de pedra, cobertos de óleo derramado de lamparinas não utilizadas e incendiados. Isso não era estritamente necessário; a única coisa que importava era que os frascos fossem retirados da torre — mas Robin e Victoire tinham insistido na cerimônia. Haviam aprendido com o professor Playfair sobre a importância do espetáculo, e aquela exibição macabra era uma declaração, um alerta. O castelo fora invadido, o mágico, expulso.

— Pronto? — perguntou Victoire, colocando uma pilha de papéis no parapeito.

Babel não possuía uma máquina de impressão própria, então eles tinham passado a manhã copiando laboriosamente cada um daqueles cem panfletos. A declaração apresentava elementos tanto da retórica de construção de coalizão de Anthony quanto da filosofia da violência de Griffin. Robin e Victoire haviam acrescentado suas próprias vozes: uma delas um eloquente desejo de unir armas na luta por justiça, a outra uma ameaça intransigente aos que se opusessem a eles — em um anúncio claro e sucinto de suas intenções.

> *Nós, alunos do Real Instituto de Tradução, exigimos que a Grã-Bretanha cesse as deliberações sobre uma guerra ilegal contra a China. Tendo em vista a determinação deste governo em iniciar as hostilidades e sua brutal repressão daqueles que trabalham para expor seus motivos, não temos outra opção para fazer com que nossas vozes sejam ouvidas a não ser cessar todos os serviços de tradução e manejo da prata do Instituto até que nossas demandas sejam atendidas. A partir de agora, declaramos greve.*

*Uma palavra tão interessante*, pensou Robin, *greve*.* Trazia à mente martelos contra estacas, corpos se atirando contra uma força inamovível. Continha em si o paradoxo do conceito; que por meio da não ação e da não violência era possível provar as devastadoras consequências de se recusar a atender as demandas daqueles de quem se dependia.

Abaixo deles, os habitantes de Oxford seguiam alegremente com sua vida. Ninguém olhou para cima; ninguém viu os dois estudantes debruçados sobre

* A palavra greve [em inglês, *strike*], quando relacionada a trabalho, originalmente tinha a conotação de submissão. Os navios baixavam [*stroke*] suas velas ao se renderem às forças inimigas ou saudavam seus superiores. Mas quando, em 1768, baixaram as velas em protesto para exigir melhores salários, os marinheiros transformaram a greve [*strike*] de um ato de submissão em um ato estratégico de violência; ao se recusarem a trabalhar, provaram que eram na verdade indispensáveis.

o ponto mais alto da cidade. Os tradutores exilados não estavam à vista; se o professor Playfair tinha procurado a polícia, eles ainda não haviam decidido agir. A cidade permanecia serena, sem fazer ideia do que estava por vir.

*Oxford, pedimos que lute conosco. A greve vai causar grandes dificuldades para a cidade nos próximos dias. Pedimos que direcionem sua ira ao governo que fez com que essa greve fosse nosso único recurso. Pedimos que fiquem do lado da justiça e da equidade.*

Daí em diante, os panfletos passaram a descrever os perigos evidentes de um influxo de prata para a economia britânica, não apenas no que dizia respeito à China e às colônias, mas à classe trabalhadora da Inglaterra. Robin não esperava que ninguém lesse até essa parte. Ele não esperava que a cidade apoiasse a greve; pelo contrário, assim que as atividades que dependiam da prata começassem a ser interrompidas, imaginava que iam odiá-los.

Mas a torre era impenetrável, e o ódio deles não importava. A única coisa que importava era que entendessem a causa de seus contratempos.

— Quanto tempo você acha que vai demorar para chegarem a Londres? — perguntou Victoire.

— Horas — respondeu Robin. — Acho que já chegam no primeiro trem daqui para Paddington.

Eles haviam escolhido o lugar mais improvável para uma revolução. Oxford não era o centro dos acontecimentos, era um refúgio, décadas atrás do restante da Inglaterra em todos os campos, exceto o acadêmico. A universidade fora projetada para ser um bastião da antiguidade, onde os acadêmicos podiam se imaginar em qualquer um dos últimos cinco séculos, onde os escândalos e a desordem eram tão escassos que se um pisco-de-peito-ruivo começava a cantar perto do fim de um sermão exaustivamente longo na Christ Church isso ia parar nas páginas do boletim de notícias da University College.

Embora Oxford não fosse a sede do poder, produzia aqueles que o ocupavam. Seus ex-alunos comandavam o Império. Alguém, talvez naquele exato momento, estava correndo para a estação de Oxford com notícias da ocupação. Alguém ia reconhecer sua importância, ia ver que não se tratava de um joguinho de estudantes, mas de uma crise de relevância nacional. Alguém ia levar aquilo ao Gabinete e à Câmara dos Lordes. Então o Parlamento ia decidir o que aconteceria em seguida.

— Vá em frente. — Robin acenou com a cabeça para Victoire. A pronúncia clássica dela era melhor que a dele. — Vamos colocá-los para voar.

— *Polemikós* — murmurou ela, segurando uma barra sobre a pilha de papéis. — Polêmica. *Discutere.* Discutir.

Ela empurrou a pilha para fora do beiral. Os panfletos voaram. O vento os carregou por toda a cidade; sobre pináculos e torres até as ruas, os pátios e jardins; descendo por chaminés, passando por entre grades, entrando por janelas abertas. Eles se aproximavam de todos em seu caminho, agarrando-se a casacos, se agitando diante de rostos, aderindo persistentemente a bolsas e pastas. A maioria ia repeli-los, irritada. Mas alguns poucos os pegariam, leriam o manifesto dos grevistas, registrariam lentamente o que aquilo significava para Oxford, para Londres e para o Império. E então ninguém seria capaz de ignorá-los. O mundo inteiro seria forçado a olhar.

— Você está bem? — perguntou Robin.

Victoire ficara imóvel como uma estátua, os olhos fixos nos panfletos como se pudesse se tornar um pássaro e voar entre eles.

— Por que eu não estaria?

— Eu... você sabe.

— É engraçado. — Ela não se virou para encará-lo. — Estou esperando o sentimento vir, mas ele simplesmente... não vem. Não como foi com você.

— Não foi a mesma coisa. — Ele tentou encontrar palavras que a confortassem, que fizessem com que aquilo parecesse algo diferente do que era. — Foi legítima defesa. E ele ainda pode sobreviver, pode... Quero dizer, não vai...

— Foi pelo Anthony — afirmou ela em um tom duro. — E esta é a última vez que vou falar sobre isso.

# Capítulo Vinte e Sete

*The seed ye sow, another reaps;*
*The wealth ye find, another keeps;*
*The robes ye weave, another wears;*
*The arms ye forge, another bears.*

*A semente que semeias, outro colhe;*
*A riqueza que encontras, outro guarda;*
*Os trajes que teces, outro veste;*
*As armas que forjas, outro empunha.*

Percy Bysshe Shelley, "Canção aos homens da Inglaterra"

O clima naquela tarde era de apreensão. Como crianças que tivessem chutado um formigueiro, eles agora observavam temerosos para ver quão terríveis seriam as ramificações. Horas haviam se passado. Àquela altura, os professores que tinham fugido certamente já haviam feito contato com os governantes da cidade. Àquela altura, era inevitável presumir que toda a Londres já tivesse lido os panfletos. Que forma tomaria a reação? Eles haviam passado anos confiando na impenetrabilidade da torre; suas proteções, até aquele momento, os mantiveram a salvo de tudo. Ainda assim, parecia que estavam contando os minutos para uma retaliação cruel.

— Eles vão ter que enviar os policiais — disse a professora Craft. — Mesmo que não consigam entrar. Vai haver tentativas de prisão, com certeza. Se não por causa da greve, então por… — Ela olhou rapidamente para Victoire, piscou e parou de falar.

Houve um breve silêncio.

— A greve também é ilegal — acrescentou o professor Chakravarti. — A Lei de Associação de Trabalhadores de 1825 suprime o direito dos sindicatos e associações de trabalhadores de fazerem greve.

— Mas nós não somos uma associação de trabalhadores — objetou Robin.

— Na verdade, nós somos — interveio Yusuf, que trabalhava no Departamento Jurídico. — Está nos documentos de fundação. Os ex-alunos e alunos atuais de Babel integram a Associação dos Tradutores em função de sua afiliação institucional. Portanto, ao realizar uma greve, estamos violando a lei, se quisermos falar em termos técnicos.

Eles se entreolharam e, de repente, caíram na gargalhada.

Mas o bom humor logo se dissipou. A associação entre sua greve e os sindicatos deixou todos com uma sensação desagradável, pois as manifestações operárias da década de 1830 — que se deram como resultado direto da revolução industrial da prata — haviam terminado em um retumbante fracasso. Os luditas foram mortos ou exilados na Austrália. Os fiandeiros de Lancashire se viram obrigados a voltar ao trabalho em menos de um ano, caso contrário morreriam de fome. Os que participaram das Swing Riots,* ao destruir máquinas de debulha e incendiar celeiros, conseguiram uma melhoria temporária nos salários e nas condições de trabalho, mas essas melhorias logo foram revogadas; mais de uma dúzia de manifestantes acabaram enforcados e centenas foram enviados para colônias penais na Austrália.

Os grevistas no país nunca tinham conseguido apoio público amplo, pois as pessoas queriam apenas manter todas as conveniências da vida moderna sem a culpa de saber como essas conveniências eram obtidas. E por que os tradutores teriam sucesso quando outros grevistas — grevistas brancos, ainda por cima — tinham fracassado?

Havia pelo menos uma razão para ter esperança. Eles agiam com impulso. As forças sociais que levaram os luditas a destruir máquinas não haviam desaparecido. Tinham apenas se exacerbado. Os teares e as máquinas de fiar movidos a prata estavam ficando mais baratos e onipresentes, enriquecendo apenas proprietários de fábricas e financistas. A cada ano, tiravam mais pessoas do mercado de trabalho, deixavam mais famílias desamparadas, mais crianças eram mutiladas e mortas em máquinas que operavam mais rápido do que o olho humano era capaz de acompanhar. O uso da prata criava desigualdade, e ambos haviam aumentado exponencialmente na Inglaterra durante a década anterior. O país estava se deteriorando. Aquilo não poderia continuar para sempre.

E a greve deles, Robin estava convencido, era diferente. O impacto era maior, mais difícil de conter. Não havia alternativas a Babel, nem fura-greves. Ninguém mais podia fazer o que eles faziam. A Grã-Bretanha não funcionava sem eles. Se o Parlamento não acreditava nisso, logo ia notar que estava errado.

---

* Swing Riots foram revoltas generalizadas realizadas em 1830 por trabalhadores agrícolas no sul e no leste da Inglaterra, em protesto contra a mecanização agrícola e as duras condições de trabalho. (N. T.)

* * *

À noite, ainda não havia aparecido nenhum policial. Essa falta de reação os deixou perplexos. Mas logo os problemas logísticos — ou seja, mantimentos e acomodação — se tornaram questões mais urgentes. Estava claro agora que eles iam ficar na torre por um bom tempo, sem que houvesse uma data precisa para o fim da greve. Em algum momento, ficariam sem comida.

Havia uma cozinha minúscula e raramente usada no porão, onde os empregados moravam antes de o Instituto deixar de proporcionar alojamento gratuito para os funcionários da limpeza e da manutenção. De tempos em tempos, quando trabalhavam até tarde, os acadêmicos desciam até lá para fazer um lanche. Uma incursão pelos armários resultou em uma quantidade razoável de alimentos não perecíveis: frutos secos, conservas, biscoitos para comer com chá e aveia para fazer mingau. Não era muito, mas eles não iam morrer de fome da noite para o dia. Além disso, encontraram muitas, muitas garrafas de vinho, sobras de anos de eventos e festas no jardim da faculdade.

— Nem pensar — disse a professora Craft quando Juliana e Meghana propuseram levar as garrafas para o andar de cima. — Guardem isso de volta. Precisamos nos manter em nosso juízo perfeito.

— Precisamos é de alguma coisa para passar o tempo — retrucou Meghana. — E se vamos morrer de fome, podemos pelo menos morrer bêbados.

— Eles não vão nos matar de fome — disse Robin. — Não podem permitir que a gente morra. Não podem nos fazer mal. Essa é a questão.

— Mesmo assim — falou Yusuf. — Nós acabamos de declarar nossa intenção de parar a cidade. Acho que não podemos simplesmente sair para tomar um café da manhã fresco, não acha?

Tampouco podiam simplesmente colocar a cabeça pela fresta da porta e fazer um pedido na mercearia. Eles não tinham amigos na cidade, ninguém que pudesse servir de ligação com o mundo exterior. A professora Craft tinha um irmão em Reading, mas não havia como mandar uma carta para ele, tampouco existia uma maneira segura de ele levar mantimentos até a torre. E o professor Chakravarti, como eles acabaram descobrindo, tinha um relacionamento muito limitado com a Hermes — havia sido recrutado apenas depois de sua promoção a professor da faculdade, quando seus laços com os membros mais antigos do corpo docente já tinham tornado muito arriscado um envolvimento mais profundo da parte dele. Conhecia a Hermes apenas por meio de cartas anônimas e pontos de entrega. Ninguém mais havia respondido ao chamado deles. Até onde sabiam, eram os únicos que restavam.

— Vocês dois não pensaram nisso antes de invadir a torre e começar a brandir armas? — perguntou o professor Chakravarti.

— Nós estávamos um pouco distraídos — disse Robin, constrangido.

— Nós... na verdade, fomos improvisando enquanto as coisas iam acontecendo — explicou Victoire. — E não tivemos muito tempo.

— Planejar uma revolução não é um dos seus pontos fortes. — A professora Craft torceu o nariz. — Vou ver o que consigo fazer com a aveia.

Logo surgiram vários outros problemas. Por sorte, Babel dispunha de água corrente e banheiros internos, mas não havia lugar para tomarem banho. Ninguém tinha uma muda de roupa extra e, claro, não havia lavanderia — as roupas de todos eram lavadas pelos criados invisíveis da universidade. A não ser por um único catre no oitavo andar, que era usado pelos bolsistas de pós-graduação como local não oficial para um cochilo, não havia cama, travesseiros, lençóis ou qualquer coisa que pudesse servir de leito confortável à noite, apenas seus próprios casacos.

— Vamos pensar da seguinte maneira — disse o professor Chakravarti em uma corajosa tentativa de melhorar o humor deles. — Quem nunca sonhou em viver em uma biblioteca? Não há certo romantismo na nossa situação? Quem de nós recusaria uma vida da mente cem por cento livre de restrições?

Ao que parecia, ninguém compartilhava dessa fantasia.

— Será que não podemos sair em segredo à noite? — perguntou Juliana. — Nós podemos sair discretamente depois da meia-noite e estar de volta pela manhã, ninguém vai notar...

— Isso é absurdo — respondeu Robin. — Isto aqui não é um tipo de... de atividade diurna opcional.

— Nós vamos ficar fedendo — disse Yusuf. — Vai ser nojento.

— Ainda assim, não podemos simplesmente ficar entrando e saindo...

— Só uma vez, então — pediu Ibrahim. — Apenas para comprarmos mantimentos...

— Parem com isso — disse Victoire. — Apenas parem com isso, todos vocês, pode ser? Todos nós escolhemos trair a Coroa. Ainda vamos ficar desconfortáveis por algum tempo.

Às dez e meia, Meghana veio correndo do saguão e anunciou, sem fôlego, que Londres estava enviando um telegrama. Eles se aglomeraram ao redor da máquina, observando, ansiosos, enquanto o professor Chakravarti anotava a mensagem e a transcrevia. Ele piscou e então anunciou:

— Eles basicamente disseram para a gente se danar.

— O quê? — Robin pegou o telegrama. — Não tem mais nada?

— FAVOR REABRIR A TORRE PARA FUNCIONAMENTO NORMAL PONTO — leu o professor Chakravarti. — É só isso que diz.

— Não está nem ao menos assinado?

— Só posso presumir que tenha vindo direto do Ministério das Relações Exteriores — comentou o professor Chakravarti. — Eles não enviam mensagens privadas tão tarde assim.

— Não tem nenhuma notícia sobre o professor Playfair? — perguntou Victoire.

— Só essa frase — respondeu o professor Chakravarti. — Mais nada.

Então o Parlamento tinha se recusado a atender às exigências deles, ou mesmo a levá-las a sério. Talvez tivesse sido tolice esperar que a greve fosse produzir uma resposta tão cedo, antes que a falta de prata surtisse efeito, mas eles tinham esperança de que pelo menos o Parlamento reconhecesse a ameaça. Será que os parlamentares achavam que tudo aquilo ia se resolver por conta própria? Será que estavam tentando evitar um pânico generalizado? Será que era por isso que nenhum policial havia batido na porta, e o gramado do lado de fora continuava tão sereno e vazio como sempre?

— E agora? — indagou Juliana.

Ninguém tinha uma resposta. Eles não conseguiam deixar de se sentir um tanto petulantes, como criancinhas que haviam feito birra, mas não receberam recompensas por seus esforços. Todo aquele trabalho para ter uma resposta tão curta — tudo parecia muito patético.

Eles permaneceram em torno da máquina de telégrafo por mais alguns momentos, na esperança de que ela ganhasse vida com notícias melhores: que o Parlamento estava muito preocupado, que haviam convocado um debate à meia-noite, que multidões de manifestantes tinham ocupado a Trafalgar Square para exigir que a guerra fosse suspensa. Mas a agulha permaneceu imóvel. Um por um, eles voltaram para o andar de cima, famintos e desanimados.

Durante o resto da noite, de tempos em tempos Robin ia até o telhado para espiar a cidade, procurando qualquer indício de mudança ou agitação. Mas Oxford permanecia tranquila, imperturbável. Os panfletos jaziam pisoteados na rua, presos em grades, se agitando inutilmente na brisa suave da noite. Ninguém se dera nem ao menos ao trabalho de recolhê-los.

Não disseram quase nada uns aos outros naquela noite, enquanto faziam as camas entre as estantes, aconchegando-se sob os casacos e becas sobressalentes. A atmosfera amigável daquela tarde se dissipara. Todos sentiam o mesmo medo tácito e íntimo, um pavor insidioso de que aquela greve não resultasse em nada além da condenação de todos e de que seus gritos não fossem ouvidos na escuridão implacável.

A torre da Magdalen College desabou na manhã seguinte.

Nenhum deles havia previsto isso. Só depois compreenderam o que tinha acontecido, após consultarem os livros de ordens de serviço e se darem conta do que poderiam ter feito para evitar que isso acontecesse. Desde o século XVIII, a torre da Magdalen, a segunda construção mais alta de Oxford, dependia de artifícios de engenharia viabilizados pela prata para sustentar seu peso depois que séculos de erosão do solo haviam corroído suas fundações. Os acadêmicos de Babel faziam a manutenção de rotina dos suportes a cada seis meses, uma vez em janeiro e a outra, em junho.

Nas horas que se seguiram ao desastre, eles descobririam que tinha sido o professor Playfair quem supervisionara esses reforços semestrais nos últimos quinze anos, e que as anotações dele sobre esses procedimentos estavam trancadas em seu escritório, inacessíveis ao corpo docente exilado de Babel, que não havia nem sequer se lembrado do compromisso iminente com a manutenção da torre. Encontrariam no escaninho dele uma enxurrada de mensagens apavoradas de membros do conselho municipal que haviam esperado o professor Playfair na noite anterior e descobriram apenas no dia seguinte que ele estava internado no hospital, sedado com láudano e inconsciente. Ficariam sabendo também que um membro do conselho havia passado as primeiras horas da manhã batendo freneticamente na porta de Babel; só que nenhum deles o viu ou ouviu, porque as proteções mantinham afastada toda a ralé que pudesse atrapalhar os acadêmicos do lado de dentro.

Nesse ínterim, o tempo se esgotou para a torre da Magdalen. Às nove em ponto, um estrondo começou em sua base e se estendeu por toda a cidade. Em Babel, as xícaras começaram a tilintar durante o café da manhã. Eles acharam que estavam diante de um terremoto, até que correram para as janelas e viram que não havia um tremor geral, era apenas em um único prédio a distância.

Em seguida, correram para o telhado e se aglomeraram em torno da professora Craft, que narrou o que estava vendo pelo telescópio.

— Está... está desmoronando.

Àquela altura, as mudanças já eram tão grandes que podiam ser vistas a olho nu. Telhas caíam do telhado como gotas de chuva. Pedaços enormes dos torreões se desprendiam e desabavam no chão.

Victoire perguntou o que ninguém mais teve coragem de perguntar.

— Vocês acham que tem alguém lá dentro?

Se havia, pelo menos tiveram tempo suficiente para sair. O prédio estava tremendo já fazia uns bons quinze minutos. Essa era sua defesa ética; não se permitiam considerar as alternativas.

Às nove e vinte, todos os dez sinos da torre começaram a tocar, sem ritmo nem harmonia. Pareciam soar cada vez mais alto, chegando a um nível pavoroso; atingiram um crescendo com uma urgência que fez o próprio Robin querer gritar.

Então a torre desabou, de forma tão simples e completa quanto um castelo de areia chutado na base. O prédio levou menos de dez segundos para desmoronar, mas foi necessário quase um minuto para que o ruído cessasse. Então, onde antes ficava a torre da Magdalen, havia apenas um grande monte de tijolos, pó e pedra. E era de alguma forma lindo, perturbadoramente lindo, porque era terrível, porque violava as regras de como as coisas deveriam se mover. O fato de que o horizonte da cidade pudesse, em um instante, ser alterado de forma tão drástica era ao mesmo tempo assombroso e espetacular.

Robin e Victoire assistiram de mãos dadas.

— Nós fizemos isso — murmurou Robin.

— E isso nem é o pior — comentou Victoire, e ele não sabia dizer se ela estava encantada ou assustada. — Isso é só o começo.

Então Griffin tinha razão. Era daquilo que eles precisavam: uma demonstração de força. Se o povo não pudesse ser convencido por meio de palavras, seria persuadido pela destruição.

A capitulação do Parlamento, eles calcularam, era apenas uma questão de horas. Afinal, aquilo não era uma prova de que a greve era intolerável? De que a cidade não conseguiria sobreviver à recusa da torre de prestar seus serviços?

Os professores não estavam tão otimistas.

— Isso não vai acelerar as coisas — alertou o professor Chakravarti. — Na verdade, vai retardar a destruição... eles sabem que precisam ficar atentos agora.

— Mas é um prenúncio do que está por vir — disse Ibrahim. — Certo? O que vai cair em seguida? A Biblioteca Radcliffe? O Teatro Sheldonian?

— A torre da Magdalen foi um acidente — disse a professora Craft. — Mas o professor Chakravarti está certo. Isso vai deixar o restante deles em alerta, encobrindo os efeitos que nós interrompemos. É uma corrida contra o tempo agora; eles devem ter se reagrupado em outro lugar e devem estar tentando construir um novo centro de tradução neste exato momento...

— Eles podem fazer isso? — perguntou Victoire. — Nós tomamos a torre. Temos todos os registros de manutenção, as ferramentas...

— E a prata — acrescentou Robin. — Nós temos toda a prata.

— Isso vai atrapalhar as coisas, com o tempo, mas no curto prazo eles vão conseguir preencher as lacunas mais graves — explicou a professora Craft. — Eles vão esperar; nós temos mingau para uma semana no máximo, Swift, e depois? Vamos passar fome?

— Então vamos acelerar as coisas — respondeu Robin.

— Como você pretende fazer isso? — questionou Victoire.

— Ressonância.

O professor Chakravarti e a professora Craft trocaram um olhar.

— Como ele sabe disso? — perguntou a professora Craft.

O professor Chakravarti deu de ombros, culpado.

— Talvez eu tenha mostrado a ele.

— Anand!

— Ah, qual é o problema?

— Bem, *este*, claramente...

— O que é ressonância? — quis saber Victoire.

— No oitavo andar — disse Robin. — Vamos, eu vou te mostrar. É assim que as barras distantes são mantidas, aquelas que não são feitas para durar muito tempo. Do centro para a periferia. Se nós removermos o centro, certamente elas vão começar a falhar, não é?

— Bem, há um limite moral — alertou a professora Craft. — Suspender serviços, recursos... isso é uma coisa. Mas sabotagem proposital...

Robin zombou.

— Nós vamos discutir pormenores morais agora? *É isso mesmo*?

— A cidade pararia de funcionar — alertou o professor Chakravarti. — O país. Seria o Armagedom.

— Mas é o que nós *queremos*...

— Vocês querem causar dano suficiente para tornar a ameaça crível — disse o professor Chakravarti. — Nada além disso.

— Então vamos remover só algumas por vez. — Robin se levantou. Estava decidido. Não queria mais discutir aquele assunto, e percebeu que os outros tampouco; estavam muito ansiosos e com muito medo. Só queriam alguém que lhes dissesse o que fazer. — Uma por uma, até eles terem uma ideia geral. Vocês querem escolher quais?

Os professores se recusaram. Robin suspeitou de que era demais para eles desmontarem pessoalmente as hastes de ressonância sozinhos, pois sabiam muito bem quais eram as consequências do que iam fazer. Precisavam preservar a ilusão de inocência, ou pelo menos de ignorância. Mas não expressaram mais oposição, e assim, naquela noite, Robin e Victoire subiram juntos ao oitavo andar.

— Mais ou menos uma dúzia, o que você acha? — sugeriu Victoire. — Uma dúzia por dia, e depois a gente vê se precisa aumentar a quantidade.

— Talvez duas dúzias para começar — respondeu Robin.

Devia haver centenas de hastes na sala. Ele teve o impulso de derrubar todas elas na base do chute, pegar uma qualquer e usá-la para derrubar as outras.

— Não queremos ser dramáticos? — acrescentou ele.

Victoire lhe lançou um olhar estranho.

— Uma coisa é sermos dramáticos, outra é sermos imprudentes.

— Todo esse esforço é imprudente.

— Mas a gente nem sabe o que *uma* só faria...

— O que eu quero dizer é que nós precisamos chamar a atenção deles. — Robin pressionou o punho na palma da mão. — Eu quero um espetáculo. Eu *quero* o Armagedom. Quero que eles achem que uma dúzia de torres da Magdalen vão cair todos os dias até eles nos ouvirem.

Victoire cruzou os braços. Robin não gostou da maneira como os olhos dela o perscrutavam, como se ela tivesse captado alguma verdade que ele não queria admitir em voz alta.

— Não estamos aqui para levar a cabo uma vingança. — Ela ergueu as sobrancelhas. — Só para deixar claro.

Ele optou por não mencionar o professor Playfair.

— Eu sei disso, Victoire.

— Tudo bem, então. — Ela assentiu secamente. — Duas dúzias.

— Duas dúzias para *começar*.

Robin se abaixou e arrancou a haste de ressonância mais próxima de seu suporte. Ela deslizou para fora com uma facilidade surpreendente. Ele esperava alguma resistência, algum ruído ou uma transformação que simbolizasse a ruptura.

— É tão simples assim? — perguntou ele.

Como eram tênues e frágeis os alicerces de um império. Tirando o centro, o que restava? Uma periferia ofegante, sem alicerces, impotente, cortada pela raiz.

Victoire estendeu a mão aleatoriamente e puxou uma segunda haste, em seguida uma terceira.

— Acho que vamos ver.

* * *

E então, como um castelo de cartas, Oxford começou a desmoronar.

A rapidez de sua deterioração era impressionante. No dia seguinte, todos os relógios de campanário pararam de funcionar, todos paralisados exatamente às 6h37 da manhã. No fim da tarde, um grande fedor pairava sobre a cidade. Eles descobriram que a prata era usada para facilitar o fluxo do esgoto, que agora estava estagnado, uma massa imóvel de lodo. Naquela noite, Oxford ficou às escuras. Primeiro um poste começou a piscar, depois outro, e outro, até que todas as luzes da High Street se apagaram. Pela primeira vez em duas décadas, desde que os postes a gás tinham sido instalados em suas ruas, Oxford passou a noite envolta em escuridão.

— O que vocês dois *fizeram* lá em cima? — perguntou Ibrahim, maravilhado.

— Nós só arrancamos duas dúzias — respondeu Victoire. — Só duas dúzias, então como...

— Foi assim que Babel foi projetada para funcionar — explicou o professor Chakravarti. — Nós tornamos a cidade o mais dependente possível do Instituto. Projetamos as barras para durarem apenas algumas semanas em vez de meses, porque as visitas de manutenção rendiam dinheiro. Esse é o custo de inflar os preços e criar demanda de maneira artificial. Tudo funciona lindamente, até que para de funcionar.

Na manhã do terceiro dia, o sistema de transporte começou a colapsar. A maioria das carruagens na Inglaterra usava uma variedade de pares de equivalentes que jogavam com o conceito de velocidade. A palavra *speed*, "velocidade", no inglês moderno, era específica para um sentido de rapidez, mas como uma série de expressões comuns — *Godspeed*, vá com Deus, e *good speed to you*, boa sorte — provavam, o significado da raiz, derivado do latim *spēs*, que quer dizer "desejar, ter esperança", era associado à boa sorte e ao sucesso, com o sentido mais amplo de buscar o próprio destino, percorrer grandes distâncias para atingir um objetivo. Pares de equivalentes baseados em velocidade que usavam o latim ou, em casos raros, o eslavo antigo permitiam que as carruagens se deslocassem com mais rapidez e sem risco de acidentes.

Mas os condutores estavam acostumados demais com as barras e, portanto, não conseguiram corrigir o rumo quando elas falharam. Os acidentes se multiplicaram. As ruas de Oxford ficaram bloqueadas por carroças e coches que haviam capotado ao fazer curvas muito fechadas. Nas Cotswolds, uma pequena família de oito pessoas despencou em uma ravina porque o condutor tinha se habituado a ficar sentado e deixar que os cavalos assumissem o controle nas curvas difíceis.

O sistema postal também parou. Durante anos, os mensageiros do Royal Mail com cargas particularmente pesadas tinham usado barras gravadas com o par de equivalentes francês-inglês *parcelle-parcel*. Tanto o francês quanto o inglês já haviam usado a palavra *parcel* para se referir a lotes de terra que compunham uma propriedade, mas, quando evoluiu para sugerir um objeto comercializável em ambas as línguas, ela manteve sua conotação de pequenos fragmentos em francês, enquanto em inglês significava simplesmente um pacote. Fixar essa barra nas carruagens postais fazia com que os pacotes parecessem ter uma fração de seu peso real. Mas agora os cavalos dessas carruagens estavam puxando três vezes a carga a que estavam acostumados, e por isso desabavam no meio do caminho.

— Você acha que eles já se deram conta de que isso é um problema? — perguntou Robin no quarto dia. — Quero dizer, quanto tempo vai levar para as pessoas perceberem que isso não vai se resolver por conta própria?

Mas era impossível dizer de dentro da torre. Eles não tinham como saber o que pensava a opinião pública em Oxford ou em Londres, exceto por meio dos jornais que, curiosamente, ainda eram entregues na porta da frente todas as manhãs. Foi assim que ficaram sabendo sobre a tragédia da família em Cotswold, sobre os acidentes de trânsito e a demora nas entregas dos correios em todo o país. Mas os jornais de Londres quase não faziam menção à guerra contra a China ou à greve, exceto por um breve anúncio sobre alguns "distúrbios internos" no "prestigiado Real Instituto de Tradução".

— Nós estamos sendo silenciados — concluiu Victoire com um ar sombrio. — Eles estão fazendo isso de propósito.

Por quanto tempo o Parlamento achava que ia conseguir manter as coisas em segredo? Na quinta manhã, eles foram acordados por um barulho horrivelmente dissonante. Foi preciso vasculhar os livros para descobrir o que estava acontecendo. O Great Tom da Christ Church, o sino mais alto de Oxford, sempre havia soado em um si bemol ligeiramente fora de tom. Mas qualquer que fosse o efeito da prata que regulava seu som, ele havia parado de funcionar, e o Great Tom agora emitia um gemido sinistro e devastador. Naquela tarde, juntaram-se a ele os sinos da St Martin's, da St Mary's e da Osney Abbey, um coro contínuo, deprimente e lamentoso.

As proteções de Babel bloqueavam parcialmente o ruído, mas quando a noite chegou todos já tinham se acostumado a viver com um murmúrio constante e terrível que se infiltrava pelas paredes. Enfiavam algodão no ouvido para dormir.

Os sinos eram um canto fúnebre para uma ilusão. A cidade das torres dos sonhos não existia mais. A deterioração de Oxford era visível — dava para vê-la desmoronando a cada hora que passava, como uma casa de biscoito de gengibre podre. O que ficou claro foi o quão profundamente Oxford dependia da prata, e como sem o trabalho constante de seu corpo de tradutores, dos talentos que atraía do exterior, ela desmoronava de imediato. Isso revelava mais do que o poder da tradução. Revelava a absoluta dependência dos britânicos, que, de maneira espantosa, não conseguiam fazer coisas básicas como assar pão ou ir em segurança de um lugar para outro sem palavras roubadas de outros países.

E tudo aquilo era apenas o começo. Os registros de manutenção eram intermináveis e havia centenas de hastes de ressonância a serem arrancadas.

— Até onde eles vão deixar as coisas irem? — Era a pergunta que faziam o tempo todo dentro da torre.

Todos ficaram surpresos e um tanto horrorizados com o fato de a cidade ainda não ter descoberto o verdadeiro motivo por trás daquela greve; com o fato de o Parlamento ainda não ter agido.

Em seu íntimo, Robin não queria que aquilo acabasse. Jamais confessaria isso aos outros, mas bem no fundo, onde viviam os fantasmas de Griffin e Ramy, ele não queria uma resolução rápida, um acordo nominal que apenas encobrisse décadas de exploração.

Queria ver até onde podia levar aquilo. Queria ver Oxford destruída até suas fundações, queria que sua áurea opulência se desfizesse; que seus tijolos pálidos e elegantes se desintegrassem; que suas torres se espatifassem no calçamento; que suas estantes desabassem como peças de dominó. Ele queria que todo aquele lugar fosse completamente destruído, de uma maneira que fosse como se nunca tivesse sido construído. Todos aqueles prédios erguidos por pessoas escravizadas, pagos por escravizados e repletos de artefatos roubados de terras dominadas, aquelas construções que não tinham o direito de existir, cuja existência exigia exploração e violência contínuas — destruídas, arruinadas.

No sexto dia, eles finalmente chamaram a atenção da cidade. Uma multidão se reuniu na base da torre por volta do meio da manhã, gritando para que os acadêmicos saíssem.

— Ah, olhem! — disse Victoire com sarcasmo. — É uma milícia.

Eles se reuniram em torno de uma janela do quarto andar e espiaram lá embaixo. Muitos na multidão eram estudantes de Oxford — jovens de beca preta marchando em defesa de sua cidade; de cara feia, peito estufado. Robin reconheceu Vincy Woolcombe pelo emaranhado de cabelos ruivos, e Elton Pendennis, agitando uma tocha acima da cabeça, gritando para os homens atrás dele como se estivesse liderando uma tropa em um campo de batalha. Mas havia mulheres também, e crianças, e taverneiros, lojistas e agricultores: uma rara aliança entre a universidade e os moradores locais.

— Talvez seja melhor nós irmos falar com eles — sugeriu Robin. — Caso contrário, vão ficar aí fora o dia todo.

— Você não tem medo? — perguntou Meghana.

— Você tem? — provocou Robin.

— Tem muita gente. Você não sabe o que eles podem fazer.

— São estudantes — respondeu Robin. — Eles não sabem o que querem fazer.

De fato, parecia que os agitadores não haviam pensado em como invadir a torre. Nem ao menos estavam gritando em uníssono. A maioria apenas perambulava pelo gramado, confusa, olhando ao redor como se esperasse que alguém lhes desse ordens. Aquela não era a multidão enfurecida de trabalhadores desempregados que havia ameaçado os acadêmicos de Babel no ano anterior; eram estudantes e moradores da cidade para quem a violência era um meio desconhecido de conseguir o que queriam.

— Você vai simplesmente aparecer lá fora? — perguntou Ibrahim.

— Por que não? — rebateu Robin. — Nós também podemos gritar de volta.

— Meu Deus! — disse o professor Chakravarti de repente, com a voz tensa. — Eles estão tentando incendiar a torre.

Todos se voltaram para a janela. Agora que a turba estava mais perto, Robin percebeu que traziam carroças cheias de galhos. Tinham tochas. Tinham óleo.

Iam queimá-los vivos? Estúpido... Isso seria tão estúpido... Com certeza eles entendiam que o cerne da questão era que Babel não podia ser perdida, porque Babel e o conhecimento contido nela eram precisamente o que estavam lutando para recuperar. Mas talvez a racionalidade tivesse se esvaído. Talvez houvesse apenas a turba, alimentada por pura fúria porque algo que pensavam ser seu fora tirado deles.

Alguns estudantes começaram a empilhar galhos ao pé da torre. Robin sentiu a primeira pontada de preocupação. Aquilo não era uma ameaça vazia; eles realmente pretendiam incendiar o edifício.

Ele abriu a janela e enfiou a cabeça para fora.

— O que vocês estão fazendo? — gritou. — Se nos queimarem, a cidade nunca mais vai voltar a funcionar.

Alguém atirou uma garrafa de vidro na cara dele. Robin estava muito alto, e a garrafa caiu antes de alcançá-lo, mas mesmo assim o professor Chakravarti o puxou para trás e fechou a janela com força.

— Tudo bem — disse ele. — Acho que não faz sentido argumentar com loucos.

— Então o que a gente vai fazer? — perguntou Ibrahim. — Eles vão nos queimar vivos!

— A torre é feita de pedra — comentou Yusuf com desdém. — Nós vamos ficar bem.

— Mas a *fumaça*...

— Nós temos uma coisa — disse o professor Chakravarti abruptamente, como se tivesse acabado de se lembrar. — Lá em cima, debaixo dos arquivos da Birmânia...

— Anand! — exclamou a professora Craft. — Eles são civis.

— É legítima defesa — argumentou o professor Chakravarti. — É uma justificativa válida, eu acho.

A professora Craft olhou de volta para a multidão. A boca comprimida em uma linha fina.

— Ah, tudo bem.

Sem maiores explicações, os dois se dirigiram para a escada. Os outros se entreolharam por um momento, sem saber o que fazer.

Robin se esticou para abrir a janela com uma das mãos, mexendo no bolso interno da frente com a outra. Victoire agarrou o pulso dele.

— O que você está fazendo?

— A barra do Griffin — murmurou ele. — Você sabe, aquela...

— Ficou louco?

— Eles estão tentando nos queimar vivos, não vamos ficar discutindo questões morais...

— Isso pode incendiar todo o óleo. — Ela o apertou com mais força, tanta que doeu. — Vai matar meia dúzia de pessoas. Acalme-se, está bem?

Robin guardou a barra de volta no bolso, respirou fundo e pensou no martelar em suas veias. Ele queria luta. Queria pular lá embaixo e tirar sangue do rosto deles com os punhos. Queria que soubessem exatamente o que ele era, que era o pior pesadelo deles: incivilizado, brutal, violento.

Mas tudo acabou antes mesmo de começar. Como o professor Playfair, Pendennis e seu grupo não eram soldados. Eles gostavam de ameaçar e gritar.

Gostavam de fingir que o mundo obedecia a todos os seus caprichos. Mas, no fim das contas, não tinham sido moldados para a luta física. Não tinham a mais vaga ideia de quanto esforço seria necessário para derrubar uma torre, e Babel era a torre mais fortificada do mundo.

Pendennis baixou a tocha e ateou fogo nos galhos. A multidão aplaudiu quando as chamas lamberam as paredes. Mas o fogo não pegou. As labaredas saltaram avidamente, estendendo-se com gavinhas alaranjadas em busca de um ponto de apoio, mas foi em vão, e voltaram a se apagar. Vários alunos correram para as paredes da torre em uma tentativa mal calculada de escalá-las, mas nem chegaram a tocar os tijolos e uma força invisível os arremessou no gramado.

O professor Chakravarti desceu as escadas ofegante, carregando uma barra de prata onde estava escrito भिन्त्ते.*

— É sânscrito — explicou ele. — Isso vai dispersá-los.

Ele se inclinou para fora da janela, observou a confusão por um momento e então arremessou a barra no meio deles. Em segundos, a multidão começou a se dispersar. Robin não sabia ao certo o que estava acontecendo, mas parecia haver uma discussão lá embaixo, e os agitadores exibiam expressões alternadas de irritação e confusão enquanto se moviam como patos circundando uns aos outros em um lago. Então, um por um, eles se afastaram da torre; para casa, para jantar, para as esposas, os maridos e os filhos à sua espera.

Um pequeno número de alunos permaneceu por algum tempo. Elton Pendennis ainda estava pontificando no gramado, agitando a tocha acima da cabeça, gritando palavrões que eles não conseguiam ouvir através das proteções. Mas a torre, claramente, nunca ia se incendiar. Os galhos queimavam inutilmente contra a pedra e em seguida se apagavam. Os manifestantes ficaram roucos de tanto gritar; seus gritos vacilaram e enfim cessaram por completo. Ao pôr do sol, o que restava da turba voltou para casa.

Os tradutores só foram jantar quando já era quase meia-noite; mingau de aveia sem tempero, pêssego em conserva e dois biscoitos cada. Depois de muito implorarem, a professora Craft cedeu e permitiu que eles pegassem algumas garrafas de vinho tinto da adega.

— Bem — disse ela, servindo taças generosas com a mão trêmula. — Isso foi emocionante.

* * *

* O verbo भिन्त्ते (*bhintte*) faz uso da raiz sânscrita भिद् (*bhid*), que significa "quebrar", "perfurar", "golpear" ou "destruir". भिन्त्ते tem vários significados, incluindo "fraturar", "distrair", "dissolver" e "desunir".

Na manhã seguinte, os tradutores deram início à fortificação de Babel.

Não haviam corrido nenhum perigo real no dia anterior; mesmo Juliana, que tinha chorado baixinho até dormir, agora ria da lembrança. Mas aquele tumulto inicial foi apenas o começo. Oxford continuaria a desmoronar, e a cidade só ia odiá-los ainda mais. Tinham que se preparar para o próximo ataque.

Eles se lançaram ao trabalho. De repente, a torre parecia exatamente como durante a temporada de provas. Eles se sentaram em fileiras no oitavo andar, a cabeça curvada sobre os textos, e os únicos sons na sala eram páginas sendo folheadas e uma exclamação ocasional quando alguém tropeçava em um fragmento promissor de etimologia. Era uma sensação boa. Finalmente tinham alguma coisa para fazer, algo que lhes permitia passar o tempo se dedicando a algo que não fosse esperar nervosamente por notícias vindas de fora da torre.

Robin vasculhou as pilhas de anotações que encontrou no escritório do professor Lovell, que continham muitos pares de equivalentes em potencial preparados para a campanha contra a China. Um deles o deixou muito entusiasmado: o caractere chinês 利 (*lì*) podia significar "afiar a arma", embora também carregasse conotações de lucro e vantagem, e seu logograma representasse grãos sendo cortados com uma faca. As facas afiadas com o par de equivalentes 利-*sharp*, afiado, tinham lâminas extremamente finas e acertavam seus alvos com precisão.

— Como isso pode ser útil? — perguntou Victoire quando Robin o mostrou a ela.

— Isso ajuda em uma luta — respondeu ele. — Não é essa a ideia?

— Você acha que vai entrar em uma briga de faca com alguém?

Robin deu de ombros, irritado e até um pouco envergonhado.

— Pode ser que aconteça.

Ela estreitou os olhos.

— Você quer, não é?

— Claro que não, eu nem... É claro que não. Mas se eles entrarem, se for estritamente necessário...

— Nós estamos tentando defender a torre — disse ela com delicadeza. — Só estamos tentando nos manter seguros. A ideia não é deixar um banho de sangue em nosso rastro.

Eles passaram a viver como defensores sob cerco. Consultavam textos clássicos — relatos militares, manuais de campo, tratados estratégicos — em busca de informações sobre como administrar a torre. Instituíram porções e horários rigorosos para as refeições; nada de mordiscar biscoitos à meia-noite, como Ibrahim e Juliana haviam sido flagrados fazendo. Levaram o restante dos velhos telescópios de astronomia para o telhado, a fim de monitorar a deterioração da cidade. Estabeleceram uma série de turnos de vigilância de duas horas nas janelas do sétimo e do oitavo andares para que, quando os próximos tumultos estivessem para começar, eles os detectassem ainda ao longe.

Um dia se passou assim, depois outro. Por fim se deram conta de que eles não podiam voltar atrás, de que aquilo não era uma divergência temporária; não haveria retomada da vida normal. Ou saíam dali como vencedores, os arautos de uma Grã-Bretanha irreconhecível, ou deixavam a torre mortos.

— Eles estão em greve em Londres. — Victoire o sacudiu pelos ombros. — Robin, acorde.

Ele voltou a si. O relógio marcava 0h10; ele tinha acabado de adormecer, preparando-se para o próximo turno de guarda.

— O quê? Quem?

— Todo mundo. — Victoire parecia atordoada, como se não conseguisse acreditar no que estava dizendo. — Os panfletos do Anthony devem ter funcionado... Quero dizer, os que se dirigiam aos Radicais, os que falavam sobre trabalho, porque, veja... — Ela mostrou um telegrama para Robin. — Até o escritório dos telégrafos. Dizem que uma multidão cercou o Parlamento o dia todo, exigindo que eles retirassem a proposta de guerra...

— Quem é *todo mundo*?

— Todos os grevistas de alguns anos atrás: alfaiates, sapateiros, tecelões. Todos estão em greve de novo. E tem mais: tem estivadores, operários de fábrica, foguistas das usinas de gás... quer dizer, sério, *todo mundo*. Olha! — Ela agitou o telegrama. — Olha! Vai estar em todos os jornais amanhã.

Robin semicerrou os olhos para ler o telegrama na penumbra, tentando compreender o que aquilo significava.

A cento e sessenta quilômetros de distância, operários britânicos brancos lotavam o Westminster Hall para protestar contra uma guerra em um país onde nunca tinham posto os pés.

Será que Anthony estava certo? Será que eles haviam forjado a mais improvável das alianças? Aquela não era a primeira das revoltas contra a prata daquela década, apenas a mais crítica. Os motins de Rebecca, no País de Gales, os motins de Bull Ring, em Birmingham, e os levantes cartistas em Sheffield e Bradford no início daquele ano tinham tentado, sem sucesso, deter a revolução industrial da prata. Os jornais os haviam apresentado como explosões isoladas de descontentamento. Mas agora estava claro que todos aqueles eventos estavam conectados, todos eram parte da mesma teia de coerção e exploração. O que estava acontecendo com os fiandeiros de Lancashire tinha acontecido primeiro com os tecelões indianos. Trabalhadores têxteis suados e exaustos em fábricas britânicas movidas a prata fiavam algodão colhido por escravizados na América. Em todos os lugares, a revolução industrial da prata resultara em pobreza, desigualdade e sofrimento, enquanto os únicos beneficiados eram os que estavam no poder no coração do Império. E a grande proeza do projeto imperial era tirar apenas um pouco de diversos lugares; fragmentar e distribuir o sofrimento de forma que jamais se tornasse algo que a comunidade não pudesse suportar. Até que se tornou.

E se os oprimidos se unissem, se eles se reunissem em torno de uma causa em comum. Ali, naquele momento, estavam diante de um dos pontos de inflexão de que Griffin tanto falara. Ali estava sua chance de mudar o curso da história.

A primeira oferta de cessar-fogo chegou de Londres uma hora depois: RETOMAR SERVIÇOS DE BABEL PONTO ANISTIA TOTAL MESMO PARA SWIFT E DESGRAVES PONTO CASO CONTRÁRIO PRISÃO PONTO.

— Os termos são muito ruins — disse Yusuf.

— Os termos são absurdos — comentou o professor Chakravarti. — Como nós vamos responder?

— Eu acho que não devemos responder — sugeriu Victoire. — Acho que devemos deixá-los nervosos, esperando, que devemos continuar levando todos eles até o limite.

— Mas isso é perigoso — argumentou a professora Craft. — Eles abriram espaço para o diálogo, não abriram? Nós não temos como saber quanto tempo esse espaço vai ficar aberto. Vamos supor que a gente ignore e ele se feche...

— Tem mais alguma coisa — disse Robin bruscamente.

Eles observaram a máquina do telégrafo trabalhar com uma apreensão silenciosa e temerosa enquanto Victoire anotava a mensagem.

— EXÉRCITO A CAMINHO PONTO — leu ela. — RENDAM-SE PONTO.

— Meu Deus! — exclamou Juliana.

— Mas de que adianta isso? — perguntou Robin. — Eles não podem passar pelas proteções...

— Nós temos que presumir que podem — explicou o professor Chakravarti com um ar sombrio. — Pelo menos, que eles vão. Temos que presumir que Jerome os está ajudando.

Isso desencadeou balbucios assustados.

— Nós temos que falar com eles — insistiu a professora Craft. — Vamos perder a janela de negociação…

— Mas e se eles nos jogarem na prisão… — falou Ibrahim.

— Não, se nós nos rendermos… — começou a dizer Juliana.

— Nós não podemos nos render. Não vamos ter ganhado nada… — interveio Victoire, firme e veemente.

— Esperem! — Robin ergueu a voz acima do barulho. — Não… essa ameaça, o Exército… tudo isso significa que está funcionando, vocês não veem? Isso significa que eles estão com medo. No primeiro dia, ainda achavam que podiam nos dar ordens. Mas sentiram as consequências. Estão *apavorados*. O que significa que, se nós conseguirmos aguentar um pouco mais, se conseguirmos manter as coisas assim, vamos vencer.

# Capítulo Vinte e Oito

*What say you, then,*
*To times, when half the city shall break out*
*Full of one passion, vengeance, rage, or fear?*

*O que dizes, então,*
*Do tempo quando metade da cidade irrompe*
*Cheia de paixão, vingança, ira ou medo?*

William Wordsworth, *O Prelúdio*

Na manhã seguinte, eles acordaram e descobriram que um conjunto de barricadas havia surgido misteriosamente ao redor da torre durante a noite. Obstruções grandes e instáveis bloqueavam todas as ruas principais que levavam a Babel: a High Street, a Broad Street, a Cornmarket. *Seria obra do Exército?*, eles se perguntaram. Mas tudo parecia muito descuidado, muito aleatório para ser uma operação militar. As barricadas eram feitas de materiais comuns: carroças viradas, barris cheios de areia, postes derrubados, grades de ferro arrancadas das cercas dos parques de Oxford e pedras dos escombros que se acumulavam a cada esquina como evidências da lenta deterioração da cidade. E que benefício o Exército obteria cercando suas próprias ruas?

Eles perguntaram a Ibrahim, que estava de guarda, o que ele tinha visto. Mas Ibrahim havia pegado no sono.

— Eu acordei um pouco antes do amanhecer — contou ele, na defensiva. — Mas a essa altura as barricadas já estavam todas lá.

O professor Chakravarti veio correndo do saguão.

— Tem um homem lá fora querendo falar com vocês dois — disse, acenando com a cabeça para Robin e Victoire.

— Que homem? — perguntou Victoire. — E por que nós dois?

— Não sei — respondeu o professor Chakravarti. — Mas ele foi bastante categórico quanto a querer falar com quem está no comando. E esse circo todo é obra de vocês, não é?

Eles desceram juntos para o saguão. Da janela, viram um homem alto, de ombros largos e barba, esperando nos degraus. Não parecia estar armado, nem aparentava ser particularmente hostil, mas mesmo assim sua presença era desconcertante.

Robin se deu conta de que já tinha visto aquele homem antes. Ele não estava segurando um cartaz, mas sua postura era a mesma que adotara durante os protestos dos operários: punhos cerrados, queixo erguido, olhando com determinação para a torre como se pudesse derrubá-la com o poder da mente.

— Pelo amor de Deus — falou a professora Craft, espiando pela janela. — É um daqueles loucos. Não saiam, ele vai atacar vocês.

Mas Robin já estava vestindo o casaco.

— Não, não vai. — Ele tinha uma suspeita sobre o que estava acontecendo e, embora ainda estivesse com medo de ter esperança, seu coração disparou de emoção. — Eu acho que ele está aqui para ajudar.

Quando eles abriram a porta,* o homem recuou de maneira cortês, os braços erguidos para mostrar que não estava armado.

— Qual é o seu nome? — indagou Robin. — Eu já vi você aqui.

— Abel. — A voz do homem era muito grave; sólida como pedra de construção. — Abel Goodfellow.

— Você jogou um ovo em mim — acusou Victoire. — Foi você, em fevereiro...

— Sim, mas era só um ovo — disse Abel. — Nada pessoal.

Robin gesticulou para as barricadas. A mais próxima obstruía quase toda a largura da High Street, impedindo o acesso à entrada principal da torre.

— Foram vocês que fizeram isso?

Abel sorriu. Foi uma visão estranha, através da barba; por um momento, ele pareceu um garotinho alegre.

— Vocês gostaram?

— Eu não entendi muito bem qual seria o objetivo — falou Victoire.

— O Exército está a caminho, não ficaram sabendo?

— E eu não vejo como isso vai impedi-los — retrucou Victoire. — A menos que você me diga que também trouxe um exército para proteger essas barreiras.

— Elas vão funcionar melhor para manter as tropas afastadas do que vocês imaginam — respondeu Abel. — Não se trata apenas das barreiras,

* A professora Craft havia colhido o sangue de Robin e Victoire e o recolocara em seus frascos na parede; agora eles estavam tão livres para entrar e sair da torre quanto antes.

embora elas aguentem, como vocês vão ver. É psicológico. As barricadas dão a impressão de que há uma resistência de verdade, enquanto o Exército pensa que vai marchar sobre a torre sem enfrentar nenhuma oposição. E elas encorajam nossos manifestantes, criam um refúgio, um lugar para se protegerem.

— E contra o que vocês estão protestando? — perguntou Victoire com cautela.

— Contra a revolução industrial da prata, é claro. — Abel ergueu um panfleto amassado e encharcado. Um dos panfletos deles. — No fim das contas, nós estamos do mesmo lado.

Victoire inclinou a cabeça.

— Estamos?

— Ao menos no que diz respeito à indústria, com certeza. Nós temos tentado convencer vocês da mesma coisa.

Robin e Victoire se entreolharam. Estavam bastante envergonhados do desdém em relação aos grevistas no ano anterior. Tinham acreditado nas alegações do professor Lovell de que os grevistas não passavam de pessoas preguiçosas, patéticas e não merecedoras das dignidades econômicas mais básicas. Mas quão diferente eram, na realidade, suas causas?

— Nunca foi sobre a prata — explicou Abel. — Vocês já se deram conta disso a esta altura, não é? Era sobre os cortes salariais. As condições de trabalho precárias. Mulheres e crianças o dia todo em ambientes abafados e sem ventilação, o perigo de máquinas não testadas que o olho não consegue acompanhar. Nós estávamos sofrendo. E só queríamos que vocês vissem isso.

— Eu sei — confessou Robin. — Nós sabemos disso agora.

— E não estávamos ali para fazer mal a nenhum de vocês. Bem, não de verdade.

Victoire hesitou, em seguida assentiu.

— Eu posso tentar acreditar nisso.

— Seja como for. — Abel gesticulou para as barricadas atrás dele. O movimento foi afetadamente desajeitado, como um pretendente exibindo um buquê de rosas. — Nós ficamos sabendo sobre o que vocês estavam fazendo e achamos que poderíamos vir até aqui ajudar. Nós podemos pelo menos impedir que aqueles palhaços incendeiem a torre.

— Bem, obrigado. — Robin não sabia o que pensar; ainda não conseguia acreditar que aquilo estava acontecendo. — Você quer... quer entrar? Conversar?

— Sim, quero — respondeu Abel. — É por isso que eu estou aqui.

Eles recuaram e o convidaram a entrar.

E assim as linhas de batalha foram traçadas. Naquela tarde, teve início a colaboração mais estranha que Robin já havia testemunhado. Homens que semanas antes gritavam obscenidades para os estudantes de Babel agora estavam sentados no saguão entre eles, conversando sobre táticas de guerrilha urbana e integridade de barreiras. A professora Craft e um grevista chamado Maurice Long estavam de pé, curvados sobre um mapa de Oxford, discutindo os locais ideais para construir mais barreiras a fim de bloquear os pontos de acesso do Exército.

— As barricadas são a única coisa boa que nós importamos dos franceses — afirmou Maurice.* — Nas ruas largas, o ideal é ter obstruções de nível mais baixo: pedras do calçamento, árvores derrubadas, esse tipo de coisa. Leva tempo para remover e os impede de trazer cavalos ou artilharia pesada. E aqui, se bloquearmos os pontos de acesso mais estreitos ao redor do quadrilátero, podemos mantê-los restritos à High Street...**

Victoire e Ibrahim estavam sentados à mesa com vários outros grevistas, anotando obedientemente que tipos de barra de prata poderiam ajudar melhor em suas defesas. A palavra *barris* foi mencionada diversas vezes; Robin, escutando, deduziu que eles estavam planejando invadir adegas em busca de reforços estruturais.***

— Quantas noites vocês vão ficar aqui? — perguntou Abel, fazendo um gesto que abrangia o saguão.

---

* As táticas de revolta se espalhavam depressa. Os trabalhadores da indústria têxtil britânica tinham aprendido essas técnicas de barricada com as revoltas dos trabalhadores das fábricas de seda que ocorreram em 1831 e 1834 em Lyon, na França. Essas revoltas foram brutalmente reprimidas — pois, e isso foi crucial, não mantinham a espinha dorsal de toda a nação como refém.

** Se essa competência organizacional parece surpreendente, basta lembrar que tanto Babel quanto o governo britânico cometeram um grande erro ao presumir que todos os movimentos antiprata do século eram motins espontâneos realizados por vagabundos descontentes e sem instrução. Os luditas, por exemplo, tão caluniados como destruidores de máquinas que temiam a tecnologia, organizaram um movimento insurrecional bastante sofisticado, composto de grupos pequenos e disciplinados que usavam disfarces e palavras de ordem, angariavam fundos e reuniam armas, aterrorizavam seus oponentes e executavam ataques bem planejados e direcionados. (E, embora seja verdade que o movimento ludita acabou fracassando, foi apenas depois que o Parlamento mobilizou doze mil soldados para derrubá-lo — mais tropas do que as que haviam lutado na Guerra Peninsular.) Foi esse nível de treinamento e profissionalismo que os companheiros de Abel levaram para a greve de Babel.

*** *Barricade* (barricada) vem do espanhol *barrica*, que significa "barril", um componente essencial na construção das primeiras barricadas. Além de sua importância histórica, os barris eram um bom material para barricadas por vários motivos: eram fáceis de transportar, de encher com areia ou pedras e de empilhar de forma a permitir que houvesse vigias para os atiradores posicionados atrás deles.

— O tempo que for preciso — respondeu Robin. — Essa é a questão; eles podem tentar tudo o que quiserem, mas vão ficar de mãos atadas enquanto tivermos a torre.

— Vocês têm camas?

— Na verdade, não. Nós temos um catre que nos revezamos para usar, mas na maioria das vezes simplesmente nos encolhemos entre as estantes.

— Não deve ser confortável.

— Nem um pouco. — Robin dirigiu a ele um sorriso irônico. — Somos pisoteados toda vez que alguém desce para usar o banheiro.

Abel soltou um murmúrio. Seus olhos esquadrinharam o amplo saguão, as prateleiras de mogno polido e o piso de mármore imaculado.

— É um grande sacrifício.

O Exército britânico marchou para Oxford naquela noite.

Os acadêmicos observaram do telhado enquanto as tropas de casacas vermelhas avançavam em uma única coluna ao longo da High Street. A chegada de um pelotão armado deveria ter sido uma grande ocasião, mas era difícil sentir algum medo real. As tropas pareciam bastante deslocadas em meio às casas geminadas e os estabelecimentos comerciais do centro da cidade, e os moradores que foram celebrar sua chegada fizeram com que parecesse mais um desfile do que a chegada de uma força militar repressora. Os soldados marchavam lentamente, dando passagem aos civis que atravessavam a rua. Foi tudo bastante peculiar e educado.

As tropas se detiveram quando chegaram às barricadas. O comandante, um sujeito com um grande bigode e adornado com medalhas, desmontou de seu cavalo e caminhou até a primeira carroça virada. Ele pareceu bastante confuso diante daquilo. Olhou ao redor, para os habitantes da cidade, como se esperasse uma explicação.

— Vocês acham que aquele é lorde Hill? — quis saber Juliana.

— Não, lorde Hill é o comandante em chefe — explicou o professor Chakravarti. — Eles não iam enviar um comandante em chefe para lidar conosco.

— Deveriam — interveio Robin. — Nós somos uma ameaça à segurança nacional.

— Não seja tão exagerado. — Victoire fez sinal para que eles ficassem em silêncio. — Olhem, eles estão conversando.

Abel Goodfellow saiu sozinho de trás da barricada.

O comandante foi até Abel no meio da rua. Eles trocaram palavras. Robin não conseguia ouvir o que estavam dizendo, mas a conversa parecia acalorada. Começou de maneira civilizada, mas então os dois homens passaram a gesticular freneticamente; em vários momentos, Robin teve medo de que o comandante estivesse prestes a algemar Abel. Por fim, chegaram a um acordo. Abel recuou para trás da barricada, andando de costas, como se quisesse se certificar de que ninguém ia atirar nele. O comandante bigodudo voltou para seu batalhão. Em seguida, para a surpresa de Robin, o Exército começou a recuar também.

— Ele nos deu quarenta e oito horas para sairmos — relatou Abel ao retornar ao saguão da torre. — Depois disso, disse que vão retirar as barricadas à força.

— Então só temos dois dias — concluiu Robin. — Não é tempo suficiente.

— Temos mais do que isso — corrigiu Abel. — Tudo vai se desenrolar lentamente. Eles vão dar outro aviso. Depois outro. Em seguida, um terceiro, com palavras mais incisivas. Vão arrastar a situação o máximo que puderem. Se estivessem planejando nos atacar, já teriam feito isso.

— Eles não tiveram nenhum pudor de atirar nos trabalhadores agrícolas — interveio Victoire. — Nem nos tecelões de Lancashire.*

— Essas revoltas não eram uma disputa por território — explicou Abel. — Foram motins por causa de políticas. Os revoltosos não precisavam manter sua posição; quando foram alvejados, se dispersaram. Mas nós estamos incrustados no coração de uma cidade. Reivindicamos a torre e a própria Oxford. Se algum desses soldados atinge acidentalmente um civil, a situação sai do controle. Eles não vão conseguir romper as barricadas sem ameaçar a cidade. E isso, creio eu, o Parlamento não vai arriscar. — Abel se levantou para sair. — Nós vamos mantê-los lá fora. Continuem escrevendo seus panfletos.

Assim, um impasse entre os grevistas e o Exército diante das barricadas da High Street tornou-se o novo *status quo*.

No fim das contas, a própria torre forneceria a eles uma proteção muito melhor do que as obstruções improvisadas de Abel Goodfellow. Mas as barricadas tinham mais do que um mero valor simbólico. Elas cobriam uma

* No original, "Swing Rioters" e "Blanketeers", respectivamente. A personagem está se referindo a duas revoltas ocorridas na Inglaterra no início do século XIX. As Swing Riots, já mencionadas (p. 504), e a revolta dos Blanketeers, ou Blanket March, manifestação realizada em Manchester em 1817. O nome é um trocadilho entre o ato (uma marcha, "march", em inglês) e o mês em que ocorreu (março, "March", em inglês). Os integrantes, em sua maioria tecelões, planejavam protestar em Londres contra o estado precário da indústria têxtil no condado de Lancashire. A marcha foi interrompida de maneira violenta, e seus líderes, presos. (N. T.)

área grande o suficiente para permitir linhas de abastecimento cruciais para dentro e para fora da torre. Isso significava que os acadêmicos agora tinham comida e água fresca (o jantar naquela noite foi farto: pãezinhos macios e frango assado) e que eles tinham uma fonte confiável de informações sobre o que estava acontecendo para além dos muros da torre.

Contrariando todas as expectativas, o número de apoiadores de Abel cresceu nos dias que se seguiram. Os trabalhadores em greve eram melhores em difundir a mensagem do que os panfletos de Robin. Afinal, eles falavam a mesma língua. Os britânicos se identificavam muito mais com Abel do que com tradutores nascidos no exterior. Grevistas de toda a Inglaterra foram se juntar à causa. Os jovens de Oxford, entediados por estarem presos em casa procurando o que fazer, foram para as barricadas simplesmente porque parecia emocionante. Mulheres também se juntaram às fileiras, costureiras e operárias desempregadas.

Que visão aquele afluxo de defensores para a torre. As barricadas tinham o efeito peculiar de construir uma comunidade. Eram todos companheiros de armas atrás daqueles muros, não importando suas origens, e as entregas regulares de alimentos para a torre vinham com mensagens manuscritas de encorajamento. Robin esperara apenas violência, não solidariedade, e não sabia o que fazer com aquela demonstração de apoio. Ela desafiava o que ele havia passado a esperar do mundo. Teve medo de que isso lhe permitisse ter esperança.

Certa manhã, descobriu que Abel havia deixado um presente para eles: uma carroça diante das portas da torre, com uma pilha alta de colchões, travesseiros e cobertores rústicos. Havia um bilhete fixado no topo. *É um empréstimo*, dizia. *Vamos querer tudo de volta quando vocês terminarem.*

Nesse meio-tempo, dentro da torre, eles se dedicavam a fazer com que Londres temesse os custos de uma paralisação prolongada.

A prata proporcionava a Londres todas as conveniências modernas. A prata alimentava as máquinas de fazer gelo nas cozinhas dos ricos de Londres. A prata garantia o funcionamento das máquinas das cervejarias que abasteciam os pubs de Londres e dos moinhos que produziam a farinha de Londres. Sem a prata, as locomotivas parariam de circular. Nenhuma nova ferrovia poderia ser construída. A água correria suja; o ar ficaria espesso por causa da fuligem. Quando todas as máquinas que mecanizavam os processos de fiação, tecelagem e cardagem parassem, a indústria têxtil da Grã-Bretanha entraria em colapso. O país inteiro corria o risco de passar fome, pois havia prata nos arados, nas semeadoras, nas debulhadoras e nos canais de escoamento por toda a área rural da Grã-Bretanha.*

Esses efeitos iam demorar meses para serem sentidos por completo. Ainda havia centros regionais de trabalho com a prata em Londres, Liverpool, Edimburgo e Birmingham, onde acadêmicos de Babel que não haviam impressionado o suficiente durante seus anos de graduação para conseguirem bolsas de pesquisa ganhavam a vida de maneira mundana, fazendo a manutenção de barras inventadas por seus colegas mais talentosos. Esses centros iam funcionar como uma solução provisória nesse ínterim. Mas não iam conseguir compensar o déficit, em especial porque — e isso era crucial — eles não tinham acesso aos mesmos registros de manutenção.

— Não acha que eles vão se lembrar? — perguntou Robin. — Pelo menos os acadêmicos que foram embora com o professor Playfair?

— Eles são acadêmicos — respondeu a professora Craft. — A única coisa que nós conhecemos é a vida da mente. Não nos lembramos de nada, a menos que esteja escrito em nossa agenda e circulado várias vezes. O Jerome vai fazer o possível, supondo que não esteja mais sedado por causa da cirurgia, mas muita coisa vai ser negligenciada. Este país vai desmoronar em meses.

— E a economia vai ruir ainda mais rápido do que isso — completou Yusuf, que era o único dentre eles que realmente sabia alguma coisa sobre mercados e bancos. — O problema é a especulação... Há uma década, as pessoas têm comprado ações de ferrovias e outras indústrias movidas a prata feito loucas porque todas pensam que estão prestes a ficar ricas. O que vai

---

* Em especial, tudo que dependia da energia a vapor estava em risco. Acontece que o professor Lovell havia feito a maior parte de sua fortuna transformando a energia a vapor de uma tecnologia complicada e cheia de detalhes em uma fonte confiável de energia que alimentava praticamente toda a frota britânica. Sua grande inovação, na verdade, fora algo bastante simples: em chinês, o caractere para *vapor* era 气 (*qì*), que também tinha conotações de espírito e energia. Quando instalada nos motores desenvolvidos por Richard Trevithick algumas décadas antes, a barra produzia uma quantidade impressionante de energia por uma fração do custo em carvão. (Na década de 1830, pesquisadores haviam explorado a aplicação desse par de equivalentes ao transporte aéreo, mas não foram muito longe porque os balões explodiam ou disparavam para a estratosfera.)

Essa invenção, alguns argumentavam, explicava a vitória da Grã-Bretanha em Trafalgar. Agora a Inglaterra inteira funcionava a vapor. As locomotivas a vapor haviam substituído muitos dos veículos puxados por cavalos; os navios a vapor tinham substituído quase todas as embarcações à vela. Mas a Grã-Bretanha tinha poucos tradutores chineses; com exceção de Robin e do professor Chakravarti, todos os outros estavam mortos ou no exterior. Sem a manutenção programada, a energia a vapor não deixaria de funcionar por completo, mas perderia sua potência única, sua incrível eficiência que colocava os navios britânicos muito além de qualquer patamar que as frotas americana ou espanhola eram capazes de alcançar.

acontecer quando essas pessoas se derem conta de que todas essas ações não valem mais nada? A indústria ferroviária pode levar meses para se desestabilizar. Os mercados vão colapsar em semanas.

Colapso do mercado. A ideia era absurda, mas tentadora. Será que eles conseguiriam vencer aquela disputa com a ameaça de um colapso do mercado de ações e da inevitável corrida aos bancos?

Essa era a chave, não era? Para que aquilo funcionasse, eles tinham que assustar os ricos e poderosos. Sabiam que a greve teria um impacto desproporcional sobre os trabalhadores pobres, aqueles que viviam nas partes mais sujas e populosas de Londres, que não poderiam simplesmente fazer as malas e fugir para o campo quando o ar escurecesse e a água ficasse fétida. Porém, em outro sentido importante, a escassez de prata atingiria com mais força aqueles que tinham mais a ganhar com seu desenvolvimento. Os prédios mais novos — os clubes privados, os salões de baile, os teatros recém-reformados — desabariam primeiro. Os cortiços miseráveis de Londres tinham sido construídos com madeira comum, não contavam com as fundações reforçadas pela prata a fim de sustentar um peso muito maior do que os materiais naturais eram capazes de suportar. O arquiteto Augustus Pugin era um colaborador frequente dos professores de Babel e tinha feito grande uso de barras de prata em seus projetos recentes: o Scarisbrick Hall, em Lancashire, a reforma das Alton Towers e, principalmente, a reconstrução do Palácio de Westminster após o incêndio de 1834. De acordo com os registros de ordem de serviço, todos esses edifícios iam desabar antes do fim do ano. Ainda mais cedo, se as hastes certas fossem arrancadas.

Como os ricos de Londres iam reagir quando o chão cedesse sob seus pés?

Os grevistas avisaram com antecedência. Divulgaram amplamente essa informação. Escreveram uma infinidade de panfletos, que Abel transmitiu a companheiros em Londres.

*As estradas vão colapsar*, escreveram. *A água vai acabar. As luzes vão se apagar, a comida vai estragar e os navios vão afundar. Tudo isso vai acontecer, a menos que escolham a paz.*

— É como as Dez Pragas — observou Victoire.

Robin não abria uma Bíblia havia anos.

— As Dez Pragas?

— Moisés pediu ao faraó que libertasse seu povo — explicou Victoire. — Mas o coração do faraó era implacável, e ele se negou. Então o Senhor lançou dez pragas sobre a terra do faraó. Transformou as águas do Nilo em sangue.

Enviou gafanhotos, rãs e pestes. Lançou todo o Egito na escuridão e, por meio desses feitos, fez com que o faraó conhecesse seu poder.

— E o faraó deixou eles irem? — perguntou Robin.

— Deixou — respondeu Victoire. — Mas só depois da décima praga. Só depois de ter sofrido a morte de seu filho primogênito.

Ocasionalmente, os efeitos da greve se revertiam. Às vezes, as luzes voltavam a se acender por uma noite, ou uma rede de estradas era liberada, ou se espalhava a notícia de que a prata para obtenção de água limpa estava agora disponível e sendo vendida a preços exorbitantes em determinados bairros de Londres. Às vezes, o desastre que os livros de registro previam não acontecia.

Isso não foi uma surpresa. Os acadêmicos exilados — o professor De Vreese, o professor Harding e todos os professores e pós-graduandos que não haviam ficado na torre — tinham se reagrupado em Londres e estabelecido uma sociedade de defesa para combater os grevistas. O país estava agora em meio a uma batalha invisível de palavras e significados; seu destino oscilava entre o centro universitário e a periferia, desesperada e em plena luta.

Os grevistas não estavam preocupados. Os exilados não tinham chance de vencer, simplesmente porque não tinham os recursos da torre. Podiam resistir, mas não iam conseguir impedir o fluxo do rio, nem o rompimento da represa.

— É uma vergonha — comentou Victoire certa tarde, enquanto tomavam chá — como tudo depende de Oxford, no fim das contas. Era de se esperar que eles não tivessem apostado todas as fichas apenas em um lugar.

— Bem, é muito curioso — disse o professor Chakravarti. — Em teoria, essas estações suplementares existem justamente para aliviar uma crise de dependência. Cambridge, por exemplo, vem tentando estabelecer um programa rival há anos. Mas Oxford não compartilha nenhum recurso.

— Por causa da escassez? — perguntou Robin.

— Por causa do ciúme e da avareza — respondeu a professora Craft. — A escassez nunca foi um problema.* Nós simplesmente não gostamos dos acadêmicos de Cambridge. São uns arrogantes desagradáveis que acham que podem fazer as coisas por conta própria.

* O alfabeto Baresch usado nas hastes de ressonância, por exemplo, não é estritamente necessário para seu funcionamento; foi criado por acadêmicos de Babel apenas para que sua tecnologia de ressonância proprietária permanecesse impossível de decifrar para quem fosse de fora. É surpreendente, na verdade, quanto da suposta escassez de recursos da academia é construída de maneira artificial.

— Ninguém vai para Cambridge a menos que não consiga encontrar um trabalho aqui — acrescentou o professor Chakravarti. — É triste.

Robin lançou-lhes um olhar espantado.

— Vocês estão querendo dizer que este país vai desmoronar por causa de uma rivalidade acadêmica?

— Bem, sim. — A professora Craft levou a xícara aos lábios. — Estamos falando de Oxford, o que você esperava?

Ainda assim, o Parlamento se recusava a cooperar. Todas as noites o Ministério das Relações Exteriores enviava a eles o mesmo telegrama, redigido exatamente da mesma maneira, como se gritar uma mensagem repetidas vezes pudesse induzir à obediência: CESSAR GREVE AGORA PONTO. Em uma semana, as propostas pararam de incluir uma oferta de anistia. Pouco depois, chegaram com uma ameaça bastante redundante anexada: CESSAR GREVE AGORA PONTO OU EXÉRCITO VAI RETOMAR TORRE PONTO.

Em pouco tempo, os efeitos da greve se mostraram letais.* Um dos principais pontos críticos, descobriu-se, eram as ruas. Em Oxford, porém ainda mais em Londres, o tráfego era o principal problema enfrentado pelas autoridades municipais: como administrar o fluxo de charretes, cavalos, pedestres, diligências, carruagens de aluguel e carroças sem congestionamentos ou acidentes. Os efeitos da prata evitavam engavetamentos, preservando as ruas com calçamento de madeira, regulando as estradas, reforçando pedágios e pontes, assegurando curvas suaves para as carroças, reforçando as bombas de água destinadas a diminuir a poeira e mantendo os cavalos dóceis. Sem a manutenção de Babel, todos esses ajustes minuciosos começaram a falhar um por um e, como resultado, dezenas morreram.

O transporte deu início a um efeito dominó que levou a diversos outros infortúnios. Os comerciantes não conseguiam estocar suas prateleiras. Os padeiros não conseguiam comprar farinha. Os médicos não conseguiam atender seus pacientes. Os advogados não conseguiam comparecer ao tribunal. Uma dúzia de carruagens nos bairros mais ricos de Londres faziam uso de um par de equivalentes concebido pelo professor Lovell que usava o

* Abel levava a eles um fluxo contínuo de atualizações horríveis. No Cherwell, uma casa flutuante colidira com uma barcaça de transporte quando os sistemas de navegação de ambas falharam, causando um engavetamento enorme no meio do rio. Três pessoas morreram, presas em cabines submersas. Em Jericho, uma criança de quatro anos fora esmagada sob as rodas de uma carruagem desgovernada. Em Kensington, uma jovem de dezessete anos e seu amado foram soterrados vivos quando as ruínas da torre de uma igreja desabaram sobre eles durante um encontro noturno.

caractere chinês 輔 (*fŭ*), que significava "ajudar" ou "auxiliar". A princípio, o caractere se referia às barras laterais de proteção em uma carruagem. O professor Lovell deveria ir a Londres para retocá-las em meados de janeiro. As barras pararam de funcionar. As carruagens agora eram perigosas demais para serem conduzidas.*

Tudo o que eles sabiam que ia acontecer em Londres já estava acontecendo em Oxford, pois Oxford, por causa de sua proximidade de Babel, era a cidade que mais dependia da prata no mundo. E Oxford estava apodrecendo. Os moradores estavam falindo e passando fome, os negócios tinham sido interrompidos, os rios estavam bloqueados, os mercados haviam fechado. Eles precisavam ir a Londres buscar comida e suprimentos, mas as estradas tinham se tornado perigosas, e a linha Oxford-Paddington não estava mais em funcionamento.

Os ataques à torre redobraram. Cidadãos e soldados lotavam as ruas, gritando obscenidades junto às janelas, entrando em confronto com homens nas barricadas. Mas não fazia diferença. Eles não conseguiam atingir os tradutores, que eram as únicas pessoas capazes de acabar com seu sofrimento. Não podiam passar pelas proteções da torre, não podiam incendiá-la nem colocar explosivos em sua base. Só lhes restava implorar aos acadêmicos que parassem.

*Nós temos apenas duas exigências*, escreveu Robin em uma série de panfletos, que tinham se tornado sua forma de responder aos protestos da cidade. *O Parlamento sabe disso. Recusa em ir à guerra e anistia. O destino de vocês está nas mãos deles.*

Robin pedia que Londres capitulasse antes que todas aquelas coisas acontecessem. Mas esperava que isso não acontecesse, e sabia que não ia acontecer. Havia se convertido à teoria da violência de Griffin, de que o opressor nunca se sentaria à mesa de negociações enquanto ainda acreditasse que não tinha nada a perder. Não; as coisas tinham que ficar sangrentas. Até aquele momento, todas as ameaças haviam sido hipotéticas. Londres tinha que sofrer para aprender.

Victoire não gostava disso. Toda vez que subiam para o oitavo andar, eles discutiam sobre quais barras de ressonância arrancar e quantas. Ele queria

---

* Numa quarta-feira, houve uma colisão entre duas carroças, uma das quais carregada com barris de conhaque. Quando o aroma doce se espalhou pela rua, uma pequena multidão de transeuntes correu para pegar o conhaque com as mãos, e foi tudo muito divertido até que um homem com um cachimbo aceso entrou na confusão, dando início a um incêndio que tomou a rua e envolveu pessoas, cavalos e barris explodindo.

desativar duas dúzias; ela, apenas duas. Em geral, acabavam concordando em arrancar cinco ou seis.

— Você está fazendo as coisas rápido demais — disse ela. — Nem deu a eles a chance de responder.

— Eles podem responder quando quiserem — retrucou Robin. — O que os impede? Enquanto isso, o Exército já está aqui…

— O Exército está aqui porque você os forçou a isso.

Robin fez um ruído de impaciência.

— Sinto muito se eu não me deixo comover…

— Eu não estou me *deixando comover*; estou sendo prudente. — Victoire cruzou os braços. — É rápido demais, Robin. É muita coisa de uma vez. Você precisa deixar os debates se estabelecerem. Precisa deixar a opinião pública se voltar contra a guerra…

— Não é o suficiente — insistiu ele. — Não vão se convencer a fazer o que é justo agora se nunca fizeram o justo antes. O medo é a única coisa que funciona. Isso é *tática*…

— Isso não tem nada a ver com tática. — A voz dela ficou mais aguda. — Isso vem da dor.

Ele não conseguiu se virar. Não queria que ela visse sua expressão.

— Você mesma disse que queria ver este lugar ardendo em chamas.

— Mas acima disso — objetou Victoire, pousando a mão no ombro dele —, eu quero que a gente sobreviva.

Era impossível dizer, no fim das contas, quanta diferença de fato fazia o ritmo de destruição. A escolha permanecia com o Parlamento. Os debates continuavam em Londres.

Ninguém sabia o que estava acontecendo dentro da Câmara dos Lordes, apenas que nem os *whigs* nem os radicais se sentiam confiantes o suficiente em seus números para convocar uma votação. Os jornais revelavam mais sobre o sentimento da população. Os tabloides de grande circulação expressavam a opinião que Robin esperava: de que a guerra contra a China era uma questão de defesa do orgulho nacional, que a invasão nada mais era do que uma punição justa pelas indignidades impostas pelos chineses à bandeira britânica, que a ocupação de Babel por estudantes nascidos no exterior era um ato de traição, que as barricadas em Oxford e as greves em Londres eram obra de animais descontentes e que o governo deveria se manter firme em não atender suas exigências. Os editoriais pró-guerra enfatizavam a facilidade com que a China seria derrotada. Ia ser apenas um pequeno conflito, nem mesmo uma guerra propriamente dita; bastava disparar alguns canhões e os chineses admitiriam a derrota em um dia.

Os jornais não conseguiam se decidir sobre os tradutores. As publicações pró-guerra ofereciam uma dezena de teorias. Eles estavam em conluio com o corrupto governo chinês. Estavam conspirando com amotinados na Índia. Eram ingratos mal-intencionados sem nenhum objetivo a não ser o desejo de prejudicar a Inglaterra, cuspir no prato em que haviam comido — e isso não exigia maiores explicações, pois era uma motivação na qual o público britânico estava disposto a acreditar. *Nós não vamos negociar com Babel*, garantiam membros do Parlamento de ambos os lados. *A Grã-Bretanha não se curva a estrangeiros.**

No entanto, nem todos os jornais eram contra Babel ou a favor da guerra. Na verdade, para cada manchete que pedia ação rápida em Cantão, havia outra de uma publicação (ainda que menor, de alcance mais restrito, mais radical) que chamava a guerra de um ultraje moral e religioso. O *Spectator* acusava o partido pró-guerra de ganância e especulação; o *Examiner* chamava a guerra de criminosa e indefensável. GUERRA DO ÓPIO DE JARDINE: UMA VERGONHA, dizia uma manchete do *Champion*. Outros não eram tão diplomáticos: O SENHOR DAS DROGAS QUER PÔR AS MÃOS NA CHINA, dizia o *Political Register*.

Cada facção social na Inglaterra tinha uma opinião. Os abolicionistas fizeram declarações de apoio aos grevistas. Assim como as sufragistas, embora não de maneira tão ruidosa. Organizações cristãs imprimiram panfletos criticando a disseminação de um vício ilegal para um povo inocente, embora os

---

* Os jornais sempre se referiam aos grevistas como estrangeiros; como chineses, indianos, árabes e africanos. (À exceção da professora Craft.) Eles nunca eram oxfordianos, nunca eram ingleses, eram viajantes vindos do exterior que tinham se aproveitado das boas graças de Oxford e agora mantinham a nação como refém. *Babel* tinha se tornado sinônimo de *estrangeiros*, e isso era muito estranho, porque antes de tudo aquilo o Real Instituto de Tradução sempre fora considerado um tesouro nacional, uma instituição genuinamente inglesa.

Mas a Inglaterra e a língua inglesa sempre tiveram uma dívida maior com os pobres, os humildes e os estrangeiros do que gostariam de admitir. A palavra *vernacular* (vernáculo) veio do latim *verna*, que significa "escravo doméstico"; isso enfatizava a natividade, a domesticidade da língua vernácula. Mas a raiz *verna* também indicava as origens humildes da língua falada pelos poderosos; os termos e expressões criados por escravizados, trabalhadores, mendigos e criminosos — o palavreado vulgar, por assim dizer — tinham se infiltrado no inglês até serem incorporados por ele. E o vernáculo inglês tampouco podia ser considerado doméstico, porque a etimologia inglesa tinha raízes em todo o mundo. *Almanacs* (almanaques) e *algebra* (álgebra) vinham do árabe; *pyjamas* (pijamas), do sânscrito; *ketchup*, do chinês; e *paddies* (arrozais), do malaio. Era apenas quando o modo de vida da elite inglesa se via ameaçado que os verdadeiros ingleses, quem quer que fossem, tentavam extirpar tudo o que os havia tornado quem eram.

evangelistas pró-guerra tivessem respondido com o argumento supostamente cristão de que na verdade expor o povo chinês ao livre-comércio seria obra de Deus.

Enquanto isso, publicações radicais argumentavam que a abertura da China era contrária aos interesses dos trabalhadores do norte da Inglaterra. Os cartistas, um movimento de trabalhadores industriais e artesanais desiludidos, foram os que apoiaram com mais veemência os grevistas; a circular cartista *The Red Republican* inclusive publicou uma manchete chamando os tradutores de heróis da classe trabalhadora.

Isso dava esperança a Robin. Os radicais eram, afinal, o partido que os *whigs* precisavam apaziguar, e se essas manchetes conseguissem convencer os radicais de que a guerra não era do seu interesse em longo prazo, então talvez tudo aquilo pudesse ser resolvido.

E, de fato, a discussão sobre os perigos do uso da prata tinha obtido resultados melhores no tribunal da opinião pública do que a discussão sobre a China. Era um problema que estava mais próximo, que afetava o britânico médio de maneiras que ele conseguia entender. A revolução industrial da prata tinha dizimado as indústrias têxtil e agrícola. Os jornais publicavam artigo após artigo expondo as péssimas condições de trabalho nas fábricas movidas a prata (embora houvesse réplicas, incluindo uma refutação de Andrew Ure, que argumentava que os trabalhadores fabris se sentiriam muito melhor se consumissem menos gim e tabaco). Em 1833, o cirurgião Peter Gaskell publicou um manuscrito com base em uma pesquisa minuciosa intitulado *The Manufacturing Population of England* [A população fabril da Inglaterra], que se concentrava principalmente no custo moral, social e físico das máquinas movidas a prata para os trabalhadores britânicos. Na época, o documento recebera pouca atenção, exceto dos radicais, que eram conhecidos por exagerar tudo. Agora, os jornais antiguerra publicavam trechos dele todos os dias, relatando em detalhes terríveis os efeitos do pó de carvão inalado por crianças forçadas a se espremerem por túneis onde os adultos não conseguiam entrar, os dedos das mãos e dos pés arrancados por máquinas movidas a prata que trabalhavam em velocidades desumanas, as meninas que haviam sido estranguladas por seus próprios cabelos presos em fusos e teares em movimento.

O *Spectator* publicou uma ilustração em quadrinhos de crianças esqueléticas sendo esmagadas até a morte sob as rodas de uma engenhoca nebulosa, com a legenda: ESCRAVOS BRANCOS DA REVOLUÇÃO DA PRATA. Na torre, eles morreram de rir dessa comparação, mas o público em geral parecia genuinamente horrorizado. Alguém perguntou a um membro da Câmara dos Lordes por que ele apoiava a exploração de crianças nas fábricas; ele respondeu, de maneira bastante superficial, que empregar crianças com menos de nove anos era proibido desde 1833, o que levou a mais protestos generalizados por causa do sofrimento de crianças de dez e onze anos no país.

— É mesmo tão ruim assim? — Robin perguntou a Abel. — As fábricas...

— Pior — respondeu Abel. — Eles só estão reportando os acidentes mais impactantes. Mas não falam sobre como é trabalhar dia após dia naqueles ambientes sufocantes. Acordar antes do amanhecer e trabalhar até as nove da noite com poucos intervalos. E essas são as condições que nós *cobiçamos*. Os empregos que gostaríamos de ter de volta. Imagino que eles não façam vocês trabalharem nem a metade disso na universidade, não é?

— Não — admitiu Robin, envergonhado. — Eles não fazem.

A reportagem do *Spectator* pareceu afetar profundamente a professora Craft em especial. Robin a encontrou sentada diante da matéria na mesa de chá, com os olhos vermelhos, muito depois que os outros já tinham terminado o café da manhã. Ela se apressou em secar os olhos com um lenço quando o viu se aproximar.

Robin se sentou ao lado dela.

— A senhora está bem, professora?

— Ah, sim. — Ela pigarreou, fez uma pausa e cutucou o jornal. — É só... é um lado da história no qual a gente não pensa muito, não é?

— Acho que todos nós nos tornamos muito bons em escolher não pensar em certas coisas.

Ela pareceu não ter ouvido. Olhou pela janela, para o gramado lá embaixo, onde o local de protesto dos grevistas se transformara no que parecia ser um acampamento militar.

— Meu primeiro par de equivalentes patenteado aperfeiçoava a eficiência do equipamento em uma mina em Tyneshire — falou ela. — Impedia que os carrinhos carregados de carvão descarrilassem. Os donos da mina ficaram tão impressionados que me convidaram para uma visita e, claro, eu fui; estava muito animada por contribuir com algo para o país. Me lembro de ficar chocada com a quantidade de crianças no poço da mina. Quando perguntei, os mineiros disseram que elas estavam completamente seguras e que ajudar nas minas as mantinha longe de confusão enquanto seus pais estavam trabalhando.

Ela respirou fundo.

— Mais tarde, eles me disseram que a ação da prata impedia que os carrinhos fossem tirados dos trilhos, mesmo quando havia pessoas no caminho.

Houve um acidente. Um garotinho perdeu as duas pernas. Eles pararam de usar o par de equivalentes quando não conseguiram descobrir uma maneira de contornar esse problema, e eu não pensei mais nisso. Àquela altura, já havia conseguido minha bolsa. Tinha uma cátedra em vista e estava me dedicando a outros projetos, projetos mais importantes. E não pensei mais nisso. Simplesmente não pensei mais nisso por anos, anos e anos.

Ela se virou para ele. Seus olhos estavam marejados.

— Só que as coisas vão se acumulando, não vão? Algo assim não desaparece de repente. E um dia você começa a remexer no que reprimiu. E é uma podridão interminável e pavorosa, e você não consegue mais ignorar.

— Meu Deus! — exclamou Robin.

Victoire ergueu os olhos.

— O que foi?

Eles estavam fechados em uma sala no sexto andar, vasculhando os livros de registro a fim de encontrar indícios de futuros desastres. Já tinham revisado todos os agendamentos da cidade de Oxford até o ano seguinte. Os cronogramas de manutenção de Londres eram mais difíceis de encontrar: os registros de Babel eram incrivelmente confusos, e o sistema de categorização usado pelos funcionários não parecia estar organizado por data, o que seria lógico, ou por idioma, o que teria feito pouco mas pelo menos algum sentido, e sim pelo código postal do bairro londrino em questão.

Robin deu batidinhas com o dedo em seu livro de registro.

— Eu acho que talvez a gente esteja perto de um ponto crítico.

— Por quê?

— A manutenção na Ponte de Westminster é daqui a uma semana. Eles contrataram o trabalho com a prata na mesma época em que a nova Ponte de Londres foi construída, em 1825, e as barras estão programadas para expirar após quinze anos. Isso é agora.

— Então o que vai acontecer? — perguntou Victoire. — As catracas vão travar?

— Eu acho que não, era alguma coisa muito importante… *F* é código para *fundação*, não é?

Robin parou, em seguida ficou em silêncio. Seus olhos se moveram para cima e para baixo no livro de registros, tentando confirmar o que estava à sua frente. Era uma entrada bastante longa, uma lista de barras de prata e pares de equivalentes em vários idiomas que se estendia por quase meia página. Uma grande quantidade delas tinha números correspondentes em uma coluna subsequente: uma indicação de que utilizavam elos de ressonância. Ele virou a página e piscou. A coluna continuava ao longo das duas páginas seguintes.

— Eu acho que ela vai simplesmente desabar dentro no rio — concluiu Robin.

Victoire se recostou e expirou bem devagar, esvaziando os pulmões.

As implicações eram enormes. A Ponte de Westminster não era a única a cruzar o Tâmisa, mas era a que suportava o tráfego mais pesado. E se a Ponte de Westminster caísse no rio, nenhum navio a vapor, nenhuma casa flutuante, nenhuma embarcação menor ou canoa seria capaz de contornar os destroços. Se a Ponte de Westminster caísse, a cidade inteira ia parar.

E nas semanas seguintes, quando enfim expirassem as barras que mantinham o Tâmisa livre do esgoto e da poluição das fábricas de gás e das indústrias químicas, as águas voltariam a um estado de fermentação infecta e pútrida. Os peixes iam flutuar de barriga para cima na superfície, mortos e cheirando mal. A urina e as fezes, que já se moviam lentamente pelos encanamentos de esgoto, iam se solidificar.

As dez pragas se abateriam sobre o Egito.

Mas enquanto Robin explicava a situação, o rosto de Victoire não refletia nem um pouco da satisfação que ele exibia. Em vez disso, ela olhava para ele com uma expressão muito estranha, sobrancelhas cerradas e lábios franzidos, o que lhe provocou um desconforto que revirou suas entranhas.

— É o Armagedom — insistiu ele, estendendo as mãos no ar. Como poderia fazê-la entender? — É a pior coisa que pode acontecer.

— Eu sei — disse ela. — Só que depois que dermos essa cartada não vai restar mais nada.

— Nós não vamos precisar de mais nada — rebateu ele. — Só precisamos fazer um pouco mais de pressão, para levá-los ao limite…

— Um limite que você sabe que eles vão ignorar? Por favor, Robin…

— Então qual é a alternativa? Diminuir a pressão?

— Dar *tempo* a eles, deixar que enxerguem as consequências…

— O que mais eles precisam enxergar? — Robin não tivera a intenção de gritar. Respirou fundo. — Victoire, por favor, eu só acho que a gente precisa aumentar a pressão, caso contrário…

— Eu acho que você quer que a ponte caia — acusou ela. — Eu acho que isso tudo é só uma vingança para você, porque você quer ver tudo desabar.

— E por que *não querer*?

Os dois já tinham tido essa discussão. Os fantasmas de Anthony e Griffin pairavam entre eles: um guiado pela convicção de que o inimigo agiria, se não por altruísmo, de maneira racional pelo menos a fim de garantir seus próprios interesses, e o outro guiado menos por convicção, menos por um objetivo, e mais pela fúria absoluta e desenfreada.

— Eu sei que dói. — A garganta de Victoire pulsava. — Eu sei... sei que parece impossível superar. Mas o objetivo que impulsiona você não pode ser se juntar ao Ramy.

Silêncio. Robin considerou negar. Mas não fazia sentido mentir para Victoire, ou para si mesmo.

— Isso não acaba com você? — A voz dele falhou. — Saber o que eles fizeram? Ver o rosto deles? Eu não consigo imaginar um mundo onde a gente coexista com eles. Isso não te dilacera?

— Claro que sim! — exclamou ela. — Mas isso não é desculpa para desistir de viver.

— Eu não estou tentando morrer.

— O que você acha que vai acontecer se deixarmos essa ponte desabar? O que você acha que eles vão fazer com a gente?

— O que você faria? — questionou ele. — Acabaria com a greve? Abriria a torre?

— Se eu tentasse, você seria capaz de me impedir?

Ambos olharam para o livro de registros. Nenhum dos dois disse nada por um longo tempo. Não queriam continuar aquela conversa sabendo o rumo que poderia tomar. Nenhum dos dois suportaria mais sofrimento.

— Vamos fazer uma votação — propôs Robin, por fim, incapaz de suportar aquilo por mais um segundo. — Nós não podemos... nós não podemos simplesmente suspender a greve. Não depende de nós. Nós não vamos decidir, Victoire.

Os ombros de Victoire se curvaram. Ele viu tanta tristeza em seu rosto... Victoire levantou o queixo e, por um momento, Robin achou que ela ia continuar argumentando, mas a única coisa que fez foi concordar com a cabeça.

O resultado da votação foi, por uma margem pequena, a favor de Robin. Victoire e os professores foram contra; todos os alunos foram a favor. Os alunos concordavam com Robin que tinham que levar o Parlamento ao limite, mas não estavam entusiasmados com essa ideia. Ibrahim e Juliana cruzaram os braços enquanto votavam, como se hesitassem diante da ideia. Até mesmo Yusuf, que em geral tinha grande prazer em ajudar Robin a redigir panfletos ameaçadores para Londres, ficou fitando os próprios pés.

— Então é isso — disse Robin.

Ele vencera, mas não parecia uma grande vitória. Não conseguiu encarar Victoire.

— Quando isso vai acontecer? — perguntou o professor Chakravarti.

— No sábado — respondeu Robin. — O momento é perfeito.

— Mas o Parlamento não vai capitular antes de sábado.

— Então acho que vamos ter notícias sobre a ponte quando ela desabar.

— E você está confortável com isso? — O professor Chakravarti olhou em volta, como se tentasse aferir a temperatura moral da sala. — Dezenas de pessoas vão morrer. Há multidões lá tentando tomar barcos o dia inteiro; o que vai acontecer quando...

— Essa escolha não é nossa — rebateu Robin. — É deles. É omissão. É matar deixando morrer. Nós não vamos nem sequer tocar nas hastes de ressonância, a ponte vai cair sozinha...

— Você sabe muito bem que isso não faz sentido — argumentou o professor Chakravarti. — Não distorça a ética. A queda da Ponte de Westminster é uma escolha sua. Pessoas inocentes não podem sofrer pelos caprichos do Parlamento.

— Mas é dever do governo zelar pelo bem-estar delas — disse Robin. — É essa a missão do Parlamento, não é? Enquanto isso, nós não temos a opção da civilidade. Ou da benevolência. É atear fogo de modo indiscriminado, eu admito, mas é o que a situação exige. O senhor não pode colocar a culpa moral em mim. — Ele engoliu em seco. — Não pode.

— Você é a causa direta — insistiu o professor Chakravarti. — Você pode fazer isso parar.

— Mas é justamente esse o artifício diabólico — insistiu Robin. — É assim que o colonialismo funciona. Ele nos convence de que as repercussões da resistência são nossa culpa, de que a escolha imoral é a própria resistência, e não as circunstâncias que a exigiram.

— Mesmo assim, existem limites que não se podem cruzar.

— Limites? Se nós jogarmos de acordo com as regras, então eles já venceram...

— Você está tentando vencer punindo a cidade — argumentou o professor Chakravarti. — Isso significa a cidade inteira, todos nela: homens, mulheres, crianças. Há crianças doentes que não conseguem obter seus remédios. Há famílias inteiras sem renda e sem ter como se alimentar. Isso é mais do que uma inconveniência para eles, é uma ameaça de morte.

— Eu sei — respondeu Robin, frustrado. — Essa é a questão.

Eles se encararam, furiosos, e naquele momento Robin achou que entendia a maneira como Griffin um dia havia olhado para ele. Aquilo era falta de coragem. Uma recusa em levar a situação ao limite. A violência era a única coisa que fazia o colonizador negociar; a violência era a única opção. A arma estava bem ali, sobre a mesa, esperando que a pegassem. Por que tinham tanto medo até mesmo de olhar para ela?

O professor Chakravarti se levantou.

— Não posso seguir com vocês por esse caminho.

— Então deve deixar a torre — disse Robin de pronto. — Vai ajudar a manter sua consciência tranquila.

— Sr. Swift, por favor, ouça a voz da razão...

— Esvazie os bolsos. — Robin ergueu a voz, falando por cima do zumbido em seus ouvidos. — Não leve nada com o senhor: nem prata, nem livros de registro, nem anotações que tenha escrito para si mesmo. — Robin esperava que alguém o interrompesse; que Victoire interviesse, que lhe dissesse ele estava errado, mas ninguém disse nada. Ele interpretou esse silêncio como uma aprovação tácita. — E se for embora, tenho certeza de que sabe que não poderá mais voltar.

— Não há caminho para a vitória aqui — alertou o professor Chakravarti. — Isso só vai fazer com que eles odeiem vocês.

Robin zombou.

— Eles não podem nos odiar mais do que já nos odeiam.

Mas aquilo não era verdade; e ambos sabiam disso. Os britânicos não os odiavam, porque o ódio estava ligado ao medo e ao ressentimento, e isso exigia enxergar seu oponente como um ser moralmente autônomo, digno de respeito e rivalidade. A atitude dos britânicos em relação aos chineses era condescendente, desdenhosa, mas não era ódio. Ainda não.

Isso poderia mudar depois que a ponte caísse.

Mas então, pensou Robin, invocar o ódio podia ser bom. O ódio podia forçar o respeito. O ódio podia forçar os britânicos a olhá-los nos olhos e ver não um objeto, mas uma pessoa. *A violência choca o sistema*, dissera Griffin. *E o sistema não consegue sobreviver ao choque.*

— *Oderint dum metuant** — disse ele. — Esse é o nosso caminho para a vitória.

— Isso é Calígula — afirmou o professor Chakravarti. — Você está invocando *Calígula*?

---

* "Deixe-os odiar, contanto que temam."

— Calígula conseguiu o que queria.

— Calígula foi assassinado.

Robin deu de ombros, sem se deixar abalar.

— Sabe — disse o professor Chakravarti —, um dos conceitos do sânscrito mais mal compreendidos é *ahimsa*. A não violência.

— Eu não preciso de uma palestra, senhor — retrucou Robin, mas o professor Chakravarti falou por cima dele.

— Muitos acham que *ahimsa* significa pacifismo absoluto, e que o povo indiano é, portanto, um povo acanhado e submisso que se curva diante de qualquer coisa. Mas no *Bhagavad Gītā*, são feitas exceções para uma *dharma yuddha*. Uma guerra justa. Uma guerra na qual a violência seja aplicada como último recurso, uma guerra que não seja travada por ganâncias egoístas ou motivos pessoais, mas por um compromisso com uma causa maior. — Ele balançou a cabeça. — Foi assim que justifiquei esta greve, sr. Swift. Mas o que o senhor está fazendo não é legítima defesa; o senhor passou ao terreno do rancor. Sua violência é pessoal, é vingativa, e isso eu não posso apoiar.

A garganta de Robin pulsava.

— Então pegue o frasco com seu sangue antes de ir, senhor.

O professor Chakravarti o examinou por um momento, acenou com a cabeça e começou a despejar o conteúdo de seus bolsos sobre a mesa do centro. Um lápis. Um caderno. Duas barras de prata em branco.

Todos assistiram, calados.

Robin sentiu uma pontada de irritação.

— Alguém mais gostaria de fazer alguma reclamação? — disparou ele.

Ninguém disse uma palavra. A professora Craft se levantou e subiu as escadas. Um momento depois, Ibrahim se juntou a ela, em seguida Juliana; e por fim todos os outros, até que apenas Robin e Victoire permaneceram no saguão, observando o professor Chakravarti descer os degraus da frente em direção às barricadas.

# Capítulo Vinte e Nove

*How the Chimney-sweepers cry*
*Every blackning Church appalls,*
*And the hapless Soldiers sigh*
*Runs in blood down Palace walls.*

*Como o pranto dos limpadores de chaminé*
*As igrejas enegrecidas atormenta,*
*E o suspiro do Soldado desafortunado*
*Escorre como sangue pelos muros do Palácio.*

William Blake, "Londres"

O clima na torre ficou sombrio depois que o professor Chakravarti foi embora.

Nos primeiros dias da greve, eles tinham ficado muito ocupados com as exigências da situação — a produção e distribuição de panfletos, a pesquisa em livros de registro e a fortificação de barricadas — para prestar atenção ao perigo absoluto que corriam. Tudo havia sido tão monumental, tão unificador. Tinham ficado encantados com a companhia uns dos outros. Conversavam noite adentro, se conhecendo, admirados com quão surpreendentemente semelhantes eram suas histórias. Haviam sido arrancados de sua terra natal muito novos, atirados na Inglaterra e instruídos a prosperar, caso contrário, seriam deportados. De forma que muitos eram órfãos, todos os laços com seu país de origem cortados, exceto o idioma.*

Mas os preparativos frenéticos daqueles primeiros dias tinham dado lugar a horas sombrias e sufocantes. Todas as peças haviam sido colocadas no tabuleiro; todas as cartas estavam na mesa. Eles não tinham mais ameaças a fazer

* Mas isso era parte da genialidade de Babel. Ao mantê-los isolados, ao distraí-los com os estudos para que nunca tivessem a chance de formar laços fora de seu grupo, Babel havia impedido todos os caminhos para uma solidariedade significativa, tinha feito com que acreditassem por um longo tempo que eram os únicos presos em sua teia particular.

além das que já haviam gritado dos telhados. O que se estendia diante deles agora era apenas o tempo, uma contagem regressiva até o colapso inevitável.

Tinham dado seu ultimato, distribuído seus panfletos. A Ponte de Westminster ia desabar em sete dias, a menos que. A menos que.

Essa decisão deixara um gosto amargo na boca de todos. Tinham dito tudo o que havia para dizer, e ninguém queria esmiuçar as implicações. A introspecção era algo perigoso; eles só queriam enfrentar um dia de cada vez. Agora, na maior parte do tempo, se isolavam em cantos separados da torre, lendo, pesquisando ou fazendo o que quer que fosse para o tempo passar. Ibrahim e Juliana passavam todas as horas do dia juntos. Às vezes, o restante especulava se os dois estariam se apaixonando, mas descobriram que eles nunca conseguiram manter uma relação desse tipo; forçava-os a pensar no futuro, em como tudo aquilo poderia terminar, e isso os deixava muito tristes. Yusuf passava a maior parte do tempo sozinho. Meghana às vezes tomava chá com Robin e Victoire, e trocavam histórias sobre seus conhecidos em comum — ela havia se formado recentemente e era próxima de Vimal e Anthony —, mas, conforme os dias foram passando, Meghana também começou a se isolar. E Robin às vezes se perguntava se ela e Yusuf estariam se arrependendo da decisão de ficar.

A vida na torre, a vida em greve — de início tão nova e estranhamente empolgante — assumira um ar rotineiro e monótono. No começo, as coisas tinham sido difíceis. Era ao mesmo tempo engraçado e embaraçoso quão pouco eles haviam aprendido sobre como manter seus aposentos em ordem. Ninguém sabia onde as vassouras eram guardadas, então o chão ficava coberto de poeira e migalhas. Ninguém sabia lavar roupa: tentaram produzir um par de equivalentes usando a palavra *bleach* (alvejante) e palavras derivadas da raiz protoindo-europeia *bhel* ("branco brilhante, reluzir, arder"), mas a única coisa que conseguiram foi fazer com que as roupas ficassem temporariamente brancas e escaldantes ao toque.

Ainda se reuniam para as refeições três vezes ao dia à mesma hora, embora fosse apenas porque isso tornava o racionamento mais simples. Os artigos de luxo tinham desaparecido depressa. Depois da primeira semana, não havia mais café; na segunda, estavam quase sem chá. A solução foi diluí-lo cada vez mais até que estivessem bebendo nada além de uma água ligeiramente colorida. Não havia leite nem açúcar. Meghana argumentou que eles deveriam gastar as últimas colheres em uma xícara de chá preparada da maneira correta, mas a professora Craft discordou com veemência.

— Eu posso abrir mão do leite — comentou ela. — Mas não posso abrir mão do chá.

***

Victoire foi a âncora de Robin durante aquela semana.

Ela estava furiosa com ele, Robin sabia. Passaram os dois primeiros dias juntos em um silêncio relutante — mas ainda assim juntos, porque precisavam um do outro para se consolar. Passavam horas na janela do sexto andar, sentados ombro a ombro no chão. Ele não insistiu em seu argumento. Ela não fez nenhuma recriminação. Não havia mais nada a dizer. O curso tinha sido definido.

No terceiro dia, o silêncio se tornou insuportável, então eles começaram a conversar: sobre coisas sem importância a princípio, depois sobre tudo o que viesse à mente. Às vezes, relembravam velhas histórias de Babel, dos anos dourados antes de tudo virar de ponta-cabeça. Outras vezes, suspendiam a realidade, conseguiam esquecer tudo o que havia acontecido e tagarelavam sobre os tempos de faculdade como se o assunto mais importante fosse se Colin Thornhill e os gêmeos Sharp iam chegar às vias de fato por causa da bela irmã de Bill Jameson, que tinha ido visitá-lo.

Quatro dias se passaram até que eles finalmente conseguiram tocar no assunto Letty.

Robin foi o primeiro. Letty permanecera no fundo da memória de ambos como uma ferida purulenta em que não ousavam tocar, e ele não conseguia mais ficar dando voltas em torno do assunto. Queria pegar uma faca em brasa e enfiá-la na ferida.

— Você acha que ela estava destinada a se voltar contra nós? — perguntou ele. — Acha que foi difícil para ela, o que ela fez?

Victoire não precisou perguntar a quem ele se referia.

— Foi como um exercício de esperança — respondeu ela após uma pausa. — Quer dizer, amá-la... Às vezes eu achava que ela ia mudar de ideia. Às vezes eu a olhava nos olhos e achava que estava vendo uma amiga de verdade. Então ela dizia alguma coisa, fazia algum comentário espontâneo, e todo o ciclo começava outra vez. Era como despejar areia em uma peneira. Nada ficava.

— Acha que tem alguma coisa que você poderia ter dito que seria capaz de fazê-la mudar de ideia?

— Não sei — murmurou Victoire. — E você?

A mente de Robin fez o que sempre fazia: invocou um caractere chinês no lugar do pensamento que ele temia.

— Quando penso na Letty, penso no caractere *xì*. — Ele o desenhou no ar para ela: 隙 — Costuma ser mais usado com o significado de "uma rachadura ou uma fissura", mas em textos clássicos chineses também significa "um rancor ou uma rivalidade". Há rumores de que o imperador Qing mandou instalar uma barra gravada com o par de equivalentes *xì* e *feud*, rivalidade, sob um mural de pedra da linhagem imperial. E quando aparecem rachaduras, isso quer dizer que alguém está tramando contra ele. — Robin engoliu em seco. — Eu acho que essas rachaduras sempre estiveram lá. Acho que não havia nada que nós pudéssemos ter feito em relação a elas. E bastou um pouco de pressão para que tudo desmoronasse.

— Você acha que ela se ressentia tanto assim de nós?

Robin fez uma pausa, ponderando sobre o peso e o impacto de suas palavras.

— Eu acho que ela o matou de propósito.

Victoire o observou por um longo momento antes de perguntar:

— Por quê?

— Acho que ela o queria morto — continuou ele com a voz rouca. — Dava para ver no rosto dela... Ela não estava com medo, sabia o que estava fazendo, poderia ter apontado a arma para qualquer um de nós, mas sabia que era o Ramy que ela queria.

— Robin...

— Ela o amava, sabe? — falou ele. As palavras jorravam como uma torrente agora; as comportas tinham se rompido e as águas não podiam mais ser contidas. Não importava quão devastador, quão trágico fosse, Robin precisava dizer aquilo em voz alta, tinha que dividir com alguém o peso daquela terrível, terrível suspeita. — Ela me disse, na noite do baile... Passou quase uma hora chorando no meu ombro porque queria dançar com ele, e o Ramy nem olhava para ela. Ele nunca olhou para ela, ele não... — Robin teve que parar; as lágrimas ameaçavam sufocá-lo.

Victoire segurou o pulso dele.

— Ah, Robin.

— Imagine só — continuou ele. — Um homem marrom rejeita uma rosa inglesa. A Letty não conseguiu suportar isso. A humilhação. — Ele enxugou os olhos com a manga. — Então ela o matou.

Victoire ficou em silêncio por um longo tempo. Olhava para a cidade em ruínas, pensando. Por fim, tirou um pedaço de papel amassado do bolso e o colocou na mão dele.

— Você deveria ficar com isto.

Robin desdobrou o papel. Era o retrato em daguerreótipo dos quatro, dobrado e redobrado tantas vezes que finas linhas brancas atravessavam a imagem. Mas os rostos estavam impressos com muita clareza. Letty, olhando fixamente, orgulhosa, a expressão um pouco tensa depois de tanto tempo imóvel. As mãos de Ramy pousadas com afeto nos ombros dela e de Victoire. O meio sorriso de Victoire; o queixo inclinado para baixo, os olhos erguidos e luminosos. Sua própria timidez desajeitada. O sorriso de Ramy.

Ele respirou fundo. Sentiu um aperto no peito, como se suas costelas estivessem se contraindo, espremendo seu coração como um torno. Não tinha se dado conta de que ainda podia sofrer tanto.

Quis rasgar o retrato em pedaços. Mas era a única lembrança que restava de Ramy.

— Eu não sabia que você tinha guardado.

— A Letty ficou com ele — explicou Victoire. — Ela o mantinha emoldurado no nosso quarto. Eu o tirei da moldura na noite anterior à festa no jardim. Acho que ela não percebeu.

— Nós parecemos tão jovens… — Robin ficou admirado com as expressões deles. Parecia que uma vida inteira havia se passado desde que tinham posado para aquele daguerreótipo. — Nós parecemos crianças.

— Nós éramos felizes nessa época. — Victoire olhou para baixo, os dedos traçando os rostos desbotados. — Eu pensei em queimar esse retrato, sabe? Eu queria ter essa satisfação. No Castelo de Oxford, eu não parava de olhar para ele, de estudar o rosto dela, tentando enxergar… enxergar a pessoa que fez aquilo com a gente. Mas quanto mais eu olho, mais eu… Eu só sinto pena dela. É perverso, mas, do ponto de vista dela, a Letty deve achar que foi ela quem perdeu tudo. Ela era tão solitária… Tudo o que queria era um grupo de amigos, pessoas que conseguissem entender o que ela havia passado. E pensou que finalmente tinha encontrado isso em nós. — Victoire respirou fundo. — E acho que, quando tudo desmoronou… acho que ela se sentiu tão traída quanto nós.

Ibrahim, eles perceberam, passava muito tempo escrevendo em um caderno com capa de couro.

— É um relato — respondeu ele quando questionado. — Do que aconteceu dentro da torre. Tudo o que foi dito. Todas as decisões que foram tomadas. Tudo o que defendemos. Querem contribuir?

— Como coautores? — perguntou Robin.

— Como entrevistados. Me contem o que pensam. Eu deixo registrado.

— Talvez amanhã.

Robin estava muito cansado e, por algum motivo, a visão daquelas páginas cheias de rabiscos o encheu de pavor.

— Eu só quero ser minucioso — comentou Ibrahim. — Já tenho as declarações da professora Craft e dos colegas de pós-graduação. Só pensei que... bem, se tudo isso terminar mal...

— Você acha que nós vamos perder — disse Victoire.

— Eu acho que ninguém sabe como isso vai terminar — rebateu Ibrahim. — Mas sei o que eles vão dizer sobre nós se as coisas acabarem mal. Quando aqueles estudantes morreram nas barricadas em Paris, todo mundo se referiu a eles como heróis. Mas se morrermos aqui, ninguém vai pensar que somos mártires. E só quero ter certeza de que exista algum registro nosso, um registro que não nos retrate como vilões. — Ibrahim olhou para Robin. — Mas você não gosta deste projeto, não é?

Será que ele estava com uma expressão furiosa? Robin modificou rapidamente suas feições.

— Eu não disse isso.

— Você parece sentir repulsa.

— Não, me desculpe, eu só... — Robin não sabia por que tinha tanta dificuldade de juntar as palavras. — Acho que não gosto de pensar em nós como história quando ainda nem deixamos uma marca no presente.

— Nós já deixamos a nossa marca — disse Ibrahim. — Já estamos nos livros de história, para o bem ou para o mal. Isto aqui é uma chance de intervirmos contra os arquivos, não acha?

— Que tipo de coisa você está incluindo? — quis saber Victoire. — Só as linhas gerais? Ou observações pessoais?

— O que preferirem — respondeu Ibrahim. — Podem me dizer o que comeram no café da manhã, se quiserem. Como passam o tempo. Mas estou mais interessado, é claro, em como todos nós chegamos até aqui.

— Imagino que você queira saber sobre a Hermes — concluiu Robin.

— Eu quero saber tudo o que você estiver disposto a me contar.

Robin sentiu um peso imenso no peito. Queria começar a falar, despejar tudo o que sabia e preservá-lo à tinta, mas as palavras morriam em sua língua. Ele não sabia como explicar que o problema não era a existência do registro em si, mas o fato de que não era o bastante, de que era uma intervenção tão insuficiente contra os arquivos públicos que parecia não fazer o menor sentido.

Havia muito a dizer. Ele não sabia por onde começar. Nunca tinha parado para pensar na lacuna da história escrita em que eles existiam nem na extensão opressiva de narrativas aviltantes contra as quais lutavam, e, agora que tinha parado para pensar, parecia intransponível. Os registros estavam em branco. Não existia nenhuma crônica da Sociedade Hermes, exceto aquela. A Hermes havia operado como as melhores sociedades clandestinas, apagando a própria história ao mesmo tempo que mudava a da Grã-Bretanha. Ninguém ia celebrar suas conquistas. Ninguém sequer saberia o que eles tinham sido.

Robin pensou na Velha Biblioteca, destruída e desmantelada, em todas as pilhas de pesquisas trancadas e escondidas para sempre em algum lugar. Pensou no envelope transformado em cinzas; nas dezenas de integrantes da Hermes que nunca haviam sido contatados, que talvez nunca soubessem o que acontecera. Pensou em todos os anos que Griffin tinha passado no exterior — lutando, combatendo, se insurgindo contra um sistema que era infinitamente mais poderoso do que ele. Robin nunca ia saber a verdadeira dimensão do que seu irmão havia feito, o que ele havia sofrido. Tanta história apagada.

— Isso só me assusta — admitiu ele. — Eu não quero que isso seja tudo o que nós fomos.

Ibrahim acenou com a cabeça para o caderno.

— Vale a pena deixar pelo menos uma parte registrada, então.

— É uma boa ideia. — Victoire se sentou. — Eu vou contribuir. Pode me perguntar o que quiser. Vamos ver se conseguimos mudar a opinião de algum futuro historiador.

— Talvez nós sejamos lembrados como os Mártires de Oxford — sugeriu Ibrahim. — Talvez ergam um monumento em nossa homenagem.

— Os Mártires de Oxford foram julgados por heresia e queimados na fogueira — retrucou Robin.

— Ah — disse Ibrahim, os olhos brilhando. — Mas Oxford é uma universidade anglicana agora, não é?

Nos dias que se seguiram, Robin se perguntou se o que eles tinham sentido naquela noite fora uma sensação compartilhada de mortalidade semelhante ao que os soldados vivenciavam nas trincheiras, durante a guerra. Porque era guerra o que estava sendo travado naquelas ruas. A Ponte de Westminster não havia desabado, ainda não, mas os acidentes continuavam e a escassez se intensificava. A paciência de Londres estava se esgotando. O público exigia retaliação, exigia ação, de uma forma ou de outra. E como o Parlamento não votava contra a invasão da China, eles só aumentaram a pressão sobre o Exército.

Ao que parecia, os soldados haviam recebido ordens para não atacar a torre, mas tinham permissão para atirar nos acadêmicos quando tivessem a oportunidade. Robin parou de se aventurar do lado de fora quando um encontro com Abel Goodfellow foi interrompido por uma rajada de tiros. Em certa ocasião, uma janela se estilhaçou ao lado da cabeça de Victoire enquanto ela procurava um livro em uma das estantes. Todos se jogaram no chão e rastejaram até o porão, onde ficavam protegidos por paredes por todos os lados. Mais tarde, encontraram uma bala alojada na prateleira logo atrás de onde ela estava.

— Como isso é possível? — perguntou a professora Craft. — Nada penetra essas janelas. Nada atravessa essas paredes.

Curioso, Robin examinou a bala: grossa, deformada e anormalmente fria ao toque. Ele a ergueu contra a luz e viu uma fina faixa de prata revestindo a base do cartucho.

— Acho que o professor Playfair pensou em alguma solução.

Isso aumentava os riscos. Babel não era impenetrável. Aquilo não era mais uma greve, mas um cerco. Se os soldados rompessem as barricadas, se soldados empunhando as invenções do professor Playfair chegassem à porta da frente, a greve estaria efetivamente encerrada. A professora Craft e o professor Chakravarti tinham substituído as proteções do professor Playfair na primeira noite que eles passaram na torre, mas até eles admitiram que não eram tão bons naquilo quanto ele; não sabiam ao certo quão bem suas defesas iam resistir.

— Vamos ficar longe das janelas de agora em diante — sugeriu Victoire.

Até aquele momento, as barricadas estavam resistindo, embora do lado de fora as escaramuças tivessem se tornado mais violentas. De início, os grevistas de Abel Goodfellow tinham travado uma guerra puramente defensiva de trás das barricadas. Reforçavam as estruturas, mantinham linhas de abastecimento, mas não provocavam os soldados. Mas as ruas haviam se tornado sangrentas. Agora, os soldados atiravam com regularidade contra aqueles que estavam atrás das barricadas, e estes, por sua vez, revidavam. Produziam dispositivos incendiários com pano, óleo e garrafas e os lançavam contra os acampamentos do Exército. Escalavam os telhados da Biblioteca Radcliffe e da Bodleiana, de onde atiravam pedras do calçamento e derramavam água fervente nas tropas lá embaixo.

Não deveria ter sido uma luta tão equilibrada, civis contra soldados. Teoricamente, Abel e seus companheiros não deveriam ter durado uma semana, mas muitos deles eram veteranos, homens que haviam sido dispensados de um Exército que entrou em declínio após a derrota de Napoleão. Sabiam onde encontrar armas. E sabiam o que fazer com elas.

Os tradutores ajudaram. Victoire, que vinha lendo avidamente a literatura dissidente francesa, compôs o par de equivalentes *élan-energy* (ímpeto-

-energia); *élan* trazia conotações de um zelo revolucionário particular dos franceses e remontava ao latim *lancea*, que significa "lançar". O par de equivalentes criava uma associação com arremesso e impulso, e era essa distorção latente em relação à palavra inglesa *energy* que ajudava os projéteis dos que lutavam atrás das barricadas a voar mais longe, acertar com mais exatidão o alvo e causar mais estrago do que tijolos e pedras do calçamento deveriam ser capazes de causar.

Eles experimentaram algumas ideias mais ousadas que não renderam frutos. A palavra *seduce* (seduzir) veio do latim *seducere*, que significa "desencaminhar", de onde surgiu a definição do fim do século XV "persuadir alguém a abandonar sua lealdade". Isso parecia promissor, mas eles não conseguiram pensar em uma maneira de produzir esse efeito sem enviar as mulheres para a linha de frente, o que ninguém estava disposto a sugerir, ou vestir os homens de Abel com roupas femininas, artifícios cujas chances de funcionar eram quase nulas. Havia também a palavra alemã *Nachtmahr*, uma palavra agora raramente usada para "pesadelo" e que também se referia a uma entidade maligna que se sentava no peito da pessoa enquanto ela dormia. Alguns experimentos provaram que esse par de equivalentes tornava os pesadelos piores, mas parecia incapaz de induzi-los.

Certa manhã, Abel apareceu no saguão com vários objetos compridos e finos envoltos em pano.

— Algum de vocês sabe atirar? — perguntou ele.

Robin se imaginou apontando um daqueles rifles para um corpo vivo e puxando o gatilho. Não tinha certeza de que fosse capaz de fazê-lo.

— Não muito bem.

— Não com isso — acrescentou Victoire.

— Então deixem alguns dos meus homens entrarem — pediu Abel. — Vocês têm algumas das melhores posições estratégicas da cidade. É uma pena não as usarem.

Dia após dia, as barricadas resistiam. Robin achava incrível que elas não sucumbissem sob o peso dos tiros de canhão quase constantes, mas Abel estava confiante de que elas poderiam resistir indefinidamente, desde que eles continuassem reunindo novos materiais para reforçar as partes danificadas.

— É porque nós construímos a estrutura em forma de V — explicou ele. — As balas de canhão atingem a parte mais protuberante, o que faz com que o material fique apenas mais compactado.

Robin se mostrou cético.

— Mas elas não vão durar para sempre.

— Não, talvez não.

— E o que vai acontecer quando eles entrarem aos montes? — questionou Robin. — Vocês vão fugir? Ou vão ficar e lutar?

Abel se manteve em silêncio por um momento. Então disse:

— Nas barricadas francesas, os revolucionários marchavam até os soldados com a camisa aberta e gritavam para eles atirarem, se tivessem coragem.

— E eles atiravam?

— Às vezes. Às vezes, eles os matavam na mesma hora. Mas outras vezes... Bem, pense a respeito. Você está olhando alguém nos olhos. Essa pessoa tem aproximadamente a sua idade, ou menos. É da mesma cidade. É bem possível que seja até do mesmo bairro. E que você a conheça ou enxergue no rosto dela alguém que poderia conhecer. Você apertaria o gatilho?

— Acho que não — admitiu Robin, embora uma voz em sua mente tenha sussurrado: *A Letty apertou.*

— A consciência de todo soldado tem um limite — afirmou Abel. — Imagino que eles vão tentar nos prender. Mas atirar em moradores da cidade? Realizar um massacre? Não tenho tanta certeza. De todo modo, vamos forçar essa ruptura. E ver o que acontece.

*Em breve tudo isso vai estar terminado.* Eles tentavam se tranquilizar à noite, enquanto olhavam para a cidade e viam a luz das tochas e dos tiros de canhão brilhando intensamente. Só precisavam aguentar até sábado. O Parlamento não ia conseguir sustentar aquela situação por mais tempo do que eles. Não podiam deixar que a Ponte de Westminster desabasse.

Então, o tempo todo, surgia a estranha e hesitante tentativa de imaginar sobre como seria um cessar-fogo. Será que deveriam elaborar um contrato com os termos da anistia? Yusuf se encarregou disso, redigindo um tratado que os salvava da forca. Quando a torre voltasse a funcionar normalmente, será que fariam parte dela? Como ia ser o trabalho acadêmico na era após o império, quando eles sabiam que as reservas de prata da Grã-Bretanha iam diminuir até que não restasse mais nada? Nunca haviam considerado essas questões antes, mas agora que o desfecho da greve estava no fio da navalha, seu único conforto era tentar prever o futuro com o máximo de detalhes possível.

Mas Robin não conseguia. Não suportava aquelas conversas; se retirava sempre que elas começavam.

Não havia futuro sem Ramy, sem Griffin, sem Anthony, Cathy, Ilse e Vimal. Para ele, o tempo havia parado quando a bala de Letty foi disparada da câmara do revólver. Tudo o que restava agora eram as consequências. O que ia acontecer depois não cabia a ele enfrentar. Robin só queria que tudo aquilo tivesse um fim.

Victoire o encontrou no telhado, abraçando os joelhos junto ao peito, se balançando para a frente e para trás ao som dos tiros. Ela se sentou ao lado dele.

— Ficou entediado com a terminologia jurídica?

— Parece um jogo — disse Robin. — Parece absurdo… e eu sei que toda essa história foi absurda desde o começo, mas isto… falar sobre depois… parece só um exercício de fantasia.

— Você tem que acreditar que existe um depois — murmurou ela. — Eles acreditavam.

— Eles eram melhores do que nós.

— Eram. — Ela se enroscou em torno do braço dele. — Mas as coisas ainda assim acabaram nas nossas mãos, não foi?

# Capítulo Trinta

A Ponte de Westminster caiu.*

---

*

Londres dormia quando a ponte caiu. Londres estava quieta e inconsciente; estava, como Wordsworth escreveu, “toda luminosa e cintilante no ar límpido”; vestia como um traje “a beleza da manhã; silenciosa, nua”.

Mais tarde, os moradores de Oxford alegariam que também souberam o momento em que a Ponte de Westminster caiu — apesar de as duas cidades ficarem a mais de cento e cinquenta quilômetros uma da outra e de não haver nenhuma construção alta o bastante para que vissem Londres a essa distância. Fosse como fosse, dezenas de testemunhas afirmaram — talvez devido a uma alucinação coletiva, ou a um efeito invisível das hastes de ressonância — ter ouvido quando ela ruiu antes de desmoronar.

“Foi uma sensação terrível, que dilacerou nossas entranhas”, disse o professor Harrison Lewis, do Departamento de Filosofia Natural da Merton College. “Um pavor intenso. Nós sabíamos que algo estava para acontecer, mas só mais tarde descobrimos o quê.”

Relatos de testemunhas oculares na própria Londres descreveram o acontecimento como um grande estrondo.

“Foi como se as pedras estivessem gritando”, comentou a sra. Sarah Harris, lavadeira. “Elas pareciam estar dizendo para nos afastarmos, e Deus sabe que eu obedeci.”

Tratava-se de uma cidade acostumada a pontes em mau estado de conservação, é bom lembrar. A Ponte de Londres já havia ficado inutilizável pelo menos três vezes em sua história: uma vez por causa do gelo e muitas vezes por causa do fogo. Mas, apesar das canções, ela só havia desabado parcialmente. Nunca tinha caído por completo na água.

A Ponte de Westminster caiu.

“Foi de uma vez só”, afirmou o sr. Monks Creedy, limpador de chaminés. “Num momento ela estava suspensa no ar. E no momento seguinte, não estava mais.”

A ponte não caiu sem aviso. Testemunhas oculares relataram que antes do acontecimento as pedras rugiram por vinte minutos, o que deu à maioria dos pedestres tempo de fugir para uma das extremidades. Dois navios a vapor estavam passando por baixo da ponte quando os estrondos começaram, e ambos tentaram sair às pressas: um dando ré e o outro, acelerando para a frente.

O resultado foi um engavetamento que deixou os dois navios e muitas outras embarcações presas bem debaixo da ponte.

"Foi como Jericó quando as muralhas caíram", contou o sr. Martin Green, advogado. "Muito organizado. Como se tudo tivesse acontecido ao toque de uma trombeta invisível."

O número de vítimas permanece indefinido, pois há a quantidade incerta de pedestres que estavam na ponte no momento do colapso (pelo menos sessenta e três, incluindo um membro do Parlamento que na realidade era contra a guerra), as vítimas que estavam nos navios abaixo e os que morreram nos acidentes fluviais que se seguiram.

"Eu vi uma senhora gritando na margem", relatou a sra. Sue Sweet, governanta. "Ela estava gritando para que uma casa flutuante fosse buscá-la. Só que a casa estava muito longe e, quando a senhora pensou em correr, as pedras já estavam sobre ela."

Quando questionada se achava que a queda da Ponte de Westminster poderia promover a causa dos tradutores, a sra. Sweet respondeu: "Não. Eu não acho que eles fizeram isso. Nenhum homem seria capaz de fazer isso. Algo assim só pode ser obra de Deus."

# Capítulo Trinta e Um

A Ponte de Westminster caiu, e Oxford entrou em guerra declarada.

Todos estavam reunidos em torno da máquina do telégrafo, esperando ansiosamente por uma atualização, quando um dos homens armados veio correndo do andar de cima e recuperou o fôlego antes de anunciar:

— Mataram uma garota.

Eles o seguiram até o telhado. A olho nu, Robin podia ver uma comoção ao norte, em Jericho, um movimento frenético da multidão, mas precisou de um momento ajustando um dos telescópios até conseguir focar no alvo dos homens armados.

Soldados e trabalhadores haviam acabado de trocar tiros na barricada de Jericho, contou o atirador. Em geral, isso não dava em nada: tiros de advertência ecoavam pela cidade o tempo todo, e os lados costumavam se revezar atirando antes de recuar para trás das barricadas. Simbólico; tudo deveria ser simbólico. Mas daquela vez um corpo havia tombado.

A lente do telescópio revelou uma quantidade surpreendente de detalhes. A vítima era jovem, branca, de cabelos claros e bonita, e o sangue que brotava de sua barriga manchava o chão de um escarlate vívido e inconfundível. Sobre o calçamento cinza, parecia uma bandeira.

Ela não estava usando calças. As mulheres que haviam se juntado às barricadas geralmente usavam calças. Mas essa usava um xale e uma saia esvoaçante, além de uma cesta virada para cima que ainda pendia de seu braço esquerdo. Talvez estivesse indo comprar mantimentos. Talvez estivesse a caminho de casa, onde a esperavam um marido, os pais, filhos.

Robin endireitou a postura.

— Isso foi…

— Não fomos nós — disse o outro atirador. — Veja o ângulo. Ela estava se afastando das barricadas. Não foi um dos nossos, estou lhe dizendo.

Gritos vieram do andar de baixo. Tiros passaram zunindo acima da cabeça deles. Assustados, eles desceram correndo as escadas de volta para a segurança da torre.

Reuniram-se no porão, se encolhendo, nervosos, e olhando ao redor como crianças assustadas que tivessem acabado de fazer uma grande besteira. Aquela era a primeira baixa civil das barricadas, e era significativa. Um limite fora violado.

— Acabou — disse a professora Craft. — É uma guerra aberta em solo inglês. Isso tudo precisa ter um fim.

Um debate se iniciou.

— Mas não foi nossa culpa — disse Ibrahim.

— Eles não dão a mínima se a culpa é nossa — argumentou Yusuf. — Nós começamos...

— Então vamos nos render? — quis saber Meghana. — Depois de tudo? Nós vamos simplesmente parar?

— Nós não vamos parar — garantiu Robin. A força de sua voz o surpreendeu. Vinha de algum lugar além dele. Parecia de alguém mais velho; parecia a de Griffin. E devia ter ressoado, porque as outras vozes se silenciaram e todos os rostos se voltaram para ele, assustados, ansiosos, esperançosos. — Este é o momento em que a maré vai virar. Essa foi a coisa mais tola que eles poderiam ter feito. — O sangue fazia sua cabeça latejar. — Antes, toda a cidade estava contra nós, vocês não veem? E agora o Exército cometeu um erro. Eles atiraram em um dos moradores da cidade. Não há como voltar atrás. Vocês acham que Oxford vai apoiar o Exército agora?

— Se você estiver certo — falou a professora Craft lentamente —, então as coisas estão prestes a ficar muito piores.

— Ótimo — respondeu Robin. — Contanto que as barricadas aguentem.

Victoire o observava com os olhos semicerrados, e ele sabia do que ela suspeitava: de que aquilo não estivesse pesando em sua consciência, de que ele não estivesse nem de longe tão angustiado quanto os outros.

Bem, por que não admitir? Ele não tinha vergonha. Estava certo. Aquela garota, quem quer que fosse, era um símbolo; ela provava que o império não tinha limites, que o império faria qualquer coisa para se proteger. *Vão em frente*, pensou ele; *façam isso de novo; matem mais deles; deixem as ruas vermelhas com o sangue do seu próprio povo. Mostrem a eles quem vocês são. Mostrem a eles que o fato de serem brancos não os salvará.* Ali estava, enfim, um crime imperdoável com um perpetrador evidente. O Exército tinha matado aquela jovem. E se Oxford queria vingança, só havia uma maneira de consegui-la.

Naquela noite, as ruas de Oxford explodiram com verdadeira violência. Os combates tiveram início no outro extremo da cidade, em Jericho, onde o sangue começou a ser derramado, espalhando-se de forma gradual à medida que surgiram mais e mais pontos de conflito. Os tiros de canhão eram constantes. A cidade inteira estava desperta em meio a gritos e tumultos, e Robin viu naquelas ruas mais pessoas do que jamais imaginara que vivessem em Oxford.

Os acadêmicos se agrupavam junto às janelas, espiando por entre as rajadas de disparos dos atiradores.

— Isso é insano — sussurrava a professora Craft sem parar. — Absolutamente insano.

*Insano* não era suficiente para dar conta do que estava acontecendo, pensou Robin. O inglês era insuficiente para descrever tudo aquilo. Sua mente se voltou para antigos textos chineses, para as expressões que eles empregavam para se referir a colapsos e alternâncias dinásticas. 天翻地覆; *tiānfāndìfù*. Os céus caíam e a terra desabava sobre si mesma. O mundo virava do avesso. A Grã-Bretanha estava derramando o próprio sangue, a Grã-Bretanha estava cortando a própria carne, e depois daquilo nada poderia voltar a ser como antes.

À meia-noite, Abel chamou Robin ao saguão.

— Acabou — disse ele. — Nós estamos chegando ao fim do caminho.

— Como assim? — questionou Robin. — Isso é bom para nós... eles provocaram a cidade inteira, não foi?

— Não vai durar — explicou Abel. — Eles estão com raiva agora, mas não são soldados. Não têm tenacidade. Eu já vi isso antes. Nas primeiras horas da madrugada, vão começar a voltar para casa. E acabei de receber uma notícia do Exército de que, ao amanhecer, eles vão começar a atirar em quem ainda estiver nas ruas.

— Mas e as barricadas? — perguntou Robin, desesperado. — Elas ainda estão de pé...

— Nós estamos no último círculo de barreiras. A High Street é tudo o que temos. Não há mais ilusão de civilidade. Eles vão romper as barricadas; não é uma questão de se, mas de quando. E a verdade é que nós somos uma revolta civil, e eles são um batalhão armado e treinado, com reforços de sobra. Se tomarmos a história como referência, e se isso se tornar uma batalha de verdade, nós vamos ser esmagados. Não queremos repetir o que aconteceu em Peterloo.* — Abel suspirou. — A ilusão de contenção não podia durar para sempre. Eu espero que a gente tenha ganhado tempo para vocês.

* O Massacre de Peterloo, em 1819, cujo principal efeito imediato foi provocar uma repressão violenta do governo contra as organizações radicais. A cavalaria avançou contra uma multidão que protestava, reivindicando representação parlamentar, e esmagou homens, mulheres e crianças sob seus cascos. Onze pessoas morreram.

— Eu acho que eles ficaram felizes em atirar em vocês no fim das contas — comentou Robin.

Abel lhe dirigiu um olhar triste.

— Eu acho que estar certo não faz a gente se sentir bem.

— Então… — Robin sentiu uma onda de frustração, mas se conteve; não era justo culpar Abel por aqueles acontecimentos, tampouco era justo pedir a ele que ficasse por mais tempo, quando o que ele ia enfrentar seria quase certamente a morte ou a prisão. — Obrigado, eu acho. Obrigado por tudo.

— Espere — disse Abel. — Eu não vim aqui apenas para anunciar que estamos abandonando vocês.

Robin deu de ombros. Tentou não soar magoado.

— Tudo vai acabar muito rápido sem as barricadas.

— Eu vim dizer que essa é a chance de vocês fugirem. Vamos começar a transportar as pessoas para longe antes que a troca de tiros fique realmente violenta. Alguns de nós vão ficar para defender as barricadas, e isso vai distraí-los por tempo suficiente para levarmos o restante para as colinas Cotswolds, pelo menos.

— Não — discordou Robin. — Não, obrigado, mas nós não podemos. Nós vamos ficar na torre.

Abel arqueou uma das sobrancelhas.

— Todos vocês?

O que ele queria dizer era: *Você pode tomar essa decisão? Você pode me dizer que todo mundo aqui dentro quer morrer?* E ele estava certo em perguntar, porque não, Robin não podia falar pelos sete acadêmicos restantes; na verdade, percebeu, ele não tinha ideia do que iam decidir fazer em seguida.

— Eu vou perguntar — disse Robin, arrependido. — Quanto tempo…

— Em uma hora — respondeu Abel. — Antes, se puderem. Eu prefiro não demorar.

Robin se preparou por um momento antes de voltar para cima. Não sabia como dizer aos outros que aquele era o fim. Seu rosto ameaçava sucumbir, revelando o menino assustado escondido atrás do fantasma do irmão mais velho. Tinha envolvido todas aquelas pessoas naquele último ato de resistência; não suportava a ideia de ter que encará-las quando lhes dissesse que estava tudo acabado.

Todos estavam no quarto andar, agrupados junto à janela leste. Robin se juntou a eles. Do lado de fora, soldados marchavam pelo gramado, avançando em um ritmo estranhamente hesitante.

— O que eles estão fazendo? — perguntou a professora Craft. — É um ataque?

— Era de se esperar que eles fossem atacar em maior número — disse Victoire.

Ela estava certa. Mais de uma dúzia de soldados tinham ficado parados na High Street, e apenas cinco prosseguiram pelo resto do caminho em direção à torre. Enquanto eles observavam, os soldados se afastaram e uma figura solitária atravessou suas fileiras até a última barricada que ainda restava.

Victoire respirou fundo.

Era Letty. Ela agitava uma bandeira branca.

# Capítulo Trinta e Dois

*She sate upon her Dobie,*
*To watch the Evening Star,*
*And all the Punkahs as they passed*
*Cried, 'My! How fair you are!'*

*Ela se sentou sobre o Dobie,**
*Para admirar a Estrela D'Alva,*
*E todos os Punkahs** ao passar*
*Exclamavam: "Nossa! Como é bela!"*

Edward Lear, *"The Cummerbund"*

Eles mandaram todos os outros para cima antes de abrirem a porta. Letty não estava ali para negociar com todo o grupo; eles não teriam enviado uma aluna de graduação para fazer isso. Aquilo era pessoal; Letty estava ali para um ajuste de contas.

— Deixe ela passar — disse Robin a Abel.

— Como assim?

— Ela está aqui para conversar. Diga a eles para deixarem ela passar.

Abel falou com um de seus homens, que correu pelo gramado para informar os combatentes que estavam nas barricadas. Dois deles subiram na barricada e se abaixaram. Um momento depois, Letty foi erguida por cima, depois baixada sem muita delicadeza do outro lado.

Ela atravessou o gramado, ombros curvados, a bandeira se arrastando pelo caminho atrás dela. Só ergueu os olhos quando os encontrou, na soleira.

— Olá, Letty — disse Victoire.

— Olá — murmurou Letty. — Obrigada por me receberem.

* Homem encarregado de lavar as roupas. (N. T.)

** Na época colonial, na Índia sob domínio britânico, *punkah* era um grande ventilador, fixado no teto, cujas engrenagens eram puxadas por um criado, chamado *punkah wallah*. (N. T.)

Ela parecia péssima. Decerto estava sem dormir; suas roupas estavam sujas e amarrotadas, tinha as faces encovadas e os olhos vermelhos e inchados de tanto chorar. A maneira como ela curvava os ombros, como se estivesse se encolhendo depois de um golpe, fazia com que parecesse muito pequena. E contrariando a si mesmo, apesar de tudo, a única coisa que Robin queria fazer naquele instante era abraçá-la.

Esse instinto o surpreendeu. Enquanto Letty se aproximava da torre, por um breve momento ele pensara em matá-la — se ao menos a morte dela não condenasse a todos, se ao menos ele pudesse colocar apenas sua própria vida em risco. Mas era muito difícil olhar para ela naquele momento e não ver uma amiga. Como era possível amar alguém que o havia magoado tanto? De perto, olhando-a nos olhos, ele teve dificuldade de acreditar que aquela Letty, a Letty deles, tinha feito o que ela fizera. Ela parecia tomada pela dor, vulnerável, a heroína infeliz de um conto de fadas terrível.

Mas essa, ele lembrou a si mesmo, era a vantagem da imagem que Letty representava. Naquele país, ela tinha um rosto e uma cor que inspiravam compaixão. Dentre eles, não importava o que acontecesse, apenas Letty poderia sair dali inocente.

Ele acenou com a cabeça para a bandeira dela.

— Veio se render?

— Eu vim negociar — respondeu ela. — Só isso.

— Então entre — disse Victoire.

Ao ser convidada, Letty entrou pela porta, que se fechou com força atrás dela.

Por um momento, os três apenas se entreolharam. Ficaram parados, indecisos, no meio do saguão, um triângulo instável. Aquilo parecia fundamentalmente errado. Sempre tinham sido quatro; sempre andavam em pares, um conjunto equilibrado, e a única coisa em que Robin conseguia pensar era na lancinante ausência de Ramy. Não eram eles mesmos sem Ramy; sem sua risada, seu raciocínio rápido e sagaz, suas mudanças repentinas nos rumos das conversas que faziam com que tivessem a sensação de estar equilibrando pratos. Eles não eram mais um grupo. Agora eram apenas um rastro.

— Por quê? — perguntou Victoire, em uma voz monocórdia.

Letty se encolheu, mas apenas um pouco.

— Eu tive que fazer aquilo — afirmou ela, com o queixo erguido, sem se deixar abalar. — Você sabe que era a única coisa que eu poderia ter feito.

— Não — disse Victoire. — Eu não sei.

— Eu não podia trair o meu país.

— Você não precisava nos trair.

— Vocês estavam nas garras de uma organização criminosa violenta — falou Letty. As palavras foram ditas com tanta tranquilidade que Robin só podia presumir que tivessem sido ensaiadas. — E a menos que eu fingisse que concordava com vocês, a menos que eu fingisse cooperar, não sabia como sairia viva de lá.

Ela realmente acreditava naquilo?, perguntou-se Robin. Teria sido assim que sempre os tinha visto? Ele não conseguia acreditar que aquelas palavras estavam saindo de sua boca, que aquela era a mesma garota que uma vez tinha ficado acordada até tarde com eles, rindo até as costelas doerem. Apenas o chinês tinha um caractere que resumia o quanto simples palavras podiam machucar: 刺, *cì*, o caractere para "espinhos", "punhaladas", "críticas". Um caractere muito flexível. Em uma expressão, 刺言, 刺語, significava "palavras farpadas e contundentes". 刺 podia significar "incitar". 刺 também podia significar "assassinar".

— Então por que está aqui? — perguntou Robin. — O Parlamento cansou?

— Ah, Robin. — Letty dirigiu a ele um olhar melancólico. — Vocês têm que se render.

— Receio que não seja assim que as negociações funcionam, Letty.

— Eu estou falando sério. Estou tentando avisá-los. Eles nem queriam que eu viesse aqui, mas eu implorei, escrevi para o meu pai, fiz tudo que pude.

— Nos avisar sobre o quê? — indagou Victoire.

— Eles vão invadir a torre ao amanhecer. E vão destruir a resistência de vocês com armas. Não vão mais esperar. Acabou.

Robin cruzou os braços.

— Boa sorte para eles na tentativa de recuperar a cidade, então.

— Mas é justamente isso — disse Letty. — Eles não atacaram antes porque acharam que poderiam vencer vocês pela fome. Eles não querem vocês mortos. Acreditem ou não, eles não gostam de atirar em acadêmicos. Vocês todos são muito úteis, você está certo a esse respeito. Só que o país não aguenta mais. Vocês os levaram ao limite.

— Parece que a coisa lógica a se fazer seria concordar com as nossas exigências, então — sugeriu Victoire.

— Vocês sabem que eles não podem fazer isso.

— Então eles vão destruir a própria cidade?

— Vocês acham que o Parlamento se importa com o que vocês destroem? — perguntou Letty, impaciente. — Aqueles homens não dão a mínima para o que vocês estão fazendo com Oxford ou com Londres. Eles riram quando as luzes se apagaram e riram quando a ponte caiu. Aqueles homens *querem* a cidade destruída. Acham que ela cresceu demais e ficou difícil de gerir, que os bairros pobres, sujos e miseráveis estão avançando sobre as áreas civilizadas. E vocês sabem que são os pobres que mais vão sofrer. Os ricos podem ir para o campo e ficar em suas propriedades de verão, onde terão ar puro e água limpa até a primavera. Os pobres vão morrer aos montes. Ouçam, vocês dois. As pessoas que comandam este país estão mais preocupadas com o orgulho do Império Britânico do que com meras inconveniências, e preferem deixar a cidade desmoronar a se curvarem às exigências do que consideram ser um punhado de… de babélicos.

— Diga o que você realmente quer dizer — exigiu Victoire.

— De estrangeiros.

— É um belo senso de orgulho — provocou Robin.

— Eu sei — respondeu Letty. — Eu cresci com isso. Sei quão profundamente entranhado ele está. Acreditem em mim. Vocês não fazem ideia do quanto eles estão dispostos a sacrificar em nome desse orgulho. Aqueles homens deixaram a Ponte de Westminster cair. Com o que mais vocês podem ameaçá-los?

Fez-se silêncio. A Ponte de Westminster era o trunfo deles. O que mais poderiam fazer?

— Então você quer nos convencer a morrer — concluiu Victoire.

— Não — disse Letty. — Eu quero salvar vocês.

Ela piscou e, de repente, as lágrimas traçaram duas linhas finas e claras em seu rosto. Aquilo não era atuação; eles sabiam que Letty não sabia atuar. Ela estava arrasada, verdadeiramente destroçada. Ela os amava; Robin não duvidava. Pelo menos, acreditava mesmo que os amava. Letty os queria sãos e salvos, só que a versão dela de uma resolução bem-sucedida era colocá-los atrás das grades.

— Eu não queria nada disso — prosseguiu ela. — Só queria que as coisas voltassem a ser como antes. Nós tínhamos um futuro juntos, todos nós.

Robin conteve uma risada.

— O que você imaginava? — perguntou ele, baixinho. — Que nós íamos continuar comendo biscoito de limão juntos enquanto a Grã-Bretanha declarava guerra às nossas pátrias?

— Não são as pátrias de vocês — disse Letty. — Não têm que ser.

— *Têm* que ser, sim — rebateu Victoire. — Porque nós nunca vamos ser britânicos. Como pode você ainda não ter entendido? Essa identidade é vedada para nós. Nós somos estrangeiros porque esta nação nos marcou assim, e se vamos ser punidos dia após dia por nossos laços com nossa terra natal, então é melhor defendê-la. Não, Letty, não podemos continuar com essa fantasia. A única pessoa que pode fazer isso é você.

O rosto de Letty se contraiu.

A trégua tinha acabado; as barreiras estavam erguidas; eles a haviam lembrado do motivo por que ela os abandonara, e o motivo era que ela nunca poderia realmente ser um deles. E se não podia pertencer a um lugar, Letty preferia destruí-lo.

— Vocês sabem que se eu sair daqui com uma negativa, eles virão preparados para matar todos vocês…

— Mas eles não podem fazer isso. — Victoire olhou para Robin, como se quisesse uma confirmação. — A base dessa greve é o fato de que eles precisam de nós; não podem arriscar nos perder.

— Por favor, entendam. — A voz de Letty ficou mais firme. — Vocês deram a eles uma imensa dor de cabeça. Estão de parabéns. Mas, no fim das contas, são dispensáveis. Todos vocês. Perdê-los seria um pequeno contratempo, mas o projeto imperial envolve mais do que um pequeno grupo de acadêmicos. E vai se estender por mais do que algumas décadas. A Grã-Bretanha está tentando alcançar o que nenhuma outra civilização conseguiu ao longo de toda a história, e se acabar com vocês representa um atraso temporário, que seja. Eles vão formar novos tradutores.

— Não vão — insistiu Robin. — Ninguém vai trabalhar para eles depois disso.

Letty zombou.

— Claro que vai. Nós sabíamos muito bem o que eles estavam fazendo, não sabíamos? Eles nos contaram logo no primeiro dia. E mesmo assim amávamos este lugar. Eles *sempre* vão conseguir encontrar novos tradutores. Vão reaprender o que perderam. E vão continuar, porque ninguém mais vai estar lá para detê-los.

Letty segurou a mão de Robin. O gesto foi tão repentino, tão chocante que ele não teve tempo de se desvencilhar. A pele dela estava gelada, e Letty apertava com tanta força que ele teve medo de que ela fosse quebrar seus dedos.

— Você não pode mudar as coisas se estiver morto, Rob — acrescentou ela.

Ele a afastou com força.

— Não me chame de Rob.

Ela fingiu não ouvir.

— Não percam de vista seu objetivo final. Se quiserem consertar o Império, é melhor fazer isso trabalhando dentro dele.

— Como você está fazendo? — perguntou Robin. — Como Sterling Jones fez?

— Pelo menos nós não somos procurados pela polícia. Pelo menos nós temos liberdade para agir.

— Você acha que as coisas vão mudar algum dia, Letty? Quero dizer, você já parou para pensar no que vai acontecer se vocês vencerem?

Ela deu de ombros.

— Nós vamos vencer uma guerra rápida e sem corpos. E depois disso, vamos ficar com toda a prata do mundo.

— E depois? Suas máquinas vão ficar mais rápidas. Os salários vão cair. A desigualdade vai se aprofundar. A pobreza vai aumentar. Tudo o que o Anthony previu vai acontecer. Os banquetes vão ser insustentáveis. E aí?

— Acho que vamos deixar para cruzar essa ponte quando chegarmos a ela. — Letty fez uma careta. — Por assim dizer...

— Não vão — disse Robin. — Porque não existe solução. Vocês estão em um trem do qual não podem saltar, será que não entende? Isso não vai acabar bem para ninguém. Libertação para nós significa libertação para vocês também.

— Ou — interpôs Letty — o trem vai continuar avançando cada vez mais rápido, e nós vamos permitir, porque se ele vai deixar todos para trás, é melhor estarmos dentro dele.

Não havia como argumentar. Mas, se fossem honestos consigo mesmos, nunca fora possível argumentar com Letty.

— Não vale a pena — continuou ela. — Todos aqueles corpos nas ruas... e para quê? Para *provar um ponto*? A retidão ideológica é ótima, mas, por Deus, Robin, vocês estão deixando as pessoas morrerem por uma causa que devem saber que está fadada ao fracasso. Vocês *vão* fracassar — acrescentou ela, implacável. — Vocês não têm gente suficiente. Não têm o apoio da população, não têm os votos nem a força de que precisam. Vocês não fazem ideia de como o Império está determinado a recuperar sua prata. Acham que estão preparados para fazer sacrifícios? Eles estão dispostos a fazer *qualquer coisa* para acabar com vocês. Devem saber que eles não planejam perder todos vocês. Só precisam matar alguns. Vão levar os outros para a prisão e em seguida vão acabar com a greve.

"Me digam uma coisa... se vocês tivessem acabado de ver seus amigos morrerem, se tivessem apontado uma arma para sua cabeça, vocês não voltariam ao trabalho? Eles já prenderam o professor Chakravarti. E vão torturá-lo até ele cooperar. Vamos, me digam: na hora da verdade, quantas pessoas nesta torre vão se manter fiéis aos seus princípios?"

— Nem todo mundo é tão covarde quanto você — alfinetou Victoire. — Eles estão aqui, não? Estão com a gente.

— Eu vou perguntar de novo. Quanto tempo vocês acham que isso vai durar? Eles ainda não perderam nenhum dos seus. Como acham que vão se sentir quando o primeiro cadáver da sua revolução tombar? Quando houver uma arma na têmpora *deles*?

Victoire apontou para a porta.

— Saia.

— Eu estou tentando salvar vocês — insistiu Letty. — Eu sou a última chance de salvação. Rendam-se agora, saiam pacificamente e cooperem com a restauração. Vocês não vão ficar presos por muito tempo. Eles precisam de vocês, como vocês mesmos disseram... Logo vão estar de volta a Babel, trabalhando com o que sempre sonharam. É a melhor oferta que vão receber. E foi só isso que eu vim dizer. Aceitem, ou vão morrer.

*Então vamos morrer*, Robin quase disse, mas se conteve. Não podia condenar todos lá em cima à morte. Ela sabia disso.

Letty os tinha derrotado. Não havia como discutir. Ela os deixara encurralados; não havia nada que não tivesse previsto, não havia mais cartas na manga.

A Ponte de Westminster caíra. Que outra ameaça eles poderiam fazer?

Robin odiou o que saiu de seus lábios em seguida. Parecia que estavam se rendendo, cedendo.

— Nós não podemos decidir por todos os outros.

— Então convoquem uma reunião. — Os lábios de Letty se curvaram em um sorrisinho. — Façam uma votação, cheguem a um consenso com qualquer que seja a pequena modalidade de democracia que vocês têm aqui. — Ela colocou a bandeira branca sobre uma das mesas. — Mas tenham uma resposta para nós até o amanhecer.

Ela se virou para sair.

Robin correu até ela.

— Letty, espere.

Ela se deteve, uma das mãos na porta.

— Por que o Ramy? — perguntou ele.

Ela congelou. Parecia uma estátua; sob a luz da lua, suas faces brilhavam como um pálido mármore branco. Era assim que ele sempre deveria tê-la visto, pensou Robin. Fria. Sem coração. Desprovida de qualquer coisa que a tornasse um ser humano que respirava, amava e sofria.

— Você mirou — prosseguiu ele. — Puxou o gatilho. E você é uma ótima atiradora, Letty. Por que ele? O que o Ramy te fez?

Ele sabia. Os dois sabiam; não havia dúvida. Mas Robin queria dar um nome àquilo, queria ter certeza de que Letty soubesse o que ele sabia, queria invocar aquela lembrança recente entre eles, nítida e cruel, porque ele podia ver a dor que isso trazia aos olhos de Letty e porque ela merecia.

Letty o encarou por um longo tempo. Ela não se moveu, exceto pelo rápido movimento de seu peito. Quando falou, sua voz soou aguda e fria.

— Eu não mirei nele — respondeu. E Robin soube pela maneira como ela estreitou os olhos e prolongou as palavras, pontuando-as precisamente, como punhais, o que viria em seguida. Suas próprias palavras, atiradas de volta em sua cara. — Eu não pensei. Eu entrei em pânico. E então eu o matei.

— Matar alguém não é tão simples — retrucou ele.

— No fim das contas é, sim, Rob. — Ela lançou-lhe um olhar de desdém. — Não foi assim que chegamos até aqui?

— Nós amávamos você — sussurrou Victoire. — Letty, nós teríamos morrido por você.

Letty não respondeu. Deu meia-volta, escancarou a porta e sumiu noite adentro.

A porta se fechou com um baque, e então tudo ficou em silêncio. Eles não estavam prontos para levar a notícia lá para cima. Não sabiam o que dizer.

— Você acha que ela está falando sério? — perguntou Robin.

— Com toda a certeza — respondeu Victoire. — A Letty não vacila.

— Então nós vamos deixá-la vencer?

— Como — disse Victoire lentamente — você acha que nós podemos fazê-la perder?

Um peso terrível pairou entre eles. Robin sabia a resposta, só não sabia como pronunciá-la. Victoire conhecia tudo que havia em seu coração, exceto aquilo. Era a única coisa que ele tinha escondido dela — em parte porque não queria obrigá-la a compartilhar daquele fardo e em parte porque tinha medo de como ela poderia reagir.

Ela estreitou os olhos.

— Robin.

— Nós temos que destruir a torre — afirmou ele. — E destruir a nós mesmos.

Victoire não vacilou; apenas pareceu murchar, como se tivesse estado à espera de uma confirmação. Ele não tinha fingido tão bem quanto pensara; ela esperava isso dele.

— Você não pode fazer isso.

— Tem um jeito. — Robin interpretou mal as palavras dela de propósito, torcendo, na verdade, para que sua objeção fosse de ordem logística. — Você sabe que tem. Eles nos mostraram logo no início.

Victoire ficou imóvel. Robin sabia o que ela estava imaginando. A barra estridente e vibrante nas mãos do professor Playfair, gritando como se estivesse sentindo dor, se estilhaçando em mil pedaços afiados e cintilantes. Bastava multiplicar aquilo muitas vezes. Em vez de uma barra, imaginar uma torre. Imaginar um país.

— É uma reação em cadeia — sussurrou ele. — Vai terminar sozinha. Lembra? O professor Playfair nos mostrou como fazer. Se tocar em outra barra, o efeito é transmitido pelo metal. E não para, apenas continua, até inutilizar toda a prata.

Quanta prata revestia as paredes de Babel? Quando aquilo terminasse, todas aquelas barras seriam inúteis. Então a cooperação dos tradutores não ia mais importar. Suas instalações teriam desaparecido. A biblioteca. As gramáticas. As hastes de ressonância, a prata, inúteis, destruídas.

— Há quanto tempo você vem planejando isso? — quis saber Victoire.

— Desde o começo — respondeu ele.

— Eu te odeio.

— É a nossa única chance de vencer.

— É o seu plano suicida — respondeu ela com raiva. — E não venha me dizer que não é. Você quer isso, você sempre quis.

E era exatamente isso, pensou Robin. Como poderia explicar o peso que esmagava seu peito, a constante incapacidade de respirar?

— Eu acho que… desde que o Ramy e o Griffin… Não, desde Cantão, eu… — Ele engoliu em seco. — Sinto que eu não tinha o direito.

— Não diga isso.

— É verdade. Eles eram melhores e morreram…

— Robin, não é assim que funciona…

— E o que foi que eu fiz? Vivi uma vida que não deveria ter vivido, tive o que milhões de pessoas não tiveram… Todo aquele sofrimento, Victoire, e o tempo todo eu estava bebendo champanhe…

— Não ouse. — Ela levantou a mão como se fosse esbofeteá-lo. — Não venha me dizer que você é só um acadêmico frágil que não consegue lidar com o peso do mundo agora que o conhece... Isso não passa de um *disparate*, Robin. Você não é um dândi presunçoso que desmaia à primeira menção de sofrimento. Você sabe o que aqueles homens são? Eles são covardes, românticos, idiotas que nunca fizeram nada para mudar um mundo que achavam tão perturbador, se escondendo porque se sentiam culpados...

— Culpado... — disse ele. — Culpado, é exatamente o que eu sou. O Ramy me disse uma vez que eu não me importava em fazer a coisa certa, que eu só queria a solução mais fácil.

— Ele tinha razão — afirmou ela com raiva. — Essa é a saída dos covardes, você sabe disso...

— Não, escute... — Ele segurou as mãos dela. Os dois estavam tremendo. Victoire tentou se desvencilhar, mas Robin apertou os dedos dela entre os dele. Precisava dela ali, ao lado dele. Precisava fazê-la entender, antes que ela o odiasse para sempre por abandoná-la na escuridão. — Ele tinha razão. Você tem razão. Eu sei disso, estou tentando dizer... ele estava certo. Eu sinto muito. Mas não sei como continuar.

— Um dia de cada vez, Rob. — Os olhos dela se encheram de lágrimas. — Você continua, um dia de cada vez. Como nós temos feito. Não é difícil.

— Não, é sim... Victoire, eu não consigo. — Robin não queria chorar; se começasse, todas as suas palavras iam desaparecer e ele nunca conseguiria dizer o que precisava. Continuou antes que as lágrimas o dominassem. — Eu quero acreditar no futuro pelo qual nós estamos lutando, mas ele não existe, ele simplesmente *não existe*, e não posso viver um dia de cada vez se a ideia do amanhã me deixa aterrorizado. Eu estou debaixo d'água. E estou debaixo d'água há tanto tempo que só queria uma saída, mas não conseguia encontrar algo que não parecesse uma grande abdicação de responsabilidade. Mas isso... essa é a minha saída.

Ela balançou a cabeça. Estava chorando sem parar; os dois estavam.

— Não me diga isso.

— Alguém tem que dizer as palavras. Alguém tem que ficar.

— Então você não vai me pedir para ficar com você?

— Ah, Victoire.

O que mais havia a dizer? Ele não podia pedir isso a ela, e ela sabia que ele nunca teria coragem. No entanto, a pergunta pairava entre eles, sem resposta.

O olhar de Victoire estava fixo na janela, no gramado escuro do lado de fora, nas barricadas iluminadas por tochas. Ela chorou, sem parar e em silêncio; as lágrimas escorriam por seu rosto e ela as enxugava, em vão. Robin não sabia o que ela estava pensando. Aquela foi a primeira vez, desde que tudo aquilo começara, que ele não conseguiu decifrar o coração dela.

Por fim, ela respirou fundo e ergueu a cabeça. Sem se virar, perguntou:

— Você já leu aquele poema que os abolicionistas adoram? Aquele escrito por Bicknell e Day. O título é "The Dying Negro", o negro moribundo.

Robin o lera em um panfleto abolicionista que pegara em Londres. Tinha achado os versos impressionantes; ainda se lembrava deles em detalhes. Contavam a história de um homem africano que, diante da perspectiva de ser capturado e voltar à escravidão, decidia se matar.* Robin tinha achado o poema romântico e comovente na época, mas naquele momento, ao ver a expressão de Victoire, ele se deu conta de que não era nada disso.

— Eu li — disse ele. — Achei... trágico.

— Nós temos que morrer para ter a piedade deles — falou Victoire. — Temos que morrer para que eles nos considerem nobres. Nossa morte é, assim, um grande ato de rebelião, um lamento sofrido que evidencia a desumanidade deles. Nossa morte se torna o grito de guerra deles. Mas eu não quero morrer, Robin. — Ela sentiu um nó na garganta. — Não quero morrer. Eu não quero ser a Imoinda deles, a Oroonoko deles.** Não quero ser a figura de laca trágica e encantadora deles. Eu quero viver.

Victoire desabou contra o ombro dele. Robin passou os braços em torno dela e a abraçou com força, balançando-se para a frente e para trás.

— Eu quero viver — repetiu ela —, viver, prosperar e sobreviver a eles. Eu quero um futuro. Não acho que a morte seja um alívio. Eu acho que é... que é só o fim. Ela anula tudo: um futuro no qual eu possa ser feliz e livre. E não se trata de ser corajosa. É sobre querer mais uma chance. Mesmo que a única coisa que eu faça seja fugir, mesmo que eu nunca mova uma palha para ajudar ninguém enquanto eu viver... pelo menos eu poderia ser feliz. Pelo menos o mundo ficaria bem, só por um dia, só para mim. Isso é egoísta?

---

* 'Arm'd with thy sad last gift – the pow'r to die! / Thy shafts, stern fortune, now I can defy.'. Em tradução livre, "Armado com vosso triste último presente — o poder de morrer! / Vossas flechas, fortuna severa, agora posso desafiar." (Thomas Day e John Bicknell, 1775)

** No romance *Oroonoko*, escrito em 1688 por Aphra Behn (uma escritora branca e inglesa), o príncipe africano Oroonoko mata sua amada Imoinda para salvá-la de ser violentada pelas forças militares inglesas contra as quais eles estão insurgindo. Oroonoko acaba sendo capturado, amarrado a um tronco, esquartejado e desmembrado. *Oroonoko*, assim como sua adaptação teatral, realizada por Thomas Southerne, foi recebido na época como um grande romance.

Os ombros dela cederam. Robin a segurou com força junto a ele. Que âncora Victoire era, pensou ele, uma âncora que Robin não merecia. Ela era seu porto seguro, sua luz, a única presença que o fizera continuar vivo. E ele desejou, desejou de verdade, que isso fosse o suficiente.

— Seja egoísta — sussurrou ele. — Seja corajosa.

# Capítulo Trinta e Três

*É chegada a hora da partida, e cada qual segue seu caminho: eu para a morte, e você para a vida. Qual é melhor só Deus sabe.*

Platão, *Apologia**

— A torre inteira? — perguntou a professora Craft.

Ela foi a primeira a falar. Os outros olhavam para Robin e Victoire em estados variados de descrença, e mesmo a professora Craft ainda parecia tentar aceitar aquela ideia enquanto falava em voz alta sobre suas implicações.

— São décadas... *séculos*... de pesquisa, tudo enterrado... perdido... ah, mas quem sabe quantos... — Ela se deteve.

— E as consequências para a Inglaterra vão ser muito piores — disse Robin. — Este país depende da prata. A prata corre em suas veias; a Inglaterra não pode viver sem ela.

— Eles vão construir tudo de novo...

— Um dia, sim — respondeu Robin. — Mas não antes de o restante do mundo ter tempo de preparar suas defesas.

— E a China?

— Eles não vão para a guerra. Não vão conseguir. A prata alimenta os navios de guerra. A prata alimenta a Marinha. A Inglaterra vai levar meses, talvez anos, para voltar a ser a nação mais poderosa do mundo. E o que vai acontecer em seguida é impossível prever.

O futuro seria fluido. Exatamente como Griffin havia previsto. Uma escolha individual, feita na hora certa. Era assim que eles iam desafiar o poder. Era assim que eles iam mudar o curso da história.

E, no fim das contas, a resposta era bastante óbvia: simplesmente recusar-se a participar. Retirar para sempre sua mão de obra — e os frutos dessa mão de obra — da oferta.

* Tradução de André Malta. Porto Alegre: L&PM, 2008. (N. T.)

— Não pode ser — disse Juliana. Sua voz se elevou um pouco no final da frase; era uma pergunta, não uma declaração. — Deve ter... tem que ter algum outro jeito...

— Eles vão invadir a torre ao amanhecer — avisou Robin. — Vão matar alguns de nós para dar o exemplo, e depois manter o restante sob a mira de uma arma até começarmos a reparar os danos. Vão nos acorrentar e nos colocar para trabalhar.

— Mas as barricadas...

— As barricadas não vão aguentar — sussurrou Victoire. — São apenas barreiras, Juliana. Barreiras podem ser destruídas.

Primeiro eles ficaram em silêncio; depois veio a resignação, e por fim a aceitação. Eles já estavam vivendo o impossível; o que seria a queda da coisa mais eterna que já haviam conhecido?

— Então acho que vamos ter que sair daqui bem rápido — disse Ibrahim. — Logo depois do início da reação em cadeia.

*Só que não dá para sair rápido*, quase respondeu Robin, antes de se conter. Aquilo era óbvio. Eles não iam conseguir sair rápido, porque não iam conseguir sair de jeito algum. Um único encantamento não seria suficiente. Se não fossem meticulosos, a torre poderia desabar apenas parcialmente, e o que restasse seria recuperado, seria reaproveitado com muita facilidade. As únicas coisas que eles infligiriam seriam despesas e frustração. No fim das contas, teriam sofrido à toa.

Não. Para que o plano funcionasse — para que desferissem um golpe contra o império do qual não fosse possível se recuperar —, eles teriam que ficar, repetir as palavras diversas vezes e ativar tantos nós de destruição quanto pudessem.

Mas como ele ia dizer a uma sala cheia de pessoas que elas precisavam morrer?

— Eu... — começou ele, mas as palavras ficaram presas em sua garganta.

Não precisou explicar. Todos já tinham entendido; estavam chegando à mesma conclusão, um após o outro, e a mudança em seus olhos foi desoladora.

— Eu vou até o fim — afirmou Robin. — Não estou pedindo a todos vocês que venham comigo. O Abel pode tirá-los da torre se não quiserem ficar... mas o que quero dizer é... Eu... eu não consigo fazer isso sozinho.

Victoire desviou o olhar, os braços cruzados.

— Nós não vamos precisar de todo mundo — continuou ele, desesperado para preencher o silêncio com palavras porque talvez quanto mais falasse, menos terrível soasse. — Suponho que uma diversidade de idiomas seria bom, para ampliar o efeito... E, claro, vamos precisar de pessoas em todos os cantos da torre, porque... — Sua garganta pulsava. — Mas não precisamos de todo mundo.

— Eu vou ficar — disse a professora Craft.

— Eu... obrigado, professora.

Ela abriu um sorriso vacilante.

— Acho que eu não ia conseguir um cargo de professora depois de tudo isso de qualquer maneira.

Robin observou todos os outros fazendo o mesmo cálculo: a finalidade da morte contra a perseguição, a prisão e a possível execução que iam enfrentar do lado de fora. Sobreviver a Babel não significava necessariamente sobrevivência. E ele podia vê-los se perguntando se seriam capazes de aceitar, agora, a própria morte; se isso, no fim das contas, não seria mais fácil.

— Você não está com medo — disse Meghana a ele, em tom de pergunta.

— Não — respondeu Robin. Mas isso foi tudo o que conseguiu dizer.

Ele mesmo não entendia o próprio coração. Sentia-se decidido, mas talvez fosse apenas a adrenalina; talvez o medo e a hesitação tivessem sido empurrados apenas temporariamente para trás de uma barreira frágil, que se estilhaçaria diante de um exame mais minucioso.

— Não, eu não estou, eu... só... estou pronto — prosseguiu ele. — Mas nós não vamos precisar de todo mundo — repetiu.

— Talvez os alunos mais jovens... — A professora Craft pigarreou. — Quero dizer, aqueles que não sabem nada sobre o trabalho com a prata... Não há razão...

— Eu quero ficar. — Ibrahim lançou um olhar ansioso para Juliana. — Eu não... Eu não quero fugir.

Juliana, pálida como papel, não disse nada.

— Existe uma saída? — perguntou Yusuf a Robin.

— Sim. Os homens de Abel podem transportá-los para fora da cidade, eles prometeram; estarão esperando por nós. Mas vocês terão que ir o mais rápido possível. E depois terão que fugir. Acho que nunca mais vão poder parar de fugir.

— Não há possibilidade de anistia? — indagou Meghana.

— Sim, se você trabalhar para eles — afirmou Robin. — Se você os ajudar a restaurar as coisas, torná-las novamente o que eram. A Letty fez essa oferta, ela queria que vocês soubessem. Mas vocês vão estar para sempre sob o controle deles. Nunca vão deixar vocês livres. Foi o que ela insinuou: eles vão ser donos de vocês, e terão que se sentir gratos por isso.

Ao ouvir isso, Juliana estendeu o braço e segurou a mão de Ibrahim. Ele apertou os dedos dela. Os nós dos dedos de ambos ficaram brancos, e foi uma visão tão íntima que Robin piscou e desviou o olhar.

— Mas nós ainda podemos fugir — sugeriu Yusuf.

— Vocês ainda podem fugir — disse Robin. — Não estariam seguros em nenhum lugar deste país…

— Mas nós podemos voltar para casa — falou ele.

A voz de Victoire saiu tão baixa que eles mal conseguiram ouvi-la:

— Nós podemos voltar para casa.

Yusuf assentiu, pensou por um momento e em seguida foi ficar ao lado dela.

E foi simples assim, a determinação de quem ia fugir e de quem ia morrer. Robin, a professora Craft, Meghana, Ibrahim e Juliana de um lado. Yusuf e Victoire do outro. Ninguém implorou ou suplicou, e ninguém mudou de ideia.

— Então. — Ibrahim parecia muito pequeno. — Quando…

— Ao amanhecer — disse Robin. — Eles vêm ao amanhecer.

— Então é melhor juntarmos as barras — falou a professora Craft. — E é melhor fazermos isso direito, se vamos ter apenas uma chance.

— O que vocês decidiram? — perguntou Abel Goodfellow. — Eles estão praticamente em cima de nós.

— Mande seus homens para casa — disse Robin.

— O quê?

— O mais rápido que puder. Abandonem as barricadas e fujam. Não há muito tempo. Os soldados… eles não se importam mais com baixas.

Abel registrou essa informação, em seguida assentiu.

— Quem vem com a gente?

— Só dois. Yusuf. Victoire. Eles estão se despedindo, logo estarão prontos. — Robin tirou um embrulho de dentro do paletó. — Também tem isto.

Abel devia ter lido algo em seu rosto, percebido algo em sua voz, porque seus olhos se estreitaram.

— E o que o restante de vocês vai fazer lá dentro?

— É melhor eu não contar.

Abel ergueu o pacote.

— É um bilhete de suicídio?

— É um registro escrito — respondeu Robin. — De tudo o que aconteceu nesta torre. O que nós defendemos. Há outra cópia, mas, caso ela se perca, sei que você vai encontrar uma maneira de divulgá-la. Imprima e distribua por toda a Inglaterra. Conte a eles o que nós fizemos. Faça com que se lembrem de nós.

Abel parecia querer discutir, mas Robin balançou a cabeça.

— Por favor, eu já me decidi e nós não temos muito tempo — continuou Robin. — Não posso explicar e acho que vai ser melhor se você não perguntar.

Abel o observou por um momento, então pareceu pensar melhor no que estava prestes a dizer.

— Vocês vão acabar com tudo?

— Nós vamos tentar. — Robin sentiu um aperto no peito. Estava exausto; queria se encolher no chão e dormir. Queria que aquilo acabasse. — Mas não posso contar mais nada a você esta noite. Só preciso que vá.

Abel estendeu o braço.

— Então imagino que isso seja um adeus.

— Adeus. — Robin segurou a mão dele e apertou. — Ah... e os cobertores, eu esqueci...

— Não tem importância.

Abel colocou a outra mão sobre a de Robin. Seu aperto era muito quente, firme. Robin sentiu um nó na garganta; estava grato por Abel estar facilitando as coisas, por não tê-lo forçado a se justificar. Ele tinha que seguir rápido e resoluto até o fim.

— Boa sorte, Robin Swift. — Abel apertou a mão dele. — Que Deus esteja com você.

Eles passaram as horas antes do amanhecer organizando centenas de barras de prata em pirâmides em pontos vulneráveis por toda a torre: ao redor dos suportes da base, sob as janelas, ao longo das paredes e estantes, e em pirâmides de verdade ao redor das gramáticas. Não podiam prever o alcance, a escala de destruição, mas iam se preparar o melhor que pudessem, iam se certificar de que fosse praticamente impossível resgatar qualquer material dos escombros.

Victoire e Yusuf partiram uma hora depois da meia-noite. As despedidas foram breves, contidas. Era uma separação inevitável; havia muito e ao mesmo tempo nada a dizer, além da sensação de que todos estavam se segurando com medo de abrir as comportas. Se falassem de menos, se arrependeriam para sempre. Se falassem demais, nunca conseguiriam se separar uns dos outros.

— Boa viagem — sussurrou Robin, abraçando Victoire.

Ela soltou uma risada embargada pela emoção.

— Sim. Obrigada.

Eles ficaram abraçados por um longo tempo, tempo suficiente para que, por fim, depois que todos saíram para lhes dar privacidade, eles fossem os únicos que restavam no saguão. Finalmente Victoire deu um passo para trás, olhou em volta, os olhos disparando de um lado para outro, como se não tivesse certeza se deveria falar.

— Você acha que não vai funcionar — disse Robin.

— Eu não disse isso.

— Mas é o que está pensando.

— Estou só apavorada diante da possibilidade de fazermos esse grande gesto. — Ela ergueu as mãos e as deixou cair. — E eles acabarem vendo isso apenas como um revés temporário, algo do que vão se recuperar. De eles nunca entenderem o que nós queríamos dizer.

— Para ser sincero, eu acho que eles nunca ouviriam.

— Não, acho que não. — Ela estava chorando de novo. — Ah, Robin, eu não sei o que…

— Apenas vá — pediu ele. — E escreva para os pais do Ramy. Eu só… Eles precisam saber.

Ela fez que sim com a cabeça, deu-lhe um último abraço apertado e em seguida disparou porta afora, para o gramado, onde Yusuf e os homens de Abel estavam esperando. Um último aceno — a expressão aflita de Victoire sob o luar — e eles se foram.

Então não havia mais nada a fazer a não ser esperar pelo fim.

Como alguém ficava em paz com a própria morte? De acordo com os relatos do *Críton*, do *Fédon* e da *Apologia*, Sócrates caminhou para a própria morte sem angústia, com uma calma tão sobrenatural que recusou várias súplicas para que fugisse. Na verdade, ele estava tão alegremente despreocupado, tão convencido de que morrer era a coisa certa a fazer, que expôs o óbvio a seus amigos com seu raciocínio, do seu jeito tão íntegro que beirava o insuportável, mesmo depois de eles terem irrompido em lágrimas. Em sua primeira incursão pelos textos gregos, Robin ficara muito impressionado com a total indiferença de Sócrates em relação ao próprio fim.

E com certeza era melhor, mais fácil morrer de forma tão tranquila; sem dúvidas, sem medos, com o coração em paz. Ele era capaz, em teoria, de acreditar nisso. Quantas vezes tinha pensado na morte como um alívio. Não tinha parado de sonhar com isso desde o dia em que Letty atirara em Ramy. Passava o tempo imaginando o lugar para onde se ia depois da morte como um paraíso, com colinas verdes e céu luminoso, onde ele e Ramy poderiam se sentar e conversar e assistir a um pôr do sol eterno. Mas essas fantasias não o confortavam tanto quanto a ideia de que a única coisa que a morte significava era o nada, que tudo apenas cessaria: a dor, a angústia, o sofrimento terrível e sufocante. Na pior das hipóteses, certamente a morte significava paz.

Ainda assim, ao se ver diante daquele momento, ficou apavorado.

Eles acabaram sentados no chão do saguão, confortando-se com o silêncio do grupo, ouvindo a respiração uns dos outros. A professora Craft tentou, de maneira hesitante, confortá-los, perscrutando sua memória em busca de palavras antigas sobre o mais humano dos dilemas. Falou-lhes das *Troianas*, de Sêneca, do general Vulteio de Lucano, do martírio de Catão e Sócrates. Citou para eles Cícero, Horácio e Plínio, o Velho. *A morte é o maior bem da natureza. A morte é um estado melhor. A morte liberta a alma imortal. A morte é transcendência. A morte é um ato de bravura, um glorioso ato de rebeldia.*

Sêneca, o Jovem, descrevendo Catão: *una manu latam libertati viam faciet.**

Virgílio, descrevendo Dido: *Sic, sic iuvat ire sub umbras.***

Nada disso realmente fez sentido; nada disso os comoveu, porque teorizar sobre a morte nunca comovia. Palavras e pensamentos sempre esbarravam no limite inamovível do fim iminente e definitivo. Ainda assim, sua voz, firme e inabalável, era um conforto; eles deixaram que ela penetrasse em seu ouvido, embalando-os naquelas horas finais.

Juliana olhou pela janela.

— Eles estão se movendo pelo gramado.

— Ainda não começou a amanhecer — observou Robin.

— Eles estão se movendo — ela se limitou a repetir.

— Bem — disse a professora Craft —, então é melhor agirmos.

Eles se levantaram.

Não iam enfrentar o fim juntos. Cada um seguiria até seu posto: as pirâmides de prata distribuídas em diferentes andares e diversas alas ao longo do edifício, posicionadas de forma a reduzir as chances de que qualquer parte da torre permanecesse intacta. Quando as paredes desabassem sobre eles, estariam sozinhos, e era por isso que, à medida que o momento se aproximava, parecia tão difícil se separarem.

Lágrimas escorreram pelo rosto de Ibrahim.

— Eu não quero morrer — sussurrou ele. — Deve haver algum outro... eu não quero morrer.

---

* "Com uma das mãos ele vai abrir caminho para a liberdade."

** "Assim me agrada ir para junto das sombras."

Todos sentiam o mesmo, uma esperança desesperada de que houvesse alguma chance de escaparem. Naqueles últimos momentos, os segundos não eram suficientes. Em teoria, aquela decisão que haviam tomado era algo lindo. Em teoria, seriam mártires, heróis, aqueles que haviam mudado o curso da história. Mas nada disso servia de consolo. Naquele momento, a única coisa que importava era que a morte era dolorosa, assustadora e permanente, e nenhum deles queria morrer.

Mesmo tremendo, nenhum deles desistiu. Afinal, era apenas um desejo. E o Exército estava a caminho.

— Não vamos nos demorar — disse a professora Craft, e eles subiram as escadas para seus respectivos andares.

Robin permaneceu no meio do saguão, sob o candelabro quebrado, cercado por oito pirâmides de barras de prata da sua altura. Respirou fundo, observando o ponteiro dos segundos se mover no relógio acima da porta.

As torres dos sinos de Oxford havia muito tinham ficado mudas. À medida que o minuto se aproximava, a única indicação da hora era o tique-taque sincronizado dos relógios antigos, todos posicionados no mesmo lugar em cada um dos andares. Eles tinham escolhido seis horas em ponto; uma hora arbitrária, mas precisavam de um momento final, um fato no qual fixar sua determinação.

Um minuto para as seis.

Robin soltou um suspiro trêmulo. Sua mente dava voltas, procurando em desespero qualquer coisa na qual pensar que não fosse aquilo. Ele se fixou não em lembranças coerentes, mas em detalhes muito específicos: o peso salgado do ar marítimo, o comprimento dos cílios de Victoire, a falha na voz de Ramy pouco antes de ele cair na gargalhada. Agarrou-se a esses detalhes, se deteve neles o máximo que pôde, recusando-se a deixar que sua mente fosse para qualquer outro lugar.

Vinte segundos.

A aspereza morna de um *scone* do Vaults. Os abraços doces e cheios de farinha da sra. Piper. Biscoitos amanteigados de limão derretendo como néctar em sua língua.

Dez.

O gosto amargo da cerveja e a dureza mordaz da risada de Griffin. O fedor azedo do ópio. Jantar na Velha Biblioteca; o *curry* perfumado e o fundo queimado das batatas salgadas demais. Risos, altos, desesperados e histéricos.

Cinco.

Ramy sorrindo. Ramy estendendo a mão para ele.

Robin colocou a mão na pirâmide mais próxima, fechou os olhos e então sussurrou:

— *Fānyì. Translate*, traduzir.

O grasnido agudo ecoou pela sala, o guincho de uma sirene, reverberando em seus ossos. Um estertor de morte ressoando de cima a baixo pela torre, pois todos haviam cumprido seu dever; ninguém tinha voltado atrás.

Robin expirou, tremendo. Não havia espaço para hesitação. Não havia tempo para ter medo. Ele moveu a mão para as barras na próxima pilha e sussurrou novamente.

— *Fānyì. Translate*, traduzir. — Mais uma vez. — *Fānyì. Translate*, traduzir. — E de novo. — *Fānyì. Translate*, traduzir.

Sentiu o chão se mover sob seus pés. Viu as paredes tremendo. Livros caíram das prateleiras. Acima dele, algo gemeu.

Ele pensou que teria medo.

Pensou que ficaria concentrado na dor; em como ia se sentir quando oito mil toneladas de escombros desabassem sobre ele de uma só vez; em saber se a morte seria instantânea ou se ia se dar em estágios terrivelmente breves enquanto suas mãos e seus membros eram esmagados, enquanto seus pulmões lutavam para se expandir em um espaço cada vez menor.

Mas o que mais o impressionou naquele momento foi a beleza. As barras cantavam, tremiam, tentando, pensou ele, expressar alguma verdade indizível sobre si mesmas: que a tradução era impossível, que o reino do significado puro que elas capturavam e manifestavam não seria e nunca poderia ser conhecido, que a empreitada daquela torre era impossível desde o começo.

Pois como poderia haver uma língua adâmica? Essa ideia agora o fazia rir. Não havia nenhuma língua inata e perfeitamente compreensível; não havia nenhum candidato, nem o inglês, nem o francês, que fosse capaz de intimidar e absorver o suficiente para se tornar essa língua. A linguagem era apenas diferença. Mil maneiras diferentes de ver e de se mover pelo mundo. Não; mil mundos dentro de um. E a tradução, um esforço necessário, ainda que fútil, de transitar entre eles.

Robin voltou para sua primeira manhã em Oxford: subindo uma colina ensolarada com Ramy, uma cesta de piquenique na mão. Licor de flor de sabugueiro. Brioches quentes, queijos de gosto forte, uma torta de chocolate de sobremesa. O ar naquele dia cheirava a promessas, Oxford inteira brilhava como uma iluminura, e ele estava se apaixonando.

— É tão estranho… — dissera Robin. Àquela altura, eles não tinham mais pudor de serem sinceros; falavam um com o outro sem filtros, sem medo das consequências. — É como se eu te conhecesse desde sempre.

— Eu também — respondera Ramy.

— E isso não faz sentido — comentara Robin, embriagado, embora não houvesse álcool no licor. — Porque eu te conheço há menos de um dia, e ainda assim…

— Eu acho — dissera Ramy — que é porque quando eu falo, você escuta.

— Porque você é fascinante.

— Porque você é um bom tradutor. — Ramy se apoiara nos cotovelos. — É isso que a tradução é, eu acho. É isso que falar é. Ouvir o outro e tentar enxergar além dos nossos próprios preconceitos para vislumbrar o que o outro está tentando dizer. Se mostrar ao mundo e torcer para que outra pessoa te entenda.

O teto estava começando a desmoronar; primeiro torrentes de pedras, depois pedaços inteiros de mármore, tábuas expostas, vigas partidas. As prateleiras desabaram. A luz do sol atravessou a sala onde antes não havia janelas. Robin olhou para cima e viu Babel ruindo e caindo sobre ele e, para além disso, o céu antes do amanhecer.

Fechou os olhos.

Mas já havia esperado pela morte antes. Lembrou-se disso naquele momento: ele conhecia a morte. Não de forma tão abrupta, não, não de forma tão violenta. Mas a lembrança de esperar pelo desaparecimento ainda estava em seu corpo; a lembrança de um quarto rançoso e quente, da paralisia, de sonhar com o fim. Ele se lembrou da quietude. Da paz. Quando as janelas se partiram, Robin fechou os olhos outra vez e imaginou o rosto da mãe.

Ela sorri. E diz o nome dele.

# Epílogo

## *Victoire*

Victoire Desgraves sempre foi boa em sobreviver.

O segredo, ela aprendeu, é recusar-se a olhar para trás. Enquanto dispara para o norte a cavalo através das colinas Cotswolds, a cabeça abaixada para evitar ser chicoteada pelos galhos, uma parte dela quer estar na torre, com seus amigos, sentindo as paredes desabarem ao seu redor. Se eles têm que morrer, ela quer que sejam enterrados juntos.

Mas para sobreviver é preciso cortar o cordão. Para sobreviver é preciso que ela olhe apenas para o futuro. Quem sabe o que vai acontecer agora? O que aconteceu em Oxford hoje é impensável, suas ramificações, inimagináveis. Não há precedente histórico para isso. A conjuntura foi desfeita. A história, pela primeira vez, é fluida.

Mas Victoire está familiarizada com o impensável. A libertação de sua pátria era impensável, mesmo quando aconteceu, pois ninguém na França ou na Inglaterra, nem mesmo os proponentes mais radicais da liberdade universal, acreditava que os escravizados — criaturas que eles nunca consideraram que se enquadrassem em suas categorias de homens racionais, esclarecidos, detentores de direitos — iam exigir a própria libertação. Dois meses depois da notícia do levante de agosto de 1791, Jean-Pierre Brissot, ele próprio membro fundador dos Amis des Noirs,* anunciou à Assembleia Francesa que aquela notícia devia ser falsa, pois, como todos sabiam, os escravizados eram simplesmente incapazes de uma ação tão rápida, coordenada e desafiadora. Um ano depois da revolução, muitos ainda acreditavam que o levante logo seria reprimido, que as coisas voltariam ao normal, pois *normal* significava o domínio dos brancos sobre os negros.

Eles estavam, obviamente, errados.

Mas quem, enquanto vive a história, compreende seu papel na tapeçaria? Durante a maior parte da vida, Victoire nem ao menos soube que vinha da primeira república negra do mundo.

Eis tudo o que ela sabia, antes da Hermes:

---

* Sociedade dos Amigos dos Negros. Fundada em 1788, é considerada a primeira organização antiescravista francesa. Era composta por nobres, homens das letras e financistas. (N. E.)

Nascera no Haiti, Ayiti, em 1820, mesmo ano em que o rei Henri Christophe, temendo um golpe, tirou a própria vida. Sua esposa e as filhas fugiram para a casa de um benfeitor inglês em Suffolk. A mãe de Victoire, criada da rainha exilada, foi com elas. Referia-se sempre a isso como sua grande fuga e, assim que pôs os pés em Paris, recusou-se a pensar novamente no Haiti como seu país.

A compreensão de Victoire sobre a história haitiana era composta de imprecações noturnas; um magnífico palácio chamado Sanssouci, lar do primeiro rei negro do Novo Mundo; homens com armas; vagos desacordos políticos que ela não entendia e que, de alguma forma, desenraizaram sua vida e a mandaram para o outro lado do Atlântico. Quando criança, conhecia sua terra natal como um lugar de violência e lutas bárbaras pelo poder, pois era assim que se falava dela na França, e fora nisso que sua mãe exilada decidira acreditar.

— Nós temos sorte por termos sobrevivido — sussurrava a mãe.

Mas a mãe dela não sobreviveu à França. Victoire nunca soube como a mãe, uma mulher nascida livre, fora enviada de Suffolk para trabalhar na casa de um acadêmico parisiense aposentado, o professor Emile Desjardins. Não soube que promessas os amigos de sua mãe lhe fizeram, se ela recebia ou não algum dinheiro. Sabia apenas que em Paris, na propriedade dos Desjardins, elas não tinham permissão para sair — pois ali, como em todo o mundo, ainda havia formas de escravidão; uma condição crepuscular, as regras não escritas, mas implícitas. E quando a mãe adoeceu, os Desjardins não mandaram chamar um médico. Eles simplesmente fecharam a porta do quarto da enferma e esperaram do lado de fora até que uma criada entrou, verificou sua respiração e seu pulso e anunciou que ela havia falecido.

Então eles trancaram Victoire em um armário e não a deixaram sair, com medo de que a doença fosse contagiosa. Mas a enfermidade acometeu o resto da família de qualquer maneira, e mais uma vez os médicos não puderam fazer nada a não ser assistir enquanto ela cumpria seu ciclo.

Victoire sobreviveu. A esposa do professor Desjardins sobreviveu. Suas filhas sobreviveram. O professor morreu e, com ele, a única conexão de Victoire com as pessoas que diziam amar sua mãe e que, ainda assim, a venderam.

A casa entrou em colapso. Madame Desjardins, uma mulher loira de rosto rígido, não sabia administrar as contas e gastava prodigiosamente. O dinheiro começou a minguar. Demitiram a empregada — por que manter uma, foi o argumento, se tinham Victoire? Da noite para o dia, Victoire tornou-se responsável por dezenas de tarefas: manter o fogo aceso, polir a prataria, tirar o pó dos quartos, servir o chá. Mas essas não eram tarefas para as quais ela havia sido treinada. Victoire fora criada para ler, escrever e interpretar, não para cuidar de uma casa, e por causa disso a repreendiam e batiam nela.

Não encontrou nenhum consolo nas duas filhas de madame Desjardins, que tinham grande prazer em anunciar às visitas que Victoire era órfã e que eles a tinham resgatado da África. "De Zanzibar", cantarolavam em uníssono. "*Zanzibaaar!*"

Mas não era tão ruim.

Não era tão ruim, diziam a ela, em comparação com seu Haiti, que estava tomado pelo crime, que estava sendo levado à pobreza e à anarquia por um regime incompetente e ilegítimo. Você tem sorte, insistiam, de estar aqui conosco, onde as coisas são seguras e civilizadas.

Ela acreditava nisso. Não tinha como saber nada diferente daquilo.

Poderia ter fugido, mas o professor e madame Desjardins a mantinham tão protegida, tão isolada do mundo exterior que Victoire não fazia ideia de que tinha o direito legal de ser livre. Ela crescera na grande contradição que era a França, cujos cidadãos redigiram, em 1789, uma declaração dos direitos do homem, mas não aboliram a escravidão e preservaram o direito à propriedade, incluindo os escravizados.

Sua libertação foi uma conjunção de coincidências, de engenhosidade, desenvoltura e sorte. Victoire examinou as cartas do professor Desjardins, em busca de documentos de propriedade, de alguma prova de que ele era o dono dela e de sua mãe. Nunca encontrou. Mas ficou sabendo sobre um lugar chamado Real Instituto de Tradução, um lugar onde ele havia estudado na juventude, um lugar para o qual havia escrito falando sobre ela, na verdade. O professor Desjardins havia contado a eles sobre a garotinha brilhante que ele tinha em casa, sobre sua memória prodigiosa e seu talento para o grego e o latim. Pretendia exibi-la pela Europa em uma viagem. Quem sabe eles não estariam interessados em uma entrevista?

E assim ela criou as condições para a própria liberdade. Quando os amigos do professor Desjardins em Oxford finalmente escreveram de volta, dizendo que ficariam muito satisfeitos em ter a talentosa srta. Desgraves no Instituto, e que pagariam por seus estudos, pareceu-lhe que ela tinha sido salva.

Mas a verdadeira libertação de Victoire Desgraves só aconteceu quando ela conheceu Anthony Ribben. Foi apenas depois de ser apresentada à Sociedade Hermes que ela aprendeu a chamar a si mesma de haitiana. Aprendeu a se orgulhar de seu *kreyòl*, o crioulo haitiano, cheio de remendos, meio esquecido, quase indistinguível de seu francês. (Madame Desjardins costumava esbofeteá-la sempre que ela falava em crioulo haitiano, "Cale a boca", dizia, "eu já disse que você deve falar francês, o francês dos franceses".) Victoire também aprendeu que, para boa parte do resto do mundo, a Revolução Haitiana não era uma experiência fracassada, mas um farol de esperança.

Aprendeu que a revolução é, na verdade, sempre inimaginável. Ela destrói o mundo como o conhecemos. O futuro deixa de estar escrito e se enche de potencial. Os colonizadores não têm ideia do que está por vir, e isso os deixa em pânico. Isso os aterroriza.

Ótimo. Deve aterrorizar.

Ela não sabe ao certo para onde está indo agora. Tem alguns envelopes no bolso do casaco: palavras de despedida e conselhos de Anthony e os codinomes de vários contatos. Amigos nas Ilhas Maurício, nas Seychelles e em Paris. Talvez um dia volte para a França, mas ainda não está pronta. Ela sabe que há uma base na Irlanda, embora no momento prefira se manter fora do continente. Talvez um dia volte para casa e veja, com seus próprios olhos, a impossibilidade histórica de um Haiti livre. No momento, está embarcando em um navio para a América, onde pessoas como ela ainda não são livres, porque foi o primeiro navio para o qual conseguiu comprar passagem e porque precisava sair da Inglaterra o mais rápido possível.

Ela está levando consigo a carta de Griffin que Robin nunca abriu. Ela, por sua vez, a leu tantas vezes que a memorizou. Conhece três nomes: Martlet, Oriel e Rook. Pode visualizar em sua mente a frase final, rabiscada antes da assinatura como um adendo: *Nós não somos os únicos.*

Ela não sabe quem são esses três. Não sabe o que essa frase significa. Um dia vai descobrir, e a verdade vai deixá-la ao mesmo tempo fascinada e horrorizada. Mas, por enquanto, são apenas belas sílabas que significam todos os tipos de possibilidades, e possibilidades — *esperança* — são as únicas coisas às quais ela pode se agarrar agora.

Tem os bolsos cheios de prata, prata nas costuras de seu vestido, tanta prata em seu corpo que se sente rígida e pesada quando se move. Seus olhos estão inchados por causa das lágrimas, a garganta dolorida por causa dos soluços abafados. Tem o rosto dos amigos mortos gravados em sua memória. Não para de imaginar seus últimos momentos: o terror, a dor enquanto as paredes desmoronaram ao seu redor.

Ela não pensa, *não se permite* pensar em seus amigos como eles eram, vivos e felizes. Nem em Ramy, morto na flor da idade; nem em Robin, que derrubou uma torre sobre si mesmo porque não conseguia pensar em nenhuma maneira de continuar vivendo. Nem mesmo em Letty, que continua viva;

que, se souber que Victoire também está viva, vai caçá-la até os confins da terra.

Letty, ela sabe, não pode permitir que Victoire circule livremente pelo mundo. Até mesmo a ideia de Victoire é uma ameaça. Ameaça a essência de seu ser. É a prova de que ela está, e sempre esteve, errada.

Não se permite lamentar essa amizade, por mais verdadeira, terrível e abusiva que tenha sido. O momento do luto vai chegar. Haverá muitas noites durante a viagem em que a tristeza será tão grande que vai ameaçar despedaçá-la; em que vai se arrepender de sua decisão de viver; em que vai amaldiçoar Robin por ter colocado aquele fardo sobre seus ombros, porque ele estava certo: não estava sendo corajoso, não estava escolhendo o sacrifício. A morte é sedutora. Victoire resiste.

Não pode chorar agora. Tem que continuar se movendo. Tem que correr o mais rápido que puder, sem saber o que há do outro lado.

Não tem ilusões sobre o que vai encontrar. Sabe que vai enfrentar uma crueldade imensurável. Sabe que seu maior obstáculo será a indiferença fria, nascida do investimento profundo em um sistema econômico que privilegia alguns e esmaga outros.

Mas ela pode encontrar aliados. Pode encontrar uma forma de seguir adiante.

Anthony considerava a vitória uma inevitabilidade. Anthony acreditava que as contradições materiais da Inglaterra acabariam por destruí-la, que seu movimento teria sucesso porque os deleites do Império eram simplesmente insustentáveis. Era por isso, argumentava, que eles tinham uma chance.

Victoire sabe que não é assim.

A vitória não está garantida. A vitória pode estar nos prenúncios, mas precisa ser impulsionada pela violência, pelo sofrimento, pelos mártires, pelo sangue. A vitória é forjada por engenhosidade, pela persistência e pelo sacrifício. A vitória é um jogo de centímetros, de contingências históricas em que tudo dá certo porque eles fizeram dar certo.

Não tem como saber que forma essa luta vai assumir. Há muitas batalhas a serem travadas, muitas lutas em muitas frentes: na Índia, na China, nas Américas — todas ligadas pelo mesmo impulso de explorar aquilo que não é branco e inglês. Victoire sabe apenas que estará nela em cada reviravolta imprevisível, que vai lutar até seu último suspiro.

"*Mande mwen yon ti kou ankò ma di ou*", dissera ela a Anthony quando ele perguntou pela primeira vez o que ela achava da Hermes, se achava que tinham chance de vencer.

Ele havia se esforçado ao máximo para analisar gramaticalmente o crioulo haitiano com o que sabia do francês, mas tinha desistido.

— O que isso quer dizer?

— Que eu não sei — respondera Victoire. — Pelo menos é o que dizemos quando não sabemos a resposta ou não queremos compartilhar a resposta.

— E o que isso quer dizer literalmente?

Ela piscara para ele.

— Me pergunte um pouco mais adiante, e eu lhe direi.

# Agradecimentos

*Babel ou a necessidade de violência* é um livro sobre mundos infinitos de línguas, culturas e histórias — muitas das quais não conheço —, e escrevê-lo não teria sido possível sem os amigos que compartilharam seu conhecimento comigo. Eu devo muitos, muitos agradecimentos.

Em primeiro lugar, a Peng Shepherd, Ehigbor Shultz, Farah Naz Rishi, Sarah Mughal e Nathalie Gedeon, por me ajudarem a garantir que Robin, Ramy e Victoire fossem escritos com detalhes e compaixão. A Caroline Mann e Allison Resnick, por seus conhecimentos clássicos; a Sarah Forssman, Saoudia Ganiou e De'Andre Ferreira, pela ajuda com as traduções; e aos meus queridos professores em Yale — em especial Jing Tsu, Lisa Lowe e Denise Ho —, por moldarem meu pensamento sobre colonialismo, pós-colonialismo e a influência das línguas nas relações de poder.

Tenho o apoio das equipes mais maravilhosas na Harper Voyager em ambos os lados do oceano. Obrigada aos meus editores, David Pomerico e Natasha Bardon; bem como a Fleur Clarke, Susanna Peden, Robyn Watts, Vicky Leech, Jack Renninson, Mireya Chiriboga, Holly Rice Baturin e DJ DeSmyter.

Obrigada aos artistas que desenvolveram a capa de *Babel ou a necessidade de violência*: Nico Delort, Kimberly Jade McDonald e Holly Macdonald.

Agradeço também a Hannah Bowman, sem a qual nada disso teria sido possível, e a toda a equipe da Liza Dawson Associates — em especial Havis Dawson, Joanne Fallert, Lauren Banka e Liza Dawson.

Obrigada a Julius Bright-Ross, Taylor Vandick, Katie O'Nell e ao café Vaults & Garden, que tornaram suportáveis aqueles meses estranhos e tristes em Oxford. E obrigada aos meus companheiros de New Haven — Tochi Onyebuchi, Akanksha Shah e James Jensen — pelas pizzas e pelas risadas. Vida longa ao Great Egg.

Obrigada a Tiff e Chris por ajudarem a administrar o Coco's Cocoa, um maravilhoso café interdimensional e mágico de propriedade de cães, no qual a maior parte desta obra foi escrita.

Agradeço a Bennett, que foi a melhor companhia que eu poderia ter tido durante aquele longo, solitário e terrível ano durante o qual *Babel ou a necessidade de violência* tomou forma e cujos conselhos moldaram tantos detalhes desta história. Bennett gostaria que todos soubessem que foi ele quem deu título ao livro, assim como à Sociedade Hermes, pois enquanto eu tenho um pendor para o literário, ele tem um pendor para o incrível.

Por fim, agradeço à minha mãe e ao meu pai, a quem devo tudo.

| | |
|---|---|
| *1ª edição* | FEVEREIRO DE 2024 |
| *impressão* | GEOGRÁFICA |
| *papel de miolo* | LUX CREAM 60 G/M² |
| *papel de capa* | CARTÃO SUPREMO ALTA ALVURA 250 G/M² |
| *tipografia* | ADOBE CASLON PRO |